프롤로그 에필로그

프롤로그  에필로그

정영문
장편소설

문학동네

긴말할 것 없이 이 소설은 하나 마나 한 이야기이다.

좀더 길게 말하면 이 소설은 캐나다 밴쿠버와 다른 곳들을 배경으로 한 하나 마나 한 이야기이다.

차례

프롤로그

나는 미국인 친구와 자동차로 미국 시애틀에서 캐나다 밴쿠버로 가고 있었는데, 우리가 시애틀에 있을 때 그는 함께 가봐야 하는 공동묘지가 있다며 시애틀 시내의 언덕에 있는 한 공동묘지에 나를 데려가주었는데, 공동묘지 입구에 들어서자 멀리 꽤 많은 사람들이 어떤 곳을 둘러싸고 있는 것이 눈에 띄었다.

누군가의 장례식이 치러지고 있는 것 같았고, 생각해보니 누군가의 장례식에 마지막으로 간 지 오래된 것 같았고, 특히 종합병원의 영안실에서 치러지는 약간 가짜 같은 장례식이 아니라 묘지에서 치러지는 진짜 같은 장례식에 마지막으로 간 지는 아주 오래된 것 같았고, 그래서 내가 약간 들떠 누군가의 장례식에 가는 거냐고 하자 그는 그렇지는 않다고 했는데, 멀리서 보아도 모여 있는 사람들의 차림이 장례식에 온 것처럼 보이지는 않았다.

하지만 사람들이 에워싸고 있는 그 무덤은 특별한 곳처럼 보였는데, 친구는 누구의 무덤인지는 말하지 않았고 그냥 가서 보면 감동하게 될 거라고 했는데, 무엇에도 어지간해서는 감동하거나 하지 않는 나는 그런 일은 없을 거라고 생각했지만, 막상 묘지에 이르러 사람들 사이로 묘비에 적혀 있는 이름을 본 나는 약간 감동했다.

묘지를 에워싼 수십 명의 사람들 모두가 나처럼 감동한 상태에 있는 것 같았는데, 그중 어떤 사람들은 사랑하는 누군가의 장례식에 온 것처럼 몸을 가누기 힘들어해 옆에 있는 누군가가 부축하고 있는 것 같았고, 울고 있는 아이들도 있었다.

나는 모두를 감동하게 하고 일부의 몸을 가누기 힘들게 하고 아이들을 울게 하는 그 무덤의 주인공이 누구인지 궁금했고, 시애틀 하면 떠올리게 되는 죽은 사람들 중 하나로, 죽은 뒤 화장되어 미국 워싱턴주 위시카강에 유골이 뿌려졌고 그래서 무덤이 없는 커트 코베인일 리는 없다는 생각만 할 수 있었는데, 그 주인공은 브루스 리였다.

친구는 내게 감동했는지 물었고 나는 감동했다고 솔직하게 털어놓았고, 그는 자신 역시 이곳에 처음 왔을 때 감동했고, 그가 데리고 온 오래전 여자친구를 포함해 같이 온 모두가 감동했다고, 무엇이 그들을 감동하게 했는지 그들 모두와 얘기했지만 무엇 때문인지 정확히 알 수 없었지만 어쨌든 감동했었다고 했다.

그곳의 무엇이 사람들을 감동하게 하는지는 정확히 알 수 없었지만, 그곳은 내가 실제로 가서 본 영국 런던의 카를 마르크스나 스위스 취리히의 제임스 조이스나 체코 프라하의 안토닌 드보르자크의 묘지 등에서 아무런 느낌이 없었던 것과는 확실히 달랐는데, 물론 사람들을 감동하게 하는 것은 묘지가 아니라 그 안에서 영면하고 있는 브루스 리였고, 그의 옆에는 역시 요절한 그의 아들 브랜던 리가 잠들어 있었다.

그런데 그 감동은 브루스 리가 살아 있을 때부터, 그리고 죽어서는 더, 세상 거의 모든 아이들의 우상 중 하나라는 사실만으로는 설명하기 어려운 것이었고, 그가 서른두 살의 나이에 요절했다는 사실로도 충분히 설명되지 않았지만, 역시 서른여섯이라는 이른 나이에 죽었고 그후 생일이 자메이카의 국경일이 된 밥 말리와 마찬가지로, 요절해 전설이 된 극소수의 사람들 중 한 명이라는 사실과는 관련이 있을 수도 있는 것 같았다.

어쨌든 나는 설명하기 어려운 뭔가로 브루스 리가 내게 감동을 준 사실에 고마워했고, 친구에게 그 이야기를 하자 친구 역시 그렇게 느꼈었다고 말했고, 우리는 브루스 리가 워싱턴대학 철학과를 중퇴한 후 본격적으로 배우로 활약한 사실과, 사실상 그가 하나의 새로운 장르로 만든 영화들에 대해, 그리고 커트 코베인에 대해, 요절한, 특별한 능력을 타고났던 몇몇 사람들에 대해서도 얘기를 했다.

친구는 커트 코베인과 마찬가지로 모두 스물일곱 살에 죽어 전설이 된 아티스트들의 클럽인 27클럽이라고 불리는 클럽이 있으며, 가입 조건이 더없이 까다롭고 일단 가입하고 나면 탈퇴가 불가능한, 종신 회원제로 운영되는 그 클럽의 회원들로는 지미 헨드릭스와 재니스 조플린과 짐 모리슨과 장미셸 바스키아와 에이미 와인하우스 등이 있고, 그 클럽의 회원들이 하는 일은 대단한 참을성을 갖고 언제 누가 될지 알 수 없는 새 회원이 가입하기를 기다렸다가 가입하면 축하해주는 것뿐인데, 어느 시기 이후로 스물일곱 살에 죽어 전설이 되는 유행도 시들해져 회원들은 오랫동안 하는 일이 없었을 거라고 했는데, 그것은 몰랐던 사실이었는데, 나 역시 쓸데없는 것들을 꽤 많이 알고 있는 편이라고 생각했지만 그는 쓸데없는 것들을 정말 많이 알고 있었다.

나는 브루스 리 하면 그가 영화 속에서 누군가와 혈투를 벌이면서 내는 그만의 특유의 소리가 먼저 떠올랐는데, 그 소리를 내지 않는 브루스 리를 상상하기 어려운, 사람이 아닌 어떤 동물이 내는 것 같은 그 소리를 그가 찾게 된 것은 배우로서의 그의 삶에서 어떤 결정적인 역할을 했을 수도 있을 것 같았다.

어쩌면 그는 어딘가의 동물원에서 어떤 이유로 극도로 화가 난, 본래 성격이 안 좋아 보이는 개코원숭이나 다른 동물이 그를 쳐다보며 지르는 기괴한 소리를 들었고, 그것이 자신을 향한 것은 아니라고 생각했지만 자신을 향한 것처럼 느껴졌고, 그래서 그것이 아주 특별하게 느껴졌고, 그가 배우로서 찾고 있던 어떤 소리와 비슷하다고 느껴졌고, 그 소리를 그만의 특유의 소리로 변형했고, 그 소리에 어울리는, 역시 그만의 특유의 동작인, 누군가를 가격한 후 손을 부르르 떠는 동작을 찾았고, 그렇게 해서 많은 사람들이 그를 떠올리면 떠올리게 되는 특유의 것들을 완성하게 되었는지도 몰랐다.

그 과정에서 그는 극도로 화가 난 사람의 모습과 표정을 거울을 보며 수없이 연습했을 테고, 그 과정에서 거울에 비친 자신의 모습을 보며 수없이 많이 웃었을 수도 있는데, 어쩌면 그 모습은 영화 속에서는 늘 불의와 악과 싸워야 하는 역할을 하느라 보여줄 수 없었던 것일 수도 있고, 그럼에도 그는 영화를 촬영하면서 그 생각에 속으로 웃기도 했고, 아주 유명해진 후에는 전 세계의 수많은 아이들이 영화 속에서 자신이 하는 행동을 따라 할 거라는 생각에도 웃었는지 몰랐는데, 나는 여간해서는 사람들에게 웃음을 보여줄 수 없었던 브루스 리가 남몰래, 혹은 속으로 웃는 상상을 하면 웃음이 났다.

우리는 밴쿠버로 가는 차 안에서 이런저런 이야기를 나눴고, 이전에 캘리포니아에서 함께 간 곳들에서 본 우스웠던 것들에 대해서도 얘기했는데, 매년 4월 20일이면 전 세계 몇 개 도시의 특정 장소에서 마리화나 축제가 열리고, 샌프란시스코에서는 골든게이트 공원의 히피 힐에서 열리는데, 몇 년 전 우리는 어떻게 하다가 그곳에 갔었다.

별건 없는 축제의 하이라이트는 수천 명이 오후 4시 20분에 일제히 마리화나를 피우는 것이었는데, 우스웠던 건 많은 사람들이 한 장소에서 모두가 한마음이 되어 기우제를 지내는 것처럼, 소망과 의지와 힘을 모아 마치 구름 속에 있는 것 같은 느낌이 들게, 일대에 마리화나 연기가 작은 구름이나 구름 비슷한 것으로 만들어지기를 바라며 입에 문 수천 개의 작은 굴뚝으로 연기를 뿜어댔지만, 다른 이유는 없고 단지 사람들의 소망과 의지와 힘이 모자란다는 이유로 어떤 구름도 만들어지지는 않았지만, 사람들의 머리 위로 희미한 안개가 낀 것처럼 연기가 뿌옇게 몽롱하게 떠 있었고, 몽롱해진 사람들이 그것에 아이들처럼 즐거워했던 것과, 일종의 전통처럼 된 것으로, 역시 몇 사람의 소망과 의지와 힘을 모아 만든 길이가 일 미터 가까운 대형 마리화나를 여러 명이 서로 돌려가며 피웠는데, 그것이 너무 크고 길어 옆에서 다른 사람들이 손으로 받쳐줘야 했던 것이었다.

내가 이 년 전 텍사스에 머물 때, 텍사스 남부의 휴양지 사우스 파드레섬의 코카콜라 해변에서 매년 열리는, 코카콜라가 후원해 코카콜라를 우상처럼 숭배하듯 코카콜라를 상징하는 온갖 크고 작은 장식물들 사이에서 코카콜라와 술을 마시며 노는 파티에 갈까 하다가 산 사람을 제물로 바치는 것과 같은 재미있는 것은 하지 않아 재미없을 것이 뻔해 가지 않았다고 하자, 친구는 매년 네바다의 사막 한가운데 임시 도시 블랙록 시티를 만들어 며칠간 계속되는, 나무로 만든 거대한 사람 모형을 태우는 것으로 끝나는 버닝 맨 축제에 가보라고 했지만, 그곳 역시 산 사람을 제물로 바치는 것과 같은 재미있는 것은 하지 않아 재미없을 것이 뻔했다.

하지만 나는 모든 종류의 사막을 좋아했고, 아무것도 없는 사막 한가운데 며칠간 작은 도시 같은 것이 만들어졌다가 사라지는 것은 재미있게 생각되었고, 그래서 그곳에는 언젠가 가볼 수도 있을 거라고 생각했다.

그리고 우리는 오래전 캘리포니아 남부의 어딘가에서 본 어떤 것에 대해서도 얘기했는데, 당시 우리는 한낮에 바닷가에서 멀지 않은 곳에 있는, 선인장과 키가 작은 잡목들이 있는 사막의 언덕을 하이킹하고 있었는데, 언덕의 높은 곳에 이르렀을 때 골짜기 같은 곳 아래 잡목 사이에서 남녀 네 명이 우리로서는 생각지 못한 뭔가를 하고 있는 것을 발견했는데, 땅바닥에서 남녀 한 쌍이 섹스를 하고 있었다.

다른 한 남자가 그 모습을 카메라로 촬영하고 있었고, 그 옆에서서 그들을 보고 있는 또다른 남자도 있었는데, 그가 따로 할일은 없어 보였고, 실제로 그는 아무것도 하지 않고 있었지만 가장 중요한 역할을 하고 있기도 한 것 같았는데, 아마도 그 모든 것을 감독하고 있는 것 같았다.

그 모든 것에 강제적인 뭔가가 있는 것처럼 보이지는 않았고, 누워 있는 남자의 위에 앉아 몸을 움직이고 있는 여자가 저항을 하고 있는 것처럼 보이지는 않았고, 밑에서 몸을 움직이지 않고 있는 남자 역시, 저항할 수 없는 상태여서인지는 알 수 없었지만 저항을 하고 있는 것처럼 보이지는 않았고, 그 모든 장면이 전혀 생각지 못한 것이었지만 그다지 이상해 보이지 않았고, 잘못된 것으로 보이지 않았고, 보기에 안 좋아 보이지 않았고, 그냥 자연스러워 보였다.

그리고 그것이 주위의 사막 풍경과도 잘 어울리는지는 말하기 어려운 것 같았지만 풍경을 훼손하는 것 같지는 않았고, 햇볕이 사정없이 내리쬐는, 사람보다는 코요테나 고양잇과 동물인 보브캣의 땅인 그곳에서 교미중인 어떤 야생동물을 촬영하고 있는 것처럼 자연스럽게 여겨졌고, 물론 그것은 흔히 볼 수 있는 것은 아니었지만, 친구는 이건 캘리포니아에서는 흔히 볼 수 있는 것으로 캘리포니아의 좋은 점 중 하나라고 했다.

그들은 우리에게서 멀지 않은 거리에 있었고, 확실하지는 않았지만 여자의 신음소리가 들리는 것도 같았고, 우리와도 그들과도 상관없는 새 한 마리가 덤불 속에서 우는 소리도 들렸고, 하늘 높은 곳에서 독수리 한 마리가 천천히 큰 원을 그리며 날고 있는 것이 보였지만 멀리 아래에서 일어나고 있는 일에 관심을 보이고 있는지는 알 수 없었다.

우리는 그들을 볼 수 있었지만 그들은 우리를 보지 못했고, 그들은 그들의 일에 여념이 없었고, 우리는 여유를 갖고 그들을 구경할 수도 있었지만 어쩐지 프라이버시를 침해하는 것 같았고, 그래서 오래 있지는 않고 발걸음을 돌려 딴 데로 갔다.

우리는 가면서도 방금 눈으로 본 것을 너무도 믿을 수 없지 않았고, 너무도 믿을 수 없지 않은 그 장면을 다시 가서 보고 싶었지만 그렇게 하지는 않았고, 우리가 그들을 도울 수 있는 일은 없는지에 대해 얘기했는데, 그냥 있어도 땀이 흐르며 머리가 어지러울 정도로 더웠고, 기온이 거의 섭씨 사십 도에 이르렀고, 그들이 그 더위 속에서 땀을 흘리며 어지러운 머리로 굉장히 고생을 하고 있을 게 틀림없을 것 같아서였는데, 우리가 도울 수 있는 일은 별로 없는 것 같았다.

그들은 그들이 좋아서 하는 일을 하고 있는 것 같았고, 그들이 하는 일은 우리가 상관할 일은 아닌 것 같았고, 아무래도 그냥 우리가 그곳에 온 적이 없는 사람들처럼 조용히 사라지는 것이 그들을 돕는 것 같았고, 우리는 조용히 사라지는 것으로 실제로 그들을 도와주었는데 막상 그렇게 하고 나자 그들에게 어떤 도움도 주지 못한 것 같았고, 그래서 그들을 도울 수 있는 일이 무엇이 있을지 다시 얘기했다.

하지만 여자도 남자도 어떤 위기에 처해 있지는 않은 것 같았고, 그래서 위기에 처한 여자도 남자도 구할 수 없는 것이 아쉬웠는데, 부족하게나마 조명 반사판을 들고 있는 것 정도는 할 수도 있을 것 같았고, 그것은 좋은 생각으로 여겨졌지만 그들은 그것을 좋은 생각으로 여길 것 같지 않았고, 우리가 생각하기에도 그것은 다소 어이없는 짓으로 여겨졌고, 그래서 우리는 그들이 있는 곳과는 반대쪽의 언덕을 내려갔다.

나와 친구는 불의를 보면 참지 못하는 성격이라고는 할 수 없었지만 그것과는 상관없이, 만약 여자나 남자가 위기에 처해 있었고 그래서 그녀나 그를 구하러 가 구했다면, 그것은 어쩐지 캘리포니아의 소방관들이 캘리포니아에서 흔한, 갈수록 비유적으로도 실제로도 걷잡을 수 없는 불길처럼 대유행이 되어가고 있는 캘리포니아의 산불의 큰 불길을 잡는 것이기보다는 큰 불길이 잡힌 후의 잔불 정리를 하는 것과 비슷할 것 같았는데, 물론 위기에 처한 여자나 남자를 구하는 것은 그 스릴이 캘리포니아의 산불의 큰 불길을 잡는 것에는 미치지 못하겠지만 잔불을 정리하는 것보다는 스릴 있을 것이 틀림없었고, 그래서 그 일을 하지 못한 것이 다시 한번 아쉬웠다.

우리는 그 얼마 후 실제로 어딘가를 지나가다가 약간 떨어진 언덕에서 캘리포니아의 소방관들이 캘리포니아의 산불의 잔불을 정리하는 것을 보았을 때 다시 한번 그 얘기를 했는데, 이제 캘리포니아 하면 산불이, 산불 하면 캘리포니아가 떠오를 정도였고, 이렇게 말하는 것은 다소 이상하지만, 산불은 캘리포니아에 없어서는 안 되는 어떤 것이 되어가고 있는 것 같다고 말할 수도 있는 것 같았다.

우리가 캐나다 국경에 가까워졌을 때 그는, 오래전 캐나다 친구가 해준 얘기라 확실치는 않지만 미국과 캐나다가 19세기에 마지막으로 전쟁을 치른 후 미국이 세 번 캐나다를 침공했는데, 그 마지막은, 그게 언제였는지도 모르겠지만, 그리고 몇 명이었는지도 모르겠지만 약간 정신 나간 미국인 몇 명이 국경을 넘어가 캐나다의 발전소를 사보타주한 것이었다고 했다.

내가 그들이 어떤 피해를 입혔는지 묻자 그는 그것까지는 모르겠다고 했고, 어쩌면 잠가놓아야 하는, 발전소에 수없이 많이 있는 밸브들을 열었거나 열어놓아야 하는 밸브들을 잠갔거나 파이프들에 구멍을 냈는지도 모르겠다고 했다.

그리고 그 미국인들이 그렇게 한 이유가 캐나다가 미국과 붙어 있어서였는지, 아니면 캐나다가 캐나다에 있는 것이, 아니면 캐나다가 캐나다의 모습을 하고 있는 것이, 아니면 주로 그 이유로 누군가를 안 좋아하고 그것이 누군가를 안 좋아하는 데 좋은 이유가 되기도 하는 것처럼 캐나다가 캐나다인 것이, 아니면 그냥 캐나다의 모든 것이 마음에 들지 않아서였는지, 아니면 다른 이유에서였는지도 모르겠다고 했다.

그리고 그때 그 미국인들이 캐나다의 화력발전소인지 수력발전소로 쓰이는 댐인지 그냥 댐인지는 확실치 않지만 그것을 사보타주한 것으로는 모자란다고 생각해 캐나다의 강도 사보타주하고 싶었지만 강을 사보타주하는 건 불가능했고, 그래서 캐나다의 강에 서식하는 비버들의 댐 또한 사보타주한 후 그것으로 모자란다고 생각해 자신들 때문에 애써 쌓은 댐을 잃어버린 불쌍한 비버들 몇 마리를 미국으로 데려가 미국의 강에 풀어주고 다시 댐을 쌓게 했는지도 모르겠다고 했다.

그는 그것으로 모자란다는 듯, 어쩌면 그 미국인들이 본래 캐나다의 비버들을 몇 마리 몰래 잡아오려고 캐나다에 갔다가 계획을 바꿔 캐나다의 발전소인지 댐인지를 사보타주했는지도 모르겠다고 했고, 몇 명인지 알 수 없지만 약간 정신 나간 몇 명의 미국인들이 캐나다의 비버 몇 마리와 함께 비버들이 사는 캐나다의 강을 훔쳐 돌아가는 것에 대해서도 얘기했고, 훔쳐간 강에 어떤 이름을 붙일지, 그것을 어디에 둘지에 대해서도, 그 밖의, 강을 훔쳐갈 경우 할 수밖에 없는 것들에 대해서도 얘기를 했지만 강을 훔쳐갈 수는 없었고, 그 일부를 훔쳐갈 수도 없었고, 비버들을 훔치는 것으로 강을 훔치는 것을 대신할 수는 없지만 강에 사는 비버들은 강의 일부로 볼 수도 있었고, 그래서 강의 일부인 비버들이라도 훔쳐가는 게 옳다고 생각했고, 그렇게 했는지도 모르겠다고 했다.

그는 혼잣말에 취해 말하는 버릇이 있었는데, 나는 그것이 나쁘지 않은 버릇이라고 생각했지만, 나 역시 그런 버릇이 있었고, 그래서 그것은 좋은 버릇은 아니라는 생각과 함께 그것이 고쳐야 하는 버릇인지를 생각하며 차창 밖을 내다보면서도 강에 댐을 짓고 사는 비버들에 대해서 생각을 했고, 그가 강과 비버들에 대한 얘기를 더 해주기를 바랐다.

하지만 그는 더이상 비버들에 대한 얘기는 하지 않았고 대신 수달 얘기를 했는데, 미국 중서부의 시골에서 자란 그가 어릴 적 어느 해에 집 근처 작은 강에 암수 수달 한 쌍이 나뭇가지로 댐을 만들어 살았는데, 그 수달들은 사람들을 별로 무서워하지 않았고, 그날의 기분에 따라 사람들에게 친근한 태도를 보이거나 사람들을 얕잡아보는 듯 봤고, 추운 날이면 사람들이 물에 들어오지 않는다는 것을 알고는 사람들을 놀리려는 듯 물에 떠 누워, 지나가는 사람들에게 물에 들어와 같이 떠 누워 있자는 듯, 때로는 잡은 물고기를 먹고 있을 때면 물에 들어와서 함께 먹자는 듯 발짓이나 고갯짓을 하기도 했다고 했다.

그는 하지만 꼭 그렇지만은 않았던 게 수달들은 포근한 날에도 그렇게 했고, 그래서 수달들이 진심인 것 같았고, 그들을 보고 있으면 그들이 물에 떠 누워 있는 것만큼 재미있고 기분좋은 일도 없다는 것을 달리 말할 방법이 없어 계속해서 물에 떠 누워 있는 것처럼 보였다고 했다.

나는 그 수달들 이야기는 재미있었는데, 그냥 수달들도 아니고 지나가는 사람들에게 물에 들어와 같이 떠 누워 있자는 듯 발짓이나 고갯짓을 하는 수달들과 함께 물에 떠 누워 있는 것은 그 자체로도 기분좋고 재미있을 테지만, 수달들과 함께 물에 떠 누워 지나가는 사람들에게 물에 들어와 같이 떠 누워 있자고 손짓을 하는 것도 기분까지 좋지는 않더라도 조금은 재미있을 것이었고, 그렇게 해서 많은 사람들이 수달들과 함께 물에 떠 누워 있으면 좀더 재미있을 것이었다.

그는 그 작은 강에 다시 가게 된다면, 그리고 여전히 그 작은 강에 그 수달들이 혹은 그 수달들의 후손들이 살고 있다면, 그리고 그들이 사람들을 별로 무서워하지 않고, 물에 떠 누워 지나가는 사람들에게 물에 들어와 같이 떠 누워 있자는 듯 발짓이나 고갯짓을 한다면, 물에 들어가 수달들과 함께 물에 떠 누워 가만히 손과 발들을 가슴에 모은 채로, 서로 딱히 할 얘기는 없을 테니 아무 말 말고 이따금 서로를 쳐다보며 웃으면 좋을 거라고 했다.

그는 가끔 지나친 얘기를 하는 경우가 있었는데, 나는 거기에는 강가를 걸어가는데 지나가는 사람들에게 물에 들어와 같이 떠 누워 있자는 듯 발짓이나 고갯짓을 하는 약간 별난 수달들을 보며 어린 시절을 보낸 탓도 있을 테지만 그것은 어쩔 수 없는 일이라고 생각했고, 그런 것을 고치려고 애쓸 필요는 없다고 생각했다.

나는 그런 곳에서라면 그곳에 다른 누구도 무엇도 없어도 살아도 좋을 거라고 생각했는데, 매일 강가를 산책하다가 다른 누구도 아닌 수달들을 보며 손을 흔들 수 있는 것만으로도 좋을 수도 있지만 매일같이 수달들을 보게 되면, 볼 수밖에 없게 되면, 그게 다른 누구도 아닌 수달들이라 할지라도 지겨워져 더이상 보고 싶지 않아 수달들을 보지 않을 수 있는 다른 길로 산책을 하게 될 수도 있을 것 같았다.

그런데 어쩌면 보고 싶지 않아 피해 간 곳에서 또 수달들을 보게 되면 반가울 수도 있지만, 그때는 아무렇지 않은 척하며 지나갈 수도 있을 테지만, 누구와도 마주치고 싶지 않은데 계속해서 수달들과 마주치게 되면 다른 누구도 아닌 수달들 때문에라도 그곳을 떠나는 것에 대해 생각할 수도 있을 것이었다.

하지만 수달들에 대한 친구의 이야기는 지어낸 이야기처럼 들렸고, 지어낸 이야기 속의 어느 장소에 갈 수는 없지만, 어느 강가를 산책하다가 그 이야기를 떠올리며 강에 없는 수달들이 있는 것처럼 상상하며 지어낸 이야기 속에 나오는 사람처럼 강을 향해 손을 흔들 수도 있을 것 같았다.

나는 서울의 내 집 근처 산에서, 아마도 짝짓기를 앞둔 듯 부리로 열심히 나무에 구멍을 파고 있는 수컷 딱따구리를 보며, 그가 집을 다 지으면 미니어처 소파와 함께 미니어처 럼이나 코냑 한 병을 선물로 주고 싶다는 생각을 했고, 그렇게 할 경우 수컷이 짝으로 찾은 암컷과 함께 새집에서 미니어처 소파에 앉아 미니어처 럼이나 코냑을 마시며 좋은 시간을 보낼 수도 있을 거라는 생각을 했던 기억이 떠올랐지만 그 얘기는 하지 않았는데, 그것은 수달에 관한 얘기에 비하면 한결 시시하게 여겨져서였다.

친구는 갓 벤 풀에서 나는 냄새와 제비꽃 냄새와 부패한 물고기 냄새가 나는, 향긋한 냄새와 지독한 냄새가 함께 나는 것으로 알려져 있는 수달의 배설물은 냄새가 그 어떤 동물의 배설물과도 다르고 아주 독특해 그 배설물을 말하는 'spraint'라는 영어 단어가 있을 정도인데, 전 세계의 거의 모든 대륙에 사는 수달들이 사는 곳에 따라 조금씩 다른 냄새가 나는 배설물을 배설하는지, 그럼에도 모든 배설물에서 공통적으로 나는 냄새가 있는지, 그리고 수달들이 제비꽃을 좋아하는지는 모르겠다고 했는데, 그는 많은 것들을 알고 있었고 동시에 많은 것들을 모르고 있었다.

친구는 본래 문학을 하려다 포기하고 사진작가가 되었고, 영국의 통신사에서 사진작가로 일하고 있었는데, 현재는 아프리카 콩고민주공화국에서 활동하고 있었고, 휴가를 받아 캘리포니아에 와 있다가 나와 시애틀에서 만나 며칠을 보낸 후, 내게 비어 있는 아파트를 쓰게 해준 밴쿠버의 누군가의 집에 같이 가 있다가 콩고로 돌아갈 예정이었다.

오랜만에 연락한 친구가 콩고에서 사진작가로 일한다고 했을 때 나는 마운틴고릴라들을 떠올렸고 마운틴고릴라 얘기를 했는데, 그는 물론 마운틴고릴라들을 몇 번 봤고 사진도 찍었지만 주로, 내전은 끝났지만 여전히 불안정한 콩고의 사회적 이슈들과 관련된 사진을 찍고 있다고 했다.

그는 내가 콩고에 오면 마운틴고릴라들이 있는 곳에 데려가줄 수 있지만 마운틴고릴라들은 가급적 귀찮게 하지 말고 내버려두는 게 좋다고, 나까지 와 고릴라들을 귀찮게 할 필요는 없다고 했는데, 그렇게 해서 내게 콩고에 오지 말라는 얘기를 하는 것 같았다.

물론 나는 굳이 콩고까지 가 마운틴고릴라들을 귀찮게 하는 사람들의 무리 속에서 마운틴고릴라들을 귀찮게 하는 또 한 사람이 되고 싶은 생각은 없었는데, 그는 콩고에는 마운틴고릴라들 말고도, 비룽가 국립공원 안에 있는, 세계에서 가장 큰 용암 호수가 있는 화산인 니라공고를 포함해 흥미로운 것들이 많으며, 인접한 나라인 르완다와 우간다에도 아름다운 곳들이 많으니 콩고까지 와 마운틴고릴라들을 보지 않는 것도 괜찮다고 했다.

내가 콩고에 가더라도 그에게는 연락하지 않겠다고 하자 그는 자신 몰래 콩고에 오지는 말라고 했고, 나는 그가 있는 한 콩고에는 가지 않겠다고 했고, 우리는 그런 쓸데없는 이메일을 몇 달에 걸쳐 주고받다가 결국에는 미국에서 만나 캐나다로 가고 있었다.

그럼에도 나는 콩고에 가 마운틴고릴라들을 보고 있으면, 인간과 비슷한 진화의 길을 걸어왔지만 어딘가에서부터 인간과는 다른 길을 걸어가기로 하고 다른 길을 걸어왔고 다른 길을 걸어가고 있는 유인원들에게서 어떤 유대감을, 나로서는 인간에게서는 더 이상 거의 느낄 수 없게 된 유대감을 잠시나마 느낄 수도 있을 것 같았지만 그것만으로는 아프리카까지 가는 것의 동기로 부족한 것 같았다.

친구는 남아프리카공화국의 크루거 국립공원에서 보고 찍은 작은 새의 사진을 보여주며 그 새가 수컷 관모 오색조crested barbet라고 했는데, 물론 그 새보다 더 아름답고 화려한 모습을 한 동물들이 있고, 그래서 아름답고 화려한 것에서는 다른 동물들에게 뒤질지라도, 그 새는 어떤 뮤지션처럼, 펑키하다는 표현이 제일 잘 어울리게 너무도 펑키했고, 펑키한 것에서는 그 누구에게도 뒤지지 않을 것 같은 모습이었고, 나는 그 새의 사진을 보는 순간 그 새가 사람으로 치면 보이 조지Boy George 내지 프린스Prince라고 할 수 있을 것 같았는데, 어쩐지 프린스에 좀더 가까운 것 같았다.

그 새는 지구상의 모든 동물 종 가운데서 가장 근사한 외모를 가진 동물들 중 하나인 것 같았고, 그 새의 내면까지는 알 수 없었지만, 자신의 외모로 내면 못지않게 외면도 중요하다고, 자신에게는 내면보다는 외면이 더 중요하다고 말하는 것 같았고, 중요한 것은 내면이지 외면은 아니라며 외면의 중요함을 외면하려는 사람들과는 달리, 외면 또한 중요하게 생각한다기보다는 내면 또한 그다지 중요하다고 생각하지 않는 나로서는 외면을 지나치게 중요하게 생각하는 듯한 그 새는 한번 보고 싶었고, 그 새를 보기 위해서라면 아프리카까지 갈 수도 있겠다는 생각이 들었고, 나는 아프리카에 간다면 그 새만큼은 꼭 보고 싶었다.

내 친구는 전 세계의 많은 곳들을 여행했고, 페루 안데스에서 토종 감자들을 먹은 얘기도 해주었는데, 전 세계에 약 사천 종의 감자들이 있지만 대부분의 나라들의 식료품점에서 구할 수 있는 감자들은 몇 종에 지나지 않고, 본래 안데스가 원산지로, 원주민들에 의해 소규모로 재배되고 있는 그 감자들은 상상하기 어려울 정도로 모양과 색상이 무척 다양하고, 전통 방식으로 불에 달군 돌 위에 얹어 흙속에 파묻어 익힌 후 먹게 되면 감자라고는 생각할 수 없을 정도로 맛있으며, 그것들이 감자라는 것을 모르는 사람으로서는 그것들이 감자라는 것을 알 수 없는 맛이며, 그 감자들을 먹기 전에는 진짜 감자를 먹었다고 할 수 없을 뿐만 아니라 안데스에 다녀왔다고 할 수 없으며, 우리가 일상적으로 먹는 감자는 감자가 아니라고, 저질 감자라고, 몹쓸 감자라고 했다.

나는 그가 그 감자들의 성격이나 하는 짓 같은, 그것들에 관한 좀더 재미있는 얘기를 해주기를 바랐지만 그는 그것까지는 모르는 듯, 아니면 그 감자들이 재미있는 짓까지 하는 감자들은 아닌 듯 그런 것들에 대해서는 얘기해주지 않았지만, 감자들에 대한 얘기에 뭔가가 부족하다고 생각한 듯 그 감자들은 노란색의 잉카콜라와 함께 먹으면 좋다고 했다.

나는 내가 안데스의 감자를 먹으러 안데스에 갈 것 같지는 않았지만 상상하기 어려울 정도로 모양과 색상이 무척 다양한 감자들이 다른 곳도 아닌 안데스의 땅속에서 뿌리를 뻗으며 싹을 틔우며 자라고 있는 것을, 그리고 그곳 사람들이 라마와 알파카들과 함께 잉카인들이 먹었을 감자들을 맛있게 먹는 것을 상상했는데, 그것은 그 자체로 기분좋은 일 같았다.

우리가 미국과 캐나다의 국경을 지날 때 출입국 관리소에서 젊은 여자 직원이 내 직업이 뭔지 물었고, 평소에 나 스스로를 그렇게 생각하고 있기도 했고, 간혹 모르는 누군가가 물어오면 그렇게 대답하듯 무직이라고 할까 하다가 그랬다가는 캐나다에 입국하는 데 귀찮은 일이 생길지도 모른다는 생각에 fiction writer라고 했다.

하지만 그녀는 그것을 fishing writer로 잘못 알아듣고 캐나다에서 낚시를 하며 낚시에 관한 글을 쓸 거냐고 했고, 나는 그녀의 말을 잘못 알아듣지 않았고, 그녀가 내 말을 잘못 알아들었다는 것을 깨달았고, 그래서 그녀에게 캐나다에서 낚시를 하며 낚시에 관한 글을 쓸 거라고 했다.

그런데 그날따라 마치, 미국보다도 큰데도 어떤 점에서 미국의 한 주 같기도 하고, 국가번호도 따로 없어 미국의 1을 빌려 쓰고 있고, 일상의 모든 것에 사납게 파고드는 미국의 대중문화와 그 밖의 미국에서 오는 모든 것들에 정신적으로도 비정신적으로도 끝없이 시달려야 하고, 그래서 미국에 대해 그렇게 우호적인 감정을 갖고 있지 않은 캐나다가 더이상 못 참고 미국에 선전포고를 했지만 그런 것은 생각지 못한 미국이 그것을 쉽게 받아들이지 못하고 같이 선전포고를 하지 않아 아직 전쟁이 시작되지는 않았지만 국경이 폐쇄된 것은 아닌가 하는 생각이 들 정도로 차량이 드물었다.

우리가 탄 차가 서 있는, 뒤로 다른 차량이 보이지 않는, 미국과 캐나다 국적 외 국적자를 위한 차선에 있던 그녀는 우리를 못 가게 하며 그곳에 잡아두려 했는데, 다른 이유가 있는지는 알 수 없었지만 무척 무료한 하루를 보내고 있던 것 같았다.

그녀는 많은 캐나다인들처럼 낚시를 무척 좋아하는 듯 밴쿠버 북쪽에 있는 어떤 호수와 동쪽에 있는 어떤 강에 가 낚시를 하는 것을 추천하기도 했는데, 내가 그곳들의 이름을 따라 하자 그것으로 부족하다고 생각한 듯 그곳들에서 더 북쪽과 동쪽에 있는 또다른 호수와 강도 추천했고, 주말에 그곳들 중 한 곳에 낚시를 하러 갈 예정이라고 했다.

실제로 그녀는 세상에서 가장 좋아하는 것이 낚시로, 우리가 함께 낚시나 하러 가자고 하기만 하면 따분하기 짝이 없는 관리소 일을 그만두고 우리 차를 타고 함께 낚시를 하러 가려고 할 것만 같았고, 우리는 그녀가 자신의 본업을 그만두게 하지 않기 위해서라도 낚시나 하러 가자는 얘기는 하지 말아야 했다.

그런데 어쩌면 그녀 자신은 깨닫고 있지 못할 수도 있지만 그녀는 이미 출입국 관리소에서 일종의 낚시꾼으로 일을 하고 있었고, 어쩌면 어느 날 물고기를 잡는 낚시를 하다가 자신이 하는 일이 낚시와 비슷한 일이라는 사실을 깨닫게 될 수도 있을 것이었다.

어쩌면 그녀는 출입국 관리소에서 일하는 동안에도 계속해서 낚시에 대한 생각을 하고, 자신이 국경을 통과하게 하거나 못하게 하는 사람들을 일종의 물고기들로 생각하며, 크기에 따라 치어 또는 성어로 분류하기도 하고, 대부분의 물고기는 놓아주지만 어떤 물고기는 잡기도 하는지도 몰랐다.

물론 그녀에게 잡힌 물고기는 캐나다에 입국하는 데 문제가 있는 사람들로, 그녀가 하루에 잡는 물고기는 몇 마리 되지 않고, 그 중 몇 마리는 캐나다 땅에 발을 들여놓을 수 없을 것이고, 어쩌면 한 마리도 잡지 못하는 날도 있고 그런 날이면 그녀는 운이 없는 날이라고 생각하고, 실은 그런 날이 많아 그녀로서는 진짜 낚시를 가지 않을 수 없는지도 몰랐다.

그녀는 낚시와 낚시에 관한 글 모두에 행운이 있기를 바란다고 했고, 나는 고맙다고 했고, 그후 그녀에게 캐나다에서 낚시를 하며 낚시에 관한 글을 쓸 거라고 한 것이 일종의 약속처럼 여겨졌고, 그래서 그 약속을 생각하며 낚시를 해야겠다고 생각했지만 낚시를 하지는 않았는데, 나는 식용할 것이 아니면 물속에서 잘 지내는 물고기들을 재미로 물 밖으로 나오게 해 힘들게 하는 것과 같은 짓은 하지 않는 게 좋다고 생각했는데, 특히 그렇게 해서 물고기들을 죽음에 이르게 하는 것은, 역으로 생각하면 사람보다 먹이사슬의 위에 있는 누군가가 사람들을 재미로 물속에 처넣어 익사시키는 것과 다를 바 없는 것 같았다.

그럼에도 나는 누군가가 낚시를 하는 것이 보이면 그것을 구경하기도 했는데, 가급적이면 물고기가 잡히지 않기를 바랐고, 누군가가 끝내 단 한 마리의 물고기도 잡지 못하고 가는 것을 참을성을 갖고 보는 것은 좋아했는데, 그럴 때면 참을성을 갖고 기다린 보람이 있다는 생각이 들었지만, 누군가가 한참을 기다린 끝에 물고기를 잡는 것을 보게 되면 한참을 기다린 보람도 없다는 생각이 들었다.

그런데 내가 마지막으로 누군가가 낚시를 하는 것을 본 것은 텍사스 오스틴의 콜로라도강에서 십대 초반의 여자아이 두 명이, 그런 것으로는 장난감 물고기를 잡거나 아무것도 잡을 생각을 말아야 마땅할 것 같은 엉성한 낚싯대로 낚시를 하는 것을 봤을 때였는데, 그것은 내가 낚시와 관련해 본 가장 터무니없는 것이기도 했다.

어떻게 된 일인지 물고기는 잡히지 않았고, 계속해서 작은 자라들이 가짜 미끼가 달린 낚싯바늘을 물었고, 여자아이들은 자신들이 잡으려는 물고기는 잡히지 않고 자라들이 잡히는 것에 화가 나 자라들이 물고 있는 낚싯바늘이 매달린 줄을 자른 후 또다시 낚싯바늘을 연결해 던졌는데, 계속해서 물고기가 아닌 자라들이 낚싯바늘을 물었다.

곧 나는 그 이유를 알 수 있었는데, 미끼 주위로 자라들이 떼를 지어 있었고, 그 주위를 자라들 때문에 마음대로 미끼를 물 수 없는, 자라들을 좋아하지 않는 물고기들이 둘러싸고 있었고, 줄을 서는 데 익숙지 않고 배려심이 부족한 자라들은 흥분해 미끼를 물려고 작은 발로 서로를 밀치고 차고 때리고 있었는데, 그 모습은 마치 교수대에 먼저 오르려고 싸우고 있는 것처럼 여겨지기도 했다.

여자아이들이 들어올린 낚싯바늘을 문 자라들 중 일부는 낚싯대를 털자 떨어져나가기도 했지만 일부는 낚싯바늘을 단단히 물고 있어 낚싯줄을 잘라야 하기도 했고, 여자아이들은 계속해서 낚싯바늘을 무는 자라들과 낚싯바늘을 물지 않는 물고기들에게, 자라들은 서로와, 자신들을 낚아주었거나 낚아주지 않는 여자아이들에게, 물고기들은 자라들과, 자신들에게는 기회를 주지 않는 여자아이들에게, 모두가 서로에게 화가 나 있었고 나만 화가 나 있지 않은 것이 이상하기까지 했지만 나지 않는 화를 누군가에게 낼 수는 없었다.

결국 더이상 화를 참지 못한 여자아이들은 기회를 줬는데도 자라들의 기세에 눌려 눈치를 보며 낚싯바늘을 물지 않는 물고기들과 기회를 주지 않았는데도 기회를 잡으려 한 자라들을, 그리고 그들이 사는 콜로라도강을 욕했고, 나는 그들이 더 나아가 콜로라도강이 흐르는 오스틴을, 오스틴이 있는 텍사스를 욕할 거라고 생각했지만 그들은 그렇게 하지는 않았다.

하지만 그중 한 명이 세상에서 제일 싫은 게 자라라고 하자 다른 한 명은 나는 언제나 자라가 싫었어, 라고 했고, 그들은 언제까지나 자라에 대한 반감만은 버리지 않을 것처럼, 자라 때문에라도 다시는 낚시를 하지 않을 것처럼 화가 잔뜩 나 자리를 떴다.

나는 다른 것은 몰라도 그들이 자라에 대해 좋지 않은 감정을 갖고 남은 십대를 보내지는 않기를 바랐는데, 십대를 보내기에 그것 이상으로 나쁜 것은 없는 것 같았기 때문이었고, 실제로 다른 무엇보다도 자라에 대한 좋지 않은 감정을 버리지 못하는 아이가 커서 좋은 사람이 되기는 아주 어려울 것이었는데, 실제로 나는 자라에 대한 좋지 않은 감정을 가진 아이가 커서 좋은 사람이 된 경우를 본 적이 없었고, 자라에 대한 좋지 않은 감정을 버리지 못하게 되면 모두와 모든 것에 좋지 않은 감정을 갖게 될 가능성이 클 것이었다.

다행히도 여자아이들은 그럴 것 같지는 않았고, 자라에 대해서는 곧 잊을 것 같았고, 자라를 대신해 좋지 않은 감정을 품을 수 있는 것들이 있었고, 어려운 십대를 보내는 그들에게는 그런 것들이 필요할 것이었고, 그것들을 어렵지 않게 찾거나 찾는 데 어려움을 겪으며 찾을 수도 있을 것이었다.

한데 나로서는 낚싯바늘을 입에 물고 있거나 목에 걸고 있을 자라들이 마음에 걸렸고, 굉장히 화가 나 있을 자라들이 있는 강을 뒤로하고 걸음을 떼는 것이 쉽지 않았고, 그래서 걸음을 떼는 것이 얼마나 쉽지 않은지를 보여주듯 걸음을 멈추고 제자리걸음을 몇 번 했고, 고통스러워하고 있을 그들을 모이게 해 일렬로 줄을 서게 해 한 명씩 입을 벌리게 해, 환자들을 치료하는 구강외과 의사처럼 낚싯바늘을 빼내주고 싶었다.

그래서 어디서 낚싯대를 구해와 일단 자라들을 낚아올리는 것도 생각했지만, 이미 낚싯바늘을 입에 물고 있거나 목에 걸고 있지 않은 자라들이 몰려와 그 낚싯바늘을 입에 물거나 목에 걸려고 할 수도 있었고, 더 나아가, 낚싯바늘을 빼내주는 과정에서 자라가 내 손가락을 좋은 먹이로 생각하고 깨물어 살점을 뜯어 삼킬 수도 있었는데, 내 입장에서 내 손가락 살점은 자라의 먹이로 보기 어려웠고, 먹이로 선뜻 주기 어려운 것이었고, 결국 나는 안녕하지 못한 자라들에게 그럼에도 안녕이라고 말한 후 천천히 강변을 따라 걸으며, 앞으로는 낚시하는 누군가를 보더라도 그냥 지나치기로 했고, 그렇게 해왔는데, 그런 생각들을 하고 있는 사이 우리는 밴쿠버의 목적지에 도착해 있었다.

우리는 사흘 정도 밴쿠버 시내를 돌아다녔지만 흥미로운 것은 찾을 수 없었고, 밴쿠버를 북미 서부 해안에 있는 비슷한 크기의 도시인 샌프란시스코나 시애틀에서 그나마 재미있는 것들을 빼면 남는 도시로 묘사해도 크게 틀리지 않은 곳이라는 것을 확인했고, 그후에는 더이상 시내에는 나가지 않고 시내와는 조금 떨어져 있는, 집이 있는 브리티시컬럼비아대학 캠퍼스를 주로 산책했다.

우리는 사람들이 밴쿠버를 거쳐서 많이 가기도 하는 밴프 국립공원이나 재스퍼 국립공원에 가는 것에 대해서도 얘기했지만 친구는 이미 그곳들에 간 적이 있었고, 그래서 또다시 가는 것이 귀찮았던 그는 그곳들에 가 꼭 봐야 하는 건 없다고 했다.

어디에 가는 것을 귀찮아하는 나 역시 몇 년 전 나이아가라폭포에 갔을 때 폭포가 너무 많은 물을 한꺼번에 쏟아내리고 있는 것 같았고, 그것은 열의가 지나쳐서일 수도 있다는 느낌과, 그걸 그냥 두고 봐야 하는가, 라는 생각 외에 다른 느낌을 받지 못했고, 다른 생각은 들지 않는 나이아가라폭포를 보면서 더이상 일부러 어딘가에 가는 일은 없을 거라고 생각했는데, 나이아가라폭포는 그런 생각을 하기에 좋은 곳 같았고, 다른 곳도 아닌 나이아가라 폭포 앞에서 한 생각은 생각대로 하는 것이 좋은 것 같았고, 꼭 그래서는 아니었지만 그후 거의 그렇게 해온 상태였다.

그런데 나이아가라폭포는 결정적으로 내가 폭포들에 대해 갖고 있던, 대체적으로 우호적인 감정을 다소 냉담한 것으로 바꿔놓았는데, 어쩌면 폭포에 최대한 근접한 유람선에서 몸과 마음을 얼어붙게 하는 추위에 몹시 떨어서였을 수도 있었다.

친구는 내게 쓰고 있는 소설이 있는지 물었고, 나는 쓰고 있는 소설은 없지만 『강물에 떠내려가는 7인의 사무라이』와 같은 소설을 쓰려 하고 있다고 말했는데, 그는 오래전 서울에 있는 대학원에서 한국 현대문학을 전공했고, 한국어를 잘했고, 그 소설을 한글판으로 읽은 상태였다.

그런데 우리가 지내는 아파트 정문 앞에서는 거의 항상 공중에 떠 있는 뭔가를 볼 수 있었는데, 신기루나 착시 현상이나 알 수 없는 뭔가는 아니었고, 금방 알 수 있는 뭔가였는데, 파리들이었다.

파리들은 사람들이 출입하는 문과 약간 떨어진 곳에서 가상의 작은 구 속을 맴도는 것처럼 다소 어지럽게 날아다녔는데, 그 모습은 원자 속에서 불안하게 돌아다니는 소립자들의 움직임과 약간 비슷한 데가 있는 것 같았는데, 아파트에 사는 누군가에게 볼일이 있어 그나 그녀를 기다리는 것 같지는 않았고, 다른 누구도 아닌 내게 볼일이 있는 것도 아닌 게 확실했는데, 내가 나타나도 나를 기다렸던 것처럼 내게 달려들거나 달라붙거나 나를 에워싸거나 따라오거나 하지 않았다.

그런데 남의 건물에 함부로 들어가는 것은 옳지 않다고 생각해 그러는지는 알 수 없었지만, 파리치고는 체구가 큰 편인 그 파리들은 문이 열려도 건물 안으로 들어오거나 하지 않았고, 늘 집안의 어딘가에서 출현하는 것 같고, 집안에서 사람들과 함께 생활하는 것을 좋아하고, 사교성이 좋아 그 집에 사는 어떤 사람들과도 잘 지내며, 성격도 좋아 어떤 불평도 하지 않고, 집안에 있는 뭐든 나눠 가지려 하며 집을 떠날 생각을 하지 않는 집파리는 아니었다.

파리들은 아파트에 사는 사람들에게 어떤 해도 끼치지 않았지만 반가운 존재는 아닌 것 같았고, 사람들은 그 파리들을 귀찮아하며 파리들을 볼 때마다 좋지 않은 말을 한마디씩 해주는 것 같았지만, 나는 그 파리들을 볼 때마다 반가웠는데, 그들은 거의 항상 일곱 마리였고, 때로 여섯 마리가 되기도, 드물게는 여덟 마리가 되기도 했지만 마치 그것이 그들이 이루고자 하는 뭔가의 핵심이거나 목적이거나 과제인 것처럼 가급적 인원을 일곱으로 유지하려는 것 같았다.

파리들은 모두 동일해 보이긴 했지만 계속해서 동일한 파리들 같지는 않았고, 파리들 역시 공중에 계속 떠 있는 것은 힘들 테고 다른 볼일도 있을 테고 그래서 동일해 보이는 다른 파리들과 교대를 하기도 하는 것 같았지만, 역시 부동자세로 서 있는 건 힘들고 다른 볼일도 있어 종이 몇 번 칠 때마다 과장된 동작으로 교대를 하며 교대식을 하는 여러 나라의 왕실 궁전 앞 근위병들과는 달리 좋은 구경거리가 될 수도 있는 교대식 같은 것을 따로 하지는 않는 것 같았지만, 나는 어제 본 파리들이 오늘 본 파리들과 동일한 파리들일까, 오늘 본 파리들이 내일 보게 될 파리들과 동일한 파리들일까, 하는 생각을 해보았는데, 파리의 수명이 그렇게 길지 않다는 점에 비춰 보면 그중 일부는 동일한 파리들이 아닌 것으로 보는 게 맞는 것 같았다.

파리들은 자연계의 많은 동물과 식물들이 많은 시간을 일종의 명상 상태에서 보내는 게 분명하다는(동물들에 비해 식물들이 많은 시간을 더 깊은 명상 상태에서 보내는 게 분명했다) 평소의 내 생각을 확인시켜주었는데, 그들이 공중에 뜬 채로 내는 희미한 날갯소리를 주의깊게 들어보면 그들이 그들만의 어떤 경을 외고 있다는 것을 어렵지 않게 알 수 있었는데, 아주 주의깊게 들어보자 그것이 티베트의 라마 불교 승려들이 경을 외면서 내는 소리에 가까운 소리라는 것을 알 수 있었다.

나는 라마 불교 승려들이 경을 외면서 내는 소리 같은 소리를 내는 파리들을 내가 머무는 집에 초대해 같이할 수 있는 것들을 생각해본 후 마땅한 것이 없으면, 집에 초대한 손님에게 해를 가하는 것은 도리가 아니니까 해를 가하지는 말고, 이것 역시 도리가 아니기는 하지만 창밖으로 내쫓는 것도 생각했는데, 건물 안을 좋아하지 않는 파리들은 초대에 응하지 않을 것 같았다.

나는 사람들이 말하는, 불가능한 것처럼 보이기도 하는 여러 가지 가운데서 환생은 가능한 일일 수도 있다고 생각했지만, 그렇다고 파리들이 딱히 환생한 라마 불교 승려들로 보이지는 않았는데, 그들이 환생한 라마 불교 승려들이었다면 전생에 라마 불교 승려이기도 했던 것 같은 내가 그들을 몰라볼 리는 없을 것 같았고, 그들 또한 나를 몰라볼 리는 없을 것 같았지만, 물론 전생에 대한 기억이 희미해져 서로 얼마든지 몰라볼 수도 있었고, 나는 어쩌면 그들이 전생에 7인의 사무라이였을지도 모른다는 생각도 했지만 내가 전생에 사무라이이기도 했던 것 같다는 생각을 해본 적은 없었다.

나는 그런 것들이 존재하는 것이 확인된 바는 없지만 몇몇 종교들에서 그런 것들을 확인할 수는 없지만 그렇다고 존재하지 않는 것은 아니니 조심하라고 겁을 주는 것들, 가령 천국과 지옥과 부활과 환생 등에 겁을 먹고 조심하지는 않았지만 그런 것들 중 환생은 재미있게 생각했고 있어도 좋을 거라고 생각했는데, 내가 전생에 라마 불교 승려였거나 파리였거나 자라였거나 물고기였거나 수달이나 비버였을 수도 있고, 내세에 그런 것들이 될 수도 있다는 생각을 해보는 것은 재미있었다.

환생에 대한 얘기까지는 하지 않았지만, 일곱 마리의 파리들을 보고 있으면 자연스럽게 7인의 사무라이가 떠오른다는 얘기를 하자 친구는 그건 『강물에 떠내려가는 7인의 사무라이 2』를 쓰라는 계시라고 하며 『강물에 떠내려가는 7인의 사무라이 2』를 써야 한다고 했는데, 나는 그런 것이 계시일 수는 없다고 생각했지만 계시가 아닌 것을 계시로 받아들여도 무방했고, 『강물에 떠내려가는 7인의 사무라이』 속에 등장하는, 주로 서로 싸우거나 강물에 떠내려가거나 점점 더 아무것도 하지 않게 된 사무라이들이 소설이 끝난 후 지금은 무엇을 하고 있을지 그들의 안부가 가끔 궁금했고, 그 소설을 더 길게 썼다면 그들은 어떻게 되었을지도 궁금했고, 그래서 그들이 일곱 마리의 파리들과 함께 등장하는 『강물에 떠내려가는 6과 1/2인의 사무라이』 혹은 『강물에 떠내려가는 7과 1/2인의 사무라이』를 쓸 수도 있겠다는 생각은 했는데, 여기서 1/2인의 사무라이는 물론 사무라이이기도 하다가 아니기도 하는, 반만 사무라이인 누군가가 될 것이었다.

미국 텍사스를 배경으로 하지만 텍사스에 관한 이야기는 아닌 『강물에 떠내려가는 7인의 사무라이』는 사무라이에 관한 이야기도 아니었고, 거의 아무것도 아닌 것에 관한 거의 아무것도 아닌 이야기였는데, 정작 내가 쓰고 싶었던 것은 완전히 아무것도 아닌 것에 관한 아무것도 아닌 이야기였는데, 완전히 아무것도 아닌 것에 관해서는 말할 수 있는 것이 아무것도 없었지만 거의 아무것도 아닌 것에 관해서는 거의 아무것도 아닌 것을 말할 수 있었고, 결국 거의 아무것도 아닌 것이 되게 할 수 있었고, 거의 아무것도 아닌 것에 관해서는 거의 아무 말이나 할 수 있었고, 무엇에 대해서 말하는지는 상관없는 그 이야기들은 어떻게 말해도 상관없게 말할 수도 있었다.

나는 새 소설이 무엇에 관한 이야기가 될지는 알지 못했지만 말하고자 하는 것이 없는, 계속해서 이야기가 옆으로 새는 소설이 될 것이라는 것은 알 수 있었는데, 내게 문학은 그것을 통해, 그 자체가 별것 아니기도 하지만, 생각 속에서나마 약간의 정신적 자유를 수행하는 것 정도 이상의 그 무엇도 아니었고, 말하자면, 가급적 생각들을 붙들지 않고 놓아줘 계속해서 옆으로 새게 하는 것은 약간의 정신적 자유를 수행하는 데 도움이 되는 일종의 정신적 스트레칭으로 괜찮은 것이라고 생각했다.

그리고 나는 새 소설에 무엇보다도 물에 관한 이야기가 많이 나오고, 물에 떠 있거나 떠다니거나 떠내려가는 것들이 많이 등장하기를 바랐고, 무엇보다도 단어와 어구를 최대한 반복할 수 있기를 바랐다.

나는 어느 시기 이후로 소설을 쓰면서 단어와 어구를 반복적으로 사용하는 것 말고 다른 즐거움은 더이상 찾을 수가 없었고, 이제는 그 즐거움 또한 거의 없어진 상태였고, 그래서 단어와 어구를 반복적으로 사용하면서도 그것의 즐거움보다는 그 즐거움이 얼마나 희미한지를 겨우 느낄 수 있을 뿐이었지만 점점 더 단어와 어구를 반복적으로 사용하고 있었는데, 그렇게 하는 것에는 주문을 반복하는 주술에 반복적인 것이 있는 것만큼은 아니지만 주술적인 뭔가가, 혹은 명상적인 뭔가가 있을 수도 있다고 생각했는데, 그것이 명상적이기까지 한지는 분명치 않았지만 반복적인 것에는 주술적인 것이 있고, 단어와 어구를 반복적으로 사용할 때면 어떤 주문을 외는 것 같기도 하고, 그래서 주술적인 뭔가가 내가 계속 단어와 어구를 반복적으로 사용하는 소설을 쓰게 하는 것 같기도 했지만, 그렇다고 내가 알 수 없고, 그래서 그것에서 벗어나는 길도 알 수 없는 어떤 주술에 걸렸다고 생각하지는 않았다.

하지만 단어와 어구를 반복적으로 사용하는 것에 주술적인 뭔가가 있기도 한 것 같은 것은 느낌일 뿐이었고 주술적인 것은 없었지만, 그럼에도 그 느낌은 괜찮았고, 나는 어쩌면 주술적인 것이 없는 것은 내가 주술적일 정도로 단어와 어구를 충분히 반복적으로 사용하지 않아서일지도 모른다는 생각도 했고, 그래서 단어와 어구를 더 많이 반복적으로 사용해보는 것도 좋을 거라고 생각했고, 단어와 어구를 반복적으로 사용하는 것만큼은 아니지만 단어와 어구를 열거하는 것에도 주술적인 어떤 것이 있는 것 같았고, 그래서 단어와 어구를 가능한 한 많이 열거해 사용해보는 것도 좋을 거라고 생각했다.

친구와 나는 우리가 읽은 책들, 그리고 더이상 읽을 수 없게 된 책들에 대해 얘기했고, 일말의 유머가 없는 소설이 과연 좋은 소설일 수 있는지에 대해서도 얘기했는데, 그는 나와는 생각이 달랐고, 일말의 유머가 없지만 좋은 소설도 있다고 생각했고, 그 점에 대해 우리는 더 얘기했지만 이견을 좁힐 수 없었고, 어떤 이견은 좁히지 않는 것이 마땅했고, 그래서 그 이견은 좁히지 말고 그대로 두기로 했다.

그리고 우리는 커트 코베인이 가장 좋아한 소설 중 하나가 사뮈엘 베케트의 『몰로이』였다는 사실에 대해서도 얘기를 했는데, 과거에 나 역시 베케트의 작품들을 좋아했지만 이제 베케트는 내가 더이상 읽을 수 없는 작가들 중 한 명이었는데, 그의 고약한 유머가, 그의 하나 마나 한 이야기가 더이상 전혀 재미있지 않았고, 토마스 베른하르트나 페르난두 페소아 등도 더이상 읽을 수 없기는 마찬가지였는데, 그들을 더이상 읽을 수 없게 된 것은 잘된 일이라고 생각했는데, 그 점은 내 친구 역시 마찬가지였다.

더이상 읽을 수 없기는 내가 쓴 소설들도 마찬가지였는데, 나는 쓰고 나면 다시는 읽을 수가 없었고, 이제는 쓰면서도 읽기가 힘들었고, 하지만 쓰면서 읽지 않을 수는 없었고, 그래서 쓰는 것이 더 힘들어졌는데, 그러면서도 왜 또 소설을 쓰는지는 나도 알지 못했는데, 이제는 아직 쓰지 않은, 내가 앞으로 쓰게 될 수도 있는 글도 이미 읽기 어려워졌다고 말할 수도 있었다.

그런데 나는 내가 소설을 쓰게 된 데 결정적인 영향을 주기도 했고, 그를 읽은 후 쓸 수 있게 된 글들도 있는 베케트를 더이상 읽을 수 없게 된 것은 아쉽기도 했지만 크게 아쉽지는 않았는데, 어떤 작가들을 읽게 되었을 때와 마찬가지로 그들을 더이상 읽을 수 없게 되었을 때 쓸 수 있게 되는 것들도 있었다.

그리고 우리는 동시대 소설들 중 재미있는 소설들이 얼마나 없는지에 대해서도 얘기를 했는데, 그는 어느 시기 이후로 소설을 거의 읽지 않았고, 그 얘기는 내가 주로 했는데, 그런 얘기는 하지 않는 것이 좋았고, 그래서 하고 나서 후회했는데, 그는 더이상 소설을 읽지 않아도 되는 것 같아 다행이라고 했다.

친구는 자신이 잊고 있었던 것이라며 브리티시컬럼비아와 관련된 어떤 사실을 얘기해주고 그것에 대해 써보라고 하며 콩고로 떠났는데, 나는 그것에 대해 약간의 리서치를 했고, 그것은 내게 새 소설의 소재를 주었는데, 그가 그렇게 하지 않았더라면 나로서는 힘들게 이 소설을 쓰지 않았을 수도 있었고, 그래서 그가 원망스러웠지만 어쩔 수 없었는데, 그 소재는 사람의 발이었다.

동시에 그것은 내게 일종의 새로운 일거리도 주었는데, 그것은 사람의 발을 찾는 것이었고, 그후 나는 그 일을 하게 되면서 그것에 대해 쓰게 되면서 이 소설을 쓸 수 있게 되었는데, 그 이야기가 이 소설의 많은 부분을 차지하게 되리라는 것을 알 수 있었지만 이 소설은 사람의 발을 찾는 것에 관한 소설은 아니었다.

브리티시컬럼비아의 태평양 연안에서 2007년 이후 모두 열네 개의 주인 없는 발이 발견되었는데, 대부분이 내해인 세일리시해海에서 발견되었고, 브리티시컬럼비아의 수사 당국은 그중 두 쌍의 발을 포함해 발 여덟 개는 원래 주인의 신원을 확인했고, 신원이 확인되지 않은 나머지 발들은 대부분 남자의 발들인 것으로 확인했는데, 발들에 외상이 없다는 이유로 범죄행위가 있었던 것으로 추정하지 않고, 사고나 자살에 의해 일어난 일로 보고 있었다.

사람이 발에 손상이 가해져 죽는 것은 거의 가능하지 않고 대체로 장기나 머리에 손상이 가해져 죽는다는, 실제로 어떻게 해서 발을 잃게 되어 발이 없어도 죽기는 매우 어렵다는 사실에 비춰보면 그것은 이해하기 어려운 일이었지만 브리티시컬럼비아의 수사 당국은 발에 문제가 없는 한 그 발의 주인의 죽음에도 문제가 없다고 판단하는 것 같았다.

그 점과 관련해 나는 브리티시컬럼비아의 수사 당국과는 입장을 달리했고, 입장이 다르다는 것을 분명히 해야 할 것 같았지만 어디에 내 입장을 얘기할 수는 없었고, 그래서 혼자 입장이 다르다는 점을 분명히 했는데, 그렇게 해서 달라진 것은 없었지만 그것은 필요한 일 같았는데, 나로서는 브리티시컬럼비아의 수사 당국의 판단은 한편으로는 이해가 되지 않지만 다른 한편으로는 이해가 되는 것이 아니라 전혀 이해가 되지 않는 것이었다.

나는 브리티시컬럼비아의 언론들이 발이 새로 발견될 때마다 오래 기다렸다는 듯, 오래 기다렸던 것이 드디어 찾아왔다는 듯, 이미 미스터리였지만 더 큰 미스터리가 된 브리티시컬럼비아의 가장 큰 미스터리를 특종으로 다루며, 그 일이 수사 당국과 실종자를 찾는 가족과 찾지 않는 가족과 어부 들뿐만 아니라, 여러 방면의 과학자들과 의사들, 그 가운데서도 특히 정형외과 의사들과, 환경운동가와 점성술사와 심령술사와 도박사와 음모론자와 약물중독자와 성소수자와 정신이상자와 노숙자와 무신론자와 회의주의자 들과 컬트 집단과 복음교회들과, 외계인의 존재를 믿는 사람들과 스스로를 외계인이라고 생각하는 사람들과 외계인의 존재를 믿지 않는 사람들과 신원이 알려지기를 원치 않는 사람들과, 요람에서 나와 걸음마를 익히고 있는 아기들에서부터 너무 오래되어 잊어버린 걸음마를 복습하며 관에 들어갈 준비를 하고 있는 노인들에 이르기까지 브리티시컬럼비아의 모든 사람들이 얼마나 흥분하고 있는지를 심층 보도한 것을 확인했다.

반면, 흥분하는 모습을 보이는 것은 좋지 않다고 판단해 흥분을 감추고 신중한 모습을 보이기로 한 것 같은 브리티시컬럼비아 정부는 주인 잃은 발들이 일정한 주기로 발견되는 것은 초자연적인 현상이 아니며, 전 세계의 다른 어디에서도 가능하지 않은, 브리티시컬럼비아에서만 가능한, 브리티시컬럼비아의 자랑거리라고까지 여기지는 않지만 브리티시컬럼비아에서는 자연스러운 일이라고, 그것은 브리티시컬럼비아의 스포츠용품점에서 주기적으로 운동화가 도난당하는 것만큼이나 자연스러운 일이라고, 그것에 대해 의문을 제기하는 것은 자연스럽지도 옳지도 않은 일이라고 말하며 애써 태연한 척하고 있는 것 같았는데, 발이 발견될 때마다 브리티시컬럼비아가 혼란에 빠지지 않도록 하면서도 그 미스터리를 계속 미스터리로 유지하려는 것 같았다.

그런데 브리티시컬럼비아 정부 산하 검시관 사무소에서는 친절하게도, 관광명소가 표시된 지도처럼 발들이 발견된 지점들이 표시된 지도도 온라인으로 제공했는데, 브리티시컬럼비아 내해의 해안선은 무척 복잡하고 엄청나게 길었고, 거의 무작위로 발견되는 발들이 발이 이미 발견된 지점에서 다시 발견되기는 어려웠고, 지도에 표시된 지점들을 되도록 피하라거나 그곳들을 지나갈 때에는 마음의 준비를 하라거나 하는 것으로 보기도 어려운 것 같았다.

어쩌면 한 사람의 양발이 발견된 경우를 제외하고 한쪽 발만 발견된 경우 근처에서 다른 한쪽 발이 발견될 수도 있으니 그 점은 참고하되, 같은 지점에서 발 혹은 발들이 발견될 가능성은 거의 없으니 참고하지 않는 것이 좋을 거라고 말하는 것 같았지만, 그것은 그다지 설득력이 있어 보이지 않았고, 그런 상식적이고 뻔한 것을 넘어서는, 공개적으로 말하기 곤란한, 뭔가 깊은 의도가 있는 것 같았다.

나는 그 점에 대해 깊이 생각해보았지만 그 깊은 의도를 알기 어려웠는데, 애초에 그 깊은 의도를 알기 어렵게 하는 것이 의도인 것 같기도 했는데, 아무래도 브리티시컬럼비아의 검시관 사무소에서는 그곳들을 일종의 관광명소로 여기는 것 같았다.

세상에는 별사람들이 다 있었고, 어쩌면 그곳들을 성지처럼 순례하는 사람들이 있을 수도 있었고, 실제로 그 지점들에는 브리티시컬럼비아의 검시관 사무소에서 설치한 안내문이 있는지도 몰랐는데, 그 안내문에는 '경고: 이곳에서 발이 발견되었고 또다시 발견되지 않으리라는 보장이 없음. 발을 발견할 경우 어떻게 하면 좋을지 잘 생각해볼 것. 결정은 본인에게 달려 있음. 그 중요한 결정은 스스로 내리기를. 하지만 남의 발을 사적인 용도로 사용하는 것은 삼갈 것'과 같은 글귀가 적혀 있을 것 같았지만 그런 안내문은 없을 수도 있었다.

그런데 흥미로운 점은 발견된 발들 중 단 하나를 제외한 모두가 운동화를 신고 있었다는 것이었는데, 2017년 밴쿠버섬의 남쪽 해안에서 개와 산책을 하다가, 거대한 해초 숲인 켈프에 엉켜 있는 물체에 개가 관심을 보여 확인한 남자에 의해 발견된, 종아리뼈와 정강이뼈가 달려 있는 누군가의 왼발 역시 흰 양말에 검정색 벨크로 운동화를 신고 있었다.

발들이 해안에서 발견된 것은, 해저에서 깊은 잠에 빠진 사람처럼 가만히 있다가 가끔 물살에 꿈을 꾸며 몸을 뒤척이듯 바닥을 뒹굴기도 하는 사체가 몇 년의 시간이 지나 분해되며 몸에서 분리된 운동화를 신은 발들이, 다른 설명할 수 없는 이유 같은 것은 없고 단지 부력이 중력을 이겼다는 이유로, 어쩌면 비유적으로 코코넛 나무에서 코코넛 열매가 땅에 떨어지는 것과 비슷한 이유로, 하지만 방향은 반대로, 아니, 코코넛 나무에서 코코넛 열매가 땅에 떨어지는 것은 중력에 의한 것이니 그것과는 다른 비유의 힘에 의해 수면 위로 떠오른 후 표류하고 방황하며 어디로 갈지 고민하다가, 먼바다로 나가 태평양을 떠다니는 것은 차후로 미루고 일단 해안에 발을 디디기로 하고 해안에 떠밀려와 발을 디딘 것을 누군가가 발견하게 되어서인 것이 분명했다.

나는 그 사실을 깨닫게 된 순간 대단한 사실을 발견한 것 같았고, 유레카, 라고 외칠까 하다가 그렇게 하지는 않았고, 잠시 그 대단한 사실을 어떻게 받아들여야 할지 생각해보았는데, 생각해보자 그것은 전혀 대단한 사실이 아니었고, 튜브가 물에 뜨는 것과 마찬가지로 단순한 이치였다.

그것은 자연현상을 전혀 거스르지 않는 자연스러운 것이었는데, 의문은 왜 2007년 이전에는 발견되지 않았던, 물속에서 나름의 만족스러운 시간을 보내고 있었는지는 알 수 없지만, 어쩌면 그러지 못했을 수도 있는 운동화를 신은 발들이 마치 2007년이 오기만을 참을성을 갖고 기다렸던 것처럼 2007년 이후 물에 떠올라 발견되기 시작했는가 하는 것이었는데, 그것은 아직 의문으로 남아 있는 것 같았다.

나는 2007년에 브리티시컬럼비아에, 더 나아가 세상에 무슨 일이 있었는지를, 그해 일어난 중요하거나 그렇게까지 중요하지는 않은, 전 세계의 많은 곳에서 진동을 느낀 페루의 진도 8.0의 대지진과, 최초의 아이폰 출시와, 밴쿠버 BC 플레이스 스타디움의 돔의 붕괴와, 미시시피강의 다리의 붕괴와, 유타의 지진으로 인한 광산의 붕괴와, 나사의 화성 착륙선 피닉스의 발사와, 대체로 여가활동으로 폭탄 테러를 저지르기도 하지만 폭탄 테러와 여가활동에 대한 믿음을 갖고, 그 방면으로 여러 경쟁 상대들을 의식하며 어떻게든 세계 최고가 되려고 노력하며, 무엇보다도 노력하는 자세만큼은 잃지 않으려고 노력하는 세상의 많은 테러리스트 단체들 중 하나로, 이제는 약간 한물간 듯한 알카에다에 의해 알제리에서 일어난 폭탄 테러와, 영국의 새 웸블리 스타디움의 완공과, 당시 세상에서 가장 큰 크루즈 여객선이었던 '대양들의 자유호Liberty of the Seas'의 운항 개시 등 자연적, 사회적, 과학적, 정치

적, 문화 예술적 사건들까지 떠올리며 생각해보았는데, 브리티시 컬럼비아의 해안에서 운동화를 신은 발들이 물에 떠오르게 해 사람들에게 발견되도록 한 것으로 여겨지는 특별한 일은 떠오르지 않았지만 내가 연관을 지을 수 없는, 그렇지만 연관이 있는 어떤 일이 있었을 것 같았다.

2007년 이후로 발들이 발견된 것은 미스터리였고, 나는 그 의문에 대한 해답을 찾고자 했고, 그 해답을 찾는 것은 아주 어려울 거라고 생각했고, 그 일로 많은 시간을 허비할 거라고 생각했고, 그것에 대해 마음의 준비까지 했다.

하지만 나는 마음의 준비까지 한 것이 허무하게도 너무도 싱겁게도, 그래서 거의 실망스러울 정도로 쉽게 답을 찾았는데, 많은 문제들의 답이 가까이, 등잔 밑 같은 곳에 있는 것처럼 그 의문에 대한 답 역시 가까이, 등잔 밑 같은 곳에 있었다.

하필이면 마음의 준비를 한 그날, 새 양말이 필요한 건 아니었지만 마음이 가라앉을 때면 때로 양말을 사곤 하는 나는(마음이 안 좋을 때 양말을 사는 건 나쁘지 않은 일이었는데, 양말을 산 후에는 크게 후회할 일이 없었고, 여간 마음에 들지 않더라도 신는데 지장은 없었고, 여간 마음에 들지 않는 양말을 신더라도 마음이 비록 안 좋더라도 여간 안 좋거나 하지는 않았고, 여간 안 좋을 때면 벗어서 버리면 되었고, 실제로 양말은 산 후에 후회하기가 여간 어려운 것이 아니었고, 나는 지금껏 살면서 많은 것들에 대해 후회했지만 양말을 산 후 후회한 적은 없었고, 누군가가 양말을 산 후 후회하는 것을 본 적도 없었고, 마음에 들지 않는 양말은 겉만 예쁘게 잘 포장해 누군가에게 선물할 수도 있었고, 누군가가 마음에 들지 않아 겉만 예쁘게 잘 포장해 내게 선물한 것 같은 양말을 받은 적도 있었지만 그것에 대해 전혀 상관하지 않았다) 양말을 몇 켤레 사러 스포츠용품점에 갔고, 운동화를 사지는 않았지만 진열된 운동화들을 구경하던 중 그 답을 찾았는데, 그 답은 물에 뜨는 운동화에 있었다.

뭔가를 검색해 너무 쉽게 알아내는 것은 늘 약간 비겁한 일로 여겨졌지만 그렇게 하지 않으면 알아내기 힘든 것들이 있었고, 그래서 나는 또 약간의 리서치를 했고, 주인을 잃은 발들이 물에 떠오르기 시작한 것과 물에 뜨는 운동화가 출시된 것의 시기가 상당 정도 일치한다는 것을 확인했는데, 발견된 발들은 어느 시기 이후의 나이키 에어나 비슷한 기능성을 가진 뉴발란스나 아디다스 등의 운동화를 신고 있었던 게 분명했다.

어쩐지 밑창에 공기층이 있는 기능성 운동화들이 본격적으로 출시된 이후로 발들이 더 빈번하게 발견된 것 같았고, 그것은 물에 뜨는 운동화가 어떻게 해도 물에 가라앉지 않고 뜨는 것과 마찬가지로 틀림없는 사실 같았고, 나는 나의 그 가설을 입증할 다른 추론의 필요성을 느낄 수도 없었다.

브리티시컬럼비아의 수사 당국에서 그 사실에 대해 공식적으로 언급한 적은 없는 것 같았지만, 그럼에도 그 사실에 대해 모를 리는 없을 거라고 생각되었지만, 정말로 모르고 있을 수도 있다는 생각이 들었고, 나는 생각지 못한 고민을 해야 했는데, 어쩐지 믿음이 가지 않는 브리티시컬럼비아의 수사 당국의 수사에 도움이 되도록 기능성 운동화들과 관련된 사실에 관해 제보하는 것에 대해 고민했지만, 수사 당국에서 스스로 알아내기 전에 그런 것을 누가 알려주는 것은 옳지 않을 뿐만 아니라, 정말로 모르고 있다면 계속해서 모르는 것이 맞는다는 생각에 제보하지는 않았다.

하지만 수사 당국에서 공식적으로 브리티시컬럼비아의 가장 큰 미스터리를 푸는 데 도움이 될 수 있는 열쇠, 단서, 힌트, 착각, 혼자 하는 생각, 짧은 생각, 길지만 짧은 생각 못지않게 짧거나 더 짧은 생각, 망상 등을 포함해 모든 종류의 제보를 기다리고 있다고 한 것이 마음에 걸렸지만 좀더 기다리게 하기로 했다.

나는 마음의 준비까지 했지만 모든 것이 너무도 허무하게 끝나면서 가라앉아 있던 마음이 어지러워지는 것을 느꼈고, 어지러운 마음을 가라앉히려고 새로 산 양말을 신고 브리티시컬럼비아대학 캠퍼스에서 저녁 산책을 하며, 나이키 에어나 비슷한 기능성을 가진 다른 상표의 운동화들이 죽은 사람의 사후의 운명까지는 아니지만 죽은 사람의 발의 운명까지는 바꿔놓을 수도 있다는 사실을 받아들이고, 그 사실에 불필요한 불만 같은 것을 갖는 것은 소용없으니 불만 같은 것을 갖지는 않기로 했는데, 마음이 어지러워 그런 생각을 하는 것이 맞는지 분명치 않았다.

그런데 나는 그후로 다른 누구도 아닌 마이클 조던과 관련해 여러 가지 생각을 하게 되었는데, 마이클 조던이 없었다면 나이키 에어가 탄생하지 못했을 거라고 생각하지는 않았지만, 마이클 조던이 아니었다면 지금과는 상당히 다른 길을 걸어왔을 수도 있는 나이키 에어를 생각하면 마이클 조던을 떠올리지 않기 어려웠고, 그가 브리티시컬럼비아의 해안에서 어느 시기 이후로 나이키 에어를 신은 발들이 발견되고 있다는 사실에 대해 알고 있을지 궁금했다.

물론 나이키에서 만드는 모든 신발이 사람들의 발을 만나 좋거나 안 좋은 무슨 일이 일어날 수 있는지에 대해 모든 가능성을 열어놓고 지속적인 연구를 하는 나이키 본사의 누군가가 조던에게 얘기를 해 잘 알고 있고, 실제로 그 문제로 인해 나이키 본사에서 회의가 열리기도 했지만 긴 회의 끝에 나이키도 조던도 그것에 대해서는 공식적인 입장을 밝히지 않기로 한 것 같았는데, 나이키 에어를 신은, 주인을 잃은 발들이 물에 떠오르는 것이 나이키 에어의 여러 가지 장점들 중 하나로 볼 수 있는지는 확실치 않았고, 의견이 엇갈렸지만 그것에 대해 홍보하거나 그것에 대해서 언급하는 것이 곤란했을 것은 확실했고, 그래서 그 문제에 대해서는 모르는 척하기로 했을 수도 있을 것 같았다.

하지만 나이키 연구소에서 나이키 에어 시리즈 운동화들을 개발하며 혹독한 조건에서 운동화들에 어떤 일이 일어나는지를 실험하고, 수조에 넣어 물에 뜨는지도 확인했을 나이키에서 그것을 신은 채로 죽은 사람의 발이 일정한 시간이 지난 후 물에 떠오를 가능성을 애초에 염두에 두고 운동화를 만들었을 거라고는 생각되지 않았는데, 그렇다면 그것은 딱히 비윤리적인 것은 아니지만 윤리적인 문제와 관련해 애매한 부분이 없지 않은 것이 될 수도 있을 것이었다.

그런데 브리티시컬럼비아의 해안에서 운동화를 신은 발들이 주기적으로 발견되고 있는 사실과 관련해 또다른 의문은 캐나다의 동쪽 끝에 있는 노바스코샤에서부터 스칸디나비아와 남아프리카공화국과 칠레에 이르기까지 전 세계의 다른 해안이나 강가나 호숫가에서도 운동화를 신은 발들이 일정한 주기로, 비슷한 빈도로 발견되는 것이 마땅한데 왜 그렇지 않은가 하는 것이었는데, 그 의문을 풀지 못하는 한 브리티시컬럼비아의 가장 큰 미스터리는 미스터리로 남을 수밖에 없고, 경우에 따라서는 영원한 미스터리로, 훌륭한 미스터리로 남을 수도 있을 것이었는데, 브리티시컬럼비아의 수사 당국에서는 결정적으로 그 중요한 의문에 대한 답을 내놓지 못하고 있는 것 같았고, 그것은 브리티시컬럼비아의 수사 당국에 대한 나의 불신을 가중시켰다.

그 점과 관련해 나는 오스트레일리아에서는 해안이나 강가나 호숫가에서 누군가의 발이 발견되지 않는 것이 하나도 이상할 것이 없다고 생각했는데, 오스트레일리아인들은 해안이나 강가나 호숫가뿐만 아니라 독뱀이나 독충들이 우글거리는 숲이나 사막에서도 거의 맨발로 다니고, 시내의 어떤 식당과 카페와 영화관과 미술관 들에는, 신발을 신고 들어올 것, 맨발 입장 불가, 맨발로 들어오는 건 꿈도 꾸지 말기를, 맨발로 올 거면 다시는 이곳에 오지 말기를, 맨발로 올 거면 이 근처를 지나가지도 말기를, 그리고 심지어는 맨발로 들어오는 사람은 사람도 아님 등의 안내문이 있는데도 웬만하면 맨발로 다니기를 좋아하고, 그렇게 맨발 입장을 막는데도 기어코 맨발로 들어갔다가 쫓겨나는, 사람도 아닌 오스트레일리아인들이 많고, 그럼에도 그것이 자신들의 독특한 문화라고 생각하며 자부심을 갖고 있고, 그것이 지나쳐, 맨발로 다닐 때 진정한 오스트레일리아인이라고 생각하는 오스트레일리아인들도 있고, 그래서 오스트레일리아에서는 전 세계 어디에서보다도 자주 일어나는 일로, 상어의 공격을 받은 누군가가 발만 남아 맨발이 발견되는 경우를 제외하고는 누군가의 발이 물가에서 발견되는 것 자체가 거의 불가능했다.

나는 영국 BBC에서 만든, 오스트레일리아 사람들이 거의 본능적으로, 어떻게든 맨발로 다니려고 하는, 영국인들을 포함해 다른 나라 사람들은 이해하기 어려운 관습을 아주 잘못 분석한 다큐멘터리를 본 적이 있는데, 그 다큐멘터리는 그 관습이 식민지 시대에 영국의 억압적이고 답답한 분위기에서 벗어난, 오스트레일리아로 보내진 영국인들이 영국의 억압적이고 답답한 분위기의 상징인 신발을 벗어던지고 자신들이 누리게 된 자유의 상징으로 맨발로 다니기 시작한 데서 비롯되었을 수도 있다면서, 그것이 그 다큐멘터리의 의도는 아닐 텐데 그 관습을 얼마나 잘못 이해하고 있는지를 잘 보여주고 있었는데, 내 생각에 영국인들은 어느 시기 이후로 뭔가를 잘못 생각하는 데 너무나 익숙해져 자신들이 무엇을 잘못 생각하는지도 모르게 된 것 같은 인상마저 주었는데, 물론 이것은 내가 잘못 생각하고 있는 것일 수도 있었지만 그것은 본인으로서도 어쩔 수 없어 가끔 사람들을 향해 웃으며 손을 흔들어주는 것 말고는 한 게 없는데도 칠십 년 가까이 모두를 제치고 여왕이 영국에서 가장 인기 있는 사람이었다는 사실을 생각하면 이해가 되기도 했는데, 나는 영국의 공영방송인 BBC 뉴스를 신뢰하지 않았지만 브리티시컬럼비아의 해안에서 나이키 에어 같은 운동화가 사람의 발을 물에 떠오르게 하는 것과 같은 일과는 상관없는, 거의 궁금하지 않은, 세상에 일어나는 일들이 아주 가끔 궁금할 때 BBC 뉴스를 보기도 했는데, 그럴 때마다 BBC 뉴스는 기대를 저버리지 않고 나를 약간 놀라게 했는데, 비록 자막이기는 하지만 메인 뉴스에서 어딘가의 섬에서 엄청난 규모의 화산 폭발이 일어나 섬의 지형 자체가 바뀌고 사람들이 죽고 섬 전체가 두터운 화산재로 뒤덮였을 때, 섬의 개들조차도 화산재로 뒤덮였다는, 얼핏 생각하기에는 독특한 데가 있는 영국식 유머 같지만 유머로 보기는 어려운, 무엇을 말하고자 하는지는 아무리 생각해도 알 수 없지만 개에 대한 뭔가를 말하고자 한다는 것만은 알 수도 있었던, 믿기 어려운 자막이 뜨는 것을 보고 BBC 뉴스를 신뢰하지 않아도 좋다는 것을 다시 한번 확인한 적도 있었다.

과거 영국의 식민지였고, 여전히 영연방이고, 사람들이 야외 활동을 좋아한다는 점에서 캐나다와 비슷한 데가 있는 오스트레일리아 사람들이, 그중에서도 특히 백인들이 자신들의 독특한 문화인 것처럼 말하는 맨발로 다니는 관습은 과거 영국인들이 거의 말살한 원주민들의 관습에서 가져온 것일 뿐이었고, 맨발로 다닐 수 있는 것은 얼마든지 맨발로 다녀도 좋게 많은 곳이 연중 긴 기간 동안 날씨가 좋아서일 뿐이었다.

나는 오스트레일리아인들의 맨발에 대한 집착을 개인적인 경험을 통해서도 알고 있었는데, 그것은 언젠가 국제선 여객기 내에서 내 좌석 등받이 위에 무엄하게도 맨발을 올려놓은, 가끔 하면 좋을 서핑을 너무 많이 해서인 듯 살이 너무 타 온몸이 아주 붉은, 얼굴에 성냥개비를 대면 성냥불을 켤 수도 있을 것 같은 젊은 오스트레일리아인과 상공 만 미터 고도에서 마찰을 빚어 여객기의 운항에 지장을 주지는 않았지만 나 또한 얼굴을 붉히고 주먹을 불끈 쥔 적이 있어서였다.

나는 전 세계 어딘가에서 맨발로 시내를 활보하는 사람들은 오스트레일리아인들이거나, 오스트레일리아에서 한동안 지내 그 습성을 쉽게 버리지 못하는 사람들일 가능성이 크고, 맨발로 많이 다녀 맨발로 할 수 있는 기발한 것들을 많이 알고 있을 그들이 맨발로 생각지 못한 무슨 짓을 할 가능성이 크니 조심하는 것이 좋다고 생각했고, 맨발로 시내를 활보하는, 오스트레일리아인일 가능성이 큰 사람들을 항상 조심했다.

나는 밴쿠버에서, 캐나다가 역시 과거 영국의 식민지였고, 여전히 충실한 영연방이라는 것을 잊지 않으려는 듯 여전히 왕립 캐나다 기마경찰Royal Canadian Mounted Police이라고 부르는 경찰들이, 이름과는 달리 말을 타고 다니지는 않지만, 항상 먼 곳을 보며, 사이렌을 울리며 긴급한 상황이라는 것을 알리면서도 차가 고장난 것처럼 경찰차를 최저 속도로 몰고 다니는 것은 보았지만, 거리에서 경찰은 보지 못했는데, 그 정확한 이유는 알 수 없었지만 경찰의 모습에 불쾌해하거나 불편해하거나 불안해지는 사람들이 있다는 사실을 배려해 최대한 모습을 드러내지 않아서는 아닌 것 같았다.

그리고 내가 머무는 집 근처, 브리티시컬럼비아대학 캠퍼스의 학생 클럽 같은 곳에서는 매주 주말이면 소란스러운 파티가 열리며 일대가 마리화나 연기로 자욱해졌고, 그래서 나는 주말에는 가급적 그곳은 피해다녔는데, 그 바로 옆에 하필이면 왕립 캐나다 기마경찰의 경찰서가 위치해 있는 것도 우연은 아닌 것 같았는데, 그곳 경찰들은 마리화나를 직접 피우는 수고도 하지 않고, 학생들이 기침을 하며 고생하며 내뱉은 연기를 들이마시는 것으로 간접흡연의 폐해를 이점으로 활용하고 있는 것 같았는데, 어쩐지 다른 곳의 경찰들도 몰려오는 것처럼 주말이면 그곳 경찰서의 주차장에는 경찰차들이 평소보다 더 많은 것 같았고, 어떤 날에는 주차장이 경찰차들로 꽉 차 있기도 했다.

브리티시컬럼비아의 해안에서 운동화를 신은 발들이 주기적으로 발견되고 있는 미스터리와 관련해 아직 풀리지 않은 커다란 의문들이 있고, 아직 발견되지 않은, 장차 발견될 발들에 대해서도 이미 범죄행위가 있었던 것으로 보기 어렵다고 결론을 내린 것 같은 브리티시컬럼비아의 수사 당국에 문제를 맡겨놓을 수만은 없다는 사실이 나로 하여금, 누군가가 풀어야 할 그 의문들을 내가 풀어야 할 이유는 없지만, 풀어보기로 결심하게 했는데, 그 일을 할 생각을 하자 살면서 처음으로 일다운 일을 하게 된 것 같았다.

일단 그 의문들을 풀기 위해서는 브리티시컬럼비아의 해안에 떠밀려온 발이 신뢰할 수 없는 브리티시컬럼비아의 수사 당국의 수중에 넘어가기 전에 먼저 나의 수중에 넣어야 할 것 같았는데, 마침 나는 거의 매일같이 해안을 따라 산책을 하고 있었고, 그래서 해안에서 발을 찾는 일을 병행할 수 있었고, 경우에 따라 그 두 가지를 분리해, 혹은 분리하지 않고 할 수 있었고, 그 확률은 아주 희박했지만 일 년에 평균 한 개 이상 발견되는 발이 나에 의해 발견될 수는 없다는 보장은 없었고, 거기에 많은 기대를 걸었는데, 일단 발을 발견하게 되면 어쩌면 브리티시컬럼비아의 가장 큰 의문들 중 하나를 푸는 데 한 걸음 다가갈 수 있을 것 같았고, 그것에도 기대를 걸었다.

나는 발을 찾게 되는 것에 다시 마음의 준비를 하며, 집에서 양말을 비롯한 세탁물들이 물에 젖은 채로 세탁기 안에서 회전하는 것을 바라보다가 2017년 발견된, 검정색 벨크로 운동화를 신고 있던 왼발이 흰 양말을 신고 있었다는 사실을 떠올렸고, 운동화를 신은 채로 발견되는 발들이 대체로 양말 또한 신었을 것으로 생각되었고, 양말도 나름의 어떤 역할을 했을 수도 있을 것 같았다.

하지만 세탁기 안에서 회전하는 물에 젖은 양말을 보며 아무리 생각해도 운동화를 신은 발이 물에 떠오르게 하는 데 물에 젖은 양말이 하는 역할은 없거나 거의 없을 것 같았고, 있다 해도 그것은 비유적으로도 실제로도, 운동화를 신은 발이 떠오르려는 것의 발목을 잡으며 막아서보지만 막지는 못하는 정도일 것 같았다.

그래서 나는 양말에 대해서는 신경쓰지 않기로 했는데, 이런 사건의 의문을 푸는 데에는 연관성이 없는 것들을 배제해나가는 것이 중요했고, 그렇게 하자 의문을 푸는 데 한 걸음 더 다가간 것 같았는데, 그렇다고 다가가야 할 것에 거의 다 다가간 것 같지는 않았고, 단 한 걸음 더 다가간 것 같았다.

그런 식으로 나는 브리티시컬럼비아의 해안에서 발이 물위로 떠오르는 데 상당한 영향을 끼칠 수도 있는 것으로 생각될 수도 있는 것들, 이를테면 지구의 공전과 자전과 달의 인력과, 북미의 북서 태평양의 해류의 이동과, 지진해일을 일으키는 단층의 움직임과, 계절의 변화와, 지구온난화로 인한 기후변화와 해수면의 상승 등에 대해서는 고려하지 않기로 했다.

그것들을 모두 고려하는 것은 너무 복잡한 일이기도 했고, 지구를 돌게 하고 바다를 움직이게 하고 시간이 흐르게 하고 누군가를 태어나게 하고 죽게 하고 누군가의 서식지를 잃게 하는 그 모든 거대하고 가차없고 열정적이고 집요한 힘들이 주인을 잃은 누군가의 발이 물에 떠오르게 하는 데 있어서만큼은 큰 힘을 발휘하지 못하는 것 같았는데, 실제로 그것에 결정적인 역할을 하는 기능성 운동화의 부력에 비하면 아주 부차적이고도 미미한 역할을 하는 것 같았다.

하지만 나는 파도와 싸워야 하는 어부가 물고기를 잡다가 발견한 발이 있는지는 알 수 없었지만, 물에 떠오른 발이 해안으로 향하게 하는 데 있어 파도의 역할은 결정적일 것이었고, 다양한 크기와 모양의, 작은 파도와 큰 파도와 지친 기색의 파도와 지칠 줄 모르는 기색의 파도와 꿈을 꾸는 듯한 파도와 꿈에서 깨어 기지개를 켜다 마는 것 같은 파도와 잠에서 완전히 깬 것 같은 파도와 잠에서 깨자마자 어떤 이유로 울타리 같은 데를 계속해서 뛰어넘다가 다시 잠들 것 같은 파도에 이르기까지, 항상 모든 파도가 흥미롭지는 않지만 때로 어떤 파도는 흥미롭기도 한 파도가 본래 파도의 일은 아닐 이 다소 예외적인 일에서도 큰 역할을 한다는 사실에 만족하기로 했다.

그후로 나는 밴쿠버의 해안을 거닐 때면 해안에 떠밀려왔을 수도 있는 발을 찾는 것 외에 다른 생각을 하기가 어려웠는데, 밴쿠버의 해안을 오가는 많은 사람들도 마찬가지인 것 같았는데 그것은 당연한 것이었다.

브리티시컬럼비아의 해안에서 운동화를 신은 발들이 주기적으로, 잊을 만하면 발견되는 것은 밴쿠버 사람들에게도 머릿속에서 떨치기 힘든 것으로, 일상에도 많은 영향을 주고, 그것 때문에 일상이 힘들거나 가능하지 않은 사람들도 있고, 많은 사람들의 대화의 많은 부분을 차지하고, 많은 사람들이 새 발이 발견되는 것에 두려움과 불안과 우려와 함께 기대도 갖고 있을 것이었다.

실제로 나는 해안을 거니는 밴쿠버의 많은 사람들이 시선을 물과 땅이 만나는 곳이나 수면에 두며 걷는 것을 보았는데, 밴쿠버의 해안에 죽은 사람이 잃어버린 발을 찾으러 다니는 사람들이 있는 것은 죽은 후 자신의 발을 잃어버리는 사람들도 있는 것만큼이나, 아니, 그것과는 비교가 되지 않게 자연스러운 일 같았다.

죽은 사람이 잃어버린 발을 찾는 데 열심인 건 사람들뿐만 아니라 사람들과 함께 산책하는 개들 역시 마찬가지였는데, 사람들이 던져주는 공을 물어오는 것을 세상의 무엇보다도 좋아하는 것 같은 잘못된 인상을 사람들에게 주기도 하지만, 사실은 동물의 뼈를 물어뜯는 것을 세상의 무엇보다도 좋아하지만 진짜 뼈를 수중에 넣을 수 있는 기회는 많지 않아 그런 기회가 오기만을 기다리며 대부분의 시간을 뼈 생각을 하며 보내며, 뼈 생각이 걷잡을 수 없이 심하게 나는 날에는 뼈 생각 말고 다른 생각은 아예 하지 않지만 다른 생각도 하는 것 같은 인상을 사람들에게 주며, 평소에 사람들이 던져주는 뼈 모양의 장난감을 물어오는 것을 좋아하는 것 같은 잘못된 인상을 사람들에게 주기도 하지만, 사실은 진짜 뼈를 주지 않아 불만에 차 뼈 모양의 장난감을 물어뜯으며 어떻게 해도 완전히 진정되지 않는 마음을 어떻게든 조금이나마 진정시키려 하며, 사람의 발을 닮은 것을 찾도록, 사람들이 던진 나무토막을 물어오도록 훈련받은 개들이 밴쿠버의 해안을 산책할 때에는 사람의 발 외에 다른 것을 생각하기 어려운 듯 다른 무엇보다도 해안에 버려져 있거나 물에 떠 있는 나무토막들을 눈여겨보는 것을 나는 쉽게 볼 수 있었다.

나는 개들이 자신보다 먼저 발을 발견할 수도 있는 다른 개와 사람들을 반가워하면서도 속으로는 경계하는 것을 보았는데, 뭔가에 과도하게 집착하는 사람들이 있는 것과 마찬가지로 뭔가에 과도하게 집착하는 개들이 있었고, 그 개들 가운데 발을 찾는 것에 과도하게 집착하는 개들이 내게 던지는, 몹시 경계하는 시선도 받아야 했다.

그럴 때면 나는 개들이 내게 던지는 것과 똑같은 경계하는 시선을 개들에게 던지지는 않았지만, 뭔가를 두고 개들과 경쟁하게 될 줄은 몰랐다는 생각도 해야 했고, 다른 무엇도 아닌 사람의 발을 두고 개들과 경쟁해야 하는 현실은 받아들이기 어려운 것이었지만 받아들이기로 했다.

나는 주인을 잃어버린 발을 찾는 데 혈안인 사람과 개들이 많이 사는 밴쿠버가 좋아졌는데, 전 세계 어디에도 그런 곳은 없었고, 그런 이유로 어떤 곳을 좋아하지 않기란 얼마나 어려운지를, 그리고 그런 이유로 어떤 곳을 좋아하게 되기란 얼마나 쉬운지를 생각하며 좋아진 밴쿠버의 해안을 산책할 때면 맞은편에서 오고 있는 사람과 개들에게 먼저 인사를 하기도 했는데, 그중에는 얼핏 봐도 어떻게 해도 먼저 인사를 하고 싶은 마음이 들지 않게 하는 사람과 개들이 있었고, 그들에게까지 먼저 인사를 하지는 않았다.

드물게, 내가 발을 찾느라 지쳐 해안의 벤치에 앉아 쉬며 발을 생각하고 있는데 개와 함께 있는 누군가가 옆에 앉았을 때, 앞에서 있는 개가 정중하게 인사를 하고 싶어하며 앞발을 들어 내밀면 나는 손으로 발을 잡아 악수를 했는데, 나는 서로에게 안기거나 서로 껴안거나 얼굴을 비비거나 입을 맞추거나 하는 등 개와 다른 식으로 인사를 하는 것은 좋아하지 않았고 사양했고 피했지만 그런 식으로 정중하게 인사를 하는 것은 좋아했고 허용했고 피하지 않았고, 그럴 때면 서로가 다른 무엇보다도 주인을 잃어버린 발을 찾고 있는 중이라는 것을 알 수 있었다.

나는 누군가가 개의 도움을 받아 발을 발견한 사실을 떠올리며 가능하면 개들 가운데서도 몰티즈나 퍼그나 포메라니안 같은, 같이 발을 찾는 일을 하는 데 도움은커녕 방해가 될 것이 뻔한 개는 말고, 그 일을 가장 잘할 것이 분명한 레트리버 종으로, 훈련된 개를 구해, 아니면 훈련되지 않은 개를 구해 단기간에 걸쳐 집중적으로 훈련시켜, 발을 찾는 일 외에 다른 뭔가를 하는 것은 거의 생각할 수 없게 만들어 도움을 받을까 하는 생각도 했지만, 발을 찾는 일은 혼자서 해내야 하는 일로 여겨졌고, 그래서 어떤 개의 도움도 받지 않기로 했다.

하지만 나는 사람의 발을 닮은 것을 찾는 일을 자신들이 해야 하는 일로 생각하지는 않지만 물에 떠 있거나 해안에 버려진 것들에 관심이 많은, 비둘기와 마찬가지로 사람들과 보내는 시간이 많아지면서 직접 먹이를 구하기보다는 얻어먹는 것을 선호하고, 노동을 하기보다는 사람들이 들고 있는 음식물을 갈취하는 등의 여가활동을 하며 시간을 보내기를 더 좋아하는, 종 자체가 점점 더 훌륭한 기회주의자들로 진화하고 있는 것 같은 갈매기들의 도움까지 거절할 이유는 없다고 생각했고, 갈매기들이 관심을 갖는 것들을 관심을 갖고 보았는데, 기회주의자들을 이용할 수 있는 기회는 얼마든지 이용해도 괜찮은 것 같았고, 어쩐지 이번에 새로 발견되는 발은 갈매기가 발견한 것을 발견한 누군가에 의해 발견될 것 같았다.

하지만 나는 밴쿠버의 사람과 개들이 해안을 산책할 때면 발을 찾는 데 여념이 없는 게 분명하다는 내 생각이 크게 잘못된 것이라는 것을 곧 깨닫게 되었는데, 그 얼마 후 어떻게 해서 내가 캐나다인 몇 명을 만나 해안에서 발견된 발 얘기를 하며 발을 찾는 일을 하고 있다고 했을 때, 밴쿠버에 온 지 얼마 안 된 한 명을 빼고는 모두가 그 사건에 대해 알고 있었지만, 해안을 산책하며 어쩌면 발을 발견하게 될 수도 있다는 생각까지는 해봤지만 발을 찾을 생각은 해본 적이 없다고 했다.

그들은 놀란 얼굴에서부터 충격을 받은 얼굴과 믿을 수 없다는 표정의 얼굴까지, 얼굴이 만들어낼 수 있거나 얼굴이 만들어내기 어려운 다양한 얼굴들을 하며 내게 어떻게 그런 생각을 할 생각을 했냐고 했고, 내가 불순한 의도를 갖고 브리티시컬럼비아의 해안에서 발을 찾으려고 한국에서 브리티시컬럼비아에 온 것은 아닌지, 브리티시컬럼비아에서 찾은 발을 한국에 밀반출해 가져가려는 것은 아닌지 의심하는 눈으로 나를 쳐다보며 이상한 사람 취급을 했다.

그런 취급을 받자 내가 이상한 사람 같았고, 마음의 상처까지 입지는 않았지만 아무래도 나 말고는 브리티시컬럼비아의 해안에서 발을 찾으러 다니는 사람은 없을 것 같았고, 이제부터라도 나 자신을 이상한 사람 취급하는 것이 맞는 것 같았지만, 그럴 필요도 없는 것 같았던 게 나는 늘 충분히, 그래야 마땅한 정도로 나를 이상한 사람 취급해왔었고, 거기서 더 이상한 사람 취급할 필요는 없는 것 같았다.

나는 내가 크게 잘못 생각한 것은 밴쿠버의 사람과 개들에 대해 크게 잘못 생각해서라고 생각했고, 그들을 이상한 사람들 취급은 하지 않았지만 정말 재미없는 사람들이라고 생각했고, 브리티시컬럼비아의 가장 큰 미스터리와 관련해 그들은 모르고 있는 것 같은, 나만 알고 있는 것 같은 재미있는 것들에 대해 말해주지 않았고, 그후로 가급적 재미없는 캐나다인들을 멀리하려고 했다.

캐나다에서 캐나다인들을 가급적 멀리하는 것은 쉽지 않은 일이었지만 나는 노력했고, 그로 인해, 어디에서나 마찬가지였지만 점점 더 말을 잃어가게 되었는데, 원래 나 스스로도 혹시 말을 할 줄 모르는 사람이 아닌가 하는 생각이 들기도 할 정도로 거의 말이 없는 사람이라 내게 그것은 큰 문제는 아니었다.

나는 내가 만난 캐나다인들이 브리티시컬럼비아의 가장 흥미로운 일들 중 하나이자 가장 큰 미스터리를 푸는 것에는 관심이 없는 사람들로, 그것에 그들의 미래가 달려 있지는 않지만 그것이 자신들의 미래와도 관련이 있을 수 있다는 사실에, 미래의 언젠가 자신들 중 누군가의 발이 주인을 잃고 브리티시컬럼비아의 해안에서 누군가에 의해 발견될 수도 있다는 사실에 완전히 무심한 사람들이라고 생각했다.

나는 밴쿠버의 해안에서 개와 함께 혹은 혼자 혹은 누군가와 함께 산책을 하거나 뛰며 발을 찾는 것은 밴쿠버에서 할 수 있는 더할 나위 없는 여가활동이 될 수 있을 것 같다고 생각했지만, 그것을 그들에게 추천해줄 수는 없다는 것을 알 수 있었고, 나와 마찬가지로 밴쿠버의 해안에서 발을 찾는 사람과 개들은 밴쿠버에 없다는 엄연한 사실을 받아들이기로 했다.

나는 밴쿠버의 사람과 개들이 발을 찾을 생각은 하지 않고 있다는 사실만으로도 그들이 얼마나 재미없는 사람과 개들인지 알 수 있었고, 그런 사람과 개들이 사는 어떤 곳을 좋아하기란 얼마나 어려운지를, 그리고 그런 이유로 어떤 곳을 좋아하지 않게 되기란 얼마나 쉬운지를 생각하며 일단 밴쿠버가 좋아졌던 것을 취소했고, 그 점을 분명히 하기 위해 안 좋아진 밴쿠버의 해안을 산책하는 사람과 개들 누구에게도 먼저 인사하지 않았는데, 그것 말고 내가 할 수 있는 것이 없는 것이 아주 아쉬웠다.

나는 운동화를 신은 발을 발견하게 되면 어떻게 할지와 관련해 브리티시컬럼비아의 검시관 사무소에서 설치했을 수도, 설치하지 않았을 수도 있는 안내문을 참고해 내 나름의 전체적인 지침 또한 마련했는데, 그것은 장황하고 복잡하고 애매하고 모호하고 혼란스러운 점이 없지 않았지만 요약하면 대충 다음과 같았다: 운동화를 신은 발을 발견할 경우 어떻게 하면 좋을지 잘 생각해볼 것. 결정은 본인에게 달려 있음. 그 중요한 결정을 스스로 포기하지 말기를. 상상력을 발휘하기를.

나는 그 전체적인 지침을 참고해 세부적인 행동 지침까지도 생각을 했는데, 전체적인 지침만큼 장황하고 복잡하고 애매하고 모호하고 혼란스러운 것은 아니었지만 대충 다음과 같았다: 사람의 몸에서 떨어져나온 발을 보고 기겁하지 않기는 어려운 일이니까 일단 기겁한다. 하지만 보는 사람이 없다고 해도 너무 기겁하는 건 보기에 좋지 않으니까 너무 기겁하지는 말고 못 볼 것을 본 것처럼 놀란다. 경우에 따라서는 달아난다. 하지만 그대로 영영 달아나지는 말고 다시 가 발이 맞는다는 것을 확인한다. 발이 아닐 경우 커다란 실망감을 내비치며 내던진다. 발이 맞을 경우 내가 그토록 찾던 것을 찾았으니 기뻐한다. 그리고 발을 보며 무슨 이유에서인지는 알 수 없지만 떨리는 마음으로 감탄한다. 그런 다음, 떨리는 마음을 진정시키고 어떻게 할지 차분하게 생각한다. 마음이 진정되지 않을 경우에는 진정되지 않는 마음으로 어떻게 할지 생각한다. 어떤 생각에 발을 들어 부메랑처럼 집어던져 발이 멀리 떨어질 경우 그냥 가고 돌아올 경우 어떻게 할지 처음부터 생각하는 것과 같은 짓은, 그것은 무례한 짓이니까, 하지 않도록 한다.

나는 대략 그런 순서를 생각했지만 실제로 발을 찾게 될 경우 그 순서는 바뀔 수도 있다고 생각했는데, 어떻게 해야 좋을지 알 수 없을 경우 꺼림칙하지만 일단 모래 속에 파묻거나 덤불 속에 숨겨놓고 어떻게 할지 시간을 갖고 생각해볼 수도 있다고 생각했는데, 시간을 갖고 생각하면 좋은 생각이 나지 않을 수도 있지만 날 수도 있을 것이었다.

나는 이것으로 발을 발견하게 되면 어떤 반응을 보일지, 그리고 어떻게 할지에 대해서는 거의 준비가 되었고, 이제 남은 일은 발을 발견하는 것뿐일 것 같았지만 한편으로는 아무런 준비가 되어 있지 않은 것 같았지만, 모든 것은 발을 발견하게 되면 결정할 수 있을 것 같았다.

나는 브리티시컬럼비아의 수사 당국에 신고하는 것은 내키지 않았는데, 신고해 발을 넘겨줘 브리티시컬럼비아의 검시관 사무소에서 범죄에 연루되지 않았다고 결론을 내리고 발이 발견된 지점을 추가로 지도에 표시해 일종의 관광명소로 만들어 안내문을 설치하게 하고 싶지는 않았다.

브리티시컬럼비아의 수사 당국이 발에 문제가 없는 한 그 발의 주인의 죽음에 문제가 없다고 판단하는 것은 나로서는 아무리 해도 이해하기 어려운 것이었지만, 그것은 어쩌면 브리티시컬럼비아의 수사 당국이 브리티시컬럼비아의 해안에서 주기적으로 발이 발견되는 것을 일종의 자연현상처럼 자연스러운 것으로 보고 있다는 사실에 비춰 보면 이해할 수 있는 것이었고, 이해하고도 남을 수도 있는 것 같았다.

나는 주인을 잃은 발을 찾으러 다니며 그것에 대해 할 수 있는 모든 생각을 하고자 했는데, 사체에서 떨어져나온 것이니 일종의 분실물로도 볼 수 있는 발은 내가 찾을 경우 일종의 습득물로도 볼 수도 있으니 내가 갖는 것과, 비록 주인이 어디에 있는지 알 수 없을 뿐만 아니라 주인이 분실한 자신의 발을 기다리고 있지는 않는 게 분명하지만 언젠가 주인이 해안에 떠밀려와 나타날 수도 있고, 엄밀하게 말해 엄연히 주인이 있는 물건으로 볼 수도 있으니 주인을 찾아주는 것을 두고 많은 고민을 해야 했는데, 발을 잃어버린 사람의 입장에서도 내 입장에서도 생각해보았지만 쉽게 결론을 내릴 수 없었다.

그래서 나는 그것에 대해서라면 달리 생각하기 어려운 것들, 가령, 비록 죽은 사람의 것으로 이제는 물건에 가까운 것이 되었을 테지만 모래 속에 반쯤 파묻혀 있는 누군가의 발을 밟거나 차는 것은 예의가 아니라는 것 등을 생각했고, 그래서 해안을 걸을 때면 누군가의 발을 밟거나 차지 않도록 조심을 했다.

그럼에도 나는 내가 발을 가질 경우 어떻게 할지 생각해보았는데, 가장 먼저 떠오른 것은 서울에 사는 한 친구의 성격이 아주 좋지 않은, 뭐든 물어뜯기를 좋아하고 그중에서도 특히 동물 인형들을 물어뜯어 발들만 남겨 모으기를 좋아하며, 그렇게 해서 발 컬렉션을 갖게 된 개에게 선물하는 것이었다.

나는 그 개의 발 컬렉션을 직접 본 적이 있는데, 내가 친구의 집에 갔을 때, 자신의 발 컬렉션에 무한한 자부심을 갖고 있는 개는 흥분해 나를 자신의 방으로 데려가 방바닥에 널려 있는 발들을 보여주었다.

개의 주인의 말에 따르면 평소 지나치게 말이 많은 개는 자신의 컬렉션에 대해 길게 설명을 했고, 대체로 나는 개들이 하는 말을 잘 알아듣지 못했지만 그 개는 자신의 생각을 분명하게 표현하는 것 같았고, 그래서 상당 정도 이해할 수 있었지만, 개가 하는 말로 한꺼번에 너무 많은 말을 해 다 알아들을 수는 없었지만 내가 알아들은 것으로는 대충 자신의 컬렉션에 대해 어떻게 생각하냐고, 대단하게 생각되지 않냐고, 이런 걸 어디서 본 적이 있냐고 말하는 것 같았고, 개는 동의를 구하는 얼굴로 나를 보았고, 나는 그것들이 한눈에 봐도 소장 가치가 높다는 것과 개의 안목이 높다는 것을 알 수 있었고, 그래서 개의 머리를 쓰다듬어주며 대단하다고 말해주었다.

기분이 좋아진 개는 그의 컬렉션 가운데서 어떤 것을 고를지 한참 고민하더니 그렇게까지 좋아 보이지는 않는, 본인도 그렇게 아끼지는 않는 것 같은 발 하나를 물어와 내 발 앞에 던져주며, 역시 개가 하는 말로, 자신을 만나러 그 집에 오는 모두에게 주는 것은 아니고 자신의 마음에 드는 사람에게만 주는 것으로 내게 주는 것이니 사양하지 말고 가지라고 했고, 내가 사양하자 거듭 가지라고 했고, 나는 더이상 사양하는 것은 예의가 아닌 것 같았고, 결국 개가 준 발 하나를 가져와야 했는데, 내 생각에 인형의 발들을 수집하는 컬렉터 개가 되려고 개로 태어난 것이 분명한 그 개는 아주 좋아하며 자신의 발 컬렉션에 내가 주는 발을 특별한 소장품으로 추가할 수 있을 것이었다.

실제로 개의 발 컬렉션은 상당한 규모였는데, 그 컬렉션에는 코끼리와 원숭이와 오리 같은 동물들과, 소년과 소녀와 왕과 왕비와 왕자와 공주와 기사와 병사와 농부와 사냥꾼의 발을 포함해 수많은 것들이 있었는데, 개에게는 그것이 뭔가의 발이라는 사실이 중요하지 무엇의 발인지는 중요하지 않은 것 같았지만 그 컬렉션에는 개의 발은 없었는데, 어쩌면 무엇의 발인지도 중요한지도 몰랐다.

나는 개가 지금까지 보지 못한 특이한 발을 마음에 들지 않아 하면 어떻게 하지, 어떻게 해야 마음에 들게 하지, 하는 생각도 했는데, 개는 어쩐지 처음에는 주저하다가도 아주 마음에 들어할 것 같았다.

개의 주인은 미술 작업을 했고, 우리는 언젠가 개가 단독으로, 혹은 그녀와 함께 미술 전시회를 할 수도 있을 거라는 얘기도 했는데, 나는 몇 년 전 브라운 탁상시계와 부엌용품 등을 디자인한 영국의 산업 디자이너 재스퍼 모리슨이 베를린에서 개최한 전시회에서 가장 흥미롭게 본, 쇼윈도에 진열된, 비앙카 등의 이름이 이름표처럼 붙어 있는 수많은 브래지어들을 파는 작은 브래지어 가게를 비롯해 포르투갈의 풍경들을 찍은 사진에 이야기들을 더한 것들과 비슷하게, 개의 발 수집품들에 대해 어떤 이야기들을 더해 흥미로운 전시가 되게 할 수도 있을 거라는 생각을 했다.

하지만 주인이 누구인지 알 수 없는 신원 미상의 누군가의 발을 개에게 선물해 개가 물어뜯게 하는 것은 개에게도 발의 주인에게도 좋지 않은 일일 것 같았고, 경우에 따라서는 그 발을 개가 물어뜯어 먹어치울 수도 있었는데, 그것은 개에게는 상관없는 일이지만 발의 주인에게는 아주 좋지 않은 일일 수도 있을 것이었다.

나는 남의 발을 사적인 용도로 사용하는 것은 삼가라는 브리티시컬럼비아의 검시관 사무소에서 설치한 가상의 안내문을 존중해 사적인 용도로 사용하지는 않기로 했고, 비록 세상의 그 무엇보다도 인형의 발을 모으기를 좋아하는 개이기는 하지만, 잠시나마 사람의 발을 개에게 선물할 생각을 한 것에 부끄러웠고, 그런 생각을 한 나 자신을 다시 한번 이상한 사람 취급했는데, 문제는 나 스스로도 이상한 사람 취급하는 사람과 거리를 둘 수도, 그를 멀리할 수도, 그와 헤어질 수도 없다는 것이었는데 그 문제는 해결이 어려워 보였다.

물론 그렇게 할 리는 없었고 그냥 생각만 한 것뿐이었지만, 그럼에도 나는 잠시나마 사람의 발을 개에게 선물할 생각을 한 것에서 생겨난 부끄러움이 한동안 가시지 않았고, 결국 그런 생각을 하게 된 것은 뭔가의 발에 과도하게 집착하는 개 때문이었다고 생각하며 모든 것을 그 개 탓으로 돌렸는데, 그렇게 하고 나자 신기하게도 부끄러움이 거짓말처럼 모두 사라졌고, 그것만 봐도 내가 한 모든 잘못된 생각들이 그 개 때문이었다는 것을 알 수 있었는데, 브리티시컬럼비아에서 찾은 발을 한국에 밀반출해 가져가려는 것은 아닌지 나를 의심한 캐나다인들의 잘못도 조금은 있는 것 같았지만 그것은 무시해도 좋은 정도인 것 같았다.

하지만 나는 그 밖에 주인을 잃은 사람의 발을 유용하게 쓸 수 있는 다른 방법은 떠오르지 않았고, 그런 생각을 한 것은 발을 찾겠다는 일념이 지나쳐서일 수도 있다고 생각했지만 내가 그 일에 얼마나 진지한지는 또다른 문제 같았는데, 실제로 내가 주인을 잃은 발을 찾는 일에 얼마나 진지한지는 말하기 어려웠다.

그리고 그것을 보여주는 것은 더욱 어려웠는데, 주인을 잃은 발을 찾는 사람의 복장이라는 것이 따로 있지 않았고, 그래서 나는 집을 나설 때 주인을 잃은 발을 찾는 사람의 복장을 따로 하지는 않았다.

그리고 나는 밴쿠버에 올 때 신고 온 운동화 두 켤레가 물에 뜨는지는 물에 넣어보지 않아 알 수 없었고, 넣어보아도 뜨지 않을 것 같았지만, 물에 뜰 것 같은 기능성 운동화를 사서 신지는 않았다.

그리고 나는 발을 찾는 일이 작업처럼 여겨져 작업 일지 같은 것을 써볼까 하는 생각도 했지만 쓰지 않았는데, 거기에 특별한 이유는 없었지만 작업 일지 같은 것은 한 번도 써본 적이 없었다.

그리고 나는 발을 찾으러 다니면서 아무리 봐도 나 말고는, 브리티시컬럼비아의 해안에서 발을 찾으러 다니는 사람으로 보이는 사람은 볼 수 없었지만, 그렇다고 다른 사람들은 하지 않는 일을 하면서 사람들이 느끼기도 하는 자부심 같은 것을 느끼지는 않았지만, 마찬가지로 해서는 안 되는 일을 하면서 사람들이 느끼기도 하는 죄책감 같은 것을 느끼지도 않았는데, 내가 하는 짓이 범죄나 윤리적으로 죄가 되는 어떤 일 같지는 않았다.

그리고 나는 밑창에 공기층이 있는 운동화를 신어본 적이 없었지만 누군가가 그런 운동화를 만들 생각을 한 것은 재미있게 여겨졌는데, 얼핏 생각하기에는 그런 운동화가 일반적인 운동화보다 주입된 공기의 양만큼 공중에 뛰어오르는 데 유리할 것 같았지만 실제로는 아무런 차이가 없을 것 같았는데, 그것은 공기보다 가벼워 줄을 놓으면 하늘로 날아가는 헬륨 풍선이 아니라 입으로 공기를 불어넣은 풍선을 손에 들고 뛰어오르는 것과 그냥 뛰어오르는 것에 차이가 없는 것과 마찬가지인 것 같았고, 공기층은 공중에 머무는 데 어떤 역할을 하는 것 같지도 않았고, 그보다는 발에 가해지는 충격을 흡수하는 쿠션 역할을 하는 것 같았는데, 좀더 잘 생각해보자 탄성을 줘 공중에 좀더 잘 뛰어오르는 데 상당한 역할을 하는 것 같기도 했는데, 운동화 메이커들은 공중에 오래 머물게 해주는 기능성 운동화를 만들어도 좋을 것 같았지만 어떻게 해도 공중에 오래 머물게 해주는 운동화를 만들기는 어려울 것 같았지만 누군가는 그 일을 해낼 수도 있을 것이었다.

그리고 나는 발을 찾다가 내가 찾을 수 있는 다른 것들 말고 내가 잃어버릴 수도 있는 것에는 무엇이 있을 수 있을지 생각해보았는데, 상식적으로 내가 갖고 있지 않은 것을 잃어버릴 수는 없었고, 그래서 그것에 대해서는 크게 염려하지 않았는데, 내가 갖고 있는 것들 중에서도 발을 잃어버리는 것은 아주 어려운 일 같았고, 어쩌면 신발은 잃어버릴 수도 있겠지만 그것 역시 쉽지 않은 일일 것 같았고, 평소 뭔가를 잘 잃어버리거나 하는 것도 아니었지만 그럼에도 나는 신발이나 발을 잃어버리지 않도록 조심했고, 특히 발을 잃어버리지 않도록 각별히 조심했는데, 발을 잃어버리게 되면 발을 찾으러 다닐 수 없게 될 것이기 때문이었고, 나는 오스트레일리아인들만큼은 아니지만 맨발로 다니기를 좋아했고, 그래서 신발을 벗어 들고 해안을 거닐 때면 벗은 신발을 자칫, 일부러 신발을 벗어던지기도 하는 오스트레일리아인들처럼, 혹은 그들과는 다른 이유로 나도 모르게 내던져버려 잃어버리게 되거나 하지 않도록 역시 조심했다.

그리고 나는 발을 찾다가 어느새 밤이 되었을 때 발을 찾지 못하면 집에 가지 않겠다는 생각을 한 적은 없지만, 해안에서, 작은 소리에도 잠을 잘 못 이루니까 파도 소리에는 귀를 막고 다른 소리에는 귀를 조금 열고 노숙하는 것을 생각한 적은 있지만 노숙하지는 않았는데, 그전에도 어딘가에서 노숙하는 것에 대해 생각한 적은 있지만 실제로 노숙한 적은 없었는데, 말 그대로 하룻밤 사이에 혹은 하루아침에 노숙자 신세가 되고 싶지는 않아서였다.

그리고 나는 발을 찾는 것을 내가 하는 여가활동으로 생각하지는 않았는데, 내가 하는 것 중 유일하게 여가활동으로 생각하는 것은 소설을 쓰는 것이었고, 나는 시간을 내서 소설을 쓰지는 않았고, 시간이 날 때 소설을 썼고, 시간이 나지 않을 때는 소설을 쓰지 않았고, 그래서 내게 소설 쓰는 것은 여가활동이 맞았는데, 나는 여가활동으로 소설을 쓰는 것 말고 다른 일은 하지 않았고, 그래서 하는 일도 없이 여가활동으로 소설을 쓰는 것에, 일은 하지 않고 여가활동만 하는 것에 죄책감을 느낄 수도 있었지만, 내가 생각하기에도 나는 그런 것에 죄책감을 느낄 사람은 아니었고, 그런 사람이 못 되었고, 죄책감이 느껴지려 할 때면 그 생각을 하며 죄책감을 쫓을 수 있었는데, 그것과는 상관없이, 소설을 쓰는 것은 여가활동으로도 좋지 않은 것이었고, 여가활동으로도 다른 무엇으로도 아주 좋지 않은 것이었고, 나는 그 여가활동을 하게 된 것을 후회했고, 그런 것을 후회하는 것은 아무 소용이 없었지만 후회해도 아무 소용이 없는 것을 후회할 수도 있는 것이었고, 그래서 가끔 시간이 날 때 작정하고 후회하기도 했는데 시간이 아주 많이 나 대단히 후회하려고 마음을 먹을 때면 그렇게까지 후회할 일은 아닌 것 같기도 했는데, 그것과는 상관없이, 나보코프가 나비를 찾아다니는 것을 여가활동으로 시작했다가 결국 새로운 종의 나비까지 발견하게 된 것처럼 발을 찾아다니는 것을 새로운 여가활동으로 시작할 수 없는 것이 약간은 아쉬웠고, 그것과는 상관없이, 여가활동만 하는 것은 정신건강에도 안 좋다고 생각했고, 소설을 쓰는 여가활동과 병행할 수 있는 일을 하는 것도 좋을 거라고 생각했고, 그래서 발을 찾는 것을 가급적 내가 하는 일로 생각하려 했다.

그리고 나는 발을 찾는 일을 하면서 내가 쓰는 소설에서 소설 쓰는 사람이 마땅히 해야 하는 이야기는 하지 않고 하나 마나 한 이야기만 하는 것에 죄책감을 느끼지 않는 것에 또다른 일말의 죄책감도 느끼지 않는 것은 내가 그런 것에 죄책감을 느낄 사람은 못 되어서이기도 하지만, 나만 하나 마나 한 이야기를 하고 있지는 않고, 어떤 점에서는 사실상 모든 소설가가, 그리고 모든 소설이 하나 마나 한 이야기를 하고 있다고 생각해서일 수도 있다고 생각했다.

그리고 나는 발을 찾는 일을 하는 것이 우울병 환자에게 도움이 될지 생각해보았는데, 내 경우에는 확실히 도움이 되지 않았고, 그 일은 우울병 환자의 우울병을 크게 악화시킬 수도 있을 것 같았고, 그래서 우울병 환자에게 추천할 만한 것은 아니라는 생각을 하게 되었지만, 어쩌면 신경병 환자에게는 추천해도 될 것 같았는데, 내게는 신경병도 조금 있었지만 그 일을 하면서 신경병이 악화되거나 심화되거나 나아지는 것은 느낄 수 없었고, 그래서 신경병 환자는 발을 찾는 일을 해도 신경병과 관련해서는 달라지는 것이 없어 겪고 있는 신경병이 악화되거나 심화되거나 나아지는 일 없이 그대로 온전하게 유지할 수도 있을 것 같았다.

그리고 나는 발을 찾는 일에 가장 필요한 것은 인내심이라고 생각하며 인내심을 가지려고 했지만 인내심이 바닥나려 할 때면, 찾게 되면 운동선수들이 시합에서 이겨 시상식에서 받게 되는 트로

피처럼 손에 쥐게 될 수도 있고, 역시 트로피처럼 높이 치켜들게 될 수도 있는 발을 생각하기도 했지만 그것이 도움이 된 적은 없었다.

그리고 나는 집에 돌아와 거울을 보았을 때 거울 속에서 그날도 발을 찾는 일에 실패한 사람 특유의 얼굴을 본 적은 없었지만 그날도 아무것도 한 게 없는 사람 특유의 얼굴은 늘 볼 수 있었고, 그럴 때면 약간 낙담하게 되었고, 그럴 때면, 연못과 호수가 어디에서 갈라서는지 알 수 없었고 항상 그것이 궁금하기도 했지만, 캐나다에는 전 세계의 다른 모든 나라들에 있는 호수를 합친 것보다도 많은 이백만 개 가까운 호수들이 있고, 그중 어떤 것들은 수심이 육백 미터가 넘고, 그 호수와 강들의 물은 캐나다 전체를 이 미터 넘게 물에 잠기게 할 수도 있다는 사실을 생각했는데, 나와는 상관없는 일이고 그것이 내게 어떤 작용을 하는 것도 아닌데도 그 사실을 생각하면, 타클라마칸사막이나 파미르고원이나 달의 고요의 바다 등이 때로 그렇게 해주기도 하는 것과는 또 다르게, 이상하게도 마음이 놓이고 편안해지고 약간 위안이 되기도 했는데, 그중 작은 것은 연못보다 좀 큰 크기이지만, 그중 큰 것은 미국과 나눠 쓰고 있는 것이기는 하지만 대영제국의 잉글랜드를 거의 물에 잠기게 해 침몰시킬 수도 있는 크기이고, 그 밖의 많은 나라들을 경우에 따라서는 아주 깊이 물에 잠기게 할 수도 있는 다양한 크기의 호수가 이백만 개 가까이 있고, 그 호수와 강들의 물은 그것들이 있는 캐나다 전체를 이 미터 넘게 물에 잠기게 할 수도 있다는 사실을 충분히 깊이 생각해보자, 그것에는 마음이 놓이고 편안해지고 약간 위안이 되기도 하는 뭔가가, 그렇게 되지 않기 어렵게 하는 뭔가가, 그렇게 될 수밖에 없게 하는 뭔가가, 다른 것에 의해서는 그렇게 될 수밖에 없게 되기가 어려운 뭔가가 있는 것 같았고, 앞으로 내가 뭔가에 위안을 받게 된다면 그것은 캐나다의 호수들에 의해서일 거라고 생각했고, 그래서 그후로 마음이 가라앉거나 할 때면 캐나다에 있는 이백만 개 가까운 호수들을 생각했는데, 그 호수들을 다 생각하는 것은 무리였고 나로서도 힘든 것이기도 했고, 그래서 그중 슈피리어 호수와 미시간 호수와 휴런 호수와 그레이트슬레이브Great Slave 호수와 그레이트베어Great Bear 호수와 레인디어Reindeer 호수와 위니펙 호수와 레서슬레이브Lesser Slave 호수와 레이니Rainy 호수 등 내가 모양을 대강은 아는 몇 개와 더불어 모양을 전혀 알지 못해 아무 모양이나 되기도 하는 몇 개를 생각하기도 했는데, 그레이트슬레이브 호수와 레서슬레이브 호수가 어떻게 해서 그런 이름을 갖게 되었는지는 알지 못했지만, 노예 혹은 노예제도와 어떤 관련이 있을 것 같지는 않았고, 그랬다면 이제는 그 이름이 바뀌었을 것 같았고, 그럼에도 노예 호수라는 호수가 있는 것은 각종 범죄자들이 모여들기를 좋아하거나 정체를 알기 어려운 범죄의 기운이 감돌아, 혹은 그냥 별 이유 없이 범죄자 호수라고 불리는 호수가 있는 것처럼 이상하기도 했는데, 주위에 물을 마시러 오는 곰과 순록이 많아서였을 수도 있겠지만 호수에 곰과 순록이라는 이름을 붙여주는 것은 좋은 것 같았고, 호수에 비가 많이 내려서였을 수도 있겠지만 호수에 비가 내리는, 이라는 이름을 붙여주는 것도 좋은 것 같았고, 물론 레이니 호수는 비가 내릴 때 가장 레이니 호수답고 실제로도 비가 내리는 것을 가장 좋아할 것 같았는데, 그런 식으로 캐나다의 호수들을 생각하다보면 그것들이 상당히 위안이 되기도 했다.

그리고 나는 발을 찾는 일을 하면서 밴쿠버의 해안에서도, 그 어디에서도 내가 찾고자 하는 것 같은 것은 없고, 없었다는 생각을 했지만, 그것이 얼마나 진부한 생각인지를 생각하며 그런 생각은 하지 않은 것으로 했지만, 이미 한 생각을 하지 않은 것으로 할 수는 없었지만 그것에 대해서는 더이상 생각지 않았다.

그리고 나는 발이 물위로 떠오르거나 물가로 떠밀려오는 것이 뭔가의 은유나 상징일 수 있는지, 만약 그렇다면 무엇의 은유나 상징일 수 있는지 생각해보았지만 그것은 그 무엇의 은유도 상징도 아닐 뿐만 아니라 그 자체가 은유적이거나 상징적인 것 같지도 않았을 뿐만 아니라 그것이 그것 자체의 은유이거나 상징인 것 같지도 않았는데, 뭔가가 그것 자체의 은유이거나 상징일 수는 없다는 점에 비춰 보면 그것은 당연하고도 자연스러운 것 같았다.

그리고 나는 발을 찾는 일을 하면서 이보다 더 무의미하게 시간을 보낼 수는 없다는 생각도 했지만 그것은 사실이 아니었는데,

나는 그 이상으로 의미 있는 것을 하며 시간을 보낸 적이 없었다.

그리고 나는 발을 찾는 일을 하면서 물가를 걷다가 일부러가 아니면 물에 빠지거나 하지 않도록 조심하자, 라는 생각을 하면서, 내가 생각하는 문학은 의미의 문제에 관한 것이 아니라 무의미의 문제에 관한 것이지만, 이제 무의미의 문제 역시 내게 의미 없는 것이 되었다는 생각을 하기도 했지만 과연 그런지는 알 수 없다는 생각을 하다가, 물에 빠지지는 않았지만 나무뿌리에 걸려 넘어질 뻔했고, 그 순간 그 문제가 여전히 문제가 되고 있기도 하다는 생각과 함께, 무의미의 문제는 그 자체로 재미있기도 한 것이니까 그냥 재미로 문제로 남겨놓아도 좋을 거라는 생각을 하기도 했다.

그리고 나는 발을 찾는 일을 하면서 발 자체에 대해서도 생각을 해보았지만 많은 생각을 하지는 않았고 조금 생각해보았는데, 여름에는 좀더 많이 드러나기도 하지만 대체로 양말과 신발에 의해 감춰져 있고, 생긴 것 자체에 그런 요소가 있다고 보기도 어려운 것 같은데 노골적으로 드러날 경우 수치스러운 것은 아니지만 보기 좋지 않은 것으로 여겨지기도 하는 발이, 이십만 개의 신경말단이 몰려 있는 중요한 기관이자 굉장히 예민한 존재이지만 부당하게 무시당하는 경우가 많은데, 그것은 몸의 기관들 중 손과는 많이 다른데도 많은 경우 손과 함께 묶여 취급되는 발이, 아주 많은 것들을 할 줄 아는 손에 비해, 발의 주인이 걷거나 뛰거나 뛰어오르게 해주는 것 외에, 누군가와 싸우고 헤어질 때 요긴한 것으로, 뒤로 돌아 뒤도 돌아보지 않고 가버리게 해주는 것 등 가장 기본적인 것들 말고, 경우에 따라 하는, 뭔가를 혹은 누군가를 차야 할 때 차거나 헛발질하거나 괜히 허공을 차게 해주는 것 말고, 또 다른, 경우에 따라 하는, 수영할 때 물을 차거나 자전거와 자동차와 페달 보트와 피아노 등의 페달을 밟거나 춤을 출 때 스텝을 밟거나 필요할 때 허둥대게 해주는 것 말고는 할 줄 아는 게 별로 없어서일 수도 있고, 몸의 가장 아래쪽에, 가장 낮은 위치에 있어서일 수도 있지만, 어쩌면 그보다도, 많은 경우 할 줄 아는 게 너무 많은 손과 함께 묶여 취급되면서 할 줄 아는 게 너무 없는 것으로 여겨져서인지는 분명치 않았지만, 발이 부당하게 무시당하는 것에는 워낙 아래쪽에 위치한 발 자체의 잘못도 있지만 그보다도 손의 잘못이 큰 것 같았지만, 발에게는 안타까운 일이지만 그것은 어쩔 수 없는 일이라고 생각했다.

그리고 나는 집에서 온통 발 생각을 하다가 이미 충분히 삶은 스파게티 파스타를 다시 한번 더 삶은 적도 있는데, 부피가 두 배로 커지지는 않았지만 더 커진 파스타는 자신을 두 번이나 삶은 것에 화가 난 것 같아 보였는데, 물론 다른 누구도 아닌 내게 화가 난 것 같았고, 그것에 겁을 먹어서는 아니고, 배려하는 마음으로 좀더 주의깊게 보자 상당히 화가 난 것 같아 보였고, 나는 나대로 파스타를 두 번 삶게 한 발에 상당히 화가 나지는 않은 채로 파스타를 먹었는데, 상당히 화가 난 파스타에서는 재미있는 엉뚱한 맛이 날 것 같았지만 재미있는 엉뚱한 맛이라고 할 수 있는 맛은 전혀 나지 않았고, 그래서 접시에 담긴, 꼬일 대로 꼬인 일 같지는 않고 실마리를 찾는 것이 쉽지는 않은 사건 같은 파스타를 정확히 절반으로 나눠 똑같아 보이는 어느 쪽을 먹고 어느 쪽을 버릴지를 고심한 후 접시를 룰렛처럼 돌린 후 뒤쪽에 있는 파스타만 먹고 나머지는 버린 적도 있었다.

그리고 나는 집에서 스파게티와 비슷하지만 스파게티보다 훨씬 가는, 천사의 머리카락으로도 불리는 카펠리니 파스타를 삶다가 내가 발을 찾을 가능성이 내가 생각했던 것보다 훨씬 클 수도 있다는 생각이 들었는데, 내게는 뭔가에 대한, 뭔가가 A가 아니면 B로, 다른 것일 수는 없다는 나만의 계산법이 있었고, 그 단순한 계산법에 의하면 나는 발을 찾게 되거나 못 찾게 되지 찾지도 못 찾지도 못하게 될 수는 없었고, 그것에 따르면 내가 발을 찾을 가능성은 정확히 절반이었고, 그것은 상당히 큰 것이었는데, 대체로 나는 설사 그것이 음식의 조리법이라 하더라도 포장에 적혀 있는 조리법의 지시를 그대로 따르는 것을 좋아하지 않았지만, 파스타가 아주 가늘어 과도하게 삶을 위험이 아주 크니 삶을 때 극도로 조심하고, 삶는 파스타에 정신과 마음을 집중하고 딴생각을 하거나 딴마음을 먹지 말고, 제발 이 분이 넘지 않게 삶으라는, 굵은 글씨로 쓰여 있는, 어떻게 삶아도 아무리 삶아도 천사의 머리카락이 되지는 않을 것 같은 천사의 머리카락 파스타의 조리법의 지시는 그대로 따르는 것이 좋을 것 같았지만 다 따르지는 않고, 일부는 따르지 않았지만 대체로는 따랐고, 그래서 이 분이 넘지 않게 파스타를 삶는 동안 내가 발을 찾을 가능성이 상당히 크다는 결론에 성급하게 도달해야 했는데, 그후 그것이 너무 성급하게 도달한 결론이라 잘못된 것일 수도 있다는 생각을 해보지는 않아 잘못된 것인지는 알 수 없었다.

그리고 나는 발을 찾는 일을 하면서 브리티시컬럼비아의 해안에서 누군가의 발이 발견되는 것이 그것의 주인에게도 얼핏 생각되는 것만큼 나쁘지는 않은 것일 수도 있다고 생각되었는데, 사고나 자살이나 다른 이유로 안타깝게도 유명을 달리해 몇 년의 시간이 지난 후 발만 발견되는 사람이 물속 바닥에서 혼자만의 사후의 시간을 보내며, 어패류와, 그것들보다 먹이사슬의 아래에 있는 다른 생명체들의 먹이가 되면서 꿈을 꾸듯 지낸 후 때가 되면 운동화를 신은 발만 수면 위로 올려보내 사람들에게 발견되게 해, 사람들이 발의 주인이 누구인지 몹시 궁금해하게 하고, 주인의 신원을 밝히거나 밝히지 못하게 하고, 브리티시컬럼비아 수사 당국을 또다시 번거롭게 하고, 브리티시컬럼비아의 가장 큰 미스터리를 더 큰 미스터리로 만드는 등의 일들이 일어나게 하는 것은, 비록 사후의 일이기는 하지만, 매장되거나 화장된 사람은 할 수 없는 다소 특별한 경험일 수도 있었고, 나로서는 사후에 그런 경험을 하게 되어도 전혀 상관없을 것 같았다.

그리고 나는 발을 찾는 일을 하면서도 그것과는 상관없이, 내가 하는 생각이나 얘기는 믿을 게 못 된다는 것을 그전부터 잘 알고 있었고, 그것은 내가 항상 생각해왔던 것이었고, 발을 찾는 일을 하면서도 그 생각이 얼마나 옳은지를 생각했고, 그 덕분에 나는 내가 하는 생각이나 얘기는 계속해서 믿지 않을 수 있었다.

그리고 나는 발을 찾는 일을 하면서 내가 하거나 생각하는 그 무엇도 내가 그 일에 얼마나 진지한지에 대해서는 말해주는 것이 없다는 것은 알 수 있었는데, 그 사실이 다른 뭔가에 대해 말해주는 것 역시 없는지, 그리고 말해주지 않는 다른 뭔가가 무엇인지, 그리고 그 뭔가 역시 말해주는 것이 없는지, 그리고 말해주는 것이 없을 수도 있는 그 뭔가가 말해주는 것이 있을 수 있는지 혹은 없을 수도 있는지는 알 수 없었지만, 그럼에도 나는 밴쿠버의 해안에서 발을 찾는 일을 하면서, 지금껏 살면서 내가 했거나 할 생각을 했지만 하지 않은 일들 중 그 일에 대해서만큼 진지했는지를 말하기 어려운 것들에 몇 가지가 있었다는 것을 떠올리며 그것들에 대해 되돌아보게 되었다.

나는 내가 돌보던 고양이가 세계 최고의 높이뛰기 선수가 되는 것을 목표로 한동안 훈련을 시킨 적이 있었고, 프리지어 꽃의 유령이 출현하기를 바라며 말린 프리지어 꽃을 불태운 적이 있었지만, 샌프란시스코의 금문교에서 태평양을 떠다니기를 바라며 과일들을 떨어뜨린 적은 없었다.

그리고 나는 경비행기를 조종하고 가다가 불시착하는 것을 생각한 적은 있지만 그런 적은 없었는데, 몇 년 전 텍사스의 작은 읍에 머물 때 이미 죽은 지 오래된 사람처럼 모든 것에 무감각했을 때 다른 무엇도 소용이 없을 것 같았을 때, 당시 머물고 있던 집 정원에서 멀지 않은 하늘에 경비행기들이 앨버트로스 같은 새처럼 날아가는 것을 볼 때마다, 어쩌면 경비행기를 몰고 가다가 불시착한 후 살아나게 되면 그 무감각이 조금은 깨질 수 있을 것 같았고, 아직 죽은 사람은 아니라고, 최소한 죽은 지 오래된 사람은 아니라고 느낄 수도 있을 것 같았고, 그래서 경비행기를 조종하고 가다가 불시착하는 것을, 누군가의 집 지붕이나 굴뚝을 부숴 집안에서 편안하게 쉬고 있거나 깊이 잠든 누군가를 놀라게 하거나 깨게 할 수도 있으니 주택가는 말고, 누군가의 농장이나 목장도 괜찮지만, 그보다는 이왕이면 고속도로에서 차량들 사이에 불시착하는 것을 여러 번 생각했지만, 그 생각을 내가 얼마나 진지하게 했는지는 알 수 없었는데, 텍사스에 또는 정신없는 사람들이 많은 미국에 불시착하는 기분을 내려고 그렇게 하는 사람들이 없지 않을 것 같았지만, 엄밀하게 말해 기체에 이상이 없는 비행기를 불시착시킬 수는 없었고, 그전에 내게는 경비행기 조종 면허가 없었고, 그래서 그것은 생각에만 그쳤는데 어느 날 생각지 못한 곳에서 기회가 찾아왔다.

나는 과거 서부 시대에 카운티 감옥이었던 곳을 본래의 모습을 최대한 보존한 채로 리모델링한, 집안에 여전히 감옥의 쇠창살이 있는 두꺼운 벽이 있는 누군가의 집에서 열린 파티에 초대되어 갔는데, 집주인은 한때 감옥에서 좋은 시간을 보냈고 그 시간이 그리워 집을 그렇게 만든 것 같아 보이지는 않았지만, 그 집에 처음 온 손님들에게 자신의 집이 텍사스에서 가장 안전한 집 중 하나라고 집안을 안내해주며 자랑했고, 쇠창살이 쳐진 방을 보여주며, 원하면 그 안에서 안 나와도 된다며 원하는 사람들에게 그 안에 들어가보게 했는데, 모두가 그 안에는 들어가보고 싶어했고, 그중에는 안 나오는 사람도 있었고, 집주인은 또 상대가 누군지는 알 수 없지만 곧 있게 될 전쟁에, 어쩌면 미국에서 언젠가 발발할 가능성이 전혀 없지는 않고 그 시점이 점점 다가오고 있기도 한 것 같은 내전에 대비한 것처럼 소규모 민병대를 무장시킬 수 있을 정도의 각종 화기들로 가득차 있는, 무기고이자 지하 벙커라고 해도 좋을 지하실 역시 자랑하며 보여주었는데, 꽤 인상적인 그 무기들을 보고 있자 나는 서로 같이 사는 것을 너무 힘들어하는 사람들이 너무 많은 미국이, 서로 맞지 않을 때에는 산뜻하게 갈라서는 것이 차라리 나은 것처럼 미국을 두 개로 나눠 두 개의 국가로 탄생시키고 국경을 만들어 서로를 멀리하며 사는 것도 그렇게 나쁘지 않을 것 같았고, 어쩌면 그렇게 하는 것이 미국뿐만 아니라 미국이 힘들게 했고, 힘들게 하고 있는 많은 나라들에게도 좋을 수도 있을 것 같았는데, 그렇게 하려면 동서로 국경선을 그어 남북으로 나누는 것이 수월할 것 같았지만 어디로 어떻게 그을지가 아주 큰 문제가 될 수도 있을 것 같았고, 아무래도 그 문제를 끝내 해결하지 못할 것 같았고, 그래서 지금 이대로, 서로 같이 사는 것을 무척 힘들어하며 지내도 될 것 같았다.

감옥을 리모델링한 집에 온 사람들 가운데 실제로 보면 굉장히 바보 같고 정신 나간 사람처럼 보이고, 생각만 해도 바보 같고, 실제로도 바보거나 정신 나간 사람일 가능성이 큰, 텍사스에서도 흔히 볼 수는 없지만 가끔 작은 읍의 거리나 마트나 술집에서 볼 수 있는, 은근히 멋져 보이려고 장신구처럼 권총을 허리에 차고 있는 바보거나 정신 나간 사람은 없었지만, 경비행기와 활주로가 있는 목장을 가진 사람들이 몇 있었고, 어떻게 하다가 나는 모두 카우보이모자를 쓰고 있는 그들 틈에 끼게 되었는데, 술에 취한 그들 중 누군가가 몇 주 전 경비행기로 뉴멕시코에 있는 누군가의 목장에 목장 주인을 협박하러 갔다가 자신이 올 거라는 것을 미리 알고 소들 사이에 숨었는지 찾을 수 없어 그냥 왔다는 얘기를 하자, 다른 누군가는 자신은 사흘 전 경비행기로 애리조나에 있는 누군가의 목장에 가 목장 주인을 사흘 정도 일어나지 못하게 때려주고 왔는데 이제는 일어났을 거라고, 그리고 그 과정에서 자신도 맞았지만 자신은 이틀 만에 일어났다고 했고, 또다른 누군가는 바로 이틀 전 경비행기로 콜로라도에 있는 누군가의 목장에 목장 주인을 혼내주러 갔다가 결과적으로 오히려 자신이 더 혼나고 왔는데,

다시 가 확실하게 혼을 내줄 거라고 했고, 또다른 누군가는 경비행기가 없이는 어디에도 가지 못하는 사람처럼 경비행기에 문제가 생겨 어디에도 가지 못하고 있다는 등, 그들은 무엇보다도 경비행기에 대한 얘기를 하고 있었다.

다른 것은 생각할 수 없다는 듯 그들이 하는 모든 이야기는 경비행기에서 경비행기로 이어졌는데, 경비행기에 대한 얘기를 하기 전에는 목장과 목장에 있는 가축과 도랑과 울타리와 야생딸기와 야생화 등에 대한 얘기가 지루하게 길게 오갔을 것 같았고, 경비행기에 대한 얘기가 끝나자마자 또다시 다른 것은 생각할 수 없어 다시 목장과 목장에 있는 가축과 도랑과 울타리와 야생딸기와 야생화 등에 대한 얘기가 지루하게 길게 오갈 것 같았는데, 그들은 웃으며 모든 얘기를 농담처럼 해 농담인지 진담인지 알 수 없게 했고, 그중 콜로라도에 있는 목장 주인을 혼내주려고 갔다가 오히려 더 혼나고 온, 아무래도 이번에는 본인이 확실하게 혼나고 올 것 같은 목장 주인이 내가 경비행기를 조종하는 것에 관심을 보이자 자신의 목장에 오면 같이 경비행기를 타고 조종하는 법을 가르쳐줄 수도 있다며 나를 초대한다고 했는데, 스스로를 텍사스의 신사라고 생각하는 시골 사람들 가운데 마음이 굉장히 넓은 사람들이 있었고, 그 역시 그런 사람들 가운데 한 사람인 것 같았다.

마음이 무척 넓어 보이는 그는 어쩐지 서부영화 속, 아주 거액은 아니지만 소액도 아닌 현상금이 걸린 은행 강도 수배자를 그린 몽타주 그림에 잘 어울리는 얼굴 같았고, 실제로 서부 시대 작은 읍의 감옥이 딸린 보안관 사무소의 벽에 붙어 있는 몽타주 그림들 중 하나의 얼굴 같았고, 서부 시대였다면 몽타주 화가를 포함해 많은 화가들이 그의 얼굴을 그리고 싶어했을 것 같았고, 그래서 화가들의 모델로 인기를 누렸었을 수도 있을 것 같았지만, 인기 있는 사람이 되는 것은 상관없지만 화가들의 모델이 되는 것은 싫어한 그는 결국에는 은행 강도의 길로 들어서 자신의 얼굴이 있는 수배자 몽타주 그림이 서부의 곳곳에 붙어 있게 해 인기를 누렸을 것 같았고, 나는 시대를 잘못 만나 인기 있는 은행 강도가 되지 못한 그의 경비행기를 타면 재미있을 것 같았다.

하지만 나도 약간 술이 들어간 상태에서, 내가 경비행기는 타본 적이 없고 하늘에 날아가는 것이나 땅에 앉아 있거나 서 있는 것만 봤지만 멀리서도 보고 가까이서도 봤다는 등의 이런저런 얘기를 하다가, 해보고 싶은 것 중 하나가 경비행기를 조종하고 가다가 고속도로에 불시착하는 것이라고 하자, 그는 아무래도 아직 술에 덜 취한 듯, 아니면 만취한 듯 자신이 한 말을 취소하지는 않았지만 없었던 일로 하자는 듯, 내 생각에는 그럴 필요까지는 없는데도 안색이 싹 바뀌었고, 안색을 너무 바꿔 딴사람 같아 보였는데, 실제로 딴사람이 되어 나를 대했고, 전혀 신사가 아닌 것 같았고, 마음이 굉장히 좁은 사람 같아 보였고, 나는 내가 커다란 잘못을 저지른 것을 깨달았고, 그 얘기는 미리 하지는 말걸, 하고 후회했지만 돌이킬 수 없었고, 불시착할 수 있는 좋은 기회를 놓친 것도 아쉬웠고, 불시착하는 것까지는 아니더라도 그와 함께 콜로라도에 가 그와 콜로라도의 목장 주인이 서로를 혼내주는 것을 보지 못하게 된 것 역시 아쉬웠고, 괜히 그의 옆에 있다가 나까지 혼나지 못한 것도 아쉬웠는데, 모든 것에 무감각하다고 경비행기를 고속도로에 불시착시키는 것과 같은 생각을 한 것만으로도 혼이 나야 마땅하다고 생각했기 때문이었지만, 그것과는 상관없이, 그가 콜로라도에 가 이번에는 제대로 혼나 텍사스에 쉽게 돌아오지 못하기를 바랐다.

그럼에도 나는 경비행기에 활주로까지 갖고 있는 그들이 부러웠는데, 어떤 식으로든 마음이 안 좋을 때면 경비행기를 몰고 뉴멕시코나 애리조나나 콜로라도도 갈 수 있고, 가는 길에 수없이 많이 있는 사막과 캐니언 위를 할일 없이 나는 독수리나 매처럼 크게 원을 그리며 선회할 수도 있고, 루이지애나나 플로리다의 늪지대 위를 스치듯 날아가며 조용히 있고 싶어하는 악어들을 성가시게 할 수도, 심심해하는 악어들은 덜 심심하게 해줄 수도 있고, 머리가 아찔해지게 급강하하는 노즈다이브를 할 수도 있고, 공기가 희박한 곳까지 상승해 엔진을 끄고 정신을 잃고 추락하다가 정신을 차리고 다시 엔진을 켜 날아갈 수도 있고, 무엇보다도, 그러고 싶을 때면 고속도로에 불시착하는 것처럼 착륙할 수도 있을 것이기 때문이었다.

그런데 마음이 안 좋을 때 그렇게 하는 것은, 마음이 안 좋을 때 딱히 갈 데라고는 바다밖에 없어 차를 몰고 바다에 가, 보이는 것이라고는 바다밖에 없는 바다를 보고 있으면 마음이 더 안 좋아져 집에 돌아오기도 하는 것보다는 마음을 더 나아지게 해줄 수도 있었지만, 그렇게 할 수 없는 것이 나는 크게 아쉽거나 하지는 않았는데, 어디를 가도, 어떻게 해도 나아지지 않는 마음들도 있고, 대체로 내게는 안 좋은 마음으로 그런 마음들이 들어서였다.

그런데 나는 세계 최고의 높이뛰기 선수가 될 수도 있었던 고양이와 프리지어 꽃의 유령과 태평양을 떠다니는 과일과 불시착하는 것들에 내가 얼마나 진지했는지는 당시에도 그후에도 전혀 알 수 없었지만, 그것들을 하거나 할 생각을 하면서도 지나치게 진지한 것만큼 우스운 것도 없으며, 세상의 많은 문제들이 주로 지나치게 진지한 사람들, 특히 그 가운데서도 세상에 올바른 것들만 있어야 한다고, 올바르지 않은 것은 이 세상의 것이 되어서는 안 된다고 생각하는 사람들의 지나치게 진지한 어떤 생각들에서 비롯되기도 한다는, 그리고 세상을 덜 재미없는 것으로 만드는 웬만한 일탈과 방종과 타락은 허용되어야 한다는 생각을 했지만, 그 생각조차도 얼마나 진지하게 했는지는 말하기 어려웠는데, 어느 쪽이냐 하면 무엇에도 진지하지 않았다고 말하기 어려운 정도로 진지했다고 말할 수 있는지 말하기 어려운 정도로 진지했던 것 같았고, 그것과는 상관없이, 이 소설에서 하는 모든 이야기가 어쩌면 장난이 아닐까 하는 생각도 했지만, 그렇지는 않을 거라고 생각했지만, 그것에 대해서도 확실히 말할 수 없었지만 그렇다 하더라도 어쩔 수 없는 것이라고 생각했다.

그럼에도 나는 하루 중 많은 시간을, 해안을 산책하지 않을 때에도, 가만히 서 있으면 모기들이 떼로 몰려와 계속 모기떼를 피해 모기떼에게 쫓기며 모기떼에게서 달아나며 가야 하는, 그래서 때로 그곳에 갈 때면 모기떼에게서 달아나기 위해 가는 것 같기도 한 집 근처 상당히 큰 숲 속을 산책할 때에도, 해가 지기 전 낮에 주로 백인들이 거위떼처럼 트랙을 뛰어 돌고 나면 해가 진 후 저녁에 주로 중국인들로 이루어진 아시아인들이 나타나 가마우지떼처럼 트랙을 걸어 돌고 난 한참 후, 한밤중에 무리에서 떨어져나온 가마우지 한 마리처럼 아무도 없는 브리티시컬럼비아대학 캠퍼스 운동장의 트랙을 주인 잃은 발을 찾아야 한다는 주술에 걸려 머리가 돈 사람처럼 수없이 돌 때에도 발에 대해 생각하며 보냈고, 발에 대해 생각하며 하루 중 많은 시간을 보내는 것은 좋은 일이 아니라고, 그 이상으로 안 좋게 하루를 보내는 방법도 없다고 생각하기도 했지만, 달리 하루를 보내는 방법을 찾기가 어려웠고, 그 무엇도 발을 찾는 일만큼 흥미롭지 않았다.

나는 다른 일은 하지 않고 그 일만 하는 것에 마음이 편치 않아 다른 많은 할일들을 뒤로하고 그 일을 하고 있다는 생각으로 발을 찾기도 했지만 내가 뒤로한 다른 할일들은 많지 않았고, 사실은 없었고, 발을 찾는 것을 뒤로하고 할 만한 다른 일을 생각해보았지만 아무것도 찾을 수가 없었고, 결국 모든 것을 뒤로하고 발을 찾을 수밖에 없었는데, 중요한 문제로, 발이 언제 어디서 어떤 식으로 어떤 모습으로 모습을 드러낼지는 전혀 알 수 없었고, 그래서 나는 발을 찾는 일은 계획을 세워 효율적으로 할 수 있는 일이 아니며 운이 따르지 않으면 안 되는 일이라고 생각했고, 그래서 계획을 따로 세우지는 않았고, 운이 따르기를 바랐지만 어떻게 해야 운이 따르게 할 수 있을지는 알 수 없었는데, 그것이 근거가 있는 것인지는 알 수 없었지만, 나는 대체로 내게 찾아오는 운을 잘 잡지 못하는 사람들 중 하나라고 생각했다.

그럼에도 나는 상당히 긴 밴쿠버의 해안 중 그날은 어디로 갈지를 커피를 마시며 결정했는데, 내가 알기로 프랑스인들이 프랑스인들이어서 일상적으로 하는 여러 가지 짓들 가운데서 그들이 천부인권이라고 생각하는 것들 가운데서 개를 산책시키면서 어떤 경우에도 개똥을 치우지 않는 것, 그리고 이제는 그들 스스로도 악습이라고 생각해 없애려 노력하고 있지만 워낙 악습일 뿐만 아니라 그 뿌리 또한 깊어 쉽게 뿌리 뽑지 못하고 있는, 외국인들도 많이 오는, 사람들로 가득한 식당에서 상당한 규모의 관현악단의 어떤 협주곡의 피날레 연주처럼, 그곳의 모두가 힘을 합쳐 한꺼번에 내는 것 같지만 솔로 연주처럼 혼자서 내는, 방심하고 있다가 그것을 듣게 되면 그 소리에 놀라 먹던 것을 잘못 삼키게 되기도 하는, 모두를 놀라게 할 심사로 코로 트롬본을 부는 것처럼 엄청난 굉음을 내며 이미 코가 묻어 있는 손수건으로 코를 묻히며 코를 푸는 것 등의 바보 같아 보이는 것들 가운데서, 다른 한편으로 생각하면 그렇게까지 바보 같아 보이지는 않는 것들 가운데서 유일하게 괜찮은 것으로 여겨져 따라 하게 된 것이 커피잔이 아닌 사발에 커피를 마시는 것이었는데, 내게는 몇 년 전 프랑스에서 산, 아주 마음에 들고 그 이상으로 마음에 드는 것을 구할 수 없는, 어딘가에 가 머물 때면, 그것과 떨어져 지낼 수 없어서는 아니었지만, 그것을 데려가는 것은 성가시기도 하고 약간 터무니없는 것으로 여겨지기도 했지만 가급적 동행하게 해주는 작은 사발이 있었고, 그래서 그 사발을 데려왔는데, 그것은 단순한 형태의 사발로 위에서 보면 평범해 보이고 별 느낌을 주지 않았지만 뭔가를 들추듯 사발을 들어 약간 아래쪽의 어느 각도에서 보면, 그 모양이 특별하지도 않은데도 어쩐지 고대 아시리아인들이나 메소포타미아인들이 그런 형태의 도기들을 좋아해 많이 만들어 일상적으로 썼을 것 같았고, 그래서 그 시기의 사발처럼 특별한 느낌을 주었고, 그래서 나는 그 사발로 커피를 마실 때, 특별히 고대 아시리아인들이나 메소포타미아인들에 대해서 생각하지는 않았지만, 그 사발을 들어 그 각도에서 보기도 하며 마시기를 좋아했고, 사발을 어느 각도로 기울이면 진한 블랙커피의 수면에 빛의 반사에 의해 거울의 표면 같은 것이 생겨 밴쿠버만의 어느 해안같이 느껴지는 어떤 모양이 만들어지는 것을 보며, 그것과 비슷한 모양은 아니지만 그것이 떠올리게 하는 어떤 해안으로 가는 것으로 결정하며, 그날은 내게 찾아오는 운을 그냥 보내지 말고 잡을 수 있기를 바라기도 했는데, 그것과는 상관없이, 내 생각에는 프랑스에는 공공장소에서 굉음을 울리며 코를 푸는 것 말고도 여러 가지 뿌리 뽑지 못한 악습들이 있었지만, 주로 사람들을 놀라게 하려는 데서 비롯된 그 악습들 대부분이 본인뿐만 아니라 다른 사람들에게도 사는 데 지장까지 주는 것은 아닌 것 같았고, 그래서 프랑스인으로서의 정체성을 갖게 해주기도 하는 그것들 대부분은 그대로 유지해도 될 것 같았고, 그것과는 상관없이, 나는 서울에 있는 내 집에서 점심 무렵 일어나 그 사발로 커피를 마시며 창밖으로 가까이 보이는, 작은 언덕 위에 있는 작은 방공부대의, 매일 조금씩 방향이 달라지는, 부대에 있는 유일한 대공포 한 대가 가리키는 방향을 보며 그날 어디로 산책할지를 결정하기도 했는데, 꽤 오래 살게 된 그 집에서 있었던 다른 일들은 거의 기억이 나지 않았지만, 밴쿠버의 누군가의 아파트에서 그 사발로 커피를 마실 때면 그 대공포를 보며 그 사발로 커피를 마신 기억은 또렷이 났는데, 언덕 위에 홀로 있는 것들은 대체로 쓸쓸한 느낌을 주기도 하지만, 작은 언덕 위에 거의 홀로 있는 그 대공포는 항상 이상할 정도로 무척 쓸쓸해 보였는데, 실제로 나는 서울에서도 어디에서도 그 대공포 이상으로 쓸쓸해 보이는 뭔가나 누군가를 본 적이 없었고, 상당히 길고 가는 포신을 하늘을 향한 채로, 오래전 오기로 했지만 아무런 소식도 없이 오지 않고 있는 누군가가 오기만을, 혹은 자신이 더없이 반기게 될 뭔가가, 적기 같은 것이 날아오기만을 기다리며, 어쩌면 6·25전쟁 후 휴전협정이 맺어진 지 얼마 되지 않아서부터 그 자리를 지키며 오랜 세월을 보냈고, 이제는 모든 것에 완전히 지치기도 한 것 같은, 무척 쓸쓸해 보이지만 아무런 생각이 없는 것 같은 그 대공포에는 특별하게 여겨지는 쓸쓸함이 있는 것 같았고, 다른 무엇도 아닌, 작은 언덕 위에 홀로 있는 대공포가 주는 쓸쓸함은 더 특별하게 여겨졌고, 그래서 때로 나는 창밖으로 가까이 보이는, 아주 특별하게 여겨지는 쓸쓸함이 있는 것 같은 그 대공포로 인해 어쩔 수 없이, 사발에 든 사약처럼 검은 커피를 마시며 쓸쓸한 하루를 시작해야 하기도 했는데, 때로 기분을 좋게 해주기도 하는 그 대공포로 인한 쓸쓸함은 아쉽게도 커피를 다 마시고 나면 대체로 사라져버렸는데, 나는 내가 딴 데로 이사를 갈 생각을 하지 못하는 것이, 일어나 창밖으로 보기에 그것만한 것이 없는 것처럼 보이기도 하는 그 대공포 때문이라는 생각을 가끔 하기도 했는데, 그것과는 상관없이, 너무나 쓸데없는 것으로, 그 대공포가 1950년대에 스위스의 무기 제조업체 오리콘에서 개발해 이제는 너무나 고전적인 것이 되어 많은 사람들로 하여금 대공포 하면 그것을 먼저 떠올리게 하고, 실제로 전 세계의 수많은 전쟁에서 많은 활약을 했고 각광을 받은 대공포를 약간 변형

한 것이라는 사실까지 알고 있었다.

그런데 개인적으로 나는 아직 번개에 맞아본 적이 없어 번개에 맞는 것이 얼마나 어려운 일인지 경험을 통해 알지는 못했지만, 아주 어렵게 번개에 맞기도 하는 사람들이 번개에 맞은 후 살아남아 그것이 얼마나 선택받은 일인지 얘기하는 것을 생각해보았을 때 발을 찾게 되는 것은 번개에 맞는 것보다도 훨씬 더 선택받는 일일 것 같았고, 그래서 그 모두가 선택받는 일로 발을 찾다가 번개에 맞아도 좋을 것 같았고, 이왕이면 번개에 맞은 후 살아남아 발을 찾게 되어도 좋을 것 같았지만 그것은 사실상 불가능한 일 같았고, 좀더 가능한 것을 생각하고자 했고, 그래서 발과 함께 찾을 수 있는 뭔가를 함께 찾는 것을 생각해냈는데 그것은 운석이었다.

그런데 운석을 찾는 것 역시 발을 찾는 것이나 번개에 맞는 것만큼이나 어려운 일이었고, 그 세 가지 중 어느 것이 더 어려운 것인지는 알 수 없었지만 운석과 발을 함께 찾을 경우, 운석을 찾다가 발을 발견하게 될 수도, 혹은 발을 찾다가 운석을 발견하게 될 수도 있었고, 두 가지를 다 찾게 되는 것은 거의 불가능하지만, 두 가지 중 하나를 찾을 가능성은 하나만 찾을 가능성의 두 배가 될 것이었고, 그래서 그 사실에 약간 고무되어 나는 운석과 발에 더해 그것들만큼 찾기 어려운, 추가로 찾을 수 있는 것들을 찾았지만 적당한 것이 떠오르지 않았고, 운석과 발을 찾는 것만으로도 어려웠고, 그래서 그것들만큼 찾기 어려운 뭔가를 추가해 일을 더 어렵지는 않더라도 더 복잡하게 만들지는 않기로 했다.

나는 며칠간 발과 함께 운석을 찾았고, 예상한 대로 발이나 운석을 찾지는 못했지만 그 과정에서 많은 것들을 보았는데, 운석처럼 보이는 돌멩이와, 발가락뼈처럼 보이는 돌멩이와, 사람의 발을 닮은 나무토막과, 발이나 운석은 전혀 닮지 않은 물고기의 뼈와, 복숭아뼈처럼 보이는 과일의 씨와, 상당히 우스워 보이는 돌멩이와 역시 상당히 우스워 보이는 나무토막도 보았는데, 그것들은 내가 발이나 운석을 찾지 않았다면 보지 못했거나 눈에 띄지 않았을 수도 있을 것이었다.

나는 밴쿠버의 해안에서 사람들이 버린 각종 쓰레기와 잃어버린 신발들과 먹다 버린 음식물은 보았지만 사람들이 하다 만, 역시 버린, 물을 탁하게 만드는 안 좋은 생각들은 보지 못했는데, 한번은 얕은 바닷물 속에 잠겨 있는, 누군가가 밴쿠버만의 물고기들에게 선물한 것 같은 끝이 살짝 깨진 커다란 접시를 보았는데, 접시에는 작은 물고기들이 그려져 있었고 모두 파란색이었고 아직 물에 적응하지 못한 듯 어색한 모습이었는데, 작은 은색 물고기 한 마리가 그 물고기들에게 호기심을 보이며 생각에 잠겨 접시 위를 천천히 돌고 있었고, 나는 그 물고기가 어쩌면 그것의 눈에는 보이는, 사람들이 하다 만, 물에 버린, 물을 탁하게 만드는 생각들에 대해서는 어떻게 생각하는지 궁금했는데, 접시 위에 그려진 물고기들도, 사람들이 하다 만, 물에 버린 안 좋은 생각들도 흥미를 끌지 못했는지 물고기는 좀더 흥미로운 것을 찾아 곧 딴 데로 가버렸다.

나는 감상적인 것을 좋아하지 않았지만, 감상적인 것을 너무 오래도록 멀리해 감상적인 것이 어떤 것인지도 생각이 나지 않아 감상적인 것에 빠지면 어떨지 궁금하기도 해 순전히 감상적인 것이 어떤 것인지 알고 싶은 생각에 나 자신을 감상적인 것 같은 것에 아주 살짝 빠뜨리려고 노력해 그것에 거의 성공한 어느 날에는, 그것들을 보게 되면 내가 가끔 나도 알 수 없는 말을 건네기도 하는, 다른 누구도 아닌 등이 딱딱한 것에 둘러싸인 갑충들, 이를테면 풍뎅이나 하늘소나 사슴벌레나 무당벌레나 투구벌레를 만나게 되면 지금까지 누구에게도 해본 적 없는 더없이 다정한 말을 해줄 수도 있을 것 같으니 해줘야지, 하고 생각하려 하며, 그리고 등이 딱딱한 것에 둘러싸인 갑충들에게라면 부드러운 감상적인 마음을 품고 그것을 드러내도 좋을 거라는 생각을 하며 아주 다정한 말을 준비하려고 했지만, 그날따라 풍뎅이나 하늘소나 사슴벌레나 무당벌레나 투구벌레는커녕 그 비슷하게 생긴 것도 만나지 못해, 하지만 풍뎅이나 하늘소나 사슴벌레나 무당벌레나 투구벌레를 만나게 되면 해주려고 준비한 더없이 다정한 말을 해안에 있는 새들이나 나무들이나 모르는 사람들에게 해줄 수는 없다고, 그들에게 써먹을 수는 없다고 생각해 하지 않아 어떤 다정한 말도 하지 못하고 쓸쓸히 집에 돌아와, 감상적인 것이 어떤 것인지 계속해서 알 수 없게 된 적도 있었다.

그리고 나는 내가 쉽게 설명이 되지 않는 이유로 어떻게 해서 실종되어 한참이 지난 후 내 발이 브리티시컬럼비아의 해안에서 누군가에 의해 발견될 수도 혹은 발견되지 않을 수도 있다는 생각을 틈틈이 했고, 브리티시컬럼비아의 해안에서 실종되었지만 아직 발이나 사체가 발견되지 않은, 물에 뜨지 않는 구두와 하이힐과 장화와 샌들과 등산화와 트레킹화와 군화를 신은 채로 물속에 가라앉아 있을 수도 있는 사람들에 대해서도 생각을 했는데, 그들은 모르는 사람들이었고, 그들에 대해 생각해도 그들과 관련해 떠오르는 것이 없었고, 그들이 신고 있을 수도 있는, 물에 뜨지 않는 구두와 하이힐과 장화와 샌들과 등산화와 트레킹화와 군화 등 각종 신발들만 떠올랐는데, 신발들을 생각하며, 발을 찾으러 다니면서 물에 뜨는 신발과 뜨지 않는 신발 중 어느 것을 신고 다니는 것이 좋을지에 대해 많은 생각을 했지만 결정을 내릴 수가 없었고, 그래서 물에 뜨는 신발을 따로 사서 신지는 않았다.

그리고 나는 브리티시컬럼비아의 해안에서 실종된 사람들의 발이 물에 떠올라 누군가에게 발견되기보다는 주인과 함께 물속에 그대로 있는 것이 주인에게 좋은 일이라고 말할 수 있는지는 알 수 없었지만, 어쩐지 발은 주인과 함께 있는 것이 좋을 수도 있을 것 같았고, 그래서 가능하면 오래도록 발이 주인과 함께하기를 바랐고, 그래서 한편으로는 물에 떠올라 떠밀려온 발을 찾지 못하게 되었으면 하기도 했는데, 실제로 나는 발을 찾아도 못 찾아도 전혀 상관없었고, 발을 찾는 것은 거의 불가능에 가까운 것이었고, 그래서 거의 불가능에 가까운 뭔가를 하고 있다는 사실에 만족하기로 했다.

그리고 역시 일종의 여가활동으로 한 것이지만, 나는 살면서 크고 작은 난제들을 내게 줘 크고 작은 어려움을 겪으며 풀게 했는데, 나로서는 그것들을 풀지 못하게 하는 데 초점을 맞추거나 풀지 못하게 할 의도로 그렇게 하지는 않았지만 그 난제들 중 무엇도 풀지 못했는데, 그것은 어느 시기 이후로 삶 자체가 거의 불가능한 것으로 여겨진 것과 무관하지 않은지는 알 수 없었는데, 내가 내게 준 난제들은 그렇지 않아도 어려운 삶을 더 어렵게 할 수도 있었지만 더 어렵게 하지는 않았는데, 그렇다고 그 난제들을 풀려고 애를 쓰느라 이미 어려운 삶을 잠시 잊게 되지도 않았지만 그 난제들은 시간을 보내는 데는 도움이 되기도 했다.

내가 내게 준 난제들 가운데는 큰 것으로는 우주의 형태를 알아내는 것과, 작은 것으로는 티라미수와 비슷한 것을 만들어내는 것도 있었는데, 우주가 종잇장 같은 평면 또는 구 또는 원통 또는 도넛 또는 커피잔 또는 심지어는 말안장처럼 생겼다고 주장하는 과학자들도 있었지만 나는 아직 그것은 누구도 모른다고 생각하는 게 맞는다고 생각하고 있었는데, 우주의 정확한 형태는 아직 누구도 알지 못하고 그 과학자들의 생각이 모두 틀린 것일 수도 있었다.

나는 내 기운이 나게 해줘, 라는 의미의 티라미수의 아버지로 불리는 이탈리아인 아도 캄페올이 자신의 식당에서 아내와 셰프와 함께 바닐라아이스크림을 만들려다가 달걀과 설탕이 든 사발에 순전히 실수로 이탈리아의 크림치즈인 마스카르포네 치즈를 넣게 되면서 티라미수를 만들게 되어 이제는 티라미수가 없는 세상을 상상하기 어렵게 만든 것처럼, 뭔가를 만들다가 순전히 실수로 그것이 없는 세상을 상상하기 어려운, 티라미수와 비슷하지만 티라미수와는 또다른 뭔가를 만들고자 한 적이 있었다.

그런데 티라미수와 비슷하지만 티라미수와는 또다른 뭔가를 만들고자 한 것은 티라미수처럼 완전히 새로운 종류의 케이크를 만드는 것은 내게 벅찬 일로 여겨졌기 때문인데, 티라미수와 비슷하지만 티라미수와는 또다른 뭔가를 만들어내려면 먼저 티라미수에 대해 알아야 했고, 그래서 오래전 나는 케이크가 대개 그렇듯 만드는 것 자체는 간단하지만 만든 후 세 시간 정도 냉장고 안에 들어가 있기를 좋아하고 그렇게 하게 해줄 때 기분이 좋아져 더 좋은 맛을 내기도 하는 티라미수를 세 번에 걸쳐 만들어본 후, 캄페올의 티라미수에서 약간 벗어나 가장 표준적인 티라미수로 자리잡은 티라미수를 만드는 법을, 내 생각에 마스터한 것 같았고, 티라미수에 대해 알아야 할 것들을 거의 알게 된 것 같았다.

그후 한동안 나는 거의 매일같이 표준적인 티라미수에서 점점 더 일탈하는 티라미수들을 만들어, 냉장고 안에 들어가 좋은 시간을 보낼 수 있는 기회도 주지 않고, 티라미수에 원한을 품은 사람처럼, 실제로 티라미수에게 품어도 문제가 되지 않는 정도의 원한을 품기도 한 상태에서, 커다란 접시에 놓인 엄청난 양의, 별로 씹을 것도 없는 티라미수를 아주 천천히, 때로는 그러느라 하루가 다 가게 오랜 시간에 걸쳐 씹어 먹으며, 세상에 출현하지 않을 수도 있었던 티라미수가 누군가의 실수로 출현하게 된 내막과 티라미수의 속성뿐만 아니라 티라미수의 기질과 성격과 성질과 습성과 습관과 버릇과 하는 짓에 대해서까지 생각하며 티라미수와 비슷하지만 티라미수와는 또다른 뭔가를 만드는 것에 대한 연구를 했다.

그렇게 해서 시간이 지나면서 나는 티라미수에서 출발했지만 티라미수에서 점점 더 멀어져가는 뭔가를, 마침내는 티라미수에서 상당히 멀어진, 어쩐지 방종에 빠진 티라미수 같은 뭔가를, 더 나아가 마침내는 케이크이기는 하지만 더이상 티라미수로는 볼 수 없는, 어쩐지 완전히 타락한 티라미수 같은, 티라미수도 아닌 뭔가를, 그리고 마침내는 케이크의 모양과 본성도 잃어 케이크라고 볼 수도 없는, 어쩐지 타락의 끝에서도 더 나아가 또다른 끝이 보이지 않는 타락의 끝 가까운 곳에 이른 것 같은 뭔가를, 그리고 마침내는 그것이 뭔지도 알 수 없는, 타락의 측면에서는 어떻게도 말할 수 없는 뭔가를 만들게 되었는데, 그 과정에서 내가 점점 더 타락해가고 있다고는 느끼지 않았지만 점점 더 이상한 사람이 되어가고 있다는 것을 느낄 수 있었고, 어느 단계에서는, 이렇게 해서 내가 드디어 티라미수 비슷한 것을 만들다가 뭔지도 알 수 없는 뭔가처럼 실성해가는구나, 하는 생각까지 하기도 했지만, 실수로 태어난 티라미수와는 또다른 뭔가를 실수로 만들려는 과정에서 실수는 필수적인 것이었고, 그래서 실수는 얼마든지 용납했고, 많은 실수를 하기도 했지만 그 실수들은 망친 티라미수와 더이상 티라미수가 아닌 역시 망친 뭔가와 망쳤지만 아직까지는 케이크인 뭔가와 더이상 케이크도 아닌 역시 망친 뭔가와 뭔지도 알 수 없는 역시 망친 뭔가를 낳았는데, 모두 망친 그 무엇도 표준적인 티라미수만큼 만족스럽지 않았고, 내가 기대한 수준에 미치지 못했고, 모두 실패한 것으로 볼 수 있었는데, 그렇게 해서 내가 망친 뭔가를 모두 탑으로 쌓으면 쌓는 데 실패했거나 쌓자마자 무너져 역시 쌓는 데 실패한 웬만한 삼층탑 높이 정도는 될 것이었다.

그런데 당시 나는 알 수 없는 이유로, 내가 생각하기에도 지나치게 레몬에 빠져 있었는데, 다른 무엇도 아닌 레몬에 지나치게 빠져 있는 것은 좋은 것이라는 생각을 하며 다양한 방법으로 먹을 수 있는 레몬을 과다하게 먹고 있으면 내가 내가 아닌 것 같았고, 그래서 레몬즙을 잔뜩 만들어 아무데나 뿌려 먹기도 했고, 물론 티라미수 비슷한 것들에도 뿌려 먹었는데 아주 만족스러웠고, 그때마다 쓸모없는 것을 사다, 혹은 손해를 보다, 라는 의미로 쓰이는 'buy a lemon'이라는 관용어가 레몬을 열등한 존재로 취급하며 너무나 무시하며 잘못 쓰이고 있는 것은 아주 잘못된 것이라고, 레몬에 무슨 수로 악의를 품게 되었는지는 알 수 없지만 악의를 품게 된 누군가가 만들었을 그 관용어는 사라져야 마땅하다고 생각했고, 그렇게 생각하는 사람들이 나 말고도 꽤 있을 것 같았고, 레몬의 이익을 대변하는 국제 레몬 협회를 비롯해 온갖 조직들이 있을 거라고 생각했지만, 나뿐만 아니라 국제 레몬 협회를 포함해 누군가가 그것에 대해 할 수 있는 것은 별로 없는 것 같았는데, 그것과는 상관없이, 내가 마구 뿌린 레몬이 티라미수 비슷한 것들을 망치는 데 약간의 기여를 했는지는 알 수 없었다.

그런데 나는 티라미수와 비슷하지만 티라미수와는 또다른 뭔가를 만드는 것에 대한 연구를 한 결과 뭔지도 알 수 없는 망친 뭔가를 만들게 되었을 때에는 그것으로 어떤 실패의 정점에 이르렀고, 그곳에서는 그 이상으로 실패의 사다리를 타고 올라갈 수 있는 데도 없는 것 같았지만, 왠지 그 정점 너머에서는, 많은 것들이, 특히 계절이 자연적으로 점진적으로 완만하게 순환하듯, 풀밭으로 이루어진 완만한 언덕을 커다란 공 같은 것이 자연적인 힘에 의해 자연스럽게 굴러 내려가는 것처럼 자연스럽게 다시 케이크를, 그런 다음 티라미수 비슷한 것을 만들게 되면서 티라미수와 비슷하지만 티라미수와는 또다른 새로운 뭔가를 만들게 될 수도 있을 거라고 예상해보기도 했지만, 예상과는 달리 결국 실패의 정점에서 실패의 커다란 깃발 같은 것을 그 정점에 꽂지는 않은 채로, 그리고 실패의 작은 깃발 같은 것을 흔들지는 않고 가만히 쥔 채로, 어디에도 가지 못하게 된 사람처럼 한동안 그 자리에 그대로 서 있게 된 것 같았다.

그런데 같은 삼층탑이지만 티라미수에서 출발해 더이상 케이크가 아닌 것에 이르기까지의 뭔가로 삼층탑을 쌓는 것은 돌로 된 삼층탑을 실제로 쌓는 것에 비해 심신의 건강에 아주 안 좋은 것이었고, 나는 설탕이 과다하게 들어간 뭔가를 과다하게 먹느라 몸이 부쩍 안 좋아지는 것을 느꼈고, 이 일을 계속하게 되면 몸을 망쳐 몸이 회복될 수 없는 상태에 이르게 될 수도 있다고, 뭔가가 정말 끝이 안 좋게 끝날 수도 있다고 느끼게 되면서 티라미수와는 또다른 뭔가를 만들어내고자 하는 연구를 중단했는데, 그 과정에서 마리 퀴리가 방사능에 노출되면서까지 인류의 삶을 바꿔놓은 방사능에 대한 연구를 했다는 사실과, 티라미수가 이제는 티라미수가 없는 세상을 상상하기 어렵게 만들기도 했지만 인류의 삶까지 바꿔놓은 것으로 볼 수는 없다는 사실과, 몸을 망치면서까지 티라미수와는 또다른 뭔가를 만드는 연구를 할 건 없다는 것 등에 대해서 생각했고, 어느 날 갑자기 티라미수에 대한 모든 연구를 중단한 후로는 한동안 티라미수뿐만 아니라 티라미수 비슷한 것들과 티라미수를 떠올리게 하는 것들도 멀리했는데, 많은 것들이 티라미수를 떠올리게 해 많은 것들을 멀리하며 사람들도 멀리했는데, 그후 멀리했던 사람들도 가까이하며 다시 좀더 가까워진 티라미수를 먹긴 했지만, 작은 포크로 티라미수를 허물며 먹을 때면 내가 티라미수와는 또다른 뭔가로 쌓았던 실패한 삼층탑이 떠올라 복잡하고 착잡한 심정으로 먹어야 했다.

그런데 내가 티라미수와는 또다른 뭔가를 만드는 연구를 끝낸 후에도 그것을 본격적으로 했다고 할 수 있는지는 분명치 않았는데, 마찬가지로 본격적으로 했다고 할 수 있는지 분명치 않은, 내가 한 다른 연구에는 새로운 피넛 버터와 오믈렛과 젤라토를 만드는 것도 있었다.

많은 사람들이 그렇게 느낄 테지만, 피넛 버터를 먹을 때마다 나는 약간 목이 메는 것을 어쩔 수가 없었고, 다른 무엇도 아닌 피넛 버터 때문에 약간 목이 메어야 한다는 사실과 목이 메는 정도가 너무나 마음에 들지 않은 건 아니었지만, 목이 덜 메게 하는 피넛 버터도 있어야 한다고 생각했고, 그러자면 약간 목을 메게 하는 피넛 버터에 무슨 짓을 해야 할 것 같았고, 그래서 피넛 버터에 대한 내 나름의 리서치를 했는데, 내가 하는 연구의 특성상 혼자서 지나치게 깊은 리서치를 하는 것은 연구에 오히려 지장을 줄 수도 있다는 생각에 얕은 정도로만 했지만, 그럼에도 얕은 정도로만 한 리서치를 통해 피넛 버터에 대해 몰랐던 몇 가지 것들을 알게 되었다.

나는 피넛 버터가 없는 미국의 부엌을 생각하기 어려울 정도로 미국인들이 워낙 좋아해 미국인들의 음식으로 알려져 있지만, 18세기에 네덜란드의 식민지였던 남미의 수리남에 지금의 피넛 버터의 전신이라고 할 수도 있는 것이 있었다는 역사적 사실을 알게 되었고, 그 역사적 사실과는 상관없이, 피넛 버터에 무슨 짓을 하면 좋을지를 생각했지만 곧 미국의 식품 규정에 의하면 피넛 버터에는 땅콩이 구십 퍼센트 이상 들어가야 한다는 것을 알게 되었는데, 안타깝게도 그 규정을 따르지 않으면 피넛 버터로 인정받지 못하고 그냥 땅콩이 들어간 뭔가가 될 수밖에 없고, 그 규정을 따르는 한 어떤 음식보다도 목을 메게 하는 땅콩으로 목이 메지 않는 피넛 버터를 만들기는 아주 어렵고, 그래서 그 규정의 장벽을 넘는 것은 비유적으로, 만리장성을 넘는 것처럼 힘든 일 같았다.

그런데 생각해보니 지금 세상에 존재하는 피넛 버터들은 그 규정을 어기지 않는 범위 내에서 목을 최대한 덜 메게 하는 식으로, 혹은 그것에 대해서는 별다른 고려 없이 목이 메거나 말거나 알아서 먹으라고 만들어지는 것 같았지만, 나는 땅콩이 구십 퍼센트 이상 들어가지 않은 피넛 버터는 피넛 버터로 인정하기를 거부하고 피하는 미국의 식품 규정을 어기면서까지 사람들이 좋아할, 목이 덜 멜 수 있는 피넛 버터를 혹은 피넛 버터가 아닌 뭔가를 만들어내고 싶지는 않았다.

그리고 피넛 버터는 애초에 내가 그다지 좋아하는 음식이 아니었고 나는 어느 시기 이후로는 피넛 버터는 거의 먹지 않게 되었는데, 그럼에도 많은 사람들이 피넛 버터를 먹으며 약간 목이 메어야 하는 것이 마음에 걸렸지만 나 자신의 많은 문제들도 해결하지 못하고 있는 내가 그것까지 상관할 일은 아닌 것 같아 상관하지 않기로 했는데, 목이 너무 멘다고 생각될 경우, 많은 사람들이 그렇게 하듯 잼이나 다른 뭔가를 같이 발라 먹거나 우유나 주스 같은 음료를 같이 먹으면 되었다.

그런데 그것과는 상관없이, 아주 오래전 일이긴 하지만 나는 피넛 버터 자체에 대해 내가 너무나 큰 오해를 하고 있었다는 사실을 어느 날 깨닫게 되었는데, 그것은 내가 그전까지 생각했던 것과는 달리 피넛 버터에는 땅콩 가루에 주요 첨가물로 버터가 아닌 유화제가 들어가는데 피넛 버터 자체가 버터 같은 것으로 치부되어 피넛 버터로 불린다는 것이었는데, 내가 그동안 살면서 피넛 버터에 대해 얼마나 오해하고 있었는지를 깨닫게 되면서 한편으로는 피넛 버터에 대해 그렇게 오해하고도 피넛 버터를 먹을 수 있었다는 사실이 놀랍기까지 했는데, 살면서 피넛 버터와 관련한 본질적인 문제라고도 할 수 있는 그것에 대해 오해해왔지만 어느 날 그것이 얼마나 큰 오해였는지를 깨닫게 된 사람이라면 그것을 그렇게 오해하고도 피넛 버터를 먹을 수 있었다는 사실에 놀라도 좋을 것 같았는데, 그것과는 상관없이, 어느 날 이후로 나는 피넛 버터에 대한 입장이라고도 할 수도 있는 것 자체가 근본적으로 바뀌었는데, 다른 무엇도 아닌 피넛 버터를, 목이 멜 거라는 것을 알 수 있고, 생각만 해도 목이 메기도 하는 피넛 버터를 먹을 때면 약간 목이 메는 것이 마땅하다고, 싸다고 생각하게 되었다.

그럼에도 나는 그냥 먹을 경우 조심스럽게 티스푼 정도로 떠먹는 것은 괜찮고, 그 이유는 헤아리기 어렵지만 어떤 사람들은 그것에서 은밀하게 죄책감과 함께 쾌감을 느끼기도 한다고 하지만, 역시 그 이유는 헤아리기 어렵지만 어떤 사람들이 때로 누군가와 헤어진 후 슬픔을 가누지 못하고 울며 그러기도 하는 것처럼 피넛 버터를 스푼으로 가득 퍼먹거나 크래커와 함께 먹는 것은 질식사로 이어질 수도 있는 아주 위험한 행위이고, 피넛 버터를 먹다가 생명을 잃는 사람들이 종종 있고, 피넛 버터가 피넛 버터에 대한 사랑이 지나친 미국인들 거의 모두로 하여금 평생 최소한 한 번 이상은 죽을 고비를 넘기게 하고, 미국 소아과 학회에서도 피넛 버터를 가장 위험한 음식 중 하나로 지정하고 있다는 사실이 계속해서 마음에 걸렸고, 내 기억이 맞는지 알 수 없었지만, 미국의 어떤 철없는 록밴드가 피넛 버터를 먹다가 질식사하는 것의 기쁨에 대한 노래를 불렀고, 그 노래를 듣고 영감을 받은 철없는 사람들이 그것을 시도해볼 수도 있다는 사실도 계속해서는 아니었지만 때로 마음에 걸렸고, 피넛 버터에 대해서는 잊고 있다가도 마트에서 사람을 질식사시킬 수도 있는 작은 땅콩들이 사람들을 놀리며 웃고 있는 그림이 그려져 있는 피넛 버터를 보게 될 때마다 또 마음에 걸렸고, 목이 덜 메게 하고 질식사의 위험을 낮추는 피넛 버터에 대한 연구는 사람의 생명을 구하는 인도주의적이기도 한 일이라고 생각했지만 미국의 식품 규정 때문에 어떻게 할 수 있는 여지가 없는 것 같았고, 그래서 피넛 버터에 대한 연구 역시 종지부를 찍게 되었지만, 그럼에도 불구하고 피넛 버터에 대해 평소 하지 않았던 여러 가지 생각을 할 수 있었다.

그후 나는 피넛 버터를 혼자 먹은 적은 없지만 누군가와 함께 먹은 적은 몇 번 있는데, 그때마다 피넛 버터를 티스푼 정도로 떠먹어보면서 왜 어떤 사람들이 피넛 버터를 티스푼 정도로 떠먹는 것에서 은밀하게 죄책감과 함께 쾌감을 느끼는지, 왜 그렇게 말하기도 하는지에 대해 생각해보았지만, 그 이유는 정확히 알 수 없었지만, 티스푼 정도로 떠 혀 한가운데에 올려놓은 끈적한 진한 갈색의 피넛 버터가 녹으면서 서서히 입안에 작게 울려퍼지거나 피어오르는 것 같은, 그럼에도 약간 이상하지만 재미있는 노래라고도, 멀리서 조금씩 더 가까워지고 있는, 적군인지 아군인지 알 수 없는 자들의 허무맹랑하게 들리는 북소리라고도 말할 수 없을 뿐만 아니라, 아주 작은 소행성이 아주 작은 행성에 충돌했을 때 피어오른, 행성의 크기에 비해 아주 작지는 않은 먼지구름이 시간이 지나 거의 다 가라앉은 후 충돌 지점 한가운데에서 마지막으로 시간을 갖고 가라앉고 있는 아주 작은 먼지구름 같다고는 더더욱 말할 수 없는, 어떻게도 뭐라 말하기 어려운 피넛 버터의 맛을 느끼며 먹을 때면 형용하기 어려운 죄책감과 함께 쾌감이라고 해도 좋을 어떤 기분을 은밀하게 느끼게 되는 것 같았고, 은밀하게 느끼는 그것에 대해서는 서로 비밀로 하는 것이 좋을 것 같아 피넛 버터를 같이 먹는 사람에게 그것에 대해 얘기한 적은 없었다.

그럼에도 나는 피넛 버터를 같이 먹게 된 사람들에게 끈적한 성격의 피넛 버터는 그냥 삼킬 경우 목구멍에 달라붙기를 좋아하고, 일단 달라붙으면 잘 안 떨어지려 하는 다소 못된 성질이 있어, 기도가 막혔을 때 하는 응급 요법인 하임리히법도 소용이 없고, 슬퍼서건 기뻐서건, 어떤 이유로든 피넛 버터를 스푼으로 가득 퍼먹을 경우 질식사의 위험이 있으니 피넛 버터를 먹다가 죽고 싶지 않으면 그렇게 하지 말라고, 죽고 싶으면 그렇게 하라고, 아니, 죽고 싶어도 그렇게 하지는 말라고, 어떤 경우에도 그렇게 하지는 말라고, 그렇게 할 경우 죽을 수도 있다고 약간 겁을 주었는데, 그런 것으로 피넛 버터를 같이 먹는 사람에게 겁을 주는 것은 결과적으로 목숨을 구하는 것으로 괜찮다고 생각했기 때문이었다.

그리고 나는 그것으로 마음이 놓이지 않아, 그럼에도 어떤 이유로 꼭 피넛 버터를 스푼으로 가득 퍼먹어야 한다면, 만약의 경우 숨을 크게 입으로 뱉어내면서 목구멍을 막고 있는 피넛 버터를 함께 뱉어낼 수 있도록 숨을 폐에 가득 들이켠 후 숨을 멈추고 먹으라고 해주었는데, 사람들이 질식사하는 것은 대부분이 그 점을 망각하고 숨을 내쉰 후 폐에 뱉어낼 숨이 없는 상태에서 피넛 버터를 스푼으로 가득 퍼먹어서이기 때문이었고, 그것은 자살행위까지는 아니지만 무척 위험한 행위이고, 나는 내가 아는 누군가가 피넛 버터를 먹다가 죽는 일은 없기를 바랐기 때문이었다.

내가 하는 얘기를 들은 사람들은 그 얘기를 그대로 믿을 수는 없다는 반응을 보이면서도 자신들의 목숨과 관련된 문제일 수도 있다는 생각이 머릿속을 스친 듯 내가 얘기한 대로 숨을 폐에 가득 들이켠 후 숨을 멈추고 스푼으로 가득 뜬 피넛 버터를 무척 부자연스러운 모습으로 힘들게 먹어보거나 들이켠 숨을 멈추고 피넛 버터를 먹는 것을 상상해보는 것 같았지만, 나는 그래도 마음이 놓이지 않아 내가 한 얘기는 피넛 버터에 의한 죽음으로부터 스스로를 지키는 가장 좋은 방법이니 잊지 말라고 했지만, 그들이 어떤 이유로, 특히 누군가와 헤어진 후 너무 슬픈 나머지 피넛 버터를 스푼으로 가득 퍼먹게 될 때, 슬픔으로 정신이 없는 상태에서 과연 그것을 떠올리고 실행에 옮길 수 있을지에 대해서는 무척 회의적인 생각이 들었다.

그런데 나는 그래본 적이 없어 그 이유는 정확히 알 수 없었지만, 특히 미국의 로맨스 영화에서 진부할 정도로 종종 나오는 것처럼, 어떤 사람들이 누군가와 헤어진 후 슬픔을 가누지 못하고 울며 커다란 피넛 버터 단지를 껴안고 피넛 버터를 스푼으로 가득 퍼먹는 것은 어쩌면 슬픔으로 이미 가슴이 미어지고 목이 메는 상태에서 좀더 가슴이 미어지고 목이 잘, 많이 메게 해 슬픔을 더 부풀리기 위해서일 수도 있고, 어쩌면 피넛 버터 단지 자체가 그런 순간에 껴안기에 좋은 것이라는 이유도 조금은 있을 것 같았지만, 오히려 그보다도, 그것이 영화 속에서 진부할 정도로 종종 나와 자신도 모르게 그것을 따라 해서이고, 피넛 버터 단지 말고 껴안기에 좋은 다른 것들이 있음에도 다른 것들보다도 피넛 버터 단지를 껴안고 있는 것이 보기에 더 좋아 보인다는 생각이 무의식적으로 작용하게 되어서일 수도 있었다.

그중에는 누군가와 헤어진 후도 아닌데도, 그래서는 안 되는데도 슬픔이 밀려오면 일단 피넛 버터 단지부터 찾는 사람들도 있는지도 몰랐는데, 물론 그것은 질식사로 이어질 수도 있는 위험한 행위이고, 피넛 버터를 먹다가 기도가 막혀 자신이 피넛 버터를 먹다가 기도가 막혔다는 말도 할 수 없어 응급 전화도 할 수 없는 상태에서 얼굴이 회색으로, 그런 다음 푸른색으로 변하고 입술이 자주색으로 변하며 죽는 것은 굉장히 창피한 일일 수 있고, 우연히 거울이나 유리창에 비친 자신의 그러한 모습을 보게 되기라도 하면 무엇보다도 너무 창피해 죽고 싶을 수도 있고, 피넛 버터를 먹다가 죽은 모습이 피넛 버터 특유의 감미롭고 고소한 냄새로 가득한 실내의 어딘가에서 뚜껑이 열려 있는 커다란 피넛 버터 단지와 함께 누군가에 의해 발견되게 되는 것 또한 굉장히 창피한 일일 수 있고, 따라서 누군가가 슬픔을 가누지 못하고 울며 피넛 버터 단지를 껴안고 피넛 버터를 스푼으로 가득 퍼먹으려 하면 영화 속에서처럼 하지 못하게 말리고, 말을 듣지 않을 때에는 달려들어

껴안고 있는 피넛 버터 단지를 빼고, 베개나 쿠션이나, 피넛 버터가 아닌 다른 뭔가가 들어 있는 단지나 빈 단지나 무엇이 들어 있는지는 알 수 없지만 피넛 버터가 들어 있지 않은 것은 확실한 단지나 단지는 아니지만 단지로 생각할 수도 있는 것 등의, 피넛 버터 단지를 대신할 수 있고, 질식사의 위험이 없고, 껴안기에 좋은 다른 뭔가를 껴안게 해주는 것이 죽어서도 굉장히 창피한 모습을 보이지 않게 해줄 수 있는 좋은 일일 것이었다.

그런데 나는 왜 사람들이 피넛 버터를 티스푼 정도로 떠먹는 것에서 은밀하게 죄책감과 함께 쾌감을 느끼는지, 왜 그렇게 말하기도 하는지에 대해 좀더 생각해보았는데, 그것은 어쩌면 영화에서 밤에 잠이 오지 않을 때 혼자 부엌에 가 누구도 몰래 그렇게 할 경우 죄책감과 함께 쾌감을 느끼게 되는 것으로 그려져서일 수도 있을 것 같았는데, 그때는 꿀이나 잼을, 심지어는 버터나 마가린이나 마요네즈를 떠먹어도 마찬가지일 것이고, 그래서 그것은 어쩌면 영화가 사람들의 모방 학습에 의한 인지와 지각 반응을 바꿔놓은 사례일 수도 있을 것 같았는데, 그것에 대해서까지 누군가가 연구할 필요는 없을 것 같았다.

그런데 내가 오믈렛에 대해 한 연구는 내가 피넛 버터에 대해 다분히 건성으로 한, 굉장히 부실하기 짝이 없고 민망하기 짝이 없는 연구와는 조금 다른 점이 있었지만, 마찬가지로 굉장히 부실하기 짝이 없고 민망하기 짝이 없다는 점 말고 조금 다른 점이 무엇인지 말하기는 어려웠지만, 피넛 버터에 대해서보다는 오믈렛에 대해 더 많은 시간을 쏟은 것은 틀림없었다.

오믈렛은 아침, 점심, 저녁 언제 먹어도 좋은 아주 간편한 요리이고, 나도 자주 해 먹는 요리였고, 나는 오믈렛을 내가 보기에도 잘 만들었지만, 그렇다고 어디 가서 자랑할 만한 정도는 아니라고 생각했고, 그래서 어디서 자랑한 적은 없었고, 잘 알지 못하는 누군가가 뭐 잘하는 것 있어요, 하고 물으면 잘하는 게 하나도 없어요, 하고 말하면서도 속으로는 오믈렛을 잘 만들지요, 하고 생각한 적도 없었고, 어쩌면 다른 잘하지 못하는 것들에 비해서는 잘하는 편이라고 하는 것이 맞을 수도 있을 것 같았지만, 때로 어쩌면 내가 가장 잘한다고 할 수 있는 것은 수영이 아닐까, 하는 생각은 하기도 했다.

그런데 나는 내가 과연 오믈렛을 잘 만든다고 할 수 있는지 혹은 과연 잘 못 만든다고 할 수 있는지에 대해 깊이 생각해본 적이 있었는데, 내 집에서 혹은 누군가의 집에서 내가 오믈렛을 만들었을 때 그것을 먹은 누군가가 자신이 만드는 것보다 낫다고 한 적은 몇 번 있었지만 자신이 만드는 것보다는 못하다고 한 누군가는 없었는데, 어쩌면 기껏해야 그 정도로 잘 만든다고 할 수도 있을 것 같았지만, 오믈렛을 놓고 누군가가 그것을 만들어준 사람에게 자신이 만드는 것보다는 못하다고 말하기는 아주 어렵다는 사실에 비춰 보면, 그리고 누군가가 실제로 그렇게 말할 경우 그 누군가와 얼마든지 사이가 나빠져 다시는 안 보게 될 수도 있다는 사실에 비춰 보면 그렇게 보기도 어려운 것 같았다.

그런데 오믈렛을 잘 만드는 데 있어 관건은 아니지만 보기 좋은 오믈렛을 만드는 데 있어 관건이라고 할 수도 있는 것은 물론 달걀 래핑을 균일하게 잘 만드는 것으로, 그 사실을 모르는 사람은 없고, 그것은 요령을 익히면 누구나 할 수 있는 것이지만 누구나 요령을 익힐 수 있는 것은 아니고, 어떻게 해도 요령을 익히지 못하는 사람도 있을 테지만 그런 사람이라면 그냥 포기하고, 보기 안 좋은 오믈렛을 좋은 오믈렛이라고 할 수는 없을 테지만 보기 좋은 오믈렛이라고 반드시 좋은 오믈렛이라고는 할 수 없다는 생각을 하며, 거기에서 위안을 얻어도 좋을 것이었다.

그런데 내가 오믈렛에 대한 연구를 하게 된 것은 오믈렛에 관한 고정관념이 너무도 크다는 사실에 대해 생각하게 되면서였는데, 내가 가본 세계 여러 나라 호텔의 조식에 나오는 오믈렛은 마치 전 세계적으로 통일된 것처럼, 마치 그것이 표준인 것처럼, 마치 국제법으로 정해져 있는 것처럼 안에 들어가는 것들이 거의 동일했고, 어떤 호텔의 식당에서도 꿈에도 생각지 못한 의외의 것이 들어 있는 오믈렛은 내주지 않았고, 그때마다 나는 작게나마 실망을 해야 했고, 주로 늦은 오전에, 식당이 문을 닫기 전, 오믈렛을 먹으면서도 나는 지금의 오믈렛이 오랫동안 이 모양 이 꼴이었던 것처럼 앞으로도 오랫동안 이 모양 이 꼴일 거라고 생각했는데,

그때마다 무슨 이유에서인지는 알 수 없었지만 그것은 이상하게도 슬픈 일처럼 여겨졌고, 오믈렛에게 무슨 짓을 하지 않으면 안 될 것 같았다.

그렇게 해서 나는 오믈렛에게 할 수 있는 것들을 연구했고, 그것은 한편으로는 속보다 덜 중요한 겉에 불과한 것으로 볼 수도 있는 래핑보다는 래핑 안에 넣을 수 있는 내용물에 대한 연구로 이어졌는데, 물론 오믈렛에 무엇이 들어가야 하는지에 대한 제약은 없고 본인이 넣고 싶은 무엇이든 넣으면 되었지만, 나는 오믈렛에 가장 기본적으로 들어가는 것들, 토마토와 양파와 양송이버섯과 햄과 치즈와 파와 파슬리 등 외에, 당근이나 순무 같은, 넣어도 되지만 안 넣어도 상관없는 것들 말고, 가지나 오이 같은, 넣어서 좋을 것이 없는 것들 말고, 전 세계의 웬만한 마트에서 쉽게 구할 수 있는 것으로, 넣으면 좋지만 사람들이 아직까지 넣을 생각을 하지 못해 넣지 않고 있는, 넣게 되면 어쩌면 전 세계의 많은 사람들이 좋아할 수도 있는 새로운 뭔가를 찾는 연구를 했다.

나는 비디오게임과 만화와 애니메이션 등을 세계적으로 유행시킨, 내 생각에는 그런 쪽으로 지나치게 머리를 잘 굴리는 일본인들이 오믈렛에서 영감을 받아 머리를 굴려 만든 오므라이스에서 어떤 영감을 받을 수도 있다고 생각했지만, 오믈렛의 새로운 변종 같은 오므라이스를 일종의 오믈렛으로 봐야 하는지는 확실치 않았는데, 어쩐지 오므라이스는 오믈렛에서 완전히 독립하지는 않았지만 자치권 정도를 획득한 어떤 존재 정도는 되는 것 같았다.

나는 살면서 세상에 어떤 기여를 해야 한다거나 하는 것과 같은 엉뚱한 생각은 하지 않았지만, 이탈리아인 아도 캄페올이 그런 것처럼 어떻게 하다가 기여를 하게 된다면 그것은 하는 수 없는 일이라고 생각했고, 어떻게 하다가 오믈렛에 넣어도 좋을 새로운 뭔가를 찾게 되어 전 세계의 많은 사람들이 그것을 넣게 된다면 그것은 세상에 없던 티라미수를 탄생시킨 것만큼 획기적인 것은 아니겠지만 그래도 세상에 어쩔 수 없이 기여하는 일이 될 거라고 생각했고, 과연 오믈렛의 역사의 한 획을 그을 수 있을지까지는 알 수 없는 그런 일로 기여하는 것은 괜찮은 일이라고 생각했고, 그런 일로 하는 수 없이 세상에 기여해야겠다고 생각하고 연구를 진행했는데, 세상의 수많은 것들에 대해 밤을 지새우며 연구하기도 하는 수많은 연구자들과는 달리 오믈렛에 대한 생각으로 밤을 지새우거나 하지는 않았지만 밤새 오믈렛에 대해 많은 생각을 하며 많은 시간을 보내기도 했고, 오믈렛에 대한 생각으로, 이런 표현이 가능한지는 모르겠지만, 많은 낮을 지새우기도 했는데, 당시 밤낮을 뒤바꿔 낮에 잠을 자곤 했지만 낮에도 잠을 잘 이루지는 못해 많은 낮을 지새우며 오믈렛에 대해 많은 생각을 했던 내게는 가능하고도 맞는 표현인 것 같았다.

그런데 너무 많은 시간을 오믈렛에 대한 생각을 하며 보내는 날에는 반달이나 보름달 같은 반원형이나 원형의 뭔가뿐만 아니라,

무슨 이유에서인지는 알 수 없었지만 비둘기나 고양이나 도로표지판이나 횡단보도나 화살표나 십자가도 오믈렛을 떠올리게 했는데, 무슨 이유에서인지는 알 수 없었지만 거울이나 유리창을 보면서 오믈렛을 떠올리게 된 적은 없었는데, 그 이유를 생각해보았지만 거기에는 이유가 없는 것 같았고, 마찬가지로 숲이나 산이나 언덕이나 들판이나 강이 오믈렛으로 보인 적은 없었는데, 그럼에도 그것들에서 오믈렛을 볼 수도 있었지만 나는 숲이나 산이나 언덕이나 들판이나 강을 포함해 호수나 바다나 하늘에서 오믈렛을 본 적도 없었고, 오믈렛에서 그것들을 떠올린 적도 없었다.

나는 숲이나 산이나 언덕이나 들판이나 강이나 호수나 바다나 하늘에서 오믈렛을 보게 되는 것은 쉽고 자연스러운 일이고 비둘기나 고양이나 도로표지판이나 횡단보도나 화살표나 십자가에서 오믈렛을 떠올리게 되는 것은 어렵고 부자연스러운 일이라고 생각하며 내게 다시 잘 생각해보라고 하고 생각해보기도 했지만 달라지는 것은 없었는데, 나는 비둘기나 고양이나 도로표지판이나 횡단보도나 화살표나 십자가를 보면서 오믈렛을 떠올리게 되는 것은 너무 많은 시간을 오믈렛에 대한 생각으로 보낼 경우 생기는 부작용으로 인한 전형적이며 흔한 정신과적 증상이며, 증상이 악화될 경우 헛것이 보이기도 한다는 의학적인 사실을 이미 알고 있었고, 그 부작용 또한 정신이나 몸을 해치지는 않고, 오믈렛에 대한 생각을 중단하고 오믈렛을 멀리할 경우 사라진다는 사실 또한 알고 있었고, 그래서 크게 걱정하지는 않았다.

그래서 나는 더 나아가, 오믈렛을 좀더 잘 이해하고자 하는 생각에 오믈렛을 사과나무에서 떨어질 때가 되었는데도 떨어지지 않고 있는 사과, 두 팔을 높이 들고 벌을 서고 있는 아이, 어떤 시합에서 이겨 트로피를 받고 있는 운동선수, 토성의 위성들, 성간 이동 물체인 오우무아무아, 블랙홀, 중성자별 등과 교차시켜 연구를 해보기도 했는데, 그 무엇도 새로운 오믈렛을 만들어내는 데는 아무런 도움이 되지 않았지만, 그럼에도 나는 어쩌면 우주의 형태가 보기 안 좋게 터진 반달 모양의 오믈렛 같을 수도 있다고, 하지만 내 생각이 틀렸을 수도 있다는 생각도 했지만, 그것이 사실이라면 그것은 그다지 보기 좋은 모습은 아닐 테고, 그래서 내심 내 생각이 틀렸기를 바랐지만, 빅뱅 이후로 빛의 속도로 무한히 팽창하고 있는, 내 생각에는 무한한 것 같은, 터진 반달 모양의 오믈렛 같은 우주에 토마토와 양파와 양송이버섯과 햄과 치즈와 파와 파슬리와 그 밖의, 오믈렛에 들어갈 수도 있는 다양한 토핑들 모양을 한 은하들이 있다 해도 잘못된 것은 없을 것이었다.

하지만 어떻게 해도 성과가 없었고, 나는 오믈렛에 대한 연구가 어디에서부터 잘못되었는지를 생각해보았는데, 이미 상당한 연구를 했지만, 그것이 어디에서부터 잘못되었는지도 알 수 없게 잘못된 것 같았지만 어디에서부터 잘못되었는지도 알 수 없어 어디에서부터 잘못을 찾아야 하는지도 알 수 없게 되었고, 그 상태에서 아주 길게 느껴지는 암담한 시간을 보내야 했고, 결국 나는 오믈렛에 대한 오랜 연구 끝에 연구의 실패를 인정했고, 애초에 그 연구를 시작한 것이 잘못이었다고 생각하지는 않았지만 그 연구는 접은 상태라고 할 수 있었는데, 그 실패에 대해 부끄럽게 생각했고, 그래서 누구에게도 그 얘기는 한 적이 없었지만 나와 같은 생각을 가진 누군가가 새로운 오믈렛을 만드는 데 성공하는 데 도움이 되게끔 실패한 연구 결과를 정리해 학술지에 발표하는 것도 생각했지만 안타깝게도 그런 것을 실어주는 학술지는 찾을 수 없었다.

하지만 학술적인 가치는 전혀 혹은 거의 찾을 수 없어 어떤 학술지에도 실어주지 않는 그런 것을 소설에는 쓸 수 있었는데, 소설의 좋은 점이 한 가지 있다면 그것은 무슨 얘기를 어떻게 해도 된다는 것이었는데, 태생 자체가 그다지 고상하지 않은 소설에서는 다른 어디에서도 할 수 없는 부끄러운 실패의 경험과 누구에게도 하기 어려운 말과 누구에게서도 듣고 싶지 않은 말과 과도한 생각과, 근거 없거나 비논리적인 가설과 추론과 주장과 결론과 결론의 번복을, 그것들을 뒷받침하거나 하지 않는 또다른 근거 없거나 비논리적인 가설과 추론과 주장과 결론과 결론의 번복을, 그리고 말이 되기 어려운 말과 말이 되다가 마는 말과 말이 안 되는 말과 말이 되었다가 안 되기도 하는 말과 언제까지나 말이 안 될 말과, 모순과 자가당착과 과장과, 언어의 남용과 오용과 허비를, 누가 그것에 대해 말을 하더라도 귀를 기울이지 않을 수도 있는 말들을 아무렇지 않게 아무렇게나 할 수 있었는데, 나는 그것 말고는 소설의 좋은 점을 찾기 어려웠다.

그런데 나는 오믈렛에 대한 오랜 연구 끝에 오믈렛의 미래가 그다지 밝지 않다는 내 나름의 결론을 내렸는데, 내가 새로운 오믈렛을 만드는 연구에 실패해서라는 이유가 없지는 않았지만 미래에도 오믈렛에 새로운 장이 펼쳐지거나 하는 식의 어떤 놀라운 일이 있을 것 같지 않았고, 미래의 오믈렛이 지금의 오믈렛과 사실상 차이가 없을 것 같아서였는데, 달걀 래핑에 들어갈 수 있는 몇 가지 것들이 들어가는 것이 사실상 오믈렛의 전부인 오믈렛은 오믈렛의 그 태생적인 한계를 극복하지 못할 것 같았고, 오믈렛에게는 미안한 일이지만, 오믈렛에 대해서라면 암울한 전망을 해도 될 것 같았다.

그런데 그 정확한 이유는 나로서도 알 수 없었지만, 나는 피넛버터에 대한 연구를 하면서는 소설에 대해서 거의 생각지 않았지만 오믈렛에 대한 연구를 하면서는 소설에 대해서 이런저런 생각을 해보기도 했는데, 그것은 오믈렛과 소설에 한 가지 커다란 공통점이 있고, 그것들에 대한 고정관념이 너무도 크다는 것에 대해 생각하게 되면서였는데, 오믈렛이 마치 전 세계적으로 통일된 것처럼, 마치 그것이 표준인 것처럼, 마치 국제법으로 정해져 있는 것처럼 안에 들어가는 것들이 거의 동일한 것과 마찬가지로 동시대의 소설가들 또한 전 세계적으로 통일된 것처럼, 마치 그것이 표준인 것처럼, 마치 국제법으로 정해져 있는 것처럼 극히 예외적인 경우를 제외하고는 19세기에 뿌리를 내리고 꽃을 피우고 열매를 맺은 19세기 소설을, 20세기 소설들이 꽃을 피우고 열매를 맺고 낙과하고 시든 후에도, 20세기 소설들보다도 더 깊게 뿌리를 내려 끈질기게 살아남은, 서사가 있는 소설인 19세기 소설을 쓴다는 것이었다.

그것은 브리티시컬럼비아의 해안에서 주인을 잃은 발들이 주기적으로 발견되는 미스터리보다도 더 큰 미스터리로 볼 수도 있었는데, 물론 그것은 그런 소설을 쓰는 소설가들의 머릿속에 서사가 곧 소설이 아닐 수도 있다는 생각이 스치기는 했지만 자리잡지 못했거나, 자리잡으려는 생각을 자리잡지 못하게 해 자리잡지 못했거나, 스쳐간 생각이 무엇인지 몰랐거나, 스친 적도 없어 자리잡지 못해서였을 수도 있었는데, 어쩌면 그 생각이 그들의 머릿속에 자리잡기에는 그들이 너무도 19세기에 살고 있는지는 알 수 없었지만, 다른 무엇에서보다도 소설에서 19세기가 이토록 살아 있는 것은 무척 기이한 일이었는데, 시에서도, 음악과 미술에서도 19세기가 이토록 살아 있지는 않았는데, 그것은 이해하려 하지 않으면 이해하지 못할 수도 있는 것이지만, 누구나는 아니더라도 웬만한 사람이라면, 다음의 몇 가지 사실들을 잘 생각해보지 않으면 잘 이해할 수 없는 것이지만 잘 생각해보면 잘 이해하는 것이 그다지 어렵지도 않은 것일 수도 있었다:

19세기와 관련된 것이라면 뭐든 좋아하는 몇몇 소설가들이 19세기 소설을 쓰는 것은 이해할 수 있었다.

19세기에 태어나지 않은 것을 후회하는 몇몇 소설가들이 19세기 소설을 쓰는 것은 이해할 수 있었다.

19세기에 대한 사랑이 지나쳐 19세기와의 사이에 무엇도 끼어들지 않기를 바라는 몇몇 소설가들이 19세기 소설을 쓰는 것은 이해할 수 있었다.

세기가 어떻게 바뀌든 모든 세기들의 중심에 19세기가 있어야 한다고 생각하는 몇몇 소설가들이 19세기 소설을 쓰는 것은 이해할 수 있었다.

19세기의 부름을 받았고, 그것을 거역할 수 없다고 생각하는 몇몇 소설가들이 19세기 소설을 쓰는 것은 이해할 수 있었다.

19세기는 오래전, 19세기에 지나갔고 다시 찾아올 리 없지만, 종교적 믿음을 갖고 마음의 고향이자 정신적 안식처인 19세기가 다시 찾아오기를 매일 기도하는 몇몇 소설가들이 19세기 소설을 쓰는 것은 이해할 수 있었다.

19세기로 돌아가 무엇을 하려는지는 알 수 없지만, 아마도 돌아가 19세기 소설을 쓰려고 하겠지만, 19세기로 돌아갈 수 있는 길을 소설 속에서 찾고자 하는 몇몇 소설가들이 19세기 소설을 쓰는 것은 이해할 수 있었다.

20세기 혹은 21세기에 태어나고 자랐지만 19세기의 품에서 죽음을 맞고자 하는 몇몇 소설가들이 19세기 소설을 쓰는 것은 이해할 수 있었다.

하지만 잘 생각해보면 위의 어떤 경우에도 해당되지 않는데, 마치 그렇지 않은 소설가들은 멸종 위기 종이 된 것처럼 동시대의 거의 모든 소설가들이 마치 비밀리에 체결된 국제 협약을 따르기라도 하는 것처럼 19세기 소설을 쓰는 것은 기이한 일이었는데, 물론 그것에 대해 아예 생각해보지 않으면 그것은 전혀 기이한 일이 아니었지만 조금이라도 생각해보면 조금은 기이한 일이었고, 아주 잘 생각해보면 그것은 아주 기이한 일이었고, 그것만큼 기이한 일도 없었는데, 어쩌면 19세기 사실주의 소설의 대가들인 플로베르나 톨스토이나 도스토옙스키조차도 21세기가 되어서도 거의 모든 소설가들이 자신들이 쓴 소설과 거의 다르지 않은 소설을 쓰게 되리라고는 생각지 못했을 수도 있었다.

물론 나는 여가활동으로 소설을 썼고, 여가활동은 가벼운 마음으로 해야지 연구까지 하면서 하는 것은 좋지 않다고 생각했고, 그래서 따로 연구는 하지 않아 소설에 대해 잘 모르긴 했지만 이 정도는 따로 연구까지 하지 않아도 알 수 있는 것이라고 생각했는데, 오믈렛을 먹으면서 소설에 대해 생각할 때면 지금의 오믈렛이 언제부터였는지는 알 수 없지만 오랫동안 이 모양 이 꼴이었고 앞으로도 오랫동안 이 모양 이 꼴일 것과 마찬가지로 소설 역시 앞으로도 오랫동안, 어쩌면 영원히 이 모양 이 꼴일 거라고 생각되었는데, 그럴 때면 무슨 이유에서인지는 알 수 없었지만 그것은 이상하게도 슬픈 일처럼 여겨지기도 했고, 때로는 그것 이상으로 슬픈 일은 없는 것처럼 여겨지기도 했다.

그런데 역시 부끄러운 일이지만, 내가 역시 내 나름의 연구를 했지만 성과가 없는 것에는 젤라토도 있었는데, 나는 젤라토에 아직까지 사람들이 넣을 생각을 하지 못했지만 넣으면 좋을 뭔가를 넣는 것을, 또는 케이크의 일종이지만 새로운 케이크의 출현으로 볼 수도 있는 티라미수처럼 새로운 젤라토를 출현시키는 것을 연구했지만 아직 성공하지 못한 상태였는데, 이것 역시 누구에게도 얘기한 적이 없었는데, 내가 어디에서 읽은 것인지 누구에게서 들은 것인지 아니면 내가 지어낸 것인지 분명하지 않고, 그것이 맞는 것인지도 알 수 없었지만, 누군가에 의하면, 역사적인 기록에 따르면, 젤라토를 처음 만든 사람은 다른 누구도 아닌 아브라함으로 알려져 있는 것으로 나는 알고 있었다.

물론 그것은 사실이 아닐 수도, 사실과는 아주 거리가 멀거나 아주 멀다고 할 수는 없는 것일 수도 있었고, 아브라함 이전에 젤라토를 만든 누군가가 있을 수도 있었고, 선사시대 이전부터 사람들은 젤라토를 만들어 먹었을 수도 있었고, 어쩌면 에스키모인들은 일종의 젤라토라고 할 수 있는 것을 아주 오래전부터 일상적으로 만들어 먹었는지도 몰랐지만, 나는 성경을 잘 아는 친구에게 아브라함과 젤라토에 대해 얘기한 적이 있는데 그녀는 자신이 아는 한 성경 속에 젤라토에 관한 얘기는 없다고 했고, 심지어는 그녀가 다니는 교회의 담임 목사에게도 물어보았지만 목사 역시 아브라함이 젤라토를 처음 만들었다는 얘기는 처음 들어본다고 했다고 했다.

물론 그것은 잘못 알려진 것일 수도 있었지만, 잘못 알려져도 상관없고, 그렇게 잘못 알려진 것은 괜찮고, 잘못 알고 있어서 좋을 것까지는 없더라도 잘못 알고 있어도 삶이 불행해지거나 하지 않는, 상관없는 것일 것이었지만, 그것과는 상관없이, 아브라함은 내게 젤라토를 처음 만든 사람으로 각인되었고, 그래서 나는 젤라토 하면 아브라함이 떠올랐고, 아브라함 하면 젤라토가 떠올랐는데, 그래서인지 나는 성경 속 인물들, 가령 하나님이나 예수나 성모마리아나 모세나 다윗이나 골리앗이나 솔로몬이나 유딧이나 에스겔이나 요엘이나 요시야나 예레미야나 다니엘이나 이사야나 웃시야나 히스기야나 스룹바벨이나 르호보암이나 스가랴나 페르시아의 무녀나 에트리아의 무녀나 델포이의 무녀나 쿠마이의 무녀나 리비아의 무녀 등은 성경 속 인물들처럼 멀게만 느껴졌지만 아브라함은 성경 속 인물임에도 불구하고 가깝게 느껴졌는데, 물론 그것은 젤라토를 먹을 때면 아브라함도 먹던 것을 먹고 있다는 생각이 들었기 때문이었고, 아브라함과 젤라토를 함께 생각할 수 없었다면 아브라함 역시 성경 속 다른 인물들처럼 멀게만 느껴졌을 것이었다.

그런데 나는 너무도 젤라토 하면 아브라함이, 아브라함 하면 젤라토가 떠오르는 것이 대체로는 기분이 좋았지만 한번은 그것에 마음이 상해 제발 다른 것들이 떠오르기를 바라며 다른 것들이 떠오르게 한 적도 있었는데, 그렇게 해서 가나안과 얼음과, 양과 염소의 젖과, 오렌지와 대추야자와 이삭과 이스마엘(어쩌면 아브라함은 가나안 땅에서 소의 젖보다는 그곳에 흔한 양과 염소의 젖으로 젤라토를 만들어 오렌지와 대추야자 등을 얹어 이삭과 이스마엘에게도 먹였을 수도 있었다)도 떠올랐지만 그 모든 것이 아브라함과 관련이 있었고, 그 모든 것이 떠오른 후에는 다시 젤라토와 아브라함이 모든 것을 물리치며 함께 떠올랐다.

나는 미래를 보는 사람이 아니라 하나님의 말씀을 들은, 본래 의미의 선지자로, 유대 민족을 이끈 아브라함이 다재다능한 사람으로, 어쩐지 양이나 염소를 잘 잡았고, 새로운 구조의 집을 짓고, 땅을 기름지게 하는 새로운 방법을 찾아내고, 작물의 새로운 경작법을 개발하고, 개량된 농기구들을 만들고, 그 외에도 많은 것들을 했지만, 여러 종류의 잼과 피클과 치즈도 새로 만들었을 수도 있을 거라고 생각되었는데, 너무나 이름 자체가 많은 사람들과 뭔가의 아버지 같고, 실제로 이삭과 이스마엘을 포함해 여덟 명의 아이들의 아버지이자 유대교와 기독교와 이슬람교의 아버지이기도 한 아브라함이 젤라토를 처음 만들었고, 그래서 젤라토의 아버지라고 할 수 있다고 해도 하나도 이상할 것이 없는 것 같았고, 하나님도 많은 사람들을 가나안 땅으로 이끌게 될 누군가는 역량을 본 후 신중하게 선택했을 것이었고, 어쩌면 젤라토는 누구보다도 아브라함을 사랑한 하나님이 다른 누구도 아닌 아브라함에게 특별히 만들게 했을 수도 있었다.

그런데 많은 사람들이 젤라토와 아이스크림이 크게 다르지 않다고 생각하거나, 젤라토와 아이스크림이 분명 다르다는 것은 알고 있지만 그것들 사이의 정확한 차이를 잘 모르고 있거나 젤라토를 이탈리아식 아이스크림 정도로 알고 있는 것 같았는데, 젤라토는 아이스크림에 비해 크림이 덜 들어가지만 더 많이 휘저어 공기가 적어 좀더 조밀하고 좀더 크리미하고 좀더 부드럽고 덜 차가워 먹을 때 혀를 덜 무감각하게 해 맛을 더 잘 음미하며 먹을 수 있고, 밀도가 높아 국자보다는 삽 모양의 도구로 푼다는 기본적인 사실을 알고 있는 사람은 드문 것 같았고, 젤라토와 아이스크림의 차이를 상당히 아는 사람들 가운데도 그 차이는 작다고 생각하는 사람이 있는 반면, 그 차이는 크다고 생각하는 사람도 있는 것 같았는데, 나는 그 차이는 작은 것으로 보기는 어려운 것이라고 생각하고 있었다.

당연한 일이지만 나는 젤라토에 대해 연구하는 사람이 가장 기본적으로 알아야 하는 그 사실들에서 젤라토에 대한 나의 연구를 시작했는데, 곧 젤라토에 대한 연구에서는 아이스크림을 무시할 수가 없다는, 혹은 얼마간 무시할 수는 있지만 완전히 무시할 수는 없다는 사실을 깨닫게 되었는데, 냉정하게 생각하면 아이스크림은 너무 차가워 혀를 얼얼하게 하고 무디게 해 먹고 있는 아이스크림의 맛을 제대로 못 느끼게 한 후 일종의 뒷맛을 맛보게 하는 것이었고, 나는 아이스크림을 먹을 때마다 되도록 냉정하게 그 사실을 생각하며 먹었지만 그런다고 그 사실에 대해 생각하지 않으며 먹는 것과 맛의 차이는 거의 느끼지 못했는데, 물론 그것은 미각을 무디게 하는 아이스크림 때문이었고, 나는 아이스크림에 비해 좀더 맛을 잘 느끼며 먹을 수 있는 젤라토에 비해 맛은 덜 중요한 아이스크림의 맛이 훨씬 더 다양하게, 인공적으로 된 것도 그 사실과 관계가 있을 거라고 생각했다.

나는 다른 무엇도 아닌 아이스크림 때문에 혀가 너무 얼얼해지는 것을 좋아하지 않았고, 그래서 아이스크림보다는 젤라토를 더 좋아했고, 아이스크림과 젤라토 중 선택의 여지가 있을 때에는 젤라토를 선택했고, 아이스크림 외에 선택의 여지가 없을 때에는 어쩔 수 없이 아이스크림을 선택했고, 젤라토에 대한 이탈리아인들의 애정을 이해했고, 이탈리아에서 젤라토를 먹으며, 현대적인 젤라토를 만들었고, 젤라토에 대해 까다로운 기준을 갖고 있는 이탈리아인들이 본래 아이스크림을 의미하는 젤라토를 먹으며, 미국식 아이스크림을 무시하고 피하는 것을 보며 내가 이탈리아에 있다는 사실을 새삼 깨달은 적도 있었는데, 실제로 나는 젤라토가 미국식 아이스크림으로 타락한 것을 받아들이지 못하는 이탈리아의 부모들이 자신들의 아기들이 미국식 아이스크림에 물들지 않도록 젖과 함께 젤라토를 먹이는 것을 여러 번 보았지만, 아기들은 자라면서 인공적인 맛이어서 더 맛있게 여겨지기도 하는 미국식 아이스크림에 자연스럽게 물들었고, 나는 이미 미국식 아이스크림에 물든 아이들이 젤라토 대신 아이스크림을 사달라고 조르는 것을 이탈리아의 부모들이 혼내주는 것을 여러 번 목격했는데, 이탈리아의 아이들은 주로 아이스크림 때문에 혼나는 것 같았다.

그런데 나는 사람들의 사랑을 받지 못했다는 이유로 퇴출되어 역사 속으로 사라졌다고 하기에는 한 일이 너무 없지만 그럼에도 역사 속으로 사라지기도 한, 더이상 존재하지 않게 된 아이스크림들을 위한 공동묘지가 있다는 사실을 알게 되었는데, 그것은 무척 다양한 인공적인 맛의 아이스크림을 출시한 벤앤제리스가 화석연료Fossil Fuel, 터틀 수프Turtle Soup, 디스 이즈 너츠This is Nuts, 버몬티 파이선Vermonty Python, 알로하 마카다미아Aloha Macadamia, 피넛 버터 앤드 젤리Peanut Butter and Jelly, 화이트 러시안White Russian, 테네시 머드Tennessee Mud, 더블린 머드슬라이드Dublin Mudslide와 같은 단명한, 불운한 아이스크림들을 애도하며 만들어 준 것이었다.

나는 벤앤제리스가 새로운 맛의 아이스크림 시리즈로 하찮은 맛, 허황된 맛, 부당한 맛, 허술한 맛, 쓸데없는 맛, 불필요한 맛, 장황한 맛, 실패한 맛, 거북한 맛, 부패한 맛, 속았다는 느낌이 들게 하는 맛, 냉정한 맛, 냉정을 잃게 하는 맛, 냉정을 되찾게 하는 맛 등을, 그리고 그보다는 사람들의 마음의 상태를 좀더 직접적으로 고려한, 그래서 사람들의 마음에 좀더 호소력이 있을 수도 있는, 사람에 따라 그런 맛을 강렬하게 느낄 수도 있게 하는, 씁쓸한 맛, 허전한 맛, 쓰라린 맛, 어두운 맛, 지친 맛, 불안한 맛, 초조한 맛, 죽을 맛, 공허한 맛 등을 출시해, 역시 사람들의 사랑을 받지 못한다는 이유로 불운한 삶이 단명하게 끝날 아이스크림들을 공동묘지로 보내 이미 공동묘지에 묻혀 다른 할일이 없이 무료한 시간을 보내고 있는 아이스크림의 유령들에게 새로운 친구들이 생기게 해줘도 좋을 것 같았고, 어쩌면 벤앤제리스는 불행한 사람들을 위한, 그렇지 않은 사람이 먹을 경우 탈이 날 수도 있는, 효능 또는 부작용에 카타르시스 작용이 있는 아이스크림 시리즈를 출시해 불행한 사람들이 그 아이스크림을 먹으며 자신의 불행함을 절감하며 가슴이 미어지는 카타르시스를 느끼게 해줄 수도 있을 것 같았다.

하지만 나는 아이스크림을 먹을 때에는 혀를 너무 얼얼하게 해 거의 뒷맛만 느끼게 하는 아이스크림은 앞으로 어떻게 되어도 상관없다고 생각했지만 어쩐지 아주 밝은 미래가 있어야 할 것 같은 젤라토를 먹을 때에는, 자신이 어떻게 해서 만들게 된 젤라토를 자손과 이웃들에게 먹게 하며 젤라토를 맛있게 먹고 있는 자손과 이웃들을 바라보며, 그 모습을 바라보고 있으면 그 모두가 하나님의 자식들이라는 생각이 들어 그 자손과 이웃들과 함께 젤라토를 주신 하나님께 감사하는 아브라함과, 새로운 잼과 피클과 치즈를 연구하는 아브라함을 비롯해 아브라함의 여러 모습이 떠올랐고, 그래서 먹는 내내 아브라함에 대해 생각하지 않을 수가 없었고, 그래서 어느 날은 더이상 참지 못하고 어느 젤라토 가게의 주인에게 젤라토를 가장 먼저 만든 사람이 아브라함이라는 사실을 아는지 물어보았다.

젤라토가 맛있는 그 가게는 내가 프랑스의 어느 도시에 머물 때 집에서 가까운 곳에 있던 작은 가게였는데, 사십대 초반으로 보이는 주인은 그 얘기는 처음 들어본다고 했고, 나는 내가 아는 바로는 그렇다고 했는데, 젤라토 가게의 주인답게 그녀는 그 사실을 흥미로워했는데, 나는 내 말이 가급적 근거 없게 들리지 않도록 그 얘기가 성경에 나오지 않을 뿐만 아니라 출처 또한 알 수 없을 뿐만 아니라 내가 지어낸 것인지도 알 수 없다는 얘기뿐만 아니라 그 밖의, 자칫 근거 없게 들리게 할 수도 있는 다른 얘기는 하지 않았는데, 내가 말한 것은 그것이 다였지만, 어떻게 얘기를 했길래 그렇게 되었는지는 알 수 없었지만, 그리고 나로서도 약간 당황스러웠지만, 곧바로 그렇게 생각하게 되었고, 그렇게 받아들이게 되었고, 그렇게 알고 있게 되었고, 그렇게 믿게 되어 다른 식으로는 생각할 수 없게 된 것 같은, 누군가가 뭔가에 대한 믿음을 갖게 되었을 때 거치게 되는 모든 과정을 잠깐 사이에 다 거친 듯한 그녀는 잠시 그 흥미로운 사실에 대해 좀더 곰곰이 생각해보는 것 같았고, 생각할수록 흥미롭다고 생각하는 것 같았고, 많은 시간을 젤라토와 함께 보내고, 누구보다도, 누구와 무엇에 대해서보다도 젤라토에 대해 더 많은 생각을 하는 젤라토 가게의 주인으로서 그 사실을 몰랐던 것에 거의 괴로워하는 것 같았다.

그리고 그녀가 젤라토를 만드는 법을 배웠을 수도 있는 젤라토 수강 코스나 학교뿐만 아니라 젤라토 학회에서도 가르쳐주지 않은 것이 분명한, 젤라토의 기원과 관련된 그 중요한 사실을 알게 된 그녀는 좌절한 듯 탄식까지 하지는 않았지만 일단 한숨이라도 쉬는 것이 옳다고 생각한 듯 한숨을 쉬며, 젤라토 가게의 직원들이 쓰는 것 같은, 쓰고 있던 하얀 모자를 고쳐 쓰며, 많은 사람들처럼 젤라토는 이탈리아인들이 만든 것으로 알고 있었다고 했고, 마치 지금껏 인생을 잘못 살아온 것 같은 표정을 지었는데 그렇게 하는 것이 마땅한 것 같았다.

그날 가게에는 손님이 나뿐이었고, 그래서 내가 그 이야기를 하게 되었는지도 몰랐는데, 나는 그 가게에 가끔 갔고, 그녀는 굉장히 친절했고, 내가 가면 언제 또 올지 궁금했다고 했는데, 그 말을 들을 때마다, 주로 사소한 어떤 것들에 대해 의심이 많기도 한 나는 그것이 사실인지 의심스러웠고, 그녀가 다른 손님들에게도 그 얘기를 하는지 궁금했고, 그래서 한번은 창가 테이블에 앉아 젤라토 하나를 최대한 천천히, 디저트가 빠진 한끼의 식사를 하는 시간에 걸쳐 먹은 후 다른 맛으로 하나를 더 사 이번에는 더 천천히, 한끼의 식사를 하고 디저트까지 먹는 시간에 걸쳐, 두 번에 걸쳐 디저트를 먹으며 그 사실을 확인하려고 했지만 그녀가 다른 손님들에게도 그 얘기를 하는 것은 듣지 못했는데, 다른 손님이 없을 때 어떤 손님들에게, 혹은 그녀의 기준에 따라 어떤 손님들에게 하는지도, 혹은 그날의 기분에 따라, 하지만 기분이 좋거나 좋지 않은 것과는 별로 상관없이, 그 얘기를 하거나 말거나 하는지도 몰랐다.

어쨌든 그런 얘기는 기분좋은 얘기였고, 그래서는 아니었고 젤라토가 맛있어서였지만, 마침내 그녀에게 아브라함에 관한 얘기를 할 수 있게 된 것이 기뻤지만, 그후 손님들이 왔고, 그녀와 더 이상의 얘기는 하지 못했고, 그 얼마 후 나는 그 도시를 떠났고 그 가게에 다시 가지 못했는데, 어쩌면 내가 그녀에게 그런 얘기를 한 것은, 그 당시에는 나도 깨닫지 못했지만 무의식적으로, 그녀가 어쩐지 아브라함의 후손일 수도 있다는 생각이 들어서였는지도 몰랐는데, 그것은 그녀가 어딘가 유대인의 피가 흐르는 것 같아 보였고, 쓸데없이 키가 큰 나보다도 키가 조금 더 컸고, 내 생각에는 아브라함 역시 키가 아주 컸을 것 같았고, 그래서 시공간적으로 많은 거리가 있는 두 사람을 연결 지었기 때문이었는지도 몰랐다.

그리고 그것 역시 당시에는 깨닫지 못했지만 그녀가 키가 이례적으로 크다는 사실이 결정적으로 작용했을 수도 있었는데, 키가 이례적으로 크지 않은 사람은 결코 알 수 없고 이해할 수 없는 것으로, 키가 어느 정도 이상으로, 부자연스러울 정도로, 지나치게 큰 사람들은 서로에 대해 같은 부류 혹은 같은 종족이라고 느끼는 어떤 것이 있는데, 그것은 어릴 때 키가 너무 크다고 많은 사람에게 놀림을 심하게 받으며, 심지어는 키가 크지 않은 아이들이 단지 자신들보다 키가 너무 크다는 이유로 던져 날아오는 작은 돌멩이나 야유나 비난이나, 돌아갈 너네 나라도 없는데 너네 나라로 돌아가라는 어이없는 말 같은 뭔가를 피하거나 맞거나 받아들이거나 견디며, 스스로도 키가 무섭게 자라는 것을 보며, 이대로 가다가는 책 속에나 있어야 하는 외눈박이 거인이 책 밖으로 나온 것처럼 그런 누군가가 되는 건 아닌가 하는 많은 걱정을 하며 시간이 날 때마다 키를 재보게 되어서이고, 때로 그렇게 해서 형성된 콤플렉스는 평생 가기도 하고, 그래서 누군가를 보게 되면, 키가 어떻게 되는지 잘 알 수 없는, 앉아 있는 사람이 아니고는 키부터 보게 되는 식으로 키에 대해 민감하게 반응하게 되어서였다.

나는 프랑스어가 능숙하지만 약간 다른 언어의 억양이 섞여 있는 것 같은, 처음 봤을 때는 젤라토 가게를 하기에는 키가 너무 큰 것은 아닌가 하는 생각도 들기도 했지만 그후로는 젤라토 가게를 하기에 알맞은 키라고 생각된 그녀가 프랑스 출신은 아니고, 어쩌면 다른 어디도 아닌 라트비아 출신일 수도 있다고 생각했지만 출신을 묻지는 않았는데, 내가 아는 바로는 전 세계에서 네덜란드 남자들과 라트비아 여자들이 키가 가장 컸다.

하지만 라트비아와 관련해 내가 아는 것이라고는, 과학자들도 그 이유를 딱히 설명하지 못하는 것 같은, 라트비아 여자들이 전 세계의 여자들 중에서 키가 가장 크다는 사실과, 라트비아가 구소련에서 독립한 발트해 연안 국가라는 것과, 수도가 리가라는 것과, 어떻게 해서 알게 된, 어떤 나라 사람들과 마찬가지로 라트비아 사람들이 호박으로 뭔가를 하기를 유난히 좋아한다는 사실뿐이었다.

그런데 나는 키가 이례적으로 큰 남자를 보면 자연스럽게 네덜란드가 떠오르지는 않았지만 키가 이례적으로 큰 여자를 보면 자연스럽게 라트비아가 떠올랐고, 네덜란드 남자들은 이유 없이 키가 크지만 라트비아 여자들은 호박을 많이 먹어 키가 큰 것 같기도 했고, 나보다도 키가 큰 여자를 보면 살짝 기가 죽었고, 기가 죽는 것도 자연스러운 것이라고 생각했고 기가 죽는 것이 기분이 좋기도 했지만, 라트비아에 대해 아는 것이라고는 그것들밖에 없는데 젤라토를 파는 누군가에게 혹시 라트비아 출신이 아닌지, 거기서 더 나아가, 선조들 중 누군가가 지금 이스라엘인들이 차지하고 자신들의 땅이라고 말하고 있는 땅에서 살지 않았는지, 혹시 아브라함의 후손은 아닌지 묻는 것은 옳지 않다고 생각해서는 아니었지만 그것들을 묻지 않았다.

그럼에도 물론 프랑스 여자 중에도 아주 드물게 그렇게 큰 여자들이 있지만, 대체로 키가 작은 프랑스 여자가 그렇게 큰 것은 상상하기도 아주 어렵게 큰, 한때 농구 선수나 배구 선수로 라트비아를 대표하는 선수였을 수도 있을 것 같은 그녀에게 라트비아 출신이 아닌지 물어보지 않은 것이 나는 그후 약간 후회되었는데, 내 생각대로 그녀가 구소련 시절 라트비아를 대표하는 농구 선수나 배구 선수였다면 농구나 배구에 대해서는 말고 라트비아에 대해, 그리고 무엇보다도, 라트비아의 호박에 대해 얘기를 했을 수도 있었고, 호박의 나라로 널리 알려져 있고, 수많은 전설과 민담과 민요에 중요한 소재로 호박이 등장하고, 서로 호박을 선물하기를 좋아하는 것이 분명할 라트비아 출신의 누군가와라면 호박에 대해서라면 흥미로운 얘기를 했을 수도 있을 것이었다.

그런데 호박을 우습게 보거나 호박 하면 떠오르는 게 별로 없는 사람들도 있을 테지만, 호박은 절대로 우습게 볼 수 있는 것이 아니고, 내게 호박은 호박 이상으로 흥미로운 것을 생각하기 어렵다고 말할 수 있을 정도로 흥미로운 것이었고, 나는 호박에 대해서라면 할말이 많았고, 호박에 대해서만큼 할말이 많은 것은 거의 없다고 할 수 있을 정도로 할말이 많았고, 호박에 대해서라면 누구와도 시간이 가는 줄도 모르게 얼마든지 얘기할 수도 있었는데, 여름에 수확하는 무른 호박인 여름 호박과 가을에 수확하는 단단한 호박인 겨울 호박 가운데서 크기가 작고 종류도 다양하지 않은 여름 호박에 대해서는 거의 아무런 감정을 느낄 수 없었지만 겨울 호박들 중 어떤 것들에 대해서는 특별한 감정을 갖고 있었다.

한국에서 나는 호박이라고는 여름 호박인 애호박과 겨울 호박인 단호박과 약호박과 늙은호박 정도가 다지만, 전 세계적으로 종류가 백오십 가지 정도에 이르는 겨울 호박은 생긴 것에서부터 호박이라고는 생각하기 어려운, 뱀처럼 몸통이 길고 가늘고 뱀의 머리같이 생긴 것이 한쪽 끝에 달려 있어 뱀으로 오해받기도 하는 호박과, 알에서 깨어나 처음으로 날개를 세 번 펼쳤다가 접은 후 졸고 있는 병아리처럼 생긴 호박도 있을 정도로 놀랍지만, 색상 또한 가장 흔한 오렌지색에서부터 붉은색, 회색, 초록색, 푸른색, 흰색 등까지 놀라울 정도로 아주 다양한데, 호박의 진정한 놀라운 점은 그 크기에 있었다.

내가 살면서 뭔가에 대해 단 한 번 경외감을 느낀 적이 있다면 그것은 호박에 대해서였는데, 그것은 너무 큰 나머지 돼지가 아닌 것 같은 돼지와, 이제는 미국 전역으로 퍼져 더이상 놀라운 것이 아니게 되었지만 그곳에서 처음 등장했고 처음 등장했을 때에는 많은 사람들을 놀라게 한, 코카콜라를 넣은 반죽을 튀긴 후 얼려 코카콜라 시럽과 휘핑크림을 얹은 프라이드 코카콜라를 비롯해 텍사스의 온갖 놀라운 것들을 보여주며, 매년 한 차례 텍사스 사람들이 입을 쉽게 다물지 못하게 하는 데 주된 목적이 있는, 미국의 주들 가운데서 가장 큰 규모로 열리는 텍사스주 박람회에서,

아마도 사람들이 달려들어 삽으로 팠을 것 같지는 않고, 그것을 파내는 용도로 특수하게 제작된 굴삭기 삽으로 팠고, 기중기로 옮겨놓은, 호박에 압사당하리라고는 꿈에도 생각지 못한 사람들이 부주의한 행동을 하다가 압사당할 위험이 커 접근을 막으려 주위에 쳐놓은 울타리 한가운데, 그것을 위해 특수하게 제작된 받침대 위에 제왕처럼 위엄 있게 자리하고 있는, 거의 일 톤에 이르는 엄청난 크기의 호박을 보았을 때였다.

텍사스의 많은 사람들 사이에서 그 호박을 본 순간 나는 사람들이 바티칸의 시스티나성당의 미켈란젤로의 천장 벽화 속의 〈천지창조〉 같은 뭔가를 보고 숙연해진다고 말하는 것과는 다른 차원에서, 어떤 점에서 차원이 다른 차원에서 숙연해졌고, 그것의 크기와 위용과 위엄에, 그리고 사람을 압사시킬 수도 있는 그것의 위력에 바로 압도당했고, 무릎이 떨렸지만 주저앉거나 하지는 않았지만 주위의 그 무엇도 눈에 들어오지 않았고, 마치 세상이 정지한 것처럼 아무 소리도 들리지 않았는데, 이 세상의 존재가 아닌 것 같고, 그곳이 어딘지는 알 수 없지만 저세상에서 온 것 같고, 거의 신성하게 여겨지고, 경외감을 일으키는 그 호박을 보고 있자 세상이 완전히 달라 보이지는 않았지만 이제 이 세상에서 뭔가를 더 보지 않아도 될 것 같았고, 뭔가를 더 보고, 하게 되는 것이 무슨 의미가 있을까 하는 생각마저 들었다.

내가 호박에 대한 본격적인 연구를 따로 할 생각을 하지 못하게 된 것 역시 그 호박을 본 후 호박이 거의 신성하게 여겨지고, 경외감을 일으키기도 했기 때문이었는데, 호박은 내게 숭배의 대상이지 연구의 대상은 아니었고, 나는 숭배의 대상은 맹목적으로 숭배만 해야지 연구해서는 안 된다고 생각했고, 온갖 것들을 찾아 숭배하는 세상에 호박을 숭배하는 종교가 없는 것이 아주 이상했다.

하지만 세상의 많은 사람들이 더 위대한 호박을 탄생시키려고 호박의 시작이라고 할 수 있는 호박의 씨에서부터 시작해 호박의 모든 것에 대한 연구를 하며 평생을 바쳐왔고, 세상에는 뭔가를 능가하는 뭔가가 또 있기 마련이고, 텍사스의 그 호박을 무게로 가볍게 눌러 능가한 더 위대한 호박들이 있었는데, 그중 세상에서 가장 위대한 호박으로, 성인 남자 열몇 명을 합친 무게인 1,226킬로그램으로 기네스북에 오른 호박이 있었는데, 나는 그 호박의 사진을 보았는데, 그것을 보면서도 내가 보고 있는 것이 호박인지 유에프오인지 알 수 없었다.

그럼에도 나는 약간 납작한 형태의 호박 모양의, 유에프오로는 다소 작은 크기의 유에프오가 2021년 하필이면 이탈리아 토스카나 키안티 지방의 라다 코뮌의 호박밭에 불시착해 땅속에 반쯤 묻힌 채로, 본래 호박이 있어야 하는 자리지만 그 자리에 있던 호박은 온데간데없게 만든 후 온데간데없게 된 호박에 대해서는 잊어버리고, 호박 모양의 유에프오를 열렬하게 환영하는 거대한 호박잎들에 둘러싸여 약간 비스듬히 누워 불시착으로 인한 충격을 진정시키며 쉬고 있는 것을, 자신의 호박밭에서 나는 것이라면 뭐든, 그리고 호박을 닮은 것이라면 뭐든 수확해 유에프오도 수확하기도 하는, 하지만 자신의 호박밭에서 실제로 유에프오를 수확하게 될 줄은 꿈에도 몰랐고 그래서 꽤 놀란 호박밭의 주인인 농부 시뇨르 스테파노 쿠트루피가 수확해 그냥 감출 수도 있었지만 감추지 않고, 다른 사람들도 볼 수 있게 전시장에 공개한 유에프오의 모습은 알아볼 수 있었는데, 그 유에프오는 이탈리아에서 발견되어 이탈리아의 삼색 국기에 영예롭게 둘러싸여 있었다.

아주 먼 곳에서 왔을 유에프오이기도 하지만 그것을 조사한 이탈리아의 식물학자들에 따르면 유에프오보다는 호박에 가까운 것이라는 것이 판명된 그 호박은, 그것이 온 곳에 비하면 그다지 멀지 않은 곳에 있는 아프리카의 하마처럼 생기지는 않았지만, 하마 역시도 십대 초반이 가장 무서운 나이인지는 알 수 없지만, 그럴 것 같기도 하지만, 아프리카에서도 가장 위험한 동물인 수컷 하마가 십대 초반보다 좀더 어린 정도 나이일 때의 무게와 비슷할 것 같았는데, 역사에 길이 남게 된 그 호박은 한편으로는 장엄하기까지 하면서도 다른 한편으로는 뭔가가 정상적이지 않은 것 같아 보였고 무서워 보였고, 그것을 직접 본 사람들의 악몽에 여러 모습으로 다수 출현했을 수도 있을 것 같았다.

호박을 야채로 알고 있는 많은 사람들의 생각과는 달리, 가지와 오이와 마찬가지로 야채였던 적이 없으며, 야채로 태어나 과일로 자라 야채로 죽은 적도 없으며, 사람들에게 야채로 오해받는 것을 이해는 하지만 좋아하지는 않지만 사람들이나 야채에게 안 좋은 감정을 품고 있지는 않고, 가끔 스스로도 자신이 야채가 아닐까 하는 생각도 들고 그럴 때면 자신은 절대로 야채가 아니라 과일이라는 믿음이 부족해서라는 생각을 종종 하기도 하는 호박은, 집안의 장식용으로도 많이 쓰이는, 잭 비 리틀jack be little로 불리는, 주먹 크기의 미니어처 호박처럼 작은 것에서부터 그보다도 훨씬 작은, 다 자란 것이 2킬로그램도 넘게 나가는 타조알도 아니고 닭의 알 무게와 비슷한 65그램 정도로, 세상의 그 무엇보다도 귀여워 직접 보게 되면 말을 걸고 싶은 마음이 들게 할 수도 있는 초소형 호박에서부터 거의 호박이 아닌 것 같고, 실물이 아닌 것처럼 거대한 호박에 이르기까지 크기가 너무도 다양한데, 그것은 아주 잘 생각해보지 않더라도 대단히 경이로운 것이라는 것을 알 수 있는 것이었다.

다 자란 것이 거기서 거기 크기인 사과나 오렌지나 수박이나 배추나 오이나 옥수수나 감자(지금까지 세상에 존재한 가장 큰 감자는, 감자가 아닌 것처럼 보이는 수상한 모습을 하긴 했지만, 뉴질랜드에서 수확한 약 7.8킬로그램짜리 감자로, 기껏해야 추수감사절에 식탁에 오르는 큰 칠면조 무게밖에는 되지 않는 것으로 웬만한 호박도 그것보다는 무게가 더 나갔다)나 콩이나 땅콩 등 그 어떤 과일이나 야채나 곡물뿐만 아니라 닭이나 수달이나 사자나 하마나 기린도 호박만큼 크기가 다양하지 않고, 작은 것에 비해 수천, 수만 배 크기로 커지기도 하는 호박처럼 커지는 것은 없는데, 너무도 보잘것없어 보이고 많은 경우 그냥 버려지는 작은 씨에서 시작하는 호박의 무엇이 호박을 그토록 커지게 하기도 하는지, 혹은 호박이 무슨 생각으로, 어떤 소망과 의지와 힘과 집념으로, 무슨 마음을 먹고 그토록 크게 되기도 하는지는 알 수 없었지만, 무서운 소망과 의지와 힘과 집념이 없이는 그렇게 커질 수는 없는 것 같았고, 생각을 달리하고 다른 마음을 먹으면 얼마든지 더 커져 더 무시무시해질 수도 있을 것 같은 괴팍한 호박에는 실제로 무시무시하기도 한 뭔가가 있는 것 같았는데, 그것이 얼마나 무시무시한 것인지는, 그것들이 그렇게 될 리는 없지만, 작은 것에 비해 수천, 수만 배 크기로 커진 콩이나 땅콩이나 닭이나 기린이 얼마나 무시무시할지를 상상해보면 쉽게 알 수 있는 것으로, 호박의 무시무시한 점은 역시 내가 호박을 숭배하는 이유이기도 했는데, 나는 그렇게나 무시무시한 것은 일단 숭배하고 보는 것이 마땅하다고 생각했다.

그런데 호박의 또다른 진정한 놀라운 점은 그 용도인데, 전 세계적으로 파이와 케이크와 수프와 튀김을 비롯해 온갖 음식의 재료로도 쓰이는 호박의 용도는 거의 무한한데, 내 생각에는 그 용도가 아직 지극히 일부밖에는 발견되지 않았고, 누군가가 그것에 대한 연구에 평생을 바쳐도 좋을 것 같았지만, 평생을 바쳐도 그 용도의 지극히 일부밖에는 알아낼 수 없다는 것은 각오해야 할 것이었다.

많이들 하는 것으로, 호박은 위에 쿠션을 올려놓고 소파로 쓸 수도 있고, 표면에 그림을 그리거나 한 면을 깎아 부조를 하거나 조각을 하는 식으로 사람의 마음을 사로잡아 쉽게 놓아주지 않는 미술작품으로 쓸 수도 있고, 그냥 호박일 뿐인데도 밤에 보면 호박의 유령이라도 되는 것처럼 상당히 으스스한 느낌을 줘 집안에 두면 쉽게 잠에 들지 못할 때 집안을 서성이다 깜짝 놀라 더 잠이 오지 않게 하기에 더없이 좋은, 얼굴을 하얗게 칠한 가부키 배우 같은 하얀 호박으로 그렇게 많이들 하기도 하는 것처럼 집안 어디에나 둬도 좋고 집밖 어디에나 둬도 좋고, 지붕이나 나무나 울타리 위에 올려놓아도 좋고, 누군가의 집 현관이나 정원에 몰래 갖다놓아도 좋고, 공원이나 해변이나 숲이나 건물의 옥상이나 교차로나 다리나 고가도로에 갖다두어도 좋고, 괜히 뭔가를 던지고 싶을 때 아무데나 던지거나 뭔가를 향해서 던질 수도 있고, 미국인들이 축제에서 사람이 호박에 압사당할 수도 있다는 것을 알게 되면서 아이들이 정신적으로 성장하는 데 도움을 줄 의도로 하지만 한편으로는 정신적 성장을 저해하기도 해 결과적으로 별다른 효과는 없는 것으로 여러 권위 있는 기관들의 공동 연구로 밝혀진 것으로, 거대한 호박을 기중기에 매달아 커다란 이동식 수영장에 떨어뜨려, 물에 젖는 것을 좋아하는 아이들이 물에 흠뻑 젖어서도, 몸이 마르고 난 후에도 상당 기간 동안 호박을 좋아하게 할 수도 있고, 어디에나 들고 돌아다닐 수도 있고 돌아다닌 후 함께 잠들 수도 있고, 풀밭으로 이루어진 언덕에서 호박을 굴려 호박 혼자 굴러가게 해 혼자 굴러가는 호박을 바라보거나 호박과 함께 굴러갈 수도 있고, 물에 떠내려가게 할 수도 있고 물에 가라앉게 할 수도 있고, 아주 거대한 호박은 낮에 사다리를 놓거나 암벽등반을 해 그 위에 올라가 밤이 되기 전에 내려올 수도 있고, 밤이 되어서도 안 내려올 수도 있고, 영영 안 내려올 수도 있고, 영영 안 내려올 수도 있는 호박 위에 올라갈 생각은 하지 않고, 그럼에도 호박을 못 떠나는 사람처럼 호박 아래에 있다가 노숙하는 사냥꾼이 밤에 바위 아래에서 잠들듯 잠들 수도 있고, 사냥꾼에게 쫓기는 사람처럼 잠이 오는 것을 쫓으며 밤을 새울 수도 있고, 누구에게나 언제나 좋은 친구가 될 수도 있으니 갓 태어난 아기에게 좋은 첫 선물로 줄 수도, 죽은 사람이 덜 심심하게, 혹은 같이 있어 서로 더 심심하게, 임종의 느낌이 생생하게는 아니지만 희미하게 살아 있지는 않지만 남아 있는 것 같은 갓 죽은 사람의 관이나 무덤에 넣어 역시 좋은 마지막 선물로 줄 수도 있는데, 갓 태어난 아기도 갓 죽은 사람도 좋다는 말은 못하겠지만 아주 좋아할 것이었다.

그리고 그런 것들을 생각하며 시간을 보내기를 좋아하는 어떤 사람들 사이에서는 누군가가 호박을 타고 대서양과 태평양을 건너다가 실종됐다는 얘기도 전해지고 있지만 그것과 관련해 확인된 것은 없지만, 거대한 호박의 속을 파고 유령선이나 해적선이나 핼러윈 테마나 양변기 등으로 꾸미고, '호박 안에 갇혔음, SOS' '유령선 침몰중, SOS' '유령선 침몰 완료, SOS' '유령선 탑승객 전원 사망, SOS' '해적선 해상에 불시착, SOS' '잭오랜턴Jack-o'-lantern 화재, SOS' '양변기가 사람에 의해 막혀 물이 내려가지 않음, SOS' '그냥 심심해서, SOS' '되는지 한번, SOS' 'SOS를 좋아해서, SOS' 등 SOS가 테마라는 것을 보여주는 글귀를 적은 후 그 안에 들어가, 불행히도 배의 선수와 선미에 해당하는 부분이 없는 원형으로, 물에 그냥 떠 있는 것은 좋아하지만 어디에 가는 것은 그다지 좋아하지 않는 호박을 괴롭히며 노를 젓거나 모터를 달아 몰거나, 생각하기 어려운 다른 변칙적인 방법과 반칙까지 써 억지로 가게 하며 하는 호박 보트 경주로, 경주중 호박 보트가 침몰해 타고 있던 사람이 실종된 사고가 아직까지는 없었지만 앞으로도 없으리라는 법은 없는, 대표적인 것으로는 오리건의 코먼스 호수에서 열리는 웨스트코스트 거대 호박 레가타, 뉴햄프셔의 고프스타운의 피스카타쿼그강에서 열리는 거대 호박 레가타, 노바스코샤의 페사퀴드 호수에서 열리는 거대 호박 레가타, 그 밖의, 대표적이지 않은 것의 대표적인 것으로는 위스콘신매디슨대학 호박 레가타, 버몬트 샘플레인 호수 호박 레가타, 그 밖의 비공식적이고 수상하고 은밀하게 열리는 것의 대표적인 것으로, 미시시피강을 건너다가 모든 호박 보트가 전복될 때까지 해 결국 모든 호박

보트가 전복되는 사고로 끝나는 미시시피 호박 레가타, 악어들이 사는 늪에서 해와 달과 별 등 평소 하늘에서 빛을 발하는 조명들이 모두 꺼진 칠흑 같은 밤에 번개가 칠 때 하는 플로리다 호박 레가타 등이 있는 수없이 많은 호박 레가타들 모두가, 물론 사람들이 배로도 쓸 수 있게 해주는 호박에 경의를 표하는 좋은 의도로 시작된 것이었지만, 뭔가를 하찮은 것으로 만드는 데 대단한 재능이 있는 미국인들이 하면 캐나다인들이 많이 따라 하는 수많은 하찮은 것들 가운데서도 그 하찮음을 잘 보여주는 수많은 축제들 가운데서도 그 하찮음이 약간 놀라운 경지에 이른 것으로, 그 성격이 자연스럽게 변질해 호박에 불경을 저지르는 것으로 바뀌었고, 그래서 호박을 숭배하는 내게는 어쩔 수 없이 곱게만 보이지 않았고, 심지어는 호박에 대한 테러 행위로 여겨지기까지 했지만, 나는 다양한 사람들이 있어야 하는 세상에는 반反호박주의자들도 있어야 한다고 생각했고, 무엇보다도, 마음이 넓은 호박은 그런 것쯤은 그냥 귀여운 것쯤으로 생각할 것이었다.

또한 호박은 먹이를 주고 배설물을 치우는 번거로운 수고를 할 필요도 없이 가끔 쓰다듬어주고 안아주며 반려동물로 기를 수도 있고, 잘 기를 경우 새끼를 낳을 수도 있고, 사람들 가운데서 인생의 동반자를 찾지 못한 사람은 호박을 인생의 동반자로 삼을 수도 있는데, 인생의 동반자인 호박과는 함께 많은 것들을 하며 가끔은 다툴 수도 있지만, 풀밭으로 이루어진 언덕에서 굴러가기를 무엇보다도 좋아하는 호박과 가끔 언덕에 가 호박을 굴려주는 것으로 호박에 대한 애정을 표현하며, 굴러가는 호박은 얼마나 사랑스러운지 생각하거나, 호박이 바라보게 호박은 두고 호박의 인생의 동반자만 굴러갈 수도 있고, 누구도 굴러가지 않고 함께 언덕 위에 앉아 아무것도 굴러가고 있지 않은 언덕을 내려다보며, 아무것도 굴러가고 있지 않은 풀밭으로 이루어진 언덕은 얼마나 쓸쓸해 보이는지, 혹은 옆에 있는 호박과는 상관없이, 평지와 산 사이의 애매한 존재인 언덕에는 평지와 산에는 있는 뭔가는 없지만 평지와 산에는 없는 뭔가가 있지만 그것이 무엇인지는 언덕 자체가 애매한 존재라 말하기 어렵다는 것 등에 대해 생각하며, 사람과는 나눌 수 없는 이야기를 같이 나누거나 아무 말 없이, 같이 무엇을 해도 하지 않아도 좋은 호박이 얼마나 소중한 인생의 동반자인지를 생각할 수도 있지만, 물론 인생의 동반자 같은 것은 필요 없다고 생각하는 사람은 호박 없이 혼자 쓸쓸히 비참하게 살아도 될 것이었다.

그런데 호박이 소중한 인생의 동반자로 얼마나 훌륭한 존재인지는 시험삼아, 굴러가는 것은 호박보다 더 잘하고 굴러가기를 좋아하기도 하는 공을 인생의 동반자로 삼아, 공과 언덕에 가 공을 굴려도 공이 굴러가고 있다는 것 외에는 아무런 느낌을 느낄 수 없고, 공이 얼마나 사랑스러운지 생각할 수도 없고, 공이 굴러간 후 아무것도 굴러가고 있지 않은 언덕이 전혀 쓸쓸해 보이지 않는 것만 봐도, 공과는 다툴 수도 없다는 것만 봐도 쉽게 알 수 있지만, 물론 여기서 중요한 것은 공이 인생의 동반자로 삼기에 얼마나 좋지 않은 존재인지가 아니라 호박이 소중한 인생의 동반자로 얼마나 훌륭한 존재인지를 아는 것으로 공에 대해서는 생각해볼 필요도 없지만, 그것과는 상관없이, 물론 모든 호박이 인생의 동반자로 삼기에 좋지만 인생의 동반자로는 언제 보아도 상당히 으스스한 느낌을 주는 하얀 호박이 가장 이상적일 수도 있는데, 언제 보아도 상당히 으스스한 느낌을 주는 누군가는 당연한 존재로 취급하기 어렵고, 볼 때마다 그 누군가의 소중함을 절감할 수도 있을 것이었다.

그런데 나는 더없이 하얀색에서부터 회색과 노란색과 오렌지색과 빙하의 푸른색 등의 색조가 미묘하고 오묘하게 들어 있는 것들도 있고, 회색 호박과 유령 호박과 캐스퍼 호박과 알비노 호박과 눈뭉치 호박과 달빛 호박과 북극곰 호박 등 그 종류도 서른 가지가 넘고, 보통 호박에 비해 좀더 납작한 편이고, 껍질이 다른 호박에 비해 덜 단단해 조각하기에 좋고, 생긴 것은 많이 다르지만 맛은 다른 호박과 별로 다르지 않고, 거대하게 자라지도 않는 하얀 호박은 호박 가운데서도 신성한 존재로는 여겨지지 않았지만, 언제까지나는 아니더라도 한동안 함께하고 싶은 마음이 들게 했는데, 그것은 어떻게 보아도 으스스한 느낌을 주는 하얀 호박을 직접 마주하면 느낄 수 있는 것이었다.

물론 호박이 등장하는 영화에서처럼 사람들의 악몽에도 여러 모습으로 다수가 출연했고, 자신들도 사람들을 압사시키는 등의 악몽을 꾸기도 하고, 때로는 사람들이 꾸는 악몽과 크게 다르지 않게, 사람이 사냥꾼에게 쫓기는 악몽을 꾸듯 다른 호박에 쫓기는 악몽도 꾸기도 하지만, 무엇에, 무엇으로 써도 좋지만 거의 좋은 용도로 쓰이는 호박 역시 얼마든지 나쁜 용도로 쓰일 수도 있는데, 그 대표적인 것으로 호박을 생각하며 좋지 않은 생각을 하는 것은 좋지 않지만, 그때에도 호박은 좋은 용도로 쓰일 수 있는데, 좋지 않은 생각이 들 때 호박을 생각하면 좋지 않은 생각이 호박 너머 어딘가로 자취를 감추기도 하기 때문이었다.

그리고 호박의 거의 무한한 용도를 생각하면 전혀 놀라운 것도 아니지만, 그런 용도로 쓰는 것은 좋은 생각이 아니고 가급적 그렇게 하지 않는 것이 좋지만, 호박은 호박을 그다지 놀랍지 않은 용도로 쓰고 싶어하는, 상상력이 부족한 사람들에 의해 심지어는 극히 위험하거나 파괴적인 용도로 사용될 수도 있는데, 20세기 후반에만 벨파스트와 런던과 예루살렘과 베이루트와 카트만두와 보고타와 산티아고와 도쿄와 서울 등지의 거리에서 수상한 호박들이 발견되어, 그중 어떤 것들은 장난으로 드러났지만, 일대를 호박 파편으로 아수라장으로 만들 수도 있는 폭발물이 들어 있는 것들이 발견된 것은 호박이 얼마나 위험하거나 파괴적인 용도로 사용될 수 있는지를 보여주는 대표적인 사례였다.

물론 나는 호박에 대한 연구는 따로 하지 않아 확실치는 않았지만, 호박이 평화적인 용도로 사용되는 가장 대표적인 사례는 핼러윈의 잭오랜턴인 것 같았는데, 왜 호박들에 톰이나 존이나 메리나 제인이 아닌, 하필이면 잭이라는 이름을 붙여줬는지는 알지 못했지만, 호박이 잭오랜턴이 된 것은 호박에 무섭기도 하지만 동시에 우습기도 한 뭔가가 있어서인 것 같았고, 세로로 얕은 홈이 파인, 잘 익은 커다란 겨울 호박들은 그들만이 아는 이유로 웃음을 참고 있거나 짓고 있으면서도 동시에 감추고 있는 것 같기도 했는데, 어쩌면 호박을 먹는 것 말고 호박과 함께 무엇을 할 수 있을지를 연구한 끝에, 혹은 그냥 장난으로 누군가를 겁먹게 해주고 좋아하려고 머리를 굴린 끝에 호박의 머리에 해당하는 위쪽의 뚜껑에 해당하는 부위를 둥글게 절개한 후 속을 파내고 겉에 구멍을 내고 안에 조명을 넣는 잭오랜턴을 처음 만든 사람 역시 호박의 그런 이중적인 면을 보았고, 그래서 경우에 따라 무섭기도 하고 우습기도 한 호박을 무서운 뭔가로 만들 생각을 했는지도 몰랐는데, 그 때문에 잭오랜턴은 얼핏 보면 무서워 보이지만 잘 보면 우스워 보이는지도 몰랐다.

그런데 나는 이제 무서워 보이게 뿐만 아니라 우스워 보이게도 슬퍼 보이게도 화난 것처럼 보이게도 어리석게 보이게도 한심해 보이게도 아무런 감정이 없어 보이게도 만드는 잭오랜턴의 기원이, 누가 그런 것을 만들 생각을 했는지가 궁금했었고, 거의 틀림없이, 왜 그렇게들 술을 마셨는지는 모르겠지만 마셔야 할 이유도 없이 그렇게들 술을 마시지는 않았겠지만 어쩌면 과거에 술을 너무 많이 마신 덕분일 수도 있지만 사람들이 그런 쪽으로 머리를 잘 굴리고 두각을 드러내기를 좋아하는 아일랜드에서 비롯되었을 것 같았지만 알 수 없었고, 그래서 그것에 대해 찾아본 적이 있는데, 아니나다를까 아일랜드에서 비롯된 잭오랜턴은 본래는 호박이 아니라, 램프를 넣기도 어려웠을 것 같은데 그 안에 램프를 넣을 생각을 해낸 것도 나름 기발한 순무나 비트를 조각해 만든 것이었고, 사탄과 거래를 한 후 속이 빈 작은 순무 램프만 들고 세상을 떠도는 운명에 처해진 주정뱅이에 대한 전설과 관련이 있었는데, 술에 취했건 취하지 않았건 속이 빈 작은 순무 램프만 들고 세상을 떠도는 것은 생각만 해도 근사한 일 같았고, 나는 잠시 모든 것을 뒤로하고 그것을 해볼까 하는 생각도 했지만 이상한 사람 취급을 받을 것 같았고, 그 주정뱅이에 대한 소설이나 영화가 있는지는 알 수 없었지만 그런 소설과 영화가 있으면 아주 좋을 것이었다.

그런데 아일랜드인들은 술을 너무 오래도록 많이, 마실 만큼 마셨다는 생각이 들면서 어느 시기 이후로 정신을 차리기로 했고 이제는 과거만큼 술을 마시지는 않게 되었지만, 그럼에도 과거의 버릇을 완전히 버리지는 못해 여전히 다른 나라 사람들보다는 많이 마시는 것 같았고, 나는 어떻게 해서 잭오랜턴처럼 사람들을 열광하게 한 것은 아니지만 사람들로 하여금 고개를 심하게 갸우뚱

하게 하고 온갖 추리를 하게 한, 1983년 그해의 역사적 사건들 중 하나로 아일랜드에서 일어난 어떤 일을 알고 있었고, 내 생각에는 그 사건의 배후에는 술이 있고 어떤 점에서는 술이 공모자 혹은 주모자인 것 같았는데, 아일랜드에서 출생했고 셔가Shergar라는 이름을 갖게 되었고 넓은 무대인 영국에서 활동하며 1981년 영국에서 열린 거의 모든 경마 경기를 석권하며 유명세를 날린 후 현역에서 물러나 아일랜드에서 종마로 은퇴 후 여생을 즐기던 중 생각지도 못한 무장한 괴한들에게 납치되어 이백만 파운드의 몸값이 매겨졌지만 피랍으로 인한 충격으로 공황 상태에 빠져 다리에 손상이 갔고, 마음이 바뀐 유괴범들에 의해 협상 자체가 결렬된 후 사건 자체가 미궁을 좋아하는 사건들처럼 미궁 속으로 들어갔고, 셔가 역시 사건과 함께 미궁 속으로 빨려들어간 것처럼 이후 어딘가에 암매장되었다는 등의 소문이 나돌았지만 시신이 발견되지는 않았고, 결국 미제 사건으로 남게 되었지만 그 사건을 소재로 한 영화와 티브이 다큐멘터리들이 만들어지게 한 약간 특이한 그 납치 사건의 배후에는, 주로 알코올로 인한 문제가 있는 사람들 가운데 그런 주장을 제기하는 사람들도 있는 것처럼, 상당히 소심한 것으로, 1974년 벨파스트에서 런던으로 향하는 여객기에 애초에 그것을 터지게 할 계획은 없었고 단지 영국이 자신들에게 상당히 겁을 먹는 것이 마땅하다는 것을 보여주는 상징적인 행위로 폭탄을 설치하는 것까지는 했지만 여객기를 납치해본 적은 없고, 그보다 훨씬 대담한 것으로, 현역 경주마도 은퇴한 경주마도 납치해본 적은 더더욱 없는 등 여러 점에서 경험이 부족했던 아일랜드 공화국군이 있었지만, 내 생각에 경주마 종마 납치 프로젝트는 아일랜드 공화국군의 지도부에서 결정된 것이라기보다는 아일랜드 태생으로 아일랜드에서 나는 순무와 비트를 무엇보다도 좋아하는 셔가가 적국으로 간주한 영국에서 활동하며 크게 성공한 것에 마음이 상할 대로 상했고, 자신의 처지를 생각하면 마음이 더 상했고, 자신보다 처지가 더 안 좋은 사람은 어디에도, 적어도 아일랜드에는 없는 것 같았고, 그러한 자신이 있는 아일랜드가 불행하고 불쌍한 것 같았고, 아일랜드가 불행하고 불쌍한 것은 무엇보다도 영국 때문인 것 같았고, 그 사실들을 생각하면 밤에 잠이 오지 않았던, 평소 술로 인한 심각한 만성적인 문제가 있었지만 다른 어떤 치료도 거부하고 술을 더 마시는 것으로 자가 치료 중이었던 아일랜드 공화국군의 말단 대원, 혹은 위의 모든 경우에 해당되지만 서열만 말단이 아니라 한 단계 아래인 인턴이었지만 의욕이 지나쳤던 대원 몇 명에 의해, 아침까지 술을 마시던 아일랜드의 펍에서 갑자기 좋은 아이디어로 여겨지는 아이디어가 나오는 바람에 술이 덜 깬 상태에서 상당히 즉흥적으로 실행된 것일 수도 있는 것 같았는데, 유괴범들이 마음이 바뀐 것은 술이 깨어 혹은 술이 깬 후 다시 술을 마시며 생각해보자 영국을 상대로 하는 투쟁에서 아일랜드의 말을, 그것도 아일랜드에서 여생을 즐기고 있는 말을 납치하는 것은 어딘가 맞지 않다는 생각이 들어서였는지도 몰랐다.

그리고 물론 호박은 시로 쓰기에도 더없이 좋지만, 호박의 경이로움에 대해 아는 많은 사람들이 이미 쓴, 꼬마 호박 셋이 시골뜨기처럼 울타리에 앉아 있다가 어느 10월 밤 뛰어내려 엉덩방아를 찧었다는 내용으로 그것이 내용의 전부인, 유치원생에서부터 죽기 직전인 사람까지 모든 연령의 사람들을 위한, 전 세계적으로 가장 유명하고 훌륭한 시들 중 하나로, 많은 사람들에게 영감을 줘 주저앉고 넘어지고 쓰러지고 일어나 달려가고 뛰어오르고 헤엄을 치고 담장과 울타리와 철조망을 넘고 강을 건너고 들판과 숲을 가로질러가고 산을 오르고 더이상 오를 곳이 없는 산의 정상에서는 하늘을 날아 우주로 가 한참을 날아가, 특이하게도 오렌지색 껍질 같은 것에 둘러싸인 내부에서 빛을 발하는 잭오랜턴 같아 보이는 별이나 하얀 호박은 아닌지 착각을 일으키기도 하는 백색 왜성이 되기도 하고, 그 과정에서 찰과상과 타박상과 골절상과 다른 중상 등을 입기도 하는 호박이 등장하는 각종 시들이 나오게 한 시에서부터, 19세기 미국의 가장 유명한 시인 중 한 명인 존 그린리프 휘티어의 시로, 호박에 관한 시로 가장 유명한 시들 중 하나로 제목 또한 '호박'인 시에 이르기까지 호박에 관한 시는 무수히 많고, 호박은 그 어떤 과일이나 야채나 곡물보다도 시에 많이 등장했을 뿐만 아니라 호박에 관한 알려지지 않은 시와 미발표 시와 미완성 시와 호박이라는 제목만 쓰고 아무것도 쓰지 못한 시와 호박에 대한 시를 써야겠다고 마음은 먹었지만 제목과 방향조차도 정하지 못한 시와 유고 시와 유언으로 불태워져 빛을 보지 못하게 된 시와 호박에 대한 예찬과 숭배와 축하와 축복과 안부와 추모 시들을 포함하면 세상의 그 무엇보다도 많이 시의 소재가 되어버려 호박에 관한 새로운 시를 쓰는 것은 쉬운 일이 아닐 테지만, 그럼에도 누군가가 기존에 없던 방식으로 호박에 접근해 혹은 호박에서 멀어져, 호박을 가깝거나 멀거나 혹은, 그런 각도에서는 보기도 어렵고 호박이 잘 보이지도 않는, 새롭거나 새롭지만 낡은 느낌을 주거나 부자연스러운 시각에서 바라봐 어쩔 수 없이 부자연스러운 시를 쓸 수도 있을 것이었다.

그리고 내가 가급적 생각들을 붙들지 않고 놓아줘 계속해서 옆으로 새는 이야기를 얼마나 할 수 있는지 보는 것이기도 하고, 생각 속에서나마 약간의 정신적 자유를 수행하는 데 도움이 되는 일종의 정신적 스트레칭으로 하는 것이기도 한 이 소설에서 이야기를 옆으로 새게 해주고, 일종의 정신적 스트레칭을 할 수 있게 해주는 것을 포함해 용도가 사실상 무한에 가까운 호박의 용도에 관해서라면 나는 끝없이 이야기를 할 수도 있고, 그것에 대한 이야기로 이 소설을 끝내 이 소설을 호박의 용도에 관한 것으로 만들어도 내게는 상관없지만, 아쉽게도 이 소설은 호박의 용도에 관한 소설은 아니고, 나로서는 호박의 용도에 관해서는 연구 활동은 아니고 여가활동으로, 체계가 있거나 없는 논문으로 써 어디에 발표하지는 않고 소설을 쓸 때 참고문헌으로 활용하려는 계획도 갖고 있었고, 그래서 호박에 대한 이야기를 더 하고 싶은 유혹을 참고 젤라토에 대한 이야기에서 여기까지 온 이야기를 다시 돌려 젤라토에 대한 이야기로 돌아가자면, 라트비아 출신일 수도 있는, 프랑스의 어느 도시의 젤라토 가게의 주인에 관한 이야기로 돌아가야 했고, 돌아가는 길에 라트비아에 대해 좀더 얘기하자면, 호박으로 뭔가를 하기를 유난히 좋아하는 라트비아에서는 사람들이 호박으로 다른 곳에서는 그런 것을 할 생각을 하지 않는 뭔가를 하기도 할 것이었고, 그래서 젤라토 가게의 주인인 그녀는 어쩌면 그것들에 대해서도 잘 알고 있었을 수도 있었다.

나는 라트비아 출신일 수도 있는 그녀와 호박뿐만 아니라 젤라토에 대해 더 얘기를 해보지 않은 것을 그후 시간이 지날수록 더 두고두고 후회했는데, 그녀라면 내가 젤라토에 대해 몰랐던 것을 말해주었을 수도 있었고, 나는 다른 무엇도 아닌 젤라토에 대해 새로운 것을 알게 되거나 생각지 못한 것을 생각하게 되는 것은 좋은 일이라고 생각했고, 그녀가 정말로 라트비아 출신이었다면 우리는 호박이나 젤라토 말고도, 본래 이집트에서 널리 쓰였지만 어느 시기 이후로는 다른 어디에서보다도 러시아에서 인기 있는 민간요법으로 널리 쓰였고, 스탈린 역시 혈액순환을 위해 받은 거머리 요법 치료가 라트비아에서도 널리 쓰였는지 등에 대해 얘기했을 수도 있었을 테지만 우리는 몇 번 인사만 했을 뿐인 사이였고, 그녀는 구소련 출신으로 스탈린은 말만 들어도 치를 떨고 거머리 역시 스탈린만큼은 아니지만 말만 들어도 치를 떠는 것일 수도 있었고, 그것들에 대해서까지 얘기했다면 대화가 갑자기 싸늘해졌을 수도 있었고, 그녀가 나를 이상한 사람 취급하게 되었을 수도 있었고, 그래서 젤라토와 호박에 대해서까지만 얘기하는 것이 좋았을 수도 있었는데, 어쩌면 그녀는 젤라토에 대해 얘기하는 것은 좋아하지만 호박에 대해서는 보통 사람들이 호박에 대해 갖고 있는 관심 이상의 관심을 갖고 있지 않고, 그래서 호박에 대해서는 호박을 먹거나 보게 될 때 말고는 생각하지 않고, 평소에 호박에 대해서 생각하는 것은 시간 낭비라고 생각할 수도 있었고, 그래서 내가 젤라토와 아브라함에 대해서만 얘기한 건 결과적으로 잘한 것일 수도 있었다.

그런데 나는 인구가 아주 적은 나라에 살고 있거나 살고 있지는 않아도 그곳이 출신지인 사람을 만나면 반가웠는데, 인구가 가장 적은 바티칸시국이나 나우루나 투발루나 통가나 세인트빈센트 그레나딘이나 바베이도스에 살고 있거나 살고 있지는 않아도 그곳이 출신지인 사람을 만나보고 싶었지만 만나본 적은 없었고, 심지어는 그 나라들보다는 인구가 많은 바누아투나 벨리즈나 몰타에 살고 있거나 살고 있지는 않아도 그곳이 출신지인 사람을 만나본 적도 없었지만, 역시 인구가 아주 적은 나라인 안도라에는 가 며칠을 지냈고 그래서 안도라의 대부분의 사람들을 만난 것 같았고 만나는 모두가 반가웠는데, 역시 인구가 적다고 하기는 어렵지만 많지도 않아 라트비아가 아닌 어디서 만나기 힘든 라트비아에 살고 있거나 살고 있지는 않아도 그곳이 출신지인 사람을 만났다면 반가웠을 것이었다.

어쩌면 남녀 모두 키가 큰 북유럽 출신으로, 라트비아 출신이 아닐 수도 있는 그녀는 그후 젤라토 가게의 주인으로서 어쩌면 젤라토를 가장 먼저 만든 사람이 아브라함이라는 누군가의 이야기가 과연 사실인지 확인해보려고 했지만 확인할 수 없었고, 그래서 나처럼 젤라토 하면 아브라함을 떠올리지는 않았거나 아브라함 외에도 여러 가지를 떠올렸거나, 아브라함은 떠올리는 많은 것들 가운데서 아주 사소한 것으로 떠올렸을 수도 있었고, 시간이 지나면서 젤라토와 아브라함은 더이상 함께 떠올릴 수도 없게 되었을 수도 있었다.

하지만 키가 상당히 큰 편인 내가 같은 부류 혹은 동족이라고 느껴져 내게 언제 또 올지 궁금했다고 했을 수도 있는 그녀는 젤라토 가게의 손님들 가운데서 그녀가 그 말을 하기도 한 몇 명에게 아브라함 이야기를 했고, 그 이야기를 들은 손님들 중 일부는 젤라토 하면 아브라함을 떠올리게 되었고, 그것이 재미있게 생각되어 사람들에게 얘기했고, 꽤 시간이 지난 이제는 사람들 사이에서 아무런 출처도 근거도 없을 수도 있는 그 이야기가 꽤 퍼졌고,

그래서 아무런 근거 없이 젤라토 하면 아브라함을 떠올리게 된 사람들이 세상 여기저기에 꽤 있을 수도 있었는데, 만약 젤라토를 처음 만든 사람이 아브라함이 아니라면, 그 이야기가 아주 잘못된 이야기라면, 그래서 사람들이 아주 잘못 알고 있는 것이라면 그것은 순전히 아주 잘못된 그 이야기를 퍼뜨린 내 잘못이었는데, 그것은 큰 문제일 수도 있었고, 거기에 대해 나는 어떤 식으로든 책임을 지는 것이 마땅했고, 책임을 질 수 있으면 지고 싶었지만, 책임을 질 수 있는 방법은 없는 것 같았고, 누군가에게 그것에 대한 책임을 내가 지게 할 수 있는 뾰족한 방법도 없는 것 같았고, 그래서 그런 것을 갖고 문제를 만들지는 않는 것이 좋을 것 같았고, 그것은 잘못 알고 있어서 좋을 것까지는 없더라도 잘못 알고 있어도 삶이 불행해지거나 하지는 않는 전혀 상관없는 것일 수도 있었고, 뭔가에 대해 잘못 알고 있는 것이 반드시 나쁜 것만은 아니었고, 나로서는 어쩌면 젤라토를 처음 만든 사람이 아브라함이 아닌데도 아브라함으로 잘못 알고 있지 못했다면 젤라토에서 시작된 이 모든 이야기를 하지 못했을 수도 있을 것이었다.

그런데 나는 젤라토와 아브라함을 생각할 때면 마치 기다렸던 것처럼 함께 떠오르는 뭔가와 누군가가 있었는데, 그것은 잼과, 내가 잼 하면, 젤라토 하면 아브라함이 떠오르는 것처럼 떠오르는, 잼과 깊은 관련이 있는 인물이었고, 그 인물은 다름 아닌 프랑스의 의사이자 예언가 노스트라다무스였는데, 이십대 때 20세기 후반의 히피처럼 머리를 길게 기르고 유럽을 떠돌며 약제상 행세를 하며 약초들을 연구하기도 한 노스트라다무스는 잼과 캔디와 마멀레이드와 젤리와, 십자군전쟁 때 아랍에 가 이슬람교도들과 싸우기도 했지만 그곳이 마음에 들고 유럽은 생각하기도 싫어 남기도 한 일부를 빼고 가족이 있는 유럽으로 돌아간 십자군들이 아랍에 전해준 것은 몇 가지 확실하고 효과적인 질병들 빼고는 거의 없었지만, 그 대신 아랍에서 가져온 레몬과 살구와 쌀과, 사치품이 된 설탕과 비단과 면과 향신료와 염료와 향수와 비누와 유리 거울과, 그런 것들이 있으리라고는 상상도 못했던 나침반과 체스와 퀼트와 만년필과 아랍의 선박들의 설계도와 화약 등 많은 것들 가운데서 어쩌면 가장 하찮은 것으로, 어쩌면 아랍에서의 좋았던 일들을 쉽게 잊지 못해 추억에 잠기고 싶을 때 만들어 먹기 시작하면서 유럽 전역으로 퍼졌을 수도 있는, 특별한 것이 너무나 없어 먹으면 그 덧없음이 특별하게 느껴지기도 하는, 그냥 아몬드와 설탕을 갈아 만든 과자지만 특별한 날에 먹는 마지팬, 그리고 갑오징어 뼈와 바다 달팽이 껍데기를 갈아 만든 치약 등 의학적인 효능이 있는 것으로 여겨진 여러 가지 것들에 대한, '화장과 잼에 대한 논문'이라는 제목의 요리책이라고 할 수 있는 책을 1555년에 출간했고, 그 책은 출간 즉시 베스트셀러가 되었는데, 당시 파리의 잼 조리법의 표준으로 자리잡게 되고 이후의 잼 조리법에도 상당한 영향을 주게 된, 기존의 잼 조리법에 노스트라다무스가 자신의 잼 조리법을 추가한 그 책에서 잼은 제목에서도 알 수 있듯 화장과 함께 중요한 위치를 차지하고 있었다.

그런데 나는 본명 자체는 미셸 드 노스트르담으로 평범한 이름이지만 이후 노스트르담의 라틴어 이름으로 훨씬 더 근사한 느낌을 주는 노스트라다무스로 불리게 된 노스트라다무스의 노스트라다무스라는 이름 자체가 너무나 예언가의 이름 같고 너무나 고유명사 같고, 그래서 그라는 삼인칭 대명사보다는 노스트라다무스라는 고유명사로 불러야 마땅할 것 같은 노스트라다무스가 어떻게 해서 잼에 본격적으로 관심을 갖게 되었는지는 알지 못했지만, 노스트라다무스는 잼에 의학적으로 커다란 효능이 있다고 믿었고, 그전까지 있었던 잼들에 뭔가 결정적으로 부족한 것이 있다고 느꼈고, 그래서 잼에 대한 연구를 했을 것이었다.

그런데 나는 라틴어로 된 것들은 거의 모두 근사하게 여겨졌는데, 식물과 동물의 학명이 라틴어로 되어 있는 것은 라틴어로 된 것들이 근사하게 여겨진 이유도 조금은 있었을 테지만, 식물과 동물의 종의 분류를 라틴어로 체계화한 린네 때문이었고, 린네가 그렇게 한 것은 라틴어로 해야 믿음을 줬기 때문이기도 했고, 거기에는 린네가 참고로 했을, 폼페이를 매몰시킨 베수비오 화산 대폭발 때 급히 시찰을 갔다가 분화 가스로 인해 순직한 로마의 제독 가이우스 플리니우스 세쿤두스가 쓴, 천문과 지리와 인간과 동물과 자연현상과 예술사와 과학사와 판타지까지 담은, 세계 최초의 백과 사전으로 여겨지는 『박물지』의 영향은 크지는 않았을 것 같았지만, 이탈리아인들이 그것으로 말하면 거의 뭐든 근사하게 여겨지는 라틴어에서 멀어져 지금의 이탈리아어를 쓰게 된 것은, 애초에 그런 언어가 어떻게 해서 만들어질 수 있는지 알기는 어렵지만, 누구도 배우기 어려울 정도로 라틴어가 어려워서일 수도 있겠지만, 격은 어지럽게 있지만 관사가 없고 과거완료를 표현하는 시제가 하나밖에 없는 라틴어와는 문법 또한 많이 다른 지금의 이탈리아어가 라틴어의 발음의 느낌만이라도 좀더 유지하지 않게 된 것은 아쉬운 일 같았는데, 지금의 이탈리아어는 거의 뭐든 그것으로 말하면 근사해 보이는 라틴어에 비해 훨씬 덜 근사한 것 같았다.

그럼에도 같은 라틴어에 뿌리를 두고 있지만, 처음에는 근사하게 들리지만 신기하게도 들을수록 덜 근사하게 들리고, 아주 잘 들어보면 약간 우는소리를 하는 것처럼 들리기도 하는 프랑스어보다는 훨씬 더 근사하게 들리고, 그 자체로도 근사하게 들리고, 그 점은 카푸치노나 에스프레소만 이탈리아인처럼 발음해봐도 알 수 있고, 그것만으로는 알기 어려우면 치즈 종류인 몬테 베로네제나 카스텔마뇨 또는 수프 종류인 미네스트라 디 체치나 스트라치아텔라 알라 로마나만 그냥 발음해봐도 알 수 있고, 그것으로도 알기 어려우면 파스타 종류인 가르가넬리나 디탈리니만 다시 이탈리아인처럼 발음해봐도 알 수 있고, 그것으로도 알기 어려우면 아무 말이나, 가령 저녁 인사인 부오나세라나 작별인사인 아리베데르치를 그것을 알게 될 때까지 발음해봐도 알 수 있지만 아무리 해도 알 수 없다면 할 수 없고, 그것은 정서적으로 문제가 있어 그것을 알지 못하는 사람의 잘못인 이탈리아어가 어떤 과정을 거쳐 지금의 이탈리아어에 이르렀는지 나는 알지 못했지만, 이탈리아어가 근사하게 들리는 것은 성악에 가장 잘 어울려 많은 오페라가 이탈리아어로 쓰였다는 사실만으로도 알 수 있는 것 같았다.

그런데 물론 성악을 워낙 좋아하고 말을 할 때도 최대한 노래하듯 말하는 이탈리아인들이, 그런 것을 생각해내는 것은 쉽지 않은 것일 테지만, 다른 무엇보다도, 어떻게든 성악에 가장 잘 어울리는 언어를 만들려고 노력한 결과로 지금의 이탈리아어가 있게 된 것 같지는 않았지만, 만약 그랬다면 그것은 그 자체로 아주 기발하고 멋진 일 같기도 했지만, 이탈리아인들이 그렇게까지 기발하고 멋진 생각을 해내지는 않았을 것 같았지만, 결과적으로 지금의 이탈리아어는 성악에 가장 잘 어울리는 언어가 되었고, 어쩐지 얼핏 생각하기에 학문적인 것에 어울리는 라틴어는 성악에는 이탈리아어보다는 덜 어울릴 것 같고, 그 점에 비춰 보면 어쩌면 그 이유도 없지 않은 것 같았지만, 조금만 더 생각해보면 푸가나 칸타타나 종교음악의 성악 파트는 이탈리아어로 부르는 것보다도 라틴어로 부르는 것이 더 근사한 것 같기도 했고, 그래서 그 점과 관련해서는 나로서는 알지 못하는 많은 부분이 있는 것 같았지만 그것까지는 알지 못해도 상관없을 것 같았다.

그런데 나는 밴쿠버에서 발을 찾는 일을 하면서, 그 일에 도움이 될 수는 없고 실제로 발을 찾는 일과는 아무런 상관도 없었지만 오래전 클래식 발레를 전공한 누군가에게 잠시 배운, 발의 사용이 아주 중요하고 발에 비하면 손은 별로 할 수 있는 게 없는 클래식 발레의 기본적인 자세와 동작들을 집에서 연습하며, 그것과는 또 아무런 상관 없이 오래전부터 공부하고 싶었던 이탈리아어를 공부하고 있었는데, 예상했던 대로 이탈리아어는 재미로 배우기에 아주 좋은 언어였고, 무엇보다도 발음하는 것이 재미있었는데, 발음하는 것이 재미있는 것은 여러 가지 커피나 아주 많은 치즈나 수프나 파스타나 피자나 리소토 종류를 모두 주문처럼 읊어보기만 해도 알 수 있었지만, 종류가 너무 많아 그것들을 읊느라 하루를 다 가게 하고 싶지 않으면 포도주는 제외하는 게 좋은 것 같았고, 계곡을 의미하는 단어 'valle'에서 'l'을 두 번 발음하듯 길게, 하지만 한 번에 발레에 비슷하게 발음해야 하고, 뜨개질을 의미하는 단어 'maglia'에서처럼 말랴에 비슷하게 발음하지만 말과 랴 사이의 'g'와 'l' 사이에 쉽게 알기 어려운 복잡한 일이 일어나게 발음해야 하는, 이탈리아의 어린이들도 그것들을 제대로 발음하는 데 애를 먹고 그것 때문에 혼이 나기도 하고 결국에는 익히게 되지만 가장 나중에 익히게 되는 이중자음들을 애를 먹으며 연습하는 것도 재미있었다.

그리고 물론 자신들이 쓰는 언어가 이탈리아어라 어쩔 수 없기는 하지만, 성악을 할 때처럼 입을 크게 벌리고 공기를 내뱉으며 모음들을 분명하게 말하는 것이 중요하지만 그렇게 하는 것이 힘든 이탈리아어를 말하는 것이 귀찮아서인 듯 가능하면 주어를 비롯해 생략할 수 있는 것들을 생략하고 말하는데, 생략해도 되는 것들이 많아 영어에 비해 같은 말도 상당히 짧게 말할 수 있는데도 이탈리아인들이 말이 많은 것처럼 여겨지는 것은 실제로 말이 아주 많아서인 것 같았고, 말하기를 싫어하면서 말하기를 좋아하기는 어렵다는 엄연한 사실에 비춰 보면 이탈리아인들이 아주 말이 많은 것은 말하기를 아주 좋아해서인 것 같았지만 왜 말하기를 아주 좋아하는지, 그래서 좋아해서 하는 아주 말이 많은 것의 좋은 점이 뭔지, 아주 말이 많은 것이 좋은 것이 그 어떤 경우에도 가능한지, 말하는 것이 귀찮으면서도 말하는 것을 아주 좋아하는 것이 어떻게 가능한지, 그로 인해 이탈리아인들이 말할 때면 힘들지는 않은지는 알 수 없었지만, 이탈리아인들이 말이 많은 것은 이탈리아어로 말하고 듣는 것이 근사해서이기도 한 것 같았고, 그래서 할말이 없는데도 일단 말을 하고 보기도 하고 굳이 할 필요가 없는 말도 많이 하는 것 같았는데, 말하거나 듣기에 근사한지를 별로 고려하지 않고 만든 언어들이 있고, 한국어 역시 그런 언어 중의 하나인 것 같았는데, 한국어가 조형적으로도 얼마나 별로인지는 여기서 말할 건 없는 것 같지만 그럼에도 한국에 한국어로 된 간판이 별로 없는 건 재미있는 것 같았고, 때로 듣고 있으면 사람을 놀리거나 약올리는 것처럼 들리기도 하는 이탈리아어가 재미로 배우기에 아주 좋은 또다른 이유는 의문문은 다른 것은 필요 없고 긍정문을 끝부분만 올려 말하면 되고, 부정문은 동사 앞에 'non'만 붙이면 되는 등 배우기가 쉬워서였는데, 신기하게도, 성악을 연습하는 것도 아닌데도, 클래식 발레의 기본적인 자세와 동작들을 연습하며 이탈리아어를 공부하면 공부가 훨씬 더 잘되는 것 같았는데, 그 이유는 알 수 없었지만, 그것 또한 클래식 발레의 좋은 점이라기보다는 이탈리아어의 재미있는 점 같았지만 나는 클래식 발레도 이탈리아어도 초급도 못 되는 저급한 수준에 가까웠고, 그래서 그것에 대해서는 뭐라고 말하기 어려운 것 같았는데, 어쩌면 이탈리아인들이 실제로 말이 많은 것은 아니고, 그렇게 여겨질 뿐이고, 그것은 이탈리아어에 긴 단어들이 많아 말을 길게 할 수밖에 없어서인 것 같기도 했다.

그런데 나는 오래전 라틴어를 배우려다 바로 포기한 적이 있었는데, 라틴어를 배우려고 한 것은 발음하는 것은 한 시간도 안 되어 다 알 수 있어서였고, 바로 포기한 것은 악명 높은 격변화에 막혀서였는데, 명사와 형용사에 여섯 가지 격이 있고, 격에 따라 명사 자체가 바뀌는데, 예를 들면 "율리아가 율리아를 율리아에게 보냈다"라는 문장을 영어로 하면 "Julia sent Julia to Julia"로 하면 되지만 라틴어에서는 "Iulia Iuliam Iuliae misit"로 율리아 자체가 변신에 변신을 거듭했고, 나는 변신에 변신을 거듭하는 율리아에서 막혔고 율리아에게 두 손을 들었고, 없던 두통과 복통과 다른 고통을 겪어야 했는데, 없던 고통을 안겨주는 라틴어는 웬만하면 배울 생각을 하지 않는 것이 좋지만, 없던 고통을 맛보고 싶은 사람에게는 라틴어를 배우는 것만큼 좋은 처방도 없을 수도 있는데, 그것은 다른 준비 없이 마음의 준비만 하고 시작해도 되고, 경우에 따라서는 마음의 준비도 따로 하지 않고 시작해도 좋기 때문이고, 그 어떤 경우에도 없던 고통을 맛볼 수 있고, 그것이 라틴어를 배우는 것의 좋은 점 중 하나일 수도 있을 것이었다.

그런데 나는 언젠가 그렇게 친하지는 않았던, 그냥 아는 미국인과 얘기를 하던 중 그가 자신은 그냥 재미로 여러 가지 언어를 공부하고 있는데, 자신의 경험으로는 라틴어보다도 배우기가 더 어렵고 배우는 것이 사실상 불가능한 언어가 있다고 해 그것이 무엇인지 물었는데, 그는 그 언어를 배우는 것이 얼마나 불가능한지 말하는 것조차도 사실상 불가능하다고 하며 내가 배울 생각을 못하게 하려는 듯 그것이 무엇인지 말하지 않으려 했고, 그래서 내가 눈을 노려보며 겁을 주자 그때서야 미국 인디언 부족의 언어라고 힌트를 주었고, 그래서 내가 눈을 매섭게 노려보며 겁을 더 주자 그때서야 나바호족의 언어라고 털어놓으며, 그 언어는 누구도 배울 생각을 하지 못하게 하는 언어로 나바호족이 아니면 배울 수 없다고 했지만, 내 생각에 그에게 나바호족의 언어가 배울 수 없는 언어였던 것은 전적으로 그에게 언어적인 재능이 부족해서였던 것 같았다.

그런데 나는 라틴어의 기원은 알지 못했지만, 결국 이탈리아인들이 라틴어에서 멀어져 지금의 이탈리아어를 쓰게 한 라틴어에는 그것을 쉽게 배울 생각을 하지 못하게 하는 아주 어려운 뭔가가 있고, 어쩌면 라틴어를 만들어낸 사람들이 자신들만 쓰고 다른 사람들은 못 쓰게 할 의도로 라틴어를, 최소한 그 기초를 아주 어렵게 만들었을 수도 있지만, 사람들이 라틴어에서 점점 멀어지게 된 것은 책이 별로 없고 책을 읽을 수 있는 사람들도 별로 없어서였을 수도 있는 것 같았다.

그런데 그후 나는 어떻게 하다가 러시아어를 중급 정도까지 배우게 되었는데, 라틴어와 마찬가지로 여섯 개의 격이 있는 러시아어는 교재에 너무 많이 등장하는 안나와, 구개음화로 인해 블라지미르로 발음되는 블라디미르들 때문에 조금 힘들기는 했지만 배울 수 없는 정도는 아니었고, 무엇보다도 발음하는 것이 근사하게 여겨졌는데, 사람들이 세상에서 가장 배우기 어려운 언어로 만다린어와 핀란드어와 아랍어와 한국어와 일본어 등을 꼽기도 하지만 그것은 주로 유럽어권 언어 사용자들이 그렇게 말하는 것이었고, 어떤 언어도 그것을 사용하는 사람들이 왜 그렇게 말하는지를 이해하면 이해하기가 그렇게 어렵지 않지만, 물론 그렇게 하는 것 자체가 어렵고, 그래서 새로운 언어를 배우는 것은 쉬운 일일 수가 없지만 만다린어와 핀란드어와 아랍어와 한국어와 일본어를 아무렇지 않게 일상적으로 쓰는 수많은 사람들이 있다는 사실을 생각하면 어떤 언어든 그것을 배울 엄두를 내지 말아야 하는 것은 없는 것으로 볼 수도 있었는데, 내가 생각하기에 언어와 관련해 놀라운 점은, 모든 언어가 그 자체로 놀랍기도 하지만, 내가 하는 한국어나 조금 하는 영어나 조금 했던 프랑스어와 러시아어에서도 느낀 것이지만, 내가 아는 한 언어에는 어떤 오류도 없다는 것이었는데, 사람들이 일상적으로 언어를 사용하면서 수많은 오류들을 범한다는 사실과 사람들이 만든 첨단의 컴퓨터 프로그램들의 수많은 오류들을 생각하면 그것은 놀라운 것 같았다.

그런데 내가 아브라함에 대한 이야기를 하다가, 그전에 젤라토에 대한 이야기를 하다가 아브라함에 대한 이야기를 하다가 노스트라다무스에 대한 이야기를 하다가 이야기가 옆으로 새 여기까지 오게 된 것은 노스트라다무스나 아브라함이나 젤라토 덕분은 아니고, 그 모두와는 아무런 관련이 없지만 언제 어디서든 편리하게 쓸 수 있고 그것 뒤에는 무슨 얘기를 해도 별로 상관없게 해주는 그런데, 라는 접속부사 덕분이고, 내가 옆으로 새는 이야기를 계속해서 하는 것은 삶을 반영하는 것으로 여겨지는 소설에는 삶에 없는 핵심 또한 없는 것이 당연하다는 생각에서는 아니고, 내가 소설을 쓰면서 계속해서 시달리게 되는 한 가지, 그다지 크지도 작지도 않지만 때로는 저항하기도 해야 하는 어떤 것, 짧은 문장으로는 가능하지 않은, 한 문장 안에서의 작고 사소하고 덧없는 전환과 반전을 포함해 그 말고도 보이지 않는 재미가 있기도 한 여러 가지 놀이를 하게 해주는 옆으로 새는 이야기를 길게 아무렇게나 할 수도 있는 긴 문장을 쓰고 싶은 유혹 때문도 아니고, 그 유혹은 쉽게 멈출 수 없는 어떤 생각들은 한 문장으로 표현하는 것이 마땅하게 여겨져서 생기는 것이기도 하지만, 그것들과는 상관없이, 내가 옆으로 새는 이야기를 하는 것 자체를 좋아하기 때문이고, 내가 옆으로 새는 이야기를 하는 것 자체를 좋아하는 것은 내가 소설을 쓰면서 계속해서 시달리게 되는 또다른 한 가지, 그다지 크지도 작지도 않지만 저항할 생각이 없고 되도록 저항하지 않는, 말을 가장 무용한 방식으로 쓰고 싶은 유혹 때문이고, 나는 말을 유용하게보다는 무용하게 사용하는 것이, 그리고 무용하게 사용할수록 더 흥미롭기도 하고, 이 소설은 말을 얼마나 무용하게 사용할 수 있는지 보는 것이기도 하고, 옆으로 새는 이야기를 하다보면 소설에도 삶에도 핵심이 없는 것이 당연하다는 생각이 들기도 하고, 옆으로 새는, 아무런 핵심이 없는 하나마나 한 거의 아무것도 아닌 이야기를 길게 하다보면 때로는 생각 자체가 없어지며 아무 생각도 들지 않게 되며 일종의 명상 상태에 들게 되는 것 같기도 하고, 그것과는 상관없이, 나는 그런데, 라는 이 단순하고 보잘것없어 보이고 별로 하는 것도 없어 보이고 그래서 무시해도 좋을 것 같아 보이지만 전혀 그렇지 않은 접속부사에 대해서라면 할말이 꽤 있지만 그것에 대해서까지 얘기할 것은 없는 것 같고, 그런데 나는 약간의 정신적 자유를 수행하는 데 도움이 되는 일종의 정신적 스트레칭으로 괜찮은 것으로 생각하기는 하지만 이야기가 너무 옆으로 새게 하는 것은 일종의 정신적 스트레칭을 과도하게 하는 것으로, 그 부작용으로 정신과 몸이 뻐근해지는 증상이 나타날 수도 있고, 그 경우 실제로 몸으로 하는 스트레칭도 도움이 되지 않으며, 증상이 악화될 경우 헛것이 보이기도 한다는 의학적인 사실을 알고 있었고, 과도한 정신적 스트레칭을 중단할 경우에도 헛것이 보이는 증상이 쉽게 사라지지 않을 수도 있다는 의학적인 사실 또한 알고 있었고, 그래서 나로서는 일종의 정신적 스트레칭을 지나치게 과도하게 하지는 않으려고 했고, 그래서 노스트라다무스에 대한 이야기로 돌아가자면, 나는 스스로 하나님의 말씀을 듣고 프랑스어, 라틴어, 그리스어, 히브리어, 이탈리아어, 그리고 프로방스 사투리까지 뒤섞어서 1555년부터 3797년까지의 역사적 사건과 재앙을 예언한 사행시들로 이루어진 『백시선』을 썼다고 말한 노스트라다무스가 한 지루한 예언들은 그다지 흥미롭지 않았고, 어쩌면 그렇게 여러 언어로 애매한 말들로 쓴 데에는 아주 모호해 어떻게도 해석이 가능한 예언들을 최대한 헷갈리게 해 누구도 그 예언들이 틀렸다고 말하기 어렵게 만들려는 의도도 있었고, 그 의도를 그다지 숨기려고 하지도 않았던 것 같았지만, 내게 흥미로웠던 것은 노스트라다무스와 관련해 사람들이 별로 주목하지 않는 것 같은, 노스트라다무스가 젊은 시절 프랑스 남서부의 작은 도시 아장에 살 때 역시 의사이기도 한 라블레와 어울렸다는 사실이었는데, 그것과는 상관없이, 이 문장은 내가 길게 쓰고 싶은 유혹을 느끼는 긴 문장으로는 짧은 문장이지만 문장을 더 길게 쓸 수 있는 기회가 있을 것이었고, 그런 기회는 내가 만들면 될 것이었다.

그런데 세르반테스가 자신이 상당히 엉뚱한 이야기를 하고 있다는 사실을 상당히 의식한 상태에서 『돈키호테』에서 상당히 엉뚱한 이야기를 하기 몇십 년 전, 더 엉뚱한 이야기를, 자신이 아주 엉뚱한 이야기를 하고 있다는 사실조차도 의식하지 못한 상태에서 『가르강튀아와 팡타그뤼엘』에서 아무렇지 않게 했고, 출생 연도가 확실치 않지만 노스트라다무스보다 스무 살 정도 연상으로, 머리를 길게 기르지는 않았지만 역시 20세기 후반의 히피 같은 데가 있었던 수도승이자 그리스학 학자이기도 한 라블레와, 어쩌면 지금껏 쓰인 책들 가운데 가장 엉뚱한 내용의 책 중 하나인 『백시선』을 쓴 노스트라다무스가 주로 무슨 얘기를 나눴는지는 알 수 없었지만, 지금의 그 누구보다도 정신적으로 자유롭게 비뚤어졌고, 심지어는 이제는 어쩐지 모던한 것보다도 더 구식이 된 것같이 여겨지기도 하는 것이지만 포스트모던하기도 했고, 역사상 그 누구보다도 엉뚱한 생각들을 한 사람들로 볼 수도 있는 두 르네상스 맨들은 20세기 후반의 히피들처럼 자신들이 만든 환각 작용이 있는 약초와 약술들을 먹고 마시며, 노스트라다무스의 얘기는 다

믿기는 어렵고 때로는 믿지 않는 것이 좋고, 노스트라다무스 스스로도 자신이 하는 이야기들은 다 믿지 말라고 하지는 않았지만 그런 뉘앙스로 많은 이야기들을 하기도 한 것 같았지만, 노스트라다무스가 직접 경험한 것으로 말한, 프로방스에서 흑사병이 창궐했을 때 자신이 진료를 보러 간, 흑사병으로 인해 정신이 나가 엉뚱한 생각에 빠지기를 좋아하는 여자가 자신이 창문으로 뭐라고 말을 하자 뭐라고 알 수 없는 대답을 하며, 아무렇지 않게, 미리 준비해둔 자신의 수의에 발부터 시작해 자신의 몸을 직접 바느질해 꿰맸고, 흑사병으로 죽은 시체들을 치우고 매장하는 일을 하는, 야만인으로 불리던 아랍인들이 왔을 때에는 몸의 절반을 꿰맨 상태였다는 얘기나, 사향과 육두구 껍질과 벌의 웃음이라고도 불리는 아피이 리수스Apii Risus라는 식물의 뿌리와 수컷 참새 일곱 마리의 왼쪽 날개에 상처를 내 받은 피와 꿀에 담근 문어의 팔과 크레타섬의 포도주와 설탕 외에도 여러 가지 것들을 넣어 만든, 의학적인 효능이 있는 시럽을 만드는 것과, 대홍수가 났을 때 노아의 방주도 너무 작아 그 안에 타지 못해 방주를 흔들 목마처럼 타고 가기도 하며 무엇보다도 수프를 좋아하는 거인에 관한 이야기와, 줄기가 질겨 정말 말 안 듣는 아이들을 위한 회초리로도 좋고 죄수를 교수형시킬 때 쓰는 밧줄을 만드는 데 그것만한 것이 없어 밧줄에도 쓰이지만, 역시 의학적으로 여러 가지 효능이 있는 대마 같은 것에 관한, 서로가 서로가 하는 말을 다 믿어서는 안 된다는 것을 알고 있어 서로가 하는 말을 다 믿지는 않고 들은 더없이 엉뚱한 얘기들을 하며 서로의 얘기에 놀랐을 수도, 혹은 별로 놀라거나 하지 않으면서도 놀라는 척을 하며 아무렇지 않게 얘기들을 했을 수도 있을 것이었다.

그런데 누군가가 누군가와 어떤 영향과 영감을 주고받았는지는 말하기 어려운 부분이 있고, 당사자들 역시 그것을 정확히 알 수 없었을 수도 있지만, 노스트라다무스는 노래를 만들기도 했고, 귀족적인 것과 포도주와 게임을 좋아했고, 대단한 유머 감각을 갖고 있었고, 나중에 『트리스트럼 섄디』를 쓴 로런스 스턴과 발자크에게도 많은 영향을 준 라블레에게서 많은 영향을 받았고, 현대의 그 어떤 퍼포먼스 아티스트도 하지 않았고 할 생각을 않는, 자신의 수의에 발부터 시작해 자신의 몸의 절반을 직접 바느질해 꿰매고 죽은, 미술사에도 기록되어야 마땅한 프로방스의 여자에게서는 많은 영감을 받았는지도 몰랐는데, 노스트라다무스가 의도했는지 아닌지는 알 수 없지만, 내 생각에는 의도한 것 같기도 하지만, 실제로 노스트라다무스는 이후 많은 사람들에게 많은 영감을 주었고, 영감을 심하게 받은 사람들로 하여금 노스트라다무스가 예언한 재앙들에 열광하고 도취하고 그것들을 준비하고 애타게 기다리고 앞당길 수 없는 것을 안타까워하게 하기도 했지만, 잼을 깊이 사랑했고, 잼에 대한 깊은 사랑을 역시 잼에 대한 깊은 사랑으로 잼으로 둔갑시켰고, 그 잼들을 먹으면 하는 수 없이 사랑을 하게 되는 '사랑의 잼'들도 만들었고, 화장에도 관심이 많아 '화장과 잼에 대한 논문'이라는 제목의 책을 썼고, 어쩐지 평소에도 화장을 진하게 하고 다녔을 것 같은 노스트라다무스는, 내 생각에는, 때로는 자신의 몸을 수의에 바느질해 꿰매는 누군가를 비롯해 16세기 초중반에도 부족하지 않게 있었을 놀라운 어떤 것들에 약간 놀라기도 했지만, 대체로는 잼을 비롯해 기분을 좋게 해주는 것들을 만들어 먹으며, 여가 시간에 여가활동으로 재앙을 예언하는 소설 같은 책을 쓰며 즐거운 시간을 보냈을 것 같았다.

그런데 나는 시대를 잘못 만나 불행하거나 우울하거나 지루한 삶을 살아야 했던 많은 사람들과는 달리 어떻게 해서 시대를 잘 만나 역시 나름대로 대체로 즐거운 시간을 보낸 20세기 후반의 히피들이 다른 무엇보다도 잼에 열광했고, 그것들을 먹으면 하는 수 없이 사랑을 하게 되는, 그리스신화 속 여자 마법사인 메데이아가 처음 만든 것으로 알려져 있고, 종교는 미신과 미망의 원천이라고 부르짖은 유물론자인 로마의 시인 티투스 루크레티우스 카루스를 죽음에 이르게 한 것으로 알려진 사랑의 잼들도 스스로 만들어내기도 한 데에는 노스트라다무스의 영향도 있는지는 알 수 없었고, 그런 히피들 비슷한 누구이기도 했던 몇몇 가수들의 노래 가사, 내가 아는 것들로, 가령, 많은 사람들이 지금까지 쓰였던 것들 중에서 가장 흥미로운 노래 가사들로 생각하며 그것들이 무엇을 말하는지에 대해 수많은 논문들을 쓰고 다큐멘터리들도 만들었지만 여전히 밝혀진 것보다는 안 밝혀진 것이 많은, 더이상 어떤 음악도 듣지 않게 된 나로서는 단지 아주 이따금 음악이 어떤 것이었는지 떠올리고 싶을 때 듣기도 하는 돈 매클레인의 〈아메리칸 파이〉나 너바나의 〈스멜스 라이크 틴 스피릿〉의 노래 가사에서 노스트라다무스의 영향을 찾을 수 있는지는 알 수 없었지만, 그 노래들도, 내게는 16세기의 히피가 쓴, 일종의 아주 긴 노래 가사처럼 여겨지는 『백시선』도 뭔가에 취하지 않은 상태에서라면 쓰이지 못했을 수도 있을 것 같았는데, 이제는 누구도 그런 노래 가사들을 쓰지 않는 것 같았고, 그것은 아쉬운 일 같았는데, 어떤 이유에서인지는 알 수 없었지만 나는 메데이아나 노스트라다무스나 히피들이나 다른 누군가의 사랑의 잼의 조리법까지 알고 싶지는 않았지만, 그것과는 상관없이, 한 세대가 다소 정신은 없었지만 그래서 대체로 즐거운 시간을 보낸, 애초에 오래가기 어려웠고 좀더 오래갔다고 해도 별로 달라진 것은 없었을 히피 시대가 좀더 오래가지 못한 것은 아쉬운 것 같았는데, 그것은 사람들이, 다른 물려줄 것은 거의 없었지만 전쟁이라도 물려줄 수 있어 다행이라고 생각하며 조부모가 부모에게 부모가 자식들에게 물려줘 전쟁이라도 물려받은 후대들은 기분은 썩 좋지는 않았지만 달리 생각하기 어렵기도 해 아무것도 물려받지 못한 것보다는 낫다고 생각하려 하며 바짝 열심히 싸우지 않은 탓에 어쩔 수 없이 몇 대에 걸쳐 치러야 했던, 많은 사람들로 하여금 하품이 심하게 나게 할 정도로 지루하게 오래 이어져 저절로 나오는 하품을 참으면서, 전쟁으로 인한 하품을 참는 것이 큰일이기는 했지만 별문제 없이 거뜬하게 치러낸 백년전쟁과, 기간은 다소 짧아 덜 지루해하면서, 좀더 체계적인지는 말하기 어렵지만 좀더 근대적인 방식으로 훨씬 더 방대한 규모로 역시 길게 봤을 때 거뜬하게 치러낸, 역사상 전례없는 큰 행사 같았던 제일차, 제이차세계대전을 비롯해, 어쨌든 사람들이 하기에 제일 힘든 것으로 여겨지기도 하지만 내게는 다양한 규모로 열리는, 서로를 불구로 만들거나 죽이거나 포로로 만들어도 문제가 되지 않는, 정해진 규칙이 없어 색다른 마라톤 경기처럼 우습게 여겨지기도 하는 전쟁들도 수없이 치른 적도 있다는 사실과, 히피 시대와 전쟁들이 무슨 상관인지는 모르겠지만 아무튼 그런 시대는 영영 다시 오지 않을 수도 있다는 사실에 비춰 보면 더더욱 아쉬운 것 같았지만 그것은 어쩔 수 없는 일 같았다.

그런데 노스트라다무스가 자신이 만든, 그전에 없던, 달콤하고 맛있고 기분을 황홀하게 해주는 잼들을 먹고 나면 세상에 도래할 미래의 재앙들이 좀더 선명하게 보이는 것 같았고, 미래의 재앙들이 보이거나 보이려 할 때면 자신도 모르게 자신이 만든 잼부터 찾게 되고 먹게 되었지만 어떤 때에는 잼들을 아무리 먹어도 아무것도 보이지 않았고, 그것은 그 잼들에 부족한 뭔가가 있어서라고 생각했고, 그래서 잼들에 대한 연구를 세상의 재앙에 대한 연구와 계속해서 병행하기도 했는지는 알 수 없었지만, 나는 아쉽게도 잼이나 미래에 대해 연구하고 싶은 생각이 든 적은 없었는데, 미래는 내가 연구하기에는 엄두가 나지 않는 것이었고, 잼은 나로서는 그다지 연구하고 싶은 마음이 들지 않는 어떤 것이었지만, 내가 잼에 대한 연구는 할 생각을 하지 않은 것은 잼 자체에 어떤 사람들이 그런 것처럼 알면 알수록 알고 싶지 않은 뭔가가 있다거나, 잼과 관련해 아주 안 좋은 일이 있었고, 그로 인해 잼에 대한 쉽게 떨쳐버릴 수 없는 안 좋은 감정을 갖게 되었다거나 하는 식의 개인적인 문제가 있어서는 아니었고, 나는 내가 생각하기에도 잼에 대한 사랑이 결정적으로 부족했고, 그전에, 그냥 지금의 잼에 아무런 불만이 없었기 때문이었고, 그것은 사람들이 자주 먹는, 여러 가지 제품들이 있지만 맛의 차이가 사실상 없고, 어떻게 해서 마치 진화의 끝에 이르기라도 한 것처럼 오랜 기간 더이상 변화가 없는 케첩에 대해서도 마찬가지였는데, 햄버거나 핫도그에는 아주 잘 어울린다고 생각하지만 그것들을 어쩌다가 먹는 나로서는 케첩은 언제까지나 지금 이대로여도 괜찮은 것 같았고, 나는 지금의 케첩에서 뭔가가 바뀌어야 할 이유를 단 한 가지도 찾을 수 없었고, 케첩의 미래는 지금의 케첩에 어떻게든 불만을 품고 가만있지 않으려는 사람들에 의해 달라져도 그만 달라지지 않아도 그만이라고 생각했다.

그리고 나는 역시 여러 가지 제품들이 있지만 케첩과 마찬가지로 맛의 차이가 사실상 없고, 그래서 거의 단일한 종인 것 같고,

신체적인 성장을 멈추고 정체기에 든 것 같은, 심지어는 어떤 이유로 지금의 지루한 간빙기를 좋아하지 않아 간빙기가 지나고 새 빙하기가 와 세상이 얼어붙어 세상의 모습이 달라지게 되면 기발한 새로운 맛으로 깨어날 준비를 하며 어떤 긴 동면기에 들었고, 그래서 재미있는 새 빙하기가 오기만을 참을성을 갖고 기다리고 있는 것 같은 느낌마저 주는 마가린이나 마요네즈에 무슨 안 좋은 일이 일어나 어떻게 해서 지금의 마가린이나 마요네즈에서 나아가지 않고 퇴화하는 길을 가게 된다고 하더라도 아무런 불만이 없었는데, 내가 언젠가 이후로 마가린이나 마요네즈는 멀리하게 되었다는 개인적인 사정과는 별개로, 지금의 마가린이나 마요네즈의 맛의 지배와 통치는 너무 오래 지속되고 있는 것 같았고, 그래서 진화하지 않을 거면 퇴화해도 좋을 것 같았고, 버터의 대용으로 쓸 수 있는 마가린에 대해서는 그렇게까지 생각해본 적이 없지만, 특히 한때 어쩔 수 없이 먹을 때면 안 좋은 감정을 숨기거나 숨기지 않기도 했지만 더이상 먹지 않게 되면서 안 좋은 감정도 사라진 마요네즈가 어느 날 아침 거짓말처럼 세상에서 자취를 감춘다 해도 상관없었지만, 그것은 꽤 많은 사람들에게서 사랑을 받으면서 나름대로 세상에서 확실한 입지를 갖게 된 마요네즈에게 너무 가혹한 일일 수도 있었고, 그래서 그런 일은 일어나지 않기를 바랐는데, 다행히 그런 일이 일어나는 일은 없을 것 같았지만, 그럼에도 때로 내게는 마요네즈가 거짓말처럼 어느 날 아침 감쪽

같이 세상에서 자취를 감추지 않는 것이 세상의 커다란 수수께끼 중 하나로 여겨지기도 했다.

그런데 나는 내가 한 몇 가지 연구들에서 실패하면서 그 무엇에서도 아무런 성과가 없었던 것에 놀라거나 하지는 않았는데, 그 어떤 연구에서도 실패하지 않으리라고 예상해본 적이 없었고, 어떤 것도 예상하지 않았고, 그래서 예상에서 벗어나지 않게 실패하지는 않았지만 그럼에도 실패한 것은 내가 성과가 있기 어렵게 만드는, 핵심을 계속해서 놓치게 만드는 다소 비전통적인 방식을 고수한 것에 원인이 있었을 수도 있다고 생각했고, 그전에 나 자신이 연구자로서의 가장 기본적인 자질조차도 갖추지 못한 사람일 수도 있다고 의심하기도 했지만 연구 자체에 회의를 품거나 좌절하거나 하지는 않았는데, 내가 한 연구들의 특성상 그렇게 되기 어려웠고, 그전에 그것들은 연구라고 할 수도 없는 것들이라고 할 수도 있다고 생각했기 때문이었다.

그리고 나는 내가 래핑이 터져 어쨌든 보기 좋은 모양을 만드는 데는 실패한 오믈렛으로 생각하기도 해 무수한 은하들이 오믈렛의 내용물로 떠다니는 것 같기도 한 우주의 형태를 알아내는 것을 제외하고는 내가 한 연구들 모두가 먹는 것에 관한 것이었다는 사실에 대해 부끄럽게 생각하지는 않았는데, 그것은 누가 봐도 부끄러워할 만한 것은 아니었고, 내가 부끄러워했던 것은 그것과는 상관없는 일로, 아주 오래전 옛날에 무슨 생각에서였는지 기억조차 나지 않지만 하얀 셰프 모자를 쓴 셰프가 되려고 조리사 실기 코스를 마치고 조리사 자격증 시험을 보려고 했지만 두 번에 걸쳐 늦게 일어나는 바람에 새벽에 치러지는 시험을 놓쳐 국가에서 치르는, 사람을 꼭두새벽에 일어나게 하는 시험을, 국가를 원망하며 셰프의 길은 접어야 했던 것이었고, 그 일은 늘 생각하면 부끄러웠고 부끄러워해야 마땅한 것 같았는데, 결과적으로 요리를 배운 경험이 내가 한 몇 가지 연구들을 하는 데는 놀라울 정도로 도움이 되지 않은 것 같았다.

나는 그것들을 한 보람이 있었는지 말하기 어려운, 내가 나 자신에게 난제로 내줘 하게 된, 어떤 이유로 약간 흐지부지하게 된 젤라토에 대한 연구를 제외한 몇 가지 연구들에서 얼마나 실패했는지, 그리고 실패를 통해 얼마나 배운 것이 없는지, 실패를 통해 뭔가를 배우는 것이 얼마나 어려운지, 그리고 실패를 통해 얼마나 못 배우거나 안 배울 수 있는지를 다시 한번 생각하며, 그럼에도 찾을 수 있는 가능성이 거의 없는 발이나 운석을 찾으며 브리티시 컬럼비아의 해안을 걷다가 평소에 가지 않던 곳으로 갔고, 밴쿠버를 가로질러 밴쿠버만으로 흐르는 프레이저강을 따라 올라가다가 눈길을 끄는 뭔가를 발견했는데, 그것은 통나무들이었고, 통나무들은 강폭이 꽤 되는 강물 한가운데 여러 개의 커다란 울타리 같은 곳들 안에 떠 있었다.

웬만한 작은 배들보다 긴 거대한 통나무들은 상당한 양이었고,

만약 그것들이 프레이저강 상류에서 떠내려온 것들로 하류로 떠내려가 떠돌이들처럼 마음대로 떠돌아다니게 되면 밴쿠버만 일대를 지나다니는 배들에 위협적인 것이 될 수도 있었고, 밴쿠버만은 혼란에 빠질 수도 있을 것 같았지만 나로서는 그래서 사람들이 강에서 떠내려온 통나무들을 일종의 통나무들의 수용소 같은 그곳에 가둬놓은 것인지, 아니면 숲에서 벌목한, 목재로 쓰일 그것들을 다른 곳으로 수송해가기 전까지 그곳에 보관하는 것인지는 알 수 없었지만 일정한 길이로 잘려 있는 것으로 봤을 때 후자가 맞는 것 같았다.

통나무들을 목재로 쓰기 전에 물에 잠겨 있게 하는 데에는 그럴만한 이유가 있는 것 같았고, 나는 그 이유가 무척 궁금했지만 알 수 없었는데, 물이 통나무들에게 목재로서의 가치를 높여주기도 하고, 그래서 그것들이 물속에 있는지는 알 수 없었고, 물에 떠 있는 통나무들을 아무리 봐도, 그것들이 내게 많은 힌트를, 그것들이 줄 수 있는 모든 힌트를 주고 있는 것 같았지만 물속에 있는 이유는 알 수 없었는데, 그럼에도 나는 울타리가 쳐진 물에 떠 있는 통나무들은 물고기 양식장의 거대한 물고기들 같기도 하지만 물고기들이 아니며, 물고기들처럼 물을 마시지도 않고 헤엄치지도 않으며, 자라지도 않고, 자라서 물고기가 되지도 더 큰 통나무가 되지도 않고, 죽어서 죽은 물고기가 되지도 않는다는 생각을 했지만 물론 그 무엇도 통나무들이 물에 떠 있는 이유를 알아내는 데는 아무런 도움이 되지 않았을 뿐만 아니라 그것들을 생각하고 나자 더 모르게 된 것 같았다.

살아 있는 나무로서의 운명은 끝났지만 목재로서의 새로운 삶을 준비하고 있고, 테이블과 의자와 책장과 침대 틀과 문과 창틀과 계단과 마루와 선반과 외벽과 지붕과 울타리와 벤치와 조각과 장식과 관과 십자가 등 목재로서 환생할 수 있는 것들에 대한 꿈을 꾸고 있는 것 같은 물에 떠 있는 통나무들은 보기 좋은 것이었는데, 나는 트럭이나 트레일러에 실려가고 있거나 야적장에 쌓여 있는, 대체로 답답해하는 것 같고 기분이 그다지 좋아 보이지 않거나 심지어는 화가 나 있는 것 같아 보이기도 하는 통나무들보다는 물에 떠 있는 통나무들이 더 자유롭고, 더 몽상적이고, 기분도 더 좋아 보인다고 생각했지만 물론 그것 역시 통나무들이 물에 떠 있는 이유를 알아내는 데는 아무런 도움이 되지 않았고, 실제로 그런 심리적인 이유들로 통나무들이 물에 떠 있을 리는 없을 것이었는데, 그 점을 달리 생각해보자 적어도 그런 이유들로는 통나무들이 물에 떠 있을 리는 없을 이유들은 알아낸 것 같았고, 그러자 통나무들이 물에 떠 있는 이유와 관련해 뭔가를 알아내기도 한 것 같았는데, 그것과는 상관없이, 나는 차를 타고 가다가 트럭이나 트레일러에 실려가고 있는 통나무들을 보면 반가웠고, 특히 트레일러에 실려가고 있는 아주 긴 통나무들을 보면 무척 반가웠고, 그래서 그것들을 보게 되면 차의 속도를 줄이고 잠시 그것들과 나란히 가며 그것들이 무엇으로 환생하게 될지를 상상해보기도 한 적도 몇 번 있었다.

어쨌든 물고기들과는 달리 식용으로 쓰이지는 않는 게 분명한 통나무들은 물고기들이 아니었지만 물을 머금고 있기는 했고, 울타리가 쳐진 물에 떠 있어 양식장에 사는 것 같은, 아가미도 지느러미도 꼬리도 없는 딱딱한 원통형의, 물고기들보다 생각이 훨씬 덜 많은 거대한 물고기들 같기도 했고, 그 물고기들이 있는 그곳은 통나무 양식장 같았고, 그후 나는 강 한가운데 통나무 양식장이 있는 그곳 강가에 자주 가 시간을 보냈는데, 그곳에 물고기 양식장이 있었다면 그렇게 자주 가 시간을 보내지는 않았을 것이었는데, 물고기 양식장은 사람들이 먹이를 던져줄 때 물고기들이 월드컵 축구 결선 경기에서 누군가가 골을 넣었을 때 관중들이 자리에서 일어나 열광하는 것과 비슷하게 열광하며 그것보다는 조금 더 재미있는 모습을 보여주기도 하지만 그 순간을 빼고는 흥미로운 것은 없는 것 같았다.

그리고 강물에 운석이 떠내려올 리는 없었지만 애초에 내가 찾고자 한 것은 발이었고, 결국 해안에서 발견되는, 강의 상류에서 운명을 달리한 누군가의 운동화를 신은 발이 떠내려올 수도 있었고, 굳이 수고스럽게 발을 찾으러 다닐 필요도 없이 그곳에서 떠내려오는 발을 발견하게 되기를 바랄 수도 있었는데, 물론 그것은 상당히 해이한 것으로 여겨졌지만, 발을 찾으러 다니는 일에 대한 열정이 이미 상당히 식은, 혹은 식을 대로 식은 상태인 내게는 그 편이 더 맞는 것 같았고, 게다가 나는 그 얼마 전 정작 발을 찾게 되었을 때 불가피하게 직면하게 될 수밖에 없는 아주 중요한 실질적인 문제로, 찾은 발을 손에 들고 갈지 내가 평소에 들고 다니는 캔버스 천 백에 담아 갈지에 대한 문제에 대해 고민해보아야 했는데, 왜 그전에 그 핵심적인 문제에 대해 고민해보지 않았는지는 내가 항상 핵심을 놓치는 식으로 생각하기 때문으로 그것은 이해할 수 있었지만, 어느 것이 더 혹은 덜 어색할지 판단하기 아주 어렵게, 발을 손에 들고 가는 것은 그것 나름대로, 캔버스 천 백에 담아 가는 것은 그것 나름대로 어색하기 짝이 없을 것 같았고, 그 어색함은 나로서는 감당하기 어려울 것 같았고, 나는 그런 종류의 어려운 선택의 문제 앞에서는 맥을 못 췄고, 결국 그 중요하고도 해결하기 불가능한 문제로 인해 발을 찾게 되어도 나의 수중에 넣지는 못하고, 나로서는 내키지 않지만 마지못해 아마도 브리티시 컬럼비아의 경찰에 신고해 그들이 알아서 하게 할 것 같았고, 이제는 어쩌면 강물에 떠내려오는 발을 발견하게 된다 하더라도 다른 누군가가 발견하거나 발견하지 못하게 그냥 떠내려가게 할 수도 있을 것 같았고, 그래서 발과 관련된 뭔가를 하기보다는 새로운 젤라토 같은 뭔가 새로운 것을 만드는, 실패로 끝날 가능성이 크고 실패로 끝나게 할 가능성도 큰 것을 연구하는 것에 대해 생각해보고 있었지만 아직 마땅한 연구 대상을 찾지 못한 상태로,

그 문제에 대해서는 시간을 갖고 신중하게 생각해보려고 하고 있었는데, 그럼에도 마음을 비웠을 때 뭔가가 이루어지기도 하는 것처럼 어쩌면 발을 찾는 일을 사실상 접게 되었을 때 오히려 발을 발견하게 될 수도 있다는 생각도 했다.

어쩌면 과거에 밴쿠버만에서 올라와 위쪽에 있는 어딘가로 가거나 위쪽에서 아래로 내려오던 중 배들이 많이 침몰해 그렇게 불리는지는 알 수 없었지만 렉(난파선) 비치로 불리는 그곳은 마침 내가 머무는 집에서 멀지 않은 곳에 있었는데, 강이 과거에는 어땠는지 알 수 없었지만, 예외적인 경우를 제외하고는 대체로 스스로 잘 크게 변모하거나 하지는 않는 강이 크게 변한 건 없는 것 같았지만, 배들이 침몰하기에 그다지 이상적인 곳으로 보이지는 않았고, 과거에 얼마나 많은 배들이 그곳에서 침몰했는지 알 수 없었지만 난파선의 흔적 같은 것은 전혀 찾아볼 수 없었고, 배를 난파시킨 암초들 역시 물속에 있어 보이지 않는지는 알 수 없었고, 암초들을 만나 침몰하는 배들을 상상하기는 어려웠지만 얼마 멀지 않은 곳에 많은 배들을 난파시켰고 그 기억들 또한 여전히 생생히 갖고 있는 암초들이 물속에서 재미있는 모습들을 한 채로 침몰시킬 수 있는 배들을 기다리는 곳이 있을 수도 있는 렉 비치에서는 밴쿠버의 다른 곳에서는 보기 어려운, 하지만 물에 떠 있는 통나무들에 비하면 비할 수 없을 정도로 흥미롭지 않고, 그 자체로도 전혀 흥미롭지 않은 뭔가를 볼 수 있었는데, 그것은 다름 아닌 알몸의 게이들이었다.

북미에서 가장 큰 자연주의자 비치로 알려진, 옷을 입는 것이 선택 사항인 렉 비치의 상류에 있고, 강가 길이 험해 한적한 그곳은 대부분 커플인 알몸의 백인 게이들이 거의 차지하고 있었는데, 그들이 왜 하필이면 통나무들이 물에 떠 있는, 통나무 양식장 같은 것이 보이는 그곳을 차지하고 있는지는 알 수 없었지만, 물론 거기에는 그곳이 누드 비치인 이유도 상당히 있었겠지만, 강가에서 알몸으로 있어, 강에서 헤엄쳐 물고기 사냥을 하고 배를 채운 후 강가에서 쉬며 햇볕을 쬐고 있는 비버나 수달의 다소 이색적이거나 그다지 이색적이지는 않은 종들의 일종처럼 보이기도 하는 그들이 통나무들이나 통나무 양식장에 마음이 끌려 그곳에 자리를 차지하고 있는 것 같지는 않았는데, 그들은 그런 것들에는 별로 관심이 없는 것 같았고, 실제로 물에 떠 있는 통나무들에는 아무런 관심이 없는 것처럼 돌과 바위와 쓰러진 나무 들 사이 모래 위에 펼친 비치 타월에 누워 하늘을 바라보거나, 눕거나 엎드려 일광욕을 하거나, 음악을 듣거나 포도주를 마시거나, 서로에게 애정을 표현하고 확인하거나, 심지어는 책을 읽는 등의 딴짓을 하며 그곳에서 정작 흥미로운 것들에는 관심을 보이지 않는 것 같았다.

나는 통나무들이 물에 떠 있는 것을 다른 데서도 본 적이 있었지만 그때는 그 이유가 궁금하지 않았던 것 같았는데, 혹은 그 이유에 대해 굳이 궁금해할 생각을 해보지 않았던 것 같았는데, 그런 것에 대해서라면 그 이유를 궁금해하는 것이 마땅한데 왜 그때는 궁금해하지 않았는지가 궁금했지만 기억이 나지 않았고, 어쩌면 그곳에 오는 알몸의 게이들 가운데 똑똑한 누군가는 그 이유를 알고 있을 것 같았고 물어보면 알아낼 수도 있을 것 같았지만 그 이유를 굳이 알몸의 게이들에게서 알아내고 싶지는 않았는데, 옷을 모두 다 벗고 있는 것을 보고 있으면 어쩐지 옷을 모두 벗는 데만 관심이 있고 옷을 모두 벗는 것 말고는 잘하는 것이 없을 것 같은 알몸의 게이들은 그 이유에 대해 생각해본 적이 없고, 그래서 그 이유를 알 리가 없을 것 같았고, 모르고도 남을 것 같았고, 그것은 검색만 하면 금방 알 수 있는 것이었지만 나는 너무 쉽게 알아내고 싶지는 않았고, 내 힘으로 알아내고 싶었고, 나는 그것과는 상관없이, 알몸의 게이들이 강물에 떠내려온 운동화를 신은 발을 발견하게 되지 않기를 바랐는데, 강물에 떠내려온 운동화를 신은 발이 그것을 발견한 그들 중 소심한 누군가를 실신하게 하거나 누군가에게 심장마비를 일으키는 것과 같은 일이 일어나지는 않기를 진심으로 바랐기 때문이었다.

나는 브리티시컬럼비아대학 캠퍼스의 한쪽 끝에 있는, 내려가다가 방심하게 되면 자칫 굴러떨어지기에 아주 좋은 가파른 절벽 아래에 있고, 그래서 알몸의 게이들 외에 그곳을 찾는 사람은 별로 없는, 알몸의 게이들이 주로 차지하고 있는 곳에서 조금 떨어져 있는, 운동화를 신은 발이 떠내려올 경우 그것에 마음의 준비가 되어 있는 내가 먼저 발견할 수 있도록 강의 약간 위쪽에 있는, 통나무 양식장이 보이는 곳에 주로 자리를 잡고, 돌이나 바위나 쓰러진 나무 들 사이 모래 위에 펼친 비치 타월에 누워 하늘을 바라보거나, 햇볕이 좋은 날에는 눕거나 엎드려 일광욕을 하거나, 평소 맥주를 마시기에 따로 적당한 온도가 있다고 생각하지 않았고, 냉장고에 있거나 상온에 있는 맥주를 가리지 않고 마셨고, 뜨겁게도 차갑게도 마시는 커피와 비슷하게 온도가 다르면 다른 대로 그 나름의 맛이 있다고 생각하는 등 맥주에 대해서는 그 무엇에 대해서보다도 포용력을 갖고 있었고, 그 덕분에 항상 적당하게 미지근해진 맥주를 마시거나, 심지어는 책을 읽는 등의 딴짓을 하기도 했지만, 대체로는 아무것도 하지 않았지만, 알몸을 드러내거나 하지는 않았는데, 알몸의 게이들이 주로 차지하고 있는 강가에서 알몸을 드러내고 있는 건 좋은 생각이 아니라고 생각해서는 아니었고, 내가 나체주의자는 아니라고 생각해서도 아니었고, 그냥 정신 나간 사람처럼 옷을 모두 벗고 있고 싶기도 했지만 내가 정신 나간 사람은 아니라고 생각해서였는데, 그렇다고 알몸의 게이들을 정신 나간 사람들로 생각하지는 않았고, 나체는 아주 자연스러운 것이라고 생각했는데, 나름 자유주의적인 도시라고 생각하기를 좋아하는 밴쿠버가 나체주의자들이 나체로 거리를 활보하는 것을 허용하는지 눈감아주는지 금하는지는 정확히 알 수 없었지만, 나체주의자들, 주로 나이든 게이 커플들이 어딘가 다른 시대에 놀러갔다가 자신들이 사는 석기시대로 돌아가는 길을 잃은 것처럼 가끔 거리를 활보하거나, 젊은 나체주의자 사이클리스트들이 자전거를 탄 커다란 개구리들처럼 떼를 지어 자전거를 타고 가기도 하고 그렇게 해 잠시나마 거리에 활기를 주기도 하는, 밴쿠버가 많은 것들을 따라 하려 하지만 실제로는 조금밖에는 못 따라 하는 것 같은, 그곳을 낭만적인 곳으로 그린 어떤 영화 때문에 한국에서는 낭만적인 곳으로 여겨지기도 하지만 약간 터프한 데도 있고, 그래서 너바나와 앨리스 인 체인스와 펄 잼과 사운드가든과 푸 파이터스 같은 그런지 밴드들도 자연스럽게 여럿 배출한 시애틀보다 훨씬 덜 흥미롭게 여겨지는 샌프란시스코와는 달리 그 문제와 관련해서는 다른 도시는 몰라도 샌프란시스코가 하는 짓을 따라 해서는 안 된다고 생각해서인지 아니면 그것은 그 자체로 선을 넘는 것이라고 생각해서인지 그것까지는 용납하지 않는 것 같았는데, 내 생각에는 어쩐지 나체주의자들이 나체로 거리를 활보할 경우 다른 것은 몰라도, 밴쿠버의 자랑으로 밴쿠버만의 해변을 나체로 활보하기를 좋아하는 물개들도 아닌 나체주의자들이 물개들을 따라 해 나체로 물가도 아닌 거리를 활보하는 것만은 용납할 수 없다는 것을 시민들에게 보여주려고, 최대한 모습을 드러내지 않는 것으로 유명한 밴쿠버의 왕립 캐나다 기마경찰, 그 가운데서도 진짜 기마경찰들이 그런 일이 일어나기만을 오랫동안 기다려온 것처럼 순식간에 사방에서 말을 타고 나타나 알몸의 나체주의자들을 체포해 수갑도 채우지 않고, 뭔가를 걸치게도 하지 않고 알몸 그대로를 밧줄로 꽁꽁 묶어 기마경찰이 탄 말의 등에 뒤에 태워 나름 꽤 볼만한 것이기도 한 전리품을 시민들에게 보여주며 천천히 시내를 한 바퀴 돈 후 유유히 사라질 것 같았고, 그렇게 함으로써 그것을 그들이 자신들의 일을 항상 소홀히 하기만을 좋아하지는 않는다는 것을 보여주는 좋은 기회로 삼을 것 같았는데, 밴쿠버에서 일어나는 것을 쉽게 상상할 수 없는 그런 일이 실제로 일어날 경우 그것은 밴쿠버의 왕립 캐나다 기마경찰에게도 자축할 일일 것이었고, 그래서 그날 밤에는 왕립 캐나다 기마경찰의 많은 경찰들이 밴쿠버 어딘가의 경찰서에 모여 파티를 하며 수고스럽게 기침을 하며 직접 마리화나를 피우며 경찰로 살아가는 것이 얼마나 고되지만 보람 있는 일인지에 대해 얘기를 나눌 것 같았다.

그리고 나는 큰 것들은 실제로 그 밑에서 고개를 부자연스러울 정도로 꺾지 않으면 그 끝이 안 보일 정도로 키가 크기도 한, 내가 지금껏 본 것들 중에서 가장 큰 나무들로 이루어진 작은 숲이 있는 브리티시컬럼비아대학 캠퍼스를 지나 역시 뒤쪽으로 숲이 있는 강가에 이르러, 나를 이상한 사람 취급한 캐나다인들 중 하나가 농담처럼 말했지만 사실이기도 한 것 같은, 캐나다의 숲은 너무도 광활해 캐나다인들 모두가 아무것도 하지 않고 놀며 가끔 나무를 베어 팔기만 해도 살 수 있다는 말에 대해 생각하며, 하지만 캐나다인들이 그렇게 할 수 있는데도 그렇게 하지 않는 이유에 대해서까지 알고 싶지는 않았지만 그렇게 하지 않는 데에는 나름의 이유가 있을 거라고 생각하며, 그리고 캐나다인들 모두가 아무것도 하지 않고 빈둥거리며 가끔 나무를 베어 팔기만 해도 살 수 있는 캐나다의 숲에 외국인이 불을 내는 것은 캐나다에서는 캐나다에 대한 가장 적대적인 행위로 간주해 평생을 캐나다의 감옥에서 썩게 하거나 관용을 베풀어 추방할 수도 있다는 생각을 하며, 평생을 캐나다의 감옥에서 썩고 싶은 마음은 없지만 기꺼이 추방되고 싶은 마음이 들 정도로 무료한 캐나다에서 추방되는 것은 상관없을 거라는 생각을 했지만, 무료한 것은 어디나 마찬가지이고, 그래서 어디에 있어도 마찬가지이고, 캐나다에 있어도 마찬가지라는 생각을 하며, 괜히 캐나다의 숲이건 어디의 숲이건 숲에 불을 내는 건 일부러 그렇게 할 분명하거나 분명하지 않은 이유나 의도나 목적이 없는 한 좋지 않다고, 그리고 나로서는 캐나다에 대한 적대적인 행위까지 불사할 분명하거나 분명하지 않은 이유는 없다고 생각했고, 그래서 캐나다의 숲에 불을 내 캐나다에 대한 적대적인 행위를 하게 되지 않도록 조심하며 아직도 끊을 생각을 하지 못하고 있는 담배를 피우며 담뱃불을 바라보며, 캐나다의 숲에 불을 내고 싶은 마음은 아니었지만 그런 마음으로 모아져 표현되려는 마음을 달래고 진정시키며, 어쩌면 가끔 나무를 베어 팔기만 하며 아무것도 하지 않고도 살 수 있는데도 캐나다인들이 그렇게 하지 않는 이유는 그렇게 할 경우 캐나다에 대한 국제적인 인상과 인식과 평판이 아주 안 좋아질 수도 있고, 그것은 캐나다에 고립을 가져올 수도 있지만 고립은 상관하지 않을 수도 있는 캐나다가 다른 나라 사람들에게 아주 안 좋은 인상과 인식과 평판을 심어주는 것까지는 견디지 못해서일 수도 있다는 등의 생각을 했는데, 많은 것들을 잘못 생각하는 경향이 있고 경우에 따라서는 뭔가에 대해 일부러 잘못 생각하는 경향도 있는 나였지만, 내게는 아무 상관 없는 것이었지만 캐나다에는 아주 중요한 것일 수도 있는 그 문제에 있어서만큼은 내 생각이 맞는 것 같았다.

그곳에는 게이 커플들이 주로 왔지만 약간 서러워 보이는 싱글 게이처럼 보이는 나체주의자들도 어쩌다가 볼 수 있었는데, 한번은 귀스타브 쿠르베를 연상시키는 수염을 기른 한 중년의 나체주의자가 강을 향한 채로 알몸으로 그림을 그리고 있는 것이 보였는데, 풍경을 그리고 있을 거라는 나의 생각과는 달리 비너스와 프시케를 염두에 두고 그린 쿠르베의 누드화 〈잠〉을 모방한 것 같은 알몸의 두 게이들의 누드화를 그리고 있었는데, 그림 솜씨가 여간 없지 않아 그림을 완성하지 않거나 완성하더라도 없애고 그것으로 그림은 더이상 그리지 않는 것이 좋을 것 같았고, 그가 그림을 그리려 하면 누군가가 말리는 게 좋을 것 같았는데, 그후로 그의 모습은 볼 수 없었고, 아마도 누군가가 잘 말려 그림은 더이상 그리지 않게 된 것 같았고, 그것은 살면서 그에게 일어난 가장 좋은 일일 수도 있을 것 같았다.

그런데 아쉽게도 그곳에서는 강가나 통나무들 위에서 쉬고 있거나 물속에서 헤엄치는 비버나 수달은 볼 수 없었는데, 그들은 어쩌면 강의 상류 어딘가에 살고 있지만 그곳까지 내려오는 것은 싫어하거나 귀찮아하거나, 오래전 궁금증에 내려와본 적 있는 누군가가 그 이유는 말하지 않으면서도 안 내려가는 게 좋다고 비장하게 말한 후로 모두가 그 이유를 궁금해하면서도 안 내려가는 것이 좋다고 생각하게 되어 안 내려오는지도 몰랐는데, 강의 하류에 있는 밴쿠버만에서는 물개들은 쉽게 볼 수 있었지만 쉽게 볼 수 있어서인지 그들을 보고 있으면 갈매기들을 보는 것처럼 아무렇지 않았는데, 물새들을 포함해 새들은 쉽게 볼 수 있었고, 나는 통나무들 위에 앉아 있는 새들 가운데 아비새loon로 여겨지는 새들도 볼 수 있었는데, 아비새는 사람이 웃는 것 같은 울음소리를 내고, 그래서인지는 알 수 없지만 'loon'은 바보 또는 미치광이를 의미하기도 하는데, 통나무들 위에 앉아 있는 그들이 실제로 약간 정신 나간 사람이 내는 것 같은 소리를 내는 것도 들을 수 있었는데, 여러 마리가 동시에 우는 것을 눈을 감고 듣고 있으면 어딘가의 정신병원의 병동에 와 있는 것 같다는 생각이 들기도 했고, 캐나다인들에게도 이상한 사람 취급을 받은 나로서는 강을 헤엄쳐가 통나무들 위에 앉아 있는 그들 무리 속에 있어도 좋을 것 같았지만 그들은 내가 너무 크다는 이유로, 자신들과 다르게 생겼다는 이유로, 생긴 게 마음에 안 든다는 이유로, 그것이 어떤 종류의 차별인지는 말하기 어렵지만 어쨌든 차별적인 이유로, 어쩌면 다른 종에 대한 차별로 나를 자신들의 무리에 끼워주지 않을 것 같았지만, 강가에 있는 알몸의 게이들이 어떤 이유로 강물에 떠내려가 밴쿠버만으로 흘러가게 되면 그곳에 있는 물개들이 체구가 비슷하기도 하고, 다른 점이 있기는 하지만 다른 점보다는 비슷한 점을 높이 사 그들을 자신들의 무리에 끼워줘 잠시 같이 지내보다가 비슷한 점보다는 다른 점이 더 크게 보이고 하는 짓도 마음에 안 들어 무리에서 내쫓을 수도 있을 거라는 생각도 했는데, 마침 내가 그 생각을 하고 있을 때 한 알몸의 게이 커플이, 내가 그들이 물개들에게서 쫓겨나는 것을 생각하고 있는 줄도 모르고, 무슨 좋은 일이 있어서인지 아비새들이 내는 것 같은 웃음소리를 내며 내 앞을 지나갔는데, 어쩐지 그들은 강물에 떠내려가 밴쿠버만에서 물개들에게서 쫓겨난 후로 아비새들이 내는 것 같은 웃음소리를 내게 된 것 같았다.

때로 나는 운동화를 신은 발이 물에서 잠이 들어버려 물에 떠내려가고 있는 것도 모르고 떠내려가고 있는 물오리처럼 떠내려올 경우, 그것을 먼저 발견한 게이들 중 누군가에게 심장마비까지는 아니더라도 실신이 일어나도록 알몸의 게이들이 있는 곳에서 강의 아래쪽에 자리를 잡기도 했는데, 그렇게 한 것은 내가 그곳에 갔을 때 이미 게이들이 내 자리를 차지하고 있어서였고, 따라서 그들 중 누군가에게 심장마비까지는 아니더라도 실신이 일어나도록 할 안 좋은 의도는 없었다고 말할 수도 있었는데, 사실은 그곳에 자리를 차지하고 있는 알몸의 게이들의 숫자는 많지 않았고, 주말에는 좀더 많아지기도 했지만 평일에는 서너 커플 정도였고, 나는 갈매기들만큼이나 아무 느낌을 주지 않는 밴쿠버만의 물개들보다도 더 아무 느낌을 주지 않는 그들에 대해서는 전혀 상관하지 않았고, 돌과 바위와 쓰러진 나무 들이 많이 있어 일단 자리를 잡으면 주위로 거의 아무도 보이지 않았고, 나체주의자 게이들의 강가로 알려져 있고, 알몸의 게이들이 풍경의 일부로 혹은 눈길을 끄는 풍경의 일부로 있는 풍경을 좋아하지 않는 사람들은 그곳에 올 생각을 하지 못하는 듯 다른 사람들은 거의 없고, 약간 외진 곳에 있고, 뒤로 울창한 숲이 있는 그곳은 밴쿠버에서 강물과 통나무들을 보며 조용한 시간을 보낼 수 있는 곳으로 내가 가장 좋아하는 곳이 되었다.

그런데 그 근처에는 알몸의 게이들이 좋아하는 또다른 장소가 있었고 그곳 역시 누드 비치를 좋아하고 다른 사람들은 올 생각을 하지 못하게 하고 누드 비치를 차지하는 것도 좋아하는 알몸의 게이들이 주로 차지하고 있었지만 나는 그곳에는 다시 가지 않았는데, 그곳에서는 물에 떠 있는 통나무들을 볼 수 없었기 때문이었고, 나로서는 게이가 아닌 밴쿠버의 나체주의자들은 주로 어디로 가는지는 알 수 없었는데, 공식적으로 렉 비치 말고는 구경꾼들의 방해를 받지 않고 한적하게 시간을 보낼 수 있는 괜찮은 누드 비치가 없는 것 같았지만, 최대한 모습을 드러내지 않는 것으로 유명하고 자신들의 일을 소홀히 하기를 좋아하는 밴쿠버의 왕립 캐나다 기마경찰들이 옷도 걸치지 않고 있는 나체주의자들까지 체포하러 가지는 않는, 그렇게 할 경우 경찰의 평판이 아주 나빠질 수도 있어 그렇게 하지는 않는 비공식적인 괜찮은 누드 비치가 있을 수도 있었고, 그곳에는 어쩌면 나체주의자 게이들을 피해 간, 나체주의자 게이들이 그곳에 와 그곳을 그들의 차지로 하기 전까지, 나체주의자 게이들이 그곳에 오게 되면 또 쫓겨나게 되지 않을지 불안해하며 다른 것은 거의 하지 못하며, 그렇게 될 경우 또 어디로 쫓겨나는 것이 좋을지를 주로 생각하며 시간을 보내는 게이가 아닌 나체주의자들이 있는지도 몰랐는데, 나는 쫓겨나는 것을 좋아하는 나체주의자들을 위해서는 아니었지만, 다른 사람들을 쫓아내고 누드 비치의 제일 괜찮은 곳을 차지하는 것을 좋아하는 알몸의 게이들을 내가 있는 곳에서 쫓아낼 방법을 생각해보았고, 방법을 생각해보자마자 좋은 방법이 떠올랐지만 그 방법에는 불가피하게 분쟁이 따를 것 같았고, 나는 누군가와 분쟁하는 것을 좋아하지 않았고, 더군다나 알몸의 게이들과 분쟁을 벌이고 싶지는 않았고, 그들을 쫓아내고 그 자체로는 그다지 넓지 않은 그곳을 혼자서 차지하고 있게 되면 다소 넓게 느껴질 수도 있고 어색하기도 할 것 같았고, 그래서 그렇게 하는 것은 여러 점에서 좋은 생각도, 보기에 좋은 것도 아니라는 생각에 그 좋은 방법을 실행에 옮기지는 않았고, 그에 따라 알몸의 게이들은 그곳에서 쫓겨나지 않을 수 있었다.

나는 물에 떠 있는 통나무들을 바라보며, 헤밍웨이가 권투와 폭설과 크리켓에 있다고 한 로맨스가, 그리고 브라우티건이 강이나 호수에 떠다니는 사과와 배와 같은 과일들에 있다고 한 로맨스가 화산 폭발과 지진과 대륙의 이동과 블랙홀과 초신성의 폭발과 우주의 팽창에도 있으며, 그 모든 것들을 가능하게 하는 것은 로맨스의 힘이라고 생각하지도, 물에 떠 있는 통나무들에도 로맨스가 있다고도 생각하지 않았지만, 물에 떠 있는, 주인을 잃은 발에 로맨스가 있는지는 깊이 생각해볼 문제라고 생각했지만 충분히 깊이 생각지 못해서일 수도 있지만 아직 결론에 이르지는 못했지만, 물에 떠 있는, 주인을 잃은 발에는 마찬가지로 주인을 잃은, 공원이나 숲이나 골짜기나 산과 같은 땅에 있는 발에는 없는, 서정이라고 말하기는 어렵지만 달리 말하기 어려운 뭔가가 있는 것 같았고, 햇빛과 달빛 아래에서, 비가 내리거나 바람이 불거나 안개가 낀 수면 위를 떠도는 발들은 꿈을 꾸는 것과 같은 상태라고 말하기는 어렵지만 달리 말하기 어려운, 시적이고도 몽상적인 상태에 빠지기도 하며 그것을 좋아하기도 하는 것 같았다.

나는 물에 떠 있는 것들을 볼 때면 그것들이 물에 떠 있는 것을 얼마나 좋아하는지를 알 수 있었는데, 그것은 그것들이 물에 가라앉는 것을 좋아하지 않아 물에 가라앉지 않으려 하며, 언제까지라도 떠 있을 수 있다는 것을 보여주기라도 하듯 떠 있는 것만 봐도 알 수 있었고, 내게는 물에 떠 있거나 떠내려가거나 떠다니는 것들을 바라보거나 상상하는 것뿐만 아니라, 실제로 물에 떠 있거나 떠내려가거나 떠다니거나, 그렇게 하는 나 자신이나 누군가를 상상하는 것 역시 흥미로운 것 중 하나였다.

오래전 나는 상어들이 서식하는 것으로 알려진 어느 바다의 산호섬의 해변에서 물에 들어가 천천히 헤엄을 치다가 문득, 보이지는 않았지만 가까운 물속에서 헤엄치고 있을 수도 있는 상어들을 떠올리며, 무슨 생각에서였는지는 알 수 없지만 천천히 헤엄치는 상어처럼 천천히 해변을 따라 헤엄을 치기 시작했는데, 꼬리지느러미가 가로로 되어 있어 사람이 두 발을 함께 움직여 하는 접영에 가깝게 헤엄치는 고래들과는 달리 세로로 되어 있는 꼬리지느러미를 좌우로 흔들어 헤엄치는 상어에 가깝게 헤엄치고 싶었지만 그렇게 헤엄칠 수는 없었지만, 꼬리지느러미를 상하로 흔드는 것과 좌우로 흔드는 것에 어떤 차이가 있고 각각 어떤 장점들이 있는지는 알기 어려웠지만 대체로 무게가 훨씬 더 나가는 고래들이 꼬리지느러미를 상어들처럼 약간 경솔해 보이게 좌우로 흔드는 것은 어쩐지 어울리지 않는 것 같았고, 상하로 흔들 때 좀더 위엄이 있는 것 같았지만 고래와 상어들이 그런 이유로 꼬리지느러미를 상하로 흔들거나 좌우로 흔들지는 않는 것 같았고, 고래들처럼 상하로 흔드는 것이 단거리에서 속도를 내기보다는 장거리를 이동하는 데 좀더 유리할 것 같았지만, 백상아리보다도 훨씬 작지만 상어처럼 빠르게 헤엄치는 돌고래와, 지구상에서 가장 큰 동물로 혀의 무게만 해도 코끼리만하며 몸무게가 이백 톤까지 나가지만 시속 사십 킬로미터로 헤엄칠 수도 있는 흰긴수염고래를 생각하면 꼭 그렇지도 않은 것 같았고, 고래와 상어들이 달리 헤엄치는 것에는 그럴 수밖에 없는 좀더 깊은 이유가 있는 것 같았고, 그것은 두고두고 생각해볼 수 있는 흥미로운 문제 같았고, 평소 생각하던, 사람이 자유형과 평영과 배영과 접영 네 가지로밖에는 헤엄칠 수 없는 것은 다소 아쉽다는 것과, 오래전 집 근처 수영장에서 매일같이 수영을 할 때 핀을 신고 숨을 참고 돌고래처럼 잠영으로 헤엄치는 것이 너무 좋아 물속에서 되도록 안 나왔던 것과, 한 번 숨을 크게 들이켠 후 하는 프리다이빙으로 누군가가 수심 백삼십 미터 가까이 잠수한 것과, 엄청난 수압을 견디는 것이 어떤 느낌일지, 그리고 언젠가 프리다이빙을 하려고 한 것은 아니었지만 몸을 극한의 상태에 처하게 하는 것으로 흥미롭게 생각된 프리다이빙을 언젠가 시도해볼 수도 있다는 생각에 프리다이빙을 하는 사람들이 하는 정지 무호흡static apnea을 연습하다가 호흡곤란으로 실신할 뻔했지만 약간 희열을 느꼈지만 희열을 느끼려고 실신할 때까지 무호흡을 한 적은 없던 일 등을 생각하며 천천히 헤엄칠 수 있는 평영과 배영을 번갈아가며 하며 헤엄을 쳤다.

그런데 별생각 없이 시작한 것이었지만 때로 멀리 옆으로 수평선을 보며, 멀리 보이지만 헤엄쳐갈수록 계속 멀어져갈 수평선을 향해 헤엄을 쳐 가고 싶은 유혹을 참으며, 결국에는 약 두 시간에 걸쳐 그렇게 크지 않은 그곳 섬을 한 바퀴 돌았는데, 상어는 한 마리도 보지 못했지만 내가 아는 온갖 종류의 상어들을 떠올렸고, 가까이 혹은 멀리 있는 상어들을 느낄 수 있을 것 같았고, 물속에 있는 것이 얼마나 편안함을 주는지 느끼며, 아주 오래전 인류의 조상이었을 수도 있는 양서류와 어류의 아주 까마득한 흔적을 몸에서 느끼지는 못했지만, 헤엄을 칠 때면 그들의 아주 까마득한 흔적이 헤엄치는 동작 속에 남아 있는 것처럼 느껴지기도 했다.

나는 보이지는 않았지만 상어들과 함께 헤엄을 치고 있는 것 같았고, 천천히 헤엄치는 상어처럼 천천히 헤엄을 쳐서였는지, 아니면 스스로를 상어로 생각하는 사람처럼 혹은 자신이 상어로 변해 가고 있다고 생각하는 사람처럼 헤엄을 쳐서였는지, 아니면 천천히 헤엄치는 상어처럼 천천히 헤엄을 쳐 섬을 도는 것은 우습고 실없고 허무맹랑하다고 생각해서였는지 알 수 없었지만 헤엄을 치는 것이 하나도 힘들지 않았고, 물에 떠다니는 것이 얼마나 기분좋은 일인지, 상어들이 물속에서 얼마나 기분좋은 시간을 보내는지 알 수 있었고, 천천히 헤엄치는 상어를 생각하면 언제까지라도 헤엄을 칠 수 있을 것 같았고, 힘을 쓴 것 이상으로 힘이 남아도는 것 같았고, 남아도는 힘을 마저 써 남은 힘이 없게 하고 싶었고, 섬을 같은 방향으로 혹은 반대 방향으로 한 바퀴 더 돌까 하는 생각도 했지만, 그런 일이 왜 의미 있게 여겨지는지는 알 수 없었지만, 이미 돈 한 바퀴는 의미 있게 여겨졌지만 다시 한 바퀴를 도는 것은 무의미하게 여겨졌음에도 반대 방향으로 반 바퀴를 더 돌았는데 그러고 나자 그 모든 것이 어중간하게 무의미하게 여겨졌다.

나는 물에 떠 있는 통나무들을 보며 연못에서 물에 떠 있거나 떠다니는 누군가를 생각하기도 했는데, 그것은 테드 휴스와 결혼한 실비아 플라스의 친한 친구로 그녀에게 도움을 주기도 했고, 그녀가 자살하기 삼 년 전인 1960년 본인이 자살을 시도했지만 실패한 후 1963년 플라스가 자살한 것을 계기로 쓰게 된 자살에 관한 연구서로, 플라스의 장편소설 『벨 자』나, 『거대한 조각상』이나 『에어리얼』 같은 시집들만큼은 아니지만 전 세계적으로 여러 언어로 번역된 『야만적인 신The Savage God』을 1971년 출간했고, 역시 결혼에 실패해 이혼한 후 쓴 이혼에 관한 책에서부터, 선천적으로 왼쪽 다리에 문제가 있어 평생 불구의 몸으로 지내야 했지만 북해의 석유 굴착 장치에서 머문 경험과 암벽등반과 포커 게임에 관한 책까지, 자신의 경험과 생각을 토대로 한 여러 가지 책들을 썼고, 그런 것들에 대해 무심한 척했고, 실제로도 너무 재미없는 것이라 생각할 것도 없다고 생각해 무심했던 것 같기도 하지만 심심할 때면 가끔은 재미있기도 한 영국식 유머로 재미로 가끔 영국, 특히 런던의 문단에 대한 신랄한 얘기들을 재미있게 하기도 했고, 누구보다도 재미있는 생각들을 많이 한, 생긴 것은 전문 포커꾼 같아 보이기도 하는 영국의 작가 알 알바레즈가 노년에 걷는 것이 너무 힘들어져 런던 햄프스테드 히스 공원의 연못에서 오리와 왜가리와 백조 같은 새들과 물풀들 사이에서 몇 년에 걸쳐 수영을 한 것에 대해, 매일 쓰지는 않고 어쩌다가 심심할 때 별로 성의도 없이 쓴 것 같기도 하지만 내게는 그냥 이야기라는 장르의 좋은 사례로 여겨진 『연못 삶Pondlife』을 그 얼마 전 주로 그곳 강가에서 흥미롭게 읽어서였는데, 일종의 일기로, 그로서는 어쩔 수 없었겠지만 말년에 가까워진 자신의 몸이 얼마나 말을 안 듣고 불편한지, 걷는 것조차 힘들어 공원 입구에서 연못까지 가는 것조차도 얼마나 힘든지 등에 대해 불평하는 이야기가 많은 부분을 차지하고 있고, 뒤로 갈수록 불평이 폭발적으로 심해져 읽는 것이 불편하기도 하지만, 일단 연못에 들어가면 얼마나 편안한지, 자신들의 영역으로 생각하는 연못을 사람들과 공유하는 것이 못마땅한 연못의 어떤 새들이 얼마나 가까스로 참으며 사람들이 연못에 들어오는 것을 허용하는지 혹은 그것을 개의치 않는지, 차가운 물에 적응한 몸이 물이 차가울수록 얼마나 더 만족스러워하는지, 미지근한 물은 얼마나 불쾌해하는지 등에 대한 이야기도 있지만, 무엇보다도 내게 그 책은 물에 떠 있거나 떠다니는 것이 얼마나 흥미로운 것인지를 아는 누군가가 쓴 책이었다.

나는 자살과 결혼에 실패한 후 그것들에 대한 책들을 쓴 알바레즈가 다른 뭔가에 실패한 후 그것에 관해 쓴 책이 있는지까지는 알지 못했지만, 그것들에 실패한 후 얘기하기에 좋은 것들이 있고, 그런 것들에는 내가 한 몇 가지 연구처럼 너무 하찮아 할 이야기도 없고 하지 않으면 좋은 것에서부터 하찮지 않아 할 이야기가 많지만 그렇다고 그것에 대해 얘기할 것은 없는 것과 그래도 하고 싶으면 해도 좋은 것에 이르기까지 여러 가지가 있을 수 있고, 더 나아가, 그것에 실패하지 않고는 하기 힘들고 실패해야만 할 수 있는 것들도 있고, 어쩌면 자살과 결혼이 그런 것들의 대표적인 것들일 수도 있을 것 같지만 자살과 결혼에 실패한다고 많은 이야기를 할 수 있는 것은 아닐 것이었고, 그것과는 상관없이, 연못에서 수영하는 것에 관한 그 책이 내게 흥미로웠던 또다른 이유는 연못에서 수영하는 것 자체가 거의 아무것도 아닌 것이 아니기 어려운 것이고, 그래서 실제로도 거의 아무것도 아닌 것에 관한 것이어서였는데, 내게 흥미롭기도 한 것은 그런 정도로 거의 아무것도 아닌 것에 관한 글들과 그것들에 있는 역시 거의 아무것도 아닌 어떤 요소들이었고, 나는 뭔가가 있어 보이거나 있는 척하는 글들에는 거의 아무런 흥미가 없었다.

그런데 여러 개의 언덕들이 있고, 그 언덕들에서는 멀리 런던 시내가 내려다보이기도 하는, C. S. 루이스가 눈이 내리는 어느 겨울날 그곳을 산책하다가 영감을 받아 『나니아 연대기』를 쓰게 되기도 한 햄프스테드 히스는 내가 가본 도시들의 공원들 중 가장 좋아하는 곳으로, 풀밭으로 이루어진 그 언덕들의 어떤 곳들은 호박을 굴리기에 이상적이고, 나로서는 그것만으로도 그 공원을 안 좋아할 수가 없었고, 그래서 나는 그곳에 여러 번 갔었고, 남자 전용과 여자 전용과 남녀 혼용과, 집에서 데려온 개와 고양이와 금붕어와 자라와 개구리와 뱀과 악어와 피라냐와 말과 기니피그와 쥐와 본래 연못에 있던 것을 데려간 물방개와 민물새우와 로봇 물고기와 같은 헤엄을 칠 수 있는 동물이나, 헤엄을 칠 수 있을 것 같지는 않지만 물에 떠 있는 것은 할 수 있을 것 같지만 알 수 없고 어쩌면 그냥 물에 가라앉는 것을 구해줘야 할 수도 있는 고슴도치나 햄스터나 이구아나나, 떠 있을 수는 있지만 왜 떠 있어야 하는지 영문을 알 수 없어하거나 괜히 떠 있게 한 것에 분한 표정으로 떠 있을 수도 있는 카나리아나 구관조나 앵무새 등과 함께 헤엄을 치거나 그냥 물에 떠 있을 수 있는 곳으로 나누어진 그곳의 연못들 중 한 곳에서, 한번은 수영하는 것을 과도하게 좋아하는 것 같은 테리어 종 개 한 마리가 연못의 오리들을 귀찮게 하며 따라다니며 과도하게 수영을 한 나머지 물가로 나오자마자 탈진한 듯 말 그대로 쓰러져 혀를 내민 채로 제대로 숨을 못 쉬는 것을 본 적도 있었다.

나는 개의 주인이 그 즉시 인공호흡을 해줄 거라고 생각했지만 그는 개가 죽든 말든 아랑곳하지 않고 개가 숨이 넘어가도록 팔짱을 끼고 있었고, 나는 그를 비정한 주인이라고 생각하며 연못에 밀쳐 빠뜨리고 내가 개에게 인공호흡을 해주는 것을 생각했지만 개와 인간의 구강 구조가 근본적으로 달라 그것은 현실적으로 어려운 일 같았고, 개에게는 인간이 아닌 비슷한 크기에 비슷한 생김새의 다른 개가 인공호흡을 해줘야 할 것 같았지만 평소에 흔히 보이는 개들이 어디로 모두 꼬리와 함께 꼬리를 감춘 듯 개꼬리 하나도 보이지 않았는데, 잘 보자 쓰러져 있는 개는 행복한 표정이었고 웃음을 지으며 꼬리를 흔들고 있었고, 그래서 나는 저 개는 과도하게 수영을 한 후 탈진해 쓰러져 숨이 넘어갈 것 같은 상태에 이르게 되는 것을 무엇보다도 좋아하는 개인 게 분명하다고 생각했는데, 아니나다를까, 다시는 못 일어날 것 같던 개는 잠시 후 숨을 가다듬고 기운을 차린 듯, 10회전 시합에서 9회전을 시작하는 권투선수처럼 벌떡 일어나 다시 물에 들어가, 이번에는 딴 곳으로 가버린 오리들과는 상관없이, 그럼에도 오리들을 쫓는 시늉을 하며 혼자서 과도하게 수영을 한 후 물 밖으로 나오자마자 탈진해 쓰러져 혀를 내민 채로 제대로 숨을 못 쉬면서도 행복한 표정을 짓는 것으로 내 생각이 맞는다는 것을 확인시켜주었는데, 나는 그 개가 다소 독특하지만 훌륭한 취향을 갖고 있는 개라고 생각했다.

그리고 나는 추운 겨울날 그곳의 연못들에서 사람들이 수영하는 것을 보기도 했는데, 그 사람들 가운데 알바레즈가 있었는지는 알 수 없지만 그가 있었기를 바랐는데, 그가 있었다면 나는 불편한 몸에 대해 끝없이 불평하며, 얼마 남지 않았다는 것을 알 수 있는 자신의 삶의 끝에 대해, 얼마 남지 않아 손에 잡힐 것 같기도 한 그 끝을 향해 가는 것이 얼마나 힘든지에 대해 생각하며, 하지만 차가운 물이 얼마나 기운이 나게 하는지를, 그것이 그가 아직 살아 있다는 것을 얼마나 느끼게 해주는지를, 살아 있다는 것이 얼마나 놀라운 것인지를, 하지만 물 밖으로 나오면 삶이 얼마나 고통스러운지를, 고통 속에서 살아가는 것은 얼마나 끔찍한 것인지를, 삶이 끝나면 얼마나 평온할지를, 그리고 그가 언젠가 이후로 거의 매년 여름이면 가 수영을 했던 이탈리아를 비롯해 수영을 했던 많은 곳들을 생각하며, 혹은 아무 생각 없이 물오리처럼 떠다니고 있는 그를 보았을 것이었다.

그런데 이십대 초반 뉴욕에서, 뉴욕을 방문한, 스스로 자신의 목숨보다도 더 사랑했다고 한 영국의 시인 딜런 토머스를 만날 수 있는 기회가 있었는데, 누군가의 주선으로 이루어질 뻔했던 그 만남이 이루어지지 못한 것에, 딜런 토머스에게는 아니고 못 만난 것 자체에 화가 나 몇 주 후 다리를 칼로 그은 비공식적인 자살 시도에서 시작해, 그 얼마 후 어머니의 수면제를 먹고 자살을 시도해 첫 자살 시도라는 의료 기록을 공식적으로 남겼고, 미국의 시인 로버트 로웰과는 우울에 대해, 1974년에 시동을 켠 자동차 안에서 자살한 것으로 추정되는 역시 미국의 시인인 앤 섹스턴과는 자살에 대해 얘기를 나눈 것으로 알려져 있고, 영국에서 화가 아주 많이 났을 때 하기 좋은 것으로 자동차로 강물로 돌진하는 사고로 자살을 시도했고, 본인의 시에서도 자신은 죽는 것은 예외적으로 잘한다고 인정하고 자랑하는 등, 우울과 자살과 관련해서라면 소질을 타고났고, 화려하다고까지는 할 수 없지만 예사롭지 않은 경력이 있었고, 그 방면으로 전문가라고는 할 수 없지만 아마추어를 훨씬 뛰어넘는 소양을 갖추고 있었고, 결국 그 타고난 소질과 후천적으로 갖추게 된 소양을 마지막으로 한꺼번에 발휘해 서른 살에 오븐에 머리를 넣어 자살해 생을 끝낸 플라스와 알바레즈는 무엇보다도 우울과 자살에 대해 많은 이야기들을 했을 것이었는데, 누군가가 누군가와 영향을 주고받은 것에 대해서는 분명하게 말하기 어려운 부분이 있고, 그래서 역시 우울과 관련해서라면 소질을 타고났지만 자살 실패를 통해 자살에는 크게 소질을 타고나지는 않았다는 것을 보여준 알바레즈의 자살 시도나, 당시 알바레즈가 플라스와 우울과 자살에 대해 나눈 얘기들이 플라스의 자살에 영향을 주었는지, 실제로 그랬고 그가 그것에 대해 가책을 느끼기도 했는지까지는 나로서는 알지 못했지만, 만약 실제로 그랬다면 누군가가 그 시기의 두 사람에 대한, 자살 시도와 실제 자살에 초점을 맞춰 쓴 글들이 있을 수도 있을 것 같았는데, 그것과는 상관없이, 우울하지만 재미있는 두 사람은 리치몬드 공원의 템스강이 내려다보이는 언덕을 포함해 런던의 여러 장소에서, 특히 햄프스테드 히스 공원의 언덕 위에 앉아 흥미로운 주제인 우울과 자살에 대해, 굉장한 용기가 필요한 자살을 할 수 있는 용기가 있는지 있다면 얼마나 있는지 보려고, 엄밀하게 말하면 자살 시도라기보다는 자살 시도의 사전 테스트 같은 것으로 다리를 칼로 그은 것이 어떤 기분이었는지 등에 대한 우울하지만 재미있는 이야기들 외에도 다른 재미있는 이야기들도 많이 했을 것이었는데, 자신이 누구보다도 무서워하고 끔찍해했고, 아리안족의 우월성을 주장한 히틀러라고까지도 여긴 독일계 아버지가 보스턴대학의 생물학 교수로 호박벌에 대한 책을 써 읽게 해 끔찍했지만 어쩔 수 없이 그 책을 읽었을 테고, 문과 창틀과 계단과 마루 등의 실내 작업을 하는 목공의 아들로 요크셔의 시골 출신인 휴스와 영국 남서부 데번에 살 때 벌을 쳤고, 벌에 대한 많은 시들을 쓰기도 한 플라스는 무엇보다도, 눈이 다섯 개이고, 심심해서 하기도 하지만 어딘가에 앉아 있을 때조차 날개를 초당 이백 회에 가깝게 움직여 몸을 비행을 할 수 있는 최적의 상태로 예열을 하기도 하는 등 여러 가지로 놀라운 점이 많고, 무엇보다도 그들이 어떤 이유로 종적을 감추게 되면 인류의 운명도 끝날 수도 있고, 그래서 그들에게 인류의 운명이 달려 있다고 할 수도 있는 벌들, 그 가운데서도 꿀을 모아 겨울을 나는 꿀벌과는 달리, 새 여왕벌을 제외하고는 가을에 죽는 것을 좋아하고 기꺼이 죽음을 맞이할 줄 알아 겨울을 대비할 필요가 없어 꽃의 달콤한 즙을 꿀로 만들지도 않고 그냥 구하는 대로 먹어치우고, 검은 몸통에 위협적인 색인 노란색 줄무늬가 선명하게 있는 것을 평소에 다른 벌들뿐만 아니라 그것을 보는 모두에게 자랑하기를 좋아하는 등, 생긴 것에서부터 꿀벌과는 많이 다르고 하는 짓도 많이 다르지만, 꿀벌보다 사납게 생겼음에도 생긴 것과는 다르게 꿀벌만큼 공격적이지 않은, 아버지가 쓴 책을 읽어 그것에 대해 잘 알고 있었을 테지만 그것 자체는 사랑스러운 존재지만 아버지의 상징으로도 여겨져 이중적인 감정을 갖고 있었을 수도 있는, 호박꽃을 무엇보다도 좋아하고 호박꽃에 그것이 특별히 좋아하는 뭔가가 있기도 해 그런 이름을 갖게 되었는지는 알 수 없지만, 갈팡질팡하다, 라는 의미의 'bumble'을 사람들이 이유 없이 놀리느라 앞에 붙여줘 늘 누구보다도 갈팡질팡하는 호박벌bumblebee에 대해, 그리고 대화의 많은 부분을 차지하는 벌들에 대한 중요한 얘기들 사이로, 바람이 나 정신을 못 차리고 있는 휴스를 어떻게 처리하는 것이 바람직할지와, 재미있게 할 경우 그것 나름의 재미도 있어 재미있는 것이기도 한 바람피우는 것과, 파트너가 바람이 났을 때 때로 그것에 대한 가장 쉽고 확실하고 바람직하기도 한 대처 방안이기도 한 맞바람피우는 것 따위의, 인류의 운명이 달려 있는 벌들에 비하면 아무것도 아닌 것일 수도 있는 얘기들과, 휴스와 별거한 후 살게 된, 런던 리젠트 파크의 프림로즈 힐 공원 근처에 있고, 한때 윌리엄 버틀러 예이츠가 살기도 한 곳이라 스스로도 그곳에 살게 된 것을 좋은 징조로 여긴 아파트와, 자신이 쓴 시들과, 사랑하는 것이 얼마나 어려운 일인지와 성가시고 골치 아프기도 한 사랑이 꼭 해야 하는 것인지와, 세계에 존재하는 모든 것이 존재하는 것이 얼마나 놀랍거나 놀랍지 않은지와, 연못에서 익사하는 것과 연못에서 오필리아를 떠올리며 (너무도 많은 아름다운 그림들로 그려져 가장 아름답고 이상적인 죽음으로 보이게도 하는) 오필리아처럼 익사해 그 모습을 발견한 사람들에게 오필리아를 떠올리게 하는 것과, 그녀가 바람난 휴스를 생각할 때면 휴스와는 아무 상관 없이 떠오르기도 했을 수도 있는 용감한 여자들인 잔 다르크와, 역시 너무도 많은 아름다운 그림들로 그려져 아름답지만 이상적으로도 보이는지는 말하기 어렵지만, 구약성서 외경 유딧기에 등장하는 베툴리아 마을의 과부로, 아시리아 군대가 공격했을 때 적진에 뛰어들어 적장 홀로페르네스를 유인해 그의 목을 잘라 머리를 트로피처럼 갖고 돌아갔고, 그 멋진 일화로 많은 그림들 속에서 누워 있는 홀로페르네스의 뒤에 서서 칼을 쥐고 있기도 하고, 홀로페르네스의 목을 자르고 있기도 하고, 잘린 머리를 두 손으로 들고 있기도 하고, 잘린 머리를 옆구리에 끼고 있기도 하고, 잘린 머리를 공중에 던지고 있기도 하고, 공중에서 받은 잘린 머리를 탁자에 놓고 있기도 하지만 죽은 사람에 대한 혹은 잘린 머리에 대한 최소한의 예의는 지켜 발로 차거나 밟거나 누군가에게 패스하고 있지는 않지만, 천막 앞에서 시녀와 함께 머리를 자루에 넣고 있기도 하고, 손에 들고 가기에는 무겁기도 하고 어색하기도 한 자루에 든 머리를 머리에 인 시녀를 데리고 빈손으로 귀갓길에 오르고 있기도 하고, 사실주의와 인상주의 그림들 속에서 시녀와 홀로페르네스의 머리와 함께 어디론가 사라지고 있기도 하고, 입체파와 추상 표현주의 그림들 속에서 시녀와 홀로페르네스의 머리와 함께 다시 등장하기도 하고, 초현실주의 그림들 속에서 홀로페르네스의 잘린 머리를 홀로페르네스는 아닌 역시 목이 잘린 누군가의 목에 붙이고 있기도 하는 등의 용감하면서도 여러모로 재미있기도 하고 장난스러운 구석이 있는 여자가 되어 다양한 포즈를 취하며 등장하게 되었지만, 나로서는 우물에 던져 가라앉게 하거나 물에 떠 있거나 떠다니거나 떠내려가게 하지는 않고 땅에 잘 묻어주었을 것 같은 홀로페르네스의 머리를 최종적으로 어떻게 처리했는지까지는 알지 못하는 유딧 등에 대해, 그리고 햄프스테드에서 태어나 인생의 대부분을 햄프스테드에서 보내고 햄프스테드에서 죽은 알바레즈는 무엇보다도 햄프스테드 히스 공원과 그곳의 풀로 덮여 있는 언덕들과, 언덕에서 아이들이 굴려 굴러가는 공과, 20세기의 어느 시기까지는 세상 어디에서나 볼 수 있었지만 무척 아쉽게도 이제는 세상 어디에서도 거의 볼 수 없게 되었지만 세상이 어떻게 바뀌어도 세상 어디에서나 아이들이 다른 것은 몰라도 그것만은 굴리면 좋을 것 같은, 역시 아이들이 굴려 굴러가는 굴렁쇠와, 아무것도 굴러가고 있지 않은 텅 빈 언덕의 쓸쓸함과, 사계절의, 특히 겨울의 연못들과 연못들의 새들과 연못들의 살얼음들과 좀더 두껍게 언 얼음들과 얼음들 사이에서 수영하는 사람들과 완전히 얼어붙은 연못들과 수영하는 사람들이 없는 연못들과 연못들의 슬픔과 산이 나 평지에는 없고 언덕에만 있는 슬픔과 슬픔 자체와, 햄프스테드 히스 공원에서는 조금 떨어져 있는, 많은 시간이 흐른 후 햄프스테드에서 태어나 햄프스테드에서 죽은, 진정한 햄프스테드 사람이라고 할 수 있는 자신이 최종적으로 묻히게 될 햄프스테드의 공동묘지 등에 대해 많은 재미있는 이야기들을 했을 수도 있을 것이었는데, 시간을 조금 건너뛰어, 영국 웨스트요크셔의 작은 마을 헵턴스톨의 사도 성 토마스 교회 묘지에 있는 플라스의 묘비에는 "황금 연蓮은 사나운 불길 속에도 심을 수 있다"라는 묘비명이 적혀 있고, 만나자마자 서로에게 반해 서로에게 시를 써주다가 어쩌다가 몇 달 후인 1956년 제임스 조이스를 기념하는 블룸스데이인 6월 16일에 맞춰 결혼식을 치르게 되었고, 자신들이 세를 준, 프림로즈 힐 공원 근처에 있는 아파트에 입주한, 독일에서 나치의 핍박에서 도망쳐 팔레스타인과 이탈리아를 거치는 힘든 여정 끝에 영국으로 온 한 아름다운 유부녀와 바람이 났고, 플라스가 죽기 일 년 전 플라스와 별거했고, 플라스가 죽자 "이것으로 나의 삶은 끝났다. 나머지는 사후死後의 것이다"라고 선언한 휴스가 고른 것으로, 플라스나 휴스의 시는 아니고, 나로서는 플라스에 대해 많은 연구를 했을 그들이 왜 그것을 모른다고 하는지는 모르겠지만 정말로 몰라서 그렇게 말하는 것 같은, 두 책 모두를 읽었을 플라스의 전기작가들 역시 힌두교의 경전 『바가바드기타』 또는 『서유기』에서 인용했을 수도 있는 것으로 추정하기만 할 뿐 정확한 출처는 모르는 것 같은 그 묘비명의 구절은 요절해 전설이 된 브루스 리와는 또 다르게 역시 요절해 신화가 된 플라스에게는 더없이 잘 어울리는 것 같았는데, 플라스뿐만 아니라 누군가가, 출처가 확실치 않은, 어쩐지 내 생각에는 『바가바드기타』보다는 16세기의 환상소설로, 본래 당나라의 현장법사가 타클라마칸사막과 파미르고원을 지나 천축에 이르러 십여 년 머문 후 대승大乘불전을 구해 돌아간 고난의 역사적 사실을 바탕으로 명나라의 오승은이 쓴, 도술을 부려 천제의 궁전을 발칵 뒤집어놓는 소동을 벌인 죄로 오백 년 동안 오행산五行山에 갇혀 있던 중 경經과 율律과 논論에 정통한 삼장법사가 지나가는 길에 구출해준 원숭이 주인공 손오공이, 돼지의 괴물이며 머리가 단순하고 낙천적인 성격의 저팔계와 하천의 괴물이며 충직한 비관주의자 사오정 등과 함께 요괴의 방해를 비롯한 기상천외의 고난을 수없이 겪지만 하늘을 날고, 구름을 타고, 안개를 몰며, 모래를 날리고, 바위를 던지고, 물속에 잠기는 등의 갖가지 비술로 그것들을 극복하며 마침내 목적지에 도달하고 그 공적으로 부처가 된다는 내용의 『서유기』에서 나왔을 것 같은 그 구절을 자신의 묘비명으로 해도 좋을 것 같았는데, 그것과는 상관없이, 현장법사에 대한 이야기가 나왔으니 현장법사에 대한 이야기를 하는 것도 좋을 테지만 현장법사에 대해서라면 나는 딱히 할 이야기가 없고, 그럼에도 타클라마칸사막과 파미르고원을 지나 천축에 이르러 불전을 구해 돌아간 그가 대단한 사람이라고 생각하지만 개인적으로 대승불교보다는 소승불교에 더 마음이 끌리고, 플라스에게서 시작된 이야기로 플라스와 현장법사와 『서유기』와 삼장법사와 손오공에 대해 같이 얘기하는 것은 좋은 일 같고, 플라스의 묘비에 적혀 있는, 『서유기』에서 나왔을 수도 있는 그 구절은 브루스 리뿐만 아니라, 연어와 송어와 곤들매기와 살기 등의 연어과 물고기들을 전공한 어류 생물학자로, 알래스카의 페어뱅크스에서 인생의 많은 시간을 보냈고 그곳에서 치누크 연어로도 불리는, 연어 중에서도 가장 큰 킹 새먼을 연구하던 중 자신이 평생에 걸쳐 연구하던 물고기들과의 사이에 극복할 수 없는 문제가 있어서는 아니었고, 자신의 어머니와 마찬가지로 타고난 우울을 극복하지 못해 목을 매 자살한 플라스의 아들 니컬러스 휴스의 묘비에도 잘 어울리고, 휴스와 바람이 나 그의 동거인 겸 가정부로 함께 살았고, 플라스가 죽은 후 육 년을 참을성을 갖고 기다린 끝에 플라스에게서 영감을 받아 데자뷰 현상을 일으키며 플라스와 똑같은 방법으로 자살하며 휴스와의 사이에서 낳은 네 살 된 딸까지 죽여 나름의 방법으로 휴스에게 복수한 아시아 베빌(어쩌다가 자살에 대한 연구는 아니지만 아주 조금은 우울에 대한 연구 같기도 한 이 소설에 자살한 사람들이 이렇게 집중적으로 나오게 되었는지는 나도 모르겠지만 기회가 되면 자살한 사람들을 몇 명 더 나오게 해도 좋을 것 같고)과 그 모두 가운데서도 가장 가련한 그녀의 어린 딸의 묘비에도 잘 어울리고, 부대원이 세 명밖에 되지 않는 요크셔 동부의 외딴곳에서 공군으로 복무할 때 대체로 늘 쓸쓸한 모습으로 서 있고 스스로도 쓸쓸해하기도 하고 보는 사람의 마음을 쓸쓸하게 하기도 하지만 때로는 달래주기도 하는 대공포도 하나 없이, 아무것도 없는 부대의 막사를 지키는 것이 주요 임무였고, 덜 중요한 임무로는 제이차세계대전 때 출격해 어떤 저주를 받아 아직도 하늘을 헤매고 있는, 오래전 뉴질랜드에서 마지막으로 목격되었다는 소문만 있을 뿐인 독일 공군의 전투기가, 혹은 역시 제이차세계대전 때 출격해 저주를 받은 독일 공군의 전투기를 추격하기 시작한 후로 역시 어떤 저주를 받아 끝없이 그것을 추격하게 된, 어디에서 목격되었다는 소문조차도 없는 연합군의 전투기가, 혹은 역시 어떤 이유로 날아올 생각은 하지 않고 있는 가상 적기가 하늘에 날아가지 않는지 감시하지는 않고 그냥 쳐다보는 것이었고, 그 말고 다른 할일이 없어 시간이 너무 남아 셰익스피어를 읽고 또 읽었지만 그래도 시간이 남아 풀이 자라는 것을 보며 많은 시간을 보냈지만 그래도 시간이 남아 예이츠의 시를 대부분 외우게 되었지만 그래도 시간이 남았고, 풀이 자라는 것을 보며 시간을 보내는 것은 좋은 것이지만 너무 많은 시간을 그렇게 보내고 있다는 생각이 들면서 풀을 뽑기 시작했고, 풀을 뽑은 곳에서 풀이 또 자라는 것을 보며 좀더 많은 시간을 풀을 뽑으며 보냈지만 뽑은 풀을 다시 심거나 자라고 있는 풀을 뜯지는 않고, 한동안 풀을 뽑다가 너무 많은 시간을 그렇게 보내고 있다는 생각이 들면서 풀 말고 뽑을 만한 다른 것을 생각했고, 나무를 뽑는 것을 생각했지만 그것은 어렵기도 했고 땀을 흘려야 하기도 했고 혼자 하기에 좋은 것도 아니었고 풀을 뽑을 때의 아무것도 하지 않고 있다는 기분을 느낄 수 없을 것 같았고, 그래서 나무는 뽑지 않고 풀만 뽑았고, 풀을 뽑으면서 풀을 왜 뽑아야 하는지에 생각이 미치게 되면서 뽑을 이유가 없다는 생각이 들었고, 그래서 더이상 풀을 뽑지는 않고 처음으로 돌아가 풀이 자라는 것을 보며 풀이 자라는 것을 보는, 그것을 능력이라고 할 수 있는지는 분명치 않았지만 능력이라고 할 수도 있는 것 같은 뭔가에 있어서만큼은 세상 누구도 자신을 따라올 수 없을 거라는 생각을 하다가, 공군에서 땅에서 자라는 풀과 너무 많은 시간을 보냈고 앞으로는 풀과는 되도록 적은 시간을 보내야겠다고 생각하며 제대한 후 그것을 하며 많은 시간을 보낼 수 있는 것을 생각한 끝에 풀과 시간을 보내는 것과는 다른 점이 꽤 있는, 동물들과 많은 시간을 보내는 것도 좋을 거라는 생각에 런던동물원에서, 그것을 싫어하는 동물들도 있지만 많은 동물들이 대체로 좋아하고 그것을 가장 좋아하는 동물들도 있는, 그 가운데는 풀을 먹고 사는 것들도 있는 동물들을 목욕시키는 일을 하며 많은 시간을 보냈고, 플라스를 만나 사랑하게 되었지만 그후 아이들이 태어나 자라는 것을 보며 풀이 자라는 것을 보거나 풀을 뽑던 시간을 떠올리며 틈틈이 시간을 보내며 그사이 시간이 날 때 바람을 피웠고 바람을 피우는 데 점점 더 많은 시간을 냈고, 플라스가 죽자 "이것으로 나의 삶은 끝났다. 나머지는 사후死後의 것이다"라고 선언하고 자신의 선언대로 사후의 삶을 삼십오 년 더 살며, 어머니를 잃은 자신의 아이들을 위해 쓴, 나중에 애니메이션 영화로도 만들어진 SF 『아이언맨』을 비롯해 여러 권의 동화책도 썼고, 낚시를 거의 종교적인 경험으로 생각하기도 했고, 묘비에 알래스카에서 낚시를 하며 아들 니컬러스와 강물을 헤쳐나아가는데 거대한 연어떼가 강물을 순록떼처럼 지나가는 것을 보고 쓴 시 「그날 아침」 속의 "그렇게 해서 우리는 우리의 여정의 끝을 발견했네/그렇게 해서 우리는 빛의 강 속에 살아서 서 있었네/빛의 존재들과 빛의 존재들 사이에서"라는 아무 내용 없는 구절이 새겨져 있는 테드 휴스의 묘비에도 잘 어울리고, 내가 그렇게까지 풀을 뽑거나 풀이 자라는 것을 보며 시간을 보내지는 않았을 수도 있는 휴스가 그렇게 풀을 뽑거나 풀이 자라는 것을 보며 시간을 보내게 한 것은 그냥 그가 그렇게 하는 것을 생각하면 내가 풀을 뽑거나 풀이 자라는 것을 보는 것처럼 내 마음이 편해져서이고, 내가 그런 것들을 생각하며 시간을 보내기를 좋아해서이고, 물론 햄프스테드 히스 공원의 연못에서 물에 떠내려갈 수는 없지만 오리와 왜가리와 백조 같은 새와 물풀들 사이에서 물에 떠 있거나 떠다니는 것을 무엇보다도 좋아한 알바레즈의 묘비에도 잘 어울릴 것 같았는데, 그것과는 상관없이,

나는 약간 정신없는 이야기를 하느라 약간 정신이 없고 무슨 이야기를 하고 있는지도 모르겠지만, 그것은 상관없는 것이고, 무슨 이야기를 하는 것이 무슨 상관이 있는지도 모르겠고, 모든 것이 아무런 상관이 없게 만드는 것이 내가 바라던 것이기도 하고 이 소설은 내가 그런 의도로 쓰고 있는 것이라는 생각도 들고, 그런데 무슨 이야기를 하고 있는지도 모를 때는 그렇지 않을 때는 나지 않는 생각들이 나기도 하는 것 같기도 하고, 그것과는 상관없이, 늘 그렇지만 모든 것이 그냥 무의미하게 여겨지고, 그 이상으로 무의미할 수 없게 무의미하게 여겨지고, 무엇이 무슨 의미가 있는지도 모르겠고 이런 글을 왜 쓰고 있는지도 모르겠고, 그런데 그것과는 상관없이, 나는 별것이 다 궁금하기도 하고 동시에 아무것도 궁금하지 않기도 하지만 우주의 형태는 정말 궁금하고 사실상 그것이 거의 유일하게 궁금하고, 누가 그것을 알아내게 될지, 혹은 알아낸 것으로 여겨지게 될지도 궁금하고, 그것과는 상관없이, 나는 누군가가 성실하거나 올바르거나 진실하거나 진지한 사람이 되려고 노력하는 것처럼 진지하지 않은 사람이 되려고 노력하지는 않았지만 진지하지 않은 사람이 되었으면 했고, 내게서 어떤 진지함도 찾을 수 없게 되기를 바랐고, 노력하지는 않은 결과로 어쩌다가 진지함이라고는 찾아볼 수 없는 사람이 거의 된 것 같기도 하고, 그것은 잘된 일 같고, 그것과는 상관없이, 나는 그것과는 상관없이, 라는 말을 그런데, 라는 접속부사만큼이나 편리하게 사용하고 있고, 그것에 대해서는 아무 말도 하지 않는 것이 좋을 것 같고, 그것과는 상관없이, 다시 정신을 약간 차리려고 해 약간 정신을 차리자 문득 오래전 누군가가 내게 한 잊을 수 없는 어떤 말이 떠올랐고 그것은 어떻게 해도 잊을 수 없는 것이었는데, 내가 서울에서 대낮에 길을 걸어가고 있는데 낯선 누군가가 다가와 잠시 내 옆에서 나와 나란히 걸으며 나를 쳐다보다가 나보고, 원효대사 같은 놈, 이라고 말했고, 내가 잘못 알아들었나, 하고 생각하며 그를 쳐다보자 잘못 알아듣지 않았다는 듯 다시 한번 분명하게 나를 쳐다보며, 원효대사 같은 놈, 이라고 말했고, 항상 어떤 경우에도 친절하고 정중한 모습을 잃어서는 안 된다고 생각했지만 그렇게 하는 것이 어려운 상황이었고, 나는 당연한 것이지만 순간 기분이 나빴고, 동시에 그가 나를 때릴지도 모른다는 생각에 방어적인 자세를 취했지만 그는 나를 공격하지는 않고 뒤돌아섰고, 나는 그가 무슨 말을 하려 했는지는 알 수 없었지만 그것이 그에게 해줄 수 있는 가장 마땅한 말 같아 그가 내게 해준 말을 똑같이 해주려고 했지만 그는 바삐 갈 데가 있는 것처럼, 그 말을 속히 해줘야 하는 또다른 누군가가 있는 것처럼 빠른 걸음으로 가버렸고, 나는 약간 섭섭하기도 했지만 그를 쫓아가지는 않았고, 그냥 그를 향해, 원효대사 같은 놈, 이라고 속으로 말하고 그 자리에 서서 그 말이 무슨 말일까 생각보았지만 알 수 없었고, 그럼에도 그것은 내가 누군가에게서 들어본 가장 이상한 말 같았고, 가장 심한 말 같았지만 꼭 그렇지도 않은 것 같았고, 그사이 길을 건넌 그는 도술을 부리는 것처럼, 손오공처럼 빠른 속도로 멀어져갔고, 나는 그가 정말 손오공 같기도 했고 원효대사 같은 놈 같기도 했는데, 원효대사와 관련해서는 평소에 그가 약간 정신 나간 사람이라는 오해를 받기도 했고, 사발보다는 해골로 물을 마시기를 좋아해 사발을 두고 해골로 물을 마시기도 했다는 사실밖에는 떠오르지 않았고, 마침내 물거품처럼 사라진 남자가 환생한 원효대사로는 생각되지 않았지만 그것은 알 수 없는 일 같았고, 그가 한 말이 계속해서 생각이 났고, 그것은 누가 내게 한 가장 알 수 없는 말 같았고, 약간 정신 나간 사람이라는 오해를 받기도 한 원효대사를 다시 생각하자 내가 환생한 원효대사로는 생각되지 않았고 그게 뭐하는 놈인지는 알 수 없었지만 환생한 원효대사 같은 놈일 수도 있겠다는 생각이 들었고, 그것은 알 수 없는 일이었지만 환생에 대해 생각하는 것은 재미있는 일이라고 생각했고, 그후 그 말이 누군가가 나를 위해 내게 내준 난제는 아니고 수수께끼도 아니고 퀴즈 같은 것이라는 생각에, 퀴즈를 좋아하지는 않았지만 그 퀴즈를 풀어야 할 것 같았고, 오랜 기간에 걸쳐 그것을 풀려고 했지만 풀지 못했는데, 정답이 없거나 정답이 여러 개거나 문제를 잘못 낸 퀴즈일 수도 있다고도 생각했고, 못 풀어도 상관없다고 생각하면서도 풀어도 상관없다고 생각했고 가능하면 풀고자 했지만 그것을 푸느라 인생을 허비하지는 않았고, 오래전의 그 기억을 떠올리며 다시 환생에 대해 생각하고 있자 내가 플라스에 대해 얘기하고 있던 것이 생각났고, 나는 플라스가 손오공과 삼장법사에 대해 알고 있었을지 궁금했는데, 얼핏 생각하기에 어쩌면 그것은 그녀와 관련해 할 수 있는 가장 쓸모없는 생각 같을 수도 있지만, 비록 축약본이기는 하지만 『서유기』가 1940년대 초반에 영어로 번역되었고, 당시 그 책을 많은 아이들이 영어로 읽고 좋아했고, 그녀 역시 읽고 좋아했고, 그래서 그녀 역시 손오공과 삼장법사에 대해 잘 알고 그들을 좋아했을 수도 있었고, 얼핏 생각되는 것과는 달리 그들은 그녀가 죽어 그녀의 묘비명에 그들이 등장하는 『서유기』 속의 한 구절이 실리게 될 정도로 그녀와 깊은 관련이 있다고 볼 수도 있었지만 그렇다고 그것이 무슨 관련이 있는지는 말하기 어렵기도 한 것 같았고, 그것과는 상관없이, 나는 출처가 확실치 않아 『서유기』에서 나온 것으로 알고 있으면 잘못 알고 있는 것일 수도 있는, 실비아 플라스와 브루스 리와 니컬러스 휴스와 아시아 베빌과 그녀의 어린 딸과 테드 휴스와 알 알바레즈와 앤 섹스턴뿐만 아니라 누구의 묘비에도 잘 어울릴 것 같은, 『바가바드기타』에 나와도 좋고 『서유기』에 나와도 좋을 그 구절이 『서유기』에서 나온 것으로 알고 있게 될 것이었고, 그것은 잘못 알고 있어도 좋고 잘못 알고 있어서 좋을 것이, 좋을 것도 있는 것일 수도 있을 것이었고, 이 소설에는 사실과 다른 것들이 있고 그것들이 뭔지는 말하지 않을 것이고, 그것은 아무래도 좋은 것들이고, 소설 속에서

뿐만 아니라 소설 밖에서도 사실과 다른 세계에 살아도 아무 문제가 없으면 아무 문제가 없을 것이었다.

그리고 나는 강물에 떠다니는 어떤 사람들을 생각했는데, 작년 봄에 나는 스위스 바젤에 사는 친구를 만나러 갔었고, 우리가 바젤 시내를 흐르는 라인 강가에 갔을 때 강에는 주로 화물선과 유람선들이 지나가고 있었지만 친구는 여름이면 많은 사람들이, 바젤의 누군가가 만들어 바젤 피시로도 불리는, 전 세계적으로는 많은 사람들의 사랑을 받지 못했지만 바젤에서는 그것을 멀리하며 사는 것을 생각지 못하게 카페와 식당과 술집과 각종 가게와 서점에서도 판매해 멀리하기 어려워 유난히 바젤의 많은 사람들의 사랑을 받고 있는 각양각색의, 물에 사는 동물들 모양의 크고 작은 튜브에 의지해 수중 동물떼처럼 강을 건너는 것을 볼 수 있다고 했는데, 그 광경은 좋지 않은 의미에서 장관일 것 같았고, 내가 그 얘기를 하자 그녀는 강가에 있는 사무실에서 여름 내내 그 광경에 시달리지만 어떻게 할 수 있는 것은 없으며, 많은 사람들이 옷과 소지품을 방수 백이기도 한 바젤 피시에 넣어 그것에 의지해 강을 건넌 후 옷을 갈아입고 자신들이 수중 동물이라는 사실을 잊어버리고 아무 일도 없었다는 듯 태연하게 바젤 피시를 들고 딴 데로 가는 것을 보고 있으면 거의 뻔뻔스럽다는 느낌이 들 정도라고 했는데, 그렇게 해서 누군가를 만나러 가거나 출퇴근을 하는 사람들도 있고, 바젤 피시를 지나치게 좋아하는 바젤 사람들 가운데는 어떻게 그러고도 살 수 있는지 알 수 없지만 사람이 그렇게도 진화할 수 있는 듯 여름이 시작될 때 바젤의 연못들에 들어가 바젤 피시와 여름을 보낸 후 여름이 끝나면 나오는 사람들도 있다고 했는데, 그녀는 내가 몇 년 전 여름 남프랑스의 소도시에 머물 때 그곳에 와 같이 근처에 있는 뤼베롱 지역의, 베케트가 제이차세계대전 때 레지스탕스 활동의 일환으로 나치에게 타격을 주려고 총보다 강한 펜을 들어 『고도를 기다리며』를 쓴 것으로 알려진 곳을 포함해 프랑스에서도 가장 아름다운 중세 마을들로 여겨지는 몇 군데를 갔었고, 마르세유 근처 지중해의 여러 곳의 물에서 물에 떠 있거나 떠다니며 많은 시간을 함께 보냈는데, 무엇보다도 그녀는 물에 떠 있거나 떠다니는 것의 즐거움을 아는 사람들 중 한 사람이었다.

우리는 내가 다시 여름에 바젤에 오게 되면 바젤 피시에 의지해 강을 건너는 사람들을 비웃으며 우리가 비웃는 그들과 똑같이 바젤 피시에 의지해 강을 건너지는 말고, 무리에서 이탈해 강물에 몸을 맡겨 표류해 라인강을 어쩌면 하루종일 떠내려갈 수도 있을 거라는 등의 얘기도 했는데, 우리가 했거나 하지 않은 이야기들에 따르거나 따르지 않으면 우리는 라인강을 따라 떠내려가며 배와 마을과 도시와 교회의 첨탑과, 특히 흐린 날에는 무척 쓸쓸한 느낌을 주기도 하는, 그것들을 보고 있으면 무척 쓸쓸한 느낌을 주려고 지은 것처럼 보이기도 하는, 언덕이나 산 위에 있는 고성들을 보며 마음에 드는 점들보다는 마음에 들지 않는 점들을 얘기하고, 그것이 지루해지면 마음에 드는 점들도 얘기하고, 그것도 지루해지면 옆에 있는 사람에게 괜히 사소한 시비를 걸어 사소한 말다툼을 벌인 끝에 화해하거나 화해하지 말고 계속해서 강을 떠내려가 하루 동안 라인강을 얼마나 떠내려갈 수 있는지 볼 수도 있었고, 강물에 떠내려가며 배와 마을과 도시와 교회의 첨탑과 고성들이 스쳐지나가는 것을 보고 있으면 떠내려가고 있는 것이 아니라 여행을 하고 있다는 느낌이 들 수도 있겠지만 그럴 때면 지금 하고 있는 것은 여행이 아니라 떠내려가는 것이라는 것을 다시 떠올리고 떠내려가는 사람의 마음으로, 심정으로 떠내갈 수도 있었고, 강물에 떠내려가는 사람은 물에 빠진 사람이기도 했고, 비록 물에 빠진 사람처럼 허우적거리지 않더라도 물에 빠진 사람에게 보이는 풍경들은 자동차나 유람선을 타고 가며 보는 풍경과는 다르게 보일 수도 있지만 별로 다를 게 없게 보일 수도 있을 것이었고, 그것에 대해서도 얘기할 수도 있었고, 우리를 본 누군가가 우리가 일부러 강물에 떠내려가는 줄 모르고 물에 빠진 줄 알고 우리를 구해주려고 하면 구해주지 말아달라고, 그냥 떠내려가게 내버려두라고 할 수도 있었고, 중간에 이제 그만 떠내려갈까 하는 생각이 들 때면 익사한 사람이나 통나무도 아닌데도 익사한 사람이나 통나무처럼 강물에 떠내려가는 것은 우습고 실없고 허무맹랑한 것이라는 생각을 하고, 그 우습고 실없고 허무맹랑하다는 생각이 계속해서 떠내려가는 데 도움이 되기라도 하는 듯 그 생각을 계속하며 떠내려갈 수도 있었고, 강물에 떠내려가기에는 떠내려가는 데 재미를 더해줄 악어와 피라냐들이 사는 라플라타강이 라인강보다 더 낫겠지만 재미로, 재미를 위해 떠내려가는 것은 아니니까 라플라타강이 아니어도, 라인강이어도 상관없다는 생각을 하며 계속 떠내려갈 수도 있었고, 화물선과 유람선들이 오가는 라인강을 따라 익사한 사람도 익사한 통나무도 아닌 사람이, 익사한 사람도 익사한 통나무도 아닌 사람이어서 자의로 떠내려가는 것이기는 하지만, 자의로 떠내려가도 되는지는 알 수 없었지만 익사한 사람과 익사한 통나무를 포함해 떠내려갈 수 있는 뭔가가 떠내려가는 것을 금하는 법은 없는 것 같았고, 전 세계 어디에서도 이해를 돕는 그림으로도 그려진, 수영 금지, 다이빙 금지, 투신자살 금지 또는 불허 또는 추천하지 않음, 투신자살시 강력 처벌, 투신자살은 딴 데 가서 알아보기를/하지만 아무리 해도 마땅한 곳을 찾을 수 없을 경우 다시 이곳에 와 투신자살을 시도하는 것은 허용하지만 추천하지는 않음 등의 표지판은 보았지만 강물에 떠내려가는 것을 금지하거나 불허하거나 추천하지 않는다는 표지판은 본 적이 없는 것 같았고, 우리는 쾰른에 이르러 유럽에서 가장 큰 성당 중 하나인 쾰른대성당의 부속 스튜디오에서 스테인드글라스 복원 전문가로 일하는, 내가 예전에 그곳에 갔을 때 수백 년이 되어 계속해서 떼어내 부식되거나 훼손된 곳들을 복원하는 작업을 해야 하는 셀 수 없이 많은 스테인드글라스들 중에서, 예수와 마리아를 포함해 여러 명의 성경 속 인물들이 나오는 그림 속 구석에 있는 난쟁이 같은 누군가가 화가 나, 예수가 그에게 안 좋은 뭔가를 하지는 않았을 텐데도 어쩌다가 예수에게 안 좋은 감정을 갖게 되었는지는 알 수 없었지만 예수를 향해 중지를 세워 욕을 하고 있는, 이름이 알려지지 않은 장인이 만든 것이지만 샤갈이 만든 것이라고 해도 될 정도로 작품 자체로도 아주 훌륭하고 거의 현대적인 느낌이 나는 것을 포함해 흥미로운 것들을 보여주고, 성당 꼭대기 내부의 고래 뱃속 같은 텅 빈 공간에 데려가 고래 뱃속에 있는 것이 어떤 느낌일지 알 수 있을 것 같게 해주고, 오래전 함께 쾰른에서 자동차로 오랜 시간에 걸쳐 갔지만 짙은 안개가 껴, 독일과 스위스와 오스트리아에 걸쳐 있는 아주 넓은 호수지만 아무것도 볼 수 없었던 보덴 호수도 보고, 그가 서울의 한 갤러리에서 그가 만든 스테인드글라스 작품전을 여는 데 내가 도움을 주기도 한 내 독일 친구를 찾아가 만나 바젤에서 라인강을 따라 떠내려왔다고 한 후 하던 일을 하라고 하고 우리가 하던 일을 계속하며 다시 떠내려갈 수도 있었고, 그렇게 계속 강물에 떠내려가다 보면 강물에 떠내려가는 것 또한 아무런 느낌이 없게 될 수도 있었고, 그때가 되면 마치 모든 느낌이 이미 강물에 떠내려가버린 후처럼 아무런 느낌이 없을 수도 있었고, 그럼에도 우리는 계속 떠내려가 프랑스의 스트라스부르까지 혹은 내친김에 네덜란드인들이 네덜란드에 온 것을 환영한다며 너무 많은 풍차들을 돌리고 있어 그것들을 보며 네덜란드에 왔다는 것을 어쩔 수 없이 실감해야 하는 네덜란드를 지나 라인강이 끝나는 북해까지 떠내려갈 수도 있을 테지만, 그것은 무척 지치는 일일 뿐만 아니라 무척 지루한 일일 것이었고 그때가 되면 애초에 그런 짓은 하지 말았어야 했다는 생각을 하며 떠내려온 것을 후회할 수도 있을 것이었고, 배나 익사한 사람이나 익사한 통나무도 아닌데도 북해에서 떠다니는 것은 별로 좋은 생각이 아니고, 애초에 북해까지 갈 리는 없을 테지만 강물에 떠내려가다가 잠이 들 수 있을지는 알 수 없지만 잠이라도 들게 되면 자다가 깨어 잠에서 깬 곳이 침대나 소파가 아니라 물이라는 것을 깨닫고는, 어쩌다가 때로 강물에서 잠이 들었다가 잠에서 깨는 것은 색다르고 기분좋은 일이라고 생각하며 아무 일도 없었다는 듯 강에서 나와 열차를 타고 다시 바젤로 돌아올 수도 있었는데 그것은 그렇게 나쁘지 않은 것일 것이었다.

바젤에 사는 친구는 굉장히 자유분방한 기질이었는데 단지 굉장히 자유분방한 기질이라고 하는 것으로는 부족하게 여겨질 정도로 자유분방했고, 아직 한창 젊은 그녀는 우리가 바젤에서 봤을 당시에도 누군가를 만나면서도 다른 누군가와 바람을 피우고 있었는데, 나는 그녀의 그런 점을 그렇게 높이 사지는 않았지만, 바람피우는 것이 좋은 것은 아닐 수도 있지만 인간관계가 사람들이 생각하는 것만큼 중요한 것이 아닐 수도 있다는 것을 보여주는 어쩌면 나쁘지 않은 본보기일 수도 있고, 경우에 따라 좋은 본보기로 삼을 수도 있으며, 그러한 또다른 본보기에는 함께 사는데도 상대가 남같이 혹은 남보다도 더 멀게 여겨지기도 하고 많은 경우 실제로 그렇기도 하다는 것과, 대체로 헤어지고 나면 그것으로 끝이고 잘 헤어졌고 인연이 생각과는 달리 얕았다는 생각도 들게도 하는 이별도 있으며, 잘 이별만 해도 좋은 관계인 경우도 많이 있고, 웬만한 관계에는 이별이라는 좋은 끝이 기다리고 있기도 하고, 관계가 끝났을 때 정점에 이르는 관계도 많이 있고, 그 점들을 미리 서로 얘기하는 것은 좋지 않은 결과를 낳을 수도 있지만 인간관계가 사람들이 생각하는 것만큼 중요한 것이 아닐 수도 있다는 생각을 하고 그것을 서로 얘기해 잘 이해하고 받아들일 때 서로 더 자유로워지고 관계 또한 한 차원 더 높은 관계로까지 발전한다는 법은 없더라도 적어도 더 나빠지지는 않을 수도 있고, 그래서 그것에 대해 얘기하는 것이 반드시 안 좋은 것만은 아닐 수도 있으며, 특별하게만 여겨지는 관계도 시간이 지나면서 별로 특별하지 않거나 하나도 특별할 것이 없는 것이 되기도 하고, 거의 모든 관계가 시간이 지나면서 자연스럽게 거의 처음부터 없었던 것처럼 아무것도 아닌 관계가 되거나 차라리 없었다면 좋았을 관계가 되기도 하고, 어떤 점에서는 모든 관계가 아무 관계도 아닌 것이기도 하며 그것들은 아주 자연스러운 것이라고 생각했는데, 그녀는 자신은 바람을 피우면 삼각대가 안정적인 것처럼 마음이 안정된다고 했는데 내게 그것은 바람피우는 것에 대한 가장 근거 없는 근거로 들렸고, 그녀는 때로 나만큼이나 논리가 없는 사람으로 여겨지기도 했지만 나는 그녀가 삼각대 핑계를 대며 바람을 피우는 것을 그녀의 독특한 취향으로 이해했는데, 그녀는 바람을 피우는 것이 삶에 활력이 되어서인지 활력이 넘쳤고, 활력이 넘치는 사람들이 종종 그렇듯 산만한 데가 있었지만 재미있는 구석이 있었고, 그녀의 친구와 친구의 개와 함께 일종의 프로젝트처럼 삼 년간 거의 매주 주말마다 스위스의 산들을 다녔고, 그렇게 해서 스위스의 거의 모든 산을 다녔는데, 그녀는 몇 달 전 내게 이번 여름에 자신의 집에 와 한 달간 머물러도 된다고 했고, 내가 오면 함께 스위스의 산들을 다닐 수도 있는 개라며 그녀의 친구의 개의 사진을 보여주었다.

아직 한창 나이지만 세상의 무엇도 담담하게 받아들일 것 같아 보이는 개는 거의 깨달음을 얻은 개처럼 보였고, 거의 현자처럼 보였고, 어쩐지 천성이 게을렀고, 게으른 천성을 버리지 않고 천성대로 게으르게 살면서 사람들에게 자신처럼 살지는 말라고 하지 않고 자신처럼 게으르게 살라고 한 노자나 장자보다는 천성이 부지런했고, 부지런한 천성을 버리지 못하고 천성대로 부지런히 살면서 사람들에게 게으르게 살지 말라고 하며 게으른 사람들에게 야단을 치기도 한 공자 같아 보였고, 내가 그 이야기를 하자 친구는 그 개가 그 점과 관련해 그 개를 본 많은 사람들을 크게 오해하게 하는데, 공자 같아 보이는 개가 보기와는 전혀 달리 게으를 뿐만 아니라 전혀 현명하지 않다고, 사실은 상당히 멍청하다고, 예사롭지 않게 모자란다고, 그렇게 멍청한 개는 어디에서도 보기 어려울 거라고 했고, 내가 스위스에 와 어디에서도 보기 어려운 그 멍청한 개를 직접 볼 필요가 있다고 했고, 본래 사냥개 품종인 그 개가 혼자서는 할 줄 아는 게 없어 숲속에서 고립되어 혼자 사냥을 해 먹잇감을 구해야 한다면 틀림없이 굶어죽을 거라고, 사냥개라기보다는 양치기 개에 더 가깝다고 했고, 본래 사냥개인 개는 어떻게 해서 양치기 개가 양들을 모는 것을 본 후 그것에서 깊은 인상과 영감을 받아 거기에 자신의 미래가 있다고 생각해 양치기 개가 되기로 결심하고 변신에 성공하게 되어서는 아니고, 그냥 이유 없이 양치기 개의 본성을 갖게 되었는데, 그게 누구든 일행을 항상 무리로 인식해 자신이 무리로 생각하는 일행이 일정한 크기의 가상의 원 안에 반드시 있어야 한다고 생각해, 그가 생각하기에 한 무리인 누군가가 무리에서 이탈해 한데 모여 있지 않는 것을 거의 못 견딘다고 했다.

친구는 그 개가 얼마나 멍청한지를 가장 잘 알 수 있는 것은 그녀와 그녀의 친구와 개가 함께 산행을 할 때 그녀와 그녀의 친구가 숲속에서 개를 조금 떨어진 곳에 서 있게 한 후 서로 조금 떨어진 나무들 뒤에서 소변을 볼 때인데, 그때만큼 개를 혼란과 절망에 빠뜨리는 건 없는데, 그것은 개가 그들을 무리에서 이탈한 누군가들로 보고 어쩔 줄 몰라하며 거의 공황 상태에 빠지기 때문이라고 했고, 개는 두 사람이 무리에서 이탈하지 않고 자신의 옆에서, 같은 나무 뒤에서 함께 소변을 보기를 바랐지만 그녀와 그녀의 동성 친구는 개를 위해 아무데서나 오줌을 누는 것에 아무런 거리낌이 없는 개들처럼 같은 나무 뒤에서 함께 소변을 보지 않았고, 개가 자신도 사람들이 소변을 보는 그 시간에 오줌을 누는 것으로 자신의 볼일을 볼 수도 있었지만 마렵지도 않은 오줌을 눌 수는 없었고, 사람들이 개가 오줌을 눌 때를 기다려 참았다가 다 같이 오줌을 눌 수도 없었고, 그래서 사람들이 산에서 소변을 볼 때마다 개는 이루 말할 수 없는 혼란과 절망에 빠져야 했는데, 그 개가 얼마나 예사롭지 않게 모자란지를 알 수 있는 것은 그때가 아니라, 그를 이루 말할 수 없는 혼란과 절망에 빠뜨리는 그 순간을 무엇보다도 좋아하기라도 하는 듯 산행을 할 때 양치기 개로서 그의 주관적인 생각에 그녀와 그녀의 친구가 서로 조금 떨어진 나무들 뒤에서 소변을 보기에 적당해 보이는 숲속 어딘가를 발견하면 그곳에서 멈춰 서서 그들이 소변을 보기를 바라며, 자신을 위해서 여기서 서로 조금 떨어져서 소변을 보라고 말하며 짖을 때라고 했는데, 그럴 때면 그 개가 경이로운 생명체 같아 보이기도 하고, 산에서 내려온 사람들이 헤어질 때면 개는 그것을 이해하지 못하고 받아들이지 못하는 얼굴로 아주 어렵게 걸음을 떼며 간 후 정확히 그 얼굴 그대로 일주일 후 모습을 드러낸다고 했다.

나는 그 이야기를 듣고 그 개의 사진을 다시 보자 약간 덜 공자 같아 보이는 그 개가 거의 엉터리 개 같았고, 순전히 그 개 때문에 그 개와는 아무런 상관도 없는 공자 역시도 거의 엉터리 같았고, 공자 또한 엉터리로 여겨지게 하는 그 개는 아주 특별한 개 같았고, 개가 얼마나 예사롭지 않게 모자란지 직접 보고 싶었고, 그래서 그 개를 보러 스위스에 가고 싶었고, 다른 무엇보다도 내가 내 친구와 그녀의 친구와 개와 산행을 하다가 세 사람이 서로 조금 떨어져 각자 다른 나무 뒤에서 소변을 보게 되면 개가 얼마나 더 이루 말할 수 없는 혼란과 절망에 빠지게 될지 보고 싶었는데, 그전에 스위스에 갔을 때는 별 느낌이 없었지만 그런 이유로 스위스에 가는 것은 괜찮다고 생각했고, 게다가 개를 이루 말할 수 없는 혼란과 절망에 빠뜨려 좋아하게 해준 후 산에서 내려와 바젤에서 바젤 피시에 의지해 라인강을 건너는 사람들을 비웃어준 후 바젤 피시에 의지해 라인강을 논리가 없게 떠내려가며 서로 타당한 논리는 없지만 그 자체의 논리는 있는 이야기를 논리나 이야기 중 하나가 먼저, 혹은 논리도 이야기도 바닥이 날 때까지 얘기하고, 논리도 이야기도 바닥나고 난 후 남은 뭔가의 흔적 같은 것에 대해 생각할 수도 있었지만 바젤 대신 밴쿠버로 왔는데, 그것은 밴쿠버에 있는 집에서 오래 머물 수 있어서였는데, 물론 밴쿠버에서 주인을 잃어버린 발이나 운석을 찾는 일이나 하게 될 줄은 몰랐지만 그것은 전혀 상관없었다.

나는 밴쿠버의 강가에서 물에 떠 있는 통나무들을 바라보며 스위스의 친구와 그녀의 친구와 함께 산행을 하는 엉터리 개의 커다란 혼란과 절망과 독특한 취향과, 친구와 언젠가 라인강을 떠내려가는 것과 물에 떠 있는 것들에 대해 생각했고, 생각한 것들 가운데는 해안에서 발견된 누군가의 시신도 있었는데, 그 해안은 브리티시컬럼비아가 아닌 프랑스 서부 브르타뉴에 있었고, 그 시신은 내가 본 적 없는 누군가의 시신이었고, 그 누군가는 내가 아는 누군가의 연인이었다.

몇 년 전 나는 어쩔 수 없이 갈 때마다, 낭만적인 도시로 알려져 있지만 그 도시를 배경으로 한 영화 속에서나 있지 실제로는 특별히 낭만적인 것도 없고 없는 낭만적인 것을 빼고도 별것이 없는, 이제는 그곳에 별것이 없다는 것이 사람들 사이에서도 꽤 알려졌을 텐데도 아직도 많은 사람들이 오는 것이 믿기지 않기도 하는 프랑스 파리의 한 미술관에서 행사를 했는데, 그때 몇 년 전 프랑스의 한 도시에서 알고 지냈던 누군가에게서 이메일이 왔고, 그녀는 몇 달 전 자신에게 아주 안 좋은 일이 있었지만 지금은 많이 괜찮아졌으며, 현재 브르타뉴의 바닷가에 있는 마을의 한 집에 머물고 있는데 내게 그곳에 머물러도 된다며, 그곳은 주변이 아름답고 내가 언젠가 그녀에게 얘기했고 그녀도 읽은, 영국 소설가 존 파울스의 소설집 『에보니 타워』의 어떤 작품들의 배경이 된 곳과도 멀지 않은 곳에 있어 가볼 수도 있다고 했는데, 나는 약간 신비하게 그려진 그 작품들의 배경이 된 곳은 언젠가 가보고 싶다는 생각을 하기도 했었다.

우리는 몇 차례 더 이메일을 주고받았는데, 그녀는 사실은 프랑스인인 자신의 연인이 그 얼마 전 사고로 죽었으며, 자신의 상태가 나아지긴 했지만 여전히 불안정하며, 내가 같이 있으면 도움이 될 수도 있겠지만 갑자기 안 좋은 상태가 되어 내가 많이 불편해할 수도 있을 거라며 내게 오라는 건지 말라는 건지 확실치 않은 얘기를 했고, 나 역시 가겠다는 건지 말겠다는 건지 확실치 않은 얘기를 하기도 했지만 결국 가게 되었는데, 그녀는 생각만큼 불안정하지 않은 것 같았고, 나는 그녀가 머물고 있는, 생말로 근처에 있는 그 집에서 불안정한 모습을 가까스로 감추고 있을 수도 있는 그녀가 내게 어떤 짓을 할 수도 있다는 생각에 첫날 밤 잠을 설치거나 하지는 않았지만, 그다음날, 그녀가 내게 어떤 짓을 할 수도 있다는 생각에 잠을 거의 이루지 못했다는 말을 하자 그녀가 그런 일은 없을 거라고 웃으며 말해 안심했고, 그녀는 연인의 죽음에 대해서는 거의 얘기하지 않았고, 그녀는 좋은 사람이었고, 우리는 그곳에 있는 동안 좋은 시간을 보냈다.

그런데 브르타뉴의 꽤 알려진 휴양지인 그곳 마을을 산책하다가 우연히 우리는 정원은 넓지만 집은 예외적으로 아주 작은 이층집을 발견했는데, 집 입구에는 그 집이 클로드 드뷔시가 〈바다〉를 작곡할 때 지낸 곳이라는 팻말이 있었는데, 그 집은 바닷가에서 몇백 미터 떨어진 곳에 있었고 오래된 커다란 나무들 사이로 바다의 일부가 부분적으로만 보였는데, 어쩌면 드뷔시는 〈바다〉를 작곡하느라 바다 외에 다른 것은 거의 생각하기 어려웠고, 그래서 온통 바다에 대한 생각만 하느라 바다는 보기만 해도 끔찍해 가까운 곳에 바다가 있기는 하지만 일부러 바다가 잘 보이지 않는 집을 구한 것 같기도 했다.

그런데 그 이층집은 일층에는 작은 식탁 하나를, 이층에는 작은 침대 하나를 놓으면 다른 것을 들여놓는 것을 생각하기 어려울 정도로 작았고, 소인국에서 오는 손님을 위해, 아니면 체구가 아주 작은 누군가를 위해 특별히 지은 집 같았는데, 드뷔시가 그 마을에 있는, 작은 성채 같은 오래된 큰 집들을 두고 왜 그렇게 거의 비정상적일 정도로 작은 집에 머물렀는지 그 이유를 알 수는 없었지만 그는 어떤 생각에, 광활한 바다를 떠올리며 그것에 대한 곡을 쓸 때는 거동이 불편할 정도로 작은 집에 머무는 것이 도움이 될 거라고 생각했고, 실제로 도움이 되었는지도 몰랐지만 그것으로는 설명이 부족한 것 같았고, 우리는 한참을 그 집을 바라보며 그 집에 대한 여러 가지 추측을 했고, 나는 이층에서 체구가 아주 작은 누군가가 창문을 열고 발뒤꿈치를 들고 서서 고개를 내밀면 그에게 물어보면 그 이유를 알 수 있을 것 같았지만 창문은 끝내 열리지 않았는데, 체구가 아주 작은 누군가가 커튼 뒤에 숨어서 우리를 지켜보고 있는 것 같았다.

그런데 이튿날 오후 늦게 나는 혼자 마을 앞 바닷가에 산책을 하러 가다가 앞에서 걸어가고 있는 키가 아주 작은 남자를 발견했고, 그 즉시 그가 전날 커튼 뒤에 숨어서 우리를 지켜보고 있던 사람이라고 생각했는데, 그는 소인국에서 온 사람이라기에는 뭔가 모자라는 것이 있는 것 같았고, 그런 사람이라면 키가 더 작아야 했는데 그런 사람이라기에는 키가 컸고, 그래서 그 모자라는 뭔가가 키라고 할 수는 없는 것 같았지만 그럼에도 어떤 점에서는 남는 것이기도 하지만 동시에 모자라는 것이 키라고 말할 수도 있을 것 같았는데, 그는 전혀 어딘가 모자라는 사람으로는 보이지 않았고, 손에 작은 플라스틱 컵 하나를 들고 있었는데 나는 그 안에 뭐가 들어 있을지 궁금했고, 나도 모르는 사이에 그를 따라가게 되었다.

석양이 지기까지는 시간이 좀더 필요했고, 그는 바다로 이어지는 계단을 내려가 바닷가로 갈 것처럼 하다가 바다를 보는 순간 마음이 바뀐 것처럼 내려가지는 않고 계단 위쪽에 있는 벤치에 앉아 젤라토나 아이스크림으로는 보이지 않는, 젤리가 아니면 푸딩 같아 보이는 것을 플라스틱 티스푼으로 떠먹기 시작했는데, 뭔가 깊은 생각에 잠긴 듯 젤리인지 푸딩인지 알 수 없는 뭔가를 얼마나 오랜 시간에 걸쳐 먹을 수 있는지를 보여주기로 작정한 사람처럼 아주 천천히 먹었고, 뭔가를 먹고 있다는 사실을 계속 잊어버려 그 사실을 때로 상기하며 먹는 것 같았고, 나는 약간 떨어진 곳에 있는 벤치에 앉아 있었는데, 이상하게도 그가 벤치에 앉아 젤리가 아니라면 푸딩이고, 푸딩이 아니라면 젤리이고 다른 것이기는 어려운 뭔가를 작은 플라스틱 티스푼으로 떠먹는 모습은 때로 아무것도 아닌 것이 그렇게 느껴지기도 하는 것처럼 무척 슬퍼 보였고, 나까지 슬펐고, 가서 그를 위로해주고 싶기도 했지만 그렇게 하지는 않았지만, 그럼에도 그가 나로서는 그것이 뭔지를 알게 되면 그의 슬픔을 좀더 잘 이해하게 될 수도 있을 것 같은 젤리인지 푸딩인지를 너무 오랜 시간에 걸쳐 먹어 그것을 보고 있는 누군가까지 너무 오래 슬프게 만들지는 말아주기를 바랐는데, 키가 아주 작은 그가 드뷔시가 〈바다〉를 작곡할 때 지낸 곳이라는 팻말이 있는 집에 사는 사람이 맞는지 가서 그에게 물어보고 싶었지만 그것은 대단히 실례되는 것일 수도 있었고, 그래서 그렇게 하지는 않았지만, 그는 드뷔시가 〈바다〉를 작곡할 때 지낸 곳이라는 팻말이 있는 집에 사는 사람일 수도 아닐 수도 있었고, 뭔가가 A가 아니면 B로, 다른 것일 수는 없다는 나만의 계산법에 따르면 그는 그 집에 살거나 살지 않을 것이었고, 그가 그 집에 살 가능성은 정확히 절반에 이르렀고, 아무쪼록 그가 그 집에 사는 사람이기를 바랐고, 젤리인지 푸딩인지를 슬픈 모습으로 먹고 있는 그를 보고 있자 프루스트의 『잃어버린 시간을 찾아서』의 1권 『스완네 집 쪽으로』의 내용이 모두 떠오르거나 하지는 않았는데, 그것은 내가 그것을 항상 한두 페이지 읽다 말았기 때문이었고, 그리고 그것은 소위 말하는 고전들이 대부분 그런 것처럼 그 책을 더이상은 읽을 수 없어서였기 때문이었는데, 대신 제목 '스완네 집 쪽으로'가 마치 주문을 외는 것처럼 계속 머릿속에서 맴돌았고, 그것과는 상관없이, 그의 옆모습에는 사람의 마음을 끄는 뭔가가 있는 것 같았는데, 그것은 대체로 귀가 드러나게 머리칼을 짧게 자르는 남자들의 경우 머리칼이 자라 잘라야 할 시기가 지나 귀를 완전히는 아니고 어중간하게 덮게 되었을 때 머리칼을 귀 옆으로 넘기지 않고 귀를 가리게 내버려두었을 때 사람이 약간 바보처럼 보일 때처럼 그의 머리칼이 귀를 어중간하게 덮고 있어서였는데, 나는 그것이 남자들을 약간 바보처럼 보이게 하기도 하는 이유에 대해 잠시 생각해본 적이 있었지만 알 수 없었는데, 정말 그런 것까지 알고 싶지는 않았고, 그 이유는 누구도 밝혀내지 못하는 것이 좋을 것 같기도 했고, 그가 그렇게 하고 있는 것은 다 생각이 있어서인 것처럼 보이기도 했지만 무슨 생각으로 그렇게 하고 있는지는 알 수 없었고, 생각이 없는 것 같아 보이기도 했고, 그래서 상당히 바보처럼 보였는데, 그것 외에는 그를 바보처럼 보이게 하는 것은 없었고, 그는 전혀 바보처럼 보이거나 하지는 않았고, 키 역시 소인국에서 온 사람이라기에는 남아돌았고, 그것과는 상관없이, 나는 『잃어버린 시간을 찾아서』를 한두 페이지밖에는 읽어보지 않았지만 이제는 의식의 흐름 기법 소설 역시 너무나 낡은 것이 된 것 같았고, 그래서 나는 의식의 흐름 기법을 내가 쓰는 소설에서도 거의 써먹지 않았지만, 의식의 마비 기법과 의식의 착란 기법의 소설은 아직 아무도 쓰지 않은 것 같았고, 그래서 그 기법들로 누군가가 소설을 써도 좋을 것 같았는데, 그것과는 상관없이, 의식의 흐름 기법으로 쓰인 소설 속에서처럼 내게는 벤치에 앉아 젤리인지 푸딩인지를 슬픈 모습으로 먹고 있는 남자가, 드뷔시의 집이자 동시에 내가 『스완네 집 쪽으로』를 떠올리게 된 후로는 스완네 집으로도 여겨지는, 내가 프랑스에서 본 가장 흥미로운 집 같은 집에 사는 사람처럼 여겨졌고, 그래서 내가 프랑스에 길게 혹은 짧게 몇 번 머물며 봤던 사람 중에서도 가장 흥미로운 사람 같았고, 그가 내게는 드뷔시의 집이자 스완네 집으로도 여겨지는 집 쪽으로 가게 된다면 더 흥미로운 사람일 것 같았고, 그래서 그가 그만 먹어도 좋을 것 같은, 우리 모두를 슬프게 하는 젤리인지 푸딩인지는 그만 먹고 자리에서 일어나 드뷔시의 집이자 스완네 집 쪽으로 가주기를 주문처럼 외웠지만, 나의 주문이 아무런 소용이 없게 그는 일어날 어떤 기색조차 보이지 않았고, 나는 초조하다는 것을 보여주는 것으로 좋은 것으로 발까지 구르며, 그가 일어나면 나도 일어나 그를 따라가 그가 그의 집이자 드뷔시의 집이자 스완네 집인 집으로 들어가는지 보려고 했지만 그는 아무도 자신을 못 따라오게 하기로 작정한 듯 이십 분 좀 넘는 길이의 〈바다〉를 두 번 연주하고도 남을 때가 되어서야 드디어 자리에서 일어나지는 않고, 손에 들고 있던 작은 컵을 깨져서는 안 되는 뭔가처럼, 마치 아주 가벼운 솜털이 내려앉는 것을 보여주는 것처럼 살며시 벤치에 내려놓았는데, 어쩐지 젤리인지 푸딩인지를 다 먹지도 않은 것 같았고, 아니면 떠먹는 시늉만 해 젤리인지 푸딩인지는 그대로인 것 같기도 했고, 이제 마음이 급해진 나는 계속해서 그가 이제는 일어날 거라고, 일어나도 좋을 거라고, 일어나는 게 좋을 거라고, 일어나야 한다고 주문을 외듯 생각했지만 그는 안 일어날 거라고, 안 일어나도 좋을 거라고, 일어나도 좋을 것이 없을 거라고, 안 일어나는 게 좋을 거라고, 안 일어나야 한다고 주문을 외고 있는 듯 일어나지 않았고, 그의 주문이 더 효과가 있는 것 같았고, 이제는 더 꼼짝도 않고 앉아 더 안 일어날 것처럼 했고, 언제까지라도 안 일어날 것처럼 했고, 나는 가서 그를 일으켜세울까 하다가 바람에 쓰러진 나무도 쓰러진 사람도 아닌 사람을 그렇게 할 수는 없다고 생각하며 그대로 앉아 있었는데, 그 생각들을 하는 동안 잠시 의식의 마비 기법은 아니고, 의식의 착란 기법으로 쓰인 소설 속 문장을 한두 페이지 읽은 것 같기도 했지만 그것은 착각이었고, 의식의 착란 기법의 소설로 쓰인 것이라면 의식에 착란이 일어났어야 했고, 그래서 그 생각들은 의식의 착란 기법의 소설로 쓰인 소설 속 문장으로 볼 수 없었고, 의식의 착란 기법의 소설을 쓰는 것은 여간 어렵지 않은 것일 수도 있을 것 같다는 생각만 할 수 있었는데, 이미 너무나 낡은 것이 된 의식의 흐름 기법으로 소설을 쓰는 것은 가급적 피해야 하지만 의식의 흐름 기법으로 생각을 하는 것은 전혀 상관없었고, 그때 문득 내가 프랑스에서 본 또다른 흥미로운 누군가가 떠올랐는데, 물론 그 누군가는 라트비아 출신일 수도 있는 젤라토 가게의 주인이었고, 나는 그녀에 대해 오래도록 거의 까맣게 잊고 있었다는 사실이 믿기지 않았고, 그녀와 얘기를 더 나눠보지 못한 것이, 어쩌면 라트비아의 배구 선수 출신이었을 수도 있는 그녀와 내가 언제든 누구와도 얘기하기를 좋아하는 호박이나 젤라토에 대해서는 말고, 다른 무엇보다도 배구에 대해 얘기를 나눠보지 못한 것이 아쉬웠는데, 늘 나는 중앙에 그물이 쳐진 배구 코트에서 배구를 하는 배구 선수들이 멋져 보였고, 밑이 빠진 바구니 같은 것에 기를 쓰며 공을 빠뜨리려 하는 농구보다는 배구를 훨씬 더 우아한 것으로 생각했는데, 물론 그것은 농구에서는 할 수 없고, 농구를 하면서 단지 그것들을 할 수 있는 배구 선수들이 부럽다고 하기만 해도 코트에서 영원히 추방되고 농구 선수로서의 경력이 끝나게 될 수도 있고, 그래서 생각도 해서는 안 되지만 그것들을 할 수 없어 늘 서러운, 하지만 배구 선수들이라면 언제든 즐겨 하는 것으로, 공을 바닥에 떨어뜨리지 않고, 서브할 때를 빼고는 잡지도 않고 우아하게 서브하고 리시브하고 토스하고 스파이크하고 블로킹하는 배구 선수들의 우아한 모습 때문이었고, 그녀가 배구 선수 출신이었다면 배구의 우아함에 대해, 19세기 말 미국에서 시작되었지만 이후 소련에서도 인기를 끌게 되었고 두 번의 세계대전에 참전한 미국과 소련에 의해 전 세계로 퍼지게 되었고, 사회주의와 공산주의의 이념과 이상과도 충돌하는 점이 없어 한동안 소련과 체코슬로바키아와 쿠바 같은 사회주의나 공산주의 국가들이 배구의 강국이 되게 하기도 했고, 그래서인지 오래전 한때 사회주의자나 공산주의자들이 잘했던 것 같았고, 그 이유가 궁금하기도 했지만 그 이유까지는 알게 되지 못했지만 당시 내게는 사회주의자나 공산주의자들의 스포츠같이 여겨지기도 했고, 그래서 배구를 하고 있는 사람들을 보게 되면 사회주의자나 공산주의자들일지도 모른다는 생각을 하게 했던 배구에 대해서라면 흥미로운 얘기를 나눴을 수도 있었을 것이었는데, 나는 공을 갖고 하는 배구와 농구와 함께 대표적인 구기 종목으로, 감자 같은 것을 진지하게 던지고 방망이로 치고 장갑 낀 손으로 받고 놓치고 따라가고 수확이 끝난 감자밭에 버려져 있는 감자를 주우러 다니는 것처럼 주우러 다니며 하는 야구에 대해서는 그것을 더이상 하지 않게 될 때 성인이 되는 미성년자들의 놀이라고 생각했고, 축구에 대해서는 축구에 대해서는 할말이 없다는 말만 할 수 있었는데, 이것은 그냥 지나가는 이야기로 내가 얼마나 근거 없는 이야기를 할 수 있는지 보는 것이기도 했지만 실제로 그렇게 생각하기도 했고, 야구를 하기보다는 감자밭에서 감자를 던지며 노는 것이 더 재미있을 것 같았고, 나는 그녀가 아직도 그 도시에서 젤라토 가게를 하고 있을지, 그렇다면 젤라토에 대해서는 많은 생각을 하겠지만 배구와, 배구에 대해서만큼은 아니지만 아브라함에 대해서도 가끔은 생각을 할지, 그러다가 어느 날 어쩌면 아브라함 역시 자신처럼 키가 아주 컸을지도 모른다는 생각을 하며 아브라함이 하나님이 하라고 하신 일들을 하느라 바빴지만 시간이 날 때 여가활동으로 사람들과 지금의 배구와 비슷한 뭔가를 하거나 하지는 않았을지 생각해보지는 않았을지 궁금했고, 정말 지루했던 그 도시가 약간은 그리워졌지만 다시 그곳에 가고 싶지는 않았는데, 나는 다시 가고 싶은 곳이 없었다.

그런데 스완네 집이자, 내가 오래전 여러 장르의 음악을 듣다가 나름 마음을 편안하게 해주기도 하는 난해한 현대음악을 한동안 듣다가, 뭔가의 끝에는 더이상 그것이 아닌 것이 있는 것이 당연하다는 생각을 하며, 소설을 쓰다보면 더이상 소설이 아닌 것을 생각하게 되는 것은 너무나 자연스러운 것인 것처럼 음악 역시 마찬가지로 더이상 음악이 아니기도 하지만 음악이기도 한 것으로 나아가게 된다는 생각을 하며 그런 음악들을 듣다가 결국에는 모든 음악이 듣기 좋지 않은 소음처럼 들려 음악을 멀리하게 되면서 그것들을 왜 그렇게 들었는지 모르겠다는 생각과, 내 경험에 의하면 음악은 내가 언젠가 이후로 멀리하게 된 문학과 마찬가지로 멀리해도 사는 데 전혀 지장을 주거나 불편을 초래하지 않는 것이라는 생각을 하게 되었고, 심지어는, 음악을 하는 사람들이 문학을 하는 사람들이 다른 할일을 찾지 못해 문학을 하는 것과 마찬가지로 다른 할일을 찾지 못해 음악을 하고 있는 게 분명하다는 심한

편견까지 갖게 되었고, 마침내는 다른 이유는 없고, 그냥 다 듣기 싫어서 더이상 음악을 듣지 않게 되었을 때 거의 마지막으로 다시 들었고, 그래서 내게는 약간은 특별한 존재였던 드뷔시의 집으로 내가 생각한 집에서 드뷔시는 〈바다〉를 작곡할 때 잠시 머물렀을 수도 있었는데, 그는 〈바다〉를 작곡할 때 실제 바다가 아닌 문학과 그림에서 영감을 받으려 했고, 일본 문화에, 특히 일본의 그림에 지나치게 빠져 있던 나머지 실제로 곡의 초판 표지에 호쿠사이의 판화 〈가나가와 해변의 높은 파도 아래〉를 썼고, 실제 바다는 가급적 멀리하려 했고, 그 마을에 와서도 바다 근처에는 가지 않았을 수도 있었고, 가급적 고개도 바다 쪽으로는 돌리지 않으려 했을 수도 있었는데, 드뷔시가 가급적 고개도 그쪽으로는 돌리지 않으려 했을 수도 있는 바다는 〈바다〉의 초판 표지 그림 속 바다와는 달리 그날은 아주 잔잔했다.

그사이 해가 져 어둑해졌고, 꽤 쌀쌀했고, 나는 추위에 몸이 떨렸고, 제발 우리를 추위에 떨지 말게 하고 일어나 집으로 가는 그를 따라가보려고 했지만 그는 일어날 생각을 안 했고, 그런데 이상하게도, 시간이 지날수록 어딘가의 벤치에 앉아 있기도 한 동상처럼 부동의 상태로 벤치에 앉아 있는 그가 점점 벤치의 일부가 아니라 벤치에 앉아 있는 사람의 동상이 되어가다가 마침내는 동상이 될 것 같았고, 그래서 저러다가 동상이 되고 말 거라고 생각했는데, 어느 순간 그는 그런 것이 얼마든지 가능하다는 것을 보여주려는 것처럼 동상이 되어버렸고 그가 마침내 사람에서 동상이 된 아주 짧고 아름다운 빛나는 순간이 있었지만 아쉽게도 그 흥미로운 순간은 놓치고 보지 못한 것 같았다.

나는 물론 벤치에 꼼짝 않고 너무 오래 앉아 있는다고 사람이 동상이 되는 것은 아니지만, 세상의 많은 동상들 가운데는 아주 드물긴 하지만 그렇게 해서 동상이 된 사람들도 있다는 사실을 이해할 수 있었고, 그런 동상들을 한두 개 본 적이 있었고, 그가 마침내 동상이 되었는지 가서 확인해보고 싶었지만 그렇게 하지 않았는데, 그렇게 할 필요도 없는 것 같았고, 결국 자리에서 일어나 그곳을 떠났는데, 나는 걸음을 옮기면서 그렇게 해서 동상이 된 사람들의, 혹은 동상들의 공통된 특징은 그들이 그 사실을 완벽하게 감출 줄 안다는 것이고, 그래서 그 동상들을 본 누구도 그 사실을 알아차리지 못하는데 그것은 당연한 것이라는 생각을 했고, 이튿날 다시 그곳에 갔을 때 그 벤치에는 어쩌면 너무 큰 슬픔으로 인해 동상이 된 남자의 동상은 더이상 보이지 않았고, 내가 전날 헛것을 본 것 같기도 했지만 동상이 된 사람들 가운데는 때로 다시 사람이 되기도 하고, 사람과 동상의 이중의 삶을 동시에 사는 동상들도, 혹은 사람들도 있다는 사실에 비춰 보면 그것은 전혀 이상하지 않은 일이었고, 내가 본 키가 아주 작은 남자는 다른 어딘가의 벤치에서 젤리나 푸딩을 먹다가, 아니면 다른 뭔가를 하다가 슬픔을 못 이기고 동상이 되었다가 사람이 되기도 하지만, 어쩌면 어느 날에는 그가 원하는 대로 동상이 된 후 더이상 사람이 되지는 않으며 동상만이 아는 슬픔을 느끼며 사람과는 상당히 다른 동상의 삶을 살 수도 있을 것이었다.

사흗날 우리가 마을에서 조금 떨어진 해안을 산책할 때 그녀는 어떤 곳을 가리키며, 저녁 산책을 나간 후 돌아오지 않은 연인을 사람들과 함께 밤새 찾았고, 그 이튿날에는 당국에 의한 대대적인 수색이 이루어졌으며, 저곳에서 그의 시신이 발견되었다고 했고, 그의 사망과 관련해 좀더 구체적인 이야기를 했고, 그때 잠시 동요하는 모습을 보였는데, 그것으로 다였고, 그 여행에서 내게 가장 기억에 남게 된 것은 다른 뭔가였다.

어떻게 해서 우리는 한때 영국의 지배를 받았고 이름에서부터 한때 영국의 땅이었다는 것을 알 수 있는 브르타뉴의, 『에보니 타워』에서 약간 신비로운 곳으로 그려지는 곳의 무대가 된 곳에는 가지 않았는데, 『에보니 타워』는 오래전 읽었을 때에는 좋았지만 이제는 읽어도 아무런 감흥이 없는 책들 중 하나였고, 대신 우리는 멀지 않은 곳에 있는 디낭에 갔고, 시내를 두르고 있는 디낭 성에 갔을 때 중세시대 성의 모습 거의 그대로인 것 같은 성안에서 단연 눈길을 끄는 뭔가를 발견했는데, 그것은 비탈길을 따라 서 있는 낮은 건물들 중 하나에 붉은색 글씨로 쓴 중국어 간판이 걸려 있는 아주 오래된 듯한, 그곳에 있는 유일한 중국 식당이었는데, 그것은 마치 오래전, 중국 원나라 때 어느 지방 도시의 성안에서 파란색 글씨로 쓴 프랑스어 간판이 걸려 있는 아주 오래된 듯한 프랑스 식당이 있는 것을 발견한 것처럼 이상할 정도로 경이로웠는데, 그날따라 식당은 문을 닫은 상태였고, 나는 원나라의 요리를 내놓을 것 같은 그곳에서 식사를 하지 못한 것이 아쉬웠는데, 원나라의 요리는 단순하고 거칠고 야생적이고, 초원과 고원과 사막의 느낌도 느낄 수 있는 독특한 맛일 것 같았다.

성의 반대편으로 가 계단을 내려가자 작은 정원이 나왔고, 우리는 그 정원의 한쪽에서 정말로 경이로운 뭔가를 발견했는데, 닭들이 몇 마리 있는 닭장 속에는 내가 지금껏 본 것 중에서 가장 큰 수탉이 있었고, 닭이라면 타조보다는 작아야 하는데도 타조보다도 훨씬 더 커 보이는 닭은 거의 닭이 아닌 것처럼, 실물이 아닌 것처럼 실로 거대했는데, 물리적으로도 시각적으로도 상상으로도 닭의 크기 제한 같은 것이라고 할 수 있는 뭔가를 훨씬 초과하는 크기였고, 만약 마르코 폴로가 동방을 여행하던 중 그 닭을 봤다면 『동방견문록』에 그 닭에 관한 이야기를 적어도 책의 삼분의 일은 할애해 그 책의 가장 핵심적인 부분으로 썼을 것 같았는데, 이것은 과장이 아니었고, 만약 과장해 말한다면, 그 닭은 지구에는 존재할 수 없고, 그중에는 어마어마하게 큰 것도 있는 다양한 크기의 닭들이 멸종한 공룡들처럼 대지를 누비는, 닭들이 지배하는 다른 행성에서라면 그런 닭을 보는 것도 이상하지 않을 수 있을 거라고 할 수도 있을 것 같았다.

나는 그 닭을 보며 그 닭이 오래전, 본래 중국 원나라의 윈난성 출신으로, 세상에서 제일 거대한 닭으로 소문이 자자해졌고, 그 소문이 황제의 귀에까지 전해져 황제가 황궁으로 모셔 언제나 함께했고, 국사를 논하는 자리에서도 곁을 지키며 황제의 총애를 받으며 황제와 좋은 시간을 보냈지만 황제가 바뀌어 그 닭에 대한 이해가 부족해 그 닭을 그다지 총애하지 않은 또다른 황제에 의해, 그 목적은 알려지지 않은 긴 사신의 행렬 속에서 아주 먼 길을 가 프랑스의 왕에게, 절대군주의 상징으로 혹은 천년왕국의 상징으로 혹은 아무것도 상징하지 않는 것으로 혹은 아무것도 상징하지 않는 것의 상징으로 혹은 그냥 좋은 구경거리로 선물로 보내졌지만 역시 그 닭에 대한 이해가 부족한 탓에, 역시 세상에서 제일 거대한 닭에게 품어 마땅한 특별한 감정을 품지 못했던 왕이 어떤 이유로 디낭의 영주에게 하사해, 세상에 이렇게 큰 닭은 있을 수 없는데 여기에 있다는 생각을 하며 닭에게 특별한 감정을 품은 디낭의 영주의 총애를 받으며 늘 함께했고, 그후로 세상에서 제일 거대한 그 닭의 대를 이어온 직계 후손으로 역시 세상에서 제일 거대한 닭인 것 같았는데, 닭은 자신과 관련한 아주 흥미로운 그런 사실 따위에는 관심이 없지만 그럼에도 사람들이 자신을 보고 그 거대함에 놀라는 것은 너무도 당연하다는 듯, 자신이 졸고 있는 사이에 많이 놀라고 있으라는 듯 땅바닥에 엎드려, 이제 막 다른 행성에서 와 조금 피곤한 듯 가만히 눈을 감고 졸고 있었다.

그 수탉의 주위에는 보통 크기의, 닭이라고 해도 전혀 이상할 것이 없는 그냥 닭 같은 다른 닭들도 있었지만 이미 세상에서 제일 거대한 닭을 본 후라 다른 닭들은 눈에 들어오지도 않았고, 그래서인지 무의미한 닭들 같았고, 그래서인지 어쩐지 닭들로도 보이지 않았고, 그 수탉을 보고 있자 헛것을 보고 있는 것 같았고, 나는 이제 세상에서 뭔가를 더 보지 않게 되어도 될 것 같았지만, 그 닭은 거의 신성하게 여겨지고 경외감을 일으키는 거대한 호박과는 달리 아무리 봐도 세상이 달라 보이지 않았을 뿐만 아니라 신성하게 여겨지는 데가 없었고, 그래서 닭을 숭배하는 종교가 없는 것이 하나도 이상하지 않았고, 그 닭을 거대한 호박에 비교하는 것은 그 자체가 말도 안 되는 것 같았다.

그럼에도 우리는 세상에서 제일 거대한 닭이 졸기를 끝내고 눈을 뜨기를 기다리며, 하지만 세상에서 제일 거대한 닭은 졸음 또한 거대해 닭이 졸음을 끝내고 눈을 뜨는 데는 닭의 시간으로도 물리적인 시간으로도 상당한 시간이 걸릴 것 같아 바로 옆 벤치에 자리를 잡고 앉아 후식으로 산 푸딩과 젤리를 먹으며, 우리가 보고 있는 세상에서 제일 거대한 닭 다음으로 거대한 닭을 보기 위해서는 어쩌면 중국이나 베트남이나 러시아나 브라질에 가야 할지도 모르겠지만 거대함에 있어 그 닭에 미치는 느낌을 주는 닭은 어디에서도 볼 수 없을 거라는 등의 얘기를 했는데, 닭의 졸음이 생각보다도 더 길어져, 비록 사진으로 본 것이지만, 그리고 그것을 따지는 것은 어려운 일이기는 하지만 지금껏 본 것 중에서 가장 예쁜 닭은 폴란드의 닭이었다는 등의, 닭과 닭을 둘러싼 것들에 관한 얘기를 더 나눴고, 마침내 닭이 길고 거대한 졸음을 끝내고 눈을 떠 우리가 잘 놀라고 있었는지 확인하려는 듯 우리를 쳐다봤을 때 우리는 닭이 거대한 것에 비해 눈은 작은 것을 확인했고, 보통 닭들이 눈이 작은 것과는 사뭇 다르게 거대한 몸에 비하면 눈이 착시를 일으키는 것처럼 작은 것에 약간 실망했지만 그 닭은 여전히 경이로운 닭이었고, 마치 오래전 중국의 황제와 프랑스의 영주의 총애를 받았던 특별한 신분의 닭의 후예이자 그 스스로 닭의 황제이자 왕인 누군가를 알현하는 것 같았고, 실제로 우리는 자리에서 일어나 고개를 숙여 절을 했고, 어떤 말씀을 기다렸지만 아무 말씀이 없어 어떤 말씀도 듣지 못했지만 하지 않은 말씀을 통해 한 말씀이 있고 그것에 대해 잘 생각해볼 필요가 있는 것 같다는 생각을 하며 그곳을 떠날 때에도 다시 한번 고개를 숙여 예를 표했다.

그후 나는 브르타뉴에서 보낸, 흥미로운 것들을 포함해 다른 몇 가지 일들도 있었던 며칠에 대해 상당히 긴 소설을 써보고 싶기도 해 그곳에서의 일들을 정리해보기도 했지만, 결국 그곳에서의 이야기는, 늦은 오후 벤치에 앉아 젤리인지 푸딩인지를 작은 플라스틱 티스푼으로 아주 천천히 떠먹다가 마침내는 동상이 된, 드뷔시가 〈바다〉를 작곡할 때 지낸 곳이라는 팻말이 있는 집에 사는 사람일 수도 아닐 수도 있는 키가 아주 작은 남자에 관한 아무것도 아닌 이야기가 어떻게 해도 나오지 않게 할 수 없는 그 이야기는 여기에 쓴 것처럼 어떻게 해도 거대한 닭에 관한 역시 아무것도 아닌 이야기 역시 어떻게 해도 나오지 않게 할 수 없는 이야기로 끝났는데, 어떻게 해도 키가 아주 작은 남자와 거대한 닭이 나오며 이야기의 거의 전부를 차지하게 되는, 결국에는 키가 아주 작은 남자와 거대한 닭에 관한 이야기가 아니라면 무엇에 관한 이야기인지 나로서도 알 수 없는 이야기가 되었는데, 그것이 그 이야기의 특성인 듯 어떻게 해도 여기에 쓴 것 이상의 이야기가 되지는 않았다.

그런데 평소에 동상들에 대해 약간의 흥미를 갖고 있었던 나는 뭔가를 하찮은 것으로 만드는 데 재능이 있는 미국인들이 그 재능을 발휘해 하찮은 것으로 만든 많은 것들 중 동상들, 그 가운데서도 미국의 작은 읍이나 허허벌판 같은 아무것도 없는 곳들에 있는 많은 동상들 중 그 하찮음이 특별하게 여겨지는 것들을 여러 개 보았는데, 그중에서도 가장 인상적이었던 것들에는 미국 남부의 여러 곳에 있는, 미국 남부와 멕시코에 사는 뻐꾸기의 일종으로, 날 수도 있지만 나는 것이 귀찮아 대체로 걸어다니지만 기분이 몹시 내킬 때 날기도 하고 경우에 따라, 괜히 마음이 급할 때나 자신이 얼마나 빨리 뛰어갈 수 있는지 보고 싶을 때나 뒤에서 누구를 막론하고 누군가가 뛰어오거나 뛰어오는 것 같은 기분이 들거나 누군가가 뛰어가는 것을 보게 되거나 누군가와 뛰어가는 것으로 누가 더 빨리 가는지 보고 싶을 때나 그냥 뛰어가는 것도 좋겠다는 생각이 들어서는 아니고 자신도 모르게 뛰어가고 있거나, 그밖의, 그것을 뛰어가게 하는 많은 이유로 뛰어가기도 하는 새로, 땅 위를 뛰어가는 새들도 많은 종이 있는데도 사람들이 생각해낼 수 있는 가장 무성의한 이름을 지어준 로드러너roadrunner의 거대한 동상들도 있었는데, 그것들을 보면서 무슨 말을 해야 할지, 그전에 무슨 생각을 해야 할지 모르게 하는 그 동상들은 그것들을 보면서 무슨 말을 해야 할지, 그전에 무슨 생각을 해야 할지 모르게 하는 데 목적이 있지만 그것이 유일한 목적인지 그 말고 다른 목적도 있는지는 알 수 없었는데, 나는 밴쿠버에서도 그런 것들을 몇 개 보았고, 밴쿠버시 당국은, 그렇게까지 하지 않아도 충분히 알 수 있는데도, 시내의 여러 곳에 브리티시컬럼비아의 이름 없는 어떤 미술 공모전에서 낙선한 작품들로 보이는 조형물들을 설치해 이 도시가 얼마나 미적 감각이 없는지를 보여주고 있었는데, 그것을 상당히 과시하고 있었다.

그 가운데는 밴쿠버와 어떤 관련도 있었을 것 같지 않을 뿐만 아니라 밴쿠버라는 도시가 어딘가에 있다는 것까지는 알았지만 어디에 있는지까지는 몰랐을 것 같은 살바도르 달리가 자신이 그런 작품을 만들게 된 것을 믿을 수 없어 그것을 어떻게 처리하면 좋을지 고민하다가 사람들이 찾을 수 없을 것 같은 어딘가에 몰래 버렸지만 어떻게 해서 운좋게 그것을 주운 누군가가 달리에게 선물로 받은 것이지만 자신의 집보다는 밴쿠버시 어딘가의 공공장소에 있으면 밴쿠버를 몹시 빛나게 하고 완전히 달라 보이게 할 거라고 얘기해 시 공무원들도 그 말을 듣기 전까지는 그 사실을 전혀 몰랐지만 그 말을 듣고 보자 그렇다는 것을 알게 되어 시가 비싸게 주고 산 것 같은, 달리의 최고 졸작 중 하나인 것 같은 청동 동상 작품도 있었는데, 어쩌면 달리는 미술가로서 평생에 걸쳐 쌓은 그의 경력에 상당한 타격을 줬을 수도 있는 그 사실도 모르고 죽었는지도 몰랐는데, 나는 살바도르 달리에 대한 이야기를 할 때면 늘 그를 놀리고 싶어졌는데 그것은 다른 이유는 없고 그가 실없는 짓을 많이 해 놀리기 좋은 사람 같아서였고, 미술 공모전에서 낙선한 작품들로 이루어진 밴쿠버의 공공 설치물들 가운데서도 달리의 청동 동상을 제치고 가장 인상적인 것은 시내에 있는 어떤 암소 동상이었다.

밴쿠버 시내의 중앙 도서관 근처 중앙 우체국 앞에는 공공 미술작품의 일종으로 여겨지는 황동 암소 동상이 있는데, 본래 암소였지만 어떤 이유로 암소 동상이 된 것은 아니라는 것은 한눈에 봐도 알 수 있는, 실물 크기의 그 동상을 본 순간 나는 내 눈을 의심해야 했는데, 그것이 암소로는 보이지 않아서는 아니었고, 유방암에 걸린 암소를 표현한 것으로 여겨졌기 때문이었지만, 유방암에 걸린 소를 표현한 동상이 공공 미술작품으로 거리에 있기는 어려운 것 같았고, 어쩌면 그것은 유방암과 관련된 어떤 캠페인의 일종일 수 있겠다는 생각은 들었는데, 그도 그럴 것이 갈색 암소의 유방은 거의 기형적으로 보였고, 안에서는 종양이 자라고 있는 것 같았고, 안에서 자라는 종양이 밖에서도 보이는 것 같았고, 암소는 아무래도 암환자 소의 얼굴을 하고 있는 것 같았는데, 동상 앞에는 동상에 대한 아무런 설명도 없었고, 심지어는 작품의 이름도 작가의 이름도 없었는데, 그럼에도 아무래도 인간을 포함한 포유동물 모두를 위한 유방암 예방 혹은 퇴치 캠페인의 일종으로 설치된 것 같았고, 그것을 달리 보기는 어려운 것 같았다.

하지만 다시 생각해보자 그럴 리는 없는 것 같았는데, 유방암과 관련된 캠페인으로 설치된 것이라면 거기에는 일말의 설명 같은 것이 있어야 마땅한 것 같았고, 어쩌면 사람들이 그것을 보며 무의식적으로 유방암에 대한 새로운 인식을 갖게 하는 것일 수는 있었지만 암소를 자세히 보더라도 무의식적으로도 그런 생각을 하기는 어려울 것 같았고, 아무리 봐도 그렇게 되지는 않을 것 같았고, 나는 그 암소 동상을 보고 뭔가에 홀린 사람처럼 그것에서 눈을 뗄 수 없었고, 그 동상과 관련한 수수께끼를 풀고 싶었고, 사람들이 그와는 다른 이유로 탑 주위를 돌기도 하는 것처럼 동상 주위를 돌며 해답을 찾으려고 했는데, 유방암과 관련된 뭔가를 말하는 것 같은 암소를 통해 말하고자 하는 것이 뭔지는 알기 어려웠지만, 오히려 그 암소를 통해 말하고자 하지 않는 것은 몇 가지 확실히 알 수 있을 것 같았는데, 환생, 윤회, 인과응보, 종말론, 유일신, 창조론, 원소주기율표, 혹은 세상에서 가장 아름답고 강력한 방정식들로 여겨지고 시공간의 기하학적 구조가 물질(에너지)에 의해 결정된다는, 우주의 많은 것들이 그 아름답고 강력하고 웬만한 사람은 이해하기 힘든 복잡한 방정식들대로 움직이느라 힘들지는 않고 오히려 편안해하는 것 같은, 만약 그 방정식들대로 움직이지 않았다면 오히려 힘들고 아주 곤란했을 정도가 아니라 지금의 모든 것이 존재하지 못했을, 따라서 그것들을 따라 움직이는 것이 무척 다행이라고 할 수도 있는 아인슈타인의 장field방정식들 등에 대해 말하는 것은 없는 것이 분명한 것 같았다.

그럼에도 일부일처제나 봉건주의나 전체주의나 민주주의나 무정부주의나 엄숙주의나 허무주의나 염세주의나 나체주의나 채식주의나 미래주의를 지지한다거나, 소와 소가 뜯어먹는 풀을 포함해 지구에 있는 모든 생명체를 닮은 외계인을 포함해 지구에 있는 그 어떤 생명체도 닮지 않은 외계인뿐만 아니라 외계인이 선물로 데리고 오는 행성이나 별이나 블랙홀 들도 환영한다는 메시지를 전하고 있지는 않은 것도 분명한 것 같았지만, 암소를 가만히 보고 있으면 그 사실조차 확실치 않았고, 그 모든 말과 메시지를 전하고 있기도 한 것 같았고, 암소를 통해 말하고자 하지 않는 것으로 말한 모든 것을 한꺼번에 말하고 있는 것 같기도 했고, 암소를 보면 볼수록 내가 뭘 보고 있는지도 알 수 없기도 했는데, 어쩌면 그것이 그 동상의 의도인지도 몰랐지만 꼭 그렇게 보이지도 않았는데, 잠시 암소에게서 눈을 떼었다가 다시 암소를 보면 내가 뭘 보고 있는지도 알 수 없게 되지 않기도 했고 끝내는 암소로 보였는데, 어떻게 보아도 암소인 암소를 암소가 아닌 뭔가로 보는 것은 암소가 아닌 뭔가를, 가령 염소나 말을 암소로 보는 것만큼이나 어려운 일이었고, 암소는 아무리 보아도, 어떻게 보아도 끝내는 암소로 보였다.

미술가로서 거의 아무런 재능이 없는 미술가에게 거의 없는 재능을 마음껏 발휘하게 했고, 거의 없는 재능을 남김없이 모두 발휘한 미술가 스스로도 작품을 완성한 후 이렇게 못 만들기는 어려웠을 거라며, 아주 어려운 일을 해냈다며 감탄했을 수도 있을 정도로 못 만든 동상의 암소는 당연한 일이지만 굉장히 불운해 보였는데, 그것을 본 사람들 모두에게는 아니지만 일부에게는 불운을 안겨줄 것 같았는데, 거의 주술적인 힘이라고 해도 좋을 뭔가를 갖고 있는 것 같은 그 암소 동상이 주는 불운은 쉽게 떨치기 어려울 것 같았고, 항상 볼 수밖에 없는 암소 동상을 볼 때마다 자신이 생각지 못한, 암소와 우편 서비스가 도대체 무슨 관련이 있을지를 생각하기도 하는, 스스로를 불운하다고 생각하는 우체국 직원들 가운데는 자신의 불운을 자신이나 가까운 누군가의 탓으로 돌릴 뿐 그것이 실은 암소 동상 때문이라는 것을 모르는 사람도 있을 것 같았다.

누군가에게는 불운을 안겨주기도 하는 암소 동상은 누군가의 기를 꺾어놓기도 하는 것 같았고, 그 사실을 모르고 그 주위를 여러 번 돌기도 한 나는 암소 동상이 주는 불운까지 받았다고는 생각되지 않았지만 기가 크게 꺾였고, 시내에 갈 때에도 그 주위는 피했지만 내가 일부러 피해다니는 그 암소 동상에 대한 생각을 떨치기 어려웠고, 시내에 있으면 그 동상 때문에 마음이 불안해 오래 있을 수가 없었지만 다행히 시내에는 오래 있을 일이 없었는데, 누군가가 뉴욕 월스트리트의 황소를 의식한 상태에서, 하지만 자신이 무엇을 표현하고자 하는지 전혀 알 수 없는 상태에서 만든 것 같은 암소 동상은 어디에 두어도 잘 어울리지 않을 것 같았지만, 집 앞을 지나가는 이웃들의 눈살을 찌푸리게 하고 싶은 누군가의 정원에 갖다둬도 좋을 테지만 그런 이유가 아니라면 이왕이면 아무도 없는 곳에, 어쩌면 그것을 보고 기분이 상할 수도 있는 소들도 없는, 한때 목장이었지만 버려져 더이상 목장이 아닌 곳에 갖다두면 좋을 것 같았고, 그곳이 텍사스의 버려진 목장이어도 좋을 것 같았고, 나는 그 목장에 갖다두면 좋을 또다른 소 동상을 알고 있었는데, 그것은 텍사스 오스틴의 한 쇼핑몰 뒤쪽의 아주 작은 지상 주차장을 거의 다 차지하고 있는, 실물보다 몇 배는 큰 수소 동상이었고, 그 동상은 그런 것이 있을 거라고 생각하기 가장 어려운 곳에 있었고, 그것이 그 동상의 의도인 것 같았는데, 텍사스의 상징 중 하나이기도 한, 긴 뿔이 옆으로 난 롱혼이 텍사스의 한가운데 있는 것은 그것을 보는 사람으로 하여금 지금 있는 곳이 텍사스라는 것을 이해시키려 하는 것이라는 것은 이해가 갔지만 수소와 주차장이 도대체 무슨 관련이 있는지는 알 수 없었고, 수소가 그런 크기의 동상으로 주차 공간을 잠식하며 주차장에 있는 것은 내게는 미스터리처럼 여겨졌는데, 그 미스터리는 적어도 텍사스에서는 꽤 알려진 듯 그곳에 와 미스터리를 풀려고 하지는 않고 미스터리 자체를 사진을 찍어 보존하는 데 여념이 없는 사람들이 꽤 있었는데, 특이한 데는 없는 평범한 모습의 그 동상은 그것을 본 사람 중 누군가에게 불운을 안겨주는 주술적인 힘이나 누군가의 기를 꺾어놓는 물리적이거나 정신적인 힘은 없는 것 같았다.

하지만 생각해보니 오스틴의 쇼핑몰에 있는 수소 동상 역시 밴쿠버 중앙 우체국 앞에 있는 암소 동상과는 좋은 사이로 지내지 못할 것 같았고, 서로 피할 것 같았고, 후자는 어디에 갖다둬도 좋지 않을 것 같았고, 어딘가에 묻어줘 영면에 들게 하는 것이 암소를 위해서도 모두를 위해서도 좋을 것 같았는데, 사람들이 그렇게 하지는 않을 것 같았고, 어떤 이유로 밴쿠버시에서 죄수들이 연중 많은 시간을 보내며 공을 들여 계획하고 많은 준비를 해 연례행사인 카니발 축제처럼 중요한 연례행사의 일환으로 폭동을 일으키는 브라질의 교도소에 기증해 안뜰에 설치하는 것은 아주 안 좋을 것 같았는데, 그렇게 할 경우 그 동상은 유례없는 대규모 폭동의 원인이 되어 교도소에서 피어오르는 검은 연기가 그 어느 때보다도 하늘 높이 치솟게 할 수도 있을 것 같았고, 그 동상은 암 병원이나 산부인과 병원이나 동물병원의 입구에 두면 사람과 동물들이 발걸음을 돌리게 하는 데 좋을 것 같았지만, 만약 지옥이 있고 지옥에도 나라가 있고 도시가 있고 시내가 있고 우체국이 있다면, 밴쿠버와 비슷한 규모로 밴쿠버를 연상시키는 지옥의 흔한 도시의 흔한 시내의 흔한 우체국 앞의 흔한 공공 미술작품으로 둬도 될 것 같았는데, 그렇게 할 경우에도 그것을 본 누군가에게 불운을 안겨주거나 누군가의 기를 꺾어놓을 것 같았지만, 이미 모두가 불운할 대로 불운하고 기가 꺾일 대로 꺾여 있는 지옥에서는 누구도 그것에 대해 상관하지 않고 그래서 지옥에서는 아무 문제가 되지 않을 것 같았는데, 사실은 나는 밴쿠버 중앙 우체국 앞의 암소 동상에도 오스틴 쇼핑몰 주차장의 수소 동상에도 마음이 끌렸는데, 생각지 못한 곳에 생각지 못한 모습으로, 그것을 보고 무슨 말을 해야 할지, 그전에 무슨 생각을 해야 할지 모르게 하는 것들에는 마음을 끄는 것이 있기도 했다.

나는 독일 베를린에서 그런 것에 마음이 끌리는 사람의 마음을 끄는 데가 있고, 나로서는 마음이 심하게 끌린 어떤 건물을 보았는데, 내게는 베를린 하면 다른 것은 거의 떠오르지 않지만 그것만은 떠오르는, 상당히 큰 규모의 그 건물은 중세시대의 성을 재현한 것으로 돌이 아닌 시멘트로 지은 것이었는데, 중세시대의 성을 돌이 아닌 시멘트로 지으면 어떤 놀라운 일이 일어날 수 있는지를 보여주기 위해 지은 것 같은, 그 안에 있는 중세와 현대가 서로를 참지 못하는 것 같은 그 건물은 아마도 베를린에서 흉물로는 최고일 것 같았지만 돌로 지은 같은 규모의 중세시대의 성보다는 단연 인상적이었고, 그래서 나는 굉장히 인상적인 그 흉물 건물을 한 바퀴 돌며 그것이 주는 특별한 느낌을 느끼기도 했는데, 아쉽게도 밴쿠버에는 그런 식으로 인상적인 건물조차도 없었지만 암소 동상이 그 건물 못지않은 특별한 느낌을 주었고, 밴쿠버에 그 암소 동상마저 없다면 밴쿠버에는 아무것도 없다고 해도 좋을 정도였고, 암소 동상은 오래도록 기억에 남을 것 같았지만 시내에 나가도 그것이 무서워 피해다닌 그 동상은 어떤 경우에도 다시 보고 싶지는 않았다.

나는 그 동상 때문은 아니었지만 그후로는 더더욱 시내에는 나가지 않았고, 대부분의 시간을 통나무 양식장이 보이는 강가에서 보내며 소설에 대해서도 많은 생각을 하지는 않았는데, 소설은 내게 여가활동이었고, 여가활동에 대해 너무 많이 생각하는 것은 옳지 않다고 생각해서는 아니었지만, 너무 많은 생각을 하지도 진지하게 생각해보지도 않았지만 그럼에도 이런저런 생각을 해보았고, 통나무들은 내가 소설에 대해 이런저런 생각을 하는 데 도움을 주었는데, 아무런 핵심이 없이 물에 떠 있는 통나무들은 자신들에게는 서사가 없고 그것이 얼마나 자연스러운지를 잘 보여주었고, 물에 떠 있거나 떠내려가거나 떠다니는 모든 것들이 그 점을 잘 보여주었고, 어쩌면 그것들이 그 점을 보여주려 하지는 않았지만 내가 그것들에서 그 점을 보았다고 할 수도 있었지만, 내가 그것들에서 그 점을 보았고, 그래서 그것들이 그 점을 내게 보여주려 했다고 할 수도 있었는데, 그것이 내가 떠 있거나 떠내려가거나 떠다니는 모든 것들을 좋아하는 이유이기도 했다.

그리고 그것들에는 삶에 없는 뭔가를, 삶의 핵심과 관련해 핵심적인 것을 말해주는 것이 있었는데, 그것은 삶에는 핵심이 없다는 것이었고, 그것들은 사실 너무도 뻔한 나머지 거의 너무도 뻔한 거짓말 같은 그 사실을, 그 뻔한 거짓말 같은 사실로 인해 모든 것이 어렵기도 하고 쉽기도 한, 즉 삶에는 핵심이 없으며, 그런 것은 없는 것이 맞으며, 없는 핵심에 다가갈 수도 없고, 없는 핵심에서 멀어질 수도 없고, 단지 없는 핵심 일대를 떠다닐 수만 있다는 것을, 그리고 그것이 얼마나 자연스러운 것인지를 물에 떠 있는 것만으로도 보여주고 있지도 않았고, 그것을 말해주고 있지도 않았지만 그것들을 잘 보고 있으면 그것들이 그것을 보여주고 있고, 그것을 말해주고 있는 것을 볼 수도 있다는 것을 알 수도 있었다.

나는 통나무들을 보며 삶을 반영하는 것으로 여겨지는 소설에는 삶에 없는 핵심 또한 없는 것이 당연하며, 어떻게든 핵심이 있는 것처럼 보이게 하는 서사가 있는 것이 얼마나 부자연스러운 것인지, 소설 속에 있어야 하는 것으로 여겨지는 모든 것들이 소설에 얼마나 없어도 되는지, 19세기 이후로 변한 게 없는 전 세계 모든 나라의 교과서에 실려 있는 소설에 관한 가장 기본적인 것들이 얼마나 근거 없는 것인지, 그로 인해 전 세계의 얼마나 많은 아이들이 소설에 대해 잘못된 생각을 갖게 되고 성인이 되어서도 바꾸지 못하게 되는지, 그리고 누군가가 이런 이야기를 하는 것도 우습지만, 설사 교과서에서 그렇게 말하지 않더라도 적어도 문학에 있어 규칙은 지키라고 있는 것이 아니라 깨라고 있는 것이기도 하고, 소설에 대한 정의는 쓰는 사람이 내리면 되는 것인데도 어떻게든 마음과 생각의 문을 굳게 닫고, 최대한 굳게 닫힌 문의 마음과 생각으로 소설을 쓰는 거의 모든 소설가들이 그런 생각을 하지 못하는 것은 규칙을 지키는 것을 좋아해서일 수도 있지만 규칙을 깨는 데 필요한, 소설이라는 장르 자체에 대한 고민 같은 것을 하지 않아서이고, 그런 고민 같은 것을 하지 않고도 소설을 쓸 수 있는 것은 피넛 버터에 버터가 아닌 유화제가 들어간다는 사실을 모르고도 피넛 버터를 아무 문제 없이 먹을 수도 있는 것처럼 놀라울 것은 전혀 없는 것이었지만, 그럼에도 그들이 그런 것들이 있어야 한다고 말하는, 소설 속 등장인물들 사이의 좋지 않은 일들에서 발생하는 서사가 얼마나 안 좋은 것인지, 그리고 내가 좋아하는 몇 되지 않는 작가들 가운데 안 좋은 이야기를 한 작가들은 없고, 공통적으로 그들의 작품에는 뭔가를 말하고자 하는 것이 없다는 것과, 이런 것들을 생각하는 것이 얼마나 쓸데없는 것인지 등을 생각했다.

그리고 나는 생각하기에 그다지 좋지 않은 그런 것들에 대해 조금 더 생각하고 싶을 때면, 그게 그렇게 할 만한 일인지는 알 수 없지만, 이미 세상에 부족하지 않게 일어나고 있는 안 좋은 일들로는 부족하다고 생각하는 것처럼 안 좋은 일들을 꾸며, 소설 속 등장인물들 사이에서 그것들이 뭐라고 그렇게까지 어떻게든 일어나게 하느라 그것들에 대해 고민하고 몰두하고 집착하는, 머릿속이 온통 좋지 않은 생각들로 가득한 소설가들이 나쁜 사람들이라고까지는 생각하지 않았지만 머릿속이 온통 좋지 않은 생각들로 가득한 사람이 좋은 사람일 수는 없다고, 좋은 사람이라면 그런 생각들로 머릿속이 가득하게 하지는 않으리라고 생각했는데, 머릿속이 온통 좋지 않은 생각들로 가득하지 않으면 쓰기도 어려운, 마음을 안 좋게 하고, 써서 혼자 읽으며 좋아하면 좋을 그런 소설들을 쓰는 소설가들이 좋은 마음으로는 쓰기 어려운 소설들을 쓰면서도 마음이 안 좋은지는 알 수 없었지만 대체로 아무렇지 않게 쓰는 것 같았고, 그것 역시 그들이 안 좋은 사람들이어서 가능한 것 같았고, 그들은 안 좋은 생각을 하면서도 아무렇지 않은 특이 체질인 것 같기도 했는데, 그런 소설가들도 있어야 하겠지만 그런 소설가들이 너무 많다고 생각했다.

그리고 그 가운데는 소설 속에서 그냥 안 좋은 정도가 아니라 끔찍한 일들이 일어나게 하고 그것을 좋아하는 소설가들도 있었는데, 나는 그들이 여간 안 좋은 사람들이 아니고서는 여간해서는 그런 소설들을 쓰는 것이 가능하지 않을 거라고 생각했고, 그들이 소설 속에서 하는 이야기들과 그것들과 크게 다르지 않은 끔찍한 짓들을 하는 사람들이 하는 짓들은 비슷한 데가 많았고, 그래서 그들 모두가 크게 다르지 않은 사람들일 수도 있다고 생각했는데, 나는 그런 소설가들을 가까이해본 적이 없고, 그들의 생각을 들어본 적이 없어 그들이 무슨 생각으로 그런 소설들을 쓰는지는 알 수 없었고, 알고 싶지 않았지만, 어떤 경우에도 가까이하지 않는 게 좋은 것 같았고, 그들에 대해 생각하는 것만으로도 머릿속이 검게 되는 것 같은 그들에 대해서라면 가급적 생각도 하지 않는 게 좋았지만, 너무 안 좋은 생각이 아니라면 안 좋은 생각을 때로 하는 것도 나쁘지 않았고, 좋은 생각만 하는 것이 반드시 좋은 것만은 아닐 수도 있었고, 현실적으로도 좋은 생각만 하며 살 수는 없었고, 이런 정도의 안 좋은 생각은 가끔 해도 괜찮다고 생각했고, 그래서 하게 된 안 좋은 생각이기도 하고 아니기도 했지만, 그런 소설가들도, 그런 소설가들이 쓰는 안 좋은 소설들을 읽고 좋아하는, 역시 좋은 사람들로 여겨지지는 않는 사람들도, 그런 소설들을 좋다며 펴내는 사람들도, 좋다며 평하는 사람들도 다 그냥 지긋지긋했고, 그 이상으로 지긋지긋할 수 없게 지긋지긋했고, 어떻게 해도 지긋지긋한 것은 어떻게 해도 어쩔 수 없이 지긋지긋했다.

내게는 동시대의 거의 모든 나라의 거의 모든 소설가들과 사람들이 서사가 있는 소설에 심각하게 중독되어 있는 것처럼 보였는데, 그것은 많은 사람들을 중독시켜 병들게 해 자리에서 일어나지 못하게 하고 폐인이 되게 하고 죽게 하고 전쟁이 일어나게도 한, 여러모로 놀라운 식물인 양귀비의 추출물로, 미국인들 다수를 열광시켰고 다수를 쓰러지게 한 오피오이드를 비롯해 다양한 약물들로 만들어지지만 19세기에 영국인들이 주로 중국인들이 열광하게 만든 것인 아편중독에 비할 수 있는 것인지는 알 수 없었고, 그 두 가지 중 어느 것이 더 심각한 것인지도 알 수 없었지만, 서사중독과 아편중독은 비슷한 점이 있고 공통점도 있고 다른 점도 있는 것 같았는데, 공통점은 두 가지 모두 19세기에 유행이 본격화한 것들로 19세기가 낳은 것들로 볼 수 있다는 것이었고, 다른 점은 19세기 소설에 대한 중독은 이제는 사라진 아편중독과는 달리 사라질 줄을 모르고 사라질 일이 없을 거라는 것이었다.

나와는 상관없는 일이라고 생각했지만, 내 생각에는, 그런 것이 필요한지, 그전에 가능한지도 모르겠지만 인간의 정신적인 진화를 가로막는 데 가장 큰 걸림돌이라고까지는 생각하지 않지만 작은 걸림돌이라고까지는 생각하고, 나름의 걸림돌 역할을 하고 있기도 한 것 같은, 사실은 커다란 걸림돌이라고까지도 생각하기도 하는, 어쩌면 그것에서 자유로워질 때 인간의 약간의 정신적인 진화도 가능하고, 케첩이나 마가린이나 마요네즈가 마치 진화의 끝에 이르기라도 한 것처럼 단일한 종이 된 것 같은 것은 생물학적 다양성의 측면에서 좋은 것이 아닐 수도 있는 것과 마찬가지로 생물학적 다양성의 측면에서도 좋은 것이 아닐 수도 있을 것 같은, 지금 거의 모든 소설가들이 쓰고 있는 서사가, 드라마가 있는 소설과 다르지 않은 소설들을 앞으로 백년 후에도 천년 후에도 계속해서 쓰고, 그런 소설들을 사람들이 읽는 것을 상상하면 그것은 무척 슬픈 일처럼 여겨졌지만, 백년 후에도 천년 후에도 거의 모든 소설가들이 지금 쓰는 것과 다르지 않은 소설들을 계속해서 쓰고, 그런 소설들을 사람들이 읽는 것을 내가 슬퍼할 이유는 없는 것 같았다.

그런데 어쩌면 그것에 소설의 미래가 있다고 할 수는 없지만 소설이, 소설에 있어야 하는 것들로 여겨지는 것들을 포기하지는 않더라도, 소설이 있기 훨씬 이전부터 있어왔지만 소설이 출현해 자리를 잡게 되면서 설 자리를 잃게 되었고, 이제 장르로는 거의 취급을 받지 못하게 되었지만 소설이 가로챈 서사에서 해방되어 있고 서사가 없어도 되는, 소설보다 훨씬 자유롭고 어떤 형식적인 제약도 없어 쓰는 사람이 형식은 만들면 되는, 언제까지나 있게 될, 영어로 story, 이탈리아어로 storia, 라틴어로 fabula, 그리스어로 ιστορία, 히브리어로 כְּתָבָה; 중국어로 故事, 일본어로 ものがたり, 아랍어로 قصة, 핀란드어로 tarina, 러시아어로 рассказ, 나바호어로 bahane, 라트비아어로 stāsts, 프랑스어로 récit 등, 당연한 것이지만 그것을 말하는 단어가 모든 언어에 있는 이야기라는 장르를 하나의 장르로 자리를 잡을 수 있게 양보를 하는 것도

괜찮을 거라고 생각했지만, 서사나 주제 등 얼마든지 없어도 되는 것들에 그토록 집착하는 소설이 그렇게 할 리는 없었고, 사람들이 그렇게 하게 할 리도 없을 것 같았고, 오히려 『가르강튀아와 팡타그뤼엘』의 거인 가르강튀아가 수프를 들이켜는 것처럼 서사가 모든 것을 삼키며 모든 것을 지배하는, 전쟁을 비롯해 서사적인 것들로 가득한 일들이 일상적으로 일어나는 진정한 서사와 게임의 시대가, 〈터미네이터〉나 〈매드 맥스〉의 시대가 올 수도 있을 것 같았지만 그것은 그것 나름의 흥미로운 점도 조금은 있을 것이었고, 이전에 없던 일이 일어나고 그것을 경험해보는 것은 그 자체로도 나쁘지 않을 수도 있을 것이었지만, 그런 시대는 손오공의 시대를 포함해 이전에도 수없이 많이 있었고, 정해진 패턴을 지나 결말에 도달해야 하는 서사는 그 자체의 생리적이고 구조적인 문제로 인해 다 단순하고 뻔할 수밖에 없고, 그 자체로도 별것 아니고, 서사는 얼마든지 안 좋은 용도로 사용될 수도 있는데, 그것은 서사가 있는 것의 대표적인 것이고, 서사에 대한 숭배를 표현하는 것이고, 서사의 결정체라고 할 수 있는 전쟁을 포함해 안 좋은 것들 대부분이 세상에 서사가 있어야 한다고 생각하고, 서사를 무엇보다도 좋아하고, 서사에 열광하는 상상력이 부족한 사람들에 의해 일어나기 때문이었고, 사람들이 서사에 덜 빠져 있게 되면 좀더 평화로운 세상이 올 수도 있겠지만 서사에 빠져 있는 사람들은 힘을 합쳐 그런 세상은 어떻게든 오지 않게 할 것이었다.

나는 그런 것까지는 알 수 없었고 관심도 없었지만 오믈렛의 미래가 그다지 밝지 않은 것처럼 소설의 미래도 그다지 밝지 않게 여겨졌고, 소설의 미래는 20세기에 다양하게 시도되었지만 이제는 무척 낡은 느낌마저 주는 실험적인 소설에 있는 것 같지도 않았고, 20세기 후반에 특히, 사실은 다른 식으로는 소설을 쓸 줄 몰라서이기도 했지만 사람들이 읽을 수 없는 소설을 쓰려는 고상한 동기를 갖고 노력한 결과로 실제로 사람들이 읽을 수 없는 소설들을 쓴 알랭 로브그리예를 포함해, 그 정도는 아니지만 재미없기는 마찬가지인 프랑스의 누보로망 작가들이 실험적인 소설이라며 쓴 소설들을 포함해, 유럽과 다른 대륙의 실험적인 소설로 여겨지는 소설들을 포함해, 그것들에 대한 철학적으로, 문학적으로 심오하게 보이고 근사하게 보이기도 해 근사하게도 보이고 심오하게도 보이려고 말하기도 하지만 별 내용은 없는 것 같은 많은 이론적 설명들이 있었지만, 그것들 역시 한때의 작은 유행들이거나 지난 유행들 같은 많은 소설들이 실험적인 소설들이 얼마나 낡은 것이 될 수 있는지를 잘 보여준 것 같았고, 무슨 일인가가 있어서인 것 같기도 하지만 꼭 그렇지도 않은 것 같기도 하지만 그것이 무슨 일인지는 나로서는 알 수 없는 어떤 일로 심지어는 이제는 어떤 실험을 한다 하더라도 그것이 실험적인 것일 수가 없는, 실험적인 것이 있을 수 없는 어떤 상태에 이른 것 같기도 했고, 그래서 어떤 새로운 소설이 나온다고 하더라도 더이상 새로울 수가 없게 된 것 같기도 했고, 장르로서의 소설에 대한 실험은 거의 모두 이루어진 것 같았고, 소설이라는 장르 자체가 이미 낡을 대로 낡은 것이 되어버린 것 같기도 했고, 그래서 오믈렛과 소설과 젤라토 중에 미래가 있고, 미래에 미래적인 뭔가가 가능한 것은 젤라토일 것 같았는데, 나는 젤라토는 그럴 가치가 있다고 생각했고, 물론 그것에 대한 근거는 전혀 없었지만 내가 젤라토에 대한 이야기를 하는 것은 무엇보다도 소설의 이 부분을 어떻게든 젤라토에 대한 이야기로 끝내고 싶었기 때문이었다.

그런데 나는 젤라토에 대해 몇 가지 생각들을 하고 먹어보기는 했지만 직접 만들어본 적도 없었고, 그래서 젤라토에 대한 연구를 했다고 말할 수 있는지조차 의문이 들기도 했지만 몇 가지 생각들을 한 것 역시 연구의 한 과정이자 일부로 볼 수도 있었고, 그래서 나는 젤라토에 대한 연구를 했다고 말할 수 있었고, 젤라토의 미래에 대해서만큼은 계속 생각하기로 했는데, 젤라토의 미래가 어둡다면, 젤라토에 미래가 없다면, 젤라토의 미래가 미래에 없다면 그 미래는 아주 어두울 것이었고, 그런 미래는 오지 말거나 다른 데로 가는 것이 좋을 수도 있었고, 다른 것은 몰라도 젤라토의 미래만큼은 어두워서는 안 되고, 젤라토의 미래는 밝아야 한다고 생각했기 때문이었는데, 물론 그것에 대한 근거 역시 전혀 없었다.

그리고 역시 아무런 근거 없는 생각이었지만, 미래의 젤라토는 잼을 만들며 재앙을 예언한 노스트라다무스와 같은 낙천적인 데가 있는 비관주의자나, 차가운 것이라면 뭐든 좋아하는 냉소주의자나, 대책 없는 허무주의자나 회의주의자에 의해 탄생할 수도 있다는 생각을 했는데, 나는 내 생각에 비관주의와 냉소주의와 허무주의와 회의주의 모두에 빠져 있기도 했었고, 때로는 상당히 심취해 있기도 했었고, 충분한 정도로 그리고 충분히 오랫동안 비관주의자이자 냉소주의자이자 허무주의자이자 회의주의자였었지만, 이제는 비관주의자이자 냉소주의자이자 허무주의자이자 회의주의자인 것에도 시들해졌고, 그냥 어떤 주의자도 아니었고, 그런 것들에 대해서는 거의 아무 생각도 없어졌지만 예전의 안 좋은 버릇을 완전히 버리지는 못해 가끔 비관주의와 냉소주의와 허무주의와 회의주의에 빠지려 하거나 빠지고 싶을 때면 못 빠지게 했지만, 그것이 소용없는 때가 있기도 했지만 되도록 심하게 빠지지는 못하게 했지만, 그것이 소용없는 때가 있기도 했고 그때는 방법이 없었지만, 그때에도 때로 이전과는 살짝 다르게 비관주의와 냉소주의와 허무주의와 회의주의를 체험하기도 할 때면 조금은 재미있기도 했지만 대체로는 아무런 재미도 없게 체험했지만 그것은 상관없는 일 같았고, 어쩌면 미래의 젤라토는 어떤 주의자도 아니고 그런 것들에 대해서는 아무 생각도 없는 누군가의 상상 속에서 탄생할 수도 있을 것 같았지만, 한편으로 나는 미래에 새로운 젤라토가 출현하지 않는다 하더라도 그것은 슬프거나 암담하지 않은 일 같았는데, 젤라토는 젤라토의 어떤 완성에 이르지는 않았지만 그럼에도 지금 이대로도 더없이 괜찮은 것 같았고, 그것과는 상관없이, 새로운 젤라토는 비관주의자와 냉소주의자와 허무주의자와 회의주의자뿐만 아니라 심지어는 심각한 염세주의자나 모든 것이 지긋지긋한 사람에 의해서도 탄생할 수도 있을 뿐만 아니라 그런 것들과는 거리가 먼 사람에 의해서도, 누구에 의해서도 탄생할 수도 있었고, 나는 젤라토에 대해서는 아무런 걱정을 하지 않았고, 그것과는 상관없이, 젤라토에 대한 이야기에서 시작되지는 않았지만 젤라토에 대한 이야기를 거쳐 젤라토에서 멀어진 이야기를 지나 그것에 대해서라면 언제나 어떤 얘기를 해도 좋은 젤라토에 대한 이야기로 돌아가 끝내려고 했던 소설의 이 부분은 젤라토에 대한 이야기로 돌아간 여기서 끝내도 될 것이었는데, 그것은 이 부분이 무엇에 대한 이야기인지 말하기 어렵기도 하지만 그것이 뭔가에 대한 이야기이기도 하다면 다른 무엇보다도 젤라토에 대한 이야기이기도 하다고 생각했기 때문이었다.

그런데 내가 사실상 서사라고 할 수 없는 것이 거의 없는 삶을 반영하지 않는 19세기 소설을 더이상 쓸 수 없게 된 데에는 여러 가지 이유가 있었는데, 그런 이유가 전혀 없지는 않았지만 다른 것들에는 없는, 인간에게만 있는 사람을 질리게 하는 어떤 것들에 질려서는 아니었고, 그보다 더 단순한 이유로, 사람들이 사람들에게 갖는 생각과 감정 모두와 하는 짓들 모두가 너무도 뻔했고, 그것들에 대해 생각하는 것은 너무 재미없었고, 호박의 용도나 고래와 상어들의 꼬리지느러미 등에 대해 생각하는 것에 비해 비할 바 없이 재미없었고, 그로 인해 인간적인 것에 대해서도, 인간관계에 대해서도 흥미를 잃게 되어서였는데, 때로 나는 흥미로운 것이기도 한 무의미의 문제나 말을 또다른 방식으로 사용해볼 수 있는 가능성을 생각해보는 것 같은 것을 포함해 할 수 있는 다른 재미있는 이야기들이 있는데도, 누군가가 이런 이야기를 하는 것도 우습지만, 거의 모든 소설가들이 마치 관계에서 벗어나 있는 존재에 대해서는 생각할 수 없는 것처럼, 재미없는 것을 일부러 찾아서 하는 것처럼, 재미있는 것은 생각할 수 없는 것처럼, 재미없는 것이 재미있기라도 한 것처럼, 재미있는 것은 재미없기라도 한 것처럼, 재미도 없는, 그것에 대해서는 지금까지 쓰인 너무도 많은 소설들에서 사실상 이야기될 수 있는 모든 것이 이야기되었고 더이상 이야기될 것도 없는, 인간관계에 대한 뻔한 이야기나 하고 있는 것이, 사람들이 그런 것들에 대한 이야기를 쓰고 읽는 것이 믿기지 않기도 했는데, 어쩌면 내가 누군가와, 그것을 인간적인 관계라고 부를 수 있는지 모르겠지만, 인간적인 관계 비슷한 것이라고 할 수도 있는 것을 마지막으로 가진 것은 인간이 아닌 동물들, 어떤 고양이와 물고기들과의 사이에서였다.

그 고양이는 누군가가 어딘가로 몇 달 떠나가면서 내게 맡긴 것이었는데, 우리는 내 집에서 지내면서도 기본적으로 아무 사이도 아닌 것처럼 지냈는데, 그 몇 년 전 나는 내가 고양이의 보모라도 되는 것처럼 역시 누군가가 몇 달 맡긴, 내가 램지라는 이름을 지어준 고양이와 지내며 그 고양이를 세계 최고의 높이뛰기 선수 고양이로 만들려고 몇 달간 강도 높은 훈련을 집중적으로 시켰지만, 그 고양이의 타고난 자질 부족으로 참담하게 실패한 후 고양이는 본래의 주인에게로 돌아갔지만, 그후에 그 고양이와 교대한 것처럼 나타난 고양이에게는 내게 어떤 것도 기대하지 말게 했고 나 역시 어떤 것도 기대하지 않았고 어떤 것도 하게 하지 않았지만, 그럼에도 그 고양이에게 많은 이름들을 지어주었는데, 본래 주인이 지어준 이름이 마음에 들지 않아 그 이름으로 부르고 싶지 않아서이기도 했지만, 그 고양이에게 어울리는 이름을 찾아주고 싶어 찾게 될 때까지 찾으려고 해서도 아니었지만, 내가 이름들을 지어주면서 알게 된 것이었는데 그 고양이에게는 어떤 이름도 어울리지 않았는데, 나는 이렇게까지 어떤 이름도 어울리지 않는 고양이가 있을 수 있다니, 하는 생각까지 했는데, 그것이 그 고양이의 놀라운 특성 같았다.

이제 나는 내가 그 고양이에게 지어준 이름들을 일일이 다 기억할 수도 없는데, 며칠을 빼고는 거의 매일 하나 이상의 이름을 지어줘 그 고양이에게 너무 많은 이름들이 있었기 때문이기도 했고, 그 고양이의 이름으로 생각해냈지만 그에게는 어울리지 않는다고 생각해 끝내 붙여주지 않은 또다른 너무 많은 이름들도 있었기 때문이기도 했는데, 그 고양이의 이름은 그날의 날씨, 가령, 아침에 기온이 크게 떨어진 어떤 날의 최저기온 섭씨 영하 13.3도, 혹은 바람이 심하게 분 날의 최고 풍속 초속 13.5미터, 혹은 비가 퍼부을 것처럼 하다가 말아버리며 빗방울만 몇 개 떨어뜨린 날의 강우량 0.01밀리미터, 혹은 체온계로 잰 그날의 고양이의 체온 섭씨 38.5도 비정상적일 정도로 정상, 혹은 내가 사야 할 것 혹은 해야 할 것으로 메모한 것, 가령, 샴푸, MRI 검사, 잊지 말고 코트 드라이클리닝 할 것, 혹은 내가 생각하거나 보게 된 어떤 기사 속의 고유명사 등이었는데, 내가 고양이의 이름으로는 다소 긴, 잊지 말고 코트 드라이클리닝 할 것, 이라는 이름을 지어준 날 고양이는 내가 해야 할 일을 상기시켜주었고, 그래서 어떤 쓸모도 없었던 고양이로 볼 수는 없었지만 그것 말고 다른 쓸모가 있었던 적은 없었고, 그래서 나는 그 고양이를 아무런 쓸모 없는 고양이까지는 아니고 거의 아무런 쓸모 없는 고양이로 부르기도 했는데, 그렇게 해서 고양이는 두통, 복통, 프라이팬, 어떤 이름도 어울리지 않는 고양이, 아무런 쓸모 없는 고양이까지는 아니고 거의 아무런 쓸모 없는 고양이, 11월 4일 목요일, 11월 5일 금요일, 북서풍, 칠레, 크렘린, 아프가니스탄, 지하디스트, 탈레반 등으로 불리기도 했고, 내가 책에서 읽은 어떤 문장으로 불리기도 했고, 어떤 날에는 하루종일 이름이 없다가 내가 잠들기 전 고양이의 이름을 지어주지 않은 사실을 깨닫고 이름을 지어줘 잠깐 동안 일시적이며 아주 덧없는 이름으로 불리게 된 날도 있었다.

하지만 나는 전 세계의 많은 사람들이, 특히 뭔가를 하찮은 것으로 만드는 데 대단한 재능이 있고, 20세기 이후 많은 것들을 하찮게 만들었고, 그 가운데는 하찮게 만들면서 재미있게 만든 것들도 있지만 주로는 재미없게 만들기도 한 미국인들이 가족으로 생각하는 고양이에게 자신들의 아이들에게는 지어주지 않는 이름들인 오레오, 쿠키, 피넛, 버터, 피넛 버터, 비스킷, 빈bean, 빈스beans, 바질, 클로브, 세이지, 아몬드, 캐슈, 너트맥, 피스타치오, 베리, 스트로베리, 체리, 올리브, 레몬, 키위, 만다린, 브라우니, 머핀, 베이글, 칩, 피클, 칠리, 타코, 와플, 시나몬, 컵케이크, 마카롱, 슈가, 페퍼, 페퍼민트, 진저, 파프리카, 호박, 오이, 코코넛, 코코아, 카푸치노, 에스프레소, 아메리카노, 자바, 코나, 마키아토, 모카, 로마노, 게이샤(파나마에서 생산되는 커피), 두부, 초콜릿, 고디바, 허시, 킷캣, 치리오, 치토, 캐러멜, 젤리, 젤리빈, 마멀레이드, 마시멜로, 치즈케이크, 티라미수, 젤라토, 체다, 오믈렛, 미트볼, 덤플링, 크럼블, 캐비아, 팝콘, 커리, 할라피뇨, 부리토, 과카몰레, 엔칠라다, 케사디야, 추로스, 쿠스쿠스, 후무스, 팔라펠, 케밥, 도네르 케밥, 팬케이크, 베이컨, 피자, 김치, 사시미, 스시, 참치, 와사비, 미소, 와규, 앵거스(고급 소고기), 티본, 타바스코, 핫도그, 스파게티, 브랜디, 짐 빔, 잭 대니얼스, 모히토, 마르가리타, 테킬라, 마티니, 코로나, 하이네켄, 필스너, 기네스, 위스키, 몰트

위스키, 보드카 등의 음식 이름을 지어주는 것은 고양이의 인격을 무시하는 아주 잘못된 처사라고 생각했고, 나 또한 피넛 버터나 오믈렛이나 젤라토나 보드카 같은 이름을 지어주고 싶은 유혹을 크게 느낀 날도 있었지만 잘 참았고, 그래서 고양이는 어떤 날에도 음식 이름으로 불린 적은 없었다.

그런데 나는 전 세계의 많은 사람들이, 특히 미국인들이 고양이에게 붙여준 그 이름들을 하나씩 길게 떠올릴 때면 거기에는 주술적인 것이 있는 것 같았고, 실제로 열거는 주문에 있어 반복과 함께 중요한 요소이기도 했고, 그래서 그것들을 주문처럼 몇 번에 걸쳐 읊어보기도 했지만 주문이 되지는 않았는데, 어쩌면 그것은 주술적인 것이 되게끔 그것들을 충분히 많이 읊지 않아서일 수도 있었고, 만약 세상에 존재했고, 존재하고, 존재하게 될 모든 고양이들의 무수한 이름들을 끝없이 읊기만 한다면 충분히 주술적일 수도 있고, 그것들로 주문을 외울 수도 있을 테지만, 그런다고 세상에 존재하는 고양이들이 알 수 없는 이유로 꼬리를 감추며 사라지며 세상에 없던 새로운 고양이들이 출현하며 새로운 세상이 펼쳐지는 것과 같은 일은 일어나지 않을 것이었지만, 위에 열거한 고양이의 이름들을 길게 낮게 중얼거릴 때면 그 소리가 티베트의 라마 불교 승려들이 경을 외면서 내는 소리에 가까운 소리처럼 들리기도 했지만 그렇다고 내가 라마 불교 승려처럼 여겨지거나 하지는 않았는데, 전생에는 어땠는지 알 수 없었지만 현생에서는 내가 라마 불교 승려로 태어나지 않은 것은 확실한 것 같았다.

그런데 내게는 내가 주문처럼 외기도 하는 말들이 몇 개 있었고, 그 어떤 것도 주문으로서 아무런 효력이 없었지만 내가 가장 자주 주문처럼 외는 것에는, 세상에 냉장고에 맥주가 없다니, 라는 것도 있었는데, 그것이 주문 같은 것이 된 것은 세상이 모두 떠내려갈 것처럼 엄청난 폭우가 퍼붓던 어느 날 밤, 다른 것은 몰라도 그 안에 맥주가 자리하고 있지 않는 일과 같은 일은 일어나지 않게 각별히 조심을 하는 냉장고를 열었는데, 한 칸을 가득 채우고 있어야 마땅한 맥주가 누가 집에 침입해 맥주만 훔쳐간 것처럼 하나도 없었고, 엄청난 폭우 속에 맥주를 사러 가는 길은 아주 먼 길처럼 여겨졌고, 그것에 떠내려갈 수도 있는 폭우를 뚫고 먼 길을 가 사온 맥주는 폭우의 맛도 더해져 맛이 더 좋을 것 같기도 했지만, 폭우로 인해 멀어지고 그 위를 걷다보면 그 자체가 어딘가로 떠내려갈 것 같기도 한 길은 그날 밤 내로 갔다 올 수 없는 길 같았고, 가는 도중 폭우에 어디로 떠내려가 실종되는 것은 상관없을 것 같았지만, 그날 밤 내로 돌아올 수 있을지 알 수 없는 먼 길을 어렵게 가는 대신 쉬운 길로, 그냥 절망하며 맥주에 대해서는 어떻게든 잊으려고 했지만 그것은 쉽지 않은 일이었고, 그런 폭우가 쏟아지는 밤에 맥주를 마시지 않기란 무척 어려운 일이었고, 그래서 나도 모르게 계속해서 세상에 냉장고에 맥주가 없다니, 하고 되풀이하게 되었고, 그날 밤 오랜 시간에 걸쳐, 마법사가 어떻게 해도 걸리지 않는 주문을 힘들게 외는 것처럼, 주문처럼 계속 해서 외게 된 그 말은 내 뇌리에 깊숙이 박히게 되었고, 그후로 내가 주문처럼 외기도 하는 말이자 내게는 나만의 관용어 같은 것이 되었는데, 나는 냉장고를 열었는데 맥주가 하나도 없을 때에는 그 말은 하지 않고 그냥, 맥주가 없네, 하고 생각했지만 뭔가에 낙담하게 될 때면 늘 내게는 관용어가 된 그 말을 주문처럼 외웠는데, 물론 그것이 어떤 소용이 있었던 적은 없었다.

그리고 주문처럼 외기도 하는 말은 아니지만 내게는 관용어 같은 것이 된 것이 있었는데, 그것은 세상에 바나나가 없다니, 라는 것이었는데, 그것이 관용어 같은 것이 된 것은 내가 자주 가는 집 근처 큰 마트에 밤에 바나나 한 송이만 사러 갔는데 마트에 있어야 하는 다른 모든 것들은 그대로 있었지만 마치 바나나를 며칠째 안 주고 있는 것에 불만이 쌓일 대로 쌓인 원숭이들이 동물원을 집단으로 탈출해 하필이면 그 마트에 몰려와 은행 강도가 금괴만 털어가듯 바나나만 모두 털어갔거나, 아니면 다른 뭔가를 털려고 왔지만 그것이 없어 빈손으로 허탈한 심정으로 동물원으로 돌아가려는 원숭이들에게, 원숭이들을 좋아하는 바나나들이 자신들을 데리고 가달라고 했지만 바나나를 털려고 오지는 않은, 평소 바나나에 대해 미온적인 욕망을 갖고 있던 원숭이들이 싫다고 했지만 사정을 하는 바나나들을 마지못해 모두 데려가기라도 한 것처럼, 그 말고 다른 이유는 생각하기 어렵게 모두 자취를 감춰 바나나만 없는 것을 보고 믿을 수 없어 나도 모르게 그 말을 한 후 살 필요도 없는 맥주를 몇 캔 사, 맥주 캔을 들고 있기는 했지만 사려고 했던 바나나를 못 사 어쩐지 맥주 캔을 든 손이 빈손보다도 더 빈손인 것처럼 느껴져 두 손 모두 빈손인 것처럼, 완전히 빈손의 심정으로, 빈손일 때보다도 더 빈손의 심정으로, 심지어는 손만 있는 빈손인 누군가와 동행하는 것처럼 집에 돌아오면서 여러 번 되풀이하게 되면서였는데, 그후 나는 그 관용어를 뭔가에 놀라게 되거나 낙담하게 되었을 때는 아니고 슬플 때 주로 사용했는데, 슬플 때 세상에 바나나가 없다니, 라고 몇 번 말하면 좀더 난해하고 난감하고 터무니없는 것이 된 슬픔을 느낄 수 있었는데, 마트에 바나나만 사러 갔는데 바나나만 없을 때 말고 다른 상황에서 쓰기에는 그다지 좋은 표현은 아닌 그것은 다른 사람들은 쓰지 말기를 바랐지만 사람들이 다른 사람들은 쓰지 않는 자신만의 관용어들을 몇 개쯤은 갖고 있어도 좋을 거라고 생각되었는데, 그럴 경우 평소에 아무런 도움도 되지 않게 쓸 수도 있는 그것들을 경우에 따라서는 전혀 예상치 못한 순간에 큰 도움이 되게 쓸 수도, 경우에 따라서는 끝내 아무런 도움도 되지 않게 계속해서 쓸 수도 있을 것이었다.

그런데 한편으로는 내가 지어준 모든 이름들이 그 고양이에게 어울리는 것 같기도 했고, 그렇지 않은 것 같기도 했고, 어떤 이름이 가장 잘 어울리는지 혹은 가장 안 어울리는지 말하기는 어려웠지만 대체로 이름을 붙여준 날이 지나면 이름들은 아무것도 아닌 것이 되었지만, 그 많은 이름들 때문이었을 수도 있었지만 그 고양이는 실재하는 고양이는 아닌, 그렇다고 상상의 고양이도 아닌, 그렇다고 미지의 고양이도 아닌, 어쩐지 추상적인 고양이 같기도 했는데, 함께 사는 개나 다른 동물에게 그렇게 많은 이름을 지어준다고 하더라도 추상적인 동물처럼 여겨질 것 같지는 않았고, 때로 어떤 순간에는 흰색의 터키시 앙고라 고양이가 흰색의 어떤 관념 같기도 했는데, 흰 고양이가 아주 가뿐하게 테이블 위로 뛰어오르거나 아주 사뿐하게 테이블에서 뛰어내릴 때면 흰색의 어떤 관념이 아주 가뿐하게 뛰어오르거나 아주 사뿐하게 뛰어내리는 것 같았고, 우아하기도 한 그것이 선명하게 보이기도 했는데, 그 흰색의 관념은 고양이가 조용히 걸어다니거나 앉아 있을 때에는 희미하게 보였고, 마치 그 관념을 소모해 잠을 이루기라도 하는 듯 잠이 들었을 때에는 전혀 보이지 않았고, 그래서 나는 그 흰색의 관념이 보이도록 잘 자고 있는 고양이를 깨워 화나게 한 적도 있었는데, 경우에 따라 나타나는 그 흰색의 관념이 그 흰색 고양이에게 내재하는 것인지에 대해서는 말하기 어려운 점이 있기도 한 것 같았다.

고양이는 내가 아무런 할 일이 없어 아주 많은 이름을 지어줘 아주 많은 이름으로 불린 날도 있었지만 그렇다고 고양이에게 어떤 변화가 있지는 않았는데, 내가 매일 이름을 지어주는 것도 귀찮은 나머지 이름을 지어주지 않은 날에는 이름 없이 지내기도 했지만 그런 날에도 고양이는 다른 고양이로 보이지 않았고, 고양이에서 뭔가가 부족한, 덜 고양이 같은 뭔가로도 보이지 않았지만 그렇다고 고양이보다도 더 고양이 같은 뭔가로 보이지도 않았고, 내가 어떤 이름으로 불러도, 이름이 없어 부르지 않아도 그대로였고 아무것도 달라지는 것이 없었는데, 나는 그것이 그 고양이의 또다른 특성이고, 그것은 그 고양이의 아주 좋은 특성이라고 생각했고, 고양이의 그 특성을 생각하며, 나는 생각한다고 뭔가가 달라지는 것이 없는 것을 좋아하기는 했지만, 그것과는 상관없이, 우리의 관계에 대해 생각해보았고, 우리가 비록 한 공간을 공유하며 지내지만 기본적으로 무관한 사이라고 생각했는데, 그것은 어느 날이 11월 4일이거나 11월 5일이었고 그날들이 목요일이거나 금요일이었고 각각 날씨가 흐리거나 맑았던 것만큼이나 아무런 의미가 없는 것 같았지만, 그 고양이와 지내본 내 경험에 따르면, 다른 누군가가 그 고양이에게 굳이 이름을 붙여주고 싶다면 섭씨 영하 13.3도나 풍속 초속 13.5미터나 강우량 0.01밀리미터나 MRI 검사나 프라이팬이나 지하디스트나 13일의 금요일이나 어떤 이름도 어울리지 않는 고양이 등이 그나마 어울릴 것 같았다.

그런데 당시 나는 고양이 외에도 누군가와 함께 지냈는데, 그것은 작은 어항에 사는 작은 열대어 두 마리였는데, 나는 누군가가 어디를 가면서 내게 맡기지는 않고 자신은 못 키우겠다며 내게 떠

넘겨 어쩔 수 없이 같이 지내게 된 그들에 대해서 내가 고양이와 가졌던 인간적인 관계 이상의 관계를 가졌다고 할 수는 없었는데, 나보다는 고양이가 물고기들과 더 가까운 관계인 것 같았는데, 물고기들을 본 고양이는 그런 것은 처음 보는 듯 굉장한 호기심을 갖고 보며 본능적으로 일단 잡아먹을 수 있는 것인지를 생각하는 것 같았고, 나는 고양이가 호기심이 지나쳐 물고기들을 잡아먹을까봐 걱정이 되기도 했고, 잡아먹기만 하면 고양이를 가만두지 않을 거라고, 응분의 대가를 치르게 될 거라고 생각했지만, 다른 곳에서는 몰라도 내 집에서는 물고기들이 고양이가 잡아먹어서는 안 되는 것들이라는 것을 고양이가 알게 할 방법은 없었고, 그래서 일단 그냥 두고 보기로 했는데, 고양이는 어항 속으로, 물위로 앞발을 가져가기까지는 했지만, 거의 모든 고양이들이 그렇듯 몸이 물에 닿는 것을 무척 싫어했고, 그래서 물속에 발을 넣지는 않았는데, 나는 고양이들이 물을 무척 싫어하며 물이 닿거나 하면 인상을 쓰고, 세상에서 제일 화난 고양이처럼 화난 얼굴로 빗속을 걸어가거나 하는 것을 보는 것은 늘 재미있게 생각했는데, 고양이들의 진화 과정에서 무슨 일이 있었는지는 알 수 없었지만 고양이들이 몸이 젖는 것을 무척 꺼리게 된 것은 연구해볼 만한 일인 것 같았지만 고양이들의 진화 과정에서 일어난 중요한 일들 중 하나일 수도 있는 그것에 대해서는 이미 충분한 연구가 이루어져 그 이유가 모두 밝혀졌을 것이 분명했다.

그래서 그것에 대한 연구는 따로 하지 않아도 될 것 같았지만 그럼에도 나는 그 이유를 나 스스로 알아내고 싶었는데, 당시 내 집에는 물에 젖는 것을 세상의 무엇보다도 싫어하는 것 같은 고양이와 함께, 그 이유로 고양이가 잡아먹지 못하고 있는 것 같은 물고기들이 있었고, 말하자면 나는 아주 좋은 연구 환경이라고는 할 수 없지만 가장 기본적인 연구 환경 속에 있었고, 고양이 역시 자주 어항 속으로, 물위로 앞발을 가져가다 마는 것을 내게 되풀이해 보여주며 그 이유에 대한 모든 단서는 아니더라도 단서의 일부가 있다며 그 중요한 의문을 풀어보라고 강요했고, 그렇게 해서 나는 살면서 처음으로 고양이들이 대체로 물을 싫어하는 이유에 대해 깊이 생각해보게 되었는데, 그런 연구 환경 속에 있지 않았다면 나는 그것에 대해 연구할 생각은 하지 못했을 수도 있었는데, 그 연구를 시작한 내게 가장 먼저 든 생각은 어쩌면 대체로 고양이들이 털이 젖게 되면 기분이 필요 이상으로 무척 안 좋고, 털이 마를 때까지는 그 무척 안 좋은 기분이 지속되는 것을 필요 이상으로 싫어하게 되어서였을 수도 있다는 것이었지만, 기분이 무척 안 좋다는 것만으로 고양이들이 몸이 물에 젖는 것을 무척 싫어하게 된 것 같지는 않았고, 그것보다는 근본적인 이유가 있고, 그 이유로 인해 결과적으로 몸이 젖는 것을 싫어하게 되었을 것 같았다.

세상 어딘가에는 일종의 진화가 좀더 일어나 그렇지 않은 예외적인 고양이들도 있는지도 몰랐지만 내 집에 사는 고양이는 도구를 사용해 물고기를 잡는 방법을 몰랐고, 그런 생각이 고양이의 머릿속에 스치거나 자리잡지 못한 것 같았고, 그래서 발이 젖지 않게 하며 물고기들을 잡을 수 있는 어떤 좋은 방법도 생각나지 않아 무척 어려운 문제에 직면해 있다고 생각하며 무척 힘들어하는 것 같았는데, 그 사실을 모르는 물고기들은 고양이에게 발이 젖지 않게 하면서 자신들을 잡아먹을 수 있는 방법을 찾는 난제와 함께 또다른 난제를 주는 대신, 자신들을 굉장한 관심을 갖고 바라보는 고양이가 뭐라고 말하기 어렵게 생겼다고 생각하는 듯한 눈으로 고양이를 바라보았는데, 그들이 마찬가지로 뭐라고 말하기 어렵게 생겼다고 생각하는 듯한 눈으로 나를 바라볼 때와는 거의 알아차리기 어려운 작은 차이가 있는 것 같았는데, 물론 그것은 내 생각에 지나지 않는 것일 수도 있었다.

때로 고양이는 한숨을 쉬지는 않았지만 한숨을 쉬는 것으로는 모자라 한숨을 쉬지는 않는 듯한 얼굴로 나를 보며 도움을 청하기도 했지만, 나는 잡아먹을 수 있다고 해서 꼭 잡아먹으라는 법은 없지, 하는 생각을 했고, 너의 일이니 네가 알아서 하라는 얼굴로 고양이를 보았고, 그러면 고양이는 알아서 할 수 없으니 도움을 청하는 것 아니겠냐는 얼굴로 나를 쳐다본 후 얼굴을 떨군 뒤 다시 얼굴을 들어, 내게서는 기대할 게 없다는 듯, 나를 한심하게 생각하는 듯한 얼굴로 나를 본 후, 다시 알아서 하도록 해보겠다고 하는 듯한 얼굴로 고개를 돌렸고, 나는 그런 것들이 우리의 관계에 대해 많은 것을 말해주고 있다고 생각했다.

물고기들을 보며 많은 시간을 보내며 많은 생각들을 하는 고양이의 생각들 가운데는 물고기들을 잡아먹는 건 좋은 일이지만 어항 속에서 헤엄치는 물고기들을 보는 것 역시 재미있고, 물고기들을 잡아먹게 되면 또다른 물고기들이 어항 속에서 헤엄치게 될 것 같지 않고, 그래서 물고기들을 잡아먹는 문제는 시간을 갖고 생각해볼 수도 있다는 것 등이 있는 것 같았고, 며칠간 고양이는 물고기들을 잡아먹는 것과 안 잡아먹는 것의 좋은 점 내지 안 좋은 점에 대해 생각하며 많은 시간을 보내는 것 같았는데, 내가 고양이에게 밥을 주면서 물고기들에게도 밥을 주는 것을 보는 것에 익숙해진 후에는 자신도 물고기들도 내게서 밥을 얻어먹으며 내 시중을 받으며 함께 사는 존재들이라는 쪽으로 생각이 바뀌었고, 안 잡아먹는 것에 좋은 점이 좀더 있다는 결론에 이른 것 같았지만, 그럼에도 물고기들을 보며 언제든 잡아먹을 수 있으니 특별한 날에 잡아먹어야겠다고, 그때까지는 함께 지내야겠다고 생각하기도 하는 것 같았지만, 창가 탁자 위에 있어 내가 식사를 할 때 시간을 함께 보내는 것처럼 보이기도 하는 물고기들과 내가 더 가까운 사이처럼 보이니 내가 자신을 기분 나쁘게 하면 물고기들을 잡아먹어 내 기분을 상하게 할 수도 있다는 생각까지 하는지는 알 수 없었는데, 어쩌면 그런 것은 고양이에게는 벅찬 생각이고, 좀더 진화했거나 특별한 능력을 가진 고양이들만이 할 수 있는 것인지도 몰랐다.

하지만 시간이 지나면서 햇볕이 잘 드는 창가 탁자 위를 가장 좋아하는 장소로 생각하게 된 고양이는 탁자 위에서 많은 시간을 보내며 어항 속에서 물고기들이 물속에 가만히 있거나 헤엄치는 것을 그냥 바라보는 것을 좋아하게 된 듯, 물속에서 가만히 있거나 헤엄치는 것을 할 수 있는 물고기들이 부러운 듯, 어항 속의 물고기들을 구경하는 것을 그 무엇보다도 좋아하게 된 듯했고, 그렇게 함으로써 내가 고양이의 습성과 생각들을 이해하고 그것으로 고양이가 물에 젖는 것을 싫어하는 이유를 알아내는 연구를 하는 데 아무런 도움을 주지 않았고, 결국 나는 그것을 고양이의 탓으로 돌리거나 하지는 않았지만 연구를 포기하고 검색을 통해 그 이유를 알아냈고, 과거 북아프리카, 그중에서도 리비아의 사막에 살아 강이나 호수를 가까이할 기회가 거의 없었던 삵이 조상인 고양이들이, 나로서는 그것까지는 알고 싶지 않은 어떤 이유로 털을 계속 혀로 핥아 털에 피부 오일이 축적되지 않아, 털이 물에 젖어도 물을 쉽게 털어낼 수 있는 어떤 종류의 개들과는 달리 물이 닿게 되면 털이 흠뻑 젖고 젖은 털은 잘 마르지 않아 체온이 떨어져 생존에 위협이 되고, 그로 인해 물은 많은 고양이들에게 가장 공포스러운 것 중 하나이기도 하고, 실수로 물이 찬 욕조에 빠진 고양이들 가운데는 그 트라우마를 극복하지 못해 주인을 졸라 주인으로 하여금 욕조가 없는 집으로 이사하게 하는 경우도 있다는 것을 알게 되었다.

그리고 애초에 물을 좋아할 수 없었던 고양이 종들 가운데서 예외적으로 물을 좋아하거나 물에 젖는 것을 개의치 않는 종들도 있고, 그 가운데는 수영하는 고양이로도 알려진 터키시 반, 소말리, 아비시니안, 메인쿤, 벵골, 노르웨이숲 고양이 등이 있고, 그 가운데서 털이 방수가 되는 메인쿤은 수영과 산책 등 일반적인 고양이들이 하지 않는 것을 하는 경우가 많이 있고, 털이 긴 노르웨이숲 고양이는 어떤 개들처럼 물을 털어낼 수도 있고, 아비시니안은 고양이들 가운데서도 물을 가장 좋아하는 종으로 알려져 있다는 것도 알게 되었는데, 그것들은 내가 아무리 연구를 해도 결코 알아낼 수 없었을 것이었고, 그래서 나는 연구는 아니고 그냥 호기심에, 고양이들이 물을 싫어하고 무서워하게 된 결정적인 이유로, 그렇게 하지 않았다면 물을 싫어하고 무서워하게 되지 않았을 수도 있는, 털을 계속 혀로 핥는 습성을 갖게 된 이유를 생각해보았는데, 그것은 고양이들이 청결을 유지하고 외모를 가꾸는 것에 지나치게 신경을 쓰게 되어서일 수도 있을 것 같았지만, 고양이들 스스로 자초한 것으로 볼 수도 있는 그것은 그보다 근본적인 이유의 사후적인 결과일 수도 있을 것 같았고, 그 근본적인 이유와 관련해서는 나로서는 고양이와 관련한 한 가지 미스터리로 남겨놓아도 될 것 같아 그것에 대해서까지 생각해보지는 않기로 했다.

이제는 사막에서는 생존할 수도 없게 진화했지만, 오래전 리비아의 사막에서 힘들게 모래를 파 굴을 만들어 살아야 했지만 역시 힘들지만 즐겁게 모래를 파 먹이를 잡아먹었고, 거의 모래밖에 없는 곳이라 다른 삵들의 꼬리를 갖고 노는 것 외에는 별로 할 만한 다른 놀이가 없어 다른 삵들의 꼬리를 갖고 놀거나 모래를 파며 놀며 즐거워해야 했던 삵일 때의 기억 때문일 수도 있지만, 물을 싫어하는 것만큼이나 모래를 좋아하는 많은 고양이들과 마찬가지로 물을 꺼리고, 물고기들을 잡아먹지 않는 것으로 마음을 정한 듯한 나와 함께 사는 고양이가, 물속에서 살며 자신의 꼬리와는 모양과 기능이 달라 보이는 꼬리를 자신과는 다른 방식으로 흔들어 헤엄치는 물고기들을 부러워하거나 경탄하는 듯한 모습으로 바라보면서도 어항의 물속에 발을 집어넣을 엄두를 내지 못하는 모습을 통해 자신이 북아프리카, 그중에서도 리비아의 사막의 삵에서 기원했다는 것을 보여주는 것을 보며 나는 역시 호기심에 나와 함께 사는 고양이가 물에 흠뻑 젖거나 물에 들어가게 되면 어떤 반응을 보일지 궁금했지만, 물을 아주 싫어하는 것 같은 고양이를 그렇게 하게 하고 싶지는 않았고, 좋아하지 않는 것 같은 목욕도 시켜주지 않았지만, 욕실에 들어가 혼자서 몸이 저절로 씻기게 하는 등의 방법을 찾아내 목욕을 하거나 씻는 등의 일을 알아서 하게 하기도 했지만 고양이는 알아서 하지 않고 그냥 욕실에서 나왔고, 나는 고양이가 알아서 할 줄 아는 게 별로 없다고 생각하면서도 고양이를 무시하거나 하지는 않았고, 어떤 점에서는 고양이가 나보다도 더 잘 자신의 할일을 알아서 한다는 생각에 나를 무시하지는 않았고, 그후로는 혼자서 알아서 몸의 청결을 잘 유지하는 고양이를 그냥 내버려두었다.

고양이의 그런 점들에 비하면 열대지방에서 왔지만 온대지방의 누군가의 집의 어항 속 실온에서도 잘 살아가는 열대어들은 흥미로운 것에 있어서는 덜하다고 할 수 있었는데, 그들은 뭔가를 꺼리거나 무서워하거나 좋아하는 모습을 보여주지 않았고, 그들로 하여금 뭔가 흥미로운 것을 하게 할 수 있는 방법도 없는 것 같았는데, 그것과는 상관없이, 열대어들은 내가 지어준 이름들을 갖고 있었지만 그 이름들은 많지 않았는데, 그들은 물고기 전, 물고기 후, 물고기 상, 물고기 하, 물고기 좌, 물고기 우로 불렸는데, 당연한 것이지만 그들의 이름은 어항 속에 있는 그들의 위치에 따라 정해졌고, 그에 따라 계속해서 달라져 내가 그들을 계속해서 혼동하게 했지만 그 이상의 이름들은 없는 것처럼 잘 어울리는 것 같았는데, 물고기들은 추상적인 존재처럼 여겨지지 않았는데, 어쩌면 내가 충분히 많은 이름들을 지어주지 않아서였는지도 몰랐고, 물고기 두 마리는 실험실에서 복제한 물고기들처럼 똑같은 크기에 똑같은 모습이었고, 둘은 구분하기가 아주 어려워 어느 이름으로 불러도 상관없는 것 같았는데, 나는 물고기들을 보면서 내가 지어준 이름들을 생각하며 우리가 그 이상도 그 이하도 아닌 관계라고 생각했는데, 물고기들은 똑같이 활동적이지 않고 정적이었고, 대부분의 시간을 거의 명상 상태에서 보내는 것 같았고, 고양이가 그 물고기들을 가만히 바라보고 있을 때면 고양이 역시 명상 상태에 있는 것 같았고, 내가 그들을 바라보고 있을 때면 나 역시 명상 상태에 있는 것 같았고, 우리 모두가 명상 상태에 있는 것 같았는데, 그때에도 우리를 연결해주는 뭔가가 있다거나 우리가 어떤 특별한 관계인 것 같지는 않았고, 나는 누구와의 관계도 특별한 것이 없었던 그들과의 관계 이상으로 특별했던 적은 없었던 것 같았고, 어떤 점에서는 누구와의 관계도 아무 관계도 아닌 것 같았고, 그것은 자연스러운 것이기도 한 것 같았고, 그래서 어떤 사람들이 수도승이나 승려나 은둔자나, 세상을 등지거나 세상에서 거의 등을 돌린 각종 사람들이 되어 끊을 수 있는 관계를 모두 끊고, 경우에 따라 무엇에도 얽매이지 않고 자신에게만 얽매이고도 잘 살기도 하는 것 같았는데, 그런다고 뭔가가 완전히 달라질 수 있는지 나로서는 알 수 없었고, 어떤 점에서는 끊을 수 있는 관계들은 끊을수록 좋은 것 같았고, 내가 인간적인 것과 인간관계에 관한 것들에 흥미를 잃고 갈수록 더 아무 관계도 아닌 동물들에 대한 이야기를 쓰게 되는 것은 지극히 자연스러운 일 같았고, 그것은 슬픈 일이기도 했지만 어쩔 수 없는 일이라고 생각했는데, 물론 사람이 아닌 다른 동물들이 다 재미있는 것은 아니었고, 재미없는 사람들만큼이나 재미라곤 없는 동물들도 많았지만, 사람들은 하지 않거나 사람들이 하면 재미없는 것들을 해 재미있거나 그들에 대해 재미있는 생각을 하게 해주는 동물들이 있었고, 나는 그런 동물들에 대해 생각하는 것은 여전히 좋아했고, 혹은 과연 그런지는 알 수 없었지만 그렇기도 한 것처럼 여전히 말할 수는 있었고, 그런 동물들 중 하나로 말할 수 있는 것에는 브리티시컬럼비아에 한때 존재했던 어떤 동물들도 있었다.

나는 밴쿠버 시내의, 관광객들을 태운 수상비행기들이 몇 분 간격으로 이착륙하는 선착장 근처에 있는, 브리티시컬럼비아와 관련된 역사적 사실들을 아주 짤막하게 적어놓은, 지금의 브리티시컬럼비아가 있게 된 것에 기여한 누군가들에 관한 것이 대부분으로, 내 생각에는 하나도 흥미롭지 않은 수십 개의 팻말들 가운데서 유일하게 흥미로운 어떤 것을 발견했는데, 그것은 결과적으로 브리티시컬럼비아에 기여한 바가 거의 없는 누군가에 관한 것이었고, 그 누군가는 사람이 아닌 낙타들이었는데, 그들은 브리티시컬럼비아 원산으로 지금은 멸종한 낙타들은 아니었고, 너무도 넓지만 땅의 대부분이 무인 지대라 지구에 재앙이 닥쳐 다른 모든 곳을 떠나야 할 경우, 내 생각에는 다소 비좁을 수도 있겠지만 인류가 전부 이주해도 좋을 캐나다였지만 애초에 브리티시컬럼비아에도 캐나다에도 낙타는 없었다.

1800년대에 낙타들이 미국 애리조나에서 철도 건설에 동원되어 큰 역할을 하고, 정식으로 미국 낙타 부대의 일원으로 활약하기도 한 사실에 큰 인상을 받게 된 브리티시컬럼비아 사람들은 낙타들이 브리티시컬럼비아에서도 큰 역할을 하며 자신들에게도 큰 인상을 줄 수 있게 1862년 노새보다 짐을 두 배는 더 나르는 중앙아시아산 낙타 스물세 마리를 한 마리에 삼백 달러를 주고 들여왔지만, 자신들이 낙타에 대해 몰랐던 사실들과, 낙타들을 브리티시컬럼비아에 들여오는 것이 애초에 좋은 생각이 아니었다는 것을 곧 알게 되었다.

어쩌면 미국의 사막에서 활약하고 있는 낙타들에 대한 이야기를 듣기는 했지만 낙타를 실제로 본 적은 없었을 수도 있는 그들은 생각과는 달리 낙타의 발바닥이 부드러워 날카로운 돌들에 쉽게 상처를 입는다는 사실을 알게 되었지만, 말과는 달리 낙타에게는 말굽 같은 것을 만들어줄 수 없다는 것도 알게 되었고, 결국 캔버스 천으로 만든 신발을 신겨 브리티시컬럼비아의 산악지대에 있는 금광에 화물을 나르는 일을 하게 했지만, 낙타들은 낙타들이 좋아하는 것으로, 사람들에게 침을 뱉고, 악취를 풍기고, 사람들을 무는 것으로 그치지 않고, 어쩌면 사막이 없는 것에, 그리고 맨발로 다니는 것을 좋아하는데 신발을 신게 한 것에, 그리고 사람들이 엄연히 남의 등인 자신들의 등에 어느 정도 무거운 짐을 지게 하는 것은 크게 상관하지 않았고, 아무것도 지지 않으면 허전하기도 한 등에 마음을 안정시켜주는 정도의 무거운 짐을 지는 것은 좋아하고, 아무것도 하지 않고 있는 것보다는 걷는 것을 더 좋아하기도 했지만, 험한 길로 너무 무거운 짐을 져 나르게 해 다리를 후들거리게 하고 숨을 헐떡이게 하는 것에는 화가 날 대로 나 원망스러운 사람들을 무는 것으로는 성에 차지 않아, 소화는 차후의 일이기도 해 웬만한 것은 다 소화시키는, 아래쪽에 든든하게 자리잡고 있는 배가 알아서 하게 사람들이 벗어놓았거나 입고 있는 바지와 셔츠와 외투와 모자는 물론 어쩌다가 먹어보게 된, 냄새도 좋고 씹을 때의 느낌도 좋지만 맛이 약간 이상하고 속을 들끓게 하는 것 같아 먹을 때면 심정이 다소 복잡해지기도 하지만 먹고 나면 속이 세탁되는 것처럼 깨끗해지고 후련해지기도 하는 것 같은 느낌이 들어 좋아하는 것으로 마음을 정한 세숫비누와 세탁비누를 포함해, 일단 배와는 조금 떨어져 위쪽에 있는 큰 입으로 삼킬 수 있는 것은 모두 먹어치우고, 사막이 아닌 곳도 별로 상관하지 않아 별로 불만이 없고, 맨발로 다니지도 않고, 식성도 별나 자신들이 좋아하는 비누를 먹지도 않고, 그래야 할 아무런 이유가 없는데도 우스울 정도로 너무 빨리 달리기도 하고, 생긴 것부터 자신들에 비해 수준이 한참 떨어져 보이고, 사람들과 불필요하게 가깝게 지내고, 자신들이 보기에는 다분히 둔감하고 비굴하기까지 한, 같이 짐을 지고 나르는 말들에게도 불만이 쌓여 말들과도 사이가 안 좋게 지내는 등, 좋지 않은 환경 탓에 어쩔 수 없이 좋지 않은 성격을 갖게 되어 좋지 않은 행실을 보였고, 그것에 사람들은 사람들대로 불만이 쌓였고, 양측 모두 불만이 쌓일 대로 쌓였고, 사람들은 차라리 낙타 대신 노새를 두 배 더 구하지 않은 것을 후회하며 자신들을 원망하는 대신 낙타들을 원망했고, 낙타들은 사람들 얼굴만 봐도 그림자만 보여도 생각만 해도 원망스러웠고, 결국 서로에 대한 불만과 원망이 폭발해 1863년에 그 프로젝트는 종결되었다.

풍문에 따르면 그후 수십 년간 브리티시컬럼비아 중부의 여러 곳에서 낙타들이 목격된 후 모두 사라진 것으로 알려져 있었는데, 내 생각에는 대부분 아사하거나 동사한 것 같았는데, 어쩌면 낙타들은 북쪽의 유콘이나, 브리티시컬럼비아의 북동쪽에, 캐나다 전체로 봤을 때는 북서쪽에 있는, 거의 미국 본토의 절반 크기에 이르는 아주 광활한 땅이지만 너무도 광활한 캐나다에 그 정도는 있어도 그만 없어도 그만으로, 거의 불모지에 가까운 땅이라고 생각한 듯 더없이 무성의하게 이름을 지은 노스웨스트 테리토리스 Northwest Territories까지는 가지 못했고, 그래서 툰드라에서 오로라는 보지 못한 것 같았는데, 나는 어쩐지 그들이 툰드라에 이르렀다면 사막과도 비슷한 그곳 불모지에서 다른 무엇보다도 오로라에 특별한 감정을 느끼며 인간에 대한 좋지 않은 감정은 버리고 새로운 종의 낙타로 진화했을 수도 있었을 것 같았다.

아쉽게도 브리티시컬럼비아의 관광청에서는 낙타들이 마지막으로 목격된 후 사라진 것으로 알려진 지점들이나, 낙타들이 그곳들에 가느라 지나갔을 것으로 추정할 수 있는 루트들이 표시된 지도는 온라인으로 제공하지 않았는데, 브리티시컬럼비아 사람들이 사전에 낙타에 대해 잘 알아보지도 않은 탓에 브리티시컬럼비아에 끌려와 잠시 무거운 짐을 나르다 별로 도움이 되지 않는다는 이유로 사람들에게서 버림받아 슬픈 운명을 맞이한 낙타들에 대해 나는 여러 가지 생각을 해보았는데, 그때는 캐나다에 아직 동물원이 없어 동물원에 보낼 수는 없었겠지만, 적어도 브리티시컬럼비아 사람들은 성금을 모아 뱃삯을 마련해 낙타들을 고향인 중앙아시아로 돌려보내거나 캘리포니아나 애리조나의 사막으로 보내거나, 좋지 않은 환경에서 생활해 성격도 안 좋아진 것으로 소문이 났을 수도 있는 낙타들과 함께 사는 것을 개의치 않거나 좋아할, 역시 성격이 안 좋거나 좋은 주인이 있는 목장이나 농장이나, 정원이나 뜰이 있는 가정이나 보육원이나 양로원에 위탁하거나 하는 등의 배려를 했어야 마땅했지만, 캐나다에서는 아무런 쓸모가 없는 낙타들이 알아서 최후를 맞이하도록 한 것 같았다.

사람들에게서 버림받아 마음의 상처를 입어 사람들과는 멀어질 수 있는 어딘가로 가야 했던 낙타들은 신대륙에 이주한 개척자들의 모습으로 본능적으로 그들의 마음을 편하게 해주는 척박한 곳을, 사막을 찾아 길을 떠났을 테지만, 가도 가도 사막은 보이지 않고, 자신들은 좋아하지 않고 무서워하는 수많은 호수와 강과 산과 숲이, 혹은 하얀 눈에 뒤덮인, 역시 좋아하지 않고 무서워하는 또다른 산과 숲만 나타나는 것에 혼란스러워하며 낙오자들의 모습으로 방황하다, 침을 뱉고 물 수 있는 사람들도, 먹어치울 수 있는 바지와 셔츠와 외투와 모자는 물론 비누도 없는 것에 정말 화가 나 낙타들 스스로도 몰랐던 사나운 본성을 새롭게 발견하며 어쩌면 약간 머리들이 이상해져 조금씩 낙타의 본성을 잃어버리며, 결국에는 캐나다의 끝이 보이지 않는 설원에서 신기루 같은 사막의 환영을 보며 하나씩 쓰러져 죽어갔는지도 몰랐는데, 나는 당시 사람들이 그 낙타들을 브리티시컬럼비아의 남쪽, 미국 국경에 가까운 오소유스에 보내지 않은 것은 아쉬운 일이라고 생각했는데, 러시아 다음으로 넓은, 설산과 화산과 빙하와 오로라 들을 포함해 거의 없는 것이 없고 있는 것들도 아주 많이 있는 캐나다에 없는 것이 있다면 그것은 열대기후와 사막이었는데, 캐나다에서 사막이라고 할 수는 없지만 유일하게 사막 같은 곳이 있는 곳이 오소유스였다.

내가 밴쿠버 시내의 한 여행사에서, 그곳들에 갈 생각은 없었지만 브리티시컬럼비아에서 사람들이 어디에 많이 가는지 궁금해 챙겨온, 캐나다의 다른 곳들과 브리티시컬럼비아의 여행 안내책자들—놀라운 일도 아니었지만 그 책자들 중 어디에도 주기적으로 주인을 잃고 해안에서 발견되는 발에 대해 소개하는 것은 없었다—중 하나는 브리티시컬럼비아의 오소유스에 대한 꽤 두꺼운 안내책자로, 인구 오천 명 정도의 작은 읍인 오소유스가 캐나다에서 유일하게 사막 환경이 있는 휴양지인 것을 자랑하고 있었는데,

캐나다인들이 어딘가의 사막에서 모래를 퍼 나르고 대기도 약간 건조하게 만들어 사막 환경을 조성했는지까지는 나로서는 알지 못했지만, 세계의 아주 큰 사막들에 비하면 어느 작은 해변의 작은 모래사장보다도 더 작은 어린이 놀이터의 모래사장 정도로도 보기 어려운 미미한 크기로, 그 작기를 말하기 어려웠고, 사막이라기보다는 사막 같은 곳이었지만, 어쨌든 그곳에는 낙타들이 조금은 좋아할 수도 있고, 놀이터 정도로는 생각할 수도 있는 모래사장이 있었다.

그리고 오소유스는 연평균 강설량이 8.7센티미터이고 겨울 평균 기온이 1.3도로, 캐나다에서 가장 온화한 곳으로 그곳 사람들은 한겨울에 대부분의 캐나다에서 이가 저절로 심하게 부딪혀 경우에 따라 이에 이가 나가기도 하는 심한 추위에 떨어야 할 때 적어도 나머지 캐나다에서보다는 이를 덜 심하게 부딪히며 떨 수 있다는 사실을 자랑하고 있었는데, 마치 내가 지어낸 것 같은 이것은 내가 지어낸 것이 아니고 안내책자에 실려 있는 것이었고, 나는 이런 이야기는 지어내지 않았는데, 캐나다인들은 대체로 그런 것들을 자랑하는 경향이 있었고, 그래서 캐나다의 상징인 메이플 시럽과 아이스와인 티와 앨버타의 빙하수로 만든 보드카와 아이스하키와, 캐나다의 숲에 없어서는 안 되는 것이지만 가급적 마주치지 않기를 바라야 하는 야생 곰과 역시 멀리할 수 있기를 바라야 하는 모기가 있는 캐나다의 숲과 기타 그런 유 등등을 자랑하기를 좋아하는데, 그것은 밴쿠버나 토론토의 공항 입국장과 출국장에 있는, 그것들을 정신없이 자랑해 보고 있으면 정신이 없는, 그 모든 것들이 있는 캐나다에 온 것을 환영하고 그것들이 있는 캐나다를 잊지 말고 캐나다에 또 오라는, 다른 광고들을 물리치고 붙어 있는 광고들만 보아도 알 수 있었는데, 캐나다인이라면, 그리고 캐나다에서라면 그런 것들은 얼마든지 자랑해도 좋을 테지만 안타깝게도 그런 것들을 지나치게 자랑하는 캐나다를 견딜 수 없고, 그런 캐나다가 부끄러워 캐나다를 조용히 떠나는 캐나다인들도 꽤 있는 것 같았다.

나는 어떤 캐나다인들로 하여금 캐나다를 떠나게 하는 캐나다인들의 그런 점에 종종 감탄하기도 했는데, 여행 안내책자들 중 위니펙에 대한 것을 보면서 또다시 감탄했는데, 그것은 이름만으로는 매년 크리스마스에 전 세계의 아이들에게 선물을 전해주는 산타클로스가 타고 가는 썰매를 끄는 사슴들 중 게으른데다가 조금은 뻔뻔한 구석도 있고 엉뚱한 생각에 빠지기를 좋아해 항상 뒤처져, 썰매 끌 때는 다른 사슴들의 원성을 사지만 썰매 끄는 일이 끝나고 쉴 때면 엉뚱한 재미있는 이야기들을 가끔 하기도 해 사슴들 모두가 좋아하는 사슴의 이름이나, 겨울 누적 적설량이 이십 미터가 넘는 곳들도 있는 캐나다에서도 눈이 가장 많이 오는 곳들 중 한 곳으로, 겨울이면 눈이 집을 덮고 또 덮어 밖에 나오지 못하는 사람들이 쌓인 눈에 두더지들처럼 굴을 파며 다녀야 하지만 눈 속에서는 방향을 알기 어려워 많은 경우 엉뚱한 방향으로 파기도 하지만 때로는 누군가가 판 굴로도 연결되게 파기도 하고, 두더지 굴에서 나오는 두더지들처럼 굴에서 나와 볼일을 보고 서로 만나 서로의 안부보다는 서로의 굴들의 안부를 묻고 답하고 다시 굴속으로 사라지고, 마을 사람들 모두가 굴을 파는 것을 무엇보다 좋아하고 다른 할일도 거의 없어 시간만 나면 굴을 파, 팔 필요가 없는 굴들도 많이 파 굴들이 두더지 굴보다도 훨씬 더 복잡하게 미로처럼 얽혀 있어 굴속에서 길을 잃고 겨울이 끝날 때까지 있게 되지는 않지만, 대체로 일단 집밖으로 나가면 굴속에서 길을 잃지 않을 수가 없어 며칠 후에야 집에 돌아갈 수 있는, 본래 이름이 있는데도 그 이름보다는 두더지 마을로 알려져 있는, 위니펙에서도 먼 곳에, 우연히도 캐나다의 거의 중심에 위치해 있는 작은 마을의 이름이나, 위니펙 주변의 들판에 사는, 방향감각이 좋지 않아 굴속에서 길을 잘 잃어버리는 모든 두더지들의 이름에도 어울릴 것 같지만, 매니토바주의 주도로 캐나다에서 꽤 큰 도시 축에 드는 위니펙이 가장 자랑하고 있는 것이, 많은 사람들로 하여금 그것들이 과연 자랑할 일인지 많은 생각을 해보게 하지만 끝내 그렇게 자랑할 일은 아니라는 쪽으로 생각이 기울게 하는 것들로, 그 도시가 캐나다의 남쪽, 미국에서 멀지 않은 곳에 있지만 동서로 거의 중심에 있다는, 다시 말해 캐나다의 동서남북 전체로 봤을 때 전혀 중심에 있지 않다는 사실과, 겨울에 밖에 나갈 생각을 하기 어렵게 만드는 추위에 강이 완전히 얼어붙어 자연적으로 만들어지는, 그냥 빙판 위를 걸어갈 수도 있지만 스케이트를 타기에 좋고, 실제로 스케이트를 많이 타는 트레일이 아주 길고, 어느 해에는 그 길이로 기네스 기록에도 올랐다는 것을 봤을 때였다.

하지만 나는 캐나다인들이 자랑하는 것들 중 어떤 것들은 그대로 믿어도 무방하지만 그래서는 안 되는 것들이 더 많이 있다는 것을 알고 있었고, 그래서 몇 년 전 겨울에 우연히 보게 된 기네스 기록에 관한 것은 그대로 믿지 않았는데, 놀라운 것은 기네스 기록에 오를 정도면 수십 혹은 수백 킬로미터는 되어야 하는 것 같았는데 그 트레일은 길이가 얼마 되지 않았고, 믿을 수 없을 정도로 짧았고, 실제로 기껏해야 십 킬로미터 정도였고, 그것으로 기네스 기록에도 올랐는데, 십 킬로미터 정도를 무려 십 킬로미터나 된다고 하기는 어려울 것 같았는데, 스케이트를 탈 수 있는, 그보다 긴 얼어붙은 강들이 캐나다에만 수없이 많을 것이었고, 아무래도 그 기네스 기록 담당자 중 누군가가 위니펙시의 비호를 받는 위니펙 출신으로 기록을 조작한 것이 분명한 것 같았고, 위니펙시에서 시 차원에서 그것을 은폐하고 있는 것 같았고, 나는 의심이 들어 뭔가를 확인하다가 위니펙시 당국에서 조작된 기록을 자랑하며, 그 트레일의 길이와 상태를 온라인으로 실시간으로 알려주고 있는 것도 봤는데, 약간 믿기 어려울 정도로 놀라운 것은 그것이 위니펙에서 일어나는 가장 중요한 일이고 그 이상으로 중요한 일은 위니펙에서는 일어날 수 없고 일어나서는 안 된다는 것처럼 시 당국의 홈페이지의 메인 화면의 제일 눈에 띄는 자리를 차지하고 있었다는 것인데, 캐나다의 놀라운 점은 대부분의 캐나다인들이 그런 것들에 전혀 놀라지 않는다는 것이기도 했지만, 시 당국의 홈페이지의 메인 화면만 봐도 시 차원에서 기네스 기록의 조작에 개입한 사실을 미루어 짐작할 수 있었지만 그것에 대해 위니펙의 모두가 입을 다물고 있는 것도 놀라운 것 같았다.

나는 위니펙이 가장 자랑하고 있는 두 가지 중요한 것들에 대해, 테드 휴스가 할일이 없어 풀이 자라는 것을 보거나 풀을 뽑으며 많은 시간을 보낸 것처럼 할일이 없어 많은 시간을 보내며 생각을 해보았는데, 첫째, 위니펙이 캐나다의 동서로 거의 중심에 있다는 사실을 자랑하는 것은 북미 대륙의 지도를 보면 알 수 있는 것으로, 위니펙이 북미 대륙 전체의 거의 중심에 있지만 미국의 한 주 같기도 한 캐나다의 위니펙이 그 사실을 대놓고 자랑하는 것은 캐나다가 미국의 한 주 같기도 하다는 것을 인정하는 것으로, 그렇게는 할 수는 없어 캐나다의 동서로 거의 중심에 있다는 사실이라도 자랑할 수밖에 없는 것으로 이해할 수는 있었지만, 둘째, 기네스 기록에도 오른, 스케이트를 타기에 좋은 짧은 트레일을 자랑하는 것은 아무리 해도 이해하기 어려운 것이었지만 대체로 날씨가 좋은 오스트레일리아 사람들의 어떻게든 맨발로 다니려고 하는, 다른 나라 사람들은 이해하기 어려운 관습과 마찬가지로, 연평균 기온이 약 영하 63도이고 어떤 곳은 영하 140도까지도 떨어지기도 하고, 대기가 너무 희박해 열에너지를 거의 보존하지 못해 같은 지점도 고도에 따라 온도 차이가 많이 나 지표면에 서 있을 경우 발과 머리 사이에 7도가량 온도 차이가 나기도 해 머리는 시리지만 발은 따뜻하게 느낄 수도, 머리도 발도 얼어붙어 감각이 없지만 머리보다는 발에 좀더 감각이 남아 있는 것처럼 느낄 수도 있는 화성보다는 확실히 따뜻하고, 1983년 남극에서 지구의 기상 관측 역사상 최저기온으로 기록된 영하 89.2도에 비하면 아무것도 아니지만 어떤 날은 영하 40도까지도 떨어지고, 영하 47.8도의 기록을 세우기도 한 혹독한 겨울을 나야 하는 위니펙 사람들의, 다른 나라 사람들은 이해하기 어려운, 겨울과 관련된 것이라면 무엇이든 자랑하고 싶어하는 관습으로 이해할 수도 있을 것 같았는데, 내 생각에는 위니펙이 지명으로 고유명사이기는 하지만 뭔가의 대명사로 써도 좋을 것 같았고, 그래서, 그것이 과연 자랑할 일인지 많은 생각을 해보게 하지만 끝내 그렇게 자랑할 일은 아니라는 쪽으로 생각이 기울게 하는 것을 일컫는 관용어로 위니펙 같다, 라고 해도 좋을 것 같았는데, 위니펙 사람들은 그 관용어는 마음에 들어하지 않지만 그것을 뒤집어, 그것이 과연 자랑할 일인지 많은 생각을 해보게 하지만 끝내 자랑할 일이라는 쪽으로 생각이 기울게 하는 것을 일컫는 관용어로 위니펙 같지 않다, 라는 관용어는 사용하기를 좋아할 것 같았고, 기네스 기록에도 오른 위니펙의 짧은 트레일에 대해서도 위니펙 같지 않은 곳이라고, 위니펙에 있는 위니펙 같지 않은 트레일이라고 또 자랑할 것 같았는데, 내게 위니펙의 가장 놀라웠던 점은 내가 위니펙에 대한 그런 생각들을 하고 나자 겨울에 위니펙에 가 기네스 기록을 조작해 기록에 오른 것이 거의 틀림없는 위니펙의 짧은 트레일에서 스케이트를 타고 싶은 마음이 들게 했다는 것이었는데, 기록을 조작해 기네스 기록에 오른 트레일에서는 스케이트 신발을 신고 서 있기만 해도 가고 있는 것 같고, 천천히 가도 아주 빠르게 달리고 있는 것 같고, 빠르게 달리면 뒤로 가고 있는 것 같을 것 같았다.

나는 관광 안내책자들에서도 어디에서도 캐나다인들이 캐나다에 있는 이백만 개 가까운 호수들과 강들의 물이 캐나다 전체를 이 미터 넘게 물에 잠기게 할 수도 있다는 사실과, 캐나다의 숲은 너무도 광활해 캐나다인들 모두가 아무것도 하지 않고 놀며 가끔 나무를 베어 팔기만 해도 살 수 있다는 사실을 자랑하는 것은 보지 못했는데, 내 생각에 캐나다인들은 정작 자랑해 마땅한 것들은 자랑하지 않는 경향이 있었고, 그것이 캐나다인들의 재미있는 점 같기도 했고, 그런 점에서 재미있는 캐나다인들이 이런 것을 하면 재미있을 텐데도, 비록 대부분의 물이 연중 대부분 기간 동안 차갑긴 하지만, 이백만 개 가까운 호수가 있어 빙판에서 미끄러진 차가 호수에 빠져 어쩔 수 없이 차와 함께 호수에 빠지거나 타고 있던 보트가 뒤집혀 역시 어쩔 수 없이 호수에 빠지거나 술에 취해 그냥 호수에 빠지거나, 특히 호숫가에 사는 수많은 사람들 중 그런 사람들도 있는 것처럼 역시 술에 취해 호수를 집으로 생각해 집의 현관문을 열다가 있지도 않은 호수의 현관문을 찾아내 열고 들어가다 호수에 빠지는 것을 포함해 다른 이유로 호수에 빠지는 것까지 합쳐 호수들에 몸을 담글 기회가 많을 캐나다인들이 평생 평균적으로 몇 군데의 호수에 몸을 담그는지에 대한 통계 같은 것을 조사해 자랑하지 않는 것은 아쉬운 것 같았다.

그런데 실제로 오소유스는 캐나다에 있는 유일한 사막 같은 곳이라는 이유로 많은 캐나다인들이 사막 같은 곳에 왔다는 기분을 느끼려고 가기도 하는 것 같았는데, 나는 낙타는 아니었지만 낙타만큼이나 사막을 좋아했고, 가능하다면 뱀과 전갈과 벌레와 모래바람과 싸워야 하지만 거의 완전한 적막을 느낄 수 있는 사막에서, 어쩌면 캘리포니아나 뉴멕시코나 애리조나나 콜로라도나 유타의 사막에서 사는 것도 괜찮을 거라고 생각했고, 사실은 그것에 대한 생각을 해온 지 꽤 된 상태였지만, 캐나다인이 아니라는 이유로 사막도 아니고 약간 사막 같은 곳인 오소유스에 갈 생각은 하지 않았지만, 만약 브리티시컬럼비아의 그 낙타들을 오소유스에 보냈다면 그 낙타들의 후손들은 브리티시컬럼비아에서 일어난 가장 흥미로운 일들 중 하나의 역사적 주인공들의 후예들로서 선조들의 안 좋은 습성을 물려받아 지금도, 화가 나서는 아니고 그냥 재미로 사람들에게 침을 뱉고 사람들을 물고 악취를 풍기며,

사람들의 바지와 셔츠와 모자는 물론 비누까지 먹어치워 관광객들을 놀라게 하면서도 즐겁게 해주며 잘 지냈을 수도 있었고, 그런 것을 자랑하기를 좋아하는 캐나다인들이 그 낙타들에 대해 끝없는 자랑을 하게 해주었을 수도 있었을 것이었다.

그런데 나는 캐나다에 뭔가 잘못을 저지른 것도 없는데 캐나다에 대해 또 놀라야 했는데, 그것은 어떻게 해서 알게 된 한 한국계 캐나다 여자의 초대로 어느 주말 오후에 밴쿠버 시내 해변에 있는 공원에 피크닉을 갔을 때였는데, 그곳에는 여덟 명의 캐나다인들이 있었고, 그들은 계속해서 대부분의 캐나다인들처럼 아무런 재미도 없는 얘기들을 했는데, 사람들이 모이면 그런 얘기를 하지 않으면 안 되는 것처럼 많은 사람들이 그렇게 하듯 그들이 본 책과 영화들에 대해 얘기했고, 많은 사람들이 그렇게 하듯 그런 책과 영화들을 보는 정도면 나름 책과 영화들에 대해 상당히 아는 것처럼 말했는데, 그 모두가 그것들을 보게 되면 뻔한 생각밖에 할 수 없게 되는 것들이었고, 물론 나는 그런 것들이 봐서는 안 되는 것들이라고 생각하지는 않았지만 안 봐도 되고, 어떻게 해서 안 보게 되거나 안 볼수록 더 좋을 수도 있는 것들이라고 생각했는데, 그들은 계속해서 뻔한 이야기들을 했고, 그러자 점차 그들이 뭔가의 평면도 아니고 평면 자체처럼 보이며 그들의 모습 또한 여러 개의 평면들로 보였고, 사람의 모습을 하기도 한 평면들과 같이 피크닉을 하는 것이 몹시 힘들었고, 그들이 캐나다를 대표하는 작가지만 내가 모를 거라고 생각하며, 나로서는 형편없는 작가로 생각하는, 한국에도 많은 책이 번역된, 나이든 여성 소설가의 책 한 권을 추천했을 때에는 그냥 자리를 박차고 일어나 떠나고 싶었지만 무례한 사람만큼 나쁜 사람도 없다는 생각으로 간신히 참았다.

책과 영화들에 대한 얘기가 막을 내리자 그들 중 몸에 달라붙는 사이클리스트 복장을 한 여섯 명의 백인 캐나다인들은 당연한 순서인 것처럼 그들이 정말 좋아하는 것들, 자전거와 수영과 보트와 카누와 낚시에 대한 얘기를 했는데, 대부분 집 차고에 웬만한 것은 수리할 수 있는 장비들이 있는 듯 자전거의 부품들에 관한 얘기를 길게 했고, 그중 한 명은 자전거 바퀴 하나를 가져왔는데 그것과는 잠시도 떨어질 수 없는 사이인 것처럼, 서로 팔짱을 낀 것처럼 자전거 바퀴를 팔에 끼고 있었는데, 내가 더이상 참지 못하고, 그것에 대해서는 아무도 모를 거라고 확신하며 브리티시컬럼비아에서 멸종된 낙타들에 대한 얘기를 일부 하자 그들은 그 이야기는 처음 들어본다고 했는데, 그것은 브리티시컬럼비아의 역사에서 가장 하찮은 것들 중 하나이고, 브리티시컬럼비아 사람들 가운데서도 그 사실을 아는 사람은 드물 테고, 그들이 그것에 대해 모르는 것은 당연한 것일 수도 있었지만, 약간 놀라웠던 것은 그들이 그것이 자신들이 들어본, 캐나다에서 일어난 가장 재미있는 일들 중 하나 같다는 얘기를 한 것이었다.

하지만 그들은 낙타들에 대해서는 더 알고 싶어하지 않았고, 그런 것에 대해서까지 알아야 한다고 생각하지 않고, 알게 된다고 하더라도 그것에 대해 여러 가지 생각들을 하지는 않을 사람들 같았고, 캐나다에 호수가 아주 많지만 이백만 개 가까운 호수가 있다는 사실은 모르고, 그 호수들에 대한 생각을 하며 그것에서 위안을 얻기도 하지도 않을 것 같았고, 나는 그들에게 브리티시컬럼비아에서 발이 주기적으로 발견되는 것과 내가 발을 찾는 일을 하다가 말하기 어려운 개인적인 사정으로 그 일을 잠정적으로 중단한 상태라는 얘기는 하지 않았는데, 그 얘기를 들은 그들이 나를 이상한 사람 취급하는 것을 보게 될 것도 지겹게 여겨져서였다.

나는 모두 삼십대 중후반인 그들에게 캐나다에서 살면서 기억에 남는 재미있는 일은 없었는지 물었는데 놀랍게도 그들은 특별히 기억에 남는 재미있는 일은 없었다는 얘기를 너무도 아무렇지 않게, 당연한 일인 것처럼 했고, 그중 넷은 생각해보니 캐나다에서는 재미있는 일이 일어난 적이 없는 것 같다고 자신 있게 말했고, 그중 두 명은 자신들이 아는 외국인들 중 몇이 캐나다에 왔다가 캐나다가 너무 재미없어 예정보다 일찍 돌아갔다고 했는데, 그 얘기 역시 너무도 아무렇지 않게, 당연한 일인 것처럼 했고, 나 역시 한국으로 너무 늦지 않게 돌아가는 게 좋을 거라고 말하는 것 같았고, 나는 그들에게 그러고도 왜 캐나다에 사는지는 묻지 않았지만 그것은 묻지 않아도 알 수 있었는데, 그들은 캐나다가 얼마나 재미없는 곳인지 잊어버리기 위해 주로 야외 활동, 걷거나 뛰거나 자전거의 페달을 밟거나 헤엄을 치거나 보트와 카누의 노를 젓거나 낚시를 하는 일을 아주 열심히 해 그 덕분에 캐나다가 얼마나 재미없는 곳인지를 거의 잊어버리는 데 성공했고, 그 덕분에 캐나다에서 사는 데 아무런 문제가 없게 된 것 같았다.

그런데 그런 것들은 전혀 놀라운 것이 아니었지만 저녁이 되었을 때 나는 상당히 놀라운 경험을 해야 했고, 그전까지 세계 어디에서도 받지 못한 문화적인 충격이라고도 할 수 있는 것을 상당히 받았는데, 그것은 각자 알아서 준비해오는 것으로 되어 있던 음식을 꺼냈을 때 나를 초대한, 여러 가지 한국 음식을 준비해온 한국계 캐나다인 여자와, 삼보사와 후무스와 팔라펠 등을 준비해온 아랍계 캐나다인 남자와, 내가 할 줄 아는 스페인 음식 세 가지와 티라미수를 준비해간 나를 제외한 나머지 백인 캐나다인들은 거의 아무것도 가져오지 않은 것을 발견했기 때문이었다.

그중에는 자전거 바퀴를 껴안은 채로 그것과 떨어지지 않고 있는, 내게는 자전거의 커다란 부품처럼 보이는 인간으로 그가 먹을 것인지 자전거 부품에 먹여줄 것인지 알 수 없는 작은 오일 통 하나를 꺼내놓은 남자와, 자신이 먹을 참치샌드위치라고 하며, 누가 보여달라고 하지도 않았는데 그런 것을 왜 보여주는지는 알 수 없었지만 샌드위치를 열어 보여주었는데 참치는 이미 먹었거나 어떤 이유로 참치 스스로 실종한 듯 샌드위치 속에 참치는 보이지 않고 육안으로는 토마토와 양상추와 양파와 오이피클과 마요네즈밖에는 볼 수 없는 샌드위치 하나만 달랑 가져온 남자와, 생수 한 병만 달랑 가져온 또다른 남자와, 아이들이 더 있었다면 모두 데려올 수도 있었겠지만 하나밖에 없어 하나밖에 데려올 수밖에 없게 된 것을 아쉬워하며 식욕이 가장 왕성한 나이의 남자아이 하나를 첨부해 왔지만 먹을 것은 아무것도 데려오지 않은 여자와, 초대형 사이즈의 감자칩을 가져온 남자도 있었는데 그가 봉지를 열자 봉지가 거의 텅 비어 있는 먹다 남은 것이라는 것이 밝혀졌고, 인간적으로 그 모두를 압도하며, 정말 무슨 생각에서인지는 알 수 없었지만 작은 병에 든 피넛 버터와 아주 작은 병에 든 정체를 알 수 없는 다른 스프레드 세 개와 작은 크래커 한 봉지만 가져온 남자도 있었는데, 병의 바닥에 찌꺼기의 찌꺼기처럼 조금 고여 있고, 옆 부분 여기저기에 그곳에서 제발 나갈 수 있게 해달라고 도움을 청하는 모습으로 애처롭게 달라붙어 있는 피넛 버터와 스프레드들은 어쩐지 주인에게서 육체적인 학대와 정신적인 학대뿐만 아니라 육체적인 학대와 정신적인 학대를 넘어서는 상상하기 힘든 학대 또한 상당히 겪은 것처럼 불우해 보였다.

나는 그들이 전 세계 어디에도 없고 캐나다에만 있는 모든 연령을 위한 보육원에서 온 사람들일지도 모른다고 생각했지만 전 세계 어디에도 없는 그런 것이 캐나다에만 있을 것 같지는 않았고, 그래서 전 세계 어디에나 있는 노숙자들일지도 모른다고 생각했지만 그냥 보아서는 노숙자들 같아 보이지는 않았는데, 나는 되도록 형색으로 사람을 판단해서는 안 된다고 생각했지만 형색으로 사람을 판단하게 하는 사람들이 있었고, 그들이 그랬고, 그래서 나는 그들을 형색으로 판단하려 했는데, 그들은 형색은 노숙자들은 아니었지만 형색만으로는 알 수 없었고, 형색으로는 알 수 없게 하는 것들이 있었고, 그렇다면 어쩌면 노숙자도 아닌 거지들일 수도 있다는 생각을 했는데, 정말 신기하게도, 일단 식사를 시작하자 그들은 며칠을 굶은 것처럼, 거지가 맞는 것처럼 허겁지겁 배를 채웠고, 정말 거지들인지 정말 알 수 없게 했는데, 아무래도 그중 몇은 직업적인 거지 같았다.

자전거 부품에 먹여줄 오일 통 하나를 꺼내놓은 남자는, 나는 그것이 그에게, 그의 혈액 같은 것의 순환을 원활하게 해주는 것 외에 어떤 작용을 하는지는 알 수 없었지만, 그가 자전거 바퀴를 더 미친듯이 돌게 해주는 오일을 조금씩 혹은 한꺼번에 마실 거라고 생각했고 그렇게 하면 잠시 멋져 보일 거라고 기대했지만, 식사가 끝난 후 마시려는 듯 오일에는 손을 대지 않았지만 오일 다이어트중인 듯 다른 음식에도 거의 손을 대지 않았는데, 그는 굉장히 과묵했고, 식사시간에 오일 통을 꺼내놓는 것도 그렇고 사람 자체가 약간 수수께끼처럼 보였지만 재미있는 수수께끼 같아 보이지는 않았고, 거의 남아 있지 않은 감자칩을 가져온 남자는 아무도 손댈 생각을 하지 않을 뿐만 아니라 쳐다보지도 않는 감자칩을 혼자 먹으며 모든 음식에 손을 댔고, 피넛 버터와 다른 스프레드들만 가져온 남자는 거의 모든 음식에 역시 아무도 손댈 생각을 하지 않는 그것들을 발라 먹었고, 마침내는 병들을 따로 씻지 않아도 될 정도로 깨끗하게 비웠는데, 작은 마술을 부린 것 같았고, 그가 하는 모든 것이 마술사가 하는 것처럼 약간 기발하기까지 한 것으로도 여겨졌는데, 피넛 버터를 크래커에 발라 먹으면서도 목이 전혀 메거나 하지 않는 듯 음료도 같이 마시지도 않았고, 굉장히 특이한 체질 같았는데, 나는 그가 피넛 버터에 목이 전혀 메거나 하지 않는 어떤 희귀병을 앓고 있을 수도 있다는 생각마저 들었고, 집에 내버려두고 데려오지 않았다면 집에서 엄마를 원망하며 굶고 있었을 것이 틀림없는, 식욕이 가장 왕성한 나이의 남자아이는 그 나이여서 그로서도 어쩔 수 없었겠지만, 그런 집중력과 투지면 못할 것이 없을 것 같은 엄청난 집중력과 투지를 발휘해 몇 인분의 음식을 순식간에 먹어치웠는데, 식사를 끝낸 그는 그사이 몰라보게 부쩍 자란 것 같았고, 그 역시 많은 양의 음식을 먹고 난 후면 부쩍 자랐다가 배가 꺼지면서 다시 축소하며 원상으로 돌아가는 어떤 희귀병을 앓고 있는 것 같았고, 오일 다이어트중인 남자는 식사 후에도 오일을 마시지는 않는 것으로 내 기대를 저버렸지만 집에 가 잠들기 전에 마신 후 자전거 바퀴를 껴안고 잠들어 뭔가의 거대한 바퀴가 헛바퀴를 도는 꿈을 꿀 것 같았지만 왜 그것을 식사시간에 꺼내놓았는지는 끝내 알 수 없었는데, 가능하면 사람들에게 수수께끼처럼 보여

그를 둘러싼 수수께끼라고 할 수 없는 수수께끼를 풀어보게 하고 싶어하는 것 같았다.

결국 음식의 대부분은 아무래도 직업적인 거지는 아니지만 경우에 따라서는 거지가 되기도 하는 것 같은 백인 캐나다인들의 배로 사라졌고, 음식을 굉장히 천천히 먹는 나는 식사를 전혀 제대로 하지 못했고, 그날따라는 아니고 특별한 이유가 없는 한 대체로 그러는 것 같았지만, 그곳 해변의 석양이 아름답게 물들고 있었지만 허기와, 직업적인 거지들인지도 모르는 캐나다인들 때문에 하나도 아름답게 보이지 않았고, 태양 또한 잘못된 방향으로 지고 있는 것 같았고, 어쩐지 잘못된 밤이 올 것 같았고, 그날은 토요일이었지만 일요일은 영영 오지 않을 것 같았고, 요일이 바뀔 생각을 하지 않는 잘못된 밤에는 잘못된 뭔가를 해야 할 것 같았고, 요일이 영영 바뀌지 않는 한밤에 어떤 끝나지 않는 저주에 걸린 사람처럼, 중단했던 발을 찾으러 다니는 것과 같은 사소한 잘못이라도 저질러야 할 것 같았다.

나는 허기를 채워 자신들의 목적을 이룬 백인 캐나다인들이 바로 떠날 거라고 생각했지만 그들은 그러지는 않았는데, 식사 후 바로 움직이는 것은 좋지 않아 부른 배를 알맞게 꺼지게 한 후 가려는 것 같았고, 실제로 소화를 시키는 데는 낚시에 대한 얘기만 한 것이 없는 것처럼 낚시에 대한 얘기를 하다가 배가 알맞게 꺼지자 더이상 그 자리에 있을 이유가 없다는 듯 자리에서 일어났는데, 항상 건강과 환경을 생각하는 많은 캐나다인들처럼 모두 자전거를 타고 온 그들은 피크닉중에도 정신을 집중해야 하는 식사를 할 때만 빼고 계속해서 자전거의 페달을 밟거나 헤엄을 치거나 보트와 카누의 노를 젓거나 낚시를 하는 것을 생각하다가, 먹을 것들을 준비해간 유색인종들만 공원에 버려두고, 마치 투르 드 캐나다에 출전하려고 연습하는 선수들처럼 헬멧을 쓰고 자전거를 타고 페달을 힘차게 밟으며 뒷모습도 뻔뻔하게 떠났다.

『가르강튀아와 팡타그뤼엘』이나 『트리스트럼 섄디』 같은 소설에도 나오기 어려운 그 모든 것들이 일어난 현실을 나는 믿기가 어려웠고, 한국계 캐나다인 여자와, 백인 캐나다인들에 대해 아직 잘 모르는 것 같은 아랍계 캐나다인 남자와 나는 서로 얘기는 하지 않았지만, 캐나다에서 살거나 지내면서 가급적 본업은 아니지만 경우에 따라 거지로 돌변하기도 하는 백인 캐나다인들은 조심하는 것이 좋다는 생각을 했을 수도 있는데, 이미 상당히 캐나다인이 된 그들은 그런 생각까지는 하지 않았을 수도 있고, 백인 캐나다인들에게 당하는 것에 익숙해져 포기했을 수도 있을 것 같았다.

나는 어둠이 내린 공원에 버려진 우리가 과거 브리티시컬럼비아에서 버림받은 낙타들같이 여겨졌고, 우리가 브리티시컬럼비아의 자연 속을 헤매다 설원에서 하나씩 최후를 맞이하는 것을 상상했지만 그런 일로 최후를 맞이할 것까지는 없었고, 그래서 마음속으로 다시 보지 않게 되기를 바라며 그들과 헤어졌고, 혼자 천천히 공원을 걸으며 캐나다가 정말 재미없는 곳인 것은 국가적인 문제로 국가가 해결해야 하는 것이라고 생각했지만, 물론 그것은 내가 상관할 일은 아니었지만, 캐나다가 그 문제를 해결할 수 있을 거라고는 생각되지 않았고, 아마도 캐나다가 따라가게 될, 가장 행복한 삶을 살고 있는 것으로 여겨지는 북유럽 국가 사람들이 그다지 애써 해결해야 하는 문제들이 없어 심심해 많은 시간을 주로, 내 생각에는 모두 아이들을 위한 소설로 여겨지고 나이가 들어서도 아이로 머물고 싶은 사람들이 읽으면 좋을 것 같은, SF와 추리와 미스터리와 호러와 판타지 같은 장르소설, 특히 그 가운데서도 스릴러소설을 읽으며 보내고 그것이 그들이 행복한 비결이기도 한 것을 보면 행복한 것이 반드시 바람직한 것만은 아닌 것 같기도 했는데, 그 이유는 정확히 알 수 없었지만 언젠가 이후로 전 세계적으로 약간 인기를 얻게 된 것 같은 북유럽의 스릴러소설 작가들 상당수가 정신과 상담이나 치료를 받아보는 것이 좋을 것 같기도 했지만 더이상 스릴러소설을 쓰지 않게 되면 그들의 문제는 저절로 해결될 것 같기도 했다.

나는 살면서 처음 받은 상당한 문화적인 충격에 더해, 허기를 참으며 들은 진이 빠지는 이야기들과 역시 진이 빠지는 생각들로 인해 쓰러질 것처럼 몹시 힘들었고, 간신히 집에 도착하자마자, 힘들 때면 일단 침대에 드러눕고 보는 게 맞으니까 일단 침대에 드러누웠는데, 그냥 좀 이상한 하루였지만 나름대로 괜찮은 하루였다고 생각하려 했지만 괜찮지 않았고, 마치 백인 캐나다인들이 별 이유도 없이 혹은 훈련을 하며 그들의 구축함에서 쏜 어뢰에 맞아 폭파되지는 않았지만 투하해 폭발한, 제일차세계대전 때 쓴 구식 드럼통형 폭뢰에 심한 손상을 입어 심해로 가라앉고 있는 약간 정신을 잃은 잠수함처럼, 침대가 싱크홀이라도 되는 것처럼 침대 아래로 가라앉는 것 같았고, 어떻게 해서 처음에는 침대 아래로, 그다음에는 침대와 함께, 그다음에는 물속에 떠 있는 침대는 두고 나만 약간 정신을 잃은 채로 심해의 깊이만큼 가라앉는 것 같았고, 오래도록 가라앉으면서 약간 정신을 차리고 내가 그날 받은 것이 문화적인 충격이 맞는지 아닌지, 맞는지 아닌지 생각에 생각을 거듭해 생각해보았는데, 그날 만난 백인 캐나다인들이 딱히 나쁜 사람들 같지는 않았고, 나쁜 사람들이었다면 식사가 끝난 후 강도로 돌변했을 수도 있었는데 그러지 않은 것을 보면 나쁜 사람들은 아닌 것 같았고, 그냥 문화적인 충격을 상당히 받은 것이 맞는 것 같았고, 그런데 끝없이 가라앉을 거라고 생각했지만 생각보다 빨리 가라앉아 어느새 해저에 닿은 것 같았고, 그러자 아주 조금 편안해지는 것 같았고, 그래서 그날의 일들에 대해서는 더이상 생각지 않으려 했지만 생각이 났고, 그런 것들에 대해 많은 생각을 하는 것은 상당히 피곤한 일이고, 그래서 평소에 그런 것들에 대해서는 거의 생각하지 않았지만, 식민 지배 이후 전 세계의 너무도 많은 사람들을 힘들게 했고 아직도 힘들게 하고 있는 것에 대해 거의 아무런 대가를 치르지 않고 있는 백인들이 어떤 식으로든 대가를 치러야 한다는 생각이 들었고, 그날 피크닉에 온 백인들이 한 짓을 생각하자 아무런 대가를 치르지 않고 있는 백인들이 어떤 식으로든 커다란 대가를 치러야 한다는 생각과 함께 반드시 커다란 대가를 치르게 될 거라는 생각도 들었고, 몹시 힘든 데도 불구하고, 너무 오래 지속되고 있는 것 같은, 지금의 마가린이나 마요네즈의 맛의 지배와 통치와는 비교도 안 되게, 그것들보다도 훨씬 더 오래 지루하게 지속되고 있는 백인들의 지배와 통치는 어떤 식으로든 끝이 나야 한다는 생각도 들었는데, 너무도 많은 백인들이 기본적으로 갖고 있는, 자신들이 다른 인종들보다 우월하다는 의식은 그들의 너무도 오랜 지배와 통치 때문이기도 한 것 같았다.

나는 여간해서는 뭔가에 놀라거나 하지 않았지만 살면서 겪은 몇 가지 되지 않는 꽤 놀라운 일이 일어난 하루였고, 밴쿠버를, 그리고 캐나다를 떠나고 싶은 마음이 간절해졌지만 그럼에도 그것에서 위안을 얻을 생각으로, 캐나다에는 전 세계의 다른 모든 나라들에 있는 호수를 합친 것보다도 많은 이백만 개 가까운 호수들이 있고, 그 호수와 강들은 캐나다 전체를 이 미터 넘게 물에 잠기게 할 수도 있다는 사실을 생각했지만, 위안이 되기도 했던 그 사실 또한 아무런 위안이 되지 않았고, 오히려 캐나다에는 열대기후와 사막이 없고 낙타가 살 수 없다는 사실이, 캐나다와 관련해 적어도 내게는 그 이상으로 크게 여겨지는 것이 없는 것처럼 크게 다가왔고, 그 사실이 나를 크게 낙담하게 했고, 세상에 냉장고에 맥주가 없다니, 라는 말을 모처럼 주문처럼 외워야 했다.

결국 나는 예정보다 일찍 밴쿠버를 떠나게 되었는데, 내게 문화적인 충격이라고도 할 수 있는 것을 준 캐나다인들 때문은 아니었고, 여름 내내 여름 같지 않아 여름을 보내기에 더없이 좋은 곳이기도 하지만 밴쿠버에는 사람이 어느 기간 이상 지내기에는 견딜 수 없게 하는 것이 있기 때문이었는데, 그것은 결국 「유형지 ×에서」라는 중편소설을 쓰게 한, 내가 몇 년 전 프랑스 남부 프로방스의 소도시 엑상프로방스에 작가 레지던시 프로그램으로 육개월 머물 때 그곳에 있었던, 사람이 오래 머물기에는 견딜 수 없게 하는 뭔가와는 또다른 것이었고, 두 곳 중 어느 곳이 더 사람을 견딜 수 없게 하는지는 말하기 어려웠는데, 내게 너무 늦지 않게 캐나다를 떠나는 게 좋을 거라고 말한 것 같은 캐나다인들의 말이 맞는 것 같았고, 나는 마지막으로 캐나다에는 전 세계의 다른 모든 나라들에 있는 호수를 합친 것보다도 많은 호수가 있다는 사실을 생각하며 그것에서 위안을 받으려 했지만 더이상 그것 역시 소용이 없는 상태에 이르렀고, 견딜 수 없게 하는 것이 있는 곳에 더 있을 필요는 없다고 생각했고, 두 손을 들어야겠다고 생각해 깨끗이 두 손을 들었고, 캐나다의 호수들에 대해서는 그것이 위안이 될 것 같을 때 캐나다가 아닌 다른 곳에서 생각할 수도 있었고, 그 때에도 캐나다의 호수들에 대해서는 생각지 않을 수도 있었는데, 그것과는 상관없이, 나는 떠나기 전날 마지막으로 통나무 양식장에 갔는데, 밴쿠버에서 유일하게 작별인사를 하고 싶은 것이 통나무들이어서였고, 캐나다인들이 대놓고 자랑하는 것은 보지 못했지만 어떤 점에서는 캐나다를 상징하는 것들 중 하나로 볼 수도 있는 통나무들이 양식장 같은 곳의 물에 떠 있는 것은 내가 밴쿠버에서 유일하게 좋아했던 것 같았다.

나는 통나무 양식장에 가면서 통나무들이 배에 실려가거나 다른 통나무들이 배에 실려오는 것을 보지 못한 것은 아쉬운 일이고, 밴쿠버의 해안이나 강가에서 주인을 잃은 발이나 운석을 찾지 못한 것도 아쉬운 일이지만 그것들이 밴쿠버를 떠나고 싶지 않게 할 정도로 아쉬운 일들은 아니라고 생각했고, 오히려 나는 주인을 잃은 발을 찾지 못한 것을 다행으로 생각했는데, 발을 찾았거나 찾은 것으로 했다면 이 소설은 그야말로 서사가 있는 소설이 되었을 텐데 그것이야말로 이 소설에, 그리고 더 나아가 소설에 서사가 없는 세상에 살고 싶어하는 내게는 가장 안 좋은 일이었을 것이었고, 나는 나와는 상관없는 일이었지만 브리티시컬럼비아의 가장 큰 미스터리가 계속해서 미스터리로 남기를 바랐고, 그 미스터리가 세상에 더 알려져 브리티시컬럼비아 사람들은 풀지 못하고 있는 그 미스터리를 풀 생각으로, 세상의 가장 큰 미스터리들인 이집트의 피라미드나 스톤헨지 등을 찾아가듯 브리티시컬럼비아에 오는 사람들도 있기를 바랐는데, 그중 혹시라도 이 소설을 읽게 될 누군가에게 이 소설이 아무런 참고가 되지 않기를 바랐는데, 실제로 이 소설을 조금만 주의깊게 읽어봐도 아무런 참고가 되지 않는다는 것을 알 수도 있을 것이었고 그래서 그 점에 대해서는 걱정하지 않아도 될 것 같았지만, 혹시라도 참고가 된다면 그것은 이 소설을 잘못 읽어서일 것이었고, 그래서 참고가 된 것 같은 것으로 뭔가를 할 생각을 하지는 않는 것이 좋을 것이었다.

그런데 그날 내가 주로 자리를 잡는, 내 자리라고도 할 수 있고 나로서는 그렇게 생각하는 강가 자리에는 게이 커플로 보이는, 약간 스모 선수 느낌도 나지만 스모 선수로는 체구가 상당히 아담한 것 같기도 한 건장한 체격의 중년의 동양인 남자 두 명이 피크닉을 온 듯 비치 타월을 깔고 앉아 아무 말 없이 화이트 와인과 딸기와 함께 일본인들이 간식으로 먹는 뭔가를 먹고 있었는데, 그중 한 명은 반바지에, 반팔 티셔츠는 벗지는 않고 약간 민망하게 배만 드러나게 반만 올린 채로 입고 있었는데, 배와 옆구리에 눈길을 끄는 것이 있었고, 그것은 문신이었는데, 티셔츠 아래로 드러난 배와 옆구리의 문신은 비늘이 있는 용 아니면 뱀 아니면 다른 파충류의 몸 부분과 함께 어떤 식물의 넝쿨 같은 것이었는데 등으로 이어져 있었고, 등을 볼 수 없어 등에는 무슨 문신들이 있는지 알 수 없었지만 입을 벌리고 혀를 내밀어 벌레를 잡아먹으려 하는 파충류의 머리나 벌레가 갉아먹고 있는 넝쿨식물의 잎 같은 것이 있을 것 같았고, 전체적으로 일본의 야쿠자들이 하는 것 같은 문신을 하고 있었는데 옷을 모두 벗고 있지는 않은 것으로 봤을 때 그는 나체주의자가 되어가고 있는 중인 것 같기도 했다.

나는 한때 문신에 관심이 있었고, 오래전 샌프란시스코에 머물 때 한동안 다른 일은 하지 않고 하루종일 문신에 관한 프로그램을 방영해주는 문신 전문 티브이 채널을 본 적도 있었고, 지금은 그 자리를 한국계가 상당히 빼앗았지만 당시만 해도 미국에서 유명한 타투이스트들 대부분이 일본계라는 사실을 알게 되었고, 문신을 하게 된다면 일본의 야쿠자들이 하는 것과 같은, 온몸을 뒤덮는 전신 문신을 하고 싶었는데, 야쿠자도 아니면서 야쿠자들이 하는 것과 같은 문신을 하는 것은 맞지 않는다는 생각에 하지 않은 것은 아니었지만 일단 내 몸이 그런 문신을 했을 때 보기에 좋은 알맞은 표면적을 갖추지 못했다는 것을 알고 있었고, 야쿠자도 아니면서 그런 문신을 하는 데 소요되는 약 백 시간에 걸쳐 겪어야 하는 고행 또는 고문을 겪고 싶지도 않았다.

그럼에도, 보기 싫으라고 하는 문신은 없을 테지만 결과적으로 그렇게 되기도 하지만 보는 사람이 겁을 먹으라고 하는 문신을 하는 사람들은 꽤 있기도 하지만 많은 사람들이 보기 좋으라고 하는, 잘 보이거나 잘 보이지 않는 곳에 낙서를 한 것 같거나 하다 만 것같이 하는 소심해 보이는 작은 문신을 하기보다는, 야쿠자를 포함한 전 세계의 많은 갱들이나 과거 어떤 부족들이 조직의 상징이나 어떤 정신이나 유대감을 표현하기 위해 하는 것과 같은 문신을, 대범함을 과시하기에 좋고 그래서 대범함을 과시할 용도로 그런 문신을 하는 것에 대해 한동안 고민도 했지만, 그런 것이 있었다면 좋았을 수도 있을 텐데도 문신으로도 다른 무엇으로도 표현하고 싶은 대범함이나 상징이나 정신이나 유대감이나 그 밖의 다른 무엇도 없었고, 설사 그런 것이 있었다고 해도 문신으로 표현하지는 않았을 것이었고, 그전에 딱히 하고 싶은 문신이 없어 어떤 문신도 하지 않았다.

그런데 야쿠자가 하는 것 같은 문신을 한 남자의 옆에 있는 남자는 나체였고, 그것만 봐도 나체주의자라는 것을 알 수 있었는데, 어떤 점에서 나체주의만큼 자신의 성향을 잘 드러낼 수 있는 것도 없는 것 같았는데, 역시 전신에, 그 안에 있는 사케가 담긴 호리병이나 술잔이나 젓가락이나 스시 같은 뭔가를 찾아보라는 상당히 어려운 숨은그림찾기 문제를 내주는 것 같은, 상당히 정신없는 여러 가지 문신을 하고 있었는데 양쪽 팔에도 문신들이 있었고, 그냥 봐서는 야쿠자들 같은 둘이 실제로도 야쿠자들인지는 알 수 없었는데, 그들은 일본에서 밴쿠버로 휴가를 온 야쿠자들일 수도 있었고, 일본에서 밴쿠버로 진출한 야쿠자들일 수도 있었고, 야쿠자가 아닌 다른 종류의 갱들일 수도 있었고, 야쿠자도 갱도 아니고 그냥 야쿠자를 선망하거나 혹은 야쿠자의 문신을 좋아하는 게이들일 수도 있었는데, 한눈에 보아도 게이 커플처럼 보였고, 나는 그들이 이유 없이 나를 째려봐도 좋을 거라고 기대하며 마음의 준비를 했지만 그들은 내가 그들 앞을 지나갈 때에도 야쿠자의 얼굴이나 시선으로 나를 쳐다보지 않고, 그냥 뭔가를 씹어 먹으며 그냥 뭔가를 씹어 먹고 있는 사람의 얼굴로 나를 쳐다보아 야쿠자들인지 알 수 없게 했고, 화이트 와인과 딸기와 함께 일본인들이 간식으로 먹는 뭔가를 먹고 있는 것으로도 그들이 야쿠자들인지는 알 수 없었는데, 최대한 야쿠자들인지 알 수 없게 먹고 있는 것 같았고, 야쿠자라면 좀더 절도 있고 박력 있게 먹어야 할 텐데 해이하게 맥없이 먹고 있었고, 정장이나 반정장을 유난히 사랑하는 야쿠자들과는 달리 캐주얼한 옷을 입고 온 듯했고, 머리 또한 짧게 자르기를 좋아하는 야쿠자들과는 달리 어중간하게 기른 그들은 평범한 얼굴이었고, 그 모든 것이 내게는 그들이 최대한 야쿠자인지 알 수 없게 하려는 것들 같아 보였다.

그날은 그들 말고 다른 나체주의자 게이 커플들은 보이지 않았고, 그래서 나는 오늘이 그곳을 차지하고 있기를 좋아하는 나체주의자 백인 게이들을 그곳에 오지 않게 하는 무슨 날인가, 하는 생각도 했는데 그런 것 같지는 않았고, 그런 날이 따로 있을 것 같지도 않았고, 아마도 근처에 있는 다른 곳으로 갔거나, 오고 있는 중이거나 왔다가 가고 있는 중이거나, 집에서 나오기 싫어 나오지 않았거나, 그곳에 올 생각을 하지 않을 수 있는 온갖 핑계를 대며 안 오고 있을 수도 있었고, 어쩌면 왔다가 야쿠자들로 보이는 누군가들에게 겁을 먹고, 그들로서는 상상할 수 없는 어떤 이유로 야쿠자들이 밴쿠버로, 밴쿠버 중에서도 하필이면 밴쿠버의 누드 비치로 진출해 그곳을 차지하기로 한 것 같아 이제 어디로 가야 하는지 불안해하며 딴 데로 갔을 수도 있었는데, 늘 풍경의 일부처럼 보이던 그들이 없자 늘 보던 비버나 수달 서너 쌍을 못 보게 된 것처럼 약간 아쉽기도 했는데, 가만히 생각해보자 어쩌면 LGBT에서 시작되었지만 이제 LGBT는 약간 케케묵은 것으로 만들 생각으로 점점 더 범위를 넓혀, 그것이 어떤 종류의 정령들인지는 알 수 없지만 자신에게 두 개의 정령들이 있다고 말하는 2S까지 포함하는, 어디까지 범위를 넓히게 될지는 나로서는 별로 궁금하지 않은 LGBTQIAAP2S+의 축제가 밴쿠버 시내에서 벌어지고 있고 거기에 갔을 수도 있는 것 같았는데, 나는 다른 무엇보다도, 밴쿠버가 많은 것을 따라 하기를 좋아하는 샌프란시스코에서 비슷한 축제가 열릴 때면 매년 샌프란시스코 크로니클에서 기사를 크게 다룰 정도로 큰일로, 술과 여러 가지 약물에 취한 많은 남녀들이 축제의 하이라이트라고 생각하며 축제 행렬 길목에 있는 집들의 정원에 소변을 보는 것으로는 성의가 부족하다고 생각해 대변을 선물로 남겨놓기도 해, 선의로 남긴 것일 뿐인 선물을 받은 사람들이 그것을 받아들이지 못하고 분개하며 피해를 호소하는 것과 같은 것도 따라 하는지 궁금하기도 했지만, 그런 것까지 알고 싶지는 않았지만 그런 것이라면 따라 할 것 같았다.

그런데 그 이유는 알 수 없었지만 언젠가 이후로 유행이 된 것으로, 특히 남자들이 약간 모자라 보이게 바지를 약간 짧게 입고 다니는 유행을 따라 평소에 약간 짧은 바지들을 입고 다니기도 했던 나는 그들이 누구인지는 상관하지 않으려 했지만, 사람이 그러면 안 된다고 생각하면서도 밴쿠버에서 지내면서 해이해져 헐렁하고 긴 운동복 차림으로 다니기도 했고, 특히 집 가까운 곳에 갈 때면 영화 속 이탈리아나 러시아의 마피아나 미국이나 영국의 갱들처럼 아디다스나 나이키 운동복 차림으로 다니기도 했고, 그럴 때면 내가 딴사람이 된 것 같고, 그래서 뭐든 할 수 있을 것 같다고 느끼지는 않았지만, 그날도 헐렁한 아디다스 운동복을 입고 있어 야쿠자들 같아 보이는 남자들 근처에 있자 나 자신이 무슨 마피아나 갱 같았고, 우리가 비슷한 계열의 일을 하는 사람들 같았고, 갱들의 야유회에 온 일행들이지만 사이가 좋지는 않아 약간 거리를 두고 있는 것 같았고, 그래서 그들에 대한 신경을 끄기가 쉽지 않았는데, 나는 이탈리아나 러시아의 마피아나 미국이나 영국의 갱을 실제로 만나본 적이 없어 영화에서뿐만 아니라 실제로도 그들이 아디다스나 나이키 운동복을 즐겨 입는지 궁금했는데, 실제로 그럴 것 같기도 했는데, 가급적 세상에 질서보다는 혼란과 혼돈을 초래하고 싶어하는 자신들의 강한 의지와 의욕을 생각하며 그것들을 표현하거나 마음속으로 생각할 때 어울리는 것처럼 여겨지기도 하고, 그전에 스스로를 잘 표현할 수 있다고 생각하기도 하는 스타일의 옷이 있다고 생각하고, 양복 정장일 수도 운동복일 수도 있는 그것들을 알아서 잘도 찾아 입을 것이었다.

그런데 아디다스나 나이키나, 평소 닭들에 특별한 감정을 품고 있었던 설립자가 닭들이 가는 다리와 세 갈래로 갈라진 발로 완벽한 포즈로 서 있고, 역시 완벽한 균형을 잡으며, 넘어질 수도 있을 것 같은데도 넘어지지도 않고 걷는 것에서 큰 인상과 영감을 받아 정형학적으로 치료 효과가 있는 신발을 만들며 시작되었고 역사가 백 년도 넘은 뉴발란스의 디자이너들이 마피아나 갱들을 염두에 두고 그들의 성향을 고려해 그들이 좋아할 만한 운동복이나 운동화들을 디자인하지는 않을 것 같았지만, 디자이너들 가운데는 자신이 디자인하는 운동복이나 운동화들을 마피아나 갱들이 좋아할 수도 있을 거라는 생각을 하며 그들의 성향을 드러낼 수 있는 어떤 요소를 쉽게 드러나지 않는 방식으로 디자인하고, 실제로 그것들을 용케 찾아낸 마피아나 갱들이 자신들이 디자인한 운동복이나 운동화들을 착용하고 있는 것을 목격하며 남몰래 흐뭇한 웃음을 지으며 자신들이 하는 일에 보람을 느끼거나, 아니면 마피아나 갱들을 염두에 두지는 않았지만 마피아나 갱들이 자신들이 디자인한 운동복이나 운동화들을 착용하고 있는 것을 보며 그것들에 그들이 좋아할 요소가 있다는 것을 뒤늦게 깨닫게 되는 디자이너들도 있을 수 있을 것이었다.

그런데 어떤 구세대의 마피아나 갱들도 오래되었지만 젊은 세대들이 좋아하는 뉴발란스나 컨버스의 운동복이나 운동화들을 착용하지는 않을 것 같았고, 어쩐지 그들이 보기에는 뉴발란스나 컨버스의 운동복이나 운동화들은 아이들이나 착용하는 것 같을 수도 있을 것 같았는데, 어쩌면 어딘가의, 가령, 우연히 그 모양이 부분적으로 닮기도 한 공을 두고 다투는 미국의 미식축구 결승전 때, 마구 으깨져 과카몰레가 되어 수많은 미국인들의 입속으로 집단적으로 사라지지만, 그렇게 된 이유가 그 모양이 부분적으로 닮기도 해서인지는 나로서는 알 수 없는, 막대한 수익이 나는 아보카도를 두고 거의 전쟁이라고 할 수 있는 정도로 다투는 멕시코의 카르텔 소속으로, 자신들이 생각하기에 새로운 방식으로 세상에 질서보다는 혼란과 혼돈을 초래하고 싶어하는 MZ 세대의 갱들 가운데는 뉴발란스나 컨버스나 언더아머나 반스나, 래퍼 출신이지만 출신을 잊고 주로 딴짓을 하는 것 같은 카녜이 웨스트가 아디다스와 협업한, 약간 만들다 말았거나 아무래도 그렇게 느껴져 좀 더 만들다가 지나치게 만든 것 같은 이지Yeezy 운동복이나 운동화를 좋아하는 갱들도 있는지도 몰랐는데, 그들 생각에는 나이키와 아디다스는 구식의 상징으로 타도해야 하는 대상일 수도 있을 것이었다.

그런데 내가 야쿠자나 갱들에 대한 생각들을 쉽게 그만두지 못한 것은 최대한 야쿠자인지 알 수 없게 처신하고 있는 야쿠자들 같은 누군가가 근처에 있어서이기도 했지만, 그냥 지나가는 이야기로, 나 자신이 그 비슷한 것이 될 뻔한 일이 있어서였는데, 살면서 내게 있었던 일들이라고 믿기 어렵지는 않지만 생각지 못했던 일들이 몇 가지 있었고, 그중 한 가지가 내가 대학을 졸업할 무렵 무엇을 해야 좋을지 전혀 몰랐을 때 어떻게 해서 알게 된 어떤 갱단의 보스가 한국의 남서부의 항구도시에서 새로 출범한, 말하자면 신생 조직인 그들 조직의 이인자 자리를 불쑥 내게 제안한 것이었고, 다른 할일이 없었던 나는 그 제안에 대해 잠시 생각해보았고, 그의 조직을 들여다보았는데, 그 조직에는 삼자인 내가 보기에도 딱해 보일 정도로 뭔가가 결정적으로 결여되어 있었지만, 어쨌든 갱으로서 최대한 갱의 모습을 해야 했고, 그것으로 갱이 될 준비는 되었다는 듯 모두 야쿠자들이 하는 것과는 조금 다른 전신 문신을 한 조직원들이 잘하는 것은, 마치 조직에서 제일 중요하게 생각하는 것이 그것인 듯 허리를 구십 도로 꺾으며 절하는 것이었는데, 그것이 그들이 유일하게 잘하는 것인 것 같았고, 내가 보스와 함께 모습을 나타낼 때면 모두가 허리를 구십 도로 꺾으며 절을 했고, 나는 저러다가 허리에 많은 무리가 갈 수도 있겠다는 생각을 하면서도, 누구에게서 그런 절을 받아본 적이 없었고, 그런 것에 기분이 좋아지지는 않았지만 약간 재미있기도 했고, 그래서 머리를 짧게 자른 조직원들의 머리를 머리를 짧게 자른 푸들의 머리를 쓰다듬어주듯 하나씩 쓰다듬어주고 싶었지만 그들에게 마음의 상처를 심하게 줄 수도 있을 것 같아 그렇게 하지는 않았는데, 조직의 모두가 사투리가 워낙 심해 나는 그들이 하는 말을 거의 알아듣지 못했지만, 알아들을 수 있는 것만으로도 그들의 머릿속에서 별일이 일어나고 있지는 않다는 것은 알 수 있었지만 그것이 무슨 일인지는 알기 어려웠고, 그야말로 오합지졸인 조직을 이끌어줄 누군가가 절실해 보였고, 누구보다도 그 사실을 잘 알고 있었고, 그래서 보스였던 보스는 대학을 졸업한 조직원이 아무도 없는, 모두 고등학교 내지 중학교 혹은 더 나아가 초등학교 이하 중퇴자들로 이루어진 그의 조직에 소위 말하는 두뇌가 필요하다고 판단해 나를 영입하려 했고, 장차 해외에, 가능하면 영어권 국가에 진출하려는 포부를 갖고 있었고, 내가 영어를 조금 한다는 점을 아주 높게 샀는데, 약간 게이 같은 데가 있기도 했고 그래서인지는 알 수 없었지만 내게 부담스러울 정도의 호감을 드러냈다.

미술가가 되는 것이 꿈이라고 말했고, 약간은 그런 것 같기도 한 것 같았고, 여전히 그 꿈을 완전히 버리지는 않은 것 같았고, 미술가 중에서는 살바도르 달리를 가장 좋아한다고 한, 약간 예술가적인 기질이 없지 않았던 보스는 무엇에서 영향을 받았는지 알 수 없었지만 전통적이지 않은, 다소 아방가르드하고 미래지향적이고 약간은 초현실주의적인 갱단을 만들고 싶어했고, 그것에 대해 내게 진지하게 얘기했고, 일종의 특채처럼 내게 조직의 이인자 자리를 제안한 것이었는데, 내가 조직의 규모가 생각보다 작은 것에 실망했다고 하며, 내가 조직을 이끄는 것이 조직뿐만 아니라 그를 위해서도 나을 것 같다며 일인자의 자리를 내놓으라고 장난처럼 말하자, 역시 머리가 나쁜 그는 안타깝게도 그것을 내가 자신의 자리를 뺏으려는 것으로 받아들이며 내 요구를 받아들이지 않았는데, 그후 나는 당시 나의 많은 것들을 달라지게 했을 수도 있는 그 문제를 장난처럼 말고 좀더 진지하게 생각해보지 않은 것이 약간 후회되기도 했는데, 결국 나는 현대 미술사를, 그중에서도 초현실주의와 추상 표현주의 미술사를 공부할 생각으로 프랑스로 가게 되었고, 그에게 같이 가 초현실주의와 추상 표현주의를 공부하자고, 그렇게 할 경우 그가 만들고자 하는 다소 아방가르드하고 미래지향적이고 초현실주의적인 것에 더해 추상 표현주의적이기도 한 것에서 더 나아가 초자연적인 갱단을 만드는 데 큰 도움이 될 거라고 했지만 머리가 나쁜 그는 나 역시 무슨 말인지 알 수 없었던 그 말을 이해하지 못하고 그것 역시 내가 자신의 자리를 뺏으려는 것으로 받아들이며 나와 거리를 두려 했는데, 한편으로 나는 그의 자리를 뺏으려 하기도 한 것 같았고, 결국 우리는 각자의 길로 가기로 했고, 그것으로 아무래도 게이 성향이 있었지만 그것을 표현할 수 없어 힘들어했을 수도 있는 그와 그의 조직과의 인연은 끝이 났고, 그로 인해 전 세계 갱단의 역사를 새로 쓰게 되지는 않았더라도 새로운 한 장 정도는 쓰게 되었을 수도 있는, 초자연적인 힘을 가져 누구도 맞서지 못했을 초자연적인 갱단은 탄생하지 못하게 되었는데, 나는 공부를 하러 프랑스에 갔지만 하려던 공부를 막상 할 생각을 하자 일처럼 해야 하는 공부가 하기 싫어 공부는 하지 않았고, 그렇다고 다른 무엇을 하지도 않으며 아무것도 하지 않는 것만큼 하기에 좋은 것도 없다는 생각을 하며 지내던 중 내가 공부에는 소질이 없지만 아무것도 하지 않는 것에는 생각하기에 따라 약간 혹은 상당한 소질이 있다는 것을 깨닫게 되었고, 그 소질을 발휘하고 싶었고, 그래서 계속해서 아무것도 하지 않으며 지내다가 어떻게 해서 여러모로 아무것도 하지 않는다는 생각으로 하기에 가장 좋은 것은 소설을 쓰는 것일 수도 있겠다는 생각이 들었고, 그후 어떻게 해서 소설을 쓰게 되었지만 소설에서 가야 할 길을 찾았다거나 하는 것과 같은 터무니없는 생각은 다행히 한 번도 하지 않았지만, 아무것도 하지 않는 것을 하는 것에 너무 빠져 제이차세계대전 때 출격해 하늘을 헤매고 있는 전투기들이 빠져 있는 것과 크게 다르지 않은 것 같은 어떤 저주에 빠져 그것에서 헤어나지 못하게 되기도 한 것 같았다.

나는 그후 그들을 생각할 때면 그들이 과시하며 보여준 남자들의 세계가 우스워 그들을 보며 여러 번 웃었던 기억이 났는데, 당시 갱들 사이에서 약간 유행 같은 것으로, 여러 가지 군국주의 문화를 비롯해 좋지 않은 많은 것들을 한국에 전해준 일본에서 건너온 것이 확실한, 승용차 트렁크에 일본도를 싣고 다니는 유행을 따라 그렇게 한 소규모 갱단의 보스와 어울리며 서울의 북동부에 있는, 갱들이 애용하는 갱 전용 같은 사우나에서 전신 문신에서부터 하다가 만 것 같은 문신에 이르기까지 모두 문신을 한 갱들 사이에서 필요 이상으로 위축되지는 않았지만 보여줄 문신 하나 없는 것에 약간의 서러움과 함께 소외감을 느끼며, 증기가 그런 것을 배경으로는 사활을 건 비장한 싸움을 벌여야 마땅할 것 같은 안개처럼 자욱한 사우나실에서, 갱이 되면 자연스럽게 싸울 기회가 찾아올 테고, 이왕 싸울 거면 지는 쪽보다는 이기는 쪽이 되는 것이 나을 것 같았고, 그때를 대비해 싸움의 기술을 하나쯤 익혀두는 것이 좋을 것 같아 실질적인 도움이 될 수도 있는 유도나 레슬링도 좋지만 어떤 경우에도 누군가와 뒤엉켜 싸우고 싶지는 않아 내가 늘 근사한 운동이라고 생각한 권투나 보기에도 좋아 보이는 검도를 배워둬야겠다고 생각하기도 한, 이제는 먼 전생의 기억처럼 여겨지는 당시의 일은, 어떻게 해서 살바도르 달리와 어울리게 되면서 파리 불로뉴의 숲에서 각자 데려온, 모습에서부터 허공을 보며 짖는 소리와 식성을 비롯한 성향과 하는 짓과 하는 생각까지 초현실주의적인 개들을 산책시키며 초현실주의 미술의 새로운 장을 함께 여는 것에 대해 얘기하다가 좀더 친해져 스페인 안달루시아를 같이 여행하다가, 식사중 식탁 위에 있는 소금이나 후추가 든 평범한 모양의 작은 유리병에 나 있는, 육안으로는 확인하기도 어려운 아주 미세한 금을 두고 의견이 맞서 심하게 다투지도 않았음에도 관계에 심각하게 금이 가 그 문제에 대한 이견을 좁히지 못하는 한 서로 함께하는 것이 어렵다고 판단해 그것으로 헤어지며 각자의 길로 가기로 하고 더이상은 만나지 않게 된 것만큼이나 약간은 초현실주의적인 것으로 여겨지기도 했다.

그런데 나는 자신의 차림으로 자신이 뭘 하는 사람인지를 드러내고 과시하기를 좋아하는, 대표적으로는 갱이나 운동선수나 뮤지션 들을 포함한 어떤 사람들을 제외하고는 사람들이 많은 경우 차림만으로는 뭘 하는 사람인지 알 수 없지만 뭘 하는 사람인지 알게 되면 그의 차림이 납득이 되게끔, 이상하거나 수상한 사람인 경우를 제외하고는 거의 항상 자신과 상당히 잘 어울리는 차림을 하는 것이 재미있었고, 그 생각을 하자 아주 오래전 기억들이 떠올랐는데, 그것은 내게 애초에 어린 시절 같은 것은 없었던 것처럼, 이제는 어린 시절보다 훨씬 더 먼 전생의 기억처럼 여겨지는 어떤 것들로, 휴전선 너머에 있는 북한이, 그것을 주워 학교에 가져가면 부러워하는 아이들이 손뼉을 치는 가운데 선생이 연필이나 크레용 등을 주기도 한, 기구에 날려 살포한, 가슴을 뛰게 하는 자극적인 문구들이 적힌 전단들과 함께 마치 깜짝 선물을 보내주는 것처럼 틈틈이, 잊을 만하면 간첩이나 무장 공비들을 보내줘 군사정권하에서 놀라운 일들이 많아 이미 많이 놀라 있는 남한 사람들을 더욱 깜짝 놀라게 하고 지루해할 틈을 주지 않아 수상한 사람이 보이면 거의 반사적으로 일단 신고를 하는 것을 생각해야 했던 1970년대에 당시 아이들의 정신과 영혼을 가장 크게 지배하고 있던 반공 사상 교육이 얼마나 효과적이었는지를 보여주는 것이기도 했지만, 한동안 나는 본래 여러모로 수상한 데가 있었던 내 가족을 포함해 모든 사람을 경우에 따라 경찰에 신고해야 할 수도 있는 수상한 사람으로 보았고, 내 가족이 간첩이나 무장 공비들일 리는 없다고 생각했지만 그것은 알 수 없다고 생각했고, 간첩이나 무장 공비들이 가정과 학교와 거리뿐만 아니라 들판과 숲과 하늘뿐만 아니라 나무 위와 동굴과 온갖 종류의 굴속과 물속뿐만 아니라 생각하기 어려운 곳들을 포함해 어디에나 있을 수 있다는, 어디에나 있는 반공 포스터를 보면 모두가 너무나 수상하게 보였고, 사람들뿐만 아니라 새와 두더지와 물고기 들도 수상하게 보였고, 그중에 특히 수상하게 보이는 새와 두더지와 물고기들이 있었고, 그들이 간첩이나 무장 공비들일 리는 없다고 생각했지만, 어쩐지 사회주의자나 공산주의자들로 보이기도 하는 그들이 수상하지 않게 보이는 새와 두더지와 물고기 들과 특별히 다른 점은 없는 것 같았지만 그 모든 사람과 새와 두더지와 물고기와 기타 등등의 움직이는 것들 가운데서도 특히 약간 이상한 차림을 하고 있는 사람들, 그 가운데서도 배구 선수처럼 키가 큰 사람들이 아주 수상하게 보였고, 그들 중 누군가를 경찰에 신고한 적은 없지만, 티브이에서 소련과 체코슬로바키아와 쿠바 같은, 배구 강국인 사회주의나 공산주의 국가의 국가대표 배구 선수들이 결선 경기에서 서로 맞붙으며 보여주는 놀라운 모습을 보면서도 배구를 정말 잘하는 그들 모두가 사회주의자나 공산주의자들로 그들 모두를 경찰에 신고해야 한다는 생각에 깊이 사로잡히기도 했지만 그것은 누구에게 말하기 어려운 문제 같아 누구와도 얘기를 나눠보지 못했고, 그래서 계속해서 혼자 어려운 고민을 해야 했지만, 사회주의나 공산주의 국가들에서 하는 엄숙한 행사들에서 의장대 병사들이 제식동작으로 고개를 똑바로 하거나 옆으로 거의 구십 도로 돌린 채로 팔을 옆으로 흔들며, 약간 모자라 보이는 짧은 군화를 신은 발이 아닌 근사한 긴 부츠를 신은 다리를 곧게 펴 슬로모션처럼 사십오 도 각도로 들며 아주 천천히, 10월 혁명을 기억하며 영구 혁명을 추구하며 걷는 것처럼 걷는 것은 아주 근사해 보였고, 의장대 병사들이 그렇게 근사하게 걷기도 하는 사회주의나 공산주의 국가들을, 의장대 병사들 역시 전혀 근사하지 않게 아무 내용 없이 걷는 것 같고, 팔도 그냥 걸을 때처럼 어색하고 멋쩍게, 거의 팔이 고장난 것처럼 앞뒤로 흔드는, 소위 말하는 서방 국가들이 이기기는 어려울 거라고 생각했던 것 등이었다.

그런데 프레이저 강가에 있던 그날의 내 모습을 그 시대의 남한의 어느 거리에서 당시의 나와 같이 의심이 많은 어떤 아이가 봤다면 경찰에 신고를 해도 좋을 수도 있었을 것 같았는데, 배구 선수로는 조금 작은 편이지만 그래도 큰 키에 헐렁한 운동복을 입은 내 차림은 영국의 지방 도시, 이를테면 남한에서 많은 갱단을 양성하고 배출했고, 사투리가 심해 심한 사투리를 쓰는 갱들을 전국으로 진출하게 했고, 어쩌면 심한 사투리 때문에 의사소통에 문제가 있어 다른 사람들과 많은 시비가 일게 했을 수도 있는 서쪽에 있는 항구도시 목포와 마찬가지로 역시 많은 갱단을 양성하고 배출했고, 사투리가 심해 심한 사투리를 쓰는 갱들을 영국의 전역으로 진출하게 한 것으로 알고 있고, 어쩌면 심한 사투리 때문에 의사소통에 문제가 있어 다른 사람들과 많은 시비가 일게 했을 수도 있고, 유럽에서 가장 오래된 차이나타운이 있고, 왜 그렇게 불리는지는 알 수 없고 자신들이 그렇게 불리는 것을 좋아하는지도 나로서는 알 수 없지만 그곳 사람들이 개의 한 품종 같기도 하고 사람과 개의 하이브리드 같기도 한 리버퍼들리언Liverpudlian으로도 불리고, 노르웨이 이민자들이 많이 정착하면서 본래 북유럽의 선원들이 많이 먹었던 고기 스튜 스카우스Scouse에서 유래하게 된 것으로, 영국 내에서도 유명한 리버풀 억양과 사투리를 쓰는 사람들을 일컫는 스카우서Scouser로 흔히 불리는, 역시 영국의 서쪽에 있는 항구도시인 리버풀의 아시아계 조무래기 갱을 떠올리게 하는 모습으로, 1970년대의 남한에서는 눈에 띄게 수상해 보였을 것이었다.

나는 내가 전생에 야쿠자이기도 했을 거라고는 생각하지는 않았지만 야쿠자일 수도, 야쿠자의 문신을 좋아하는 누군가일 수도 있는 게이들이 있는 강가에 있자 그 얼마 전 야쿠자들에 관한 뉴스를 본 기억이 났는데, 뉴스는 오랫동안 일본의 지하세계를 지배해온 야쿠자 조직들이 대체로 좋은 사이를 유지해오던 일본 정부가 크게 변심해, 말하자면 칼을 빼들어 크게 휘두르며 야쿠자들의 불법적인 사업에 대한 대대적인 단속을 하는 등 여러 가지로 여건을 어렵게 만들며 갖은 애를 먹일 뿐만 아니라 생존 자체를 위협하면서 일부가 와해되며 일자리를 잃은 야쿠자들이 새로운 일자리를 찾고 있다는 것이었는데, 그 가운데는 마땅한 일거리를 찾지 못해 바닷가로 가 어부가 되거나 시골로 내려가 밭에서 과일을 따는 일을 하는 야쿠자들을 소개하는 부분도 있었고, 중년의 나이에 이른 두 전직 야쿠자가 어려운 처지에 처해 딸기를 따고 있는 것을 보여주는 부분도 있었는데, 왜 그들이 하필이면 딸기를 따는 일을 하고 있는지는 알 수 없었지만 어쩌면 할 줄 아는 게 사람에게 겁을 주고, 사람을 힘들게 하고, 경우에 따라서는 해치는 일 말고는 없어 딸기라도 따고 있는 것 같았는데, 딸기를 따는 일 정도는 사람에게 겁을 주고, 사람을 힘들게 하고, 경우에 따라서는 해치는 일 말고는 잘하는 일이 없어도 할 수 있을 것이었고, 다른 계절이었다면 그들이 따고 있는 것이 수박이나 포도로 바뀌었을 것이었는데, 그들이 딸기를 따면서 야쿠자로 지낸 시절을 반성하고 있는지, 반성 같은 것은 하지 않으며 딸기를 따는 일과 야쿠자가 하는 일이 얼마나 다른지를, 딸기를 따는 일은 얼마나 적성에 맞지 않는지를, 그에 비해 야쿠자는 얼마나 적성에 맞았었는지를 생각하며, 딸기는 힘들게 하거나 해칠 수는 있지만 겁을 줄 수는 없는 것을 아쉬워하며 야쿠자로 지낸 시절을 그리워하는지, 그래서 잘하던 것을 다시 할 수 있는 기회가 다시 오기를 기다리고 있는지, 그런 기회가 안 오기를 바라는지, 아니면 딸기를 따느라 그냥 딸기에 대해서 말고는 아무 생각도 나지 않는지는 그들이 카메라를 쳐다보며 말하는, 지금의 삶에 만족하고 있다는 얘기로는 알 수 없는 것 같았다.

그들을 보며 나는 무엇이 될지 알 수 없는 누군가가 어떤 사람이 되는 것에, 그리고 사람들이 결국 어떤 사람들이 되고 어떤 사람들은 되지 못하고, 어떤 사람들은 되다 말고 하는 것들에 관심이 있었던 때를 잠시 생각해보았지만, 이제 더이상 그런 것들에는 거의 관심이 없었지만 야쿠자나 갱이나 마피아나, 그 밖의, 소위 말하는 악의 편에서 일하는, 가급적 세상에 질서보다는 혼란과 혼돈을 초래하고 싶어하고 그렇게 하지만 그 과정에서 때로는 보통 사람들은 할 생각을 하지 못하고 하지 않는 재미있는 짓들을 하기도 해 문학과 예술, 특히 그 가운데서도 영화에 직접 출연하지는 않지만 대역 배우들을 출연하게 해 자신들을 그린 영화들을 사람들이 보며 좋아하게 하고 사람들 역시 보며 좋아하기도 하는, 그들이 없다면 그런 영화들이 만들어지기도 어려운 사람들 역시, 조금 다른 차원에서이기는 하지만 캘리포니아에 없어서는 안 되는 캘리포니아의 산불처럼 세상에 없어서는 안 되는 사람들이라고 생각되었는데, 세상이 어떻게 되어도 세상의 일부일 수밖에 없기도 한 그들이 없을 수는 없을 것이었고, 그런 사람들을 못 견디는 사람들도 있었지만, 나는 세상에 질서와 함께 혼란과 혼돈이 있는 것은 자연스러운 것이라고 생각했고, 그것과는 상관없이, 나는 도덕주의와 윤리주의와는 생리적으로 맞지 않아 그것들을 멀리할 수 있었는데 그것은 무척 다행한 일 같았다.

그리고 나는 그림이나 음악에 소질과 적성을 타고난 사람들처럼 그들 역시 어떤 방면으로 소질과 적성을 타고난 사람들이고, 타고난 소질과 적성을 발휘하지 않기는 어떻게 해도 쉽지 않을 테고, 그들이 하는 모든 것들 역시 인간이라는 종이 하는 것들의 일부이고, 인간이라는 생물학적 종의 다양성의 측면에서는, 그런 다양성이 반드시 좋은 것이라고 할 수 있는지는 알 수 없지만 다양성을 보여주는 어떤 것으로 볼 수도 있다고 생각했고, 사람들이 세상에서 있어서는 안 된다고 생각하는 사람들에 대해서는 다른 누구보다도, 창밖으로 몸을 던져 죽는 것에 매혹되어 낮은 창문 밖으로 몸을 던졌지만, 그렇게 해서는 죽기 여간 어렵지 않다는 것을 깨달았지만, 그것에 대한 생각을 쉽게 떨치지 못했지만 마음이 바닥으로 가라앉는 것의 비유로 물속에 가라앉는 것과, 힘든 모든 것에도 불구하고 그녀를 살아 있게 하는 것의 비유로 물에 떠 있거나 떠내려가는 것을 좋아해 결국 비유를 실제적인 것으로 만들며 강물 속으로 걸어들어가 자살해 삼 주간 강물에 떠내려간 후 발견된 버지니아 울프의, 거의 아무것도 아닌 것에 관한 이야기지만 좋은 이야기로 생각하며 내가 좋아하는 단편 「잡종개, 집시」에 나오는, 물론 그 개가 스스로 그렇게 생각한 것은 아니지만, 함께 사는 개로 족보도 있고 신사지만 약간 모자라는 헥터에 대해, 세상에는 이런 개도 있어야 하고 저런 개도 있어야 한다고 생각하는 것으로 울프가 묘사해 그 개가 생각한 것으로 볼 수도 있는, 본래 길에 버려진 것을 주워와 키운 개로 집시들이 버리고 간 것 같아 주인이 집시로 이름을 지어준, 반은 테리어고 반은 뭔지도 알 수 없는 잡종개 집시의 생각이 맞는다고 생각했고 그 점에 있어서는 집시와 생각을 같이했는데, 물론 그 개 때문에 그렇게 생각하게 된 것은 아니었고 늘 그렇게 생각해왔지만, 그 점에 있어서는 잡종개 집시보다도 모자라게 생각하는 것이 좋다고 생각해 그렇게 생각하지 못하는 사람들이 세상에서 있어서는 안 된다고 생각하는 사람들에 대해 그냥 좀 모자라는 사람들이라고, 세상에는 그런 사람들도 있어야 한다고 생각하며 어떻게 해서 집시만큼이라도 생각을 할 수 있으면 좋을 수도 있을 거라고 생각했지만, 집시보다도 모자라게 생각하기를 마다하지 않는다면 할 수 없을 것이었다.

나는 아무 말 없이 일본인들이 간식으로 먹는 뭔가와 딸기를 먹고 있는, 야쿠자 문신을 한 게이 커플이 전직 야쿠자들로 일본에서 딸기를 따다가 오지는 않았지만 일본에서 휴가를 온 야쿠자들일 수도 있다는 쪽으로 생각이 기울게 되었는데, 그들은 이제 포도처럼 보이는 뭔가를 먹으며 얘기를 시작했고, 우리 사이에는 급류에 휩쓸린 듯 쓰러져 뿌리째 뽑혀 불편하게, 하지만 그것을 크게 개의치 않는 모습으로 누워 있는 커다란 나무가 있었고, 나무뿌리들 사이로 보이는, 나무뿌리들의 일부로 보이지는 않지만 작은 뿌리들이 어떤 식물의 넝쿨 문신을 하기도 한 그들에게서 자라는 것처럼 보이기도 하는 야쿠자들은 그 너머 조금 떨어진 곳에 있어 그들이 하는 얘기는 거의 들리지 않았는데, 조금 후 그들의 목소리가 높아졌고, 나는, 이제 일본에서 휴가 온 야쿠자들이 싸우려는 모양이군, 야쿠자들이니 야쿠자들처럼 싸우겠지, 하고 생각하며 고개를 들어 그들을 보았는데 그들은 싸우려는 것 같지는 않았고, 약간 거리가 있어 영어인지 일본어인지도 분명치 않았지만 일본어 억양의 영어로, 혹은 일본어 특유의 시비를 거는 듯한 억양으로, 그리고 상대의 기를 꺾으려는 듯한 야쿠자 특유의 억양으로 말하고 있는 것 같았는데, 서로 싸우고 있는 것 같았지만 서로 다정한 말을 주고받고 있는 것 같기도 했다.

나는 그들이 야쿠자이거나 아니라는 것을 알 수 있으면 그들에 대해서도 야쿠자에 대해서도 더이상 생각하지 않을 수 있을 거라고 생각했지만 그들은 뭔가를 먹는 것으로도, 다른 것으로도 그들이 야쿠자인지 아닌지 알 수 없게 했고, 나로 하여금 계속해서 그들과 야쿠자에 대해 생각하게 했는데, 아무래도 그들이 야쿠자들일 것 같지는 않기도 했는데, 편견을 갖는 것은 좋지 않은 것이었지만 야쿠자들이 밴쿠버에서도 주로 나체주의자 게이들이 오는 강가에서 피크닉을 하지는 않을 것 같았는데, 야쿠자들은 나체주의자 게이들이 자리를 차지하기를 좋아하는 그곳과는 가장 거리가 먼 어떤 것으로 여겨졌고, 야쿠자들에게 그사이 내가 알지 못하는 어떤 변화의 강풍이 불었는지는 알 수 없었지만, 아무리 시대가 바뀌어도 전통을 중요하게 생각하는 어떤 야쿠자 조직도 조직 내 나체주의자 게이 커플을 용납할 정도로 개방적이고 포용적이고 인간적이고 서정적이고 미래지향적으로 바뀌지는 않았을 것 같았고, 그런 야쿠자 조직이 있다면 그것은 더이상 야쿠자라고 할 수 없을 것 같았고, 나체주의자 게이 커플은 무엇보다도 심하게 야쿠자 조직의 근간을 뿌리째 뒤흔들어놓을 수도 있을 것 같았다.

나는 야쿠자들인지 아닌지 알 수 없는 아시아계 게이 커플이 일본어 억양으로 말하는 것을 들으며 사무라이 생각을 했는데, 야쿠자와 사무라이는 다르지만 비슷한 점도 있는 것 같았고, 애초에 사무라이의 시대가 저물며 일자리를 잃게 된 사무라이의 잔당들에서 시작되었다고도 하는 야쿠자들은 배를 갈라 보기에 별로 안 좋은 내장을 꺼내 자랑하는 할복이라는 기발한 관습을 비롯해 사무라이 문화도 일부 계승한 것 같았지만, 그 자체가 좋은 것은 별로 없었던 사무라이 문화의 그나마 좋은 것들은 버리고 주로 안 좋은 것들을 물려받는 것이 좋다고 생각해 그렇게 한 것 같았는데, 어쩌면 사무라이가 없었다면 야쿠자의 문화도 조금은 달랐을 수도 있었을 것 같았는데, 아무래도 좀더 혹은 좀더 심하게 안 좋은 쪽으로 달라졌을 것 같았고, 나는 스스로를 극단의 길을 의미하는 '고쿠도'로도 칭하며 가급적 극단의 길을 가려고 하는, 본래 의미는 '아무짝에도 쓸모없는 놈'인 야쿠자의 문화에는 사무라이의 문화에는 없는 우스운 것들이 있다고 생각했는데, 대표적인 것들이 여러 가지 있지만 그중에서도 가장 대표적인 것은 이제는 야쿠자들 사이에서도 구시대의 유물로 치부해 점차 사라지고 있는지, 아니면 소중한 전통이라고 생각해 야쿠자가 어떻게 되어도 그것만큼은 버릴 수 없다고 생각하며 지키려고 하는지는 나로서는 알지 못하는, 야쿠자들이 좋아하는, 왼손 새끼손가락을 걸핏하면 자르는, 일명 손가락 날리기, 로도 알려진 유비츠메 관습 같았는데, 야쿠자들이 실제로 잘린 새끼손가락을 손가락으로 뭔가를 튕기는 것처럼 공중에 날리기도 하고, 날아오는 새끼손가락을 결혼식의 부케처럼 누군가가 받기도 하고, 모두가 손뼉을 치며 야쿠자로서 거듭 태어난 야쿠자를 축하하는 것으로 손가락 날리기 의식을 끝내는지는 알 수 없었다.

그런데 그냥 야쿠자로서 기분을 한껏 내려고 하기도 하지만 벌을 받아 마땅한 조직원이 속죄할 때 주로 행하는, 고해성사와 종교재판과 형의 집행의 효율적이거나 비효율적인 요소들을 조금씩 섞어 종합해놓은 것 같은 그 의식의 의도는 뭔가 결연하고 비장하고 인상적이고 극적인 것을 보여주고자 하는 것일 텐데, 뭔가 결연하고 비장하고 인상적이고 극적인 것을 보여주고자 할 때 피를 보여주는 것은 쉽고도 좋은 방법이고, 더 나아가 신체의 일부를 절단하는 것 역시 쉽고도 좋은 방법이지만, 몸에서 잘라내도 신체 활동을 하는 데 불편함을 가장 적게 주고 다시 자라지는 않지만 몸에 있던 뭔가가 없어진 느낌을 최대한 적게 주는 것일 수도 있는 새끼손가락을 자르는 것을 생각해낸 것도 우습지만, 모두가 숨을 죽이고 타는 목으로 침을 삼키며 구경을 하는 근엄한 속죄의 자리에서, 없을 경우 사는 데 커다란 지장을 주는, 뭔가가 아주 마음에 들 때 성가시게 말로 할 것 없이 그것을 치켜세워 보여주기만 하면 되는 등의 용도로 요긴하게 사용할 수 있는 엄지손가락을 비롯한 다른 무엇도 아닌, 지키지도 않을 약속을 할 때나 남몰래 뭔가를 후비는 용도로 말고는 요긴하게 사용하기 어려운 새끼손가락을 자르는 것은 웬만한 사람이면 누가 봐도 굉장히 우스울 것이고, 아무짝에도 쓸모없는 놈들이기는 하지만 야쿠자들도 사람이고 그것을 느끼지 못할 수는 없고, 그 자리의 야쿠자들 모두가 그렇게 느끼면서도 웃음을 참으며 심각한 표정을 짓는 것은 그것을 우연히 보게 된 사람뿐만 아니라 야쿠자 본인들에게도 아주 우스울 수도 있을 것이었고, 야쿠자들이 모인 자리에서 새끼손가락이 공통적으로 실종된 서로의 왼손을 보게 되면 그것 역시 무척 우스울 것이었는데, 얼핏 생각하기에는 왼손 새끼손가락 정도는 없어도 될 것 같기도 하지만 그것이 없는 것을 볼 때마다 굉장히 신경이 쓰일 수도 있을 것이었고, 그래서 어쩌면 굉장히 신경이 쓰이게 하는 것이 유비츠메의 깊은 의도이거나 목적인지도 몰랐지만 왼손 새끼손가락이 없는 경우에도 시간이 지나면서 없는 것이 너무나 자연스러워 오히려 있는 것이 어색해질 수도 있었고, 그래서 그냥 야쿠자로서 기분을 한껏 내려고 하는 것 같기도 했는데 야쿠자들 가운데서도 그 사실을 깨달은 자들은 얼마 안 되는지도 몰랐다.

그런데 나는 언젠가 일본에서 한 야쿠자 보스에 대한 교수형을 집행했다는 뉴스를 봤을 때, 문명화된 나라를 자처하는 많은 나라들에서 사형제가 폐지되었거나 사형제가 있더라도 형을 잘 집행하지 않는 반면, 사형 집행이 이루어질 때마다 사람들이 목소리를 높일 수 있도록 사형제 찬성론자와 반대론자 모두를 위해 틈틈이 사형을 집행하는 일본의 사형제와 관련해 특이한 어떤 것을 알게 되었는데, 그것은 사형수에게 언제 사형이 집행될지 사전에 알려주지 않아 사형이 집행되기 전까지는 자신이 언제 죽게 될지 모르게 한다는 것이었는데, 사형수에게라지만 자신이 언제 죽게 될지 모르게 하는 것이 잘하는 것인지에 대해, 그런 것에 대해서라면 나는 깊이 생각해보는 버릇이 있었고, 그래서 깊이 생각해보았지만 잘 알 수 없었는데, 그것은 한편으로는 일본인 특유의 타인에 대한 지나친 배려심에서 나온 것으로, 사형수가 자신의 죽음에 마음의 준비를 충분하고도 필요한 것 이상으로도 할 수 있게 사형수를 지나치게 배려하는 것일 수도 있는 것 같았지만, 다른 한편으로는 사형수로 하여금 자신이 언제 죽을지 몰라 죽을 때까지 계속해서 언제 죽을지 모른다는 생각 말고 다른 생각은 하기 어렵게 하는, 역시 일본인 특유의 타인에 대한 지나친 배려심에서 나온 것으로 잔인한 어떤 것일 수도 있는 것 같았는데, 어쩌면 후자에 더 가까운 것 같았고, 그것이 그 제도의 의도이거나 목적이기도 한 것 같았는데, 사형수로 하여금 언제 죽게 될지 모르게 하는 것은 모든 사람이 사실은 언제 죽을지 모르기도 하는 것과는 또다른 것이고, 그것들에는 쉽게 말하기 어려운 차이가 있고, 어쩌면 사형수로 하여금 그 차이를 알게 하고, 죽는 날까지 그것에 대해 생각하게 하지만 죽는 순간에도 그 차이를 알기 어렵게 하는 것이 그 제도의 또다른 의도이거나 목적이기도 한 것 같았지만, 일본의 사형수들은 죽을 때까지 자신들이 언제든 죽을 수도 있다는 불안과 강박에 시달릴 수는 있지만 죽기 전까지는 자신들이 죽지 않을 수 있다고 안심을 하기는 어려울 것이었고, 일본의 사법부가 야쿠자들이 조직을 심하게 배신해 용서는 생각할 수도 없는 누군가를 처단할 때 운용하기도 하는 야쿠자들의 독특한 관습에서 아이디어를 얻어 그 제도를 만들지는 않았겠지만, 만약 야쿠자들에게 그런 관습이 있었고 일본의 사법부가 그렇게 한 것이라면 그것이야말로 아주 기발한 것이었을 그 독특한 제도는 어떻게 결론을 내리기 굉장히 어려운 문제 같았는데, 그것과는 상관없이, 일본인들은 여러 가지로 기발한 데가 있다는 생각이 다시 들었고, 그럼에도, 일본인들이 좀 이상한 데가 있는 것은 사실이기는 하지만 어떤 나라 사람들도 누구도 그것을 끝내 이해하려 하면 이해할 수 없는 뭔가를 하지는 않는다고, 사람이 하는 모든 것은 사람이어서 하는 것이라고 생각했고, 그것과는 상관없이, 나는 사람들이 흥미로운 것들이 많다고 생각하는 일본에 몇 번 갔었지만 특별히 흥미로운 것은 보지 못했지만, 상당히 더운 어느 여름날 도쿄의 도심에서 조금 떨어져 있는 어느 한적한 공원의 구석에 있는 농구 코트에서 농구를 하기에는 키가 확실히 작은 것이 두드러져 보이는 일본인 남자 여섯 명이 코트를 절반을 사용해 농구를 하고 있는 것을 보게 된 적이 있었는데, 그중 세 명이 일본인들이 제이차세계대전 때 전쟁에서 이길 욕심으로 전함에서부터 군모에 이르기까지 온갖 것들에 장식으로 달고 싸웠지만 결국 패한, 군국주의의 상징인 욱일기가 들어가 있는 띠를 머리에 두르고 있었는데, 보는 사람도 없는 공원의 구석에서 코트도 반만 사용해 농구를 하는 주제에 가당치 않게 그런 띠까지 둘러야 하는지 생각해보자 괜히 그것을 두른 것 같지는 않았고, 아무래도 군국주의자들쯤 되는 자들로 군국주의자인 것을 자랑하고 있는 것 같았고, 그래서 일본의 흔한 가소로운 군국주의자들이 농구를 하고 있나 보군, 하고 생각했는데, 그들은 실제로 뼛속 깊이, 그리고 내장까지 군국주의자들인 듯 뭐라고 말하기는 어려웠지만 군국주의자들처럼 아주 딱딱한 느낌이 나게 농구를 했고, 소리도 군국주의자들처럼 딱딱하게 질렀고, 역시 군국주의자들이거나 아니면 군국주의자들도 못 되어 띠를 두르지 않은 듯한 나머지 셋 역시 상당히 딱딱한 느낌이 나게 농구를 했고, 소리도 군국주의자들처럼 딱딱하게 질렀지만 군국주의를 상징하는 머리띠를 두르고 있지 않아서였는지 약간 덜 군국주의자들 같았는데, 모두 군국주의자들 같은 그들이 농구를 하는 것을 잠시 보았는데 어쩌다가는 넣기도 해야 하고 때로는 공이 알아서 들어가기도 하는 골을 하나를 못 넣었고, 그래서인지 농구를 하고 있는데도 농구가 아닌 뭔가를, 심지어는, 그것이 무엇일지 상상하기 어려웠지만 농구를 부정하는 뭔가를 하고 있는 것 같았고, 모두가 농구를 정말 못해서이기도 했지만 농구가 군국주의자들에게는 정말 어울리지 않는 운동이라는 생각이 들었고, 군국주의자들에게는 어쩌면 군화를 신은 발로 하기에 좋은 족구가 어울릴 것 같았고, 한국에서 한때 유행한 족구 역시 일본에서 유래했고, 어쩌면 태평양전쟁이 한창이던 때 남태평양의 섬들에서 일본군 병사들이 언제 죽게 될지 알 수 없는 데서 비롯된 극심한 불안과 함께 느낀, 무엇에서 비롯된 것인지 말하기 어려운, 역시 극심한 어떤 무료함에서 비롯되었을 수도 있을 것 같았고, 만약 그랬다면 족구는 그 기원이 무척 실존주의적인 운동 또는 놀이 같았고, 문득 1970년대 이후로, 이제는 대부분이 그냥 아이들처럼 여겨지는 프랑스의 누벨바그 영화감독들을 포함해 서구에 많은 아류들이 있게 한 일본의 영화감독 데라야마 슈지가 만든, 장차 훌륭한 군국주의자가 되겠다는 포부를 갖고 군국주의자 흉내를 내며 떼를 지어 몰려다니며 상당히 짓궂은 짓들을 하며 군국주의자로서의 자질을 익히는 아이들이 등장하는 영화 〈토마토 케첩 황제〉의 아이들이 성인이 되어 어엿한 군국주의자는 되지 못해 농구를 짓궂게 하고 있는 것 같았는데, 상당히 더운 어느 여름날 도쿄의 한적한 공원에서 군국주의자들 같은 자들이 농구를 하는 것을 본 것이 내가 일본에서 본 것 중 거의 유일하게 기억에 남는 흥미로운 것이었고, 그래서인지 그후로 일본을 생각하면 약간 어이가 없었고, 그와 동시에 사람들이 흥미로운 것들이 많다고 생각하고 흥미로운 것들이라며 많은 얘기들을 하는 일본에 대해 그렇게밖에 느끼지 못하는 나 또한 약간 어이가 없게 생각되었는데, 그것과는 상관없이, 〈토마토 케첩 황제〉는 일본의 군국주의가 없었다면 만들어지지 못했을 수도 있을 것 같았지만, 오믈렛에서 영감을 받아 오므라이스를 만든 것처럼 젤라토라고 할 수 있는지 말하기 어려운 변종 젤라토를 만들어내는 누군가가 있다면 그것은 일본인일 것 같았지만, 그것은 오므라이스가 사무라이나 야쿠자나 군국주의와는 아무런 상관 없이 만들어진 것처럼 그것들과는 아무런 상관 없이 이루어질 것 같았다.

나는 밴쿠버에서도 주로 나체주의자 게이 커플들이 오는 강가에서 야쿠자들에 대해, 그리고 내가 야쿠자 비슷한 것이 될 뻔한 일에 대해 생각하게 될 줄은 몰랐다는 생각을 했지만, 그것과는 상관없지는 않게, 나는 개인적으로 야쿠자를 만나본 적이 없었고, 막상 야쿠자인 누군가를 만나게 되면 만나는 즉시 안 좋아할 가능성이 컸지만 야쿠자에 대해 생각하는 것은 나쁘지 않다고 생각했는데, 그것은 내가 먹는 것도 좋아하고 그 자체도 좋아하고, 그것들에 대해 많은 생각을 할 수도 있지만 그것들에 대해 연구하는 것이 아니라면 많은 생각을 할 필요는 없다고 생각하고, 실제로 그것들에 대해 평소에 생각하는 것을 좋아하지는 않고, 호박에 대해서처럼 생각할 것들이 많지 않아 많은 생각을 하지는 않고, 그것들을 살 때나 손질할 때나 먹을 때 외에는 거의 생각할 필요가 없는 가지나 무와는 달리, 절대로 가지나 무를 무시해서는 아니었고, 나는 가지나 무를 단 한 번도 무시한 적이 없었고, 가지나 무는 누구도 무시할 수 없는 존재들이라고 생각했고, 야쿠자에 대해서는 가지나 무에 대해서보다는 생각할 수 있는 것들이 더 있으며, 애초에 가지나 무에 없는 것인지 그것들에서 찾기 어려운 것인지는 알 수 없지만 그다지 있어 보이지 않는 우스운 것들이 야쿠자들에게는 있다고 생각해서라고 생각했다.

그럼에도 나는 밴쿠버에서의 마지막 전날을 주로 야쿠자에 대한 생각을 너무 많이 하며 보내는 것은 좋지 않은 것 같았고, 그래서 다른 생각을 하고자 했는데, 밴쿠버에서 몇 주를 보내며 얼마나 한 게 없는지에 대해 생각하게 되었고, 그전에, 살면서 얼마나 한 게 없는지에 대해서도 생각했는데, 여가활동으로 한, 이력이라고 할 수 없는 소설 쓰는 것 말고는 이력이라고는 없었고, 살면서 한 게 정말 없는 것 같았고, 그래서 갱단의 이인자로서 갱으로서의 이력을 약간이나마 쌓아두지 않은 것이 약간 아쉽게 여겨졌지만, 다른 무엇보다도, 본래 수다스럽지 않은 성격인데 어쩔 수 없이 수다스러워야 하는 소설가가 적성에 맞지 않아 힘든 것처럼 야쿠자인 갱 역시 적성에 맞지 않아 힘들었을 것이 분명했고, 오래 하지 못했을 것이었고, 소설가로서 고쿠도, 즉 극단의 길을 가는 것에 대해서 다시 한번 생각했지만 나는 종교적 극단주의를 비롯해 모든 극단주의를 우습게 생각했고, 전위적이거나 실험적인 소설로 치부되는 소설들도 약간 우습게 생각했고, 그런 유의 많은 소설들에는 그것들이 어쩔 수 없이 쉽게 빠지게 되는 특유의 유치함이 있다고 생각했고, 비록 여가활동으로 하는 것이기는 하지만 소설 쓰는 것을 말과 생각을 갖고 노는 일종의 놀이로 생각하고 그 놀이의 끝에는, 그 끝에 있을 수도 없을 수도 있는, 마음속으로 그 위에서 뛰어내릴 수도 있는 절벽 같은 극단의 곳이라고 할 수도 있는 곳에는 무엇이 있는지 보려는 소설을 쓰고 있기도 했고, 그래서 나 스스로를 일종의 고쿠도를 가고 있는, 아무짝에도 쓸모없는 짓을 한다는 점에서는 야쿠자로 생각할 수도 있을 것 같았고, 그래서 오래전 야쿠자 같은 것이 될 뻔했다가 되지 못했지만 그후로 어떤 점에서는 야쿠자의 길을 걸어왔다고 할 수도 있는 것이 약간 놀랍기보다는 약간 우스웠지만, 야쿠자와 내가 소설을 써온 것을 연결 짓는 것은 억지 같기도 했고, 나는 아무 생각 없이, 아무 생각이 들지 않게 소설을 썼을 뿐이었고, 그것과는 상관없이, 아무 내용 없이 돌고 또 돌 수 있는 위니펙의 짧은 트레일의 빙판 위로 미끄러지듯 스케이트를 타는 것처럼 이렇게 내용이 없기도 어렵게 아무런 내용이 없는, 무슨 이야기를 해도 별로 상관이 없는 옆으로 새는 이야기를 하느라 이 소설을 쓰면서 무슨 병에 걸린 것처럼 말이 너무 많았던 것 같았고, 어떤 부분에서는 유조차가 전복되어 기름이 유출되는 사고와 같은 무슨 사고가 난 것처럼 말이 쏟아졌고, 말이 많은 것이 어떤 경우에도 좋은 것일 수 없다는 점에 비춰 보면 뭔가 아주 좋지 않은 일이 일어나고 있는 것 같았고, 어디에서라고는 말하기 어려웠지만 커다란 화재가 날 수도 있다는 생각에서 벗어나기가 어려웠지만 그것 역시 아무 생각이 없어서 혹은 아무 생각이 없어지게끔 해서였던 것 같기도 했다.

또다시 야쿠자에 대한 생각을 하게 되었지만 그것은 상관없었는데, 얼핏 생각하기에 야쿠자와는 거리가 먼 것으로 여겨지는 것, 가령 피넛 버터나 티라미수에 대해, 혹은 야쿠자와는 거리가 아주 먼 것으로 여겨지는 것, 가령 젤라토나 우주의 형태에 대해, 혹은 야쿠자와도 거리가 멀지 않은 것으로 여겨지는 것, 가령 오믈렛이나 오므라이스에 대해, 혹은 야쿠자와는 거리가 먼지 아닌지 말하기 어려운 것으로 여겨지는 것, 가령 핼러윈이나 잭오랜턴에 대해 생각해도, 주인을 잃은 발에 대해 생각해도 호박에 대해 생각해도 야쿠자에 대해 생각해도 가지나 무에 대해 생각해도 그 무엇에 대해 생각해도 아무런 상관이 없었는데, 당연한 것이지만 그것에 대해 생각해도 달라지는 것이 없는 것들에 대해서라면 무슨 생각을 해도 상관이 없었는데, 나는 생각을 하면 달라지는 것이 있는 것들에 대해서 생각하는 것을 좋아하지 않았고 잘하지 못했고, 그런 것들에 대해서 생각하면 생각이 바로 막혔다.

그런데 그때 피크닉을 끝낸, 야쿠자들인지 아닌지 알 수 있었다면 더이상 생각하지 않을 수도 있었을, 그것을 알 수 없게 해 나로 하여금 계속해서 야쿠자에 대해서 생각하게 하고, 끝내 야쿠자들인지 아닌지 알 수 없게 한 자들을, 홍콩의 부유한 양복 재단사의 아들로 태어나 중학교를 마치고 유학을 떠나, 폐허가 된 건물들이 인상적으로 서 있기도 하고 실비아 플라스의 묘지가 있기도 한 영국 웨스트요크셔의 작은 중세 마을 헵턴스톨에서 멀지 않은 곳에 있는 리즈대학에서 섬유학을 전공한 후 홍콩으로 돌아가 먼저 가수로 데뷔한 후 누아르 영화 〈영웅본색〉으로 이름을 알렸고, 왕조현과 함께 출연한 〈천녀유혼〉으로 신드롬을 일으켰고, 칸영화제 황금종려상을 수상한 천카이거 감독의 〈패왕별희〉를 비롯해 〈아비정전〉과 〈백발마녀전〉과 〈이도공간〉 등 다수의 영화에 출연했지만, 동경가요제에 참가했을 때 천안문 사태에 대해 언급한 것이 물의를 빚으며 1990년 정식으로 은퇴를 선언하고, 홍콩이 중국에 반환된 것에 잠을 설치던 많은 홍콩인들이 그렇게 한 것처럼 밴쿠버로 이주해 캐나다 시민권자가 되었다가, 이 년 뒤 영화계에 복귀했지만 2003년 4월 1일 만우절에 거짓말처럼 마흔여섯의 나이에 홍콩 만다린 오리엔탈 호텔에서 투신한 소식이 들렸을 때 많은 사람들과 마찬가지로 나 역시 약간 충격을 받았던, 어쩌면 그곳 누드 비치에 와 비치 타월 위에서 물에 떠 있는 통나무들을 보며 시간을 보냈을 수도 있는 장국영이 양조위와 함께 출연한 영화 〈해피 투게더〉와 〈2046〉을 만든, 감상주의의 대가 중 한 명인 왕가위가 더는 영화를 만들지 않을 수 있는 계기가 되는 작품으로, 마지막 영화로, 새 배우들을 구하는 것은 귀찮은 일이기도 하고 대역을 쓸 필요도 없이 그냥 밴쿠버의 강가에 있는 야쿠자 같기도 한 그들을 직접 출연하게 해, 야쿠자 문신을 한 나체주의자 아시아계 게이 커플이 주인공들로 등장하는 '해피 투게더 2500'이라는 제목의, 야쿠자 문신을 한 나체주의자 게이들이 전편에 걸쳐 알몸으로 나오지는 않지만 중요한 장면에서는 알몸으로 칼을 휘두르거나 하늘을 날아다니다가 갑자기 무슨 생각에서인지는 알 수 없지만 강가에서 피크닉을 하며 뭔가를 먹으며 자신들이 키우는 거대한 닭이나 거대한 호박에 관한 의미심장해 보이고 울림이 있는 것 같지만 다시 생각해보면 그렇게까지 의미심장해 보이고 울림이 있는 것 같지는 않기도 한 말들을 하기도 하는, 제목의 2500이 서기 2500년을 암시하는 것 같지만 시대적인 배경은 알 수 없고, 기원전 2500년에서부터 서기 2500년에 걸친 이야기 같지만 확실치 않고, 영화를 본 사람들이 다른 무엇보다도 2500이 무엇을 의미하는지에 대해 많은 생각을 하게 되지만 그것을 알 수는 없는, 역시 장국영이 양조위와 함께 출연한 〈동사서독〉 같은 무협 영화를 만들어도 좋을 것 같은, 애초에 바람처럼 나타나지는 않은 둘이 자리에서 일어나더니 어떻게 된 일인지 순식간에 어떤 바위 뒤로 가더니 바람이 불지는 않아 바람과 함께 사라지지는 않았지만 영화 속에서 바람처럼 사라지는 사무라이들처럼, 돌풍에 날아간 것처럼 사라져 더이상 보이지 않았고, 그렇게 함으로써 내가 계속해서 헛것을 본 것은 아닌가 하는 생각이 들게 했는데, 나는 헛것이 보이거나 헛것을 보거나 뭔가를 헛것으로 보는 것뿐만 아니라 헛것처럼 보이는 것들을 좋아했고, 그래서 내게는 그들이 나를 위해 나타났다가 사라진 헛것처럼 여겨지기도 했고, 야쿠자들일 수도 있는 누군가들이 실제로 사라졌는지는 분명치 않았지만 사라진 것같이 보인 후 더이상 야쿠자에 대해서는 생각하지 않고 사무라이에 대해 생각할 수 있었고, 다시 한번 『강물에 떠내려가는 7인의 사무라이』 속에 등장하는 사무라이들에 대해 생각했지만, 더이상 그들의 안부가 궁금하지 않았고, 그들 역시 나와는 아무런 상관도 없는 존재들 같았고, 어쩌면 내가 거의 모든 것에 흥미를 잃어가는 것에 관한 흥미롭지 않은 기록 같은 것이었고, 매번 이전에 쓴 소설이 이후에 쓴 소설의 연습으로 쓴 것처럼 이 소설의 연습으로 썼던 『강물에 떠내려가는 7인의 사무라이』에 이어 거의 모든 것에 흥미를 잃어버린 것에 관한 흥미롭지 않은 기록 같은 것인 『강물에 떠내려가는 7인의 사무라이 2』 같은 것을 이미 썼는지도 모르겠다는 생각이 들기도 했지만 그런 것은 바람에 날아간 것처럼 사라진 후 다시 나타나지 않는 영화 속 사무라이들처럼 아무것도 아닌 것 같았는데, 그것과는 상관없이, 흥미를 잃을 수 있는 모든 것들에 흥미를 잃는 것은 너무나 자연스러운 일 같았다.

그런데 그런 것들보다 훨씬 더 흥미로운 것으로, 나는 그럴 줄 알기는 했지만 그렇게까지 알아내지 못하리라고는 생각지 못한, 끝내 내 힘으로 알아내지 못한, 통나무들이 물에 떠 있는 이유를 얼마 전 검색을 통해 알아냈는데, 그것은 지상에 둘 경우 통나무의 끝부분이 건조해져 갈라지고, 벌레가 파먹고 알을 슬고, 곰팡이가 펴 목재로서의 가치가 떨어지는 것을 막기 위한 것인데, 잘 생각해보면 알 수 있고 그래도 모를 경우 생각지 못한 곳에 답이 있을 수도 있다는 생각으로 생각 속의 생각지 못한 곳을 잘 뒤져 아주 잘 생각해보면 충분히 알 수도 있었을 그런 것도 혼자 힘으로 알아내지 못하는데 계속해서 사는 것이 무슨 의미가 있는가, 라는 생각이 들었고, 그래서 며칠을 우울한 상태에서 보내야 했는데, 그로 인한 우울한 상태가 저절로 막을 내릴 무렵 오래전 물에 떠 있는 통나무들을 보며 그런 거라면 궁금해하는 게 마땅한 그 이유를 궁금해했었고, 그 이유를 알아내기까지 했지만 그것에 대해 완전히 잊고 있었다는 사실이 떠올랐고, 이제 기억력조차도 이렇게 없어진 채로 계속해서 사는 것이 무슨 의미가 있는가, 라는 생각이 들었고, 그로 인해 또 며칠을 우울한 상태에서 보내야 했다.

나는 마음속으로 어딘가에 있을 주인을 잃은 발들에게도 작별인사를 했는데, 그들이 누군가에게 발견되기를 바란다고 하는 것도 발견되지 않기를 바란다고 하는 것도 적절치 않은 것 같았고, 그래서 그냥 알아서 잘 지내고 알아서 잘 하라고만 했고, 작별을 하러 간 통나무들과 작별을 하며, 하늘을 날아다니거나 통나무들 위에 앉아 있는 아비새들에게도 작별인사를 해도 좋을 것 같았지만 그날따라 알몸의 백인 게이들이 모두 어디로 갔는지 보이지 않는 것처럼 보이지 않았고, 그들 모두가 어딘가의 강가에 가 있을 것 같기도 했고, 다른 새들은 보였지만 그들에게까지 작별인사를 하고 싶지는 않았지만 프레이저강과 통나무들과 잘 지내라고는 해주었는데, 그들을 뒤로하고 떠나며 마지막으로 통나무들을 본 순간 어떤 생각에서인지 이렇게나 하나 마나 한, 하지만 한편으로는 하나 마나 한 이야기를 하느라 쓸 수 있었던 이런 글은 소설뿐만 아니라 뭔가의 본문으로는 적합하지 않고, 그렇다고 뭔가의 프롤로그나 에필로그로도 적합하지도 않다고 생각했지만 프롤로그로나 에필로그로는 덜 적합하지 않다고 생각되었고, 뒤에 에필로그가 있어 여기까지의 글은 프롤로그가 되었는데, 이튿날 아파트를 떠나면서 나는 너무도 익숙한 존재들이 되어버려 내가 그들에게도 작별인사를 해야 한다는 것을 잊고 있었던 파리들과도 작별을 했는데, 그들은 원래의 숫자 같은 일곱 마리였고, 나는 그들이 아니었다면 이 소설을 쓰게 되지 못했을 수도 있다고 생각하지는 않았지만 그들 역시 어떤 역할을 한 것 같았고, 이 소설을 쓰게 된 데에는 재미없는 캐나다인들의 도움도 어느 정도 있었던 것 같았지만 어느 정도였는지는 말하기 어려운 것 같았지만 아주 없었던 것 같지는 않았고, 누군가를 적당하게 놀려주는 것은 그 누군가에게도 좋은 것일 수도 있다고 생각했고, 캐나다인들을 적당한 정도로 놀려준 것 같았고, 그런 것을 소설에 쓰는 것은 어울리지 않는다고 생각해 쓰지 않았지만 캐나다는 좋은 점들이 많은 좋은 나라라고 생각했고, 그것과는 상관없이, 나는 정확히 무슨 일을 하고 있는지는 알 수 없었지만 내게는 밴쿠버에서 가장 대단한 일을 하고 있는 누군가들 같은 파리들에게 손을 살짝 흔들며 아주 간략하게 안녕이라고만 했고, 파리들 역시 원자 속 소립자들이 평소보다 아주 조금 더 불안한 움직임을 보이는 것처럼 평소의 비행과는 아주 살짝 다른 것 같지만 그 차이를 알아차릴 수는 없는 비행으로 안녕이라고만 하는 것 같았고, 그래서 사람과 파리들 사이에 하는 인사법으로 서로에게 안녕이라고 하게 된 것 같았고, 그래서 그것에 대한 이야기로 이 소설의 프롤로그를 끝낼 수 있었다.

에필로그

가을에 나는 『강물에 떠내려가는 7인의 사무라이』 영어판이 나와 캐나다 토론토와 미국의 몇 개 도시에서 행사를 했는데, 늘 그런 행사들을 뭐하러 하는지 모르겠다고 생각했던 대로 맥빠지는 행사들이었는데, 뉴멕시코의 앨버커키의 한 서점에서 한 행사에는 아무도 오지 않았고, 그때가 제일 좋았는데, 앨버커키 사람들이 그 행사에 올 이유가 전혀 없는 것 같았고, 대체로 행사에서 사람들은 답하고 싶지 않은 질문들을 해 사람을 괴롭히곤 했는데 그날은 아무도 오지 않아 그런 질문들에 답하지 않을 수 있었고, 오지 않은 모두에게 고마웠지만 때로는 그런 질문들이 재미있게 여겨지기도 했고, 그래서 그런 행사를 하는 것도 상관없었고, 그런 일들이라도 있지 않으면 어디를 갈 생각을 하지 못하는 나로서는 그 행사들 덕분에 간 몇 군데 장소에서 거의 아무것도 아닌 일들이 있었고, 그것들로 이 소설의 에필로그에 해당하는 것을 쓸 수 있었다.

토론토에서는 토론토 국제 작가 축제에 참가했는데, 행사가 끝난 저녁에 열린, 캐나다의 한 대표적인 독립 출판사가 개최한, 캐나다의 비주류 작가들은 거의 다 온 것 같은 꽤 큰 파티에서 만난 캐나다 작가 두 명과 꽤 많은 이야기를 나누게 되었는데, 그들 역시 소위 말하는 비주류 작가들이었고, 어쩌다가 우리는 엄밀하게 말하면, 사는 데 필요한 최소한의 생각만 하며 사실은 아무 생각이 없고, 생각이라는 것을 할 때에도 아무 생각도 들지 않게 하기를 좋아하는, 책을 아예 읽지 않고 다른 뭔가를 하면 더 나은 삶을 살 수도 있는 대중들이 많이 보는 책을 쓰는 소설가의 경우, 곰곰이 생각해보면 기분이 안 좋을 수도 있겠지만 그런 것에 기분이 안 좋아지는 베스트셀러 작가는 없을 것이었고, 어떤 책들은, 특히 읽는 사람들을 감상적인 사람으로 만들어주는 감상적인 책들은 읽는 것이 아예 읽지 않는 것보다 낫다고 할 수 없다는 등의 쓸데없는 얘기들을 나누기도 했는데, 그것은 우리가 소위 말하는 비주류 작가들이어서였고, 젊은 캐나다 작가들은 많은 작가들과 출판사들이 책을 읽는 사람들을 너무나 잘 사육해 누군가가 생각한 것을 책에서 말한 것을 그대로 생각하는 것 말고는 스스로 생각이라는 것을 전개할 줄 아는 독자가 없는 것과 자신들의 독자가 적은 것에 대해 불평했고, 그래서 내가 농담으로 한국에 내 소설 독자가 열 명 정도 된다고 자랑하자 독자가 나보다는 훨씬 많은 듯 그들은 믿을 수 없다는 반응을 보였는데, 나 역시 내가 한 말에 믿을 수 없다는 반응을 보여야 할 것 같았지만 내 생각에는 그랬고, 그것은 농담보다는 사실에 가깝다고 생각했고, 그 사실을 생각하면 재미있기도 했고, 독자가 그 정도인 것이 적당한 것 같기도 했는데, 우리는 캐나다와 미국의 소설가들에 대해서도 얘기를 했는데, 우리가 아는 한 미국의 문화에 시달리는 캐나다 소설가들이 오히려 새로운 시도를 하려고 하는 편이며, 심지어는 한국에서도 한물간 작가들로 여겨지고, 그냥 다 옛날 사람들로 여겨지는 W. G. 제발트나 토마스 베른하르트나 로베르토 볼라뇨 같은 작가들이 새로운 시도를 하려는 작가들 사이에서 각광을 받고 있는 미국은 소설에 있어서는 거의 암흑기를 보내고 있다는 데 거의 생각을 같이했는데, 내 생각에는 캐나다 소설가들의 새로운 시도들 또한 미미하기는 마찬가지인 것 같았다.

우리는 술을 마시면서 조금 친해졌고, 내가 농담으로, 여름에 밴쿠버에 머물다가 그곳에는 사람이 어느 기간 이상 지내기에는 견딜 수 없게 하는 것이 있어 예정보다 일찍 떠났다고 하자 그들 역시 주로 은퇴자들이 사는 곳인 밴쿠버에서 사는 것은 상상하기 어렵다고 했는데, 내가 상관할 일은 아니지만 캐나다가 정말 재미없는 곳인 것은 국가적인 문제로, 국가가 해결해야 하는 문제라고 생각한다고 하자 그들 역시 그 문제가 심각한 것이라는 것을 알고 있지만 캐나다가 그 문제를 해결할 수 있을 거라고는 생각지 않으며, 그것이 캐나다가 안고 있는 가장 큰 문제라고 했고, 그들 중 한 명은 더이상은 캐나다에 있을 수 없는 듯 곧 뉴욕으로 갈 생각이라고 했다.

삼 년 전 나는 어떻게 해서 토론토에 있는 다른 한 출판사의 초대로 출판사를 방문한 적이 있었는데, 과거에 마차 보관소로 쓰였던 건물을 거의 그대로 쓰고 있고, 시내에 있지만 시내에 그런 곳이 있으리라고는 상상하기 어려울 정도로 허름한 이층 건물에, 지금 어딘가에 그런 출판사가 있으리라고는 상상하기 어렵고, 그래서 상상 속 출판사처럼 하고 있으려고 그렇게 하고 있는 것 같은, 실내가 시간을 거슬러올라가 1920년대에서 멈춘 것 같은, 나로서는 아주 마음에 들었지만 다소 불편하게 정신없게 쌓여 있는 책과 물건들로 인해 그것들을 쓰러뜨리지 않고는 걸어다니기도 어려운, 하지만 오십 년이 훨씬 넘은 캐나다의 대표적인 독립 출판사 중 한 곳인 그곳에서 캐나다의 대표적인 비주류 소설가들의 책을 한아름 안겨줘 받아와 몇 권 보다 말았는데, 그 책들에서도 미국에 시달리는 캐나다인들의 여러 모습을 엿볼 수 있었는데, 그중 한 권은, 그것에 대해 이런저런 사람들이 이런저런 얘기를 하는 것이기도 하지만, 미국이건 캐나다건 작가로서 이름을 알리고 싶어하는 많은 작가들이 뉴욕으로 가는 것에 대해 쓴 것도 있었다.

그후 나는 뉴욕에서도 행사가 있어 갔지만, 그전에 갔을 때에도 마찬가지였지만 뉴욕에서 기억에 남는 일은 아무것도 없었고, 그 후 행사가 있는 워싱턴 DC에 갔고, 사흘째 되는 날 백악관에서 의사당으로 이어지는 펜실베이니아 애비뉴의 인도를 지나가는데 맞은편 대로에서 구호를 외치며 수백 명에 이르는 시위대가 오고 있었고, 나는 시위대를 보는 순간, 어디서, 주로 프랑스에서 시위대를 봤을 때 때로 떠오르기도 했던, 믿기 어려운 일이지만 대학 시절 잠시, 어떤 점에서 대단히 그럴듯하게 여겨지기도 하는, 당시 한국에서 상당히 유행했던 사회주의 프로파간다에 넘어가 사회주의자 행세를 하며 그 이름부터 근사한 느낌을 주고, 안에 든 가솔린 냄새도 좋고, 본래 알코올이 담겨 있던 술병으로 만들어져 던지기도 좋고, 술병으로 하여금 그것에 어울리는 최후를 맞게 해주는 데 도움을 주는 것 같기도 하고, 던지는 각도에 따라 불이 붙은 병이 검은 연기로 다양한 모양의 아름다운 포물선을 그리며 날아가는 것을 보는 것도 좋고, 땀도 흘릴 수 있어 좋고, 그래서인지 던지고 나면 기분도 좋아지고, 그 자체가 많은 것들을 상징하는 동시에 상징의 힘을 무엇보다도 잘 보여주기도 하고, 그것의 모든 것이 마음에 들어 그 이유만으로도 기회가 있을 때면 심지에 불을 붙여 던지기도 했던, 본래 스페인 내전에서 공식적으로 데뷔한 것으로 알려져 있지만 제이차세계대전중 1939년에서 1940년 사이에 일어난 겨울전쟁 때 핀란드인들이 핀란드를 침공한 소련군의 탱크에 맞서 싸우며 던지면서 공식적인 이름이 없이 지내는 것을 안타까워하며 좋은 이름을 생각해내려 했고, 결국 당시 소련의 외무 장관의 이름을 따 이름을 지어준, 가난한 사람의 수류탄 혹은 줄여서 몰리로도 불리는 몰로토프 칵테일로 누구를 다치게 하거나 뭔가에 불을 지르지는 않아 결과적으로 잘한 일 같았던 기억을 떠올리며, 지나간 어린 시절은 아니지만 어떤 시절을 떠올릴 때 『잃어버린 시간을 찾아서』 속 마들렌 과자처럼 떠오르기도 하는 몰로토프 칵테일도 마음대로 던질 수 없는 시대와 사회는 얼마나 무료한지를, 그리고 지나고 난 후 생각해보자 몰로토프 칵테일들을 던졌던 것은 사회주의 프로파간다에 넘어가서였다기보다는 무료해서였던 것 같았다는 것을 가끔 생각하곤 했던 기억은 떠오르지 않았고, 다른 무엇도 다른 누구도 아닌, 몰로토프 칵테일과는 거리가 먼 것 같지만 아주 멀다고는 할 수 없을 수도 있는 제인 폰다가 떠올랐는데, 나는 그녀가 열렬한 환경 운동가로 워싱턴에서 열리는 많은 시위들에 참가한다는 사실을 알고 있었고, 그래서 어쩌면 아주 운이 좋으면 그녀를 볼 수도 있을 거라고 생각했는데, 여간해서는 그런 운이 나를 찾아와주지 않는데 운이 누군가를 잘못 찾아온 것처럼 나를 찾아와 아주 운이 좋게도, 마치 나의 생각을 읽은 것처럼, 시위대의 선두에 다른 사람들과 나란히 자리하고 있는 제인 폰다가 마치 보란듯이 있는 것이 보였다.

나는 마치 뭔가에 이끌린 사람처럼, 사람들과 함께 구호를 외치며 손을 들어 허공을 망치처럼 내려치는 것처럼 휘두르기도 하는 그녀가 시위대에 동참하라는 지시를 해 그것을 따르기라도 하는 것처럼 걸음을 돌려 선두에 선 그녀와 나란히 걸어갔는데, 물론 그 시위에는 누구나 동참할 수 있었지만, 나는 어떤 경우에도 목소리를 높이는 것을 좋아하지 않았고, 목소리를 높여야 할 뭔가 상당한 이유가 없는데도 목소리를 높이는 사람들을 좋아하지 않았고, 항상 나 스스로를 굳이 말하자면 비활동가로 생각하며 비활동가에 어울리게 처신하려 했고, 그래서 시위대에 합류하지는 않고 시위대와는 약간 거리를 두고 걸어갔는데 그 정도의 거리를 두는 것이 맞는 것 같았다.

거의 여든에 가까운 나이였지만, 키가 크고, 한 시대를 풍미한 배우의 모습을 그대로는 아니지만 약간 달리해 여전히 갖고 있는 그녀는 한눈에 보아도 제인 폰다라는 것을 알 수 있었는데, 활동가이자 영화배우인 그녀는 출연한 수많은 영화들에서 시위하는 장면을, 심지어는 몰로토프 칵테일을 던지는 장면을 찍었을 수도 있었지만 그날은 영화 속 시위 장면을 찍고 있지 않았고, 사람들과 함께 시위를 하고 있었고, 그래서인지 영화배우보다는 활동가에 더 가깝게 보였지만 역시 영화배우로도 보였고, 시위는 그녀가 출연한 영화 속의 한 장면 같아 보이기도 했는데, 실제로 그녀는 반전시위가 유행했던 1960년대에 미국의 어딘가에서 몰로토프 칵테일들을 던졌고 그것을 좋아했는지도 몰랐다.

그날의 시위 역시 기후변화로 인한 환경문제와 관련된 시위였고, 나 역시 그 시위의 주장에 공감했고, 그것을 지지하고 응원했고, 모두가 생각지 않을 수 없는 환경문제에 대해서도 잠시 생각했지만 내가 시위대를 따라가며 주로 생각한 것은, 그것이 가능하기만 하다면 제인 폰다와 뭔가에 대해 잠시 얘기를 나눠보고 싶다는 것이었지만, 그것은 1980년대에 당대의 섹스 심벌로, 전 세계의 수많은 사람들이 그것을 보며 그들로서도 어쩔 수 없이 자신이 하는 것을 따라 하게 해 역사적인 것이기도 한 에어로빅 열풍을 일으킨, 비디오로는 가장 많이 판매된 비디오를 만든 것에 대해서도, 베트남전쟁이 한창일 때 당시 미국의 반역자로 낙인찍히고 싶어했던 많은 사람들과 마찬가지로 반미적인 발언을 하는 것으로는 성에 차지 않아 북베트남에 가 공산주의에 동조하는 모습을 보이며 베트콩들의 철모를 바캉스 모자처럼 쓰고 베트콩들과 대공포 앞에서 장난스러운 포즈를 취한 것을 포함해 여러 장의 기념사진도 찍어 '하노이 제인'으로 불리며 크게 물의를 빚고 미국 정부뿐만 아니라 공산주의자를 생각하면 기분이 안 좋은 많은 미국인들의 미움을 산 일에 대해서도, 그후 활동가로서 활동하며 시위를 하다가 경찰에 여러 번 체포된 일(나는 시위를 하다가 경찰에 체포되어 플라스틱 끈에 손목이 묶인 채로 환하게 웃으며, 원하던 바를 이룬 사람처럼 행복해하고 있는, 빨간 코트를 입은 그녀의 사진도 인터넷에서 보았는데, 그녀는 시위를 할 때면 가장 눈에 띄는 색인 빨간색의 그 코트를 항상 입지는 않지만 자주 입는 것 같았고, 그녀가 시위에 참가한 사실만으로도 뉴스가 되지만 경찰에 체포되면 그것은 더 큰 뉴스가 될 수 있었고, 그래서 그녀는 경찰에 체포되는 것을 무척 좋아하는 것 같았고, 체포되면 원하던 바를 이룬 사람의 표정을 짓는 것 같았는데, 경찰 역시 밤에 술을 마시면서 누군가에게 자랑하기에 좋은 것이어서 그녀를 체포하는 것을 좋아하는 것 같았고, 그래서 그녀를 체포하는 것은 모두에게 좋은 일일 수도 있을 것 같았다)에 대해서도 아닌, 뒤로 하는 다이빙과 연못 혹은 호수에 관한 것이었다.

1980년대 초반에 나온 〈황금 연못〉이라는 영화에는 실제로 아버지와 딸 사이인, 내게는 톨스토이의 원작 소설을 바탕으로 한 흑백영화 〈전쟁과 평화〉에서 지독한 허무주의자 귀족 피에르 베주호프 백작으로, 영화 후반부에서 나폴레옹이 이끄는 프랑스군과 러시아 사이의 전쟁에서 심한 고초를 겪어 영혼이 나간 사람을 인상적으로 연기한 배우로 가장 기억되는 헨리 폰다와 제인 폰다가 서로 많은 것이 맞지 않아 사이가 멀어진 아버지와 딸로 등장하는데, 제인 폰다가 약혼자와 그의 아들과 함께 아버지와 어머니가 여름을 보내는 뉴잉글랜드의 별장을 찾아갔을 때, 근처에 있는 황금 연못이라고 불리는 호수에서 사람이 웃는 것 같은 울음소리를 내는 아비새들이 우는 것에 대해 어머니가 새들이 사람들을 환영하고 있다고 말하자, 가능하면 뭐든 좋지 않게 보기를 좋아하는 괴팍한 노인이 된 아버지가 영화를 보는 사람들에게도 잘 들리는 새들의 울음소리를 들으면서도 아무 소리도 들리지 않는다고 서로 다른 얘기를 하는 것으로 시작되는 그 영화에서, 제인과 약혼자가 한 달간 유럽 여행을 가며 맡기고 간 아이와 아버지가 월터라는 이름의, 굉장히 머리가 좋아 여간해서 잡히지 않는 물고기를 잡다가 보트가 뒤집히는 사고를 겪는 등의 몇 가지 일들이 일어나고, 그후 여행에서 돌아온 제인이 자신은 한 번도 성공하지 못한 뒤로 하는 다이빙을 아이가 하는 것을 보고 자신도 시도해 성공하고, 그후 아버지와 화해하게 되는데, 이 영화를 계기로, 그녀가 십대 초반 때 그가 바람을 피워 어머니가 자살하게 된 것으로 생각하게 되어 실제로 오래도록 사이가 멀어졌던 아버지와 화해하게 되는데, 이 영화에서 뒤로 하는 다이빙은 아주 중요한 모티프로 나오고, 이 영화를 본 많은 사람들이 자신이 뒤로 하는 다이빙을 해본 적이 있는지, 있다면 어디까지 해보았는지 생각해보았을 수도 있는데, 그중에는, 나는 아직까지 한 번도 해본 적이 없어, 혹은 나는 아직까지 한 번도 해볼 생각도 해본 적이 없어, 혹은 나는 아직까지 앞으로 하는 다이빙도 해본 적이 없어, 혹은 나는 한 바퀴까지는 해보았지, 혹은 나는 세 바퀴 반까지 하는 게 목표인데 무려 반 바퀴까지 해보았지, 혹은 나는 한 바퀴까지밖에 못했지만 높은 절벽에서 세 바퀴까지 하는 사람도 본 적 있지, 하고 생각하는 사람도 있을 것이었다.

그런데 제인 폰다와 약간 거리를 두고 나란히 걸어가고 있는데 문득, 마치 로스앤젤레스 할리우드의 거리에서 그와 비슷한 사람을 보기라도 한 것처럼 제인 폰다와는 그다지 가까운 사이는 아닐 것 같은 아널드 슈워제네거가 생각났는데, 왜 문득 슈워제네거가 생각났을까 생각해보자 그 역시 한 시대를 풍미한 배우로, 폰다만큼 활동적이지는 않은 것 같지만 활동가로도 활동하고 있었고, 아마도 그래서 그가 생각난 것 같았지만 그렇다고 그가 생각날 이유는 없는 것 같았고, 그래서인지 그가 괜히 카메오처럼 등장한 것 같기도 했는데, 슈워제네거는 폰다와는 달리 어디서 시위를 하거나 하지는 않는 것 같았고, 어디서 시위를 하거나 하는 것은 그에게 아주 안 어울릴 것 같았고, 보기에도 보기에 따라 별로, 혹은 상당히 안 좋을 것 같았고, 그래서 시위는 하지 않는지는 알 수 없었는데, 슈워제네거를 생각하면 폰다를 생각하면 떠오르는 뒤로 하는 다이빙과 같은 어떤 것이 떠오르지는 않았지만 나는 할리우드의 거리를 걸어가고 있는, 젊은 시절 보디빌더로 세계를 제패했고 〈터미네이터〉에도 출연한 배우이기도 한 그를 어디에선가 달려온, 단신이지만 무예에 능한, 브루스 리 같은 누군가가 자신의 무예를 자랑하려고 영화 속 한 장면처럼 몸을 날려 얼굴을 발로 걷어차 얼굴이 부분적으로 일시적으로 마비된 것처럼 말이 잘 안 나오는 상태에서 말하는 것 같은, 오스트리아 출신으로 독일어 발음이 남아 있는 그의 상당히 어눌한 독특한 발음을 좋아했는데, 특히 그 독특하게 어눌한 발음이 끝내 어떤 끝을 보지 않으면 안 되는 터미네이터에게 잘 어울리는 〈터미네이터〉 영화 시리즈에서 그가 터미네이터로서 말할 때의 발음을 좋아했고, 그것과는 상관없이, 그가 터미네이터로서뿐만 아니라 실제 삶에서도 대단한 사람이라고 생각했지만 그것 말고 딱히 그에 대해 떠오르는 것은 없었는데, 슈워제네거는 어디서 시위를 한 적은 없지만 다이빙은 많이 했고 아주 잘했을 것 같았지만 어쩐지 뒤로 하는 다이빙은 한 적이 없을 것 같았고, 뒤로 하는 다이빙은 어쩐지 그에게 어울리지 않는 것 같았는데, 왜 어디서 시위를 하는 것이 폰다에게는 어울리고 슈워제네거에게는 어울리지 않을까, 하는 생각이 들었고, 어쩌면 그것은 다른 어떤 이유보다도 폰다는 시위를 많이 해서이고 슈워제네거는 시위를 한 적이 없어서일 수도 있는 것 같았고, 그래서 슈워제네거가 이제라도 어디서 시위를 해도 좋을 것 같았지만 그가 이제 와 시위를 하는 것은 보기에 아주 안 좋을 것 같았다.

그런데 나는 과거에, 아주 순식간이지만 허공에 떠 있다가 물위로 떨어져 물속으로 가라앉는 다이빙에 대해 약간 특별한 감정을 갖고 있었고, 기회가 있을 때마다 다이빙을 했는데, 그때마다 원숭이나 침팬지나 고릴라 같은 유인원들이 다이빙을 하는 것은 생각할 수 없다는 사실을 생각하면 인간이 다이빙을 할 수 있게 된 것은 유인원에서 인간으로 진화하는 과정에서 얻게 된 여러 가지 신체적 능력들 가운데서 어쩌면 가장 하찮은 것일 수도 있지만 유인원들은 누릴 수 없는 즐거움을 주는 어떤 것 같았는데, 마찬가지로 인간이 유인원에서 인간으로 진화하는 과정에서 잃게 된 여러 가지 신체적 능력들 가운데서 전혀 하찮지 않은 것으로 아쉬운 것은 나무를 타거나 오르거나 나무들 사이를 건너뛰는 능력인 것 같았고, 그 때문에 사람들이 다이빙뿐만 아니라 유인원들이 하는 것들도 잘하는 타잔을 모두 좋아하고 영화 〈타잔〉을 보며 타잔처럼 되고 싶어하기도 하는 것 같았는데, 물론 인간이 나무를 타거나 오르거나 나무들 사이를 건너뛰는 능력을 잃게 되면서 다이빙을 할 수 있게 되었다고 보기는 어려울 테지만, 다이빙을 하며 공중에서 회전할 수 있는 능력은 날개로 하늘을 나는 새들의 능력과 지느러미로 물속에서 헤엄을 치는 물고기들의 능력에는 비할 바 못 되지만 그 자체로 좋은 능력 같았는데, 한편으로는 유인원들이 하는 것들을 할 수 없게 되면서 다이빙을 할 수 있게 되기도 한 것 같았다.

그런데 물을 등진 채로 물을 보지 않고 하는 뒤로 하는 다이빙은 앞으로 하는 다이빙과 원리는 비슷하지만 좀더 어려웠고, 좀더 긴장하게 했고, 좀더 특별한 느낌을 주었고, 뒤로 하는 다이빙을 할 준비를 하는 것만으로도 특별한 느낌이 들기도 했는데, 나는 살면서 뒤로 하는 다이빙을 여러 번 한 적이 있었고, 한 바퀴 반을 돌아 입수한 것이 최고 기록이었고, 그 일이 있었던 날과 장소도 또렷하게 기억했는데, 그것은 어느 여름날 프랑스 마르세유 근처의, 마을 사람들 외에 관광객들은 오지 않는, 주로 십대 아이들이 꽤 높은 절벽에서 다이빙을 하는 지중해 바다에서 일어난 일이었고, 나는 그런 일이라면 그것을 기념해 특별한 뭔가를 해야 한다고 생각했지만 따로 뭘 하지는 않았고, 그냥 앞으로 하는 다이빙으로 한 바퀴 반을 회전해 입수하는 것으로 그것을 자축했다.

나는 육상에서 하는 운동, 가령 달리기나 구기 종목 운동 등은 잘 못했지만 수영은 잘했는데, 내가 오믈렛을 만드는 것을 잘한다고 말할 수 있는 것 이상으로 수영을 잘한다고 말할 수 있는지는 알 수 없었지만 어쨌든 육상에서 하는 운동들보다는 잘했고, 물속에 있으면 너무나 편안했고, 그래서 물속에 있을 때면 물에서 살아야 하는 것이 아닌가 하는 생각도 들었지만 물에서 살 수는 없었고, 그래서 가급적이면 원할 때면 언제든 들어갈 수 있는 물이 가까운 곳에 살고 싶다는 생각은 했지만 그런 곳에 살아본 적은 없었다.

그후로도 바다에서 수영을 하며 다이빙을 한 그날은 내가 보낸 그 어떤 날보다도 선명한 하루로 기억되었는데, 꽤 높은 절벽과 그 위쪽의 하얀 석회암 산들의 모습을 기억했고, 그날의 구름들이 어떤 모양들로 어떻게 흘러갔는지까지 기억이 난다고 하면 좋을 테지만 그것까지는 기억이 나지 않았지만 그날 구름들이 어떤 모양들로 어떻게 흘러갔는지는 아무래도 좋았던 날이었고, 뒤로 하는 다이빙을 하면서 영화 〈황금 연못〉과 제인 폰다를 생각했다는 것도 기억하고 있었는데, 나는 뒤로 하는 다이빙을 할 때면 항상 제인 폰다를 생각했는데, 물론 그것은 제인 폰다가 출연한 영화 〈황금 연못〉 때문이었다.

나는 내가 다시 뒤로 하는 다이빙을 하게 되면 몇 바퀴까지 할 수 있을지 궁금했는데, 어쩌면 한 바퀴 이상 하지는 못할 것 같았는데, 제인 폰다는 실제 삶에서 처음으로 뒤로 하는 다이빙을 한 게 언제였는지, 몇 바퀴까지 해보았는지, 그리고 마지막으로 한 게 언제였는지 궁금했고, 그것을 제인 폰다에게 물어보고 싶었지만 인류의 미래가 달려 있는 문제로 시위로 바쁜 사람에게 다가가 그것을 물어볼 수는 없었지만, 뒤로 하는 다이빙을 할 때마다 제인 폰다를 떠올렸던 내가 워싱턴에서 그녀와 나란히 걸어가며 뒤로 하는 다이빙에 관해 그녀에게 질문하고 싶은 충동을 느끼는 것은 너무나 이해할 수 있는 일이라고 생각했고, 그런 것이라면 그녀에게 물어봐도 좋다고 나 자신에게 말해주기도 했다.

내가 시위를 끝낸 후 잠시 시간을 내주는 호의를 베푼 제인 폰다와 뒤로 하는 다이빙에 대한 이야기를 나눈 것으로 이야기를 하게 되면 이 글은 그야말로 소설이 되겠지만, 애초에 이 글은 소설이었고, 제인 폰다와 뒤로 하는 다이빙에 대한 이야기를 나눈 것으로 이야기를 한다고 더 소설이 되는 것도 아니었고, 그래서 이야기를 나눈 것으로 하지 않았고, 실제로도 이야기를 나누지는 않았지만, 어쩌면 그녀에게 가 양해를 구하고 영화 〈황금 연못〉과 뒤로 하는 다이빙에 대한 이야기를 꺼냈다면 유명한 사람이지만 그런 것들에 대해서라면 기꺼이 잠시 모르는 누군가와 얘기하기도 할 정도로 그녀는 좋은 사람처럼 여겨졌고, 어려서부터 여름이면 가족의 호숫가 별장 같은 곳에 가 호수에서 수영과 함께 다이빙을 많이 했고, 아주 잘했을 것 같은 그녀가 자신의 아버지와 출연한 그 영화에 대해, 그 영화 속에서 자신이 뒤로 하는 다이빙을 한 것에 대해 많은 생각을 했을 거라고, 그리고 누군가와 뒤로 하는 다이빙과 호숫가에서 보낸 시간들에 대해 얘기하는 것을 좋아할 거라고 생각했고, 아마도 세상의 여러 바다와 호수와 강에서 수없이 많은 다이빙을 했을 그녀라면 다이빙에 관해서라면 할말이 아주 많을 수도 있을 것이었다.

나는 다이빙에 관해서라면 언제든 누군가와 얘기하기를 좋아했고, 예전에 처음 알게 된 사람에게 다소 두서없이 다이빙에 관한 이야기를 꺼낸 적도 있었는데, 대체로 다이빙을 재미있는 것으로 생각하며 그것에 대해 얘기할 수 있는 사람과는 이야기를 이어갈 수 있었지만, 그 사람이 다이빙에 아무런 관심이 없을 경우 이 사람과는 할 이야기가 없겠구나, 하고 생각했는데 대체로 그 생각이 맞았다.

나는 실제로 처음 보게 되었고 아마도 마지막으로 보는 것이 될 수도 있는 제인 폰다가 가까운 미래에, 어쩌면 그녀의 삶에서 마지막으로 하는 뒤로 하는 다이빙을 한번 더 할 수 있게 되기를 바랐는데, 어쩌면 그렇게 될 경우 마지막으로 뒤로 하는 다이빙을 했을 때와 영화 속에서 했을 때, 혹은 그 훨씬 전에 어려서 처음 했을 때 사이에 얼마나 많은 일들이 있었는지를 생각할 수도, 혹은 그 모든 일들이 최초의 뒤로 하는 다이빙과 마지막으로 하는 뒤로 하는 다이빙 사이에 일어난 일들처럼 여겨진다는 생각을 할 수도 있을 것이었지만, 다 늙은 사람들이 자신들이 얼마나 안 늙었는지 보려고 스카이다이빙 같은 것을 하는 것처럼 폰다가 이제와 뒤로 하는 다이빙을 하는 것은 그녀에게 전혀 어울리지 않을 것 같았다.

나는 그 이튿날 워싱턴을 떠날 예정이었지만 워싱턴에서 딱히 하고 싶은 것이 없었고, 그래서 가능하다면 제인 폰다가 선두에서 있는 시위대와 함께하며 계속해서 뒤로 하는 다이빙에 대해 생각하고 싶었지만 시위대는 내가 보기에는 다분히 시위를 하다 마는 것처럼 하며 얼마 후 집회를 끝내고 해산했는데, 어떻게 된 일인지 그날따라 경찰은 그녀를 체포하지 않았는데, 그냥 자진해서 해산하는 시위대 속의 제인 폰다를 핀셋으로 집어내듯 끄집어내 체포하기는 어려웠을 것 같았고, 그럼에도 그녀도 경찰도 아쉬워할 것 같았고, 나도 아쉬웠는데, 시위 때마다 그녀를 체포하게 되면 경찰의 이미지도 안 좋아질 수도 있어 어쩔 수 없는 일 같았지만, 실제로 그녀도 경찰도 서로에게 손을 흔들며 아쉬움을 표현하며 다음에는 기회가 있기를 바란다는 말을 속으로 하는 것을 볼 수 있었고, 나 역시 나도 모르게 손을 들어 혼자 아쉬움을 표현했는데, 그녀는 다른 사람들과 함께 어딘가로 갔고, 나는 끝내 뒤로 하는 다이빙에 대해 얘기를 해보지 못한 것이 아쉬웠지만, 애초에 그런 것으로 누군가에게 말을 걸 리 없었고 단지 그것을 생각했을 뿐이고 생각한 것으로 충분했지만, 내 생각에 역시 대단한 사람인 제인 폰다는, 대단한 사람일수록 대단히 친절해 그러기도 하는 것처럼, 시위를 막 끝낸 자신에게 양해를 구하고 뒤로 하는 다이빙에 대해 얘기하는 누군가에게, 어쩐지 보기에도 정상이 아닌 것 같아 보이는 이 사람이 제정신일까, 하는 생각을 하면서도 웃으며, 언제 어디에서 한 뒤로 하는 다이빙이 가장 기억에 남는지와 몇 바퀴를 돈 것이 최고 기록인지 같은 것 정도에 대해서는 얘기를 해주었을 수도 있었고, 그전에, 기후변화 같은 것에 관심을 갖는 것도 필요하지만 뒤로 하는 다이빙 같은 것에 대해 약간 특별한 감정을 갖고 얘기하기를 좋아하는 것은 좋은 것이라고 생각할 수도 있을 것 같았다.

나는 시위대가 해산한 후 그날 하루를 워싱턴에서 별로 하는 일 없이 보내는 동안에도, 그 이튿날 공항에서 항공사의 잘못으로 뉴멕시코의 산타페에 가는 비행 편이 취소되어 항공사에서 호텔을 잡아준, 워싱턴 인근 펜타곤 시티에서 하루를 머물면서도 거의 대부분의 시간을 뒤로 하는 다이빙에 대한 생각으로 보냈는데, 펜타곤이 있는 펜타곤 시티는, 정확히 어떤 이유에서인지 알 수 없었지만, 약간 외곽에 있는 호텔에서 멀리까지 나가보지는 않아 다른 곳은 어떤지 알 수 없었지만, 지금껏 내가 가본 곳들 중 가장 우울한 곳 중 하나였고, 11월의 좋지 않은 날씨 탓도 있었는지도 모르겠지만, 그곳의 기운 자체가 거의 예사롭지 않게 좋지 않게 느껴졌는데, 전 세계를 대상으로 주로 좋지 않은 일들을, 때로는 아주 안 좋은 일들을 꾸미는 펜타곤이 있어 기운이 좋을 리 없겠지만 그것만으로는 설명이 부족한 것 같았고, 아무튼 좋지 않은 일들을 꾸미는 곳이 있기에는 더없이 좋은 곳 같은 느낌을 주었고, 심지어 나는 며칠 더 머물며 그 좋지 않은 기운의 정체를 알아보고 싶기도 했지만, 점심 무렵 잠시 시내를 산책했을 뿐인데도 라틴아메리카의 작은 나라에서 펜타곤이 백악관과 CIA 등과 꾸며 반군을 지원했지만 완전히 실패로 끝난 쿠데타에서 아주 보잘것없지만 가장 힘든 어떤 역할을 한 후 버림받아 밀림 속을 며칠 헤맨 것처럼 무척 피로했고, 결국 호텔방에 돌아와 십층 창밖으로 보이는 삭막한 풍경을 보고 있자 또다시 다이빙 생각이 났다.

그런데 우울한 바깥 풍경 때문은 아니었지만 무척 우울했고, 모든 것이 무의미하게 여겨졌고, 때로 그토록 무의미하게 여겨지는데도 계속해서 사는 것이 무슨 의미가 있는지 이해가 되지 않기도 했지만 그 순간 그런 생각이 들어서는 아니었고, 그냥 어떤 건물의 고층에서 아래를 내려다볼 때면 투신하는 것에 대해 생각하는 버릇이 있었고, 그것이 얼마나 쉽고도 확실하게 모든 것을 끝낼 수 있는 방법인지, 하지만 그것을 실행에 옮기는 것은 얼마나 어려운 일인지, 투신해서든 다른 식으로든 본인의 의지로 삶을 끝내는 사람들 모두가 얼마나 대단한 사람들인지 등을 생각하며 약간 고집스럽게 십층 아래로 투신하는 것에 대해 생각하다가, 내가 투숙은 하지 않았지만 그곳에서 점심을 먹은 적이 있는 홍콩 만다린 오리엔탈 호텔의 이십사층 객실에서 투신했고, 주로 은퇴자들이 사는 곳이기는 하지만 은퇴자들이 살기에 좋은 다른 곳들을 두고 이주하는 홍콩인들의 무리에 섞여 물살에 흘러간 것처럼 가, 항구도시로, 중국계 이민자들이 많이 살아 약간 작은 홍콩 느낌도 나는 밴쿠버에 살 때 자주 가 앉아 바다를 바라보며 자신의 삶이 약간 묘하게 흘러가고 있다고 생각했을 수도 있는, 밴쿠버 시내 스탠리 공원에 있는 그를 기리는 벤치에 앉아 잠시 마음속으로 그를 기리는데, 무슨 이유에서인지는 알 수 없었지만 뒤에서 누군가가, 내 목을 조르지는 않았지만 목을 조를 것처럼 손을 목덜미에 대려고 하는 것 같아 한순간 소름이 끼쳐 뒤를 돌아보고 아무도 없는 것을 확인하기도 하는 것과 같은 일이 실제로 있지는 않았지만, 그런 상상을 하기도 해 내게는 이상할 정도로 약간 가깝게 느껴지기도 한 장국영에 대해 생각하며, 그가 죽기 직전 마지막 순간에 무슨 생각을 했을지에 대해서는 생각하지 않았지만 우울병을 앓던 그가 유서에 약간 장황한 정도로 많은 사람들에게 감사한 후 "살면서 나는 나쁜 짓은 아무것도 하지 않았다. 왜 이래야 하지?"라고 쓴 부분에 대해 잠시 생각했지만, 그를 생각하면 마음이 검은 콜타르에 빠져 허우적거리며 가라앉는 것처럼 어두워졌고, 그래서 더이상 그에 대해서는 생각하지 않았는데, 그 순간 문득 십층에서 그냥 뛰어내리지 말고 다이빙을 해 투신하는 것도 괜찮을 거라는 생각이 들었다.

뒤로 하는 다이빙이건 앞으로 하는 다이빙이건 다이빙을 할 줄 아는 것이 실제 삶에서 도움이 되는 경우는 거의 없을 것이었는데, 달리기나 높이뛰기나 멀리뛰기나 수영이나 권투나 유도나 레슬링 같은 것은 잘할 경우 의외의 순간에 본인에게 도움이 될 수도 있고 누군가를 도와주는 데 도움이 될 수도 있다는 사실에 비춰 보면 다이빙은 살면서 거의 쓸모가 없다고 볼 수도 있었고, 실제로 다이빙은 물에서 하는 다이빙을 할 때나 스카이다이빙을 할 때 말고는 쓸모가 없을 것이었고, 누군가가 투신자살을 결심하고 다리 같은 데서 뛰어내릴 때에도 다이빙을 하며 투신하지는 않을 것이었고, 정신 나간 사람이 아니고는 다리에서 투신하는데 그냥 뛰어내리지 앞으로 혹은 뒤로 하는 다이빙으로 두 바퀴 반 혹은 세 바퀴를 회전해 뛰어내리는 사람은 없을 것이었다.

만약 그런 사람이 있다면 그것은 우연히 그 장면을 목격하게 된 사람에게도 당사자에게도 아주 이상하거나 어색한 일일 수도 있고, 그럴 수만 있다면 없던 것으로 해야 할 것 같을 수도 있을 테지만 다이빙을 특별히 잘하는 사람이라면 어떤 생각에, 가령, 그냥 투신하는 것이 맞지만 다이빙을 해 투신하지 말라는 법은 없지, 볼품없이 그냥 떨어지는 것보다는 이왕이면 보기 좋게 뛰어내리는 것이 더 나을 수도 있겠지, 하는 생각에, 아주 조심해 다리의 좁은 난간에 몸의 균형을 잘 잡고 서서, 그렇지 않으면 그냥 떨어지게 될 테니까, 그렇게 되면 꼴이 우습게 될 테니까, 두 발을 모으고 양팔을 머리 위로 올려 두 손을 모으는 식으로 다이빙 포즈를 취하거나 취하지 않은 채로, 아래쪽 물을 바라보며 자신이 다이빙을 특별히 잘하는 사람이라는 생각을 하며, 자신의 다이빙 솜씨를 마지막으로 발휘할 수 있는 좋은 기회라고 생각할 수도 있을 것이었다.

나는 모든 영법을 잘했지만 접영은 인간이 그 이상으로 잘하기 어렵게, 그냥 돌고래처럼 잘한, 전설이 된 미국의 수영 선수 마이클 펠프스가 2008년 베이징올림픽에서 올림픽 메달 보유 기록을 깨기 전까지 남자 선수로서는 가장 많은 올림픽 메달 보유 기록을 갖고 있던 소련의 니콜라이 안드리아노프에서부터 역시 소련의 올가 코르부트와, 코마네치라는 이름 자체가 너무나 체조 선수의 이름 같고, 그 이름을 가진 다음에는 체조를 잘할 수밖에 없을 것 같은 루마니아의 나디아 코마네치와 러시아의 스베틀라나 호르키나와 미국의 시몬 바일스에 이르기까지 여러 체조 선수들은 떠올랐지만, 아쉽게도 다이빙 선수는 역사상 가장 위대한 다이빙 선수로 여겨지고, 1988년 서울올림픽에서 점프하다가 스프링보드에 머리를 부딪혀 뇌진탕을 입고 여러 바늘 꿰맸지만 머리를 여러 바늘 꿰맨 것이 투혼을 발휘하는 데 어느 정도 도움이 된 듯 두 개의 금메달을 딴 미국의 그레그 루가니스밖에는 떠오르지 않았는데, 어쩌면 다이빙 자체가 너무나 순식간에 끝나 생각해볼 여지가 많지 않은 것이라 올림픽에서 다이빙 선수들이 경기를 하는 것을 따로 본 적은 거의 없어서였던 것 같았는데, 다이빙과 겹치는 부분이 있는 체조 경기는 한때 마치 체조의 새로운 동작을 연구하는 선수나 코치처럼 분석하며 보기도 했지만 물론 이렇다 할 성과는 없었다.

그런데 실제로 투신해 삶을 끝낸 누군가 중에는 다이빙을 자신이 살면서 가장 잘했던 것 중 하나로 생각하는, 실제로 세계적이거나 그렇지는 않은 어느 다이빙 선수권 대회에서 우승하기도 한 경력도 있는 다이빙 선수 출신으로, 자신 역시 그곳을 거쳐간 수많은 사람들의 뒤를 따르는 또 한 사람에 지나지 않는 사람이 될 것이라는 사실이 마음에 걸릴 수도 있지만 일단 그 방면으로 유서 깊은 곳이고, 접근성도 좋고, 그것에 별 느낌은 안 들 가능성이 크지만 멀리 샌프란시스코 시내도 보이고, 종종 짙은 안개에 다리 전체가 혹은 하단만 휩싸여 운이 좋으면 마치 구름 속에 있는 것처럼 꽤나 신비로운 분위기도 느낄 수 있고, 무엇보다도 태평양이 시작되는 지점에 있어 태평양으로 떠내려가 떠다닐 수도 있고, 그 외에도 여러 가지 이유로 투신자살 장소로 가장 이상적인 곳들 중 하나인 샌프란시스코의 금문교 같은 곳에서 뒤로 하는 다이빙으로 무려 세 바퀴 반 혹은 네 바퀴를 회전해, 심지어는 몸을 비틀며 최고 수준의 난이도 동작으로 뛰어내린 사람도 있지만 아쉽게도 그것을 목격한 사람은 아무도 없는지도 몰랐는데, 어쩌면 그는 살면서 거의 아무런 쓸모가 없을 거라고 생각했던 다이빙이 쓸모가 있게 된 것에 기뻐해야 하는지를, 그전에 다이빙 실력이 쓸모가 있게 되었다고 생각하는 것이 맞는지를, 그리고 투신을 앞둔 마당에 기분이 좋을 리 없는 상태에서 다이빙을 해 투신하는 것으로 마지막으로 한번 기분을 내는 것이 맞는지를 생각한 후, 그러지 말라는 법은 없다는 생각에 다이빙을 해 투신해 떨어지는 동안 자신의 다이빙 솜씨가 완전히 어디 가지는 않았다고, 완전히 녹슬지는 않았다고 생각할 수도 있겠지만 워낙 순식간에 떨어져 그런 것은 생각할 겨를도 없었거나 하다가 생각이 중간에 끊겼을 것이었는데, 나는 사람들이 투신자살 장소로 유명한 곳에서 투신하는 것을 좋아한다는 사실이 흥미로웠는데, 그것은 인류학적으로 흥미로운 연구 주제인 것 같기도 했다.

창밖으로 삭막한 풍경을 보며 투신하는 것에 대해 생각하고 있자 나는 정말로 뒤로 하는 다이빙으로 한 바퀴를 회전해 투신하고 싶은 마음이 들기도 했고 워낙 마음이 곤두박질친 나머지 뒤로 하는 다이빙으로 나의 새로운 기록을 세울 수도 있을 것 같았지만 정작 할 것도 아니면서 생각만 할 거라는 것을 알 수 있었고, 그러자 그것이 지루해졌고, 아마도 이제는 투신한다 하더라도 한 바퀴도 돌기가 어려울 거라는 생각을 했고, 그 때문은 아니지만 투신하는 것은 포기한 사람처럼 그것에 대해 생각하는 것은 가까스로 중단할 수 있었는데, 그러자 근처에 알링턴 국립묘지가 있다는 사실이 떠올랐고, 기분전환을 위해 그곳에 가 무명용사나, 아니면 그곳에 묻혀 있는 누군가의 묘비에 헌화하거나 묵념하는 것을 생각했는데, 무명용사들을 포함해 기타 죽은 각종 사람들은 살아 있는 각종 사람들이 어떤 이유로든 자신들의 묘비에 와 헌화하거나 묵념하는 것에 혹은 아무것도 하지 않는 것에 개의치 않을 것이었고, 그것에 대해 뭐라고 하지도 않을 것이었고, 그 때문에 나는 죽은 사람들이 많이 사는 공동묘지에 가는 것을 좋아했다.

하지만 그들이 개의치 않는다고 해서 단지 기분전환을 위해 그들에게 가 헌화하거나 묵념하거나 아무것도 하지 않는 것은 좋은 생각 같지 않았고, 그래서 1775년 독립전쟁을 벌여 1776년 독립을 선언하고 1783년 종전을 맞이한 후 19세기 초반과 중반에 각각 캐나다와 멕시코와 약간 사소한 느낌이 들게 전쟁을 치른 뒤 잠시 이렇다 할 전쟁 없이 지내다가, 마침 마땅한 구실이 생겨 1861년 남북전쟁을 치르며 전쟁에 대해서라면 자신감을 갖게 되었고, 그 전쟁에서 쌓은 경험을 바탕으로 그후 자신들이 없으면 안 된다고 생각해 직간접적으로 끼어들지 않은 전쟁들을 떠올리기 어려울 정도로 전 세계의 수많은 크고 작은 전쟁들에 개입했고, 그 덕분에 지금의 미국이 있게 되었고, 그 부산물로 많은 전몰자와 상이군인들을 배출하고 양성한 미국의 영혼을 상징하는 곳

중의 하나인 그곳에 가 그곳에 어울리거나 어울리지 않는 어떤 생각들을 할 수도 있을 거라고 생각했지만 실제로 가지는 않았는데, 어쩐지 알링턴 국립묘지에 가더라도 특별히 생각할 것이 없어 다시 뒤로 하는 다이빙과 투신자살에 대해 생각하게 될 것 같았고, 알링턴 국립묘지에까지 가 그러고 싶지는 않아서였고, 그 이튿날 나는 산타페에 가서야 제인 폰다 때문에 하게 된 뒤로 하는 다이빙과 다이빙을 해 투신자살하는 것에 대한 생각을 더이상 하지 않을 수 있었는데, 사막으로 둘러싸인 산타페에는 물이 없었고, 그것과는 상관없이, 다른 뭔가에 대해 생각할 수 있어서였는데 그것은 검은 헛간 그림과 검은 개에 관한 것이었다.

첫날 밤 저녁을 먹은 후 호텔로 돌아가며 작은 도시인 산타페의 시내 외곽 간선도로를 걷고 있는데 좁은 옆길의 어둠 속에서 마치 어둠이 어둠을 뭉쳐 만들어낸 것처럼 짙은 어둠 같은 검은 형체가 나타났고, 다리가 네 개 달려 있는 것을 알 수 있는 그 형체는 점점 내 쪽으로 다가왔고, 나는 그것이 로트바일러라는 것을 알 수 있었는데, 한창 나이의 건장한 개는 세 번, 단호하게 공격적으로 크게 짖은 후 내 쪽으로 천천히 다가왔는데, 물론 개는 내게 겁을 주려고 짖은 것이었고, 나는 개가 겁을 주려고 한 것보다 훨씬 더 겁을 먹었고, 거의 몸이 얼어붙는 것 같았는데, 주위에는 아무도 없었고, 나는 개가 곧 달려와 나를 덮칠 것이 틀림없을 것 같았고, 마치 이미 개가 내 목을 문 것처럼 목에 깊은 상처가 나 피가 쏟아지고 있는 것 같기도 했는데, 물론 그 자리에 그대로 서 있거나 개를 향해 가거나 달아나거나 주저앉거나 드러눕거나 쓰러지거나 방어적이거나 공격적인 동작을 취하는 것은 좋은 생각 같지 않았고, 그 가운데서 드러눕거나 쓰러질 경우 개도 몹시 당황해하거나 황당해하며 그냥 갈 것 같기도 했지만 드러눕는 것은 개 말고 다른 보는 사람은 없었지만 그럼에도 보기에 상당히 안 좋을 것 같았고, 평소 나는 보는 사람이 없다고 보기에 안 좋은 모습을 보여서는 안 된다고 생각했고, 사람이 일부러 쓰러질 수도 없었고, 대신 엎드려 죽은 척하는 것을 생각했지만 곰도 아닌 개 앞에서 그렇게 하는 것은 역시 보기에도 안 좋고 어색할 뿐만 아니라 소용도 없을 것 같았고, 개는 죽은 사람이라고 봐주지 않을 것 같았고, 죽은 사람을 한번 더 죽일 수도 있을 것 같았고, 마땅한 좋은 방법이 없는 것 같았고, 그래서 고개를 돌려 가던 길을 천천히 걸어가기 시작했는데, 그것이 맞는 생각인지는 알 수 없었지만, 내가 아마추어 선수권 대회에 출전해 3라운드 시합에서 2라운드까지는 어떻게든 버틴 후 3라운드에서 보기 좋게 KO패 당하는 것도 재미있을 것 같아 그것을 목표로 잠시 열심히 배운 적 있는 권투 말고 유도나 레슬링을 배워둘걸, 하는 생각이 들었는데 어쩐지 개와는 경우에 따라 뒤엉켜 싸워도 무방할 것 같았다.

개는 그것이 나름 좋은 생각이라고 생각한 듯 약 이십오 미터 거리를 유지하며 계속해서 스토커처럼 나를 따라왔고, 또다시 겁을 주며 공격적으로 크게 짖었고, 나는 이제는 달아나야 하는 것 아닌가 하고 생각했지만 그렇게 할 경우 개가 백 미터를 9.58초에 달려 세계신기록을 세운 우사인 볼트를 가볍게 추월하는 속도로 달려와 나를 덮칠 것 같았고, 달리기는 내가 잘하는 것도 아니었고, 달아나는 것 역시 보기에 안 좋을 것 같았고, 그래서 계속 천천히 걸어갔는데, 어디서 나타난 처음 보는 개에게 내 운명이 달려 있는 것 같았지만 그것이 운명적인 것으로 여겨지지는 않았는데, 개가 달려와 마음만 먹으면 단숨에 내 목숨을 끊어놓을 수도 있다는 생각에 다리가 후들거리고 식은땀이 나기는 했지만 지금껏 살면서 가장 경이로운 순간을 겪고 있다는 생각이 머릿속을 스쳤고, 이런 일이 반드시 이렇게는 아니지만 비슷한 식으로 언젠가 일어나리라고는 생각지도 못했다는 생각은 들지 않았고, 그런 생각을 몇 번 했던 적이 있는 것 같았고, 마지막으로 무슨 생각을 해야 하는지를 생각해야 할 것 같았지만 아직 그 순간은 조금은 남아 있는 것 같기도 했다.

그렇게 해서 조금 더 간 후 내가 횡단보도를 건너자 그때서야 개는 붉은 신호등 앞에서 무슨 생각에서인지, 어쩌면 붉은 신호등에는 길을 건너서는 안 된다고 생각했는지 횡단보도를 건너지는 않고 멈춰 서서 조용히 나를 지켜보았는데, 나를 그냥 보내주는 것이 맞는지, 그렇게 할 경우 후회하게 되지는 않을지, 그냥 보내주더라도 좀더 겁을 준 후 보내주는 것이 낫지 않을지 생각해보는 것 같기도 했고, 개 스스로도 무슨 생각에 그렇게 공격적인 태도를 보였는지에 대해 자신이 없어하는, 손으로 머리를 긁는 듯한 모습을 보인 후 몸을 돌려 왔던 길을 따라 돌아가기 시작했는데, 어쩐지 횡단보도와 신호등이 나를 살린 것 같기도 했고, 산타페시에서 사람들에게 무료한 나날만 보내지 말고 어쩌다가 죽음의 공포도 느껴보라고 때로 맹견을 풀어놓기도 할 리는 없을 것 같았지만 산타페의 누군가는 그럴 생각으로 그렇게 하기도 하는 것 같았고, 그 누군가가 누구일지 궁금했고, 순간적으로 개를 따라가볼까 하는 생각도 했지만 개를 스토킹하는 것은 좋은 생각 같지 않았고, 그렇게 할 경우 개가 데자뷰 현상을 일으키며 조금 전의 상황을 재연하며 이번에는 나를 그냥 보내주지 않을 수도 있을 것 같았고, 그래서 가던 길을 갔는데, 공포의 순간이 어느 정도 지나자 공포 체험을 자주 하는 것은 안 좋지만 아주 어쩌다가 하는 것은 좋은 것은 아니지만 때로 어쩔 수 없이 해야 하는 것이기도 하다는 생각이 들었다.

개를 만나기 전 나는 산타페를 유명하게 만든 조지아 오키프의 컬렉션이 있는 조지아 오키프 미술관에서 오키프의 작품들을 보았는데, 오키프를 유명하게 만든 꽃 그림들은 이전에도 본 적이 있어서였는지 그것들보다도 뉴욕의 마천루들을 아래에서 부자연스러운 각도에서 압도적인 검정색으로 그린 초기작들이 더 인상적이었고, 별로 알려지지 않은 초기작으로, 위스콘신의 시골 출신으로 헛간에 대해 특별한 감정을 갖고 있던 오키프가 시골의 어느 작은 헛간을 검정색으로 그린 작은 그림에 가장 마음이 끌렸고, 그래서 헛간에 대해 생각하고 있었는데, 나는 헛간에 대해 많이는 아니지만 약간의 특별한 감정을 갖고 있었고, 그것은 저절로 갖게 된 것은 아니고 일종의 노력 끝에 갖게 된 것이었는데, 그 몇 년 전 텍사스의 여러 곳을 여행하면서 시골의 농장에 있는 헛간들을 수없이 많이 보았고, 그중에는 약간 눈길을 끄는 것들도 몇 개 있었고, 어쩌면 헛간에 대해 약간의 특별한 감정을 가질 수도 있고, 그것은 나쁘지 않을 것 같다고 생각했고, 그래서 가져야겠다고 노력하던 중 어떤 헛간을 본 후 확실히 갖게 된 것이었다.

물론 다락방처럼 비밀스러운 곳을 좋아하는 어느 시기의 아이들이 헛간에 갔다가 몸을 나른하게 하는 좋은 냄새가 나고 편안한 느낌을 주는 건초 더미에서 잠이 들기도 하는 경우를 제외하면 집을 두고 헛간에서 자거나 지내는 사람은 없을 테고, 집 대신 헛간을 지어 그곳에서 사는 사람도 없을 테지만, 나는 대체로 헛간에 있어야 하는 것들, 농기계나 건초나 사료나 비료, 그리고 말과 같은 가축들이 있는 대부분의 헛간들에서는 별 느낌을 받지 못했지만 불에 타고 있는 어떤 헛간을 봤을 때에는 약간의 특별한 감정을 확실하게 갖게 되었다.

어느 날 밤 나는 텍사스의 시골을 차로 지나가고 있었는데, 한 농장 위에 있는 상당히 큰 헛간이 거대한 화염에 휩싸여 있는 것이 보였고, 헛간은 도로에서 조금 떨어진 곳에 있어 자세히는 보이지 않았지만 어른 둘과 아이 둘이 불을 끄려고 분주하게 움직이지는 않고 서서 불길을 바라보고 있는 것을 볼 수 있었는데, 그때 나는 텍사스의 친구와 함께 있었고, 우리는 차를 세우고 그 광경을 바라보았는데, 어쩌면 불길을 잡기에는 이미 늦어서일 수도 있었지만 어쩐지 사람들은 자신들의 눈앞에 펼쳐지고 있는 광경을 즐기는 것 같았고, 어쩌면 토네이도에 의해 부서졌거나, 다른 이유로 차라리 허물기로 한 헛간에 불을 질러 오래도록 그들 가족과 함께한 헛간이 장엄한 최후를 맞게 했고, 헛간 역시도 자신이 원했던 것이 바로 그것이었던 것처럼, 그리고 그 사실을 보여주기라도 하는 듯, 초원의 밤하늘 아래에서 환희에 찬 것처럼 환한 빛을 발하며 타고 있었다.

실제로 사람들도 불길도 헛간도 그 순간을 모두 좋아하고 즐거워하는 것 같았고, 마침내 헛간을 지탱하던 벽이 무너지며 헛간이 소리를 내며 붕괴되자 사람들과 불길과 헛간 모두가 환호하는 소리가 들렸고, 내 텍사스 친구는 오늘이 그 농장에 있는 집의 한 아이의 생일인 모양이고, 텍사스의 시골에서는 저런 식으로 헛간에 불을 질러 아이의 생일을 축하해주기도 한다고 했는데, 불타는 헛간이 어떤 아이들에게는 커다란 좋은 선물이 될 수도 있을 것 같았고, 어쩌면 마음을 많이 두근거리게 하는 그런 선물을 받은 아이는 불길에 휩싸인 헛간과 마침내 허물어져 재가 된 헛간을 생일 선물로 이중으로 받은 것을 두고두고 잊지 못하며, 그후 살면서 힘든 때에 그것들을 떠올리는 것만으로도 힘이 나기도 하고, 삶에서 중요한 결정을 해야 하는 때에, 가령 누군가와 헤어지기로 결정할 때에 그것들에 대한 기억이 도움이 될 수도 있을 것이었고, 아니면 결과적으로 잘못된 결정을 내리는 데에 도움이 될 수도 있을 것이었고, 어떤 경우에도 아무런 도움도 되지 않더라도 그 특별한 생일 선물은 평생 변함없이 가장 잊을 수 없는 기억으로 간직할 수도 있을 것이었다.

맹견과 조우해 위험한 상황에 빠지는 일은 아주 드물게 어디에서나 일어날 수 있는 일이었지만 산타페에서 그런 일이 있으리라고는 생각지 못했고, 어둠 속에서 어둠이 만들어낸 것 같은 검은 맹견을 조우한 경험은 강렬했고, 개가 빛 속에서는 어떤 모습을 갖추는지 궁금했고 대낮에 그 개를 다시 한번 보고 싶기도 했지만 나는 개와 마주친 길은 피해다녔는데, 개에게 물려 죽고 싶지는 않았기 때문이었고, 개에게 물려 죽는 것은 피넛 버터를 먹다 목이 막혀 죽는 것과 어느 것이 더 창피한 것인지 말하기 어려울 정도로 창피한 일일 것이었고, 나는 필요한 경우 다이빙을 해 투신하는 것은 괜찮다고 생각했지만 개에게 물려 창피한 모습으로 죽고 싶지는 않았다.

그럼에도 그후 며칠 산타페에 있는 동안 나는 그 개에 대한 생각을 떨치기 어려웠는데, 그것은 그 개가 언제 어디서든 나타날 수도 있다는 생각에서였다기보다는, 말이 되지 않는 것이었지만 어쩐지 그 개가 오키프의 작은 헛간 그림 속 헛간에서 뛰쳐나온 것만 같았고, 그것은 헛간에 대해 약간 특별한 감정을 갖고 있던 내가 그 그림 속 헛간 앞에 너무 오래도록 서서 그 헛간을 바라보았고, 그 헛간 안에서 생각지 못한 뭔가가 뛰쳐나올 수도 있다거나 뛰쳐나와야 한다고 생각해서였던 것 같았는데, 그것은 말이 안 되는 생각이지만 말이 안 되는 말을 얼마나 할 수 있는지 보는 것이기도 한 이 소설에서 그런 것은 전혀 문제가 될 수가 없었고, 나는 너무나 말이 되는 말은 소설에서 할 필요도 없다고 생각했는데, 개도 헛간도 압도적이고도 위협적인 검은색이었는데, 어쩌면 나로서는 앞으로 조지아 오키프 하면 그녀의 작고 검은 헛간 그림과 그 헛간에서 뛰쳐나온 검은 개가 먼저 떠오르게 될 것 같았다.

산타페의 서점에서 열린 행사에서 나는 개와 헛간에 대한 이야기는 하지 않았는데, 그것이 헛소리로 들릴 것 같아서는 아니었고, 그 이야기를 어떻게 시작해야 좋을지 알 수 없어서였고, 산타페 역시 약간 은퇴자들의 도시이고, 행사에는 자신들이 은퇴자라는 것을 확실히 보여주는, 다른 할일이 없어 그런 행사가 있으면 스스로도 어쩌지 못하고 늘 오는 것 같은, 지팡이를 짚고 온 사람들이 주로 왔고, 어쩐지 세어봐야 할 것 같은 지팡이를 세어보자 사람과 지팡이의 개수 내지 숫자가 거의 비슷했는데, 나는 어떤 이유로든 지팡이에 의지해 다니는 사람들을 좋아했고, 지팡이를 짚고 있거나 의자에 걸쳐놓은 채로 앉아 있는 사람들과 다른 무엇보다도 지팡이에 관한 이야기를 하고 싶었는데, 지팡이에 대해서라면 다른 무엇에 대해서보다도 할말이 많거나 하지는 않았지만 이야기를 하다보면 많은 재미있는 이야기를 하게 될 수도 있었지만 나 자신이 지팡이를 짚고 온 것도 아니면서 그렇게 하는 것은 맞지 않는 것 같아 하지 않았는데 그 점이 약간 아쉬웠다.

그후 나는 로스앤젤레스의 할리우드에 있는 한 독립 서점에서 행사를 한 후 청중으로 온 한 젊은 누군가와 같이 얘기를 하게 되었는데, 그는 텍사스 휴스턴 출신으로 『강물에 떠내려가는 7인의 사무라이』 영어판을 읽었다고 했고, 그날 밤 둘 다 딱히 할일이 없었던 우리는 함께 근처 태국 식당에 갔는데, 우리가 테이블에 앉아 음식을 주문하자마자 다른 테이블에 앉아 있던 아시아계 젊은 여자 넷이서 식당 한쪽 구석에 있는 가라오케 시설 앞으로 달려나가 노래를 부르기 시작했는데, 물론 우리를 환영하는 것은 아니었고, 그들은 이미 술에 많이 취한 듯 비틀거리며 악을 쓰며 노래했다.

식당에 우리 말고 다른 손님은 없었고, 그들은 우리를 전혀 아랑곳하지 않았고, 우리는 그들을 온통 아랑곳해야 했고, 우리는 그들이 악을 쓰며 노래를 부를 때마다 악을 쓰며 말을 할 수는 없어 얘기를 멈춰야 했지만 주로 텍사스에 관한 이야기들을 했는데, 나는 왜 그런 것이 기억에 남는지는 알 수 없었지만, 그 얼마 전 휴스턴에 있는 텍사스 주립대학에서 행사를 하고 난 후 나를 안

내한 누군가가 캠퍼스에 있는 고층 빌딩의 야외 정원에 데려가, 2017년 텍사스에 엄청난 피해를 끼친 허리케인 하비로 인해 휴스턴에 오백 년 혹은 천 년에 한 번 날 대홍수가 나 노아의 방주가 필요했을 때 근처에 있는 브레이스바이우강이 범람해 앞쪽에 보이는 건물들이 어느 높이까지 물에 잠겼는지, 마치 그것을 틀리지 않게 얘기해주는 것이 그에게는 매우 중요한 일인 것처럼, 마치 뭔가를 측량하는 사람처럼, 자신이 쌓고 있는 벽의 높이에 오차가 있어서는 안 되는 것처럼 정확한 기억을 해내려고 애를 쓰며, 자신이 한 말을 수정하며 거듭 확인을 하며 손가락으로 가리켜줘 나 역시 여러 번에 걸쳐 머릿속으로 수위를 수정해야 했는데, 당시 옆에 있던, 미국의 현재와 미래에 대해 무척 비관적인, 사회주의자쯤 되는 듯한 누군가가 홍수에 대한 이야기 틈틈이 미국에 사회주의 혁명이 일어나야 미국이 정신을 차릴 거라고, 국가가 정신을 차리는 데는 혁명만한 것이 없다고 계속해서 말했고, 그래서 홍수와 미국의 사회주의 혁명에 대한 이야기가 뒤섞여 내게는 미국에 사회주의 혁명이 일어나야 홍수가 정신을 차릴 거라는, 혹은 홍수에 사회주의 혁명이 일어나야 미국이 정신을 차릴 거라는 이야기로 일단 정리가 되었지만 그것이 홍수에게, 혹은 미국에게 좋은 일일 수 있는지까지는 정리가 되지 않았던 것이 기억에 남았고, 그래서 내가 미국의 사회주의 혁명에 대한 이야기는 빼고 휴스턴의 대홍수에 대해 내 앞에 앉은 텍사스 친구에게 얘기하자 그는 당시 휴스턴에 있었고, 성경 속에서나 나올 것 같은 대홍수에 휴스턴의 많은 것들이 떠내려갔고, 자신도 대홍수에 떠내려가는 많은 것들과 함께 떠내려가는 것도 재미있을 것 같았지만, 떠내려가더라도 그냥 떠내려가지는 않고 보트에 실려 떠내려가고 싶어 약간 저지대에 있는 자신의 집에 물이 차오르기를 기다리며 거실에서 작은 고무보트에 바람을 넣어 보트 안에서 빗물이 지붕에서 폭포수처럼 쏟아지는 창밖을 보며, 카리브해의 휴양지나 무인도까지 떠내려갈 각오로 노 젓는 연습을 하고 있기도 했지만 그의 집까지는 물이 차오르지 않아 아쉽게도 못 떠내려갔고, 고무보트의 바람을 빼며 카리브해까지 가려면 좀더 큰 고무보트가 필요할 것 같다는 생각을 했다고 했다.

나는 두 번 가본 적이 있는 휴스턴과 관련해서는 몇 가지 기억에 남는 것들이 있었는데, 휴스턴에 갔을 때 마침 숙소 근처에 있어 갔던, 하필이면 호박의 나라인 라트비아의 유대계 혈통으로, 아브라함의 직계까지는 아니더라도 방계일 수는 있고, 그리스신화와 니체와 정신분석학의 영향을 받아 그런 주제와 초현실주의 그림들을 그리다가 20세기 초반에 활동한 우크라이나 출신의 카지미르 말레비치를 비롯한 절대주의 미술가들의 영향을 포함해 다른 이유도 있었겠지만 내 생각에는 헛것이 보이기 시작하면서 주로 아무것도 말하는 것이 없는, 자신이 보게 된 헛것들을 그린, 무제, 오렌지색과 노란색, 검정색 위의 적갈색, 1번, 무제, 오렌지색과 붉은색과 노란색, 붉은색 속의 네 개의 어둠, 5번, 무제, 적갈색 위의 붉은색, 진한 붉은색 속의 검정색, 14번, 무제, 파란색과 오렌지색과 붉은색, 붉은색 위의 파란색, 61번, 무제, 그리고 죽기 얼마 전에는 누가 봐도 우울해 보이고 우울해지게 하는 색들로 그린, 유서를 남기지는 않았지만 그것들 자체가 유서였다고 사람들이 해석하기도 하는 그림 시리즈로 회색 위의 검정색 등의 제목을 붙인 직사각형의 색채 그림들을 그렸지만, 벽화들을 위한 그림들도 그렸고, 뉴욕 시그램 빌딩의 포시즌스 레스토랑을 장식할 벽화들로 그린 역시 우울한 그림들을 그곳에서 식사하는 부자들은 쳐다보지도 않을 거라는, 혹은 그 그림들이 그것들을 어쩌다가 쳐다보게 된 부자들에게 식욕을 잃게 해 다이어트에 좋은 좋은 장식품이 될 거라는 생각이 하필이면 식사를 하던 중 머릿속을 스치며 기분이 나빠져 식욕을 잃게 되면서 한동안 완전히 식욕을 잃어버렸고, 기분이 나쁜 것에 더해 식욕 또한 전혀 없는 것에 더 기분이 나빠져 계약을 취소해버리고 그것들을 테이트 모던을 비롯한 미술관들에 기증해버리는 등, 평소 많은 것들에 기분이 안 좋았고 불만이 많았지만 자신도 모르게 쌓은 불만의 탑이 하늘을 찌를 정도여서였다기보다는 결국 우울병 때문이기도 하지만 뭔가를 해버리는 것을 좋아하고 잘해 마지막으로 해버리기에 그것만큼 적절하고 확실한 것도 없어 자살해버리는 것으로 모든 것을 끝내버린, 자신의 출신인 라트비아도 마음에 들지 않아서였던 듯 더 근사한 느낌을 주는 본래 이름인 마르쿠스 로스코비츠라는 이름도 버려버린 마크 로스코가 한 건축가와 설계한, 예배당이라는 이름에 걸맞게 작은, 넓은 기준으로는 미국 동북부의 뉴저지와 뉴햄프셔와 코네티컷 같은 작은 주들 다섯 개를 합친 크기로, 누군가와 오스틴에서 그곳에 차로는 처음 갔을 때 가도 가도 휴스턴이고 끝없이 휴스턴이고 한참이 지나서야 마치 양파의 가장 안쪽에 있는 최종적인 둥근 속처럼 진짜 휴스턴이 나타난, 도시 자체로도 상당히 크고 근사한 도시이기도 한 것 같은 휴스턴보다는 라트비아의 작은 읍에 더 어울릴 것 같은, 완공되었을 때 내가 과거에 좋아했던 미국의 현대음악 작곡가 모턴 펠드먼이 그 예배당을 위해 특별히 작곡한 〈로스코 예배당〉이 연주되기도 한 로스코 예배당의 외관은 작은 크기 때문은 아니고, 아마도 건물 자체는 건축가가 거의 설계해서인 듯 그의 회화 작품들에 있는 로스코적인 요소가 부족하게 느껴져서였을 수도 있지만 특별한 느낌은 없었는데, 당시 예배당은 보수공사중이라 내부를 볼 수 없었지만 내부는 로스코적인 요소들로 가득하고, 특히 벽화들은 역시 무제, 81번, 검정색 속의 자주색, 검정색 속으로 파고드는 자주색, 검정색 아래로 가라앉는 자주색, 검정색 위로 떠오르는 자주색, 검정색 속에 떠 있는 자주색, 검정색 속을 떠다니는 자주색, 검정색 속을 떠내려가는 자주색, 검정색 속의 검정색 속의 검정색, 어둠 속의 어둠 속의 어둠 속의 끝없는 어둠 등의 제목을 붙여도 좋은 것들로 이루어져 있는지도 몰랐는데, 나는 헛것이 제대로 보이지는 않았지만 헛것처럼 보이는 것들은 보이기도 했지만 나로서는 아무것도 아닌 것의 다른 모습이기도 한 것 같은 헛것처럼 보이는 것들이 보이면서 이전에 보이지 않던 것들이 보이지는 않았는데, 열 살 무렵 어머니로 여겨지는 기모노를 입은 여자가 물방울무늬 같은 둥근 점들로 뒤덮이며 사라지는 환영을 본 후 정신과적인 문제로 헛것을 보기 시작해 평생을 강박증과 편집증과 불안증에 시달렸고, 어린 시절 부모에게 학대를 당하고 제이차세계대전이 발발할 무렵 군수공장에서 낙하산을 만들기도 했지만 어머니의 붉은 꽃무늬 식탁보에서 발견한 반복되는 둥근 점들과, 강가에 역시 무수하게 반복되는 모습으로 널려 있는 하얀 조약돌들을 비롯해, 주로 반복되는 형태들로 이루어진 사로잡힐 수 있는 모든 것들에 기꺼이 사로잡혀 그것들을 중요한 모티프로 해 회화와 설치 작품들을 만들었고, 일본의 대학에서 미술을 전공하다가 봉건적인 사회인 일본에 답답함을 느껴 미국으로 가지 않으면 안 되겠다는 무거운 마음으로 도움을 청할 생각에 자신이 화집으로 보고 좋아한 조지아 오키프에게 용기를 내 편지를 썼는데 오키프가 친절하게도 답장을 해 뉴욕으로 가라고 해 뉴욕으로 가 1960년대에 뉴욕에서 활동할 때 누드를 좋아해 누드 퍼포먼스를 하고, 물방울무늬가 들어간 기모노를 입고 역시 물방울무늬로 모습을 꾸민 말을 물방울무늬를 전도하는 사제처럼 타고 가고 나무와 고양이는 물론 개구리도 물방울무늬로 교화할 생각으로 개구리가 사는 연못에 들어가 붓으로 캔버스와 물에 물방울무늬를 그리지만 교화될 준비가 되지 않은 개구리가 저항하며 계속해서 공중으로 뛰어오르게 하고, 1960년대에 유행하던 것으로, 개구리와는 달리 쉽게 교화된 사람들이 난교를 하는 것으로 끝나는, 〈자아 말소Self-Obliteration〉라는 비디오 작품을 만들기도 했지만 뭔가가 생각대로 되지 않는 것에 좌절해 퍼포먼스를 하듯 가볍거나 무거운 마음으로 자살을 시도했고, 나로서는 읽지 않았고 읽고 싶지 않고 읽지 않아도 자살에 대한 내용이라는 것을 알 수 있고 그녀 자신의 이야기라는 것도 미루어 짐작할 수 있는, 다분히 선정적인 제목의 『맨해튼 자살 중독자』라는 소설을 무겁거나 가벼운 마음으로 썼고, 놀이에 심취해 있는 어린아이처럼 베트남전쟁에 심하게 빠져 있는 닉슨의 주의를 딴 데로 돌려볼 생각으로 가벼운 마음으로 그에게 보낸 공개서한에서 전쟁을 중단할 경우 그와 섹스를 해주는 호의를 베풀겠다고 일방적으로 제안하기도 했지만 전쟁에 너무 빠진 나머지 다른 무엇도 눈에 들어오지 않았던 닉슨의 일방적인 거부로 둘 사이의 섹스도 성사되지 않고 그로 인해 베트남전쟁이 중단되는 일도 일어나지 않게 했고, 앤디 워홀을 비롯해 당시 가장 유명한 몇 명의 남자 미술가들이 자신의 아이디어를 도용하는 것에 환멸을 느꼈고, 사람들의 관심을 끄는 것을 무엇보다도 좋아해 관심을 끌기에 좋은 해프닝들을 벌여 뉴욕에서 명성과 함께 악명을 얻게 되기도 했지만, 마음이 지칠 대로 지쳐 있었지만 다른 계획이 있어, 역시 정신과적인 문제가 있었고 사막에 사로잡혀 뉴멕시코의 사막에 살고 있던 오키프가 자신이 있는 곳으로 오라고 한 제안도 뿌리치고 일본으로 돌아가 계획대로 정신병원에 자발적으로 입원한 후로 확실하게 예술가로서 자신의 세계를 구축하는 등 삶 자체를 퍼포먼스 아트로 만드느라 힘들기는 했지만 재미있기도 하고 상당히 정신없기도 한 삶을 살았지만, 젊은 시절 상태가 아주 안 좋았을 때 수프로 만든 호박을 먹고 나은 후 호박에 치유력이 있다고 믿게 되면서 호박에 대해 특별한 감정을 갖게 되었고, 평생에 걸쳐 호박을 무한히 사랑했고, "호박의 영혼과 마주하고 다른 모든 것은 잊고 내 앞에 있는 형태에 전적으로 마음을 집중하고자 하고…… 단 하나의 호박과 마주하고 한 달을 보내기도 했다"는 말까지 할 생각을 해내 했고, 실제로 호박과 말을 나눴고, 호박이 자신이 하는 말을 듣고 따르는 것을 보지는 못했지만 그녀 자신은 호박이 하는 말을 듣고 따르기도 했고, 혹은 그 역일 수도 있었고, 크기와 더불어 호박의 진정한 놀라운 점인 무한한 용도에 대해서까지는 깊이 생각해보지 않았지만 호박을 영적인 존재로 생각하며 숭배해 호박에 대한 어설픈 시를 쓰기도 한 것까지는 좋았지만 숭배가 지나쳐 우상숭배로까지 나아간 것 같기도 하지만 사람들의 관심을 끌기에 좋은 것을 깊이 생각한 끝에 자신을 살려준 호박에 해답이 있다는 것을 계시처럼 깨달아 호박을 모티프로 한 수많은 작품들을 만든, 호박 하면 떠올릴 수 있는 가장 유명한 인물인 일본의 미술가 구사마 야요이와는 달리 로스코가 호박의 나라 출신임에도 혹은 그 때문에 호박에 대해 별다른 감정이 없었던 듯 내가 알기로 호박 그림을 그리지 않은 것은 아쉬운 일인 것 같았지만 그것은 어쩔 수 없는 일 같았고, 아흔에 이른 구사마가 더 늦기 전에 일본 나오시마의 방파제에 설치한, 사다리를 놓거나 암벽등반을 해 그 위에 올라갈 수도 있지만 영영 안 내려올 것이 아니라면 올라갈 생각은 하지 않는 것이 좋은, 섬유 유리로 강화한 플라스틱으로 만든, 검은 점들이 있는 노란색의 거대한 호박 같은 것을 호박의 용도에서 착안한 어떤 요소들을 더하면 좋을 테지만 그렇게까지는 하지 않더라도, 작은 것은 작거나 큰 실물 호박 크기이지만 큰 것은 작은 섬만한 압도적인 크기의 다양한 크기와 모양으로 비밀리에 여러 개 만들어 물에 떠다니기를 좋아하는 모든 것들의 상징으로 혹은 평화의 상징으로 혹은 그녀가 생각하기를 좋아하는 무한한 우주의 상징으로 혹은 아무것도 상징하지 않는 것의 상징으로 오대양을 떠다니게 해 그것들을 발견한 사람들이 처음에는 바다에 불시착한 호박 모양의 유에프오라고 오해할 수도 있지만 호박이라는 것을 알고는 구사마 야요이의 호박이 아닐까, 하는 의혹을 갖고 제기하게 하고, 그것에 대해 인정하고 싶겠지만, 그리고 그녀로서는 쉽지 않은 일이겠지만 자신을 향한 모든 관심을 외면하고 자신과는 아무 관련이 없는 것이라고 끝내 부인하고,

사람들이 큰 것은 작은 섬만한 다양한 크기와 모양의 호박들이 바다에 떠다니는 것은 남극과 북극의 빙하에서 떨어져나온 크고 작은 빙산들이 떠다니는 것만큼이나 자연스러운 것이고 그 자체로 좋은 것이라는 생각을 하며 어쩐지 행운을 가져다줄 것 같은, 지나가거나 어딘가에 떠밀려온 호박들에게 안녕을 빌 수 있게 해도 좋을 것 같았는데 그렇게 할 경우 그것은 그녀만이 할 수 있는 것으로 그녀의 일생일대의 작업이 될 수도 있을 것 같았다.

그리고 나는 휴스턴에 있었을 때 휴스턴과 관련이 있는 누군가 혹은 양말에 대해 생각하기도 했는데, 그것은 인조인간, 슈퍼맨, 스파이더맨, 배트맨, 투명 인간 등 사람이 노력 여하에 따라 될 수도 있는 어엿한 인간을 두고 굳이 어엿하지 않은 인간이 되고자 해 되었고, 스스로를 양말 인간Sock Man이라고 부르며 양말에 과도하게 집착해 자신의 이미지가 들어간 양말을 신기도 했고, 아내의 장례식에서는 책을 주제로 한 그림이 들어간 양말을 신었고, 자신의 장례식에서는 순전히 양말 인간으로서 자신이 얼마나 양말 인간인지, 그리고 어디까지 양말 인간일 수 있는지 보여주려고 조문 온 사람들이 그냥 잠이 든 것 같은, 특별히 볼 것은 없는 자신의 얼굴의 모습보다는 자신이 신고 있는 양말의 모습에 초점을 맞춰 보게 할 생각으로, 하지만 그것을 알아차릴 수 있는 사람만 알아차리게 관 속에서 편대를 이뤄 날고 있는 비행기들의 이미지가 들어간 양말을 신은 두 발을 아주 살짝 든 채로 눈을 감고 아마도 양말에 대한 생각에 잠겨 있었을, 양말 애호가이자 수집가로 엄청난 양말 컬렉션을 갖고 있었던 것으로 유명했던, 휴스턴에서 정치 생활을 시작했던 아버지 조지 허버트 워커 부시의 그늘에서 벗어나려고 몸부림을 쳤지만 완전히 성공하지는 못했고, 어쩌면 어려서부터 아버지의 양말에 대한 과도한 집착을 보며 자란 것이 그의 무의식에 상당한 영향을 끼쳤고, 그래서 어쩌면 양말에 대해 이중적인 감정을 갖고 있었을 수도 있는, 다른 것으로는 거의 이름을 남기지 않았지만 이라크를 침공한 인물로 역사에 길이 남게 된 조지 워커 부시가 이라크를 침공하는 계획을 세웠을 때 어쩌면 양말에 대해 많은 생각을 했을 수도 있다는 것이었다.

아버지가 사람이 걸을 때 대체로 신게 되는 양말을 지나치게 좋아해서였는지, 아니면 살면서 되도록 많이 걸으라고 해서였는지, 아니면 자신과 비슷한 사람이 되라고 해서였는지, 아니면 이름을 찾는 것도 귀찮아 그냥 없어도 되고 별로 내용도 없어 보이는 허버트만 자신의 이름에서 뺐는지, 아니면 자신의 이름에서 허버트가 가장 마음에 들었고 허버트도 넣고 싶었지만 그렇게 할 경우 사람들이 둘을 구분하는 데 애를 먹을 것 같아 우려가 되어서였는지, 포리스트Forest도 아니고 부시Bush인 성을 포함해 전체적으로 별로 내용도 없어 보이지만 다 마음에 드는 자신의 이름에 주니어Jr.만 붙여주는 것에 대해서도 생각했지만 그렇게 하지 않기로 했는지는 나로서는 알 수 없었지만, 걷는 사람Walker이라는 중간 이름을 갖게 되었지만 걷는 것만으로는 워커가 뭐하는 사람인지 알 수 없지만 워커처럼 살지는 않은 것 같은 조지 워커 부시에게도 전쟁을 벌이는 것은 상당히 큰일이었고, 그래서 어쩌면 밤잠을 설치면서까지는 아니지만 자신이 주도해야 하는 전쟁에 대해 많은 생각을 했고, 어쩌면 이것이야말로 아버지의 양말에 대한 과도한 집착이 그의 무의식에 심각한 영향을 끼쳐서였을 수도 있었지만, 어떤 경우에도 차림을 포함해 보여지는 것은 중요하다고, 그것은 전쟁에서도 마찬가지라고 생각했고, 그것에 대해서도 많은 생각을 했고, 그의 머릿속을 스쳐간 많은 생각들 가운데는 이라크를 침공하는 미군 부대들에게 어떤 특정한 모양과 색상과 무늬의 양말을 신게 하면 좋을지에 대한 생각도 있었지만, 폭격기 편대 조종사들에게는 그들이 투하할 폭탄이나 조심해야 하는 것을 잊어서는 안 되는 것으로 대공포 그림이 들어간 양말을 신게 하는 것이 좋을 것 같다는 생각 같은 것은 차마 누구에게도, 자신의 아버지에게도 말할 수 없어 결국 누구에게도 말하지 않았는지도, 혹은 용기를 내어 말했고 부자가 생각하는 데 도움을 주기도 하는 것 같은, 책을 주제로 한 그림이 들어간 것과 같은 똑같은 양말을 신거나 각자의 이미지가 들어간 양말을 바꿔 신고 머리를 맞대고 그 문제에 대해 상의를 했지만 결론을 내리지 못해 없던 일로 했는지도, 아니면 그냥 상상력이 부족해 그런 것까지는 생각하지 못했고, 그래서 이라크 침공 때 아버지와 양말에 대해 따로 얘기한 것은 없고, 그래서 양말이 이라크 전쟁에서 따로 한 역할은 없는지도, 혹은 상의를 했지만 아무에게도 말하지 않기로 했고 그것에 대해서는 잊었지만 그것이 많은 시간이 흐른 후 조지 허버트 워커 부시가 하필이면 편대를 이뤄 날고 있는 비행기들의 이미지가 들어간 양말을 신은 채로 관에 들어가게 된 계기가 되었는지도 몰랐다.

나는 댈러스에서도 그 생각을 했는데, 어느 날 저녁 다른 이유는 없고, 큰 도시를 제외한 너무도 광활한 지대가 있어 큰 도시를 가로질러가는 경우는 흔치 않은 토네이도가 댈러스 시내, 내가 머물고 있던 집에서 상당히 가까운 곳에 터치다운해 몇십 분에 걸쳐 몇 킬로미터를 지나가며, 지나가는 길에 폭 오십 미터 정도 안에 있는 모든 것들을 쑥대밭으로 만들기 전, 잠근 수도꼭지에서 마지막으로 물방울이 몇 방울 떨어지는 것처럼 빗방울이 몇 방울 떨어지는 대체로 마른하늘에, 전쟁을 생중계하기 시작한 최초의 전쟁이라고 할 수도 있는 이라크 전쟁 때 내가 티브이로 바그다드의 하늘을 수많은 포탄의 섬광들이 수놓는 것을 봤을 때처럼, 헤아릴 수 없이 많은 번개들이 치며 수많은 섬광들이 하늘을 수놓는 것을 보며 이라크 전쟁을 떠올렸기 때문이었는데, 이라크 전쟁 하면 조지 워커 부시를 떠올리지 않을 수 없었기 때문이었다.

그날 밤 한 시간 정도에 걸쳐 친 번개는 서울에서 십 년에 걸쳐 치는 번개와 비슷한 개수 같았는데, 당시 옆에 있던, 번개와 토네이도에도 관심이 많고, 지구를 포함해 행성과 별 등 우주에 있는 것들에도 관심이 많아 뒤뜰에 작은 천문대도 갖고 있고, 상당한 규모의 운석 컬렉션과 함께 사무라이들이 사용하기도 했는지까지는 알 수 없었지만 사무라이 시대에 만들어진 긴 칼 몇 자루도 갖고 있고, 오래전 댈러스의 대학에서 미술을 전공하는 학생이었을 때 학교를 방문한 앤디 워홀을 안내해주면서 어떻게 해서 하루를 같이 보내게 된 워홀이 인상적일 정도로 아주 조용한 사람이었다고 말해주었고, 아버지가 자동차 배터리에서 상당히 큰 역할을 하는 뭔가와 관련해 특허를 내 그 배터리의 실물 모형 조각이 피카소와 미로와 콜더의 조각들과 함께 댈러스의 조각센터에 있기도 한 텍사스의 친구는, 몇 년 전 제자리걸음을 하는 것처럼 천천히 지나간 강력한 토네이도가 텍사스의 시골 농장에 있는 아는 누군가의 작은 목조 주택을, 보통 그렇게 하기를 좋아하는 것처럼 심하게 흔들어놓아 집 전체가 삐걱거리게 만들거나 지붕만 날려보내거나 대파하거나 완파하거나 하지 않고, 성경에나 나올 법한 어떤 기적을 행하는 것처럼 그대로 들어올려 여러 바퀴 돌려 정신없게 만든 후 약간 떨어진 곳에 거의 그대로 내려놓아 집의 방향이 생각하기에 따라 이백칠십 도 혹은 구십 도 정도 바뀌었는데, 사방이 거의 비슷한 풍경의 농장에 둘러싸여 있어 방향이 바뀐 것은 별로 문제가 되지 않았고, 차라리 안 보였으면 했던 볼 것이 없는 정원이 창문으로 고개를 내밀지 않으면 보기 어렵게 된 것도 좋았지만, 집주인이 집과 함께 공중에서 여러 바퀴 정신없게 돈 후 영적인 사람이 되어 성경 속 인물처럼, 본래 별것이 있지는 않았던 작은 농장을 완전히 방치해 매년 알아서 싹을 틔운 작물들이 알아서 자라다가 시들고 죽고 울타리가 알아서 쓰러지게 하며, 자신은 알아서 아무것도 하지 않으며 다시 토네이도가 찾아와 알아서 그의 집을 들어올려 원래대로 돌려놓기를 기다리며 살고 있다고 했는데, 그런 일을 겪은 다음에는 차후에 어떻게 되더라도 일단은 영적인 사람이 되어 성경 속 인물처럼 아무것도 하지 않는 것이 맞는 것 같았고, 친구는 미국 남동부의 많은 곳에서 그날 밤 친 것보다 훨씬 많은 번개가 치기도 하며, 지구상에서 번개가 가장 많이 치는 곳으로 알려진 베네수엘라 북부 마라카이보 호수 근처에서는 한번 치기 시작하면 한 시간에 천칠백 번 정도 번개가 치기도 하고 열 시간까지 지속되기도 하며 연중 이백육십 일가량 번개가 쳐 번개를 보거나 맞거나 맛보거나 막거나 피하러 그곳에 가는 사람들도 많다고 했는데, 내 생각에 어쩐지 그곳은 세상 어디보다도 마음을 졸이게도 설레게도 하는 곳일 것 같았고, 번개에 맞을 수도 있다는 생각에 떨리는 마음으로 하게 되면 프러포즈를 하기에 지구상에서 가장 이상적인 곳일 것 같았는데, 또 친구는 2018년 인도네시아 아낙 크라카타우섬에서 화산이 폭발했을 때 일주일 동안 약 삼십사만 번의 번개가 치기도 했다고 했는데, 그것은 어쩌면 육천육백만 년 전 멕시코 유카탄반도에 떨어져 지름 백팔십 킬로미터의 충돌구를 만들며 공룡을 비롯해 생명체 칠십오 퍼센트를 멸종시킨 소행성의 충돌 이후로 지구상에서 일어난 가장 눈부신 일들 중 하나 같았고, 또 친구는 나를 놀라게 해주려는 듯 목성의 구름에는 미국 면적에 걸쳐 번개가 한꺼번에 치기도 한다고 했는데, 그것을 약간 떨어진 곳에서 보고 있으면 반나절 정도는 시간이 가는 줄 모를 수도 있을 것 같았고, 친구는 사람을 더 놀라게 해주는 것은 좋지 않다고 생각한 듯 더 놀라운 이야기는 해주지 않았는데, 대단하게 여겨지는 것들도 그것들 뒤에 줄지어 팔짱을 끼고 서 있는 더 대단한 것들에 비하면 아무것도 아닌 것 같았고, 우주에는 목성의 구름에 치는 번개는 아무것도 아닌 것으로 만드는 번개가 치는 곳들도 있지만 번개가 치는 그 모든 곳들도 번개와 번개가 치게 하는 모든 것을 포함해 모든 것을, 수프를 마시는 가르강튀아처럼, 수프처럼 마시기를 좋아하는 블랙홀에 비하면 아무것도 아니고, 모든 블랙홀들도 빅뱅에 비하면 아무것도 아니고, 빅뱅만큼이나 눈부시고 대단하고 황홀한 것들이 빅뱅 이전에 여러 번 있었는지도 몰랐는데, 나는 소설에 수프를 좋아하는 거인을 등장시켜 내가 비유로 쓸 수 있게 해준 라블레는 언제 생각해도 좋았고, 라블레와 스턴과 울프의 유머가 좋았고, 소설에 일말의 유머의 요소도 없는 것은 다른 이유도 있지만 그것을 쓴 사람 자체가 끝내 진지할 줄밖에 몰라서이고 끝내 진지할 줄밖에 모르는 것은 평면같이 단순한 사람이어서 어쩔 수 없는 것이라고 생각했고, 그것은 시 역시 마찬가지라고 생각했고, 특히 시인들 가운데서 슬픔이나 고통을 과시하는 시인들을 보면 그냥 우스웠고, 내가 진지하지 않은 사람이 된 것은 아무 노력 없이 그냥 된 것은 아닌 것 같기도 했고, 베케트를 더이상 읽을 수 없게 된 것은 무의미의 문제와 관련해 그가 무의미를 받아들이기보다는 그것에 끝내 맞서려고 했고, 그 점에서 나로서는 생각을 달리해서인 것 같았고, 그것이 나름 멀리까지 간 베케트를 포함한 서구 작가들의 한계이기도 한 것 같았고, 이 소설의 핵심은 핵심이 없다는 것이지만 그것이 핵심이라고 말하면 핵심이 있는 것이 되니까 그렇게 말하지는 않을 것이었고, 기분 여하에 따라 그리고 마음먹기에 따라 떠먹을 수도 퍼먹을 수도 들이마실 수도 코를 박고 먹을 수도 코를 박은 채 그대로 있을 수도 있는 수프에 대해서는 언제 무슨 이야기를 해도 좋았고, 소설 속에 모티프들을 반복해서 사용하는 것도 좋았고, 과거에 사람들이 누가 더 믿을 수 없는 이야기를 할 수 있는지 보려는 것처럼, 천지창조와 모세의 기적과 노아의 방주에 관한 이야기가 나오는 성경이나 도술을 부리는 손오공이 등장하는 『서유기』 등을 쓰며 아무렇지 않게 과장해 말한 것이 재미있었고, 그런 정도로 과장하는 법을 익혀 혼자 생각을 할 때 써먹어도 좋을 것 같았고, 내가 유일하게 궁금한 것으로 생각하는 우주의 형태를 알게 되면 좋겠지만 그렇다고 나로서는 달라지는 것은 없을 것 같았는데, 그런 날 하기에 좋은 것으로, 알게 된 우주의 형태를 생각하며 어쩌면 정신을 차릴 수 없을 때까지 술을 아주 많이 마실 수도 있을 테지만, 다음날 혹은 그다음날 일어나 이제부터 정신을 차리고 살려고 하지도 않을 것 같았고, 모든 것은 그대로일 것 같았고, 어쩌면 가장 큰 수수께끼가 사라져 더이상 궁금한 것이 없어져 무척 아쉬울 수도 있을 테지만 우주의 기원과 끝과도 관련이 있는 우주의 형태와 양자역학의 세계에 대해서는 알려지지 않은 것이 너무 많은 것 같았고, 어쩌면 궁극적인 것은 인류가 아주 오래도록 알지 못할 수도 있을 것이었고, 이제 나는 그것과는 상관없이, 라는 말을 하는 것도 귀찮아 하지 않기도 하고, 자본주의의 어떤 말로의 끝을 보여주고 있는 것 같기도 하지만 아주 길게 이어질 말로의 시작에 불과한 것을 보여주고 있는 것으로 볼 수도 있는 것 같은, 다른 나라들에서는 상상하기 어려운, 미국인들이 미국에서 하는 약간 혹은 상당히 모자라지만 사람들이 흥미롭게 여기기도 하는 것들은 별로 흥미롭지 않았지만, 사막과 캐니언 같은 미국의 자연과, 자연이 위력을 과시하며 보여주는, 사람을 영적으로 만들기도 하는 토네이도를 비롯해 번개와 허리케인과 눈 폭풍 같은 것들은 흥미롭게 생각했고, 나는 번개가 칠 때면 자연스럽게 바그다드와 이라크 전쟁과 조지 워커 부시와 조지 허버트 워커 부시에 대해, 그리고 끝내는 양말에 대해 떠올렸는데, 때로는 양말을 신으면서 이라크 전쟁에 대해 생각하기도 했지만, 양말 하면 떠오르기도 하는 조지 허버트 워커 부시와 양말에 대해 많은 생각을 하지는 않았는데, 나로서는 젤라토 하면 떠오르는, 언제 어떻게 생각해도 좋은 아브라함과 젤라토에 대해서만큼 생각하기에 좋은 것도 아닐 뿐만 아니라 생각할 것도 별로 없는 것들로 여겨졌기 때문이었다.

그런데 이 소설의 모든 이야기가 지나가는 이야기이기는 하지만 그야말로 그냥 지나가는 이야기로, 그때 나는 댈러스의 텍사스 주립대학 대학원의 소설 창작 프로그램 수강생들에게 특강을 했는데, 그중 가족이 모두 카우보이 또는 카우걸들로, 소들이 있는 꽤 큰 목장을 갖고 있는 카우걸인 학생이 내가 다음에 또 댈러스에 오게 되면 그녀의 목장에 오게 해 그녀가 어려서부터 해 능숙하게 하는, 밧줄을 던져 소의 목에 올가미를 거는 것에서부터 말이나 소를 타고 하는 로데오에 이르기까지 카우보이와 카우걸들이 하는 모든 것을 가르쳐줄 수 있다고 했는데, 등에 탄 누군가를 어떻게든 등에서 떨어뜨리려고 하는 말이나 소의 등에서 어떻게든 안 떨어지려고 하는 로데오를 하는 것은 재미있을 수도 있지만 타자마자 떨어진 후 다시는 못 일어날 수도 있었고, 그래서 그것에 도전하는 것은 어떻게 해도 좋은 생각 같지 않았지만, 밧줄을 던져 소의 목에 올가미를 거는 것은 어떻게 해도 좋은 생각 같았고, 소에게는 미안한 일이지만 카우보이나 카우걸들이 하는 것처럼 소의 목에 올가미를 자연스럽게 거는 것을 할 수 있을 때까지 밤낮없이 연습할 수도 있을 것 같았는데, 그것을 할 수 있게 되면 내가 뒤로 하는 다이빙을 한 바퀴 반을 한 것만큼이나 큰 성취 같을 것 같았지만 자연스럽게 로데오에 도전해보고 싶어질 것 같기도 했는데, 그때는 어떻게든 목장을 떠나야 할 것 같았는데, 밧줄을 던질 줄 아는 것은 좋은 재주 같았고, 무엇을 해야 좋을지 알 수 없을 때 그 좋은 재주를 부리며 밧줄을 던지며 시간을 보내도 좋을 것 같았다.

이것 또한 그냥 지나가는 이야기로, 휴스턴의 한 바에서 행사를 했을 때 그곳에서 내가 헤밍웨이의 오후의 죽음이라는 칵테일에서 아이디어를 얻어 생각해내 『강물에 떠내려가는 7인의 사무라이』에서 그 레시피를 공개한, 사케를 베이스로 해 라임과 후지산의 눈과 사쿠라와 선혈이 들어가면 좋지만 여의치 않을 때는 후지산의 눈과 사쿠라와 선혈은 빼고 아무것이나 넣어도 좋은 7인의 사무라이라는 붉은색 칵테일을 출시했는데, 그후 그것이 그곳의 정식 메뉴가 되었는지는 알 수 없었다.

한때 뮤지션으로 활동했던, 내 앞에 앉은 텍사스 친구는 그 얼마 전 약간 꿈을 찾아 로스앤젤레스에 온 듯했고 아직 정확히 무슨 일을 할지는 결정하지 못한 것 같았는데, 역시 꿈을 찾아 로스앤젤레스에 왔지만 아직 꿈을 이루지는 못한 것 같은 여자들은 더 악을 쓰며 노래했지만 우리가 그들을 쫓아낼 수는 없었고, 그렇다고 우리가 나가 우리끼리 혹은 양해를 구하고 그들과 같이 노래할 수도 없었고, 우리는 이미 그들에게 완전히 기가 꺾인 상태였고, 노래로 그들을 이길 수는 없을 것 같았고, 내가 한 가지 많이 무서워하는 게 있다면 그것은 악을 쓰며 노래하거나 소리치는 사람들이었고, 결국 우리는 그들이 무서워서, 실제로 나오면서도 그들이 무섭다는 얘기를 하며 쫓겨나오듯 나왔는데, 나오고 나자 그들이 덜 무섭지 않았고, 어쩐지 그들이 소리를 지르며 노래를 부르며 신기하게도 가라오케의 소리를 내며 따라올 것 같았고, 그래서 그들이 못 따라오게 걸음을 빨리했고, 가능하면 그들에게서 멀어지고 싶었고, 잠시 그들에게서 도망을 치며 걸었다.

나는 불행한 기분이 쉽게 사라지지 않았는데, 그것은 우리를 쫓아낸 여자들 때문은 아니었고 가라오케 때문이었는데, 내 생각에는 그런 쪽으로 머리를 지나치게 잘 굴려 기발한 것들을 잘도 만들어내는 일본인들이 만든 기발한 것들 가운데는 가부키, 사무라이, 할복, 가미카제, 야쿠자, 야쿠자 문신, 유비츠메 등 전 세계적으로 유행이 되지 못한 것들도 있었지만, 전 세계적으로 유행이 된 것들 가운데서도 전 세계의 많은 사람들을 사람들이 보는 앞에서 악을 쓰며 노래할 수 있게 한 점에서 독보적인 위치를 차지하는 가라오케는 나를 불행하게 만드는 것들 중 하나였다.

아직 이른 밤이었고 우리 둘 다 숙소로 돌아가도 딱히 할일이 없었고, 결국 그의 제안으로 우리는 데이트를 하는 커플처럼 프랭크 로이드 라이트가 설계한 건물이 있는 근처 공원의 작은 언덕 위로 갔는데, 언덕 꼭대기에 이르러 가라오케의 소음의 울림이 귀에서 사라진 후에야 불행한 기분도 사라졌는데, 나는 미국에 약

오백 개 정도 있는 라이트의 건축물들 중 대표적인 몇 개를 본 적이 있었고, 미국에 있는 20세기 중반 양식의 건물들은 대체로 좋아했지만 할리우드의 언덕 위에 있는 그 건물은 그다지 인상적이지 않았는데, 문득 독일 데사우에 있는, 발터 그로피우스가 설계한 바우하우스의 건물들이 떠올랐고, 그곳의 건물들은 오래 기억에 남았는데, 어쩌면 그곳에 갔던 날의 짙은 안개 속에서 건물들이 침몰하는 유령선들처럼 혹은 땅이 꺼지며 지면 아래로 가라앉는 것처럼 보였고, 유난히 그렇게 보였고, 마치 그것이 그 건물들을 설계할 때 중요한 요소로 반영되었고, 그래서 마치 짙은 안개가 낀 날이면 실제로 건물들이 침몰하는 유령선들처럼 혹은 땅이 꺼지며 지면 아래로 가라앉기도 하는 것처럼 보였기 때문이었는지도 몰랐다.

텍사스 친구는 할리우드가 내려다보이는 언덕 위에서, 마치 그 사이 언덕을 오르는 동안 무슨 일을 할지 결정을 한 것처럼, 수줍게, 벌레들을 박멸하는 일을 하고 싶다고 했는데, 내가 놀라자, 가능하다면 게티미술관 같은 미술관에서 벌레들을 박멸하는 일을 하고 싶다고 했고, 내가 그의 집에 있는 벌레들을 박멸하는 것으로는 성에 차지 않아서인가, 하는 생각을 하며 여전히 무슨 말인지 의아해하자, 빛과 습기와 온도와 함께 벌레들은 미술품에 가장 큰 손상을 주는 것이고, 미술관에서 사람들의 옷에서 떨어진 섬유와 피부 조직으로 이루어진 먼지를 먹고 사는 벌레들을 없애는 것은 무척 중요한 일로 그 일을 하고 싶다고 했고, 그가 왜 벌레들을 박멸하는 일을 하고 싶어하는지 이해하게 된 나는 벌레들을 박멸하는 일을 찾는 것에 행운이 따르길 바란다고 했지만, 그는 벌레들을 박멸하는 일은 전문적인 일이고 바로 그것을 할 수는 없고 일단 큰 미술관에서 자원봉사자로 일하면서 자신이 하고 싶어하는 일을 하게 될 수도 있을 거라고 했는데, 자원봉사자로 일하는 것은 이루지 못하기 아주 어려운 일일 것이었다.

그런데 나는 그 전날 숙소인 호텔 근처에 있는, 멀리서도 눈에 띄는 연한 파란색 건물들로 이루어진 사이언톨로지 성전을 우연히 지나가다가 어떻게 해서 일반인의 출입이 허용되는 건물 안으로 들어갔고, 사이언톨로지 교복 같은 것을 입은 친절하지만 차가운 인상의, 인조인간 느낌이 나는 여자 안내인의 안내를 받았고, 조잡한 미래적인 느낌과 함께, 약간 가짜 같은 정도가 아니라 완전히 가짜 같은 컬트 집단의 공간에서 느껴지는 특유의 기만의 느낌을 가까스로 참으면서, 오랫동안 마음을 의지할 것이 아무것도 없었던 사람으로서 뭔가에 마음을 의지하고 싶었고, 그래서 사이언톨로지에 잠시나마 의지할까 하는 생각도 했지만 홍보 영상을 보는데 도저히 봐줄 수 없을 정도로 너무 지루했고, 이 정도의 컬트는 나 역시 술을 끊고 정신을 차리고 마음을 가다듬고 약간의 시간을 투자해 여러 가지 참고할 수 있는 것들을 참고해 오믈렛이나 젤라토를 연구했던 정도로 연구를 하면 만들 수도 있겠다는 생각이 들었고, 나만의 컬트를 만드는 것을 생각해보았는데 어쩔 수 없이 교주 노릇을 해야 할 것 같았고, 그것은 한편으로는 재미있기도 할 것 같았지만 보기에 안 좋을 것 같았고, 물론 보기에 안 좋은 것을 할 수는 없었는데, 내가 사이언톨로지에 대한 이야기를 하며 그곳 특유의 기만의 느낌에 대해 말하자 그는 자신도 한번가 그곳에서 그것을 느껴보겠다고 했다.

우리는 사이언톨로지를 비롯해, 서로 다르다고 하지만 다 거기서 거기인 것 같은, 원테이스트, 존스타운, 헤븐스게이트 등 미국의 수없이 많은 컬트 집단들 중 어떤 것들에 대해, 역시 수없이 많은 한국의 컬트 집단들 중 어떤 것들에 대해 얘기했는데, 미국과 한국이 그 방면에서는 세계 최고일 거라는 데 동의했고, 내가 일본 음식으로 알려진 초밥이 미국에서 대중화된 것은 한국 출신의, 스스로를 메시아라고 지칭한 어떤 교단의 총재가, 어떤 계시를 받았는지는 알 수 없었지만 참치에 인류의 미래가 있다고 생각해, 1980년대에 미국에 대형 수산물 유통업체를 세우며 '참치의 길'이라는 제목의 연설을 하게 되면서였고, 그것이 그가 한국에서 시작한 종교를 세계적인 종교로 만든 계기가 되었다는 얘기를 하자 그는 그것이 명연설이었을 것 같다고 했다.

나는 아쉽게도 그 연설을 들어보지는 못했지만 주로 참치에 관한 내용으로, 물론 참치들이 가야 할 길에 대해서는 아니고 참치와 더불어, 혹은 참치를 앞세워 사람들이 가야 할 길에 대한 것이었을 그 연설이 링컨의 게티즈버그 연설이나, 히틀러의 가장 유명한 연설들 중 하나로 1939년 독일 국회의사당에서 한 연설이나, 처칠이 히틀러의 연설에서 영감을 받았거나 참조를 한 것인지는 나로서는 알지 못했지만 1940년 나치에 대항해 영국인들에게 단결을 호소하며 했고 그 연설에 영국인들이 달리 방법이 없다고 생각해 단결한, '우리는 해변들에서 싸울 것이다'라는 구절로 유명한 연설 못지않게 사람들의 마음을 사로잡았고, 그후 수많은 사람들뿐만 아니라 그와는 비교도 되지 않을 정도로 많은 참치들의 운명을 바꿔놓게 된 명연설이었을 것 같았는데, 그 연설이 가장 유명한 연설들로 알려진 링컨이나 히틀러나 처칠의 연설을 참조한 것이거나 그것에서 영감을 받은 것인지는 알 수 없었지만 한편으로는 참치들이 가야 할 길에 대한 것도 포함하고 있었을 것 같았다.

그런데 나는 참치에게서 자신의 길을 발견하고 참치의 길을 열며 자칭 메시아로서 자신의 길을 확실하게 연 것 같은 누군가가 20세기 격동의 한국사를 관통하며, 일제강점기와 해방과 6·25전쟁과 전후 시기에 경찰에 체포되고 투옥되고 고문을 당하는 등 나름 많은 고초를 겪은 뒤 자신의 고행이 특별한 것으로 여겨져, 그렇다고 그래도 되는지는 알 수 없었지만, 많은 사람들을 잘못된 길로 이끌었는지까지는 잘 모르겠고 생각지 못한 길로는 확실하게 이끈 것 같기는 한 메시아의 길을 가기로 했는지는 알지 못했지만, 그는 나름 자신에게 가장 어울리는 길을 찾았을 수도 있었는데, 이제 나는 무엇이 잘못된 것인지 아닌지 말하기도 어려웠고, 그런 것들에 대한 판단을 내리지 못하는 것 역시 잘못된 것인지 아닌지에 대해서도 말하기 어려웠는데, 나는 내가 참치처럼 그 안에 길이 있는 뭔가를 찾지 못해 길이 없는 곳을 가고 있다고 생각하기도 했었고, 예전에는 그런 것을 찾을 생각을 하지 못한 것이 아쉽기도 했었는데, 물론 그런 길들은 아무나 찾을 수 있는 것은 아니고 선택받은 사람들만 찾을 수 있는 것이었고, 그 생각을 하면 참치에게서 길을 찾은 사람이 대단한 것 같았고, 그가 남극의 어느 해안에서 수십만 쌍이 동시에 짝짓기를 하는 펭귄이나 다른 동물에게서 영감을 받았는지는 알 수 없었지만 수천 쌍의 남녀들을 한꺼번에 결혼시킬 생각을 해낸 것도 대단한 것 같았고, 그가 하라고 한다고 결혼한 사람들도 대단한 것 같았고, 때로는 모든 사람이 나름대로 대단한 것 같기도 했는데, 그것과는 상관없이, 나는 사이비 종교에 빠지는 것과 베스트셀러 시와 소설에 빠지는 것 중 어느 것이 더 낫다고 할 수 있는지, 그리고 어떤 사이비 종교가 끼치는 정신적 폐해와 어떤 베스트셀러 시인과 소설가가 끼치는 정신적 폐해 중 어느 것이 그 영향력에 있어 더 우월하다고 할 수 있는지에 대해 생각해본 적이 있는데, 생각과는 달리 그것은 쉽게 말하기 어려운 문제 같았다.

내가 텍사스의 시골에, 마을도 아닌 한적한 도로의 아무것도 없는 곳들에 있는 정말 많은 작은 교회들에 대해 얘기하며 그곳들에 누가 오는지 모르겠다고 하자 텍사스 친구 역시 그 교회들을 지나칠 때면 그런 생각을 하기도 했지만 자신도 모르겠다고, 어쩌면 누군가가 자신을 위해 지은 교회들도 있는지도 모르겠다고 했는데, 자신을 위해 지은, 아무도 오지 않는 교회는 누군가에게는 아무도 오지 못하게 하며 혼자 시간을 보내기에 좋은 공간일 수도 있을 것 같았는데, 그는 교회 입구에 출입금지 팻말을 세워놓고 누구의 방해도 받지 않고 혼자 그곳에서 예배와 설교와 기도와 독창과 합창과 피아노 연주와 고해성사는 물론 연설과 집회와 시위와 결사와 투쟁과 그 말고도 많은 것들을 할 수도 있을 것이었고, 사람들의 출입을 금지하고 교회에서 혼자 하는 예배와 설교와 기도와 독창과 합창과 피아노 연주와 고해성사와 연설과 집회와 시위와 결사와 투쟁과 그 말고도 많은 것들은 누군가들을 앞에 두거나 놓고 하는 것보다 훨씬 더 재미있고 흥미진진할 뿐만 아니라 더 감동적일 수도 있고, 아쉽게도 그 자리에 없어 그것들을 볼 수 없는 사람들에게도 깊은 인상을 남기며 그 모든 것들을 할 수도 있을 테지만 경우에 따라서는 그 무엇도 하지 않는 것이 더 근사하고 더 감동적일 수도 있을 것이었다.

그런데 텍사스 친구는 그것이 그의 또다른 꿈인 듯, 미술관에서 일을 하며 시나 소설을 쓰고 싶다고 했고, 나는 역시 한때 미술관에서 일을 하며 시와 미술 리뷰를 썼던 프랭크 오하라가 떠올랐지만 그에 관한 이야기는 하지 않았고, 가는 방향이 달랐던 우리는 언덕 위에서, 가능하면 로스앤젤레스의 어느 미술관에서 다시 만날 수 있기를 바라며 헤어졌는데, 휴스턴에 대홍수가 났을 때 집에 물이 차오르기를 기다리며 작은 고무보트에 바람을 넣어 보트 안에서 창밖을 보며 노 젓는 연습을 하고 있기도 한 그가 그 이유만으로도 자신이 하려는 일을 뭐든 잘할 것 같지는 않았고, 어쩌면 그 때문에 어떤 일들은 잘하지 못할 것 같기도 했지만 최소한 좋은 시나 소설을 쓰게 될 수도 있을 것 같았고, 나는 그 자체로도 상당히 넓은 할리우드의 동쪽 일부가 내려다보이는 언덕에 잠시 혼자 남아 있다가 내려왔는데, 그 언덕에서 생각한 것은 아니고 꽤 오래전부터 생각한 것으로, 로스앤젤레스에 정착하는 것도 괜찮을 것 같다는 생각이 다시 들었는데, 이번에 그 생각을 한 것은 언덕에서 내려오며, 그리고 숙소인 호텔로 돌아가는 길에, 그리고 호텔의 엘리베이터 안에서, 그리고 엘리베이터에서 나와 아주 긴 복도를 지나면서였다.

할리우드에서 내가 묵고 있는, 1960년대에 지어졌고 한때 전성기가 있었을 수도 있지만 이제는 간판부터 호텔의 모든 것이 쇠락한 호텔이라는 것을 말해주는 호텔의 엘리베이터가 얼마나 느린지는 그 엘리베이터를 타보지 않은 사람은 알 수 없었는데, 1960년대에는 그런 엘리베이터가 흔했는지는 알 수 없었지만, 그런 것 같지는 않았지만, 그 엘리베이터는 어떤 이유로 그보다 느리게 갈 수는 없게, 엘리베이터가 낼 수 있는 최저 속도로 운행되는 것 같았는데, 움직이고 있는데도 거의 움직이지 않는 것 같았고, 제자리걸음을 하는 것 같았고, 미동도 거의 없어 그 안에서 외과의사가 수술대 위에 놓인 환자의 뇌를 수술하는 것과 같은 정밀함이 요구되는 수술을 해도 좋을 것 같았는데, 일층에서 삼층으로 가는데 언제 도착할지 알 수 없어 도착을 매번 거의 포기해야 했고, 거의 포기할 때쯤에야 도착해 있었는데, 엘리베이터 역시 그 사실을 잘 알고 있고, 사람들이 거의 포기할 때를 기다렸다가 도착하는 것 같았고, 처음 그 엘리베이터를 탄 사람들 모두가 엘리베이터에 대해 한마디씩 했고, 엘리베이터가 고장이 난 것은 아닌지 확인을 했고, 고장이 나지는 않았지만 어딘가 정상적으로 보이지 않는 엘리베이터가 저속의 한계를 보여주며 믿을 수 없는 속도로 가는 것에 믿기 어렵다는 반응을 보였고, 그중에는 짜증을 내며 욕을 하는 사람들도 있었는데, 나는 한번은 엘리베이터지기처럼 운행 버튼 옆에 서서 한동안 사람들이 타고 내리는 것을 지켜보기도 했는데, 엘리베이터에 탄 누군가가 엘리베이터에게 해서는 안 되는, 엘리베이터가 실성한 것 아니냐는 심한 말을 하는 것을 엘리베이터와 함께 듣고 내가 기분이 나빠진 적도 있었다.

하지만 나는 너무도 느리게 움직여 거의 어지러움증을 일으키는 그 엘리베이터가 마음에 들었는데, 그 엘리베이터를 계속해서 타고 있으면 놀이공원에서 고속으로 달리는 롤러코스터를 타는 것에 못지않은 전율을 느끼지는 않았지만, 마치 우주에서 공간 이동을 하거나, 아니면 시간여행을 하는 것 같은 어떤 색다른 기분이 들기도 했고, 엘리베이터 문이 열리면 다른 은하의 행성에 도착해 있을 것 같았는데, 그 정도로 색다른 곳은 아니었지만 1960년대 할리우드의 어느 호텔의 복도로 시공간 이동을 하기는 했다.

호텔측에서 1960년대에 만들어져 거의 육십 년에 걸쳐 그 안에 탄 많은 사람들을 짜증나게 해 욕을 먹었고 욕을 먹는 것을 즐기고 있는 것 같은, 아니면 욕을 먹는 것에 기분이 안 좋지만 같이 욕을 할 수는 없어 믿을 수 없이 느리게 가는 것으로 사람들을 짜증나게 하는, 이제 할리우드나 로스앤젤레스뿐만 아니라 어디에서도 타기 어려운 그 엘리베이터들을 호텔의 소중한 유산으로 생각하는지는 알 수 없었는데, 세상 어디에도 그 엘리베이터들보다 느린 엘리베이터는 없을 것 같았다.

그리고 내가 한때 좋아했던 데이비드 린치가 한동안 무척 좋아해 그것들을 주제로 그런 복도들에 대한 영화를 찍기도 했지만 이제는 그다지 좋아하지 않게 되었을 수도 있을 것 같은, 바닥에 약간 착시를 일으키는 단순한 패턴들이 지루하게 반복되는 카펫이 깔려 있는 호텔의 복도는 그 단순한 패턴들이 영원히 반복될 것처럼 길었는데, 엘리베이터에서 내려 복도 끝에 있는 방까지 가려면 새로운 여정을 시작하는 것 같았고, 나는 외출했다가도, 움직이고 있는데도 거의 움직이지 않는 것 같은 엘리베이터를 타고 올라가 긴 복도를 지나 방까지 가는, 1960년대 할리우드의 어느 시간으로 거슬러가는 것 같은 시간여행을 하고 싶어 호텔에 일찍 돌아와 엘리베이터를 타고 올라가 긴 복도를 걸어간 적도 있었는데, 그토록 느린 엘리베이터와 그토록 긴 복도에서 로스앤젤레스에 정착하는 것에 대해 다시 생각하게 된 것은 자연스러운 일 같았고, 좋은 징조 같기도 했고, 나는 제이차세계대전 후 대략 1945년에서 1969년 사이에 미국에서 만들어진, 20세기 중반 양식의 단순한 것이 특징인 많은 것들을 좋아했는데, 로스앤젤레스와 캘리포니아에는 그 시기에 지어진 집과 건물들이 많이 있었고, 그 집과 건물들 안에는 20세기 중반 양식의 인테리어 디자인과 가구와 부엌용품과 다른 생활용품들이 아주 많이 남아 있지는 않지만 꽤 남아 있고, 누군가의 창고와 지하실에는 많이 쌓여 있고, 그것들을 좋아해 수집하기도 하는 사람들의 집과 건물들 안에는 아주 많이 있기도 하고, 누군가가 집 앞에서 하는 차고 세일에서 아주 마음에 드는 뭔가를 만날 수도 있을 것이었다.

나는 오래전 게티미술관에서 수많은 미술품들을 보았을 때는 너무 큰 미술관에서 너무 많은 작품들을 보고 난 후면 아무런 느낌이 없어지기도 하는 것처럼 거의 아무런 느낌이 없었고, 그래서 아무런 느낌이 없어지지는 않게 미술관은 너무 크게 지어서도, 일정한 규모 이상으로 지어서도 안 되고, 하루에 볼 수 있는 작품의 수를 제한해야 한다고 생각하지는 않았지만, 그 며칠 후 누군가가 자신이 일하는 사무실이 있는 곳이라며 나를 일부러 데려가 보여준, 로스앤젤레스 시내에 있는 한 건물의 어떤 층의 복도에 있는, 어쩌면 샌타모니카 해변일 수도, 다른 곳의 해변일 수도, 그것을 만든 사람이 머릿속으로 생각한 해변일 수도 있는, 작은 컬러 타일로 만든, 해변 하면 떠오르는 해변과 해변의 파라솔들과 그 아래 누워 있는 사람들과 산책하는 사람들과 헤엄치는 사람들과 갈매기들이 있는, 1960년대의 전형적인 것으로 여겨지는 상당히 긴 벽화 그림을 보았을 때는 아마도 그것을 만든 사람이 머릿속으로 생각한 해변일 가능성이 큰 그 해변에 어떻게든 가고 싶을 정도로 그것이 마음에 들었고, 누군가가 머릿속으로 생각한 해변은 어디에도 없는 곳이어서 실제로 갈 수는 없었지만 머릿속으로 갈 수 있었고, 실제로 그곳에 가 물에서 잠시 헤엄을 치기도 했는데, 그런 식으로 로스앤젤레스에서 몇 번 1960년대에 만들어진 마음에 드는 것들을 봤고, 예상치 못한 곳에서 가끔 그런 것들을 볼 수 있는 것만으로도 로스앤젤레스에서 사는 것은 괜찮을 것 같았다.

호텔방에서 나는 다시 시인이자 뉴욕현대미술관의 프런트 데스크에서 일했던 프랭크 오하라가 떠올랐는데, 그는 프런트 데스크에서 일하면서 본격적으로 시들을 썼고, 나는 그가 프런트 데스크에서 일했다는 사실이 흥미로웠는데, 그가 그 일을 원해서 하게 되었는지, 아니면 원하지 않았는데도 하게 되었는지는 알 수 없었지만 어딘가의 프런트 데스크에 앉아 일하는 것이 그다지 재미있는 일이기는 어려울 거라는 사실에 비춰 보면 후자일 가능성이 좀

더 큰 것 같았지만 한편으로는, 적어도 처음에는 그 일을 재미있는 것으로 생각했을 수도 있을 것 같았다.

오래전 나는 서울에서 누구와 만나기로 했는데 약속 장소에 일찍 도착했고, 날씨가 너무 더워 어딘가 건물 안에 들어가 있으려고 꽤 높은 어떤 건물에 들어갔는데, 건물의 일층은 텅 비어 있었고, 프런트 데스크에도 아무도 없었는데, 문득 프런트 데스크에 앉아 있는 것도, 그곳에 앉아 일을 하는 것도 재미있을 것 같다는 생각이 들었지만, 물론 그곳에 가 앉아 있어보지는 않았는데, 실내는 에어컨 바람으로 거의 서늘했고, 좀 지나자 거의 춥게, 영안실에서 느껴지는 것 같은 추위가 느껴졌는데, 좀더 살펴보자 그 건물은 병원 같아 보였고, 새로 지은 병원을 정식으로 개원을 해 환자들을 환영하기 전에 아직 시설들을 점검중인 것 같았는데, 일반 병원과는 어딘가가 달라 보였고, 어디서 나타난 누군가가 나를 내쫓을 것 같았고, 그래서 밖으로 나와 간판을 보고서야 나는 그곳이 시립 정신병원이라는 것을 알게 되었다.

나는 다시 들어가 아무도 없는 프런트 데스크에 잠시 앉아 있을까 했지만 그곳에 앉아 있는 나를 발견한 직원들이 나를 붙잡아, 아무도 없는 일층 홀의 프런트 데스크에 앉아 있는 이유를 말하라고 하면서도 내 말은 듣지도 않고 위층에 있는 격리실로 끌고 가 가둘까봐 무서워 그렇게 하지는 않았지만, 나중에 기회가 되면 정식 환자로 다시 이곳에 와 기회가 나면 프런트 데스크에 앉아 있을 수도 있겠다는 생각과 함께, 그전에 그곳 프런트 데스크에 앉아 일을 해보고 싶다는 생각을 했는데, 그런 일은 없을 거라는 생각까지 하자 다시 건물 안에 들어가 프런트 데스크에 앉아 있어보고 싶었지만 그것은 정신 나간 생각이라고 생각하며 그곳을 떠났다.

어쩌면 오하라는 프런트 데스크에 앉아 있으려고 그 일을 하게 되지는 않았고, 프런트 데스크에 앉아 일하는 것은 예상한 대로 재미있지 않았지만, 사람이 없는 시간에 크고 높은 미술관의 프런트 데스크에 조용히 앉아 있는 것은 좋아했는지도, 그 시간에 많은 시들을 썼는지도 몰랐는데, 어쩌면 미술관이 문을 닫은 후 혼자 미술관의 프런트 데스크에 남아 시를 쓰기도 했고, 영안실처럼 서늘하고, 환풍기 소리만 희미하게 들리는, 바깥의 소란스러운 맨해튼에서 아주 멀리 떨어져 있는 공간 같은 그 시간의 미술관의 프런트 데스크는 시를 쓰기에 이상적인 장소라고 생각했는지도 몰랐는데, 나는 그의 시를 모두 읽지 않아 그런 시가 있는지는 알 수 없었지만 프런트 데스크에서 일하는 것에 관해, 또는 그냥 프런트 데스크에 관해 쓴 시들이 있는지도, 아니면 많은 것들에 대해 썼지만 프런트 데스크에 관해 쓴 시는 없는지도 몰랐다.

그런데 오하라보다 육 년 뒤에 태어났지만 삼 년 먼저 죽은 실비아 플라스 역시 1950년대 말 보스턴에서 살 때 매사추세츠 종합병원의 정신병동의 프런트 데스크에서 일하며 저녁에는 로버트 오웰의 시 창작 강의를 들으며 많은 시를 쓴 것을 보면 어떤 건물의 프런트 데스크는 시를 쓰기에 이상적인 장소일 수도 있을 것 같았고, 내게는 어쩐지 플라스와 오하라가 프런트 데스크가 배출한 시인들 같기도 했고, 비슷한 시기에 시인으로 활동한 두 사람은 서로가 프런트 데스크 출신 시인들이라는 것을 알고 있었을 것 같기도 했지만, 프런트 데스크가 배출한 또다른 알려진 시인들이 없는 것을 보면 어떤 건물의 프런트 데스크는 시를 쓰기에 그다지 이상적인 장소가 아닌지도 몰랐지만, 플라스와 오하라라는 나름 괜찮은 시인들을 배출한 사실을 보면 누군가가 프런트 데스크에서 일하며 시를 써도 좋을 것 같았다.

그런데 오하라와 관련해 내게 흥미로웠던 또다른 한 가지는 그의 사인이었는데, 그는 1966년 마흔의 나이에 뉴욕의 파이어섬에서 이른아침 산책을 하다가 레저용으로 사용되는 모래밭 주행용 소형 차량 듄 버기에 치이는 사고를 당해 간이 파열되어 이튿날 사망했는데, 누군가에게 어울리는 죽음이 따로 있는지 말하기는 어렵지만, 유쾌하고 활동적인 성격에 장난스러운 구석이 있었고, 어쩌면 그 역시 듄 버기를 타는 것을 좋아했을 수도 있는 오하라에게는, 너무 이른 나이이긴 했지만, 이른아침 해변의 모래밭에서 장난감 같은 차량에 치여 죽음에 이르게 된 것이 어떤 점에서는 어울리는 것 같기도 했는데, 만약 그가 맨해튼에서 길을 건너다가 일반 차량에 치여 죽었다면 그에게 어울리는 죽음을 맞았다고 하기는 어려울 것 같았다.

그런데 자동차 사고로 인한 죽음이 누군가에게 어울리는지 말하는 것은 어렵겠지만, 자동차광이었고, 소규모 자동차 경주들에 출전해 수상도 했고, '인디애나폴리스 500'에도 출전하고 싶어 했지만 바쁜 일정 때문에 참가하지는 못한 제임스 딘이 캘리포니아의 사막을 가로지르는 도로에서 자신이 아끼는 1955년식 포르셰 550 '리틀 배스터드Little Bastard'를 과속으로 몰고 가다가 사고로 죽은 것은 다른 어떤 죽음보다도 그에게는 어울리는 것이었는지도 몰랐고, 어쩌면 그에게 어울리는 또다른 죽음은 전용기 추락 사고 정도일 것 같았는데, 맨해튼을 좋아했고, 누군가의 말처럼 기존 시들의 틀을 벗어나는 문학적인 무단 횡단과도 같은 시들을 썼던 오하라에게는 맨해튼의 거리에서 무단 횡단을 하다가 차에 치여 죽었다 해도 어울리지 않는 것으로 보기는 어려울 것 같았는데, 문학에서 그나마 보기 좋은 것은 무단 횡단 같았다.

그런데 어쩌면 어릴 때 코를 다쳐 코가 솟았고, 게다가 그것이 인상적으로 되기까지 해 투창이나 원반을 던지는 로마의 조각상이나 부조들에 등장하는 로마인 같았고, 권투선수처럼 몸이 단단했고, 청력과 시력이 비상하게 좋아 제이차세계대전 때 미 해군 전함에서 음파 탐지와 적기를 포착하는 일을 한(아주 멀리서 작은 점들처럼 날아오는 것들이 적기들인지 장거리 비행을 하는 군함새 같은 큰 새들인지 알아내는 것이 일과였고, 그래서 그는 작은 점들이 때로는 적기들이 아닌 것이, 그리고 때로는 군함새들이 아닌 것이 아쉬웠고, 그런 일을 하는 자신이 일종의 조류 관찰자이기도 하다고 느꼈는지도 몰랐다), 그리고 그러한 것들과는 상관없이 제임스 딘을 열렬하게 좋아했고, 좋아하는 것을 넘어 그 스스로 동성애자로서 양성애자였던 딘을 사랑했고, 사랑하는 것을 넘어 딘을 이상적인 존재로 생각했고, 그에 관한 시들을 쓰기도 했던 오하라가 포르셰를 몰고 가다가 교통사고로 죽었다고 해도 그에게는 어울렸을 것 같았는데, 어쩌면 어떤 방식의 죽음이 그들에게 어울리는 사람들이 있고, 그들에게 어울리는 죽음을 맞이한 사람들이 있고, 그렇지 못한 사람들이 있는 것 같았는데, 나는 투우에 열광했던 헤밍웨이가 총으로 자살하기보다는 그 얼마 전에 자살을 시도하며 비행장의 활주로에서 이륙을 위해 질주하는 비행기를 투우로 생각하며 그것을 향해 걸어갔을 때 불운한 투우사처럼 죽었다면 그에게 더 어울렸을 거라고 생각했고, 그것이 헤밍웨이에게 있어 한 가지 아쉬운 점이었지만, 모든 사람이 결국에는 어떻게 죽어도 할 수 없고, 어떻게든 죽으면 그만일 수도 있을 것이었다.

오하라와 관련해 내게 흥미로웠던 또다른 사실은, 거의 아무도 주목하지 않는 것 같은 것으로, 사고로 간 파열로 죽은 그가 그를 유명하게 만든, 1964년 샌프란시스코의 시티 라이츠 북스에서 출간된 『점심 시들』 시집의 첫 시 「음악」의 첫 문장에, 아마도 소의 간을 갈아 만들었을 간 소시지 샌드위치에 관한 구절을 쓴 것이었는데, 그것은 단지 우연의 일치로 아무것도 아닌 것으로, 그 두 가지를 연결 짓는 것은 억지스러운 것일 수도 있겠지만, 그럼에도 나는 그 시의 그 부분을 떠올릴 때마다 그가 간 파열로 죽었다는 사실이 떠올랐고, 그 사실을 떠올릴 때마다 그 시의 그 부분이 떠오르는 것을 어쩔 수가 없었는데, 그 부분을 생각하면 그것에 그의 죽음이 예고되어 있었던 것 같지는 않았지만 내게 그것은 그를 생각할 때면 떠올리지 않을 수가 없는 것이었다.

나는 소나 다른 동물의 간을 먹을 때에도, 심지어는 때로는 생선인 대구나 아귀의 간을 먹을 때에도, 심지어는 작은 새우를 먹을 때 아주 미미한 내장을 제거하면서도 그 미미한 내장 속 어딘가에는 새우의 간이 있을 거라는 생각을 하며 오하라의 죽음을 생각한 적도 있었는데, 그럴 때면 오하라의 죽음에 대한 생각에서 너무 멀리 나아갔다는, 그런 생각을 하는 사람은 확실히 정신적으로 문제가 있다는 생각을 했지만, 그런 정도의 정신적 문제는 그냥 두어도 되고, 그것이 악화된다고 해도 어쩔 수 없는 것이라는 생각을 하기도 했다.

나는 텍사스에서 로스앤젤레스에 온 친구가 어떤 시나 소설을 써도 좋겠지만 이왕이면 미술관에서 벌레들을 박멸하는 것에 관한 시도 쓰기를 바랐는데, 미술관에서 벌레들을 박멸하는 것은 그 자체로 시가 될 수도 있었고, 그 이야기만으로 한 편의 소설을 쓰면 이상한 소설이 될 수도 있겠지만 그래도 상관없을 것이었고, 어느 미술관의 프런트 데스크에서 일하며 시나 소설을 써 프런트 데스크가 배출한 또다른 시인이나 소설가가 되어도 좋을 것 같았다.

호텔의 침대에 누워 있는데 로스앤젤레스에 정착하는 것이 좀 더 현실적인 일로 다가왔는데, 로스앤젤레스와 관련이 있는 다른 누구는 떠오르지 않았지만 내가 아는 몇 사람, 존 케이지와 데이비드 린치와 아널드 슈워제네거 등이 한때 살았거나 살고 있고, 작은 컬러 타일로 만든 1960년대의 전형적인 벽화 그림을 포함해 20세기 중반 양식의 많은 것들이 있는 천사의 도시라는 사실과는 상관없이 로스앤젤레스는 한 시기를 보내기에 괜찮은 곳으로 여겨졌지만, 내가 로스앤젤레스에 정착하려고 온다 하더라도 꿈을 갖고 혹은 꿈을 찾아 오지는 않을 것이었지만, 물론 로스앤젤레스는 아무런 꿈이 없이도 올 수 있는 곳이었고, 어쩌면 아무런 꿈이 없이도 오기에도 나쁘지 않은 곳으로 여겨졌고, 아무런 꿈이 없는 사람에게는 그곳이 어디여도 상관없을 것이었다.

그리고 내게는 로스앤젤레스에서 사는 것이, 물에 떠 누워 지나가는 사람들에게 물에 들어와 같이 떠 누워 있자는 듯 발짓이나 고갯짓을 하기도 하는 수달이 사는 곳 근처에 사는 것이 괜찮은 것과 마찬가지로 괜찮은 것 같았는데, 그렇게 생각된 이유들 가운데에는, 누워 있는 호텔의, 원할 때면 와서 탈 수 있는, 세상에서 가장 느린 것 같은 엘리베이터와, 언제든 갈 수 있는, 멀지 않은 곳에 있는 사막도 있는 것 같았지만 그것이 생각으로 그친다 하더라도 상관없을 것이었다.

나는 남부 캘리포니아의 사막에 있는 누군가의 집에서 잠시 지낸 적이 있었고, 아쉽게도 기대했던 뱀과 모래바람은 만나지 못했지만 집안에 들어와 만난 전갈들과는 별문제 없이 지낼 수 있다는 것과, 조심성과 겁과 함께 수줍음이 많아 일부러 코너로 몰지 않으면 화를 잘 내지 않는 전갈들을 상대하는 법도 조금은 알게 되었는데, 뱀과 모래바람과도 별문제 없이 지낼 수 있을 것 같았고, 그것들과 문제가 있더라도 사막을 떠나지 않고 사는 베두인족이나 다른 사람들을 생각하면 그것들과의 문제 또한 큰 문제가 되지는 않을 것 같았고, 사막에는 마음을 심하게 끄는 것이 있는 것처럼 그곳을 떠날 때에도 떠나는 것이 약간 쉽지 않기도 했었다.

그래서 어쩌면 결국 로스앤젤레스를 떠나, 캘리포니아와 네바다와 애리조나와 유타에 걸쳐 있는, 어떤 곳은 달이나 화성의 느낌도 주는 모하비사막의 메마르고 척박한 어떤 곳에서, 모든 것을 뒤로한다고 하는 것도 우스운 것이기도 하니까 그런 생각을 하지는 말고, 혹은 모든 것을 뒤로하지는 말고, 혹은 우습다고 그러면 안 된다는 것 같은 것은 없으니 모든 것을 뒤로하고, 흥미로운 점들이 많이 있을 뱀과 전갈과 벌레와 모래바람 들과 싸우기보다는 본래 그곳에 있는 것들로 원주민들인 그것들과 함께 지내는 방법을 연구하며, 호박의 용도나 고래와 상어들의 꼬리지느러미 등에 대해 연구하지는 않고 그냥 생각하기도 하며, 물론 같이 산책하기에 좋기는 하지만, 나로서는 본래 그들이 있어야 하는 들판이나 숲이 아닌 도시의 길에서 누군가가 데리고 다니는 것을 보게 되면, 털 뭉치 같기도 봉제 인형 같기도 밀랍 인형 같기도 용도를 알 수 없는 장난감 같기도 한 저게 뭐라고 저렇게들 줄에 매달거나 매달지 않고 길에 데리고 다니면서 소변도 보게 하고 대변도 보게 하는지, 하는 생각이 어쩔 수 없게 들게도 하는 개들 중, 몰티즈나 퍼그나 포메라니안도 상관없지만 그들은 사막을 힘들어할 것 같았고, 더운 사막에 잘 적응하는 아프간하운드나 아메리칸 잉글리시 쿤하운드나 아메리칸 폭스하운드나 아메리칸 레오파드 하운드나 아메리칸 워터 스패니얼이나 아펜젤러 세넨훈드나 달마티안이나 래브라두들 같은 개로 개를 데리고 다니며 흥미로운 뭔가를 같이 할 수도 있고, 개가 호기심을 보이는 것에 같이 호기심을 보이거나 안 보일 수도 있고, 얼핏 보면 자연스러워 보이기도 하지만, 도시의 길에서 누군가가 사람과 산책하는 것을 개의치 않는 족제비나 염소를 줄에 매달거나 매달지 않고 데리고 다니는 것을 보게 되면 그렇게 자연스러워 보이지는 않을 수도 있고, 그래서 저게 뭐라고 줄에 매달거나 매달지 않고 길에 데리고 다니는지, 하는 생각이 들게 할 수도 있는 족제비나 염소를 생각하며, 개를 데리고 다니면서 사람들이 왜 길에서 개를 줄에 매달거나 매달지 않고 데리고 다니면서 소변도 보게 하고 대변도 보게 하는지 생각해볼 수도 있고, 사막 환경에도 비교적 잘 적응하고 산책하는 것도 개의치 않는 고양이를 입양해 함께 산책하며 티라미수, 피넛 버터, 오믈렛, 젤라토 같은 음식 이름으로 불리게 될 수도 있는 그 고양이가 사막 환경에서 조상인 삶의 모습을 일부 보여주거나 조금씩 되찾아가는 것을 보며, 거의 완전한 적막을 느끼며 살게 될 수도 있을 것 같았지만, 사막 역시 몇 주 지내고 나면 무척 따분해 사막을 뒤로하고 다른 곳으로 가고 싶을 수 있을 것 같기도 했고, 흥미롭기도 한 것처럼 말한 모든 것들이 전혀 흥미롭지 않기도 했고, 그것들을 할 것을 생각하기만 해도 기대되지는 않고 지겹기만 하기도 했고, 그래서 그 역시 어떻게 되어도 전혀 상관없을 것이었다.

에필로그의 에필로그

그런데 나는 이 소설의 모든 문단을 한 문장으로 썼는데, 그 이유는 나도 알지 못한다.

발문 | 정지돈(소설가)

발로 쓴 소설

나는 여담들이 떠오르는 대로 거기에 빠져들었고
독자에게 얼마나 많은 여담을 예고해야 할지도 생각하지 않았다.
—드니 디드로, 『달랑베르에게 보낸 편지』[1)]

『프롤로그 에필로그』의 발문을 쓰기로 하고 처음 염두에 둔 글은 미디어학자 존 더럼 피터스가 쓴 프리드리히 키틀러의 책 『광학적 미디어: 1999년 베를린 강의』(윤원화 옮김, 현실문화, 2011)의 해제였다. 이 글은 여러모로 발문의 기능을 다하는 글인데, 우

1) 란다 사브리, 『담화의 놀이들』, 이충민 옮김, 새물결, 2003.

선 서두는 극찬으로 시작한다. "『광학적 미디어』는 프리드리히 키틀러를 처음 만나는 독자에게 최고의 책이 될 것이다. 이 책은 활기가 넘치고 즉흥적인 재기가 반짝이며(……)" 그렇지만 무턱대고 칭찬만 하는 건 아니다. 그는 이 책이 쉬우면서도 그렇게 쉽지만은 않다는 걸 강조한다. "그렇다고 '바보도 이해하는 키틀러 안내서'를 기대하지는 말기 바란다." 그러므로 본인이 키틀러에 대해 좀 설명하겠다는 것이다.

좀 따라 해볼까. 『프롤로그 에필로그』는 정영문을 처음 만나는 독자에게 최고의 책이 될 것이다. 이 책은 물 흐르듯 자연스럽고 즉흥적인 재기가 반짝이며 은은하게 미쳐 있고 시종일관 비틀린 유머를 선사한다. 그렇다고 바보도 재밌게 볼 수 있는 정영문 소설을 기대하진 말자. 그래도 그는 정영문이다. 대부분의 문장이 길고 긴 만연체고 플롯이나 주제라고 할 만한 게 없으며 도대체 무슨 괴팍한 주절거림인가 싶은 뻔뻔하기 짝이 없는 이야기가 이어진다. 그래서 지금까지 번번이 정영문 소설 읽기에 실패했던 독자들이 또다시 곤란을 겪을 수 있으므로 내가 이 자리를 빌려 정영문 읽기의 어려움을 조금 덜어드리려고 한다.

흠, 나쁘지 않은데. 이제 피터스는 키틀러라는 학자의 전체적인 상을 소개하고 그의 연구가 가진 성격을 규명한 후('키틀러는 인간을 경멸한다' '키틀러는 잘난 체하고 절제를 모른다' '소위 말하는 인간에게 관심이 없다') 마지막으로 책의 맥락과 개요를 정리한다.

그러나 나는 이즈음에서 멈추기로 했다. 정영문이 키틀러처럼 죽은 사람이라면 모를까, 문학장에서 그의 위상을 규명하는 건 조금 낯간지럽다. 물론 정영문 역시 인간에게 관심이 없고 절제를 모르고 잘난 체도 하나……? 아무튼 키틀러와 그 사이에는 여러 공통점이 있지만 그의 소설을 이론적으로, 비평적으로 설명하는 것은 내 몫이 아니다. 그건 평론가들의 일이다. 나는 기꺼이 그 일을 양보할 준비가 되어 있다(미루는 게 아니다). 그러나 안타까운 건 정영문의 소설을 비평할 평론가의 수가 터무니없이 적다는 사실이다. 그게 정영문의 문제인지 평론가들의 문제인지 아니면 (무례하지만) 독자들의 문제인지 잘 모르겠다. 우선 모두의 문제라고 해두자. 사실 이 세계의 불의에 대한 책임을 피해갈 수 있는 사람은 아무도 없다. 당신이 사회에 속해 있다면 당신은 기후 위기에 일말의 책임이 있다. 물론 정영문의 위상이 기후 위기급은 아니지만……

저는 이 글을 천년 동안 돌 아래 묻어둘 것을 제안합니다[2)]

발문의 두번째 아이디어는 세상의 모든 추천사를 모으는 것이었다. 예술작품에 추천사를 날리는 건 분야를 막론한 관행이니 재

---

2) 빌 헨더슨·앙드레 버나드, 『악평』, 최재봉 옮김, 열린책들, 2011.

료는 차고 넘친다. 게다가 언어가 주재료인 문학계는 추천사에 관해서라면 도가 텄다. 문학이 홍보를 장착한 역사가 백 년이 훌쩍 넘었는데도 추천사에 대한 사람들의 창의성은 식을 줄 모른다. 웃기는 건 이 모든 창의적인 추천사들이 그럼에도 불구하고 다 같은 얘기, 하나 마나 한 얘기처럼 들린다는 사실이지만(거기에 나도 한몫하고 있다) 그래도 좋다. 정영문이 소설에서 얘기했듯 언어란 원래 하나 마나 한 것 아닌가. 하나 마나 한 인사를 하고 하나 마나 한 안부를 묻고 하나 마나 한 기자회견을 하고…… 여기서 핵심은 그것들이 하나 마나 한 게 아닌 척 행동하는 것이다. 로드러너를 쫓아 절벽 위를 달리는 코요테처럼 발 아래 땅이 있다고 믿으면 떨어지지 않을 수 있다.

게다가 나는 정영문의 소설을 진심으로 좋아하니(진심) 마음에 걸릴 것도 없다. 아직 정영문의 책을 읽지 않은 사람들은 행복한 사람들이다. 나는 오늘 처음으로 이 책을 열어보는 저 낯모르는 젊은 사람을 뜨거운 마음으로 부러워한다. 이제 정영문은 하나의 장르가 될 것이다. 『프롤로그 에필로그』는 끔찍할 정도로 드물고 멋진 책이다. 어떤 해설도 허용하지 않는, 비할 바 없는 걸작이고 한국문학의 벼락같은 축복이다. 한국문학의 시한폭탄! 이 세상 최고의 소설! 등등……

너무 위악적인가. 너무 장난 같나. '책의 색조화장… 추천사의 미학'이라는 제목의 2019년 12월 6일자 동아일보 기사는 익명의 대형 출판사 편집자의 말을 인용한다. "자기 색을 강조하거나 개그 욕심을 내는 추천사는 없는 게 낫다." 맞는 말이다. 그러나 내가 앞에 쓴 추천사는 모두 실재하는 추천사일 뿐만 아니라 거물급 작가가 쓴 것이고 대형 출판사에서 나온 책에 실린 추천사이며 몇몇 추천사는 한국 문학사에 길이 남을, 아니 세계 문학사에 길이 남을 추천사다. 다시 말해 모든 추천사는 개그다. 그러나 당신이 여전히 발 아래 땅이 있다고 믿는다면 그것은 진실이다. 나는 최소한 정영문의 소설을 읽는 순간만은 땅이 있다고 믿는다. 소설이 개그가 아니라고, 내가 믿는 문학에 진정성이 있다고 믿는 것이다. 정영문이 소설 속에서 하는 말("소설의 좋은 점이 한 가지 있다면 그것은 무슨 얘기를 어떻게 해도 된다는 것이었는데", 125쪽)을 생각하면 아이러니하지만 그렇다고 해도 어쩔 수 없다. 그의 소설을 읽으면 안심이 된다. 우리 발밑에 단단하고 흔들림 없는 땅이 있거나 우리가 이카로스처럼 날고 있다는 생각이 드는 것이다(후자에 가깝지만……).

이것은 당신이 아는 소설이 아니다

소설에 대한 모든 고리타분한 정의를 잊자. 이것은 정영문의 소설이다. 소설에 대한 모든 신박하고 급진적인 정의도 잊자. 정영문은 그런 것에 관심이 없다. 한때 관심이 있었는지도 모르겠다. 그가 말했듯, 사뮈엘 베케트에 빠져 있던 시절에 말이다. 그러나 베케트가 웬 말인가. 문학계에는 두 개의 프리 패스 티켓이 있는데, 하나는 베케트고 다른 하나는 프란츠 카프카다(여담으로 영화계에는 존 포드와 오즈 야스지로라는 티켓이 있다). 둘만 얘기하면 언제 어디서나 진지한 작가 취급을 받을 수 있다. 시그리드 누네즈는 수전 손택을 회고하는 책에서 1970년대 뉴욕 지성계의 풍토를 얘기한다. "베케트라면 안 할 텐데."[3] 수전 손택이 입에 달고 산 말이란다. 베케트라면 티브이 같은 덴 안 나갔을 텐데, 베케트라면 종신 교수직 따위는 거들떠도 안 봤을 텐데, 베케트라면 추천사 따위……

급진적이고 진지한 소설이 판매 부수보다 작품성에, 당장의 명성이나 문학상보다 미래의 독자에게, 의미보다 무의미에, 쓸모보다 쓸모없음에 집착한다는 사실, 계획보다 우연과 즉흥성에, 질서보다 무질서에, 가능성보다 불가능성에, 독자의 재미보다 자기 자신의 재미에 무게를 둔다는 사실은 익히 알려져 있다. 사실상 이것은 완전히 상투적인 생각인데 여전히 금과옥조처럼 떠받들여지고 있고, 그러한 상황이 이해되지 않는 것은 아니다. 소위 대중 예술이라고 할 만한 작품들, 베스트셀러들은 판에 박힌 이야기를 하

3) 시그리드 누네즈, 『우리가 사는 방식』, 홍한별 옮김, 코쿤북스, 2021.

면서 지구라도 구한 것처럼 구는 경향이 있다. 그런 책을 쓴 작가들의 목적은 독자 또는 비평가들과 하이파이브를 하는 것인데, 하이파이브를 하는 당사자들은 즐거울지 모르겠으나 외부인이 보기엔 놀고 있네, 라는 생각밖에 들지 않는다. 그러나 급진적인 소설이라고 해서 상황이 다른 것은 아니다. 그들 역시 자기 편과 하이파이브를 한다. 단지 그 숫자가 놀라울 정도로 적을 뿐이다. 반면 정영문의 소설은, 특히 『프롤로그 에필로그』는 누구와도 하이파이브를 하지 않는다. 하이파이브를 하는 시늉은 하지만 팔이나 손바닥에, 아니면 박자 감각에 문제라도 있는 듯 손바닥이 엇나가는 것이다. 운좋게 손바닥이 마주쳐도 경쾌하게 짝 하는 소리가 아니라 픽 하고 김빠지는 소리가 난달까. 결과적으로 하이파이브를 하려던 사람은 어색하고 뻘쭘한 기분에 휩싸인다. 내가 뭘 한 거지…… 다시 하이파이브를 할까, 그냥 집에 갈까. 이 사람은 왜 먼 산을 보면서 혼자 히죽거리는 거지. 날 놀리나?

주류 감성을 '할 수 있다', 비주류 감성을 '할 수 없다'라고 요약한다면, 정영문은 할 수 있을지도 모르겠으나 할 수 없는데 할 수 없지만은 않은 것으로 할 수도 있지만 하지는 않는 것이고 그런데 어쩌면 할 것 같기도 하지만 그것과는 상관없이 옆으로 새는 이야기 자체가 좋아서 소설을 쓰는 것 같고, 하지만 너무 과도하게 옆으로 새게 하는 것에는 관심이 없으며 그래서 약간의 정신적 자유를 수행하기도 하지만 자유는 그다지 흥미롭지 않은 요소로 부자유만큼이나 흥미롭지 않은데, 그것과는 상관없이 문장을 길게 쓰고 싶은 욕구를 걷잡을 수 없이 느끼는 사람처럼 보이며 오로지 그것만을 목적으로 소설을 쓰는 것으로 보이지만 꼭 그렇다고만은 할 수 없다고 할 수 있을 것이다.

정영문의 문장을 모방한 앞 문장은 명확하게 말할 수 있는 몇 안 되는 정영문의 특징 중 하나를 설명한다. 그것은 바로 '지연'으로, 그는 의미를 끊임없이 지연시킨다. 오해하지 말아야 할 것은 그가 무의미를 추구하는 게 아니라는 사실이다. 그는 무의미도 지연시킨다. 기다, 아니다 사이에서 그 틈새를 끊임없이 확장하는 것이다. 이러한 무분별한 확장과 지연은 의미의 차원뿐만 아니라 소설의 문장과 구조의 차원에서도 존재하는데, 심지어 그는 소설의 시작도 지연시킨다. 본격적인 이야기가 시작되는가 싶다가도 다른 이야기로 빠지고 또다른 이야기로 빠지고…… 『신사 트리스트럼 섄디의 인생과 생각 이야기』의 악명 높은 시작이 떠오른다. 총 9권으로 이루어진 이 괴팍한 소설의 서문은 3권 중반이 되어서야, 한국어 판본 기준 238쪽이 되어서야 나온다. 게다가 서문의 첫 문장은 "아뇨, 책에 대해서는 한마디도 하지 않을 겁니다"이다. 그러나 정영문은 한술 더 뜬다. 『프롤로그 에필로그』의 프롤로그는 364쪽까지 이어진다.

발의 향연

그래서 정영문의 소설이 어떤 소설이라는 걸까. 규정할 수도, 정의할 수도 없이 끝없이 지연되는, 한없이 모호하고 어렴풋한 신비로운 소설이라는 걸까. 물론 그건 아니다. 정영문도 나도 그런 식의 인식론적 불안증에 걸린 듯한 비의적인 포즈는 질색이다. 정영문의 놀라운 점 중 하나는 그의 문장이 기이할 정도로 명료하다는 사실이다. 글쓰기 교본 따위에 나오는 규칙은 전혀 지키지 않음에도 그의 문장은 한 번도 논지를 잃지 않는다. 문제는 논지 자체를 보통의 관점에선 이해하기 어렵다는 것이지만 그렇다고 논지의 명확성과 타당성이 사라지는 건 아니다. 단지 정영문에게 그것을 쉽게 이해시키려는 의지가 없거나 희미할 뿐이다.

그렇다면 그의 논지는 뭘까. 그건 이번 소설의 거의 모든 문장에서 반복적으로 실천되므로 여기에선 하나의 예시만 들도록 하겠다. 바로 '발'이다. 영어로는 foot. 사람의 신체 맨 아랫부분. 다섯 개의 가락이 달려 있는, 보기에 따라 추하거나 서글프고 귀엽기도 한 그것.

현대 문명은 발에 대한 폄하, 발에 대한 경시로 이루어져 있다고 해도 과언이 아니다. 발은 숨기고 감추어야 하는 부위다. 손이 예쁜 사람을 좋아한다는 말을 이상하게 생각하는 사람은 없다. 하지만 발 페티쉬가 있다면? 누군가의 발을 보고 흥분한다면? 발을 드러내는 행위는 문명에 대한 저항을 상징한다. 맨발로 무대에 오르는 가수들에겐 '야성적'이라는 수식어가 붙는다. 공식 석상에서 신발을 신지 않는 것은 그 자체로 저항의 상징이다. 2018년 칸 영화제에 참석한 크리스틴 스튜어트는 레드 카펫에서 하이힐을 벗고 맨발로 계단을 올랐다. 칸의 '노-플랫' 드레스 코드에 항의하는 의미였다. 에마 톰슨은 2014년 골든 글로브 시상식에서 맨발로 시상대에 올라 자신의 크리스찬 루부탱 하이힐의 붉은색 바닥을 보여주며 말했다. "이 붉은색은 제 피입니다."

발에 대한 폄하는 문학에서도 흔히 볼 수 있다. 발로 써도 이거보다 잘 쓰겠다, 라는 관습적인 표현을 떠올려보라. 글은 발이 아니라 손 또는 머리로 쓴다. 그러나 문학이 은근히 내세우는 부위는 따로 있다. 바로 엉덩이다. 엉덩이는 발과 달리 무시당하지 않는다. 작가들이 즐겨 하는 말이 글은 엉덩이로 쓴다는 것이다. 공부는 엉덩이 싸움이라는 말도 있다. 오래 앉아 있는 자가 사회의 주류를 차지한다. 그런 상황에 발이 들어설 자리는 없다. 발은 한 자리에 머물러 집중하는 것이 아닌 산만하게 돌아다니는 것을 의미한다. 산만함을 칭송하는 문명은 없다. 구텐베르크 은하계와 함께 시작된 근대 문명은 집중하는 자아를 발명했다. 엉덩이로 모든 것을 처리하는 일관되고 합리적인 정신. 엉덩이를 키우고 엉덩이를 단단하게 만들고 엉덩이를 사랑하는 문명. 아마 미래의 인류학자가 오늘날의 SNS를 연구하면 넘쳐나는 엉덩이에 깜짝 놀라 이렇게 말할 것이다. 21세기는 엉덩이의 시대다.

반면 『프롤로그 에필로그』에서 정영문은 발에 집착한다. 정확히는 어느 날부터 브리티시컬럼비아 해안에 떠오르기 시작한 발들이다. 이 발들이 어떤 연유로 떠올랐는지 아는 사람은 없다. 정영문은 발의 흔적을 찾아 떠돌며 온갖 가설을 제시한다. 발들이 신고 있는 양말과 신발에서부터 발들이 어디서 떠내려와 어디로 떠내려가는지, 잃어버린 발을 찾아 떠나는 여정, 인류 최대의 발 컬렉션을 위한 첫 발자국.

실없는 농담 같기도 한 발에 대한 집착을 흥미롭게 여기는 데에는 개인적인 이유도 있다. 나는 2017년 즈음 '앉아 쓰기, 누워 쓰기, 서서 쓰기'라는 제목의 8강짜리 문학 창작 수업을 진행했다. 신체, 자세, 미디어의 관점에서 문학사와 글쓰기를 다시 보는 수업으로, 여기서 앉아 쓰기는 전통적인 리얼리즘 소설과 연결되며, 누워 쓰기는 '의식의 흐름' 유의 모더니즘 소설과 연결된다. 서서 쓰기는 새롭게 도래할 소설 또는 아직 존재하지 않는 소설을 가리키는데, 걷기와 밀접한 관련이 있다. 서서 쓰기는 앉아 쓰기와 같이 집중력과 계획성을 가지고 있지 못하고 누워 쓰기처럼 내면과 기억으로 침잠하지도 못하는, 산만하고 즉흥적인 글쓰기다. 내면보다 외부의 풍경, 사건, 정보에 관심을 가지며 어디에서 시작해 어디로 향하는지 방향 감각과 위치를 번번이 상실하는 글쓰기, 과거와 현재 사이를 부유하는 발걸음-정신.

수업에서 나는 서서 쓰기의 대표적인 텍스트로 빅토르 세르주의 『한 혁명가의 회고록』을, 앉아 쓰기의 예시로 레이먼드 카버 계열의 단편소설을, 누워 쓰기의 예시로 정영문의 소설을 제시했다. 실제로 정영문이 한 인터뷰에서 누워서 글을 쓴다고 한 것을 생각하면 무척 어울리는 일이 아닐 수 없다. 하지만 당시의 나는 정영문이 프루스트처럼 침대에 가만히 누워 있는 게 아니라, 강물에 떠내려간다는 사실, 누워서 이동한다는 사실을 눈치채지 못했다. 게다가 정영문은 어느 날부터 걷기 시작했다. 이 걸음은 목적지가 있거나 건강 따위의 목표가 있는 걸음과는 다르다. 아니, 목표가 있지만 그보다는 우연히 마주치는 골목, 우회로, 샛길과 노점, 노점상과의 대화, 보닛 위의 고양이와 길 잃은 개들, 잘못된 곳에 존재하는 잘못 재배된 호박 따위에 정신이 팔리는 걸음이다. 수사학에 비유하자면 그에게 중요한 건 본론이 아니라 여담인데, 사실상 여담이라고 부를 수도 없는 것이 여담이 본론과 동일한 위상을 갖고 있기 때문이다. 이때의 여담은 "근본적으로 재현 불가능한 일종의 점프―다른 층위로, 다른 주제로, 다른 장르로의 도약이며 자기 논평의 빈번한 개입을 촉발하는 다른 것으로의 이행"[4]이다. 그러므로 『프롤로그 에필로그』에는 다른 무엇보다 '발'이 필요하다. 이행을 위해서, 방향 전환과 방향 상실을 위해서 그토록 많은

4) 란다 사브리, 같은 책.

발이 나오는 것이다.

참 뼈 있는 서론이군[5)]

발문의 마지막 아이디어는 『한 혁명가의 회고록』에 실린 애덤 혹스칠드의 서문이다. 그는 매우 인상적인 에피소드 두 가지를 소개한다. 첫번째는 그가 어느 나라의 회의에 참가했을 때의 일이다. 둘러앉아 사이좋게 담소를 나누는 동안 누군가가 가장 존경하는 저술가를 얘기해보자고 제안했다. 혹스칠드는 빅토르 세르주라고 말했다. 그러자 모르는 사람 한 명이 벌떡 일어서더니 방안을 성큼성큼 가로질러와 그를 껴안았다. 그는 멕시코에서 온 라파엘 바라하스라는 시사 만화가였다. 혹스칠드는 말한다. "작가가 모르는 사람들과 어울리다가 순식간에 형제애를 느끼기는 쉬운 일이 아니다."

나로 말하자면, 가장 좋아하는 작가가 정영문이라고 말했는데 누군가 벌떡 일어나 나를 껴안으면 그를 경찰에 신고할 것 같다. 사회적 거리 두기에 대한 기본적인 인식도 없는 사람이라고 말이

5) 로렌스 스턴, 『신사 트리스트럼 섄디의 인생과 생각 이야기』, 김정희 옮김, 을유문화사, 2012.

다. 그러나 그럼에도 불구하고 경찰에게 넌지시 고소를 취하하겠다고, 훈방 조치해달라고 부탁할 것이다. 나는 그의 애정을 이해할 수밖에 없다. 정영문은 동인문학상과 대산문학상과 기타 유명 문학상을 받은 유명 소설가이지만, 그를 알거나 좋아하는 사람은 한줌이며 그조차 멀쩡한 사람들이라고 보기 힘들기 때문이다(이렇게 말하는 나 역시 멀쩡하지 않을지도 모른다는 모종의 불안이 도사리고 있다).

혹스칠드의 두번째 에피소드는 그가 세르주가 과거에 살았던 상트페테르부르크의 아파트에 방문한 이야기이다. 일곱 가구가 사는 혁명 이전의 오래된 아파트에서 그는 육십 년째 같은 집에 살고 있는 한 할머니를 만났다. 금니가 돋보이는 냉랭한 표정의 그녀는 세르주를 아냐는 질문에 고개를 저었다. 그러나 옛날이야기를 하는 게 즐거운 듯 층계참에서 들어갈 생각을 하지 않았다. 혹스칠드가 세르주의 이름을 재차 말하자 할머니는 비로소 눈을 게슴츠레하게 떴다. "그 사람 혹시 아나키스트 아니었나요?"

"오호라, 이제 생각나셨군요!"

"아니요, 절대로요." 할머니는 고개를 저었다.

이 할머니는 세르주를 기억하는 것일까, 기억하지 못하는 것일까. 알아낼 방도가 없으니 우선은 이대로 두자. 내가 여기서 하고 싶은 얘기는 정영문과 나의 개인적인 인연에 대한 것이다.

나는 2015년 문학동네에서 주관하는 젊은작가상 대상을 받았는데 시상식 날 정영문은 심사위원 대표로 축사를 했다. 정영문과는 그때까지 일면식도 없었다. 나는 그를 소설가로서 좋아하긴 했지만 그가 어떤 사람인지 몰랐으며 그가 내 소설을 심사했다는 것 역시 모르고 있었다. 다소 쓸데없이 키가 큰 그는 한 손에 와인 잔을 들고 특유의 느릿느릿한 말투로 말했다. 정지돈이 상을 받은 건 사실상 어부지리…… 시상식장은 웃음바다가 됐고 정영문은 아랑곳 않고 천천히 심사 경위를 얘기했다. 대체 어쩌다 그가 대상을 받은 것인지…… 심사위원들 사이에선…… 그의 축사 덕분에 한동안 나는 지인들 사이에서 '어부지돈'이라는 별명으로 불렸다. 그날 이후 정영문을 몇 번 더 봤는데 그는 매번 흥미로운 일화를 들려줬다. 이를테면 2000년대의 어느 날, 일군의 작가와 함께 북한산 야간 산행을 한 이야기. 정영문은 자신이 길을 안내한 그날의 산행은 진정한 악몽이었다고, 길을 아주 제대로 잃은 작가들은 추위와 굶주림 속에서 죽음의 공포를 느꼈고 북한산에서 길 잃은 한국 작가들을 구출하기 위해 소방 헬기와 구급요원들이 출동했다고, 정영문은 헬기에서 내려준 로프에 매달려 서울의 야경을 담담히 바라봤다고, 물론 이 이야기에는 진실과 거짓이 섞여 있을 거라고 말했다.

그러므로 독자들이여, 내가 할 수 있는 이야기는 이제 다 한 것 같다. 정영문이 구조 헬기에 매달려 서울 상공을 떠다녔다는 이야기로 끝을 맺은 것이 마음에 든다. 우리를 처음의 은유로 데려가

주기 때문이다. 이 소설에 의심할 바 없이 단단하고 굳건한 땅은 없다. 그러나 우리는 걷고 있다. 허공을.

문학동네 장편소설
프롤로그 에필로그

초판인쇄 2022년 10월 18일
초판발행 2022년 11월 2일

지은이 정영문
책임편집 오윤 | 편집 이민희 김내리
디자인 이현정 유현아
마케팅 정민호 이숙재 박치우 한민아 이민경 안남영 왕지경 김수현 정경주
브랜딩 함유지 함근아 김희숙 고보미 박민재 박진희 정승민
제작 강신은 김동욱 임현식 | 제작처 천광인쇄사

펴낸곳 (주)문학동네 | 펴낸이 김소영
출판등록 1993년 10월 22일 제2003-000045호
주소 10881 경기도 파주시 회동길 210
전자우편 editor@munhak.com | 대표전화 031) 955-8888 | 팩스 031) 955-8855
문의전화 031) 955-3578(마케팅) 031) 955-8864(편집)
문학동네카페 http://cafe.naver.com/mhdn
인스타그램 @munhakdongne | 트위터 @munhakdongne
북클럽문학동네 http://bookclubmunhak.com

ISBN 978-89-546-9905-1 03810